無死的金剛心

【雪域玄奘瓊波浪覺證悟之路】

一部空行文字的神祕伏藏

一位世人遺忘的藏地瑜珈大師

一場穿越千年的光明境中對話

一段西天求法的塵封往事

一條戰勝自我的證悟之路

一部有關尋覓的心靈史詩

一部小說筆法的大師傳記

雪漠/著

目錄

第14章　靈魂的歷練

第15章　品味王舍城

第18章　空行甘露教授

第19章　求索的靈魂

神祕的伏藏

① 《瓊波祕傳》

《瓊波祕傳》一直以某種神祕的方式存在著，被人們稱為「伏藏」。

伏藏包括書藏、聖物藏和法藏。書藏指經書，聖物藏指法器、高僧大德的遺物等。筆者發掘的金剛亥母舍利，便是典型的聖物藏。那些伏藏，以不同的形式，保存在地、水、火、風、空五種物質形態裡。

伏藏中，最為神奇的，便是識藏了。識藏也是法藏的一種。當某種經咒、教法或別的文化在因緣不順無法廣傳時，就由佛菩薩或神靈授藏於某人的意識深處，以免失傳。待到機緣成熟時，在某種神祕力量的激發下，再從識藏持有者心中流淌出來。

《瓊波祕傳》就屬於識藏，它將瓊波浪覺那段靈魂求索，藏在某個神祕所在。在多年前的某個時刻，我跟它相遇了。

那個瞬間，我忽然想到了瓊波浪覺。我很想知道他的證悟之路。對於那些尋求自由的人來說，更有意義的，其實不是結果，而是戰勝自己、抵達自由彼岸的過程。我很想知道，作為凡夫的瓊波浪覺，究竟經過了怎樣的生命歷練，才成長為一代聖者？

於是，我依託一種超自然的證境，穿越時空分別，抵達我想抵達的所在。那時，經過多年的光明大手印修煉，我已參破障礙，分別心開始消融於光明之境。在那種無邊的澄明中，我開始祈請觀察。很快，我看到了一個明點，它很像暗夜中遊曳的螢火蟲。開始，它遊來蕩去，若有若無。後來，它終於靜了，像暗夜裡的星星那樣定在了一點。我便在明空之中觀察它。不久，明點化成了一枝燭光，初時，燭光搖曳如豆，漸漸朗然開來，竟光明四射了。於是，我看到了一個蠟台，再看到舉蠟台的手。沿著那手臂，我看到了舉蠟台者的全身。一個目光深邃的老人正看著我，他很是清瘦。他告訴我，他就是瓊波浪覺。我覺得奇怪。因為唐卡中的瓊波浪覺是個胖喇嘛。但他告訴我，真正的瓊波浪覺是個清瘦老人。他告訴我，我看到的形象，是他

一百四十八歲時的模樣。

就這樣，在那種光明境中，我們達成了交流。我問詢他的過去，聆聽他的故事，叩問關於他的一切。多年之後，當我向十世班禪的一位弟子提及此事，他神祕地笑了。他說，別將它當成夢境。

有一天，那個老人在我眼前攤開了一本書，那便是《瓊波祕傳》。那書頁，似乎已經泛黃了。他翻開了第一頁。我認真地讀它。我每夜可以讀幾十頁。一天天過去了，我讀完了那本書。一位證悟者告訴我，那本書，是用空行文字書寫的。這一點，它很像密勒日巴道歌。據說，我們熟知的那些密勒日巴道歌，就是由一位成就者從空行文字中轉譯的。

後來，我熟悉了書中講的所有內容。再後來，我洞悉了書中文字背後的所有密義。

再後來，二元對立的霜花兒，真正地消融於智慧光明之中，我跟老人間的所有障礙便沒了。從此，我不用借助那些文字，就能跟那位智慧老人進行交流。

按瑜伽行的說法，我跟那老人相應了。

這「相應」，是個很有意思的詞，它有點像人們在QQ空間裡傳遞資訊。他點「發送」，我點「接收」，信息的傳遞就從此開始。

我跟那老人之間傳遞的，除了本書的內容，還有一種叫「證量光明」的東西。

於是，在某一天裡，我智慧的瓶子滿了，本書就以一種噴湧的方式誕生了。

這便是本書的由來。

北京大學的陳曉明教授將這類寫作稱為「宿命通」。

他說：「雪漠的寫作顯然不同……如夢囈一般的敘述，完全打亂現實邏輯，隨意穿越現實時空的區隔。所謂『宿命通』，就是洞悉了全部命運的結局，就是一切均在命運的算計中。能看透命運的，也只有幽靈了。敘述人本身就是附著在命運算計程式中的魂靈，就是能算計命運的鬼怪的附體。他如此熱愛這種命運，他就附在這種命運中，就是宿命通。」又說：「雪漠以他對宗教的虔誠，以他靠近生命極限處的體驗，這才有神靈附體般的迷醉，才有酒神狄俄尼索斯式的迷狂……這樣的寫作也彷彿是一種咒語，一種終結樣的咒語。只有咒語般的寫作才能給出自己內在的生命經驗——向死的經驗……宿命通的意義在於：只有盡頭的寫作可以展現當代寫作的本質。」

（陳曉明《文本如何自由：從文化到宗教——從雪漠的〈西夏咒〉談起》）

看了上面的文字，我歎道：陳教授好眼力！

在這個批評家被異化的時代，陳曉明教授真的很難得。飽受著時下諸多話語薰染的陳先生，還沒被時代閹割了他的靈性智慧。

是的。我確實經歷著一種超自然的寫作，享受著「那種須臾不曾離我的清淨法樂」，契入了「那種明空如天、清藍如海、無波紋、無雲翳、如夢如幻、心無掛礙之境界」，「我寫作時也心無隻字，明空如天，空靈至極，卻能從自性中流出諸種文字」。（《光明大手印：實修心髓》）

但我並不執著它。因為，按一種被稱為「勝義諦」的標準，這世上的一切都是幻化，就是說，一切事物和現象的本質，其實都是幻化，它是一種類似於記憶的東西。

人類的許多活動，除了記憶之外，我們找不到任何不變的實質。

而那記憶的消失，跟風塵中逃走的黃狗一樣，我們是很難追上它的。

不過，那諸多的歷史記憶，卻因為本書的出現，才定格成了相對的永恆。

這，便是雪漠活著的意義。

② 光明的傳遞

經過多年的資訊傳遞，老人才將他所有的智慧證量光明傳給了我。這種情節，老是在武俠小說中出現。許多大俠，在危急時刻，總能將其渾厚的內力傳給弟子。這當然是小說筆法。但在瑜伽中，卻真的有這種傳遞之說。這一點，很像兩台聯機的電腦之間傳遞某種程式。

這便是相應的力量。

沒有相應，便沒有瑜伽。瑜伽的真正含義便是相應。跟上師相應，是所有密法的關鍵。

這裡，我舉一個你能接受的例子：你可以將那個智慧老頭比喻成裝有很多智慧程式的電腦，我像另一台聯機的電腦，我對他的信心和因緣是數據線。只要這三者俱足了，就能保證我們之間智慧「程式」的傳遞。雖然外行們永遠也不會編那些高端程式，但他們卻能在經過訓練之後使用它。同樣，筆者雖然智慧淺陋，但因為有了那種相應後的傳遞，我便從此有了那些「程式」提供的智慧機能。

在大手印瑜伽體系中,它被稱之為「光明大手印」。正是因為得到了那些由歷代上師編寫的智慧「程式」,我的人生才實現了一次次昇華。筆者的那些書籍,也正是因為傳遞了一種果位證量光明,才命名為《光明大手印》系列。

只是,到了後來,我已經很難分清我跟那位老人的區別。我也很難分清我跟他修煉的本尊五大金剛的區別。在瑜伽中,常用一個詞來形容它:無二無別。

後來,在青海塔爾寺,我曾請具德上師印證我融入明空證境寫作時的狀態。他說,這時,你和本尊五大金剛是無二無別的。

德國哲學家馬丁·布伯在《我和你》中,寫了這種相應:

> 「它」之世界龜縮於時空網絡。
> 「你」之世界超越於時空網絡。
> 當關係走完它的旅程,個別之「你」必將轉成「它」。

這,便是對「無二無別」的另一類闡釋。

此外,你還可以看我的《光明大手印:實修心髓》、《光明大手印:實修頓入》,書中對「無二無別」解釋甚詳。

因此,對本書,你可以有四種理解:

一、它是在我和「他」還沒有達成「無二無別」時,由採訪完成的一種記錄;

二、它其實是我自己的一段神祕的靈魂歷程;

三、你還可以將它當成小說家言,是另類的心靈小說;

四、你也可以將它當成一種象徵。

第*1*章　**命運的抉擇**

雪漠：上師，我最關心的，是你的第一次背叛——請允許我用這個詞，你的許多本教朋友也這樣認為——之後的那段經歷。在你的生命中，那是第一次最重要的選擇。我之所以能在今天還知道你，正是因為你有了這一選擇。聽說，這事引起了軒然大波，那些的惡鬼毒龍也對你進行了懲罰，請你講講這個過程好嗎？

① 劃過天際的血刀

是的。那是我一生經歷的第一次磨難和艱險。

本波是藏地本有的原始宗教，比佛教的歷史更加悠久，勢力也很大，有著自成一體的傳承和文化。關於它，我會在後面陸續介紹。

我不喜歡「叛教」的說法，事實上，我的行為，僅僅是一種因緣的示現。至今，我仍然認為本波也是一個優秀的教派，跟佛教一樣的博大精深。這一點上，我同意你的說法。你說，所有宗教，都是真理織錦的不同側面。這是對的。佛陀也說過：「一切善法，皆是佛法。」它們有境界上的高下，也有觀念上的差異，而不該有價值上的大小。不同的藥，適合不同的病，我們不能說哪種藥對，哪種藥錯，只有對症者，才是良藥。

我正式離開本波的那年，才二十八歲。嘿，那是我一生裡最好的年齡：遠離了毛孩子的幼稚，有了成年人的成熟，有著叫驢的激情，有著公牛的體魄，有著法師的智慧，有著叫眾人羨慕的一切。那時節，我是太陽，到了任何地方，都有無數雙敬仰的眼睛。呵呵，當然，也有許多女孩子們熱辣辣的眼神。

你是不是喜歡我的這種語氣？我不喜歡你將我當成啥大成就師。我只希望你當我為朋友。……是的，朋友。

你雖然是我的心傳弟子，但本質上我們還是一體的。跟你談話，我更像是一種自言自語。

那麼，我們就隨意些吧。

你問本波的護法神如何懲罰我？這是個好問題。

我告訴你，我最先遇到的那一堆一堆漂亮女孩的眼睛，就是護法製造的第一個大違緣。那時節，我正是你《大漠祭》中所說的「火鑽鑽」的年齡。

我的夢中同樣是粉紅色的。你可千萬別將我當成天生的聖人，不是，我不是天生聖人。我也有貪婪，有仇恨，有煩惱，更有對愛情的嚮往。

那時，我的夢中，也老是出現那位最漂亮的女子。她叫拉姆，藏語的意思是「天女」，她年方十八，美麗至極。她唱的藏歌如同百靈鳥在叫，她含笑的臉像雪蓮開放。她那雙含情脈脈的眼睛，就是護法神派來的第一位懲罰我的使者。

正是因為有了她，我的生命裡才有了許多煎熬。

你不知道，在好幾個心旌搖動的時刻，我甚至想還俗呢。

但每到我想還俗的時候，我的眼前就會出現一個更美的女子。

她，就是奶格瑪。

由於奶格瑪的出現，那拉姆便不再有誘惑了。你也許在佛經中看過一個故事，一位僧人貪戀自己貌美的妻子。一天，佛陀帶他去天上，一見那些天女，僧人馬上發現妻子成了醜婦。那時節，我也是這樣。

每次，奶格瑪一出現，那漂亮女孩的誘惑便淡了許多。

要尋找奶格瑪，成為我離開本波的一個重要理由。

❷ 響徹天地的哭聲

是的。我離開本波，確實傷了很多本波人的心。

在他們看來，這不僅僅是個莫大的損失，更是一件很沒面子的事。這是可以理解的。沒有一個教派，願意自己的法主，去皈依別的教派。後來，有人將我的這一行為，當成了「棄暗就明」。當然，他可以這樣認為。但要知道，我真正的目的，還是要尋找奶格瑪。

那時節，我心中的那份急切，一點兒也不弱於初戀者牽掛他的情人。……告訴你一個祕密：許多時候，所謂的宗教情感，其實是世間情感的一種昇華。不是嗎？

那時節，倒真的出現了許多可怕的徵兆。

那天，我聽到了諸多的本波護法神都在嚎哭。開始，我還以為真的是哪個人哭呢。後來，我發現，那哭聲漸漸大了，後來響徹天地，很像鬼哭狼嚎，其聲可怖，卻又莊嚴無比。因為，在聽到那所謂的哭嚎聲的同時，我還聽到了一種驚天動地的海螺聲。在傳統的某種說法裡，那海螺聲象徵著名揚天下。

　　後來，我竟然真的名揚天下了。在佛教文化史上，我被當成了一個不可忽視的存在。當然，現在，除了史書和我的傳承弟子外，許多人已經不知道我是誰了。無論多麼大的名聲，本質上也是過眼雲煙。你不用遺憾。是的，上次你去南木縣考察的時候，問及我，卻沒有幾個人知道。他們的官方網站的歷史文化名人裡，也沒有關於我的介紹。不要緊。不同的時代，不同的人群，都有不同的關注點。你說得對，即使滿世界的人都知道你，但隨著這一茬人的消失，你仍是下一茬人類的陌生。

　　沒辦法。任何事物，都會經歷四個過程：誕生，發展，毀壞，消失。無論大名，無論高位，無論巨富，無不如此。

　　不過，在我住世的那時，整個雪域要是誰不知道我，會被人笑為孤陋寡聞的。

　　那天早晨，我在聽到滿天哭聲的同時，也聽到了海螺聲。那是悠長的響徹天地的聲音，它利利地劃破了長空，從天的這頭一直刺到了天的那頭。那聲響，震得四面的樹葉刷拉拉響。其情形，很像後來的防空警報。你即使想處於蒙昧之中，那聲音也能刺穿耳膜，令你警覺。你第一次講光明大手印時，不是也聽到過那種聲音嗎？那時，你和在場的人都聽到了那種橫貫天際的聲音。那股聲音匯成的大流以不可遏制之勢席捲了天空。它滾滾滔滔，漫無際涯，嘯捲於一碧萬頃的蒼穹之中。

　　在我眼中，那聲音，是警世的智慧海螺。我於是相信，無論這個世界如何像人們說的那樣污濁不堪，但清涼的正見總會像穿空的海螺聲那樣響徹歷史的天空。

　　那個早晨，我雖然聽到了海螺聲，但我不知道我後來會名揚天下，也不知道我會成為一代宗師。你說得對，前面的路是黑的。真的是這樣。人生的一切，其實是未知數，它時時在變。當你的心變了，選擇變了，你的人生軌跡也就變了。

　　那時，我並不知道我的前方會有什麼樣的艱險。我甚至隨時準備著死去呢。佛說過，性命在呼吸之間。這口氣出去，進不來時，我便死了。我當然不知道，後來，我竟活了一百五十歲。

　　那個早晨，當那種聲音響起時，我以為是寺院僧人在吹海螺呢。只有扎西還聽到了護法神的嚎哭。那些護法神都是世間護法，就是說他們還沒有證悟空性。他們並不知道，無論佛教還是本波，都僅僅是通往真理的一座橋樑而已。他們更不知道，在許多教義上，本波已吸收了佛教的許多東西。因為

多年之前，有人將改頭換面的佛經埋入地下，它們後來成為本波的伏藏。所以，他們信奉的東西，好些其實已是佛教的東西。

將來某一天，你會看到本波的教法中，有不少其實是換了名詞的佛法。那時，你會參加四川省組織的一次佛教論壇，你會組織一個香巴噶舉文化論壇，你會看到一個本波論壇。那些學者，其實已將本波教法，當成了佛教文化。本波也有大圓滿，也有成就者的虹化，也有諸多能利眾的禮儀。

但在我二十八歲那年，我並不知道這些。當然，那些護法神也不明白這些。他們只在乎名相。所以，一聽到我要離開本波，他們就發出了海螺般的哭聲。然後，他們開始隨順因緣，接受了某些儀軌的指令，開始向我發難。

在那些分別心極重的本波護法神的導演和參與下，我的周圍發生了許多不吉祥的事。比如，某個早晨，我發現供水竟變成了污血。它們發出腥臭至極的氣味。那是漚了千年的澇池裡才有的氣味，你要是有興趣，前往西部農村最偏僻的地方，運氣好的話，你或許會見到一個麻坑。那是專門漚大麻的澇池，汪著一池黑水，腥臭無比。那供水發出的，正是那種味道。不過，雖然我覺出了異樣，但我不怕。那時節，為了尋找奶格瑪，我隨時準備放棄生命呢。

我的眼裡，棄暗投明是最大的吉祥。當然，後來我才發現，那明和暗，其實也是世人的分別心。

第二件怪事是寺門前的經幡忽然被狂風吹折。幡上寫滿了各種各樣的文字，內容大多以祈福禳災為主。結果，那些文字連掛它們的木桿也沒能保護得了。

同時，我老是在不經意間看到那些以忿怒相出現的護法神靈。他們頭大如山嶽，眼似太陽，張口一吸，天就會液體般流進嘴裡。

無數個夜裡，那些護法神都會出現在我的夢裡。他們露出獠牙，發出轟轟哈哈的聲音。那聲音，本是法師降魔時吼叫的。他們真的將我當成了魔。這是很有趣的事。你發現沒？這世上，老有人把跟自己外相不一樣的真理稱為魔。在你的小說《西夏咒》中，那阿甲，有人認為是智者，有人卻認為是魔。哪個對？都對。許多被世人稱為魔的人，其實可能是最大的智者。

在夢中，我真的害怕那些護法神們會誅殺了我。他們向我噴著黑氣。你知道，黑是誅法獨有的顏色。於是，在夢中，我的胸口壓著巨石，四周翻著泥漿，泥漿中有無數的毒蟲。它們是蜘蛛、蠍子、蜈蚣和癩蛤蟆。它們同樣向我噴出黑色的毒氣。那毒氣裡有更多的小毒蟲，毒蟲再噴毒氣，毒氣中更

生毒蟲，如是無窮無盡，翻騰不已。

　　我還看到了一個頭大如斗的女魔，長著獠牙，長達數丈。她時不時就用獠牙刺穿我的身子。怪的是，在夢中，我是真的感到了疼痛的。每當那獠牙穿身時，我都會疼徹心肺。待她抽出那牙時，我的身子又復原了。

　　這樣的夢每天都會做。

　　不過，在夢中，有時我也會記起奶格瑪。我一祈請，她便出現了。

　　她的身子像彩虹那樣，溢著無數的光。那光變成了液體，流溢開來，就會淹了那些毒蟲。

　　許多次的夢中，我都會叫：「奶格瑪，我的母親。」但奶格瑪只是對我笑笑。她什麼都沒說。我多想跟她說說話，但她什麼都沒說。一次，她向天空中劃了一下，我馬上看到了一個神奇的圖案，一男一女合在一起，你也看過那圖案。它被人們稱為金剛。

　　那時，我還不知道那是金剛。我不喜歡金剛。

　　我只喜歡奶格瑪。

　　我心中的奶格瑪是個美麗的女神。

③　黑龍誅法

　　後來，我才知道，我的選擇已招致了本波教內的一些保守者的仇恨，其中幾位已經開始行使一種很厲害的黑咒術。他們畫了三角形的壇城，供了許多毒物，因為那些護法神是喜歡吃毒物的。在他們行使的所有咒術中，最厲害的是黑龍誅法。那黑龍，是一處深潭中的毒龍，它毫無善念，誰供它好吃的，它就幫誰的忙。它很像人類中可以用錢收買的可怕殺手。……是的，就是你在《西夏咒》中寫過的那種。

　　在他們施咒的第三天，我就看到有一條巨大的黑龍跟著我。那形象，很像黑色的龍捲風。那時節，我的身體已經有了一些中毒的跡象。我老是發癢。我不知道是真的中毒還是我的心病。要是我真的中了毒，我就會得一種叫麻風的病。那時，我們將這種病叫龍病。

　　說實話，我是有過恐懼的。

　　我很怕自己得上麻風。我見過那些爛了鼻頭或是瞎了眼睛的麻風病患者，也見到過四肢都沒了的怪物。那時候，人們會將那些病人帶到深山老林，將他們隔離了，由他們自生自滅。在一些偏僻的村莊，也有人會燒死他

們，以防那毒蔓延開來。要是我染了那病，別說弘法，連命都難保的。

沒想到，以前本波待我極好的那些人，僅僅是因為我要離開本波，就對我有如此的仇恨。

我發現那黑龍時時跟著我，朝我身上噴著黑氣。它很像你見過的那種「天旋風」，嫋嫋而上，直刺青天，頭頂有兩盞燈一般的眼睛。

幸好，我知道一些防護之法，我觀想金剛杵像箭一樣四散飛出我的心輪，在我的身體周圍形成了一個巨大的防護帳，形似蛋殼，將我包裹在裡面。那杵上有無窮的烈火，每當我觀起火帳時，那黑龍就會離我遠一些。

它很害怕我。要是它不顧一切地近前的話，那智慧之火也會燒了它。這是法界的祕密，萬法唯心造。事實上，我那觀想的火，在毒龍眼中，是跟真火一樣可怕的。

我觀想的防護輪非常堅固，而且穩定。因為這個緣故，毒龍才沒有直接奪走我的生命。

我知道，那些信徒想在我離開本波前就將我誅滅，這樣，本波就會避免一件很沒面子的事。因為，無論從哪個角度看，一個未來的法主選擇離開本波，總會對本波造成負面影響。那諸多不吉的徵兆，就是那些未悟空性的護法神們弄的。

後來才知道，在我的一生裡，給我製造違緣的，不僅僅是本波的護法神，更多的違緣來自別處。在多年後的某個黃昏裡，一位叫司卡史德的空行母告訴我，那些違緣的根源，是分別心。所有修煉的目的，就是為了消除分別心。分別心導致了鬥爭，招致了煩惱，引出了妄念。因此，在一些經典中，空性又稱為「無分別智」。

在千年前的那個供水變成污血的早晨，天邊出現了一抹血紅的霞，從天南抹向天北，很像有人拿刀將天一劈兩半了。出門時，我看到有許多人在圍觀。他們像被無形的魚鉤吊住了上顎那樣伸長了脖子，有人嘴裡還發出了噢噢的叫聲。看到我過來，他們都寂了聲。自打聽說我要離開本波，許多人都會怪怪地望我。

那道橫貫天際的紅霞，它發出刺目的光，光呈金色，濺向四方。多年之後，當我向印度的一位大成就師講述時，那人說，那金色的光，象徵著你有無量的福報，你財勢極大。那橫貫天際的紅霞，象徵著你將成為歷史天空裡的一個耀目的存在。

但在看到紅霞的當時，我卻只是感到心頭滾過了一種不曾有過的感動。

人們怪怪地望我，我聽到身後傳來一陣腳步聲，我知道是扎西。自我透露了要離開本波的意向，扎西就很激動。扎西是本波最堅強的信奉者。

扎西速跨幾步，攔了我的道。他用挑釁的目光望我。扎西曾是我最大的支持者。他一向認為我是能振興本波的人物。他老是向人們宣傳我出生時的異象，老是說，哎呀，人家天生是法主胚子，一生下，很像個蛋，八地菩薩才這樣。對這些，我很反感。我不喜歡別人當面誇我。一誇，我就很不自在。但我還是理解扎西。扎西自稱是條獒犬，他只認得一頂帳篷。我的好多弟子，就是扎西拉來的。扎西將本波當成了活著的理由。他是個能為本波割腦袋的人。

扎西說，你要是離開本波，我寧願你死去。

我淡淡地說，我寧願死去，也要離開本波。

④ 誅壇裡的火光

當夜，我仍是感到了一種十分凶險的跡象。它先是展現在夢境上，我夢到地上捲起了渾濁的泥流，將我裹挾而去。夢境的一切都很陰沉，沒有一點光。那尾隨身後的黑龍仍在噴毒，那噴來的毒氣總能罩住我。但即使在夢中，我觀想的防護輪仍很堅固，這樣，那毒龍倒也奈何不了我。

醒來，我覺得自己胸口壓了一塊石頭，隨後，又聽到夜空裡響著巨大的哭聲。後來，一位印度成就師說，那嚎哭者，不僅僅是本波的護法神，還有魔王波旬的子孫呢。因為我一出現，魔王又會少許多眷屬的。

雖然我心中不怕，但那聲音，還是怪瘆人的。我很難入睡了。十多年來，我一直研習著本波的經典。對那些經典，一開始我也投入了全部的熱情。我很快就精通了許多經典。但隨著研究的深入，我的懷疑也越來越多。一天，朋友桑旦來訪。桑旦愛讀佛經，他看了我研讀的本波經典，笑了，說這些經，很像是從佛經裡摘錄的。不信？你到我那兒看看。我便去了他的藏經室，一認真翻閱佛經，便發現了許多相似。記得，就是在那一刻，我對本波的信仰動搖了。回家後，我就問阿爸，本波是從哪兒傳來的？阿爸說，是辛饒彌沃傳的。我又問，辛饒彌沃又是從哪兒得到法脈傳承的？阿爸回答不出。那時，我就想，原來，本波不是來自神聖的印度呀。那懷疑的種子，從此就種下了。

後來，才知道，就在我從夢中驚醒的那時，扎西跟幾人正在本波寺上方

的一處僻靜山窪裡修誅法。誅法壇城是三角形模樣。扎西在祝願紙上寫了他的願望。他的意思是，要是我執意要叛教的話，他就請護法神誅了我。他們供了黑芝麻等物，供了從山窪裡採來的藍色的花。他們齊誦著一種從千年前傳下的咒語。據說那咒語已誅殺了無數的人。在扎西的觀想裡，那咒語化成了一道道繩子，它們像一條條游動的黑蛇，出了他們的口，纏上了我的脖子。

我就是那時從夢中驚醒的。醒來後，仍覺胸口壓著一塊巨石，脖頸裡也像是被勒上了一道道繩索，彷彿夢中的泥石流仍壓著我的身體。按傳統的說法，這夢象徵著守方神發怒了。守方神也是土地神的一種。在本波的會供儀軌裡，守方神是必供的神祇。也許，在守方神的分別心裡，我的離開本波，也顯然是叛教行為。

我說的守方神有兩種，一種是類似於土地神的神祇，一種是教內的護法，他們是非人或是夜叉。從嚴格意義上來說，它們是大力鬼的一種。當然，你也可以理解為一種暗能量和暗物質。在後來我傳你們的教法中，也有許多可以調動這種暗能量的儀軌。這種儀軌，一般有四種，一種叫增法，專門用來調動可以增益的暗能量，它可以叫你發財或是成長所有的福報；一種叫息法，借用宇宙中的息滅力量息滅你的煩惱和災難；一種是懷法，可以借助宇宙中的大愛力量讓人敬愛你，讓你有可以懷柔的大能。扎西們行施的，是誅法，他們借助神祕的儀式，調動一種有著破壞或摧毀作用的暗能量，來達成他們的目的——比如，毀滅我的肉體和健康等。

要知道，宇宙中有無窮的暗能量，分別有著不同的頻率或波長，能產生不同的功能性力量。當你用一種特殊的形式調動這些暗能量時，就能達成你的許多願望，或是息災，或是增益，或是懷柔，或是誅殺。

這增息懷誅，成為諸多瑜伽修煉者追求的四種基本功德。

我起了身，出了家門。天邊的月兒正亮，黑魆魆的山成了一道道剪影，風吹來，拂在臉上，有股沁人心脾的涼爽。

望著遠山那邊，我想起了小時候做過的一個夢。我甚至懷疑那不是夢。在一般的夢中是看不到色彩的，因為在睡眠中，掌管色彩的大腦區域處於休眠狀態。我進入的，卻是一種光明之境。夢中，我被五個女孩請到某個聖地，那兒有一個女子，很是熟悉，彷彿我們相識許久了。女子拿出一本書，紅紅的書皮兒，上面是梵文。那時，我還不認得梵文。書中有一組人物。恍惚裡，我聽到有人介紹，這是五大金剛。我懵懂的心裡雖充滿了好奇，但我

沒有問，因為我每一動念，總能聽到一種解釋的聲音。那聲音不是出自喉嚨，而是出自心靈。它告訴我，說這是我的宿命。我恍惚了是「宿命」還是「使命」，我眼中，兩個詞都一樣。女子笑吟吟地將那書塞入我的胸膛。記得，我馬上感受到一種蕩遍天際的大樂。

那女子告訴我，她叫奶格瑪。

我清晰地記著她的容顏，她有著明月般的皎潔，有著清風般的輕盈，有著牡丹般的華貴，有著春日般的溫暖。那容顏，深深在印入了我的生命。我每每在一個不經意間，就能看到她。

奶格瑪，我的奶格瑪！

我一直記著這個夢。我沒告訴任何人。我想，這輩子，我一定要找到這個女子。我想，她說不定是我前世的母親呢。

我是在八歲那年做這個夢的。那時，我已經開始講授本波的經典，成為遠近聞名的神童。每次講完經，人們都會給我供養好多東西。這是慣例。但我對那些俗人眼中的好對象不感興趣。我一直記著那個夢。有時，奶格瑪也會在夢中出現。她總是遠遠地望著我，仍是那樣笑吟吟的。我總能感覺到奶格瑪身上發出慈祥的波，我很想接近她，但她總是離我那麼遠。

那時我想，也許是日有所思夜有所夢吧。

但在上個月的某一夜，奶格瑪又在夢中出現了。這回，她走近了。我看到她的額頭上有一隻眼睛。那眼睛發出輕柔的月光似的光，能照進我的心。記得女子說，我等你許久了，你咋還不來呀？這聲音，也不是出自喉嚨，而是出自心靈。

我想，她定然是我前世的母親。我望望月亮，覺得月亮也化成了那個女子。我想，不管發生啥事，我也要去找她。

那時，我當然不知道，一個僻靜的山窪裡，想要誅殺我的火壇正旺呢。一群有分別心的本波護法神，開始朝我張牙舞爪了。

⑤ 張牙舞爪的護法神

我甚至看到了那群張牙舞爪的護法神，它們大多是山神，也有龍神。在本波的經典中，多有供頌龍神者。它們吃了人的嘴軟，便顯出了一副凶惡的模樣。它們時不時就出現在我的夢中。它們有的噴水有的噴火，有的人身有的蛇尾，無論相貌清晰與否，都有著可怖的形神。那可怖，更多的是我感受

到的，而不是眼睛看到的。他們像隆冬清晨的寒氣一樣滲入了我的骨頭。他們狂歡著，游向我的每一個細胞，向那鮮活的細胞注入了一種膠著的黏液。在某些人的一生裡，叫他們懶散的，正是這樣一種物質。許多人就是在不知不覺中被那物質醃透了，他從此就會得過且過，再也沒有了進取的興趣和動力。

這天，那黏物也襲向了我。我就產生一個念頭：算了，人不過是個混世蟲，何必那樣辛苦呢？那黏物於是發出聲音：就是呀，你現在已聲名遠揚，只要假以時日，定當名揚天下。你何必產生那種不滿足的心呢？你知否？現在，你可以借本波的力，用不著你努力，一切都水到渠成了。你要是生了異心，前途究竟如何，真是個未知數呀。

我想，就是呀。人生不過百年，何必折騰呢？

就這樣，我放棄了努力，放棄了離開本波去尋覓真理的想法。很快，我便做了法主。我聲名顯赫，無人不知。我有著成山的供養，金銀像牛糞那樣堆滿了屋子。後來，我的弟子像萬戶的牛羊一樣滿山遍野了。若干年後，我死了，在臨死的時候，我發現自己其實並沒有明白，因為我放不下許多東西，比如寺院，比如金銀，比如我最愛的那個小弟子，比如我的鼻煙壺……這時，我才明白，我追求了一生一世的所謂解脫，其實仍是牆上的畫餅。然後，我死了，我的神識像斷了線的風箏那樣飄呀飄呀，卻找不到該去的路。

就這樣。你的一生就完了。我聽到一個女子的聲音。

我於是哭呀哭呀，待得那哭聲迸出喉嚨時，我醒了。

我想，幸好是個夢。

⑥ 父親的淚

早晨，我去找父親，說出了自己的想法。雖然我早就有了離開本波的打算，但還沒正式跟父親談。父親是本波的法主，父親很威嚴。父親身上有種說不出的神力，據說父親能騎著鼓上天，好些人說是見過，但我沒見過。父親只是讓我研讀經典。父親說，法術雖然有用，但要想真正振興本波，還是要從經典著手。你不看那世上留下來的，不是法術。有多少精通法術的人，都死了，留在這個世上的只有文化。我知道父親的話是對的。自幾百年前的蓮花生入藏後，本波受到了打擊，但本波的頑強生命力並沒有受到損傷，本波文化深入人心。本波有大量的經典，雖然一些經被人認為是佛經的改頭換

面，但其實本波本身，還是有跟佛教迥異的一些文化。我的名聲，就是講經講出來的。

父親將振興本波的重任寄託在我的身上。父親說，一個教派的興盛，不是人數的眾多，而是文化的繁榮。因為無論有多少人，都會叫歲月的風吹得一乾二淨，而文化則可以傳承下去。在父親的教導下，我才成了本波有名的飽學之士。

於是，當聽到我說想離開本波時，父親先是吃驚，繼而震怒了。

父親很少發怒。本波也將怒作為對治的主要煩惱。所以，父親的侍者益西吃驚地望著父親。他後來跟我說，他從來沒有見父親氣成那樣。

父親的身子抖動了一陣，說，只要老子有一口氣，你就別這樣好嗎？

父親的眼裡溢滿了淚。雖然扎西曾向他報告過這事，但他沒往心裡去。我很勤奮，我在鑽研本波經典時廢寢忘食。他不信我真的會離開本波。

那些年，離開本波的人越來越多了。雖然本波學者說自己的教法比佛教還要古老，但還是有好多人離開了它。沒辦法。那幾年，去印度取經求法者越來越多，每一個學成歸來，都會在當地造成很大的聲勢。而每一次聲勢，都會吸引一大批弟子。信仰本波的人雖也不少，但那勢力，卻有了衰微的趨勢。父親沒想到，自己的兒子也會離他而去。

父親沉默良久，說，這事兒，你多想想。無論咋說，本波也是老祖宗留下的寶貝。要是你想通了，就留在本波。要是你想不通，那就等我死了之後，再隨你。

我默默地走了出來。我很難受。我明白父親真生氣了。我很愛父親。但信仰這東西，一旦生疑，就沒了意義。

我長長地歎了口氣。

我想，我愛父親，但我更愛真理。

7 扎西的威脅

扎西將我的打算告訴了很多人，他們都來勸我，其中不乏一些格西。本波的格西學問極高，連佛教的僧人也很尊重他們。本波的經律論三藏，內容也很博大精深，不皓首窮經，是很難窺其堂奧的。他們沒有引經據典，因為他們明白，他們懂的，我也懂。我不懂的，他們也不懂。我曾問過他們一些問題，總能引起他們的惶恐。因為有些問題，千年前也有人問過釋迦牟尼，

佛也是默而不答。

格西們只是在情上打動我，叫我多想想父親的面子。一個本波法主的兒子竟會離開本波去投奔別的教派，於情於理，都有些說不過去。這些，我也不是沒想過。所以，格西們明白，他們也是盡心而已，許多東西，只能隨緣了。

扎西卻仍是那樣偷偷地威脅，我只是微微一笑。

扎西曾是我最有力的支持者，以前有一些人攻擊我時，他幫過我。但在我決定離開本波時，他又是最熱中於修誅法誅殺我的人。以前，在我眼中，他是我最親近的人，也是知道我心事的第一個人。所以，後來我常歎，害你者，往往是你最熟悉的人。

也許，扎西會想，相較於本波的丟臉，我的肉體並不重要。而且，他也許會想：那誅法，在誅殺的同時，也將被誅者超度了。對於我來說，這何嘗不是一種慈悲呢？

跟扎西一起行誅法者，還有三人，都被認為是本波的修行有成者。除扎西外，另兩人各懷心事。班馬朗是名氣僅次於我的年輕人，他也想當法主。每次看到人們供養我時，他的心裡就充滿了嫉妒。他在語言上迎合扎西，表面看來是為了本波，其實卻是為了實現自己的野心。班馬朗口才極好，讀書也多，語一出口，便如飛瀑，可惜在證悟上欠些火候。因為在心性上用功不多，他的口才並沒有使他遠離貪嗔癡。在誅法火壇邊，他一邊持咒，一邊觀想我被那火壇裡的火燒成了灰燼。他甚至看到了我死後留下的空蕩蕩的法位。那法位，看似平常，但一旦坐上去，便會有無限的風光。在當地人眼中，法主是天神般的人物。

另外兩人，雖也各懷心事，倒也對本波忠心耿耿。他們當然相信，誅殺我，定然會避免本波的一次蒙羞。

火壇的火，在偏僻的山窪裡燃了七天七夜。

⑧ 咒力與違緣

關於誅法的應驗與否，我不好說。我沒有死，從這一點上，說明咒術沒達成目的。但我確實病了。我發著燒，昏迷了好多天，覺得自己魂如碎絮，四處飄零，更像淋在污濁的淫雨之中，從裡到外都又黏又臭。

許多個瞬間，我覺得自己已經死去，已墮入地獄。我進入的地獄，跟傳

說中的不一樣。我的地獄裡滿是泥濘，滿是血污，滿是罪人的哀號和詛咒。我沒有見到牛頭馬面，也沒有看到閻羅王，只覺自己在泥濘中匍匐著，看不到天光，不知道方向，找不到歸宿，眼前一片漆黑，看不到任何能被稱為光的東西。

我時而被烈火炙烤，時而卻墮入了冰窖；時而被拋上了刀山，承受著萬箭穿心的劇痛；時而又被扔進一個巨大的磨眼，靈魂和肉體都被那兩扇張著利齒的磨扇碾得粉碎。有時，我真的靈魂如風了。我變成了粉末，被業風捲成一個個漩渦。我覺得宇宙中也充滿了無數的漩渦。那漩渦，時時就能將我裹挾而去。

我不知道自己病了多久。那時，我沒有時間和空間的概念。只記得，待我醒來時，才知道，父親病了。父親病得很重。他差不多已處於垂危狀態。父親睜著那雙乾涸的眼睛望我，眼中充滿了期待。

有人說，父親當了我的替身。他憑藉成就者的功力，將襲向我的那些惡咒咒力全接了下來，於是他圓寂了。不過，我知道父親以前也有病，是心臟病之類。我於是懷疑也許是因為我的決定刺激了他。無論是父親替我承受了咒力，還是我的決定刺激了他，我都覺得父親的死跟我有關。

這，成為我一生裡的不敢觸摸的一個痛處。

還有人說，那些誅法的咒力極強，雖沒促成我的壽難，但為我的一生製造了巨大的違緣。它確實也調動了許多負面的暗能量，伴隨著我度過了一百多年的生命歷程。後來，我的弟子中老是糾紛不斷，據說就跟本波護法神製造的違緣有關。

在我真正清醒的前一天，我做了一個夢。我夢到了滿天的咒力，它像攪天的黃沙一樣，裹向了我。後來，我發現了一個女子。她像黑夜中的燈籠一樣從遠處移了來。那燈籠越來越大，也越來越亮，我身邊黃沙般的咒力漸漸消失了。那情形，很像光明驅散黑夜一樣。

在恍惚裡望去，那女子手中的燈籠很像你們所說的宇宙中的天體黑洞，無邊的咒力都被吸進了那黑洞。

你當然明白，那便是奶格瑪。

遵循父親臨終前的安排，沒等我真正地恢復健康，本波的那些大德便舉行了一個儀式。

他們半是挾持半是擁戴地讓我坐了床。

就這樣，我繼承了父親的法主之位。

⑨ 無奈的坐床

　　那天，是由本波著名法師選定的良辰吉日，當地所有本波屬寺都被打掃得乾乾淨淨。信眾們歡歌笑語。我在當地有著極高的聲譽。我十三歲開始講法，就能在演講時舉出七百多部經典，被人們譽為神童。我繼承法主之位，算得上眾望所歸了。

　　那天早晨，我很早就醒了。我的心情很複雜，一方面，我很欣慰信眾對自己的信賴，另一方面，我又感到沉重，因為我的心畢竟不在本波。我的心願已定。離開本波，前往印度，是遲早的事。按說，在一般的教派之內，為了爭奪教內控制權，不知演出了多少醜劇。而怪的是，我在本波卻贏得了上下一致的支持，雖然班馬朗也想當法主，但想歸想，跟我競爭，他還不是一個量級。我多希望能有個大家都信服的人，來接替我當法主，使我能無牽無掛地去印度。但好多尊者都極力地督促我坐床。我明白，任何人都需要一個心靈的依怙，許多時候那個依怙是否真的存在並不重要，只要信眾認為他存在就夠了。正如人們總是願意將泥塑的偶像當成真正的神靈一樣，他們是需要那法座上真的有個法主的。至於那法主本身究竟如何，倒成了另外一件事。人們需要的，是他們心中的那個法主。哪怕他們拜的是個狗牙，只要將它當成了舍利，就相應有了拜舍利的利益。

　　我看到遠處的屋頂上插滿了傘蓋，掛上了經幡和五彩旗幟。雖然在一些書中說佛教打敗了本波，但在百姓生活中，本波的力量還是很大。因為本波有許多實用的法術，比如打卦、驅魔等，能為老百姓解除一些實際的心靈疾患。許多時候，尋常百姓甚至模糊了佛教和本波的界限。所以，我坐床的時候，許多信仰佛教的人家也掛上了經幡。家家的煙供爐裡也煨上了柏枝和香料，柏枝獨有的清香飄滿了山窪。

　　時辰到了，本波的僧侶和遠近的大眾都集中到寺院周圍。他們穿上了節日盛裝，簇擁在寺院兩旁的道上。

　　坐床典禮開始了，鼓聲、鈸聲、號角聲響起了。莊嚴的氣氛撲面而來。在司禮的帶領下，我向本波的歷代祖師獻了哈達，我聽到本波僧眾唱起了長長的頌歌，其聲渾厚，似達天庭。我彷彿看到了歷代祖師正向我微笑，彷彿向我囑託著什麼，我的心裡頓時充滿了歉疚，覺得自己有些對不起他們。雖然我學了那麼多的本波經典，但在心底，卻從來沒有生起過信心。按教內的說法，生不起信心的話，所有的修證就沒有意義。我於是想，連自己都沒有

信心，卻又向那麼多信眾講法，是不是有了點欺瞞色彩呢？

　　我獻了哈達之後，眾多的僧侶們開始念經，他們在祈禱本波教法的久遠，並為新的法主祈福。我接受到場的貴客們敬獻的哈達。他們都真誠地說著吉祥禱詞，獻上禮品，我也向他們回贈了禮品。

⑩ 淚水迷濛的雙眼

　　坐床典禮後，遠近的信眾舉辦了賽馬比賽和射箭比賽。比賽在山下的一處相對平坦的地方舉行。在儀仗隊、鼓樂隊、侍者、護衛的簇擁下，我前往比賽場地助興。

　　賽馬時的歡樂氣氛沖淡了我心頭的那種難以名狀的情緒。賽馬時，人們先是分了小組，各小組中選拔第一名，再進行第二輪決賽。當第一組馬衝出起跑線時，觀眾的歡呼聲就炸雷般響了。騎手們也歡呼著。馬蹄濺起的塵土四散開來，為賽場罩了一層朦朧的面紗。

　　雖然整體的氛圍很是歡快，但我卻似在夢中。因為我明白，眼前的一切很快就會過去，我們留不住任何東西。我們的行為留不下一點兒痕跡，我們的生命也洩洪般流向未知。我於是有了一種焦慮。我很厭倦這一切喧譁，厭倦這鏡花水月般虛幻的一切。我覺得自己成了一個無常的池塘，其中，有無數的水泡在破滅，也有無數的水泡在出生。一個個我在死去，一個個我又在新生。我產生了強烈的出離心。

　　所以，露了一下面後，我便回到了寺院。

　　坐床儀式結束後，我覺得心裡空蕩蕩的。父親走了。父親雖然身體不好，但我還是認為父親的離去跟我有關。我明白父親承受了巨大的打擊。為了將我培養成本波的法主，父親花了很多心力。記得從我懂事起，父親就教我念誦，教我觀想，教我常用的儀軌，並指導我學習各種本波的經典。記得我第一次上台講經那天，父親欣慰地笑著。父親很慈祥，父親從不罵我。父親眼中，兒子確實是聖人再來。除了落地時我以蛋的形式不受血污外，還因為我的命相中占了四虎，這是大貴之相。父親堅信，因為我的誕生，本波會有一次中興。許多時候，一個教派的興盛，往往源於一個偉大人物的出世。對本波，父親看得比生命更重要。他希望，本波會從自己的兒子手中，像幾百年前那樣，成為燎原雪域的大教派。

　　但我還是讓父親傷心了。父親走的時候已不能說話，他其實也用不著

說。他一直沒有閉上的眼睛說出了一切。我聽得懂那話。我明白父親希望我收回以前的話。在某個瞬間，我甚至差點隨順彌留之際的父親。但奶格瑪又在心中出現了，我甚至聽到她對我說了話。於是，我只是長長地歎了口氣。

就在我嘆氣的時候，父親的生命之火熄滅了。父親的瞳孔大了。我甚至忘了按本波的形式祈禱。我如遭雷殛，腦中一片空白。許久之後，我才瘋了般念叨：我沒阿爸了！我再也沒個阿爸了！我淚如泉湧，胸中有種奇異的堵。

父親的侍者益西將我扶向一旁。

不久，我聽到了格西們那一陣渾厚的誦經聲。我覺得天灰沓沓了。

⑪ 遠去的生命激情

父親走後不久，我講了一次經。我講的是《綽年噶桑》。這是一種被稱為伏藏的有名經典。藏地歷史上，有許多以伏藏形式保留下來的經典，它跟你的家鄉敦煌莫高窟後來出土的佛教典籍是同一性質。為了不使經典毀於日後的毀佛大難和戰亂，一些有識之士將經典進行了伏藏。根據伏藏的形式，有藏於地下的土藏，有藏在水裡的水藏，有藏在巖下或巖洞中的巖藏……總之，有地水火風空識六種形式。《綽年噶桑》是識藏，是指埋藏在人們意識深處的伏藏。按本波的說法，當一種經典遭遇天災人禍難以流傳時，本教神祇或是賢哲就會將它藏在自己或他人的意識深處。多年之後，當天朗氣清時，在一種神祕力量的加持下，那些識藏就會以著述或是背誦的方式顯發出來。那些人可能是本波法師，也可能是目不識丁的牧人。授藏者與掘藏者可能是同一人，也可能相距好幾代。這次講的《綽年噶桑》，就是由一個叫珠顧綽年的人傳下來的識藏典籍。

按老祖宗的說法，在明空之境中流出的文字，其實就是佛菩薩的法身依託文字的顯現。我很能理解這一說法。

我第一次以法主的身分講經時，許多人都帶著很高的期望值來聽。想不到，我的這次講經沒有一點激情。許多人以為是傷悼父親的原因。只有我明白，我已經對本波教法產生了極大的懷疑。在我眼中，這些來自識藏的所謂經典，是無法跟有著清晰傳承的那些佛教典籍相提並論的。雖然我也明白，從另一種意義上講，識藏就是記憶深處的經典。我甚至還知道，早期佛教的幾乎所有經典，都是由記憶傳承的。但那種游絲一樣的疑，還是織成了巨大的屏障，在我與本波之間蒙了一層揮之不去的雲翳。

沒辦法。

當你對一種東西失去信仰時，生命的激情就會悄然遠去。要是你非常敬仰一個人，卻忽然懷疑他可能庸碌甚至卑鄙時，你定然也會產生那種失落。那種緣分的消失跟退潮的大海一樣不可挽回。我甚至懷疑父親曾對我的印證了——這是最要命的事。我想，要是一生追求的東西，不能給自己帶來自信和安詳時，這種信仰還有什麼意義？

望著成堆的供物，我悶悶不樂。我明白這些供養改變不了什麼。我愚癡時，供養不能讓我明白；我煩惱時，供養不能叫我清涼；我追求真理，供養不能指引我道路。我日求三餐飯，年求幾件衣，那成山的供物，對我來說，僅僅是擺設而已。

我想追求歲月抹不去的東西。

但隨著研究的日漸精深，我對本波的疑惑也越來越多，雖然其中也有許多真理，但本波模糊的傳承，已成為我心頭抹不去的陰影。傳承是密法的生命。沒有傳承，便沒有密法。雖然我在每次講經時，都不曾說出心中的疑惑，但那懷疑的種子，卻在日漸生根，並開始發芽開花結果了。這結果，已經導致我不再像過去那樣精進地修法。我開始思考一些以前我不曾思考的問題。

我開始接觸一些佛教經典。我發現自己進入的，是一個世界，是一個博大無倫的世界。雖然我沒有窺出全貌，但那炫目的光芒，還是一下子激醒了我。我甚至承認，本波中最精華的部分真的可能來自佛教。每次講經，雖然我力圖想用非常堅定的語氣來講述本波教法的殊勝，但連我自己也發現沒了底氣。在幾乎所有的講經中，我從來沒有貶低過佛教。我甚至不顧扎西等人的反感，一次次讚美佛教體系的博大和精深。連最笨拙的人也能看出，我對佛教的熱情，已明顯地超越了對本波的熱愛。

扎西對我的反感已公開化了。他希望法主能弘揚本派教法。扎西用親身的體驗驗證了本派教法的殊勝，因為扎西對本波很有信心，而信心是成就最有力的保證。據說，還有幾個人繼續對我行使誅法，其中最熱中的人是班馬朗。班馬朗口若懸河，已鼓動了許多本波的鐵桿信仰者。他們雖然不敢公開發難，但那僻靜山窪裡的誅壇之火卻再一次燃起了。有人還行使了咒術，在我常去的某個地方埋了黑牛角等鎮物。

在許多個不經意的恍惚裡，我也能看到一些凶險的畫面。比如，我總能看到那些山神或是龍眾，它們以巨大的蠍子的形象出現。它們蠕蠕而動，鋪天蓋地。它們有時張牙舞爪，噴著毒氣；有時卻張著大口，想吸走我的生命

精華。它們像浪一樣湧了過來，一波一波，無止無息。每到這時候，我總是感到胸悶心跳。我明白，這一切，都是因為自己太在乎那種儀式。在過去的歲月裡，據說這種儀式奪走了很多被誅者的性命。正是這諸多的「據說」，對我構成了巨大的壓力。多年之後，我才明白，那諸多的凶險之兆，其實也來自我的心性。

但在明白心性以前，我生命的天空裡卻布滿了可怖的烏雲。那段日子，我看不到太陽。不，如果說有太陽，也僅僅是我對未來的嚮往。我一直忘不了奶格瑪，也忘不了一個叫阿莫嘎的成就大師對我的授記。他說我的根本上師是奶格瑪，說我會創立一個叫香巴噶舉的教派，說我會有十多萬弟子。在我眼中，那與其說是授記，還不如說是他替我構畫的一幅人生藍圖。後來，我一生的生命軌跡，其實就是在實現那幅藍圖。

在所有的凶險之兆中，最叫我難忘的，是那蠕蠕而動的鋪天蓋地的蠍群，這幾乎成了我擺不脫的生命意象。後來，每當我受到小人的中傷和圍攻時，我總會想到它們。

在我的一生中，那蠍群般的小人是我擺脫不了的夢魘。無論我離開本波的時候，還是我後來求法的時候，甚至在我有很多弟子的時候，我都會感到紛飛而來的唾星。我總是會被人中傷。因為我總是顯得——注意，我用了「顯得」，而不是「真的」——很出色。無論我在本波，還是後來在印度，再到後來我收授徒眾，我總是像太陽那樣扎世人的眼眸。在任何地方，我都是一個不可忽視的存在。所以，許多人總是將我當成自己的對手來中傷，卻不知，小人的行為，在智者眼裡，僅僅像蚍蜉撼樹般可笑。

當那烏雲蓋頂般的沉悶襲來時，我覺得自己很孤獨。你老說，當一個人超越時代時，他不能不孤獨。你也許是對的。但我那時發現，那襲來的孤獨已變成了物質，彷彿觸手可摸。以前待我很好的那些人，都成了向我噴射孤獨的出口。他們的每一個眼神，每一個心照不宣的表情，每一次暗示，都在訴說我的荒唐和不識好歹。他們眼中，放著這麼好的法主不當，卻要走向莫名其妙的未知，真是滑稽。

我覺得自己周圍多了一層無形的網，它雖然無形，卻很堅韌。它像漁網一樣充滿了柔韌的力量，它像玻璃一樣有質卻透明，它像天網一樣無處不在。它將我和世界割裂開來，想叫我窒息而死呢。

雖然本波的法主是看得見的實惠和輝煌，那輝煌，跟成年人長鬍鬚一樣自然。它是看得到的財富，是千年間的歷代祖師為我鑄就的無形資產。在

雪域，它比佛教更古老，更直接影響了藏人的祖先，早就滲入了人們的「八識田」——當然，你也可以叫「集體無意識」，這也是近千年後才出現的詞——那真是一筆巨大的無形資產，足夠我無憂無慮地度過一生。

在許多人眼中，放棄這財富者，無異於傻子和瘋子。

我不是不懂這些，但我想，人活著，除了肉體的需求之外，還有更重要的東西。它超越形體，超越物質，超越世俗的功利。它是我活著的理由和生命的意義。換言之，就是為了那目的，我才來到這世界的。

我想，我必須明確地表示自己的態度。

我想，將本波交給熱愛本波的人去信仰吧。我自己，去尋找生命深處最叫我牽掛的那個女子。

我永遠忘不了那個名字：奶格瑪。

⑫ 神祕的授記

還是在童年的一天，母親就將那個神祕的授記告訴了我。母親說，在夢中，她見過那個女子，很美。那女子老是望著她笑。母親說那女子的笑很清涼，會發出一暈一暈的波，一暈暈蕩了來，她就覺得這紅塵成了淨土。

在母親說了這話的當夜，我夢到了那個女子。她對我說，日後，無論什麼時候，無論出現什麼事，只要我念「奶格瑪千諾」，她就會幫我達成願望。

在夢中，我無數次地驗證了這一說法。

某次夢中，我遇到了無數的妖魔，它們露出獠牙，撲向我。我知道自己幼小的身子是填不滿那些大口的，於是喊：奶格瑪千諾！這時，奶格瑪出現了。那些獠牙馬上化成了煙霧。

後來的夢，大多相似，無論環境多麼險惡，只要我一念「奶格瑪千諾」，諸種惡境，便化為瑞相。

再後來，當白天遇到危機時，我也會那樣念誦，也總是能逢凶化吉。

正是這一次次應驗的祈禱，使我一直沒有忘記那個授記。

當誅壇的火光一天天燃燒時，當諸多的惡相顯現時，我一念「奶格瑪千諾」，那心頭的沉悶總是會馬上消散。有時候，隨了那沉悶消散的，還有孤獨。正是在想到奶格瑪的時候，我才覺得自己不是一個人。是的，我不僅僅是我自己。我還有奶格瑪。奶格瑪那雙充滿悲憫的眼睛總是在默默地望著我。跟媽講述的那樣，那眼睛還會發出一暈暈的波。那質感極強的波會帶一

種清涼，帶一份安詳，帶一份母親才有的溫馨，注入我靈魂的最深處。

這時，我就會情不自禁地叫：奶格瑪，我生生世世的母親。

那種來自靈魂深處的力量無處不在，無時不在，幾乎充盈了我的少年和青年。每當眼前的喧囂消失的時候，奶格瑪就會出現在眼前。後來，它已成為我生命中擺脫不了的氛圍。

我想，即使那些人真的有誅人的證量，奶格瑪也不會坐視不救的。

所以，聽到有人想誅我時，我只是微微一笑。雖然也觀想了防護火帳，但我想，即使沒有防護火帳，奶格瑪也不會扔下我不管的。

⑬ 逆行菩薩

在公開自己的選擇之前，我首先去找母親。母親知道我的心事。母親說，只希望我答應她一件事：先別去印度，因為路途遙遠，途中多盜賊，會有生命危險。她只希望我能在藏地求個法苦修。母親說，無論你信本波還是佛教，你都是我的兒子。她說，要是你在藏地能找到能當你上師的人，就先在藏地苦修。找不到的話，再去印度不遲。

我答應了母親。

一個月後，我親自主持了坐床儀式，將本波的法位傳給了益西。他曾當過父親的侍者，後又依止了我。益西人很實在，沒有班馬朗那樣的辯才。但我還是想，無論什麼教法，都以善為本。口拙不要緊，只要心好，有相應的證悟就成。

坐床儀式很隆重，方圓百里的本波寺院裡都來了人。他們對我離開本波深感痛心，所以，本該歡樂的儀式上，氣氛卻略嫌沉悶。我的離開，被認為是那個年代本波最沒面子的事。

那時，我根本不知道，沒有繼任我當上法主的班馬朗恨死了我。他發願一生要跟我作對。我離開本波不久，班馬朗也影子般跟定了我。他成了我前半生擺不脫的陰影。後來，我多次的違緣和命難都跟他有關。在我創立了自己的教派後，班馬朗仍唆使其他教派反對我。多年之後，他死於一場奇怪的惡病。他的著作卻流傳了下來，他於是成了著名的「佛學家」。

在我的後半生裡，每當回憶起班馬朗，我還是微笑著稱他為「逆行菩薩」。

要是沒有他，雖然我的一生會順利很多，但也會少一份異樣的傳奇色彩。

第**2**章　朝聖途中

《瓊波祕傳》稱：那誅法火壇的祭火一直燃燒著。它主要行施了兩種惡咒：一種是誅殺咒，一種是魔桶咒。前者以斷人的命脈為主，被誅者大多命盡，不得善終；後者會讓人墮入一種無法擺脫的夢魘。據說，後者的誅，是最究竟的誅。前者只能作用於肉體，後者卻能誅滅靈魂。

① 失重的感覺

瓊波浪覺走出了本波寺院。那是當地最大的一個寺院，幾乎佔據了大半個山頭。

他的心情很複雜。我原以為，他定然有種輕鬆和釋然。可是，祕傳卻不見這樣的記載。從那字裡行間，我反倒看出了一種極其複雜的東西。

我將那種感覺稱為「失重」。

在離開本波寺院時，瓊波浪覺忽然有了一種無著無落的情緒，他覺得自己沒有了依附。正是在那個瞬間，他忽然明白了為啥人們需要宗教，為啥需要一種靈魂的依怙，為啥人總是要苦苦地追求一種形而上的東西。他說，宗教定然源於這種無依無靠的孤獨感。他覺得自己忽然被「拋入」了陌生。雖然那是他自己的選擇，那種被「拋入」的感覺仍非常明顯。九百多年後，一個叫海德格爾的人詮釋了這種感覺，人們便稱他為二十世紀最偉大的哲學家。

那份孤獨和被拋入的陌生感，一直跟蹤了瓊波浪覺許久。他感到自己徜徉在無邊無際的空間和無始無終的時間裡，像茫茫大海裡的一片落葉。有時候，他更像飄遊在秋風中的黃葉，從天的這頭飄向天的那頭，一任那秋風撕扯自己。原以為，離開本波的自己應如脫韁的野馬，能暢快地撒野一氣。卻想不到，他忽然有了一種失重的感覺。

只有在想到奶格瑪時，他才覺得有了一份依靠。

但此刻的奶格瑪，還僅僅是個符號，沒能融入他的生命成為靈魂的依怙。於是，他時時陷入那種失重的情緒之中，做不了心的主人。

他想，要求得真正的解脫是多麼難呀。

是的。沒離開本波前，他是那麼強烈地想離開它。他覺得那些吱吱咕咕的人是多麼討厭，現在，那些人都不見了。雖然他們仍在吱咕，但眼不見為

淨，煩人的白眼和臉色畢竟不見了，誰料想，那些東西消失之後，他竟然有種面對虛空的感覺。這，同樣令他受不了。

他想，這說明，他以前的所有修證，都是不究竟的。只要心需要依靠，便不會產生解脫。

但無論如何，瓊波浪覺終於告別了那個顯赫的寺院。

 ## 清醒的宿命

九百多年之後，筆者見到了那個寺院的廢墟。曾經輝煌一時的教派，早已不見了當初的顯赫。一切都隨歲月的颶風消失了。本波寺也以它的生命經歷，為我演繹了什麼叫「諸行無常」。

在某次相遇中，瓊波浪覺向我談到了他走出本波寺的複雜心理：一方面他有了一種異樣的輕鬆；另一方面，他對未來不免多了一些憂慮。這是他人生的第一次選擇。成功和失敗都是未知數。他不知道自己將走向何方，不知道自己會有怎樣的轉機。他看到了高天之上翱翔的蒼鷹，它們展著翅膀，悠遊於翻滾的雲層間。他看到了那份閒緩和舒適，感覺到那份自由和悠閒。那個畫面感染了他，沖去了他離開本波寺後的失落。畢竟，他在那個富麗堂皇的所在待了二十多年。在那裡，他度過了童年、少年和青年時代。他生命裡最有可塑性的年代就是在那兒度過的。雖然他對本波教法有了懷疑，但寺裡那嚴格的訓練卻為他的一生打下了堅實的基礎。本波文化的精深和博大，也成為他的另一種靈魂滋養。

我甚至認為，瓊波浪覺後來之所以有大成就，定然與他汲取了多種宗教的營養有關。許多時候，僅僅懂得一種宗教者免不了會有他自身的侷限。真正的大師是由多種文化滋養而成的。所以，我常常失笑一些所謂的大師，他們故步自封，也自以為是。他們雖然在自己的領域裡浸淫了一生，但那一生的浸淫也成了他最大的障礙。坐在井中的人，很難看到更大的天空。

瓊波浪覺看到了遠處的山脈。遠山像奔跑的野獸的脊樑那樣起伏不已。那股洶湧的大氣漫捲而來注入心靈。我能讀懂他此刻的心。許多時候，我也曾面臨這樣的選擇。人生就是由選擇構成的，無數個選擇構成了複雜豐富的人生。而有些人，總是能在關鍵時刻清醒地明白自己的宿命，他們因此成了人們說的「偉大人物」。

瓊波浪覺走出本波，走向佛教時，首先選擇了寧瑪派。這是個古老的教

派，有著自成一體的文化和天大的名聲。瓊波浪覺早就如雷貫耳了。瓊波浪覺很嚮往寧瑪派的大圓滿。這法門，同樣的聲名顯赫。

③ 遭遇大圓滿

我曾用文人特有的心，去體會瓊波浪覺那時的心情。那時，在經歷了多年的智慧歷練之後，我已能觸摸到瓊波浪覺的心。我時時能跟上他跋涉的腳步，並融入那尋覓的靈魂。

在我的視野裡，瓊波浪覺帶著一臉的風塵，走進了那座寺院。那年他二十八歲，風華正茂呢。

他來拜謁一位上師。他叫律桑格，據說成就了大圓滿法。

寺院不大，藏式的建築風格。現在，你仍然可以在藏地的山窪裡看到那種建築。許多時候，它已經成了一種象徵。它承載的，是我們所嚮往的那種精神。

律桑格對瓊波浪覺的到來很是歡喜，他稱讚瓊波浪覺是上等根器。他沒有說「棄暗投明」之類的話，相反，他對本波文化也有著極高的評價。

瓊波浪覺向律桑格求大圓滿法。

律桑格說，兒呀，這大圓滿法十分殊勝，它是由本初佛普賢王如來所說。它的哲學思想是諸法本淨，空無自性。

它既是自然智，又是金剛身。

它的世界觀是諸法無自性、平等、元成、唯一。

以後，你會了解到它的博大和精深。

④ 自在的眞如本覺

瓊波浪覺離開本波，投到律桑格喇嘛門下不久，班馬朗也離開了本波。他追隨著瓊波浪覺的足跡，也來學習大圓滿。瓊波浪覺很高興，他將班馬朗的行為當成了跟他一樣的覺醒。瓊波浪覺天性寬厚，對所有善行他都隨喜。他甚至將班馬朗的行為當成了對自己的某種聲援。因為，他離開本波之後，教內便有了更多非議，流言也四起了。對他的離去便有了多種說法，都說是他入魔了，放著本波的法主不當，倒去當別派的沙彌（其實，此時的瓊波浪覺連沙彌都不是，他此時並沒有受沙彌戒）。還有多種說法，總之很是難

聽。所以，瓊波浪覺就將班馬朗的離開本波，當成了對自己的一種行為上的聲援。他後來才知道，班馬朗離開本波，很大部分緣由是他沒有當成法主。他是從骨子裡恨透了瓊波浪覺的。在本波護法神前，他發過願，他要三輩子跟瓊波浪覺作對。對此發願，我有點疑惑。我不明白班馬朗的發願為什麼會被《瓊波祕傳》的作者所知，該書將後來跟瓊波浪覺作對的那幾個人都當成了班馬朗的轉世。據說，這是一位證得了宿命通的成就者證實的。佛門的傳記中，充滿了這類神奇的記述。

瓊波浪覺很快通曉了大圓滿的本覺開示，入道不久，他就在律桑格喇嘛的弟子中脫穎而出。有時，上師還會叫他給一些新來的弟子講法。

從緣起上看，瓊波浪覺首先接觸了大圓滿。以是因緣，多年之後，光明大圓滿也成了香巴噶舉教法的核心之一，它跟光明大手印一起，在歷代上師中薪火相傳。1995年，筆者依止香巴噶舉時，上師就首先傳以大圓滿。此後，我才又漸次領受了「奶格瑪五大金剛法」和「奶格瑪六種成就法」等其他法要。

於是，在那相遇的光明中，我也請瓊波浪覺為我講述了大圓滿的修法竅訣。其具體內容，筆者已寫入《光明大手印：實修頓入》中的「契心性品」。

瓊波浪覺說，兒啊，當你認知到法爾本覺之後，心中就會現起終極的空性之光。你既然已明白了自性，就能漸漸遠離執著，常住空性之中。你要遠離無明、迷亂和失照。在認知本覺之後，你要明白，世上的一切，都是自性化現，這是真正的解脫之門，你要確證無疑，不可懷疑。久而久之，連你的這種修習也要解融於自性之中，毫不執著而消融於無形。

當你精進修習，有了寶貴的宗教體驗後，你的人生就會被磁化，你會產生無量的信心。你就像擁有了如意寶珠，一切妄念也會消解於自性。這時，他人、外境，情世界、器世界，三千大千世界，就會復歸於幻相，在你當下的覺性中生起。你就會認知這一切，明白它們並不是來自外部世界，而是源自你的心性，你就有了轉輪聖王般的自信，就會像轉輪聖王那樣君臨天下。那時，你就能因為證悟了本覺自性有了轉化四大的能力，你就可能因此虹化而獲得究竟解脫，你可以不再依賴世俗的肉體，你會擁有更實在的解脫體驗。

這時，你的信心就能像虛空那樣不可損壞，像大山那樣八風不動，像太陽那樣遍照諸方。要知道，這種完全的自信來源於大圓滿的見地和實踐，要

明白萬事萬物離修而自解，諸相終究會消融於無垢本初的實相光明之中。那情形，就像空入於空，水融於水，雲散於蒼穹，光消於無際。要明白，現於自身者會瞬解於自身，萬象不依外緣而解脫，就像以石破石、以鐵煅鐵或以土清土那樣，要在這究竟當下的自性本體中，萬象解脫於對當下本覺的領會。這樣，就像倒水入海一樣，本體的母光明和你覺心的子光明就會相會相融，你就會空依空性而解脫。

要是你能證得虹化，你的身心覺知就會消融在虹化時的圓光自身中。你就會證悟到本然狀態就是本覺，你就能直契萬法的根源，你就會明白修習托嘎時所現的圓光也只是自心的顯現，其體性，也如你照鏡時的那種影像。因為你已契入法源，此時的證入如同母子的久別重逢，你就會得到究竟解脫。

所以，別執著那圓光，它終究也會瞬解於自身。諸種顯現終會歸於空性，那明瞭明晰的還是你當下的本覺。你會明白無始以來的諸多顯現即是無明，那六道輪迴亦如鏡中的幻影，雖有諸多顯現，但仍是如夢如幻。此時，你的無明也會自解，你不再被輪迴的幻相困擾，你已自證了存在之實義即自在本覺。妄念當下自解，無須別有對治。你就會恆處於當下實相，而不再別有疑惑。你常在定而不離四事，行住坐臥也不離空性，你的行為如同注水入水。所以，你的有為之修，也就會像如蛇解結那樣能自行解開，從此你不再憑藉有為的功用之修。

但要是你不能明瞭這種見地，不能認知本覺實相，卻要離開實相到別處去尋覓，或是去心外求法，你將會再入絕境，重被幻相困擾。

瓊波浪覺說，記住，要認知當下的明覺，要恆契自在的真如本覺。

在那次相遇的光明中，瓊波浪覺叫我躺在大地上，凝視天空。但見天似藍綢，無紋無波，一蕩而去，不見邊際。那無邊的藍色，在我的心中瀰漫開來，漸漸融了自己。上師叫我將自己的心識融入那無邊的藍天，不著諸相，不思善惡，不追過去，不念未來，只覺醒清明於當下。我覺得自己的心識融入了虛空，漸漸沒了自我，只覺一種磅礡的清明和空靈融化了自己。這時，天邊忽然傳來幾聲雁鳴。

上師說，聽到那雁鳴了嗎？……對，就是它。

我忽然明白了上師想說的話。

在靜的極致中，我聽到了瓊波浪覺開懷的笑。

他的笑聲像幽谷中綻放的百合。

⑤ 覺醒的明空

據《瓊波祕傳》記載，就在瓊波浪覺離開本波後的三個月內，那山窪裡壇城處的火壇仍在燃著。幾位瞋心極重的本波行者仍在修誅法。瓊波浪覺一離去，有些人也對本波失去了信心，離開了本波。所以，幾位精通誅法的本波行者，決定殺一儆百。他們到處宣揚，說本波的護法神發怒了，要懲罰那些「叛教」者。每出現一個離開本波者，誅壇的祈願紙上就會新添一個名字。

那祈願紙上寫的，是行誅法者的意願，燒在誅法壇城裡。祈願紙上欲誅的人名，從開始的瓊波浪覺，漸漸變成了好幾個。一天，其中一人在騎馬時，馬一驚奔，他便摔下馬背，不料腳沒脫鐙，頭便被地上的石塊撞碎了。這一來，那護法神發怒的傳言被證實了。一些因為瓊波浪覺的離去而心思波動者，也不敢再動去念了。

每看到誅法火壇的祭火，總有些善良的人擔心瓊波浪覺的安全。

瓊波浪覺在律桑格喇嘛處學了數月，他已完全掌握了大圓滿的口訣。他如法而修，但無明顯覺受。因為本波中也有稱為大圓滿的法門，有些見地，很是相似。但由於因緣使然，在禪修中，瓊波浪覺的眼前老是出現奶格瑪，神情便恍惚不定了。

看到瓊波浪覺心神不定，班馬朗心中暗喜，他將這現象當成了扎西們誅法應驗的兆頭。班馬朗在臨行前，用自家財物供養了那些修誅法的人，所以在祈願紙中，就沒有他的名字。

瓊波浪覺將有人行誅法的事告訴了律桑格喇嘛。上師說，不要緊，你是有大根器的人，有天生的降魔能力，尋常的世間鬼魔根本近不了你。要是你有疑心，你可以觀想防護火帳，你觀想你的五個脈輪上有五個種子字，它們射出輻輪般的光杵，在你的身體四周織成圓柱一樣的金剛杵火帳，這樣，邪魔的咒力就進不來了。可惜你沒有明心見性，不然，你直接進入大圓滿定境，心如虛空，不著諸相，這樣，那些世間的邪魔就找不到你了。

瓊波浪覺遵囑施為，但由於因緣使然，仍不能安心。

他雖在理上明白了大圓滿的殊勝，他承認那見地十分高妙，也在上師的開示下嘗到了法味，但他卻無法保任那覺受，更不能將它打成一片。因為心有牽掛，他老是想到那位印度大成就師給他的授記，難以安心，妄念時時襲來，將他拽出那覺受。

　　那份覺醒和空明，像風中的游絲一樣，雖然老在他眼前晃動，但就是無法抓住它。即使有時抓住了，那覺受卻化成了風，從指縫裡溜走了。

　　倒是那個命定的牽掛時時襲來。瓊波浪覺家族的人都知道，他出生不久，印度來了一位大成就師。那人長得非常奇特，相貌高古，氣宇非凡。據說，他是像燕子一樣飛來的，家人覺得有一點暗暈從空中出現，那人便已落地。他自稱阿莫嘎，這名字一直成為瓊波浪覺心中的一縷溫馨。那人給瓊波浪覺灌了長壽佛頂，又對父親說，你這孩子，可不尋常。他是一切有情的依怙主，要好好撫養。因為這一幕，瓊波浪覺一出生，瓊波家族就視為人中之寶。所以，瓊波浪覺自小便尊崇無比。

　　後來，瓊波浪覺清楚地記得，他八歲那年，他跟姐姐在山坡上玩耍。那時，瓊波家族的人中，只有姐姐不將他當成啥未來的聖人。姐姐老搶他手中的糌粑，老按倒他用巴掌抽他的屁股。有時，姐姐會用足了勁，將他的屁股扇成紅紅的一片。他總是疼得大叫，姐姐就會說，你不是未來的聖人嗎，咋也會疼？那天，姐姐又惱了，又將瓊波浪覺按在山上狠命地揍。瓊波浪覺疼得大叫。瓊波浪覺大叫時總是閉著眼睛。記得，他大叫前曾四下裡張望，想找個求救的人，但並無人影。待他閉了眼睛大叫，卻聽到一個陌生的聲音。後來，他才知道，這便是那個他出生時來授記過的阿莫嘎。瓊波浪覺看到了一個長著絡腮鬍鬚的漢子，看不出其年歲，只能說他介於四十至六十歲之間。後來，瓊波浪覺到了印度時，才聽說連印度人也弄不清阿莫嘎的年齡。爺爺見到他時，他就是那樣，半個世紀之後，孫子見到他時，他仍是那副模樣。沒人知道他究竟活了多久。聽說，他能從佛國攝來長壽甘露，喝一口，就能增加一百年的壽命。因為有如此的記載，千年之後，中國大地上也出了一個騙子集團，他們謊稱自己能從佛國攝來甘露，從而騙取了大量的錢財。

　　瓊波浪覺卻知道阿莫嘎是真的能從佛國攝來甘露的。在多年後的某一天，他喝了那甘露，那是人間語言無法形容的滋味。因為甘露的入體，他的生理發生了很大的變化。後來，他活了一百五十歲。在去世前，他仍是健康無比。

　　瓊波浪覺在呼叫之後見到了阿莫嘎。阿莫嘎已經拽起了他。阿莫嘎現了忿怒相，對姐姐說，你瞧。姐姐便看到了一種奇怪的現象：瓊波浪覺在掙扎時，他的腳竟在石頭上印出了許多深深的印痕，彷彿那不是石頭，而是爛泥。那石頭，後來成為聖物，接受了億萬信眾的朝拜。筆者在朝拜聖匈寺時，也跟一塊有深陷足印的石頭合過影。

阿莫嘎指著那足印說，瞧，你不該打菩薩的。你趕緊懺悔。

姐姐雖然有些吃驚，但她並沒懺悔。雖然有很多人都認定瓊波浪覺是聖人再來，但姐姐並不相信。她不信那個拖著清涕的毛孩子會是聖人，也不信小時候曾尿床的小屁孩會是聖人，更不信老叫她揍得噢噢亂叫的娃兒會是聖人。這一點，很像我的妻子，無論這世界如何看我，在她眼中，我仍是個愛做錯事的孩子。她時不時就拽倒我，掄了鞋底狠揍。我哭笑不得，只好說：小心！小心！別閃了你的腰。這便是惹瓊巴老是不聽上師密勒日巴的話的原因：侍者眼中無聖賢。他們因為更多地看到聖者打噴嚏、放屁、拉屎等許多俗事而生了輕慢心。他們忘了，即使在放屁時，證悟了空性的聖者也不會因此而迷失智慧。愛公開放屁的聖者仍是聖者，不公開放屁的小人還是小人。那心靈的本質，絕不會因為他是否放屁而有所變異。一笑。

這裡說一段閒話。許多時候，證悟的光明會更多地成為生命中的一種擺脫不了的氛圍。真正的證悟是不會迷失那光明的。無論做什麼俗事，無論行住坐臥，無論是否有宗教修煉的外現，真正的證悟者都不會因其行為而迷失那種光明。

話說阿莫嘎用悲憫的目光看著瓊波浪覺。他跺跺腳，那山石竟也像爛泥那樣有了許多凹坑。姐姐有些不好意思，她拍去了瓊波浪覺身上的土。但因為過於親近的原因，她一直沒有生起懺悔心。多年之後，她死了。又是多年後的一天，已成就了的瓊波浪覺指著老繞在他的膝下不捨得離去的小狗告訴弟子，這便是我姐姐的轉世。她雖然是我的姐姐，但她打了菩薩，仍免不了會受到相應的果報。

阿莫嘎對瓊波浪覺說，你一定要記住我今天的話，你長大之後，一定要去印度。那兒有許多大成就師等著你去，你會得到他們的許多傳承，你會饒益無量無邊的有情眾生。今後，無論發生多少磨難，你一定要求到「奶格瑪五大金剛法」，那是奶格瑪空行母的心髓。修成之後，你的中脈五輪上會顯現出五大金剛的壇城。那時，你的身口意功德事業，就會和密集金剛、瑪哈瑪雅金剛、喜金剛、勝樂金剛、大威德金剛無二無別。你的生命裡雖然會遇到許多魔障，但你不用怕。你是乘願再來的菩薩，會有無量無數的天龍護法護持你，無論怎樣的魔頭也奈何不了你，就像無論多少烏鴉也遮不了太陽一樣。你會住世一百五十年。在你的生命裡，你會看到後弘期無量無數的大德，他們像是天上的群星一樣燦爛。你是其中最亮的明星之一。你的教法會綿延千年，在三十七代後廣傳於世，饒益無量無邊的眾生。

　　在你還沒有得到奶格瑪的灌頂之前，你可以念誦「奶格瑪千諾」。你的每次虔誠念誦，都會得到她的慈悲加持。你也可以告訴所有對奶格瑪有信心者，無論灌頂與否，只要祈請奶格瑪，都會得到她的智慧加持。現在，你跟我念「奶格瑪千諾！」

　　那個黃昏，成了瓊波浪覺心中抹不去的畫面。它在瓊波浪覺心中種下了使命的種子，成為他活著的理由。所以，他雖然對大圓滿敬畏有加，卻仍是掛念著那個阿莫嘎的授記。

　　奶格瑪千諾！

第**3**章　　遙遠的奶格瑪

雪漠：上師啊，那時，你心中的奶格瑪究竟是啥樣子？

 ❶ 初聞奶格瑪

那時，在我的印象中，奶格瑪是位紅色女子，身如彩虹，燦若雲霞。

是的，她是個女子，但不是尋常的女子，她是一位證得了彩虹之身的女子。那身子，望之有形，觸之無物，可以永恆住世，不生不死，不滅不壞。至今，她仍安住於娑薩朗淨土，觀照著有情眾生。

兒呀，那時的印度，有許多瑜伽大成就者，他們像星星一樣璀璨，使印度那段文明的星空更為輝煌。那些證悟的女性，我們稱之為空行母，她們分為世間空行母和出世間空行母。那些世間空行母，雖然沒能證悟空性，但有著無窮能力，她們可能是非人，也可能是夜叉之類。她們雖然沒有證悟空性，但立誓為佛教護法，我們稱之為護法。除了許多世間空行母外，那兒還有許多出世間空行母，她們可能是佛母，比如許多報身佛的明妃，也可能是證悟了空性的女子。你雖然聽說過八十四個大成就師的故事，他們的神奇故事傳遍了印度的每一個角落，但並不是說印度只有這八十四個大成就師。不是。那些有名的大成就師，僅僅是因為其特立獨行才廣為人知，而更多的成就者卻因為隱姓埋名不為人知，但他們的證境同樣超邁千古。其中最令人稱道的，便是那些出世間空行母，她們不一定有名有姓，有的甚至沒有重濁的形體，因此被人們稱為無身空行母。那些無身空行母的體性其實是大手印。就是說，她們證得的，其實是大手印的究竟證悟。也可以說，那些無身空行母的本質，便是大手印。

你見到的金剛亥母，就是出世間空行母的主佛。

你可以將那些空行母當成是暗物質暗能量的一種。科學家不是說，宇宙中只有百分之四的物質可見嗎？那看不見的百分之九十六，便是暗物質。你就用它來理解吧。雖然，所有的語言和解釋，都可能遠離真理，但世人需要一種他們能認可的解釋。

你別急。我馬上就講到奶格瑪了。

奶格瑪不是無身空行母，但奶格瑪的證悟境界，一點也不遜於那些無身空行母。相反，在空行聚會中，奶格瑪往往坐在空行母的上首。在那些無身

空行母眼中，奶格瑪是跟金剛亥母無二無別的。金剛亥母是諸多空行母的主佛。她統領著數以億計的空行母。你明白奶格瑪的地位了嗎？對了，她的體性，便是金剛亥母。

但奶格瑪是有身的。

奶格瑪的身有兩個階段。

第一個階段的奶格瑪是以粗重的肉體降生於喀什米爾的。你知道，人身是修行之大寶，沒有人身之寶，是很難修成正果的。奶格瑪雖然以一個尋常女子的形象降生於喀什米爾，但她的體性是金剛亥母。所以，她沒有一般女子的那種虛榮和貪欲。她很清淨。她從來沒有那種世俗的貪嗔癡等五毒。她不愛打扮，不愛追求世俗之俗樂。她最愛的是清修梵行。她最愛聽經，並且每每在聽經時進入禪定。奶格瑪最愛聽的經是《大般若經》，這是最了義的智慧之經，你不是也喜歡這部經嗎？它其實是大手印瑜伽的源頭。沒有《大般若經》，就沒有大手印瑜伽。那大手印的精義，便來自《大般若經》。

兒呀，跟你談這些，你是很容易理解的。但你的使命，是要讓那些跟你不一樣的人也能理解。

下面，我們接著講奶格瑪的故事。

你未來的根本上師奶格瑪──其實，你見到的金剛亥母也是奶格瑪，她不是為你開示心性了嗎？那便是根本上師了──總是在聽聞《大般若經》時進入定境，她有著超越古今的根器。要是有人問你什麼是根器，你可以解釋為天分，當然，它不是世俗的天分。

所以，奶格瑪在理上的明白是很早的。她在聽聞《大般若經》時的那種覺悟，尋常根器的人苦修一生也未必能達到。

奶格瑪聞一知十的悟性和超越常人的定力慧力贏得了許多大德的讚歎，他們紛紛授記說，此女子非尋常根器，她是智慧空行母的真實化現呀。

於是，他們告訴奶格瑪的父母，以後，千萬別逼她出嫁。她是修行的上等根器，是很容易成就的。

② 淨境中的金剛持

這樣，奶格瑪就在聞經中度過了她的童年。她一天天長大了，成了遠近聞名的美女。許許多多的王子都以能見到奶格瑪為榮。

但奶格瑪仍是心如止水，她除了聞經外，便喜歡獨坐。

你別問此刻她成就了沒。

我不知道你說的成就指啥。

要是指心性，她當然成就了。我說過，她理上已明白了。就是說，她已在理上明白了空性，明白了那究竟的真理之光，但她在事上明白的緣分還沒有到來。

那一天終於來了。一天，她的父母帶著奶格瑪去朝拜金剛座。對，就是去朝拜佛陀成道時那棵菩提樹下的石板。不過，佛陀成道時那兒並沒有石板，只有菩提樹。悉達多王子就在樹下鋪了吉祥草，這是一個牧人供養他的。在印度的傳統說法裡，得到吉祥草是個很好的緣起。

那塊石板，是幾百年後阿育王放在那兒的。他將石板命名為「金剛座」。後來，許多人甚至將它當成了地球的肚臍眼，意思是地球的中心。當然，承認這種說法的只是佛教徒，別的宗教另有他們的肚臍眼。

據說，就是在朝拜金剛座時，奶格瑪看到了金剛持。

當然，這是量變帶來的質變。因為她一直聽聞《大般若經》，一直思維《大般若經》的精義，一直按《大般若經》的智慧去指導自己的行為，換一句話說，她一直是在沒有修煉名相的狀態下進行著真正的修煉。所以，金剛座之行，只是她的一次頓悟契機。

奶格瑪於是在淨境中看到了金剛持。當然，在真正的成就者眼中，她這是看到了自性中的金剛持。金剛持是一種境界。我們每個人都有自己的金剛持，只是我們為無明妄想所覆不能得見而已。你當然明白這一點。只是，這種了義的話，你輕易別說，否則，人會罵你瘋子的。

你當然也可以認為，奶格瑪看到了人格化了的金剛持。金剛持是一切密法的源頭。幾乎所有的密法都來自金剛持。奶格瑪看到的金剛持金光閃閃，十分莊嚴。他像太陽一樣佔據了大半個天空，俱足三十二相八十莊嚴。金剛持微笑著對奶格瑪說，孩子呀，我很高興你能有這樣的淨心，因為你的精進，你的所有業障都得到了清淨，於是你看到了我。其實，從了義上說，我從來沒有離開過你。自打你聽聞《大般若經》並俱足了信心的時候，我便跟你在一起。你那時雖然沒有看到過我，但我和你其實是無二無別的。

奶格瑪高興地望著金剛持。要知道，她的高興也不是凡夫的那種忘乎所以的狂喜。她的高興同樣是如如不動的喜悅。她覺得那無量的金光沁入了自己的心脾，給了她無窮無盡的清涼。

金剛持說，孩子，你想向我求什麼法？你是想增益？還是消災？或是懷

柔？或是降伏？你凡有所求，我皆會滿足。

奶格瑪說，我不求增益，不求消災，不圖懷柔，亦不為降伏。我眼中的它們，都是一味的。我明白，凡是有為法，皆不是了義的究竟。我只求解脫，並期望能讓無量無邊的眾生也得到解脫。

金剛持說，善哉善哉。我很歡喜你有這樣的發心。我能滿足你的所有願望。許多本尊法，都可以達到你的願望。那麼，我問你，你想學什麼樣的本尊法？

奶格瑪說，我想學能涵攝所有教法的一種無上大法。它既是頓法，有著超邁絕倫的見地；又是漸法，有著踏實可行的儀軌和行履。它能含括所有的金剛法，能利鈍全收，三根普被。

金剛持笑道，善哉善哉。有如是大心，方有如是大願。好吧，你到那娑薩朗屍林去吧。在那個人跡罕至的所在，我傳授你想求的無上大法。

③ 奶格瑪千諾！

據說，就是在奶格瑪見到金剛持的那個瞬間，她的骨相發生了變化。她於是有了第三隻眼睛。孩子，雖然這種說法流傳極廣，我卻更願意當成一種象徵。我理解的那三隻眼睛，便是能洞察三世的智慧。

當然，後來，奶格瑪也真的有了第三隻眼，你將來，會看到她的形象的。在我的理解中，那是她證得虹身後的一種化現。

你得到的「奶格瑪五大金剛合修法」，簡稱「奶格五金法」，就是在娑薩朗上空，由金剛持傳給奶格瑪的。我的兒呀，那個時候，流傳於印度的金剛法中，最有名的，是密集金剛、勝樂金剛、瑪哈瑪雅金剛、喜金剛和大威德金剛。這五大金剛法的所有精要，都涵攝於奶格五金法中，那光明大手印，是此法的主幹。

還有一種說法，奶格瑪是在色究竟天的密嚴剎土中得到奶格五金法的灌頂的。這種說法流傳得很廣。其實，在真正的智者眼中，娑薩朗屍林跟密嚴剎土是無二無別的。

據說，奶格瑪是悟證同時的，就是說，她在開悟的同時，就證得了究竟。這也是光明大手印最殊勝的地方。你用那聯機的電腦和數據線，來比喻智慧證量的傳遞，有點接近它的原理。但你一定要記住，所有的語言，其實都很難詮釋真理的本來面目。真理是遠離語言的。許多時候，語言和知識反

倒可能障蔽真理的光明，那便是我們所說的「所知障」。

在金剛持灌頂的同時，奶格瑪就證得了法身、報身和化身。同時，也俱足了佛陀的五種智慧，即大圓鏡智、平等性智、妙觀察智、成所作智和法界體性智。

後來，她心間的不壞明點便化成了跟密嚴剎土無二無別的佛國。它外現的位置雖然在娑薩朗屍林上空，但其實也存在於每一位對奶格瑪有無上信心者的心中。

兒呀，奶格瑪的成就無比殊勝，她證得的是無生無滅的虹身，跟著名的蓮花生大師的證境相若。就是說，她沒有經歷一般人必須經歷的死亡。她的粗重肉身直接化為彩虹之身。那虹身不生不滅，無生無死，情器世界可以壞滅，那虹身卻是永無壞滅的。

兒呀，你的根本上師，就是這樣一位偉大的女性。你也是她法脈的持有者和傳承者。你別忘了自己的使命。你要一直祈請她。記住，當你至誠念誦「奶格瑪千諾」時，她便會出現在你的面前，加持你，達成你的所有願望。

當然，當你清淨了所有的業障之後，你就會恆常地看到她那智慧之身。同樣，只要你俱足信心並殷重祈請，就可以領受她那無與倫比的加持力。你會達成你的所有願望。對於那些有著科學口味的人，你可以用一種方便法門告訴他。你就說你用一種特殊方式調動的，其實是宇宙的一種暗能量。

你只要每天念誦「奶格瑪千諾」，就不會迷失，就會一直嚮往她化現的那個神祕的淨土。你在無論多麼困苦的時候，都不會喪失信心。你所領受到的那種無與倫比的教法，也會燎原成歷史上最美的景觀。

兒呀，跟我念：奶格瑪千諾！

奶格瑪千諾！

④ 摧毀的信根

日子像秋風中的黃葉那樣遠去了。

不覺間，我已在律桑格喇嘛處待了半年多。我仍是放不下命中的那份牽掛，所以，我不能將認知後的自性打成一片。我明白大圓滿法跟我不相應。這不是說大圓滿法不好，而是眾生不同的根器，會有不同的相應法門。

班馬朗也對大圓滿產生了懷疑。他長於口舌之能，他不相信那隨時都可能出現的明空能使他擺脫輪迴。但班馬朗只是將這懷疑偷偷地告訴我。開

始，我沒受多大的影響，我仍舊保任上師認可的那種明空。但隨著班馬朗的一次次懷疑，我的信心也損傷了大半。多年之後，我才明白，那是班馬朗用一種特殊的方式傷害了我。這世上，沒有什麼傷害比對信仰的傷害更徹底了。班馬朗一次次逞口舌之能，摧毀了我對大圓滿的信根。

我雖然仍能體會出上師叫我認證的那個東西，但因為信根已壞，妄念紛飛，那明空別說打成一片，就連那顯朗的覺受，也變成了一種強為的作意。

信根既壞，連律桑格喇嘛也看出，我即使再修習下去，也不會有大的成就。律桑格喇嘛歎道，修道一定要親近善知識，遠離惡友。那惡友能摧壞信根，比殺你的肉體還可怕。

他歎道，去吧，你去南如哇上師處繼續修學。不知道他教授的大手印是否跟你對機？

我只好離開了律桑格喇嘛。因為班馬朗老是逞口舌之能，老是說律桑格喇嘛的壞話，上師怕這個害群之馬會影響別的弟子，就逐出了他。

班馬朗理所當然地跟定了我。只是那時，我並不知道班馬朗是惡友。班馬朗善於察言觀色，投人所好。我雖然有些不喜歡他，但我想，不管咋說，班馬朗也是眾生，我的修行就從容忍和接納班馬朗開始吧。但隨著兩人的漸漸接近，我對班馬朗最初的提防心消失了。正如久處醋坊會染上酸味一樣，我以前認證到的明空覺受開始退轉。

那時，我甚至認為，律桑格喇嘛傳的大圓滿並不是我尋找的究竟之法。所以，離開律桑格喇嘛時，我沒有絲毫失落之感。

雖然班馬朗惡意地摧毀了我對大圓滿的信根，但歷史地看來，在我的一生裡，也未嘗不是一件好事。要是我在律桑格喇嘛處精進地修習大圓滿的話，我就沒有後來的求法之旅了。所以，後來的我，將班馬朗稱為「逆行菩薩」。我的一生裡，有許多這樣的逆行菩薩。每一個逆行菩薩，都成就了我的一項莊嚴功德。你在證悟之初，其實也遇到過逆行菩薩，要是沒有他們製造的違緣，你絕不會在見到上師的數日內便契入光明大手印的。

所以，我們要向所有批評我們的人頂禮，向他們說一聲：謝謝你！我的逆行菩薩！

⑤ 錯過大手印

在那個誅法火壇如影隨形的煙霧繚繞中，我和班馬朗拜南如哇上師為

師，學習大手印。

也許是長途跋涉的緣故，也許是潛意識裡還對那誅法有些忌憚，那段日子，我的神情有些恍惚。在跟南如哇上師學大手印教法時，我時不時就陷入昏沉。這樣，我雖然跟大手印教法相遇了，但沒能對機，終而交臂而過了。

雖然上師為我講了大手印之理，但因緣使然，我老是在止觀時陷入昏沉。我雖然得到了明空的覺受，但往往稍縱即逝，難以保任。班馬朗也老是惡意地毀壞我的信根，說他不相信號稱「諸佛之心」的大手印會如此簡單。

我的信心再一次動搖了。

奶格瑪的影子倒越來越清晰。

於是我想，還是到印度去吧。

多年之後，我在印度諸多大師那兒領受大手印教法時，才發現，雖然形式和語言不同，但從本質上看，南如哇大師已道出了大手印的諸多精要，只是我並沒有契入。於是，我想，沒有信根和福慧，眼前縱然有無量黃金，盲人也看不見一文的。

因此，即使在南如哇上師為我開示了心性之後，我的心頭仍縈繞著那個女子的身影，在我的腦海中，她越來越清晰。我老是從她那含蓄的微笑中，發現一種說不出的玄機。

第4章　雪崩與狼災

雪漠：上師啊，你離開家鄉去尼泊爾時，都遭遇了哪些凶險？

❶　漂向大海的小舟

記得，在我遠去尼泊爾的那次旅途中，最凶險的，是遭遇了雪崩和狼群。

打定了要去尼泊爾的主意後，我就告別了南如哇上師，回到家鄉，賣掉了屬於自己的所有財物，全部換成了黃金。當時的傳統，到印度和尼泊爾求法，必須要供養黃金，以示密法的珍貴。沒有黃金，是很難求到密法的。因藏地黃金稀少，第一次去尼泊爾時，我用盡了心力，才籌到幾百兩黃金。

為了有個照應，我跟班馬朗一起動身了。我向馱戶買了三十隻馱羊，每隻羊雖然只能馱二十多斤，但羊多力量大，兩人途中的日常所需，基本能馱在羊背上了。而且，那三十隻羊，本身也是食物。就這樣，我們趕著馱羊，離開了家鄉。

我覺得自己像一隻漂向大海的小舟，或是被歲月的颶風捲飛在蒼穹中的一片羽毛。我不知道能否找到那個在我命運中微笑的女子，我不知道途中會遇到怎樣的風雪艱險，我也不知道自己的這把骨頭能否完好地回到故鄉。

我一生都忘不了那種感覺。那是我第一次真正出遠門。在我的印象裡，尼泊爾遠到天際了。不提別的，只那喜馬拉雅山，就是一道障礙行路的巨大屏障。不知那連綿起伏著通向天際的雪山起於何處通向哪裡？不知那深山峭崖之中是否真的藏有山魈惡魔？據說，以前有許多的求法者，就是在山魈們弄出的一次次雪崩中死於非命的。馱羊紛飛的蹄甲濺起的塵埃瀰漫成了夢幻，我不用作意，就發覺自己正行走在一個巨大的夢裡。

天空湛藍，無一絲雲翳，乾淨得像是用水洗過了百遍。它彷彿能發出無數的清亮的波，滲入每一個毛孔，直透人的心靈。我雖然不能預測此行的結果，但心還是像天空那樣純淨得無一絲渣滓。這是扎西們行使誅法以來，我的覺受最好的一天。我後來認為，這緣起，象徵著我能得到究竟的大手印證悟。

那時，我並不知道，我一向視為摯友的班馬朗會成為我此行最大的違緣，也不知道我的生命會屢屢遇險，更想不到命運的最大考驗正在遙遠的西

天等著我。

通往尼泊爾的路艱險至極，中間有很長的一段無人區，其地貌，很像一塊巨大的戈壁。不知多少年前，這兒曾經是海，時不時就會看到有波紋的貝殼。許多時候，馱羊們會吃到草，這樣就能省下它們背上的青稞。青稞是專為馱羊們準備的。我們為自己準備的是酥油、糌粑，還有倒斃的馱羊。行了十多天後，馱羊就開始有倒斃的。我們就放了血，剝了皮，將肉分割了，分馱在羊身上，在就宿時煮食。在我吃過的羊肉中，最難吃的是馱羊肉，因為那羊背老是負重，歇息時也不歇馱子，羊背都爛了。爛了的羊背發出刺鼻的臭味，那臭，跟流著綠汁的死人臭味相若，是能叫人閉氣的那種惡臭。每次宰了羊，班馬朗總要剃去臭肉，拋向遠處。但怪的是，雖然他剃了那臭肉，但每次煮肉時，我還是能聞到那股奇怪的惡臭。

每次死一隻馱羊，我們就會花上半天時間來煮肉。因為生肉放不了太久，我們就會選個能找到柴草的地方，集中煮肉。但那所謂的煮，也是象徵性的。因為海拔高的原因，即使水沸騰了，那溫度也較平原上相差許多。所以，那些煮過的肉仍是很硬，須借助刀子才能食用。要是羊死的時候找不到柴草，我們也只好將羊背上的東西分攤給別的馱羊，那羊肉吃一部分，剩下的就索性扔了。我先後扔了五隻馱羊。後來，當我們被困在山窪裡餓得饑腸轆轆時，班馬朗便念叨個不停，他很是可惜那些扔了的羊肉。

記得，狼群就是在我們煮肉的時候出現的。後來，有人認為，那狼群，是扎西們的誅法感召的。因為在本波說法裡，山神爺是本波的護法神，狼是山神爺的狗。

❷ 裹風挾雷的雪崩

我們走得很艱難。

你可以想像得出那旅途的艱難。在沒有任何交通工具的那時，要穿過無人區，越過終年積雪的喜馬拉雅山，實在不是件容易的事。

我們行進在崎嶇的山道上。馱羊越來越少，上了雪山之後，羊就吃不到草了，它們背上馱的青稞很快就吃完了。馱羊們一隻隻倒在雪地上。因為找不到柴火，我們不能再煮肉了，羊於是變成了雪地裡的僵屍。你見過那些凍僵的羊屍嗎？它們大瞪著眼睛，橫著身子躺在雪地裡，毛片上沾滿了雪，硬成了一塊。它們的身子硬硬的，已看不出肉肉的軟和感了。它們像麥捆子那

樣橫陳在雪地上。

　　一串腳印越過它們的身子，刺向天邊。你甚至看到了雪地裡趔趄的我，還有那個一般讀者不太喜歡的班馬朗。對此刻的他，你還是要心存感激。畢竟，在我最艱難的生命時空裡，他用自己的生命陪伴了我。我甚至相信，在我們首次前往尼泊爾的時候，班馬朗的發心也是清淨的。我很難相信，一個沒有清淨發心的人，會離開溫暖的家，翻越那茫然不知所終的雪山，到達一個被人們稱為「西天」的所在。

　　那時節，老是出現大風，風裡裹帶著雪花，被人們稱為「白毛風」。後來，你在一首短詩裡，老用白毛風的意象。因為你總是看到在白毛風裡蹣跚的我。涼州人管那白毛風叫風攪雪。透過那白毛風，你甚至看到了我凍傷的臉。

　　因為歲月的久遠，歷史的煙霧已經湮沒了我的許多信息。後來，你踏上了我曾生活過的許多地方，但你再也找不到我的信息。人們已經忘記了我。只有在被歲月染黃的某些書頁上，還可能找到我的名字。但那名字，遠沒有你此刻看到的我鮮活。

　　我當然是一臉風塵，要是你在雪地裡行進幾月，你也會有那樣的風塵。你還看到了我臉上有凍瘡，這凍瘡，班馬朗臉上也有。這是我們最相似的地方。因為這一點，我一直恨不起班馬朗。我甚至相信，班馬朗真是命運之神賜給我的一位逆行菩薩。他的出現，就是為了成就我的莊嚴。

　　我在首赴尼泊爾時遇到了兩個災難，一個是狼災，一個是雪災。那雪災，人說是本波護法神弄出的。那些山神們都是本波的護法神，雖然後來為蓮花生大師降伏，但他們後來又反了，重新護持起了本波。對此說法，我將信將疑，因為每個教派的人都說山神皈依了他們的教派，想以此招去更多的信眾。

　　雪崩發生時，我跟班馬朗正在休息。我們疲憊不堪，很想睡過去，但我們互相提醒著。誰都知道，要是真的睡過去，就再也不會醒來。我們吃著糌粑，我清晰地看到了班馬朗嘴裡的血。你可能不知道，在雪地裡凍久了，吃東西時，牙會出血。但他自己並不知道。他雖然嘴裡有腥味，但疲憊已迷糊了他的味覺。

　　這時，那個女子忽然浮向心頭，她彷彿叫了一聲。我一下子驚醒了。我忽然感到了什麼。我說，走。我一把扯了班馬朗，離開了那個山窪。

　　才轉過山腳，我就發現一片飛沫裹向我們方才歇息的地方。那是白色的水流，是無聲無息的旋風。它源自山頂的某個雪塊，據說是山神推動了它。

它裹風挾雷，瞬息間，就帶動了那些蠢蠢欲動的雪們。雪於是發出靜默的大聲，悄悄撲向下方，想將我們醃成僵屍。

望著那雪流瞬間填滿了我們方才駐足的山窪，我目瞪口呆。我一直忘不了這一幕。我一直將它當成給弟子們講授諸行無常的典型事例。我老是說，性命在呼吸之間，要是我那時沒有警覺的話，早就成了雪中的僵屍，既不會有後來的求法，也不可能有十萬弟子。

許多時候，一個看起來不經意的細節，改變的，卻可能是歷史。

③ 狼的凶險

瓊波浪覺遭遇狼群的故事更像是一個寓言。

瓊波浪覺說，當他行進在大山叢中時，很像飄入大海的一片落葉。他最愛這個比喻。在我跟他相遇後的交流中，我多次聽他用這個比喻，可見那種孤獨的感覺真的滲入了他的靈魂深處。後來，當我走出偏遠的涼州，進入上海、北京等大城市時，我也有這樣的感覺。於是，我對瓊波浪覺說，上師啊，我能理解你那時的心情。他用深邃的目光掃視著我的臉──他當然明白我真的能讀懂他。他說，許多時候，人的一生中，時時會面臨巨大的未知。面對未知的能力，是人的重要能力之一。從某種意義上說，修行就是在修煉未知。因為我們每個人都會死，而死對於我們每個人來說，其實就是最大的未知，沒有人真正死過兩次。當然，這是指今世，要是算上過去世的話，我們不知死過多少次了。

那個時候，瓊波浪覺每夜都會出現在我的光明境中，給我講他的故事，傳遞給我智慧和光明。我也講了我跟金剛亥母的多次相遇。他說，金剛亥母的體性是大手印，她也是奶格瑪，她們是無二無別的。你記住，大手印本自俱足，不假外求，是你本有的智慧顯現，並不是說上師傳給你，你就有大手印；上師不傳給你，你就沒有大手印。不是。大手印與生俱來，不增不減，不垢不淨，勤修而不多，懶惰而不少。上師的作用，僅僅是幫你認知那個光明。上師說，瞧呀，那個月亮，於是你便看到了月亮。明白不？我點點頭，賦詩一首：「大風吹白月，清光滿虛空。掃除物與悟，便是大手印。」對！對！他撫掌大笑。於是，我們相視而笑，快樂怡然。

那段日子，我一進入那種澄明之境，就會看到那位智慧老人安詳而欣慰的笑。

④ 大師若童

在那個寧靜的明空之境中，瓊波浪覺談到了他遇狼時的凶險。他的笑很像孩子。是的，很像孩子。你一定要明白真正的大師有時是很像孩子的，所以世人說大師若童。若童者未必是大師，大師卻定然若童。因為要是他沒有一顆童心的話，肯定是成不了大師的。所以，當你看到那些故弄玄虛者時，一定要明白，他肯定不是大師。當然，他也不一定是騙子。

在瓊波浪覺平實的敘述中，我看到了那些狼。

一位大德說，那撲來的狼也許是一種象徵，象徵那些含沙射影誹謗正法的小人。他說，那個時代，瓊波浪覺遇到了許多小人。那些忌妒者像撲火的燈蛾一樣撲向了他，但最終在歷史的火焰中化成了灰。在歷史的長河中，他們只是一個個善逝的水泡。

不過，也有人說狼是由本波的護法神化的，因為瓊波浪覺背叛了本波；有人說是山神化現的，因為他們不想叫瓊波浪覺去印度取那些他們眼中的「邪法」；還有人說是印度的守方神化的，因為他們知道瓊波浪覺這一去，就會將他們視為眼眸的密法取了來……還有多種說法，但我只將它們當成了真的狼，因為我知道，要是我採用了以上說法，那些冬烘先生就會說：喲，雪漠咋也搞迷信了？

我從瓊波浪覺的眼眸中看到了那些飛奔而來的狼，它們像黃昏時飛來的蚊蚋，我看到它們伸著長長的舌頭，舌頭上流著涎液。它們似乎在叫，衝呀，同志們，為了我們可愛的肚子。它們的聲音驚天動地，攝人心魄，但在我看來，它跟空行母的歌聲一樣悅耳。

在那個瞬間裡，我聽到的歌聲是——

羽兮如何居？飄搖亙古風。
不慕天上仙，聊做采芹人。

羽兮居如何？秋水笑盈盈，
願為交頸柏，不效蒲公英。
羽兮奈若何？勿使歎流螢，
歲月匆匆過，鄉關久候君。

　　我看到，瓊波浪覺白了臉。我相信他害怕了，聖人也會害怕的。誰要是將聖人當成木頭的話，那我就該揍他了。聖人也是人，而且聖人是最敏感的人，他們總是將眾生掛在心頭。何況，遇狼時的瓊波浪覺還不是聖人。那時，他只是個想成為聖人的人。

　　瓊波浪覺問我：你知道，狼的叫聲是什麼質感？

　　我說，像風呀。

　　他吃驚地說，你咋知道？

　　我說，那個時候，你體會到的，真的是風，那一波強似一波的聲音像大風一樣湧動了過來，蕩得皮膚一陣陣酥麻，蕩得心一陣陣發顫，蕩得頭皮發麻發酥。你覺得世上鼓蕩著那樣的風聲，那風滲入毛孔，捲著心尖，牽著神經，扯著腦波，你定然有種想發瘋的覺受。對吧？

　　他說：對的。你是知我者。

　　我說：那個時候，你還看到天空布滿了歪歪扭扭的倒影，你認為那是魔。那時你還不明白，那一切其實是你自己的心性。對嗎？

　　對的。

　　那時，你發現跟你一起的羊們都在發抖，像風中的樹葉一樣。

　　是的。

5　駝羊

　　當那些狼發出可怖的聲音席捲而來時，我看到了班馬朗在發抖。雖然班馬朗也會本波的教法，也學了一些佛教經典，但他的心並沒有改變本質。這很正常，無論多麼有學問的人，該發抖時還會發抖。只要是人，恐懼總是會光顧他的。我看到班馬朗的眸子裡透出絕望的光。他定然在想，完了完了。我觀察到，他的腦中一片空白，沒有什麼雜念，只有一種濃濃的感覺籠罩著他。我大喝一聲說，班馬朗，就是它！我很想為他開示心性，讓他找到本具的光明。可我的聲音無法穿透歷史的迷霧。於是，班馬朗仍舊迷惑著。

　　那領頭的狼已撲到十幾米遠了。這狼的身子很高，肩胛骨鼓起力的肉稜。我想它定然是狼王，因為它的身上滲出一種王者之氣。它的鬃毛奓起，噴射出一種無與倫比的威風。班馬朗的眸子出現的就是這狼。狼的眸子裡也出現了班馬朗。他們將對方當成了對手而對視著。

　　那個黃昏，瓊波浪覺聽到班馬朗的驚叫後，也發現山窪裡布滿了狼，像

人在雪地上撒了幾把麻籽兒，密密麻麻的。馱羊們擠成一團，抖個不停。

班馬朗長歎一聲，說，想不到我們會填了狼肚子。

瓊波浪覺卻想到了他小時候的那個授記。那天，那個叫阿莫嘎的大成就師授記了他的未來，說他長大後會去尼泊爾和印度求法，會拜一百五十多個大成就師為師，會遇到一個叫奶格瑪的虹身成就者，會得到「奶格瑪五大金剛法」，會創立一個叫香巴噶舉的教派，會有十萬弟子，法脈會在雪域延續三十六代，三十七代後教法大興，會在世界上燎原開來……他並沒有說他會死在狼嘴裡。他想，阿莫嘎是大成就者，想來是不會妄語的。阿莫嘎並沒授記他會成為狼的食物。但在瓊波浪覺過去的生活裡，也發生過一些沒有實現的授記。比如，某次，他父親說一位弟子會長壽，不料，半年之後，那人卻得了惡瘡，前胸開了一個大洞，連心臟的蹦跳都看得見。父親解釋說他得惡病是犯了三昧耶戒所致，但父親並沒授記他會犯三昧耶戒。還有，過去的生活裡，一些大德的授記也沒有實現，有時他們授記的某些要成就的人，卻偏偏背叛了師門。所以，雖然阿莫嘎曾授記他能活一百五十歲，但狼群的出現，還是讓他驚慌了。

狼們圍了上來，瓊波浪覺已能看到它們發光的眼睛和流出的涎液。要是在夜裡，那綠眼會變成一盞盞綠燈，這樣，山窪裡就會有無數的綠燈，它們飄忽來飄忽去，散發出鬼魅般的氣息。班馬朗解下馱羊背上的肉扔了出去，每一扔出，狼群總是呼嘯著捲了去。相較於狼的貪婪，那些肉顯然是無濟於事的。瓊波浪覺甚至怕肉會激起狼的食欲，引出它們更大的貪婪，但他沒有制止班馬朗。他想，要是命裡該遭狼口的話，不管他扔不扔肉，結局都是一樣的。

馱羊們有了叫聲。聲音裡充滿了驚恐和絕望。那叫聲，在瓊波浪覺的心頭滾來滾去，像風中的石子滾過空寂的山窪。馱羊們彷彿明白了自己的命運，瓊波浪覺卻想，你們既然明白了命運，也明白叫是無用的，那你們還叫啥？

很快，羊背上馱的肉扔完了。狼們又開始跟人定定地對視。怪的是，狼眼裡有了一種氣定神閒的意韻，也許是它們已將這兩個人當成了食物。瓊波浪覺望望天，他想要是狼一起撲來的話，他便是最後一次看天了。聽父親說，人死了三天後，會進入中陰身。在佛教的說法裡，中陰身是人死後到他投胎轉世之間的那段時光。據說，中陰身沒有眼根，是看不到天和日月的。中陰身看到的一切都是青白色。瓊波浪覺就想，死就死吧，他想最後看一眼

天。

天上已不見了太陽，太陽已躲入了雲中。雲層因此紅了，西山上空輝煌成一片了。那景緻真的很美，要是沒有環視的狼群的話，瓊波浪覺會被這景緻感動的。瓊波浪覺是個很性情的人，他不像父親。他有著孩子似的天真和淳樸，他的心中老是湧動著一種詩意。弟子們都喜歡他造的本波修持儀軌，因為那文字裡湧動著詩意的大美。不像祖師們傳下的那些，只是一些機械刻板的觀修文字。

忽聽到一聲悶響，瓊波浪覺收回了游向天際的目光。他發現班馬朗已將一隻馱羊扔向狼群，馱羊落地時，背上的青稞袋炸裂開來。青稞粒迸向四周，發出沙沙聲。馱羊落地之後，一躍而起，想逃回來。一張狼口已伸向它的脖頸。羊發出求助的咩咩聲。瓊波浪覺心中一緊，落下淚來。他對班馬朗說，你咋能這樣？班馬朗說，這陣候，它不死，我們就得死。我數了數，有二十五匹狼，它們吃了羊，肚子裡就沒地方盛我們了。瓊波浪覺卻想，你還修什麼菩薩道？但這話他沒說出口。此刻，那所謂的菩薩道，還僅僅是心中的作意而已。他還沒有生起真正的大菩提心呢。但他的心揪疼著，馱羊的掙扎聲和絕望的慘叫聲灌入耳朵。

狼群壓向馱羊，蓋住了它。狼們鼻腔裡發出含糊的低沉的聲音，彷彿在享受美味，又像在警告同夥，時不時還互咬幾下。瓊波浪覺的腦中充滿了這種聲音，便有了濃濃的夢幻感。他老是這樣，那種夢幻感總在包圍著他。所以，他一直對紅塵諸欲沒啥興趣。因此，律桑格喇嘛說他根器很好，是上乘根器。他一直想不明白那虛幻跟根器有啥關係。律桑格喇嘛告訴他，許多人修上多年都修不出那種覺受。有了那種覺受，就會相應地少了許多執著。而修行的真正意義，就在於破除執著，破除我執能成羅漢，破除我法二執則成菩薩。

瓊波浪覺明明覺出了環伺的危險，但還是沒有那種巨大的恐懼，沒辦法。他老覺得自己在夢中，他夢中離開了本波，夢中學了大圓滿大手印，夢中走出了家鄉。此刻，那群狼撕咬馱羊的場景，也明明是夢呀。班馬朗則不然，他的臉已扭曲，他又舉起一隻馱羊，扔了出去。馱羊在空中扭動著身子，但改變不了身體飛向狼群的弧線。瓊波浪覺感覺到了馱羊的那種無奈，他想，人其實也一樣無奈。人無法改變自己飛向死亡的趨向，雖然那趨向比此刻馱羊飛向狼群緩慢，但其本質，是沒什麼兩樣的。

狼群又圍向落地的食物。它們的咂吧聲很響，狼吃肉總是很響。不過，

也許這是瓊波浪覺的錯覺，因為此刻他也聽到了漲滿山窪的心臟轟鳴聲。那聲響像鼓蕩的大潮，也像罡風拂過樹林時的呼嘯。後來，他老是跟我提到這個細節。他說，那個瞬間，他沒了任何雜念，夢幻、緊張或許還有恐懼將他的雜念一掃而光了。後來的某一天，他將這一覺受告訴了空行母司卡史德。空行母說，可惜了，要是有人為你開示心性的話，你在當時就會開悟的。

班馬朗先後扔出了十多隻馱羊，這是瓊波浪覺後來才知道的。瓊波浪覺一直在為這十多個夥伴難受。去尼泊爾後，他向一個寺院裡捐了二兩金子，對這十多隻遭了狼口和倒斃在路上的馱羊進行了超度。瓊波浪覺的眼中，是它們救了他和班馬朗。

事實上也是這樣，等那十多隻羊的肉全部進了狼口後，狼們都靜了，最後一隻羊還剩了半副骨架。狼們伸出舌頭，舔著淋漓在嘴外的血。瓊波浪覺甚至從它們的眼裡看到了感激。瓊波浪覺很可惜那些撒了一地的青稞，他知道狼不吃它們。但班馬朗卻扯了他一把，他們背了行囊，趕著剩下的馱羊離開了那個溢著腥風的山谷。

瓊波浪覺像夢遊一樣，他摸摸背囊中的金子。他想，別的丟了沒啥，只要有金子，就能求到法。他覺得自己對不起那些被班馬朗扔出的羊，因為自己沒有阻止那種行為。但他也明白，在那種境況下，班馬朗的選擇也許是最可行的。

瓊波浪覺於是發願，要是證得了正覺，他會首先超度這些馱羊。

《瓊波祕傳》中說，後來，瓊波浪覺證悟後收攝的第一批弟子中，就有那十多隻羊的轉世。

第5章　尼泊爾的女神

雪漠：上師啊，你到尼泊爾後，有哪些神奇的經歷？

 女神節

在大雪封山之前，我們到達了尼泊爾。在起身時，我們雖然選擇了最暖和的季節，但那終年不化的雪山還是讓我們嘗到了寒冷的滋味。

你看過的那本祕傳對我們前往康提普爾途中的艱難記載很詳細，其中這樣形容了尼泊爾的地貌：「尼泊爾國山嶽崎嶇如駱駝背。」行進途中，但見山峰如森林，溝壑多如老嫗額頭的皺紋，真是千山鳥飛絕，萬徑人蹤滅。當時的交通工具多為驢馬，也有人背肩扛者。

康提普爾的意思是光明之城，後來改名為加德滿都，成為尼泊爾的首都。古時候的康提普爾是一個谷地，儲有大水，內有蛟龍，故稱「龍潭」，尼泊爾語叫「納加達哈」。隨著地殼的變化，龍潭水盡，谷地乾涸，漸漸聚有人類。對此龍潭聖地，歷代統治者都青睞有加，修建了大量的廟宇，故有「露天博物館」之稱。

康提普爾四面環山，氣候宜人，四季如春，綠樹鮮花四時不絕，風景十分秀麗。在山國尼泊爾，康提普爾便成了一顆明珠，幾乎當時流行於尼泊爾的所有宗教都能在這兒找到一席之地。康提普爾面積不大，城市建築不過七平方公里，但布滿了佛塔、廟宇、殿堂和寺院，據說有二百五十餘座，皆造型典雅，氣勢雄偉，各具特色，美侖美奐。一入城中，首先躍入眼簾的，是那屹立在山巔的印度教神廟，金碧輝煌，十分惹眼，內供印度教主神大梵天。此外，還有世界上最大的半月形實體建築大佛塔，以及著名的印度教寺廟巴舒巴蒂廟。

我們到達尼泊爾時，正趕上尼泊爾的女神節。這幾乎是當地最熱鬧的節日。尼泊爾人穿著我看來奇形怪狀的衣服，來朝拜女神。我把能趕上女神節當成了人生的一個重要緣起。我很高興。後來，我便是以女性上師奶格瑪和司卡史德的法脈傳承者的身分留名青史的，有人甚至將香巴噶舉教法稱為智慧空行母的法脈。

後來，我才知道，關於女神的來歷，有一個故事。說是很久以前，尼泊爾有個國王，請來一個叫塔拉朱的女神玩牌。由於女神美貌非凡，國王便想

入非非。女神發怒了，拂袖而去。夜裡，國王做了一夢，夢到發怒的女神對他說，你荒淫無恥，國家將面臨巨大災難。你要是想消除災難，保得江山，就要崇拜庫馬麗活女神，她就是我的化身。國王發心懺悔，選出活女神，進行崇拜和供養。這個故事，是變異了的封神故事，起於何時，已不可考。

女神是從童女中選的。尼泊爾人崇拜童女，他們認為童女是神的化身。家中的童女地位很是尊崇，即使她們犯了錯，也不會受到責罵。但一旦結婚，女人的地位就一落千丈，家中的所有苦力活，都由女人承擔。

為了紀念佛祖釋迦牟尼，女神都是從釋迦族的童女中選出的。選拔的條件十分苛刻，有三十多條，要求容貌出眾、身材姣好、身無傷痕、膽識過人，等等。每次選拔，先選出幾十個符合條件者，將她們關入陰森的暗屋，牆壁上畫滿了各種圖畫，多是奇形怪狀青面獠牙的鬼怪。初進那暗屋，膽小的童女便會大哭，選拔者就會將那哭者「剔」出去。一次一次地淘汰，最後剩下的，再進行更嚴格的考驗。比如考試者會在夜深人靜時模仿鬼哭狼嚎，要是那女童能泰然自若，不驚不怖，就會被選成女神，送入女神廟，接受供養，接受崇拜，直到她生理上發育成熟有了經血為止。

在當地，女神也被稱為空行母。這其實是一種方便說法，也未嘗不可，問題在於，這女神是階段性的，空行母則應該得到終生的崇拜。女神初潮後，她的女神生涯就結束了。她就會由神退回到人間。其地位一落千丈，甚而被尼泊爾人視為不祥之人。

平時，那些女神藏在女神廟中，無人能見，神祕之極。她們尊崇無比，有著無與倫比的神權。她們佔據著話語權，能處理各類糾紛。每年，國王也必須得到女神們的祝福。只有女神在國王的額頭點上吉祥痣後，國王才算有了能在當年行使國王職權的合法權利。

在擁擠的人群中，我看到了騎在大象上的女神，約有十歲，舉止莊嚴。她的身上披著各類華美的飾物，頭飾、頸飾、耳飾、胸飾、臂飾等均光華四射，豪華之極。女神的額頭有個醒目的吉祥痣，顯得儀態萬方。人們歡呼著，吟唱著讚美女神的歌，其韻律有種聖潔肅穆之美，跟周圍的氛圍達到了奇妙的共振。我覺得自己被融解了，旅途的疲憊、跋涉的艱辛、靈魂的尋覓、塵勞的沉重……都化入那善美的旋律，化為清涼靈魂的熏風。

我一直沉浸在那種旋律之中。此後多年裡，一想到尼泊爾，我的心頭就會響起女神的頌歌。多年之後，我見到空行母奶格瑪和司卡史德，就用這旋律向她們表達了自己虔誠的致意。

人們瘋狂地湧向女神，但被廓爾喀兵擋了回來。廓爾喀是尼泊爾的一個地區，民風強悍，是尼泊爾最好的兵源所在。這一點，很像俄羅斯的哥薩克。那些士兵雖然矮小，但十分兇悍，無論是以前還是以後，他們都成為入侵尼泊爾者最頭痛的物種。他們忠於職守，擋住了湧向女神的人流，女神向人群微笑著示意。她只是轉了一下眼珠，每一位信眾就都覺得女神已將祝福賜給了自己。

我覺得自己跟尼泊爾的緣起極好。女神節的歡慶氛圍沖去了我心上所有的塵勞。

② 蘇瑪底的女兒

由於語言不通，我無法得到自己想得到的訊息。利用女神節前三天人們上街的機會，我們到處打聽，想找個懂藏文和梵文的學者，可是人們根本聽不懂我們的話。

但我不信，這人山人海裡，會沒個能聽懂藏話的人。

我們口焦舌燥地問到第三天，終於聽到了一個清涼的聲音：你們是從藏地來的嗎？

問話的是一個女子。她長得非常美，神態也有種女神的莊嚴。後來，才知道，她真的是退位的女神，叫莎爾娃蒂，意思是智慧女神。因為耳濡目染，莎爾娃蒂也懂些藏語。她告訴我，她的父親就是位精通梵藏文字的班智達，叫蘇瑪底。

蘇瑪底在當地名聲很大。他門下有許多學生，除當地求學者外，還有幾位藏地來的求法者。那時藏人去印度和尼泊爾求法已成風氣。求法者最先要過的，便是語言關。蘇瑪底教出了好多學生，可惜已湮沒無聞了。

蘇瑪底學費很貴，因為他不但是大學者，也是多種密法的持有者。他擇徒極嚴，看不上眼的，無論給他供多少金子，他也懶得一望。他老說，獅子乳是不能往尿壺裡倒的。他很瘦削，高佻身子，粗一看，顯得很刻薄。他精心教出的學生，梵文水準是一流的，好些人就成了翻譯家。我後來也精通了梵藏翻譯。多年之後，你也能從藏文《丹珠爾》中，發現我翻譯的多部著作，比如《殊勝度母熱久瑪的祕訣修習法》、《詩學家寶貝多傑的祕訣巴古班智達法要》，等等。

我給蘇瑪底供養了十兩黃金，作為我和班馬朗學習梵文的費用。我們在

距蘇瑪底不遠的地方租了房子，每周去上師家兩次，開始了緊張的梵文學習。蘇瑪底很喜歡我。據說，我來的前夜，蘇瑪底夢到自家的房頂上有人吹海螺，其聲響徹天地。他認為我能給他帶來極大的聲譽。九百多年之後，你會發現蘇瑪底的預測應驗了。因為，你的作品中之所以還能見到「蘇瑪底」三字，僅僅是因為他當過我的梵文老師。否則，他也許跟當時與他齊名的梵文大師一樣，早湮沒於歲月之中了。

我依止了蘇瑪底約一年多，蘇瑪底除了給我教授梵文和尼泊爾文等多種文字外，還傳給了我五十多個灌頂。按蘇瑪底的意思，希望我能當他的衣缽弟子。他發現來他這兒求法和學習的藏人中，我的天賦相對高一些。無論是學習經教，還是梵文，似乎能聞一知十。他還發現，我對知識和教法永不滿足，能像海綿吸水那樣從他身上汲取養分。而當時的一些求法者，多著眼於解脫，所以，好些人求到能使自己解脫的法門就離開了他。我那時認為，對於得到真正傳承的正信弟子來說，解脫並不難，但我到尼泊爾來，並不是為了自己解脫，我想汲取這塊土地上能滋養靈魂的所有養分，將它們帶往藏地。所以，雖然當時我得到了蘇瑪底傳授的許多教法灌頂，但我並不滿足。

我仍是時不時就能看到奶格瑪那期待的目光。

這時，發生了一件事，促使我離開了蘇瑪底。

蘇瑪底的女兒莎爾娃蒂曾是女神，尊崇無比，享盡了榮華富貴。但按尼泊爾習俗，是沒人敢娶退位女神的。他們認為，誰要是娶了退位的女神，會發生許多不吉祥的事。所以，退位女神雖然擁有許多金錢，容貌也美麗無比，卻總是在孤零中結束自己的後半生。

莎爾娃蒂的未來，也最叫蘇瑪底牽掛。

關於我離開蘇瑪底的緣由，歷史上有兩種傳說：一是說我精通了梵文，學業圓滿，才離開的；另一種卻說是蘇瑪底想叫我娶他女兒。尼泊爾人雖不敢娶女神，藏人卻沒這禁忌。事實上，我也不信娶女神會給自己帶來不吉。我認為，真正能改變命運的，是自己的心，而不是外物，更不是一個曾當過女神的女子。因為密法獨有的特點，蘇瑪底希望我能以瑜伽士的身分度眾。「瓊波浪覺」這一法名就是蘇瑪底取的，意思是瓊波家族的瑜伽士。後來，雖然也有別的上師給我取名，比如慈誠貢保等等，但其他名字都叫歲月的滄浪沖洗得無影無蹤了。青史留名的，還是瓊波浪覺。

蘇瑪底倒真的希望我能繼承他的家學。他說他已經老了，若說還有世俗的牽掛，那也就是放不下女兒。

　　那時，人們有兩種傳說，一說是莎爾娃蒂愛上了我；一說是班馬朗愛上了美麗的莎爾娃蒂。

　　對這類故事，獵奇者視如珍寶，正信者總是不屑一顧。你們後來的連續劇中充滿了這類故事。

　　當然，你也可以將那些傳說都當成真的。

　　班馬朗對我的詆毀，在蘇瑪底家就開始了。一天，班馬朗給莎爾娃蒂說了我的許多壞話，說我不是正信的佛教徒，說我信仰的是異教本波。而本波，則以誅咒術為能，他還說我曾犯過殺戒。

　　當晚，莎爾娃蒂就將這話告訴了我。我於是明白，我已經引起了班馬朗的忌妒。後來幾年間，雖然我沒跟班馬朗公開決裂，但對他已經有了提防。

　　那時，我面臨第二個人生選擇。美貌的女神、豐厚的財物、班智達家族的榮耀、甜美的人間之愛……這些構成了巨大的誘惑。我真的經歷了一番複雜的心理交搏。但我知道，我來尼泊爾，雖然也是為尋找一個女人，但我尋覓的，不是莎爾娃蒂的美貌，而是奶格瑪的智慧。

　　便是在那個時候，縈繞在我心頭的，仍是那個老在命運裡微笑的女子。

❸ 女神

　　當我決定離開蘇瑪底家時，莎爾娃蒂很是痛苦。這很自然。你也能理解那種痛苦的。因為莎爾娃蒂也是人，是人就有人性，而愛情是人性中最本真的內容。

　　莎爾娃蒂有著女神的莊嚴，那模樣，很像觀音菩薩。當然，這也很自然，尼泊爾人不會選一個不莊嚴的女子當女神。我從莎爾娃蒂的印堂裡看到了一個朱砂痣。據說，跟莎爾娃蒂爭奪同一屆女神的女孩都很出色，她們個個美貌莊嚴，臨危不亂。莎爾娃蒂說，當她被丟棄在牆壁上畫滿凶神惡煞圖像的房中時，其實很害怕。但父親提醒過她，要是一發出哭聲，她的女神夢就破滅了。莎爾娃蒂的理想就是當一個女神。她對世俗生活有種天然的恐懼。在尼泊爾，最苦的是女人，不僅僅是勞作之苦，還有被當成另一種人類的歧視。莎爾娃蒂不想這樣活下去。

　　莎爾娃蒂說，她被丟棄到那個房間裡的經歷，是她的記憶中最可怕的事。在那個夜裡，她不敢睜開眼睛，因為每一睜眼，那些張著獠牙的凶神就會撲入她的眼眸，撕咬她的心。她能真實地感覺到那種撕咬。就是在那個夜

晚，她才明白恐懼原來是有能量有質感的。但她還是堅持下來了，因為父親告訴她，恐懼是第一關。有許多想當女神的女孩就過不了這一關。

後來的一些考驗，反倒不那麼難了。因為無論學問還是修養，莎爾娃蒂都是無與倫比的。後來，她和另外三個女孩進入了最後一輪。在最後一輪的決勝中，莎爾娃蒂的相貌起了很大的作用，其中最重要的，就是她印堂天生的那個朱砂痣。因為，所有尼泊爾女神的印堂裡都有那個吉祥的象徵，但她們的那個紅點，是人為的，而莎爾娃蒂的，卻是天生的。按一個相士的說法：眉間有個朱砂痣，福相祿相世無比。眉間一點紅，如二龍戲珠，如雙鳳朝陽，即使暫時有違緣，日後也必成大器。後來，她就是在這一點上勝出了。

莎爾娃蒂當女神的那些年，尼泊爾風調雨順，國泰民安，人們都將這一切歸於女神的庇佑，於是，人們向女神供養了大量財物。按規矩，這都屬於女神自己。莎爾娃蒂稱得上富可敵國了。但她也明白，自己退位之日，便是孤單的開始。

果然，她的初潮一來臨，她便被請出了女神殿。從此，人們見到她時，就敬而遠之了。莎爾娃蒂覺得，自己還是那個自己，但遭遇卻是天上地下。正是有了這種人生歷練，才讓她明白了世事無常，於是，她便開始了解佛教。按父親的打算，要給她找一個修煉密宗的瑜伽行者，因為修密到了一定層次，是需要明妃的。

於是，莎爾娃蒂想，要是我遇到可心的人，我就當他的明妃。

④ 魔桶咒法

《瓊波祕傳》記載：瓊波浪覺遭遇莎爾娃蒂，是那祭壇的魔桶咒法的第一次作用。他面臨著另一個選擇：你要過尋常人的世俗生活，還是繼續你的尋覓？

此後，那誅殺法和魔桶法的咒力相互交替。在很長一段時間裡，瓊波浪覺只能感受到前者的咒力，感覺不到後者的魔力。直到後來，他真的掉入了那個魔桶，他才知道，那魔桶一直在他的生命中張著大口。

後來，瓊波浪覺談起莎爾娃蒂時，眼中充滿了深情。他說，自己在尼泊爾求法時，帶的那點黃金很快就用完了。後來，他在尼泊爾的所有花費，都是由莎爾娃蒂贊助的。關於這一點，知者並不多。許多人只知道瓊波浪覺的

財勢很旺，說是得到了白六臂瑪哈嘎拉的幫助，但神佛是不會直接將黃金送給世人的，他們的所有加持，都必須遵循世間法的規律。莎爾娃蒂的幫助，便是那種世間法規律的外現之一。

關於莎爾娃蒂已成為瓊波浪覺的明妃的說法並沒有得到證實。後來，班馬朗的弟子中有許多人這樣說，並將此當成了一種類似於流言的東西四處傳播。《瓊波祕傳》中說，莎爾娃蒂待瓊波浪覺雖然很好，她的父親也將瓊波浪覺當成了心子，但兩人之間並沒有產生實質性的性愛。書中說，我們很難相信一個發願西行求法，且不顧生命的人會陷入世俗的情欲當中。要是他為了一個女人而放棄尋覓，根本用不著翻越萬水千山來到異域，因為在他的家鄉就有數不清的女子。在佛教史上，有許多拒絕誘惑的故事。幾乎所有的得道者，其成道前的第一關，就是拒絕誘惑。

不過，在我跟瓊波浪覺相遇的某個時刻，他還是告訴了我當初的情景——

第6章　女神的心事

雪漠：上師啊，我想了解一個真正的你。哪怕是那真實很叫我難受，我也需要那真實。能談談你那時的一些真實心事嗎？

① 女難

孩子，實話告訴你，莎爾娃蒂是我真心愛過的第一個女子。我很愛她。我是在見到她之後，才明白人世間還有那樣一種神祕的情感。那時節，世上最美的風景便是莎爾娃蒂的笑。每當她望著我笑的時候，整個世界便一片燦爛了。至今，一想到她的笑，我的心頭仍會有春風輕拂的。

我真的很愛她。

當我發現這一點時，確實嚇壞了。要知道，以前，我眼中的女子其實是眾生之一。我愛眾生，但那種愛其實是慈悲，而且，最初的慈悲僅僅是一種作意。我覺得應該那樣。你說得對，慈悲心是熱愛眾生，出離心是遠離人群。我一向都喜歡離群索居的。所以，任何女人在我身邊都跟我觀想的那些圖案一樣，其實是個幻影。

只有莎爾娃蒂出現之後，我的生命中才出現一個鮮活的女人。我可不管她是不是當過女神。我只覺得生活中有了她，一切都有了意義。那時的許多個瞬間，我甚至也這樣想：人不就是一輩子嗎，很快就過去了，為啥不珍惜眼前的愛，而去折騰自己呢？你想，多可怕，那時，我竟然將尋覓奶格瑪，也當成了一種折騰。多可怕。

我真的理解了為什麼老祖宗將愛上一個女人稱為女難，真是女難。要是沒有足夠的定力的話，那所謂的愛，就會成為不可救藥的女難。許多有可能成為高僧大德的人，就是在遭遇了他們很愛的女人之後還俗的。你想，唐代的玄奘大師要是愛上一個女子，他還會成為玄奘嗎？

那時的很多個日夜裡，我的眼前總是出現莎爾娃蒂微笑的臉。她已代替了我的觀修對象。無論我怎樣觀修，我都很難觀出本尊的形貌，我眼前出現的，總是莎爾娃蒂。幾百年之後，六世達賴倉央嘉措說出的，其實也是我那時的覺受：「入定修得法眼開，祈請三寶降靈台。觀中諸聖何曾見，不請情人卻自來。」是的。真是這樣。

那時，有兩個我老是打架。一個是我的夢想，一個是我的愛。我的夢想

告訴我，離開她吧，你還有更遠的路要走。另一個聲音卻說，愛她吧，你到哪裡尋找這麼好的女子？這世上，最值得珍惜的，是愛。你便是修成了大成就，沒有愛，有啥意義？

有時我甚至想，我也不度眾了。因為當那種巨大的愛襲來時，我只在乎眼前的女子，奶格瑪雖也在心中笑著，但那是很遙遠的事。你想，無論我的讀經、我的禪修、我的觀想持咒，我其實都被莎爾娃蒂包圍著。那情景，很像你家鄉的沙塵暴。是的，愛是一種沙塵暴似的感覺。漫天嘯捲的，就是莎爾娃蒂的氣息。她的笑，她的歎息——那時，她老是不經意間歎息，她的皺眉——她皺眉的模樣最叫我扯心了。她的一切都會像一粒粒石子打向我的心。

許多天裡，我都想，我不在乎世界了，我最在乎的，其實是一個女子的微笑。

一天，莎爾娃蒂給了我一個本子。本子很華貴，是女神的專用物，上面記載了她很多心中的話。我已用空行文字把它記錄了，深藏在我生命的最深處。

在澄然之境中，你也會看到那些文字——

❷ 女神的相思

黃昏總算把風騷了一整天的太陽趕下山去了，地面上頓時涼爽起來。我佇立在熟悉的望夫崖上，向你的住處展望……

很長時間沒這樣耐心地等待了，但我又爲誰而等待呢？是盼望那爽風再一次撲懷而入呢，還是等待那黃昏的柔情將我的影子拉得好長好長？我的眼眸只有在這樣如水的黃昏才會等待，我等待你的出現。有時，你也會出現在黃昏的餘暉裡，你在背誦那些梵文單詞。但更多的時候，我見不到我想見的你。遠處的行人由遠而近，又影子般飄過。不知是那雙熟悉的眼睛欺誑我的心，還是我的心冷落了熟悉的眼睛？

禍兮？福兮？滾滾紅塵是誰在宿命裡安排，縱然站成一道風，我也無悔。難道我等待的是一場夢嗎？是不是還要在等待裡寂寞一生？暮色降臨，我在寂寞裡等待著。

天黑了，起風了，你終於沒有出現。

　　瓊，我的太陽，離開你，心中一片茫然，自己似乎又成了風中的柳絮。望著那漸漸消失在人流中的熟悉的背影，真想用盡所有的力量深情地呼喚。我實在忍不住那份無法說出的悲傷和落寞。

　　不知道於今的你，是否仍有那尋覓的心？是否仍那樣在夢裡疲憊？是否仍在深夜裡歎息？是否仍能看到那等候的女子？

　　每當想到你的尋覓，心就有點失落。我想太陽終究會離我而去。陽光燦爛的日子，定然會漸漸遠去。

　　今生注定要孤獨了，獨來獨往無人相陪。從一場香甜香甜的旅途睡夢中醒來，竟然就要說再會，我們又要各走各的路了。這是多麼叫人難受的事。

　　我坐在靜室裡，關上屋門，心上陡然多了一道柵欄。你的心在那邊忙碌，我的眼淚在這邊打轉。心在痛，感覺怎麼也說不清，不忍心再看你一眼，怕你熟悉的身影會刺得我滿心傷痛。

　　我的幸福太短暫了，早知道有這樣的別離，想當初還是莫要相逢好。那時節，我已認命了，已打定主意獨居一生。可誰叫你出現呢？你是個注定要尋覓的人。愛上你，就像愛上了一陣風。我的天從此灰濛了，所有的相思總是在翻江倒海，我怎樣收拾這樣殘敗的心緒呢？老像走在雲裡霧裡，老像是活在夢裡，不知道自己將走向何方。也許失去愛的人就是這樣，心頭永遠是落寞和淒涼。

　　唉，你去吧！最好再別回來。

　　等了一晚，淚流了一晚，你卻一直沒有出現。心好沉，好累。

　　不知為什麼，突然間多了許多讓我無法名狀的東西。我也許做錯了什麼事，竟變得渾濁不堪了。也許，在你眼裡，我不過是一本讀透的書，才使你如此地逃避我、厭煩我。我委屈極了，淚流在心裡，蕩漾著一種說不出的痛。我覺得自己的命很苦。我的自信整個地崩塌了……

　　相思使人老，不要相逢好。我為何不是個真正無情的女神？為何總要想像別人一樣相守？是捨？是留？皆牽了愁。捨，誰能再為我彈一曲妙音？留，誰又能為我的愛做出擔保？

　　你活得太苦太累，為了那一份尋覓，你不辭辛勞，四處奔波，卻從不想想自己有多苦。你為什麼不想想，該如何為自己好好活一次？

　　心情很煩亂，這聚聚散散的人生戲場真讓人覺得無聊。要是沒有你，這小院會讓我失望，會讓我陌生，留在心頭的，只有相聚時那溫馨的一縷情。

只有那一段說說笑笑、打打鬧鬧的日子還停留在歲月深處……

　　當你去外面參學時，整個小院只剩下了我，一切太靜了，又被豔陽照射著，於是就常去那個女神廟。那是個很美的所在，在那兒，我度過了最美的少女時代。那兒有很多人，有上香的，有祈禱的，有頂禮的，紛紛繁繁。我就靜靜地坐在一棵樹下。那老樹綠蔭如蓋，又臨著碧波水塘，我很喜歡。心情顯得很澀，想到你終究會離去，怎不讓我感到茫然。我先是看那深深的隨風而動的碧水，心就慢慢低沉了，後又抬眼望那午後飄逸的雲彩，漸漸想起童年做過的成仙的夢來，心又進入無邊的遐想中了。這時我最大的願望，就是想叫那個令人又惱又愛的你陪我來這兒坐一會兒，但明知道，一切都是不著邊際的奢望。

　　近來夏日的黃昏總是要落點兒雨。每逢黃昏，看那天氣漸漸地清涼了些，雨點的腳步就要趕回來了，我就慢慢地走回到家裡來。剛走進小巷，雨絲兒已落了下來。不久，你們也會回家。你們很熱鬧，但我總是寂寞的，就一個人回到屋子，輕輕關上了門。

　　半夜醒來，心頭纏繞著千絲萬縷的相思。突然記起今天是你來學習的日子。雖然你跟你的夥伴住得不遠，但才過了三天，我卻似煎熬了千年。

　　你就要回來了，在這個下午。雖然我不能與你單獨會面，但我已幸福萬分。你回來了，我的眼睛就能穿透所有的牆壁，看到微笑的你；你回來了，我的耳旁就會息滅所有的嘈雜聲，心就如湖水般清澈平靜。你回來了，空氣中就會飄蕩你熟悉的氣味，我也不再感到孤獨。

　　我快要坐化成惆悵的無名鳥了，你才回來。你可知道，我日日站在黃昏的夕陽中放飛那靈鴿，它雖然帶不來你的訊息，但它總能很近地望你一眼——它想來跟你有緣，無論你走到哪兒，它總是能尋覓得到。傳說中的某個古代英雄的一生中，老是有一隻鷹跟定了他。你的生命裡，跟定你的，就是這靈鴿。它雖然是我從一位婆羅門那兒買來的，但我想，它其實也屬於你。我發現，你跟它的緣，比我跟它的緣還要深。每次見到它，我的心中就會捲起一陣陣甜暈。

　　不過，你也許真是不解風情的。你也許根本想不到，我會在這青春的驛站駐足，瀏覽你這曲高和寡的風景。

　　我想，等我們老了，太陽仍然會很紅。年輕時相遇過的那縷清風仍在爽爽快快地流浪，但我們不會因爲自己逝去的華年而傷心。牽手到老——與自己至死不渝的妻子，這在人間最美不過，你說對嗎？

　　那時，我們在夕陽映照的小路上散步，相親相愛，你看著我失去玫瑰色充滿皺紋的容顏，我望著你滿頭的銀絲、深情的雙眼，歲月長長，我們刻骨銘心的愛情不變。在我快要合上眼、離開世界的最後一霎那，我的心中、眼前晃動的，還會是你溫馨的笑臉……

③ 致莎爾娃蒂

　　我讀懂了莎爾娃蒂，也讀懂了瓊波浪覺。我從瓊波浪覺的角度，寫了一首詩，他非常喜歡，說我的詩藝術地再現了他那時的心情。

　　詩的名字叫《致莎爾娃蒂》——

　　　　總以爲
　　　　那張相聚的場景
　　　　已到發黃的季節
　　　　那段銷魂的風緣
　　　　該成褪色的記憶

　　　　總想攪亂命運的密碼
　　　　總想打碎百世的尋覓
　　　　總想使迷醉的心寧靜
　　　　總想叫擾人的溫馨死去

　　　　總以爲
　　　　翠竹開花的時辰便是它生命的結束
　　　　耀目的電光終會成黑色的死寂
　　　　總怕煮鶴焚琴的故事上演
　　　　總怕大漠的月兒碎裂成攪天的淫雨
　　　　總想鎖住那遠逝的歲月
　　　　總想碾碎無常的光顧

總想叫命運的邂逅緣結爲永恆
總想叫驚人的美麗定格成奇蹟
總想那西子湖畔風流了千年的蘇小小
總想說永恆的別名便是死去
總在拷問靈魂
總想品嘗毒蠱

總想在一個風雨蕭蕭的黃昏
走近人影罕至的蒲團
總想踩碎殘月下的曉霜
印出浪跡天涯的孤獨
於是我總在演化故事
一千個故事裡
有一千個你
一千個你裡
有一千件叫人傷心的往事
萬千風雲
集結成一個「斷」字

總以爲七月流火的後面必然是清冷的雨季
總以爲生命燃燒之後必定是灰色的記憶
總以爲淒然轉身便有新的足跡
總以爲斬落蓮胎不再有糾結的藕絲
總以爲桃花島上的女子早已死去
總以爲雪山下的笑聲已經消逝
總以爲千古風流終將冷落
總以爲命運的清唱復歸沉寂
總以爲心中的倩影已化虛空
總以爲來生的相約已成往事

怕只怕孤寂的夢裡上演心事

怕只怕深陷的滄桑紋洩露祕密
怕只怕曉風殘露裡的孤影
怕只怕無月的夜裡獨步
怕只怕邂逅相遇的秋波
怕只怕夢醒時分的歎息
怕只怕千年的瑤琴只由在空谷輕撫
怕只怕生命不再有意義
怕只怕心頭的孤墳
談笑的僵屍

每每在癡呆裡晶出你的容顏
每每在無月的夢裡有你
每每把男兒的剛烈化為寸斷的柔腸
每每在笑聲裡哭泣

千萬次揮手
斬不斷痛苦的糾纏
千萬次頓足
驚不去悵惘的結集
千萬次詛咒
又千萬次尋覓

不爭氣的失神的眼睛
總在出賣
那靈魂裡包裹了千層的祕密……

④ 殺生節

　　在踏上新的尋覓之路前，莎爾娃蒂帶我參加過一次殺生節。它幾乎是當
地最大的節日了。成千上萬的雞、牛、羊和水牛被帶進了廟宇。那些動物們
當然知道自己的命運，它們都扯直了嗓門，發出各種各樣的驚叫，局促的小
城裡充滿了各種慘叫。尼泊爾人是從不在自己家裡宰殺動物的，也不叫專門

的屠夫代勞。他們將家畜帶到神像前宰殺，就等於供養了神靈，這本是婆羅門教的祭祀禮儀。這一點，跟你們涼州的習俗很相似。涼州人在打莊蓋房時也要宰牲，名義上要給土地爺供牲，但實際上那肉還是進了人的腹內。你說涼州人供牲時先要在家畜的耳中倒點冷酒，要是家畜一哆嗦，就意味著神已領了情，也叫領牲。尼泊爾和涼州相隔何止千里，但這種殺生供神的習俗卻驚人的相似。可見，這一陋習也成了人類的「集體無意識」——呵呵，瞧我，也在與時俱進著，我不是也學會了這九百多年後的詞兒嗎？

雖然尼泊爾人認為那些家畜會因為供神而得到超生，但畜們並不領情，它們的眼裡仍然充滿了絕望和憂傷，它們的叫聲想製造地球末日來臨才有的氛圍，但叫人們臉上的歡慶味沖了。這世界，並不是家畜的世界，只要人類認為歡慶，那世界也就歡慶了。

一輛輛馬車驢車被拉到了當街，這是山國尼泊爾的主要交通工具。車上掛著彩帶，轅上套著花環，車前擺了供品，供品有糧食、紅粉、水果等。在尼泊爾，車也成了神的載體，殺生節這天，是必須要祭車的。人們將活羊、公雞等撈到車前一一宰殺，沒頭的雞們翻著筋斗在地上翻滾著，招來一陣陣驚歡聲。

那時節，我並不知道，殺生節如水的人流裡，有一雙暗中窺視我的眼睛。那人叫更香多傑，是莎爾娃蒂的堂弟。他的眼中充滿了刻毒，他遠遠地盯著我和莎爾娃蒂。他的出現，讓我的生命多了一種色彩。他同樣是我生命中的「逆行菩薩」。

人們宰殺了羊們，將血淋漓到車頭車身上，以示祭車。

接著，大批的屠宰開始了。鼓樂聲響起了，皇家士兵在院中排成了儀仗方陣。他們高舉著刀劍，發出驚天動地的誓言。宣誓之後，人們將牛羊趕進院裡。它們發出陣陣哀鳴，雖然殺生節被宰的牲畜都會成為神的眷屬，但它們還是願意像凡獸那樣活著。這一點，它們有著跟中國的莊子一樣的見識。莊子寧願做曳尾於泥的小龜，也不願被製成標本供奉於廟堂之上。牲畜們像那些發誓的士兵一樣，也發出驚天動地的哀告聲。它們大叫：我們要活著！我們要活著！我似乎聽懂了它們的心聲，淚一下子湧上眼瞼。我想，無論婆羅門教有著怎樣精深的教義，單憑這樣大規模的殺生祭祀，我就不可能對它產生淨信。我想，無論是怎樣的神，也沒有權力奪取別的動物的生命。這種對殺生的厭惡，使我一直沒有在尼泊爾和印度皈依婆羅門教。

身軀龐大的水牛被拽到了屠宰的木樁前，一位婆羅門邊持咒邊往水牛身

上灑水，一條漢子扯著牛尾。鼓樂聲大響，聲震天地，一位長官模樣的軍人舉刀上前，拿腔作勢，顯出十分威武的模樣。他掄圓膀子，長刀劃弧，電光般地剟向牛頸，眨眼間，碩大的牛頭已滾落在地。刀口處鮮血直冒，四濺開來。我不由得心中一緊，一股酥麻蕩向周身。我趕忙按學過的本波儀軌進行超度。沒想到，雖然我已離開本波，但在異國他鄉，我最容易想起的仍是我已離棄的本波。可見，一個人幼年學過的東西，會如影隨形地伴他一生。

牛身轟然倒地，濺起些許塵埃。一人已將牛頭搬到彩旗旁邊，另幾人拖了牛身繞旗而行。這便是所謂的祭旗了。

⑤ 噩夢般的記憶

殺戮仍在進行，血流遍地。

腥氣匯成了旋風。先後有八個牛頭和一百零八個羊頭供在了旗下。那些殺戮者都很興奮，彷彿受供的杜爾加神已經賜給了他無與倫比的力量。杜爾加神是戰神的象徵，他因戰勝惡魔蘇瑟贏得了千古敬仰。殺生節本是為了紀念和祭祀杜爾加神，漸漸衍化為一種鍛鍊意志的儀式。軍官在上任和卸任時，都要以殺生來顯示威風。據說，以殺生來祭旗，就能得到神靈的賜福。但我卻毛骨悚然了。我遠離本波的一個原因就是本波總是在祭祀中殺生，而今，婆羅門祭祀的殺生更盛。我想，哪怕殺生的結果是讓我證得虹身，我也不屑於此。

望著滾落了一地的動物頭顱，我心疼如絞。我想，在無始無終的時間裡，那些動物都曾是我們的母親，我們怎能屠殺它們？

雖然所有動物都化成了屍體，但我的耳旁仍然響著它們的慘叫，那慘叫像鈍鋸條一樣在我的心上劃來劃去。眼中滿是猩紅的血色，腥風仍撲鼻而來。我想，要是他們祭祀的那些神靈真的喜歡殺生的話，那無論他們有多麼通天的大能，我也不願意敬仰他們。我想，真正的大神，應該善待每一個生靈。

這次殺生節，給我帶來了噩夢般的記憶。那些動物的屍體一直在我的腦海中晃動。我甚至在夢中也擺脫不了殺戮帶給我的刺激。我做過好幾個殺生節的夢，每每在夢中驚醒，發現自己一身的冷汗。

日後多年裡，我雖然也遇到過一些有名的婆羅門教大師，但我一直沒有皈依他們。直到多年之後，司卡史德帶我聽過《薄伽梵歌》之後，我才對婆羅門教有了新的認識。

第7章　瓊波浪覺的夢魘

雪漠：上師啊，我在《瓊波祕傳》中，看到你曾被劫持過一次，能詳細講講那過程嗎？

① 命運的賜予

那件事的由頭，源於我跟莎爾娃蒂的一次相約。

那時，我已經有點離不開莎爾娃蒂了。我發現我們的關係越來越親密，遠遠超越了師兄妹的界限。我像下山的石頭那樣，在情愛慣性的裹挾之下，身不由己地滾向了未知。

我決定慧劍斬情絲。我知道，要是再不果斷的話，我就再也跳不出情欲之井了。我當然想不到，我的決定，在更香多傑看來，是對他堂姐的一種要弄。於是，他的眼睛盯上了我。他決定修理我。

那天，我叫靈鴿給莎爾娃蒂帶去了一封信，約她在女神廟後邊的樹林裡見一面。

我想跟她認真談一次。我要告訴她，雖然我很愛她，但還是決定要離開她。我已學會了梵文、巴利文和一些地方語，能自如地進行交流了。我想踐約命運的尋覓。

那時，她的父親幾乎已公開認可了我。許多人都認定我會娶她。只有更香多傑知道我的心事，一見我，他的臉色總是很難看。他認為我在要他的堂姐。他多次明確表示，我要麼娶他的堂姐，要麼，別再跟她接觸了。他說他見過好些害相思而死的女子，他不想叫他的姐姐也這樣。他不理解，我既然那麼愛莎爾娃蒂，為啥還要去找另一個女子？他更不理解的是，既然我注定要去找另一個女子，那為啥還要愛他的姐姐？

他問得對。現在想來，那時，我真的該遠離莎爾娃蒂的。但你要知道，命運中的許多東西，是不可能設計的。我對莎爾娃蒂的愛，其實是我跟命運的一次遭遇戰。我是在沒有任何準備的時候愛上她的。等我發現自己愛上她時，她對我的愛也已不可救藥了。

不過，當我們穿過千年的歲月雲煙看這次相愛時，我卻仍在感激命運的賜予。要是沒有莎爾娃蒂，我的人生會遜色很多。我指的不僅僅是感情，還包括我的事業。在印度大陸的近三十年的遊歷中，莎爾娃蒂一直是我生命的

詩意之一。我們雖然沒有成為世俗意義上的夫妻，但要不是她，我肯定不會有後來的輝煌。後來，她將她當女神時得到的幾乎所有財富，都用於我的求法和弘法。你想想，只在我手中建起的寺院，就有一百零八座。要沒有她，根本不可能有後來的香巴噶舉。

雖然我打定主意要離開這兒，但對那次相約還是很興奮。無論外相上是僧侶還是聖人，只要他是男人，他定然就會有相悅的女子。便是在我後來成就時，我發現自己仍是擺脫不了異性相吸的法則。沒辦法。雖然那只能算是一種習氣，不是世俗的分別心，自然構不成煩惱，但作為男人的習氣，還是能左右細微的好惡。像蓮花生大師，雖然他已成佛，但他對益西措嘉的那份感情，定然超越了別的弟子。

我亦然。無論在我成就之前，還是成就之後，一想到莎爾娃蒂，我的心頭總是會湧起一股暖流。她以世間女子的外相，給了我一份終生不能忘懷的詩意之美。我的一生中，有三個女子，除了出世間的奶格瑪和司卡史德之外，莎爾娃蒂是不可忽視的存在。雖然她在外相上是世間法，但究其本質，還是跟觀音菩薩嫁那個她想度化的海盜一樣，是另一種形式上的利眾。

雖然一些自以為是的書籍——如《瓊波祕傳》中，將我遇到莎爾娃蒂，認為是本波護法神製造的女難，但我自己，卻感謝這次相遇。

是的。我承認，不僅僅在當時，甚至在我日後漫長的尋覓中，莎爾娃蒂的愛情都有一種誘惑和留難的外相。對她的感情一直是我的牽掛，客觀上阻止著我的尋覓，但正是在那一次次對自己的戰勝中，我成了我自己。

❷ 劫持

九百多年前的那時，我甚至將奶格瑪觀成了莎爾娃蒂。一想到她，我的心總是狂跳。那種感覺是慢慢洇過來的，像宣紙上滴下的一滴墨水一樣。等我發現這一點時，已有點不可救藥了。那時，我總是在充滿詩意地期待跟她的每一次相見。

那天，我去了女神廟後邊的樹林，那兒相對安靜。記得，那天天很藍，風也清，一切都很美。幾個老人正在繞塔。因為他們是莎爾娃蒂的老鄉，望他們一眼，我的心頭也會多一絲異樣的甜蜜。

在那兒，我沒有等到莎爾娃蒂。

卻發現，有三條大漢向我走來。其中一位，是莎爾娃蒂的堂弟更香多

傑。好幾次,更香多傑氣急敗壞地對我說,要麼,跟他姐姐結婚;要麼,別再騷擾她,給她一份安靜。他叫我別再跟她一起拋頭露面了——比如雙雙參加殺生節,他說那種行為已讓他的家族蒙了羞——否則,他會和他的家族一起干預的。他說,若是需要,他願意羔子皮換一張老羊皮,意思是他可能會殺了我再給我抵命。

更香多傑也許不知道,感情問題,絕不是一加一等於二的事。那時的我,其實也在掙扎。我忽而想娶莎爾娃蒂,過平常人的日子;忽而想遠行,去尋找自己的夢。我的感情和理性總在打架,糾鬥不休。這種情景,同樣反映在幾百年後倉央嘉措的詩裡:「多情深恐損梵行,入山又怕誤傾城。世上哪得雙全法?不負如來不負卿。」

只是,我不明白,他們是如何知道我們的相約?至今,這還是個謎。有人說是班馬朗的告密,事前,我確實跟他商量過這事,他倒是真有告密的條件。但這一猜測,一直沒有得到證實。

從對方氣勢洶洶的目光中,我自然明白跟他們去,會意味著什麼。聽說,三年前當地人就打死過一位膽敢娶女神的藏人。也許,讓一個來自藏地的「粗人」——他們會這樣認為——娶了女神,對當地人來說,是污辱。但更可能是忌妒,當地人會想,我不想得到的,誰也別想得到。何況,女神還有那麼多讓當地人眼紅至極的財富呢。那時,我甚至以為,他們僅僅是想趕我走,這樣,女神那筆巨大的財富,就不會落入外人之手了。卻沒想到,他們想做的,其實是逼我馬上跟女神結婚。

自從我發現自己已愛上莎爾娃蒂後,就有了很多折磨。留下?還是遠行?這問題一直縈繞在我的心頭。一方是我的尋覓,一方是我的所愛,哪一方我都不想割捨。我忍受著靈魂被割裂的痛苦。在很長一段時間裡,我沒辦法掙脫任何一方的枷鎖。我既擺脫不了對尋覓的執著——那是我活著的理由,也捨不得莎爾娃蒂。她真是一位女神。自遇到她後,我的許多情感被啟動了。我沒想到,人世間竟有那樣一種奇妙的感覺。那時,我甚至想,佛經上所說的極樂世界,是不是也是這樣?若是這樣,人間便是淨土;若不是這樣,那種極樂又有什麼意義?

那三條大漢帶了我前行。他們將我帶到了神廟的後院。我想到了三年前那個同胞的結局,我有些害怕。我想,我還沒找到該找的人呢,要是被人打死,這輩子就白活了。

明知免不了皮肉之苦,我卻有種異樣的輕鬆。我想,要是他們問我,我

就明確告訴他們：我並不想娶你們的退役女神。這一想，我覺得抖落了纏身多年的繩索，有種解脫後的釋然。

神廟後院還候著幾人。我逃不了，也不想逃。我想面對一切。

更香多傑惡狠狠支使幾條漢子閉了窗鎖了門，又一個漢子拿著棍子守住門戶。

沒有懼怕，我只想告訴他們，我不想娶女神。這念想很叫我難受，也讓我輕鬆。但他們什麼都沒問，只是發出一聲聲凶神惡煞般的喝斥。

我決定表示我的心事。雖然我很愛她，但我的生命裡有更重要的事。我的這輩子，不是來娶女神的。

……記得，就在那天早晨，我在坐禪時，一個神祕的聲音說：女人，無論她如何美麗，都是女難。別對她抱幻想了。

我決定攤牌，但那些人什麼都沒問。

我只好靜靜地等待著。

我沒有想到他們竟會搜我的身體。他們一臉的道貌，平時多像一個個得道高人呀。他們竟能放下臉來，搜我的身子。他們搜去了我隨身帶的一些金子。見到金子時，幾人眼中放射出奇異的光。

又幾人圍了上來，從我身上搜出了常帶的那把藏刀。一個人叫，哈，殺人未遂。你犯了殺人未遂罪。見到那藏刀，他們如獲至寶。也許，他們能在當地法律中找到某種理由了。

我笑了。帶藏刀是我的習慣，他們卻說我想殺女神。這罪名是如此的拙劣，我甚至輕視他們的智商了。

③ 飛來的耳光

在更香多傑的逼問下，我承認我喜歡莎爾娃蒂。我沒說我愛她。雖然那時我已經愛上了她，而且是一種刻骨銘心的愛，但我更愛那尋覓。一聽到我喜歡莎爾娃蒂，那幾人就憤怒了。我不理解他們為啥憤怒。我想，也許，他們也喜歡莎爾娃蒂。

我再次承認：我確實喜歡她！

一個漢子突然躍起，呸呸了幾聲之後，打了我幾個耳光。

我被打得暈頭轉向，這是我今生第一次挨耳光。我忽然有種頓悟的感覺。

弟兄們，準備好！更香多傑喝斥一聲。四條大漢摩拳擦掌了。

更香多傑說，他再耍賴！往死裡打！

更香多傑怒視著我，先揍了我一拳。我腦袋轟鳴著，倒在地上，我沒想到他會打人，他也算是我的師兄。我們以前關係很好。他深知我愛他堂姐，也知道她愛我。我曾對他講過我的心事和尋覓。我對他說，雖然我愛你堂姐，但我還是要去尋覓，我忍受不了沒有尋覓的生活。那時他說，你想得倒好，你想玩了她，然後再找個理由甩了她，沒門。我說我要是去尋覓的話，是絕不會碰她的，我的心明月可鑑。他聽了，只是冷笑。

我曾告訴他，雖然離開莎爾娃蒂我會痛苦，但我知道這種痛苦不會長久。我知道，所有的痛苦和幸福，其實僅僅是一種情緒。而所有的情緒，都是無常的。

有時，我也會沉浸在我臆想的關於她的苦難裡。在當地，是沒人敢娶女神的。她會在孤獨和相思中度過一生。每想到這一點，我的心中也會冒出娶她的念頭，但念頭僅僅是念頭。當我不跟隨它時，所有的念頭，都是吹過驢耳的秋風。

但在某一天，我發現了一種很可怕的事。我發現，一想到生活中沒有莎爾娃蒂，我就不再有靈感，不再有激情，忽然沒有了人生的樂趣和意義。那個瞬間，我可怕地發現，一想到要離開莎爾娃蒂，我的尋覓就退出了老遠。

於是，我才決定離開她，踏上我的尋覓之路。

④「打死這個藏狗！」

又飛來一拳，打在我耳後。

我不知道我是否昏了過去，只恍然覺得自己倒在地上，耳中一聲雷鳴。我記得我呻吟了一下，大腦一片空白。我失去了知覺。

不知過了多久，我醒了過來。我腦門流血，頭痛欲裂。

我發現，更香多傑正高舉一個香爐，又吼又叫，作勢欲砸。

那一拳，讓我頭痛了許多年。即使在日後尋覓奶格瑪的途中，伴我時間最長的，也是那頭痛。每次頭痛時，我就會想到自己在女神廟裡的經歷。

我的雙耳也轟轟作響。

又一拳向我眼睛搗來。我的眼角被打出一個血包。天地變成了紅色。那一瞬，我甚至沒了思維。

另幾人又揍了我幾拳。我清醒過來時，只覺得胸部劇痛。

我沒有反擊。我知道我的反擊會招來什麼。心頭一片空白，腦中巨響不已。

打過我後，他們也不再兜圈子。更香多傑提了三種方案，要我選擇：一是要我承認殺女神未遂，將我馬上送官；二是要我自殘身體，割去生殖器；三是要我娶了莎爾娃蒂，安分守己地過日子，別再提那些狗屁的尋覓。

女神廟主管還提出了一條，要我將身上帶的所有金子都供養神廟，用以補償褻瀆女神給當地可能帶來的損失。

那主管振振有詞地算著帳，列舉著歷史上的許多因褻瀆女神而給當地招來的禍患。她說，要是一送官，你的一生也就完結了，你必然會坐牢。今生，你的事業，你的信仰，你的地位，全都完了。你的家族也會因你而蒙羞。

別忘了，莎爾娃蒂雖然也愛你，但她身上流的是尼泊爾人的血。那女人說。

我們已經取好了所有證據。那女神棍揚揚幾張紙，上面有所謂我承認的所有瀆神供詞。她說，你信不信？我有本事叫你馬上坐牢。我當然信。在當地，雖然法律沒有明令禁止娶女神，但由於世俗的干預，所有娶了女神者，都不可能有安定幸福的生活。各種勢力都會在世俗的合法名義下，讓所有娶女神者顯出「不吉祥」來。我怕的，當然不是娶女神的「不吉祥」，而是怕耽誤了更重要的事。

我說，我不知道你們要是故意陷害，結局會如何？我不知道。

陷害？你敢說陷害？一人又向我揮了一拳。

其餘人也吼，打！打死這個藏狗！

女主管據說是現在在位女神的奶媽。她坐在我的身邊，揪住我的頭髮，說，我看看這個牲口。嘖，還有頭有臉的，你還想溜。我真不明白，我們的女神究竟看上了你的啥？

那女人說，要知道，世上變化最快的，是女人的心。世上最可怕的，也是變心的女人。你要是真想溜走的話，莎爾娃蒂也會同意將你送官。她一定會想，我得不到的，別人也休想得到。

他們忽而誘，忽而逼，將這鬧劇演了兩天。我彷彿經歷了地獄。當我被一個濃妝豔抹俗不可耐的女人揪著鬍子叫牲口的時候，我真想撞死在那個桌子上。但因還沒找到我要找的人，我死不瞑目。

那兩天，我品嘗到了人性中許多被稱為「惡」的東西，有點萬念俱灰了。我甚至懷疑莎爾娃蒂參與了這種把戲，我覺得很噁心。不過，我很快就懺悔自己「以小人之心，度君子之腹」了。我相信，莎爾娃蒂一定不知道更香多傑導演的勾當。

看到我一次次頑固的拒絕，更香多傑失去了理智，在我臉上掌了很多耳光。我於是想，當下最主要的問題是如何離開暴徒們的掌控。這一想，靈魂的慧光頓然顯現。我覺得沒必要跟這群粗人糾纏下去，我要見到莎爾娃蒂，得到她的幫助。

那夜，我做了一個奇怪的夢。我覺得自己置身於一個巨大的山巒裡，萬念俱灰，眼前晃著一個個灰影子。一陣可怕和絕望令我窒息，什麼希望都沒了，只有絕望，只有恐懼。我沒有一點兒氣力。生命的意義消失了。我像傳說中的孤魂那樣四處遊蕩著。我找不到歸宿。我看不到天光。我沒有辦法左右自己如風中柳絮一樣的身子。我似乎真的到了中陰身階段。於是，我哭了，哭聲在曠野裡顯得很無助。這時，一個女人出現了，我看不清她的臉，但我知道她是奶格瑪。她勸我，說要一輩子陪我。我哭得好痛快，好傷心，許久沒這麼哭了。而後，那女子像小時候媽媽給我叫魄那樣，一聲聲呼喚著我的名字：

瓊波巴——冷了烤火來——
瓊波巴——餓了吃飯來——
瓊波巴——高處嚇了低處來——
瓊波巴——硬處嚇了軟處來——
瓊波巴——三魂七魄上身來——

就是在她的呼喚之中，我覺得自己活了過來。我於是發誓，無論出現什麼樣的違緣，我都要去找她。

記得那個夢境很長，有著許多神祕的內容。

雖然那夢已印在我的靈魂深處，但我還是無法將它清晰地描述出來。要知道，語言總是很蒼白，許多覺受是很難描述的。比如，我至今仍無法向你描述那女子攬我入懷之後的那種大樂。我們相擁在一個小河邊，天做被，地做床，四下裡除了狗叫，便剩下十分的清明與幸福。記得夢中的月亮很亮，月下的河很靜，遠的樹與近的石都在無邊的月色中消融了。那是個很長很美

的夢。

今天講述它時，我仍然感到很溫暖。許多久遠的模糊的感覺撲面而來，令我慨歎不已。雖然我經歷的那時，還有許多暴力和血腥，但我的心頭卻蕩漾著一種奇幻的韻律。那許許多多的人和事，都透出一種昏黃而朦朧的美。

感謝生活給了我一切，使我的人生十分精彩。

第三天，我走出了神廟後院。我答應了那些人提出的條件，我簽了他們叫我簽的那個保證文書——我真怕他們會弄殘我——但我的去意已決。

後來，我理解了更香多傑。據說，他聽信了別人的挑撥，說我玩弄了莎爾娃蒂之後，不顧女子的死活，想溜走。更香多傑覺得這已經叫他們的家族蒙羞了，他於是又煽動了別的族人。那些人倒很賣力。也許，他們真的是想幫助一個女子達成她的願望。同時，他們定然也認為，他們在為我好。除了能娶那麼美的女子為妻之外，我還能得到富可敵國的財富。他們像良醫強制性地為頑劣的病人動手術那樣，想修理掉我身上的「不識抬舉」。開始他們還有點理性，後來卻全部進入了角色。他們自己也被自己營造的氛圍裏挾了。他們很賣力地玩那個遊戲，給我留下了噩夢般的記憶。

說真的，對更香多傑，我現在仍很感激他。要知道，莎爾娃蒂富可敵國，要是更香多傑有私心的話，他只會趕走我。這樣，莎爾娃蒂父女一死，那些財富自然就會落入其家族的手中。但那時的更香多傑處心積慮的，竟然是叫我娶女神，想叫我成為那財富的主人。也許，在他眼中，我的選擇和放棄，是對他姐姐和家族最大的污辱，就像一個乞丐對著送來的王位，卻說要考慮考慮一樣，是可忍，孰不可忍。我真的理解了他氣急敗壞後的失去理智。

走出神廟那天，天氣真好，萬物像充溢著靈氣似的歡迎我。因為下定了決心，我感到非常輕鬆。心裡彷彿有個快樂仙子在咯咯地笑著，那是一種含淚的笑。我的心頭蕩漾著一種奇異的感覺。沉澱了許久的沉重消失了，瘀積的懊惱化解了。那是怎樣的爽啊！

只是，經了這場變故，許多美好的感覺遠去了，心頭又多了另一些東西。我想，苦海無邊，回頭是岸呀。

滄桑的感覺像水一樣漫過來，淹了我的許多詩意。我的靈魂又經受了一次命運的拷問。

莎爾娃蒂來看我。在我失蹤的三天裡，她一下子老了十歲。她的嘴上多了兩個血疤。一見我，她就號啕大哭。

莎爾娃蒂說，那天，她並沒有收到我的信，也許是靈鴿丟了那信，或是被別人取了去——許多人都喜歡那靈鴿，都跟它很熟。

她撫摸著我的傷痕，輕聲地罵更香多傑，邊罵，邊心疼地流淚。

而後，她又燦爛地笑了。問到她笑的原因，她說我在她夢裡告訴過她，我不會離開她了。她說，在夢中，她高興地抱住我跳了起來。她笑得很燦爛。

我的靈魂卻被戳了一刀，頓時淚如雨下。

日後，每每想到她這個可憐的夢，我都會淚流不止。

因為我知道，無論經歷怎樣的變故，我都不會安分守己地跟她過日子，更不會忘了自己的尋覓。

⑤ 為了那個夢

無論瓊波浪覺經歷了怎樣的靈魂折磨，他還是將自己的決定告訴了莎爾娃蒂。他告訴他的命運選擇，說他雖然寫了保證書答應要娶她，但那是被逼的。如果她願意，就放他遠行吧。如果她要他守那個女神廟的城下之盟，他也會跟她結婚，但他定然會痛苦一輩子的。

莎爾娃蒂很是痛苦。

在我滄桑的記憶裡，當時的瓊波浪覺和莎爾娃蒂，有過這樣一個對話——

你真要走嗎？

是的。

你為什麼要走？

因為，走是我的宿命。要是我現在不走，就可能永遠走不了啦。

為什麼？

因為現在我還能記著我的宿命。當我在這兒待上一年後，那宿命的印跡就淡了。待上兩年，那印跡就更淡了。當我待上三年，那印跡就若有若無了。當更長的時光流水沖刷之後，我就再也記不起我的宿命。

真那麼可怕嗎？

是的。世上有許許多多可能偉大的人，他們都有著自己的宿命，但就是在那種警覺消失之後，他們終於忘記了自己的本來，成了一個混世蟲。

也許，你說得對。我在當女神的時候，覺得自己真的是一個女神。現

在，我只是一個害相思的女子。僅僅過了五年，我已忘記了當女神時的許多東西。

說真的，現在，你已經開始佔領我的心了。要是我繼續待下去，那個叫奶格瑪的女子會漸漸退出我的心靈，會有另一個人完全地佔據我。她也許叫莎爾娃蒂，也許叫別的名字，它們只是一個個符號。但奶格瑪不是符號，她是我活著的理由，而別的女子，只能參與我活的過程。因為奶格瑪代表的，是一種形而上的追求，而別的女子，則是一種形而下的生存。

那你為什麼不將別的女子當成那種形而上的追求呢？

因為，她們承載著不同的精神。奶格瑪代表著出世間的利眾精神，別的女子則代表世間法的某種規則。

所以，你才要離去？

是的。趁著我還清醒的時候，就強迫自己離開那種可能叫我失去記憶的環境吧。環境對人的影響，你比我更清楚。在女神廟時，你就是女神，跟我在一起時，你僅僅是個害相思的女子。你遇到什麼樣的環境，就可能有什麼樣的心。

這倒是真的。

你可能不知道我父親的故事。很小的時候，他就想效法那些古代的大德，去印度求法。但後來，他一直沒有去。因為他一直能找到不去的理由。因為任何人只要想找理由，他總能找到任何理由的。世上所有的理由，都是在你需要它的時候出現的。它的本質是欺騙你自己。父親也這樣一次次用那理由欺騙著他。他一天天長大了，理由也一天天多了。到了某一天，他發現自己當初的那種想法真是太幼稚了。於是，他心甘情願地當了本波的法主。再後來，當我有了他小時候的那種追求時，他竟然想阻止我。因為在他的眼中，我的那種想法，是幼稚的標誌。就這樣，父親日漸成熟的世故，終於殺死了他的夢想。

他一直沒能走出來？

是的。最早的時候，他覺得自己沒有力量走出來。於是他想，等我有了力量就走出來。其實，他不知道，真正的走出來，根本不需要力量，只需要一顆堅決地走出來的心。那顆心是世上最強大的力量。父親卻一直在累積著自己以為必須的力量。後來，他終於有了那種機會和力量，但他卻沒有走出去的心了。在父親臨死前的一天，他忽然記起了自己的夢想，他悄悄告訴我他的遺憾。他說要是有下輩子，他會實現他的夢想的。我很想說，下輩子，

你仍然會有無數阻擋你的理由，你仍會不想放棄唾手可得的安逸，你仍然會懼怕陌生，仍然會有無數庸碌屠殺你的夢想。雖然他臨終時的發願和遺憾，會以輪迴的形式，出現在他的一個生命體上——在父親的下一個童年裡，那夢想仍會出現，但世故的環境仍然會腐蝕他前世的夢想，並醃透他天才的童心。要是沒有那「能斷」的智慧之劍，父親仍會世世代代地遺憾下去，成為另一種可怕的輪迴。所以，我得守護著我的心，不要叫它日漸世故。

你是什麼時候打定主意的？

就是在你父親將我當成兒子的那時。那時，我忽然發現，我一下子擁有了許多東西，有了地位，有了產業，有了妹妹或是妻子，也有了許許多多想不到的溫馨。我忽然發現，命運已經安排好了一切，不需要我再付出多少努力了。因為無論我如何消費，也花費不了那麼多的財物。但同時，我發現我有了一種責任，它限制了我的很多自由。生活很公平，它在賜予你許多東西的時候，總要從你的生命裡索取相當價值的東西，比如自由，比如追求，比如夢想。那時，我就想，我該走了。

為了你的夢想？

是的。為了我的那個夢。

好的。我理解你了。你走吧。你別再管你的所謂簽約。被迫訂下的所謂保證和契約，你不必遵守它。你別管他們，我去說服他們。不過，我知道，更香多傑的嗔恨心和執著都很重。他定然很看重你的簽約，他會覺得你欺騙了他們。他定然會報復的。我雖然不知道他報復的方式，但你要善加提防。我會盡量消除他的嗔恨心，不過，你要知道，女神一旦退位，就跟當地所有的女兒差不了太多，是沒啥地位的。我不知道我的勸說，能起多少作用，我想請我的父親也說服他們，試試看。我們盡力吧。

她又說，你走後，我會一直等待下去。你要答應我，找到你的尋覓後，一定要來找我。你要將你現在的約，推遲到你找到夢想之後來踐。以前，我也有我的夢。很小的時候，我就想當女神。後來，我當了女神。我當了女神的時候，發現自己雖然有女神的形貌，但我並不是女神，因為我沒有明白。即使在我給那麼多的人指點迷津的時候，我也沒有明白。那時我想，我一定要當真正的女神。我要尋找生命的真相，我要窺破生死的祕密。我要洞悉真理。我要建立一種歲月毀不掉的價值。

這也是你的夢想。

是的。當我走出神廟的時候，我的心是灰色的。因為我的女神夢破滅

了。我由凡人成為女神，再由女神復歸於凡人。雖然我擁有了數不清的財物，但我並不幸福。而且我發現，即使在我當女神的時候，我也不幸福。那時，我就想，世上是不是真的有一種甘露，喝了能叫人明白，能叫人忘憂，能叫人得到究竟的幸福？

我尋找奶格瑪，也就是想找到這種東西。

我不知道你能不能在奶格瑪那兒找到它。但尋找的過程本身，就是幸福的。也許，那尋找的過程，便是那甘露本身。

你說得對。那我們各自去尋找吧，當你找到那種東西時，一定要告訴我。我也一樣。

莎爾娃蒂說，不，我不會再尋覓了。尋找是我以前的夢想。現在，我的夢想變了。我的夢想就是等你。我已經找到了能讓我幸福的甘露，那便是對你的愛。我不再去找任何真理了。我發現，當我想你愛你的時候，我真的是很幸福的。那幸福，遠遠超過了我當女神時的一切。我想沒有比它更令自己幸福的甘露了。我只想守候它。我相信，我的守候便是我的幸福。我會等你的。我會在餘下的時光裡，等待你的到來。我不要超越，不要破執。我只要你。只要對你的那份守候和允諾。有了它的陪伴，我就不再需要任何東西。

我理解你。愛也成了你的夢想。

不過，我有個請求，你帶上那靈鴿，讓它成為你我的橋樑。就讓它經常給你帶去我的信好嗎？你可以回那信，也可以不回。我只是想讓你知道我的心。

好的。

我給你的信，不一定是你喜歡的內容。我可能愛你，可能罵你，可能怨你，可能有我想說的一切。你別管它的內容。你只管當成一個女子愛的真心即可。我不想掩飾，我只想像人們向梵天祈禱那樣說出自己想說的話。

好的。我也期待著你的信。除了我的尋覓之外，我最在乎的，其實還是一個女子的真心。

我為啥不叫你解除那約定，而只將它推遲到找到你的尋覓之後？原因是希望你答應我：等你真的找到了奶格瑪，求到那密法之後，一定要來找我，好嗎？我知道，修密法是需要明妃的。等你的證量達到雙修層次之後，就讓我做你的明妃好嗎？我告訴你，我不是女神，我只是一個女子。我嚮往愛情。在你達到能夠雙修的證量之前，我的修煉只是我的等待。你別管我的愛是不是聖潔，我只想告訴你，我的愛是真的，而且我願意守候這份世俗

的愛。我甚至不想昇華它。請你允許我對你有一份世俗的愛,允許我對你嬉笑怒罵,允許我對你的相思和埋怨,允許我有平常女子對一個妻子的所有心思和念想。你千萬別笑我。我其實不想超越。我只想跟我的愛人,靜靜地待在一個世界找不到的地方,相視一笑,無欲無求。我希望自己能實現這一夢想,我希望在我的生命中真的出現這樣一種愛。若是它不能出現的話,我就用我的夢來演繹這份愛吧。

好的。

你只要記得,在你的生命裡,有一個女子正等著你,等著你的歸來。她日夜經歷著相思之苦。那是她自願的,也是她的一種修行方式。她這樣修行的所有目的,就是為了見到你。她最怕的是,要是自己不這樣修行的話,她可能會在一種非常疲憊的狀態下,放棄這份愛。為了這份愛,我甚至不願進行傳統意義上的修行,我怕修行有成後的超然會消解我對你的愛。不,我不要那樣。我只要這份愛。我只想守候這份愛。我要守候著當你的明妃。需要告訴你的是,無論你眼中的我是不是明妃,但我的所有願望僅僅是想做你的女人。你叫明妃也成,你叫空行母也成,你叫侍者或是女兒也成。我都不在乎,因為在我的內心深處,我只是你的女人。你不要戳破我的夢好嗎?

好的。

只希望你能守住你的承諾,在找到你的宿命之後來找我,我會放下一切,跟你而去。我願意跟你走天涯,或是住山洞。我願做你的僕人、丫頭或是你需要的所有角色。我只希望能黏在你的生命裡,成為你擺脫不了的呼吸。

瓊波浪覺一臉淚花。他說,在那個分手的瞬間,他甚至想到了對尋覓的放棄,但莎爾娃蒂搖搖頭。她說,雖然你的尋覓讓我難受,但我最愛的,其實也是你的這顆尋覓之心。你要是放棄了尋覓,你就不是你了。我雖然有顆女兒心,但我的血液裡還有女神的基因。你只要守護你的誓約,在找到你的目的之後來找我,我便心甘了。

兩人擊掌明誓。

後來,莎爾娃蒂一直給瓊波浪覺寫信,那些感人肺腑的信件都以空行文字保存了下來。

每次,當我打破二元對立進入光明境裡,只要我想看,都可以看到那些文字。

在靜的極致裡,每當我看到那些文字時,我的心都會一陣陣抽疼。

　　不過，我還是理解並欣賞瓊波浪覺，正是有了他的這一選擇，千年後才有了另一番風景。他尋覓到的智慧之火，才會在我的生命時空中燎原開來，成為歲月抹不去的人文景觀。要是他放棄了尋覓，古印度不過多一個庸人，世界卻會少無數成就師。

　　也正是因為實踐了他傳承下來的那些偉大教法，才成就了今天的雪漠。

⑥ 告別莎爾娃蒂

　　瓊波浪覺告別莎爾娃蒂的場面很感人。在我的印象裡，那是個秋天的黃昏，天有些涼了。當然，這秋天，不一定是自然的秋天，也許是心靈的秋天。瓊波浪覺確實感到了一種肅殺之氣。那殺氣的由來便是他對無常的感悟。他覺得離開家鄉已經許久了，雖然也求到了一些法，但他還是沒有打聽到奶格瑪的音信。

　　瓊波浪覺除了自己尋覓外，還託人打聽，但奶格瑪仍然停留在傳說階段。許多人都聽說過奶格瑪，但他們也僅僅是聽說而已。雖然沒人會懷疑奶格瑪的真實存在——他們都堅信這世上有個奶格瑪——但那個存在卻很遙遠，遙遠到成為一個夢了。

　　據說，瓊波浪覺身上，最叫莎爾娃蒂感動的，也是對奶格瑪的尋覓。那些授記，在世俗的人看來，也僅僅是個說法而已，跟所有的傳說一樣，說法僅僅是個說法。瓊波浪覺卻是為了那個說法離開家鄉的，他等於在追逐自己的一個夢。而且，為了那個夢，他已經捨棄了很多。他捨棄了法主的地位，捨棄了親情和溫馨，捨棄了家鄉，現在，又捨棄了深愛他的莎爾娃蒂。

　　雖然他的捨棄中還有著許多期待，但在世俗的外相上，他確實捨棄了許多看得見的東西。

　　九百多年之後，在某個極靜的時刻，我的心裡也湧出了一首歌：

　　　　揮揮手，
　　　　告別那邂逅，
　　　　因為有遙遠的路要走。
　　　　有心背負了它，
　　　　可又太沉，
　　　　怕只怕，

輕裝的我，
再也沒有了嘹亮的聲音……

⑦ 太陽走了

瓊波浪覺走的那晚，莎爾娃蒂寫下了這樣的文字：

太陽頭也不回地走了，憔悴的影子牽動了風的眼睛。天空飄著雨，傘無法隔斷綿綿的細雨和我的心情。

在濛濛的雨霧裡，我茫然地佇立雨巷，風吹得心顫抖。我知道，太陽走了。

太陽終於走了，在這個飄雨的黃昏，濃濃的悲涼引來肆無忌憚的風和滿眼的無奈。

我不敢觸摸往事。

心卻一次次說冷，太陽走了。

茫茫的夜色一點一滴地淹沒了你遠去的身影。我立在巷口，不敢回望來時的路。至愛走了，我這如滄桑雨雪的至愛啊，總是悄然而來，又悄然而去，只留下無怨無悔的愛意讓我激動不已。我多想化成一襲黑色的閃電，去追上他匆匆遠去的足跡。明朝的歲月沒有定下約期，相離的日子裡太陽會不會升起？

心中一片茫然，自己又成了風中的柳絮。真想用盡所有的力量深情呼喚，可我還是忍住了那份無法說出的悲傷……總覺得，太陽已離我而去。

陽光燦爛的日子，已漸漸遠去……

第*8*章　朝聖之旅

　　《瓊波祕傳》稱：那些本波的咒士，在行使一種魔桶咒法。那魔桶既是象徵，更是實際而又客觀的咒術。據說它源於最原始的印度巫術，後為本波吸納。但據說，後來真正困擾瓊波浪覺的魔桶咒術，其實來自印度，由班馬朗從印度左道咒士那兒學來，再傳給本波祭壇的壇主，由他終年不斷地行施該咒法。

➊　女神的反思

　　瓊波浪覺離開了蘇瑪底，在多傑登巴處正式剃度出家，還受了沙彌戒。按《瓊波祕傳》的說法，落髮時，瓊波浪覺的頭髮都轉成了觀音。關於這一點，我僅僅當成一種傳說。其實，頭髮成不成觀音，並不重要，重要的還是心。當你的心成為觀音時，你才具有觀音的品德。頭髮僅僅是外現而已，它成不成為觀音，都是無所謂的事。

　　瓊波浪覺的毅然出家表示了他的某種態度，莎爾娃蒂傷心欲絕。班馬朗本來還想學下去，想趁瓊波浪覺離去，跟莎爾娃蒂親近，但莎爾娃蒂卻趕出了他。莎爾娃蒂的態度傷害了班馬朗，他將這種羞辱歸罪於瓊波浪覺。後來，當班馬朗主持了某寺院後，他成了瓊波浪覺在香地違緣的最大製造者。

　　班馬朗因為暗中中傷過瓊波浪覺，從蘇瑪底家出來之後，覺得自己無臉再見瓊波浪覺，就另外投了一位上師，學習教法。不過，相較於密法，班馬朗對佛教理論更感興趣，他開始研究龍樹和彌勒的論著。他對瓊波浪覺的廣求密法很不隨喜。他想，解脫只需精修一法即可，何必學那麼多相似的教法？他發現，流行於尼泊爾的一些教法雖然名稱各異，修煉方法卻很相似，而真正絢爛多姿者，還是教理。在瓊波浪覺到處求法的多年裡，班馬朗學習了大量的經典。他到處立論辯經，不久便在尼泊爾聲名鵲起，儼然成班智達了。

　　莎爾娃蒂當過女神，女神本是婆羅門教的信仰。此時，在尼泊爾佔主導地位的，仍是新婆羅門教。佛教中雖不乏大德，但因為此時的佛教已流於繁瑣，一些專家精研一生，也未必能窮其堂奧，尋常百姓總是望而卻步。而婆羅門教卻與時俱進著，它不斷地調整著自己，從而贏得了很多信眾。後來，人們將佛教在印度的消亡歸結於伊斯蘭大軍的入侵，其實不盡然。因為伊斯

蘭大軍入侵時，對婆羅門教的打擊也是致命的，但後來，婆羅門教與時俱進，以印度教的名相，將智慧之火傳遞了下來，其燎原之勢，波及整個印度大陸。可見，與時俱進是宗教興盛的祕訣。

莎爾娃蒂雖當過婆羅門教的女神，卻一向對佛陀敬仰有加。正如佛教曾將婆羅門教的一些神靈收攝為護法一樣，印度教也將佛陀當成了自己教內的證悟祖師。他們並不排斥釋迦牟尼。在當女神時和退位之後，莎爾娃蒂研讀了許多佛教經典。開始，她還僅僅是出於好奇，但瓊波浪覺對密法的興趣強烈地震撼了她。她想，一個出生於異國偏僻邊地的青年，為了密法不惜冒著生命危險拋家離鄉，而自己，卻對身邊的無上珍寶視而不見，何其愚也。

瓊波浪覺出家後，莎爾娃蒂開始了反思。不久，她開始了密法修煉。

只是莎爾娃蒂對瓊波浪覺過於牽掛，她一直沒有證得光明。也因為這個緣故，她留下了很多關於愛的文字。

❷ 多傑登巴

瓊波浪覺出家之後，依止多傑登巴，精修密法，先後得到了勝樂五尊等一百一十三個密法灌頂。此時，瓊波浪覺已精通梵文，能體悟多傑登巴教法的精要之處。多傑登巴很看重瓊波浪覺，授記道：你是六道有情的依怙之主，會廣度無量無邊的有情眾生，會證得長壽持明成就，將住世一百五十年。圓寂後，你會成為阿彌陀佛前的上首菩薩。

此授記，見於有關瓊波浪覺的諸多傳記和資料。後來，瓊波浪覺果然世壽一百五十歲，弟子眾多，法脈也相對久遠。但對其圓寂後的往生一說，我認為是權說，非究竟之說。按了義的說法，往生非究竟解脫，有往生必不究竟。據諸多大德的印可，都認為瓊波浪覺是三身成就，已臻究竟，已證無來無去無生無死之大手印涅槃境界，故往生之說，不啻於拈黃葉止小兒啼也。

在多傑登巴處，發生了一件神異的事。某月初十日，瓊波浪覺跟師兄們進行會供，供養蓮花生大師，忽然天降奇花，有十六個仙女各捧珍奇供物，前來參與供養，見者極多。

一天，瓊波浪覺對我談到了他從多傑登巴處得到的大手印教法，他說──

兒呀，你是個具緣弟子，根器和福報都非同尋常，我的法脈會因為你的廣傳而燎原開來。現在，我如瓶中注水一樣，將我從各位上師那兒得到的法

完滿無缺地傳授給你了。你也有了相應的證悟，但冰凍三尺，非一日之寒。小兒尚需假以時日，才能成為力士，這是性急不得的。我明白你的心，你不是為求自己解脫，而是有大因緣在身的。

兒呀，除了你學過的那些密法之外，我還想強調一點，世上萬法，皆離不開平等的覺性。要明白世上諸法，生於法界，滅於法界；起於法界，落於法界；始於法界，終於法界；聚於法界，散於法界；那空性顯現的，沒有是非，沒有高下，沒有美醜，沒有好壞，沒有中邊，沒有取捨，沒有好惡……概言之，沒有一切分別和差別。它是平等的，是圓融的，它同樣跟虛空一樣，澄然於大手印的平等光明之中。

兒呀，覺性如虛空，無礙無執，雖有諸多顯現，皆是覺性之變化妙用，皆歸於空性，故體用平等，無生亦無滅。那諸多顯現，無不包羅於自心法性之中，成一大空，離諸邊執。

兒呀，那覺性包羅萬象，一切起於覺性，顯現於覺性，解脫於覺性。萬事萬物都包羅於覺性空性之中，空性之外，並無別法。了解此性相本為一體，即得解脫，因為法性是平等的。

大手印的平等同樣展現在因位、道位和果位。因位平等也即抉擇正見，要明白它不墮邊執，沒有偏向，安然於中道；當你用因位的平等指導你的行為，做到無思無取沒有執著時，便是道位平等；當你在道位平等中達到真正的平等目的，做到無有希求、無有轉變時，便是果位平等。

你要明白，你能取的心和所取的境同樣歸於空性，源自一體，能取心為相，所取境為用，等同於一幅織錦的兩面，雖有不同之外相，其體性卻是平等的。不要執著於哪一方，因為它們是平等的，因此，從了義上說，輪迴和涅槃是平等的，佛與眾生也是平等的。

同樣，有功用的勤修加行和無功用的任運無為也是平等的，那能修者和所修者，那能對治者和所對治者，那能依者和所依者，都不離空性，性相是平等的。

那平等還有元成平等之義，即是法性大手印的平等。換句話說，就是大手印的體和用也是平等的，自體是空寂的，那自現的光明同樣也是空寂的，自體清淨，自性光明，體用元成。那清淨心之相是光明，它是本來俱足的光明，是自然顯現的光明，它不是憑藉外物而顯現的，不是依託他法而生起的，本具天然，非由造作，故稱元成。

那元成的覺性，體性雖空，其外相卻是光明的。凡所顯現，無不出於覺

性之體。那光明和空性，本是一體，空不離明，明不離空，故而平等。那光明的諸多顯現是覺性之體生起的妙用，當我們不生偏執時，解脫就隨之出現了。即使是出現一些妄念，也不過如同太虛中飄過的浮雲，任其自生，由它自隱，從法性實相之終究來看，都會歸於空寂的本然之體。

兒呀，在覺者眼中，世上的一切顯現，都是那覺性和覺性生起的妙用。覺性為真空，諸相為妙有。真空不離妙有，妙有不離真空，二者無有偏向，本來平等。那湛然覺性的妙用，展現在外現上，或是由六根六識顯現諸境諸相，如眼中諸色、耳中諸聲、鼻中諸嗅、舌中諸味、身上諸觸、意中諸念；或是那緣起中顯現的諸多莊嚴，如山河湖海，如佛國壇城，如六道輪迴，如亭臺樓閣，都是那妙用生出的遊戲莊嚴，一切皆如幻化，毫無實義，如露如電，如夢如虹，雖有顯現，不離空性，覓其永恆不動之本體，於內於外皆不可得。所以，一切有為法，也是本來平等的。

所以，我們的所謂修行，就是要將這平等之義貫穿於行為之中，既無能取，又無所取，毫不執著，不偏不倚，安住於像虛空那樣的大平等之中，即使看到諸種境界，即使面對紛繁的諸種美色，即使聽到充耳的諸種美聲，哪怕這個世界像萬花筒一樣瞬息萬變，我們都不離那平等之境。即使澄明的心中偶生雲翳，那平等之心也不要被它牽引了去，而是要清清楚楚地保任那明空赤露的覺性，坦然放下，安住平等，對境不生心，於境不偏執，能所皆不取。用那明空赤露的覺性，將諸境諸心打成一片，身心坦然無執，便得平等解脫。

我們的眼耳鼻舌身意要安然放下，不生牽掛。因為那六根和六識都離不開廣大的覺性明空。我們的六識雖然作用於所現境界，雖有諸種顯現，但我們並不執著，平等心境，自現空明，能取無縛，自然光明。當我們面對外境的時候，即使眼前有紛繁的諸境，我們也要安住於平等之中，不去測度，不去計較，不去構畫，那麼，諸境之紛繁，便自然歸於空寂清淨。我們的內心要遠離功用，遠離欲求，遠離貪念，遠離無明，即使有所牽念，也如面對落葉，任其自然著地成灰，不生執著，則能執之心自然就會清淨。當外境對你的誘惑消失之時，當你內心的執著破除之時，你就會安住於那種大平等之中。

當你安住於大平等中時，你就不再有內外境之別，不再有空有之別，不再有因果之別，不再有輪涅之別。

當你明白了以上道理時，就明白了多傑登巴為我開示的大手印要義。

多傑登巴還說，他也聽說過奶格瑪，她的名聲大逾青天，但只聞其名，未見其人。關於她，有許多傳說，有人說她是大成就者那諾巴的妹妹，有人說是那諾巴修密法時的明妃，也有人說她跟那諾巴毫無關係，她是金剛亥母的真實化現。因為奶格瑪已證得了虹身，不俱足勝緣的人，是見不到她的。不過，你是有緣之人，你只要尋找，肯定能跟她謀面的。

後來，瓊波浪覺辭別多傑登巴，又踏上了漫長的求索之路。

③ 朝聖

瓊波浪覺到印度後最想做的事有兩件，一是求法，二是朝聖，二者並行不悖。許多時候，那些偉大的上師就隱居在聖地。或者說，那些偉大上師的隱居地本身就是聖地。

除了一些目的明確的求法外，他很想踩著佛陀一生的足跡來朝聖，他想從佛陀的出生地、修道地、成道地、弘法地，一直朝拜到涅槃地。顯然，這會為他的朝聖增添一些難度。有時，為了朝拜一些聖蹟，他必須多次往返於同一條線路之間，但他卻因此而見證了佛陀的一生。

為了充實人生，我們的一生裡，往往會經歷無數次的朝聖。每一次朝聖，對我們的人生來說，都是一次昇華。雖然朝聖的形式不同，但內涵卻是一樣，那就是敬畏並嚮往一種崇高的精神。

同樣，在我的一生中，也經歷過無數次的朝聖，我甚至也以一種神祕的方式追隨了瓊波浪覺朝聖的腳步。它跟我實踐光明大手印一樣，成為督促我向上的勝緣。寫到這裡，瓊波浪覺的朝聖話題也引發了我許多感慨。我想，瓊波浪覺之所以能有那麼高的境界，很大程度上跟他的朝聖有關。表面看來，他的印度尼泊爾之行是在求法，而究其實質，又何嘗不是在朝聖？那些大德，皆是他朝的聖僧；那些妙法，是他朝的聖法；他們的居住所在，當然是另一種意義上的聖地。他（它）們都承載著佛陀和菩薩才有的精神。瓊波浪覺的每一次朝聖，都是在嚮往並接近那種精神。

所以說，任何一個追求崇高的人，他的一生，究其實質，都是在朝聖。有時，他學習一種精神；有時，他嚮往一種境界；有時，他敬慕一種行為；有時，他閱讀一本好書。無論哪種形式，只要他的行為能使他的人生得到昇華，我們就可以稱之為朝聖。

我的一生也是在朝聖。除了實踐瓊波浪覺傳承下來的那些無上瑜伽之

外，我還有諸多獨有的朝聖形式。許多人都感歎我獨有的證悟方式和證悟過程，卻不知我無時無刻不在朝聖：我的觀修在朝聖，我的念誦在朝聖，我的讀書在朝聖，我的寫作在朝聖……我總是敬畏並嚮往某種精神，我的嚮往和敬畏同樣也在朝聖。

更多的時候，我們所朝之聖，可能是一個人物，可能是一件小事，可能是一本好書，可能是一首樂曲……總之，任何事物，只要能給我們帶來智慧和醒悟，便可名之為「聖」。當我們在某個不經意的瞬間面對它們時，只要我們懷有虔敬之心，便可名之為「朝聖」。在我的理解中，那「朝」字，就是敬畏和嚮往；那「聖」字，便是能承載利眾精神的某個載體。當你心懷虔敬，並以智慧和慈悲的目光關注世上萬物時，你隨時都能從紅塵諸物中發現能令你豁然醒悟的清涼，這時，你便是在真正地朝聖了。在許多禪宗大德開悟的公案中，我們發現了許多令他們開悟的契機，有時是一縷清風，有時是一朵桃花，有時是一聲棒喝，有時是一頓飽揍，有時是一句戲子的唱詞，有時是一聲竹子的爆裂聲……無一雷同，對他們來說，每一次的開悟契機，都是一次真正的朝聖。

我也一樣。我讀經典是朝聖，我跟瓊波浪覺交流是朝聖，我讀托爾斯泰是朝聖，我研究杜斯妥也夫斯基是朝聖，我讚美聖雄甘地是朝聖，我幡然醒悟是朝聖，我孝敬父母是朝聖，我供養上師是朝聖，我布施乞丐是朝聖，我關愛家人是朝聖，我關心他人是朝聖，我創辦「西部文化愛心工程」是朝聖，我幫助涼州盲藝人是朝聖，我以恭敬之心聆聽涼州賢孝是朝聖……總之，在我的生命裡，無時無刻不在朝聖。我的朝聖，就是在覺性之光的觀照下，以虔敬之心對待我生活中的每一個人和每一件事。

正是這點點滴滴的「朝聖」，才促成了我後來某一天的頓悟。

所以，我之所以能成為今天的我，就得益於我生活中無數次的朝聖。

④ 莎爾娃蒂說

瓊波浪覺告訴我，在一個叫藍毗尼的地方，他收到了莎爾娃蒂叫靈鴿送來的第一封信：

瓊：

這是我第一次給你寫信，本來我不想說一些不高興的話題，但因為我總

是擔心你的安全，還是告訴你一些事情爲好。

庫瑪麗告訴我，更香多傑們開始了對你的詛咒。在烏鴉節那天，他們點燃了誅法祭壇的火。那天，白脖子烏鴉鋪天蓋地，四處亂叫，它們在祭壇上空盤旋不停，啼叫不已。家家戶戶都在早餐之前用樹葉縫了碟子，裝上炒米，供養那些地獄的使者。

烏鴉節之後是狗節和牛節，我給狗和牛餵了好食，在它們的額頭上點了吉祥痣。我按照習俗五體投地地匍匐在牛腹下面，我祈禱的內容便是希望你平安，不要中了他們的詛咒。但令我感到奇怪的是，敬山節那天，我剛在院裡用牛糞堆了小山，插上樹枝，放上糕點、青草和水果，正要燃燈焚香，爲你禱告時，卻見烏鴉黑夜般襲了來。它們的翅膀扇滅了燈，它們哄搶那些供品，糞便灑滿了院落。

按詛咒士們的說法，這意味著他們的詛咒有了感應。

我很是爲你擔心。

到了姐弟節那天，更香多傑來到我家。以前，他生過重病，閻羅王親自來抓他——當然，你可以當成一個故事來聽——那天，我確實看到了一個奇怪的人，長得很像傳說中的閻羅王。要知道，我當女神時，確實能看到一些別人看不到的東西。我一邊款待閻羅，一邊按我們的習俗，爲更香多傑舉行送行儀式。我一邊向梵天祈禱，一邊唱著歌，爲更香多傑點紅、戴花環、點燈、敬青果。我在拖延時間。要知道，閻羅王抓人也有自己的時辰——魔鬼總是見不得陽光的。就這樣，我幫更香多傑熬過了那可怕的時辰，救了他的命。

按姐弟節的習俗，我在更香多傑的周圍布了油燈，灑了聖水，擺了核桃——願他像核桃一樣結實；供了鮮花——願他像鮮花一樣美好。我爲他點了吉祥痣，希望他放棄對你的詛咒。但他告訴我，雖然他也在詛咒，但最想詛咒你的，並不是他。除了你在女神廟出事那天見的人之外，還有幾位藏人也來找過他，跟著一起修誅法。庫瑪麗告訴我，那些藏人跟班馬朗很熟。

我知道更香多傑的天性，他的報復心很重。我不知道他會不會聽我的話，就算他能聽我的，那些藏人也一定還會繼續詛咒下去的。

所以我提醒你，一定要注意安全。我甚至害怕，除了詛咒之外，他們會不會做一些更下作的事？你一定要提防。

你一定要觀想防護輪——我當女神時，就這樣教那些著了惡鬼的人。你無論在行住坐臥中，都要觀想你的四周布滿了金剛杵，密不透風，上面布滿

烈火。當然,這是常識,你定然也知道,但我還是想強調一次。

此外,我還想告訴你,我真的很想你。

自遇到你之後,我願清空我所有的生命,迎接你的進入。所以,能減的我都減了。我也希望你能刪去一些讓你感覺沉重的東西,包括這封信。只要你看過了,你就撕了它,讓它永遠消失在風中。能和你在一起,我滿心歡喜,甜蜜極了,自然不怕那些流言。但是,你的肩頭已承擔了太重的責任。我老是想到你背上的那些經書,它們何嘗不是壓在你心頭呢?我實在不忍,不忍再在你心上添加哪怕一頁紙片的分量。

只有在面對你的時候,我才有那麼多的話要說。那些話都是自個兒從心裡流出的。如果沒有你的愛,生命的長短對我而言意義是不大的,我沒有什麼大目標。遇見你,我就遇到了這世上最值得我愛的人,再無遺憾,再也無求。我的所謂努力,便是祈禱梵天,賜予我更多的時間與空間,和你在一起。除了祈禱,我最願意做的事,就是給你寫信。除此再無表達的欲望。雖然父親還有些弟子也常來家中,但漸漸也無話可說了。

昨夜,夢見你行走在跋涉的路上,我心痛難抑。你的言行心思總活在夢中,這是最讓我開心的事。我給你路上準備的那些食物,你還是早點吃完,省得壞了。我後悔沒多炒些乾的麵食,讓你慢慢地品嘗它,等於也在品嘗我。以前,我錯把計畫當作目標,以後不會了。我的計畫裡,只有等待。

以前,我一直擺脫不了濃重的漂泊感與滄桑感。行走人世,無處落腳。現在終於有了真正的歸宿,它就在你我的心中。希望以後你想到我,心裡也能多一個暖心的歸宿。我不是女神,我只是一個普通不過的女子,並沒你期待的那麼好。

諸多變故催人速老,絮絮叨叨得很。

閒時,你還是多想想那個在你的生命裡佇立等候的小女子吧。

走你的路,不必回信。我聽得懂你的沉默。

你放心,我會替你照顧好自己的。莎爾娃蒂是你的,不是我的。

別笑我沒出息好嗎?

莎爾娃蒂

⑤ 藍毗尼的清涼

瓊波浪覺告訴我,莎爾娃蒂的信,讓他心裡湧動著一股溫暖。他始終能

感受到，有一雙眼睛默默地望著他，為他驅走旅途中的許多孤獨。

那些日子，他確實常常神情恍惚，不知道是不是中了那詛咒，總之是異樣的疲憊。每天早上，他都像從夢魘中掙出那樣醒來。一整天的旅途中，腳也像踩了棉花那樣，周身的精氣都叫抽乾了，一入夜，就乏死過去。他從來沒有這樣疲憊過。這情形，很像掉了魄。但好在他的願心總是能克服身體的疲憊，希望就在他艱難挪動的腳下一寸寸拓展開來。

我能理解瓊波浪覺的朝聖之心，能理解他為什麼要像蜜蜂採蜜那樣遊遍印度、尼泊爾，去參學，去求法，去歷練，去充實自己的靈魂。沒有在西天的朝聖，絕不會有後來的瓊波浪覺。一個健康的嬰孩，只有在諸多營養的滋養下，才能成長為巨人。

關於佛陀的生平，因為年代久遠，說法頗多，散見於世間的，還是佛經中的一些故事。西元十七世紀，西方列強統治印度之後，想摧毀佛教信仰，以推行基督教教義。他們知道刀兵戰勝不了心靈，就想透過文化上的優勢，來達到刀槍達不到的目的。他們說釋迦牟尼佛不是歷史人物，而是來自於神話傳說。為了摧毀佛教的根基，他們派了大量學者赴印度考察，想找到佛陀並不存在的證據。他們學習巴利文，發掘相關遺址。但令他們沒想到的是，他們找到的所有證據，都在證明佛陀是真實的歷史人物。他們的所有考察，都證實了那些傳說中的聖地，確實是佛陀生活過的所在。據說，從那時起，佛教開始為西方認識，開始傳向西方。

出於緣起上的考慮，瓊波浪覺將他朝聖的第一個目標選為藍毗尼。它原屬於印度，後劃入尼泊爾。在佛教文化史上，這個聖地的地位很是獨特，有著天大的名聲和無可比擬的宗教地位。它雖然不是佛講經說法的重要道場，但是佛陀釋迦牟尼的出生地。兩千多年前的一天，堪為人天導師的佛陀就是在這兒出生的。那個瞬間，天地為之一滯，所有通靈的生物都看到這兒騰起了無與倫比的光明。這光明，非月亮之乳光，非太陽之明光，是柔如清水能給眾生帶來清涼的智慧之光。這光明延續了兩千多年，清涼了無數熱惱的靈魂。我們不敢想像，要是沒有兩千多年前藍毗尼的那個炫目的瞬間，世上會有多少熱惱的靈魂得不到解脫。

瓊波浪覺也感受到了那種清涼。

他的心頭湧動著熱浪，融化了心中的許多滯礙。熱淚湧上了他的眼瞼，一種想到慈母才有的溫暖感籠罩了他。暖洋洋的太陽光撫慰著瓊波浪覺，他抹去淚，貪婪地望著這個佛經中常出現的所在。他發現，這個有著天大名聲

的地方，其實是一個顯得很尋常的村落，沒有奇異的大山，沒有茂密的森林，沒有像恆河那樣浩瀚的水面，沒有高大的廟宇，它像安詳微笑的佛陀那樣質樸。但正是從這質樸當中，瓊波浪覺感受到一種滲入靈魂的安詳。這安詳，毫無作意的成分，彷彿本來如此。

瓊波浪覺在這兒佇立了許久，品味著幾千前那個令天地為之一滯的瞬間。

他看到天的盡頭移來一隊車馬，那是前往娘家去生產的摩耶夫人。去娘家生產是釋迦族的習俗。世上有許多奇怪的習俗。像涼州，女人是不能在娘家門上生產的，要是她將娃兒生在娘家，娘家據說會敗運。所以，一些浪蕩子娶不到妻時，先弄大某個女娃的肚子是最有效的手段。娘家人怕女兒在娘家門上生娃兒，總會廉價地將女兒處理了事。兩千多年前的釋迦族卻正好相反，女兒要是不去娘家生育，是做女兒的最大不敬。那天，即將臨產的摩耶夫人便在車馬的簇擁中趕往娘家。

瓊波浪覺看到了那個母親。他奇怪地發現，摩耶夫人的面容很像他的阿媽。阿媽面如滿月，有著貴人該有的許多特徵。因為顛簸的緣故，她臉色慘白，一滴滴汗珠晶滿了額頭。瓊波浪覺知道她要臨產了。瓊波浪覺看過多部佛陀的傳記，對此情節，早已了然於心。

一道皇家才能用的黃布幔環繞著母親，宮女們在優雅中透出一絲慌亂。她們當然想不到夫人會在野外生產，但訓練有素的她們仍沒有丟失優雅，她們用布幔擋住了摩耶夫人。瓊波浪覺看到許多樹木向摩耶夫人垂首致意，它們彎下了腰。關於這個細節，許多書籍中也記載過。

瓊波浪覺看到摩耶夫人痛苦地扭動著身子，像無數生產的母親一樣。而佛經中記載說她並無痛苦。其實有無痛苦並不重要，即使有痛苦也不會影響佛陀的偉大。

書中還說，佛陀是從摩耶夫人的右脅出生的。瓊波浪覺卻想，從哪兒出生並不重要。一個人重要的不是他的出生，而是他出生後的行為。佛陀後來的偉大是他後來的行為構成的，即使他像尋常嬰兒那樣從產道出生，也影響不了他的偉大。

瓊波浪覺看到摩耶夫人一手攀著樹枝，也許是為了借力，也許是因為力不能支。這所在，後來成為聖地之一。

瓊波浪覺看到，落地後的佛陀金光閃閃，這也是佛經的說法。那個不尋常的嬰兒一落地便金光閃閃，他直立而行，步步蓮花。他一手指天，一手指

地，說：「天上天下，唯我獨尊。」瓊波浪覺真的聽到了這句話。他感到一種巨大的戰慄。他明白，這種說法有著無與倫比的加持力。他馬上生起了上師要求過的那種佛慢。

那群車馬煙塵般遠去了。瓊波浪覺發現自己獨自一人在樹林裡。樹林裡雜草叢生。因為是佛陀出生地的緣故，這兒曾有無數的朝拜者，他們帶著香花和供品，帶著虔誠也帶著期盼，從遙遠的他鄉來到這兒。其中最有名的，便是那個叫阿育王的人，他也從千里之外，顛簸數月，來此朝拜，龐大的車隊濺起歷史的塵埃。據說，他曾是殺人魔王，戰刀所向，滾在地上的頭顱如暴風中翻動的碎石。瓊波浪覺看到阿育王帶著大軍旋風般在印度大地上嘯捲，捲動著黃葉，捲起了塵土，也捲沒了無數個國家。像後來的成吉思汗一樣，阿育王也是滅國無數後，統一了印度半島。他所向披靡，每至一處，便是成山的屍骨和成海的鮮血。因為他的出現，大地上多了數以萬計的孤兒寡母，他們的眼淚匯成了另一條恆河。

千年後的一部叫《阿育王》的電影再現了那個有名君王的一生，其中的阿育王是作為英雄來歌頌的。那一幅幅血腥的電影場面既是在譴責罪惡，更是以激賞的拍攝目光宣揚了一種我很不喜歡的理念。它同人類歷史上的許多文字一樣，在潛意識裡宣揚了暴力。

⑥ 阿育王石柱

需要說明的是，阿育王之所以成為英雄、被人們敬仰千年的主要原因，並不是他的殺伐之功，而是他的省悔之舉。他的一生，詮釋了什麼是「放下屠刀，立地成佛」。

據說某一天，阿育王忽然明白了屠殺的罪惡，並幡然悔悟。他皈依了佛教，並用武力推廣佛教。在阿育王之前，印度半島上有數不清的小國，那些名為國家實為部落的格局影響了佛教的傳播。阿育王滅了諸國統一印度之後，佛教才真正在印度半島弘揚開來。據說後來，擁有了大力的阿育王，於一夜間在紅塵中修了八萬四千個舍利佛塔。千年後，我也看到了那萬千佛塔中的一座。

瓊波浪覺看到阿育王的人馬也來朝拜藍毗尼。那些原來如狼似虎的士兵們一臉虔誠。他們拉著一個石柱，上有文字和馬頭。這據說是阿育王石柱中唯一的馬頭石柱。日後的某一天，邪靈招來的霹靂殛裂了石柱，柱身上有了

一道道裂縫，卻仍矗立了千年，守護著一段真實的歷史。

還有一種說法是，那石柱並不是為邪靈招來的雷電所殛，而是毀於外道的某次炮火轟炸。這是有可能的。因為，無論在佛陀住世時，還是在他涅槃後的千年裡，印度大地上充斥著各種各樣的外道，它們瓜分著印度的宗教蛋糕，有時是你佔上風，有時是我佔上風。許多時候，佔了上風的那一家，總想將對方的所有象徵物都毀了，以顯示自己的勝利。

那個時候，宗教之爭是非常激烈的，其程度，幾乎等同於戰爭。在釋迦牟尼住世時，他的許多弟子就為外道所殺，其中包括那個號稱神通第一的目犍連尊者。在傳播真理的途中，他被外道滾下的亂石砸成重傷而死。

許多時候，各種宗教流派都以爭奪皇家為傳播宗教最有效的途徑，所以，當哪個宗教得到皇權認可時，哪個宗教的傳播就相對迅速。但常常有這種狀況，便是在皇宮內部，也有著不同的宗教信仰。那個著名的阿育王信佛教時，他最心愛的妃子卻信仰外道。所以，圍繞那棵菩提樹，就發生了一個有趣的故事：阿育王護樹，王妃暗中毀樹。因為外道將那棵菩提樹當成了一種象徵，此時的樹已不再是單純的樹，而成為佛教精神的載體。阿育王的石柱亦然。柱身上的那一道道裂縫同樣也可能源於外道的炮火或是炸藥。

同樣的故事出現在廿一世紀。在塔利班組織控制了阿富汗政權之後，他們便炸了那個世界著名的大佛。他們的理由是佛教在做偶像崇拜。在許多阿拉伯的史書中，都將佛教徒稱為偶像崇拜者。事實上，佛教的那諸多佛像，只是為了能讓信仰者產生某種宗教情感而順世的一種方便。佛教中其實充滿了破相的內容。筆者的《光明大手印：實修頓入》出版後，有人將我宣導的與時俱進、經世致用的大手印稱為「雪漠禪」，以示跟傳統大手印的區別。「雪漠禪」同樣提倡破相，在答網友提問時，筆者曾即興賦詩曰：「雪漠禪如何？離相重精神。文化為載體，貫通古與今。隨緣得自在，安住光明心。妙用大手印，行為利眾生。」

破相也是佛教了義經典的精髓，如《金剛經》說：「若以色見我，以音聲求我，是人行邪道，不能見如來。」可見，佛教是反對偶像崇拜的。佛教強調無我，反對「神我」。

那些將阿育王石柱炸得裂縫四布的人或邪靈並不知道，石柱代表不了佛教，因為真正的佛教是破相無我的。佛教的精神，並不依託那些外相而存在。即使他們將所有打了佛教印跡的物質都毀了，佛教的精神同樣會穿越時空，成為滋養人類靈魂的營養。因為，佛教並不是發明真理，而是發現真

理。即使在釋迦牟尼沒有出世之前，那些真理也早就存在著。佛陀的偉大是靠苦修發現了那些真理，並實踐了那些真理。他是真理的發現者，而不是真理的發明者。

瓊波浪覺看到的那個柱子很粗，也很重，有好幾米已被黃土掩埋。柱身上的許多裂縫同樣是無常最形象的註解。柱身裹著無盡的滄桑，一波波蕩向瓊波浪覺的心。柱面上的字也顯得斑駁，不很清晰，但瓊波浪覺還是明白了大意：

天啓慈祥王登基廿年，親自來此朝拜，因為這裡是釋迦牟尼佛誕生之地。一塊石上刻著一個形象，並建立一根石柱，表示佛陀在此地降生。藍毗尼村成為宗教的免稅地，只需付收成的八分之一作為稅賦。

那時，瓊波浪覺還不知道，正是這不起眼的石柱，後來成了佛陀是真實歷史人物的重要物證之一。此外，這兒還出土了大量的文物，證明佛陀的真實存在。那些被黃土掩埋了千年的文物，以自己的語言告訴那些前來滅佛的學者們：釋迦牟尼是真正的歷史人物。受到科學精神薰陶的西方傳教士們不得不承認，釋迦牟尼是真實存在過的導師。回到西方之後，學者們撰寫了大量文章，它們散見於一些書籍和報紙。西方人於是看到了跟自家的基督教文化迥異的另外一種人文景觀。雖然那些文字尚不足以改變他們的信仰，但總算打開了一個視窗，讓人們發現了一個從來沒有接觸過的世界。

佛教的真正進入西方，並贏得大量信眾是後來的事。由於一次次歷史事件，佛教憑藉一種歷史賦予它的勝緣進入了西方。其中最重要的事件是上世紀西藏喇嘛的大量進入西方。他們帶去了一些西方人也同樣能實證的禪修方式。許多西方人都被那奇異的禪修體驗征服了，甚至一些天主教神父也開始學習佛教的禪定。他們將那些原本屬於宗教行為的禪定修行當成了生命科學。於是，世界各地相繼出現了許多名之為禪修中心的團體。

直到這時，佛教才真正進入西方人的生活。而正是那些學者在藍毗尼的挖掘，才使得佛教這一古老的東方文明，普遍出現在東西方學者的視野中。

⑦ 沉默的藍毗尼

今天的藍毗尼仍然沉默著，它無言地迎接著來自世界各地的朝拜者。前

來朝拜的人數並不多，是根本不可能跟伊斯蘭信眾朝拜麥加相比的。而且，至今，藍毗尼仍不過是尼泊爾的一個極不起眼的小村落。雖然歷史曾給它塗抹過無與倫比的光環，但歲月之河並沒有放過它。跟所有的佛教聖地一樣，它終究淡出了時代的視野，像一朵被人們忽略的小花，在一個安靜的角落裡散發著自己獨有的清香。

在瓊波浪覺朝拜的那時，藍毗尼就很冷寂了。其實，在佛陀出生之前，藍毗尼就很不起眼。佛陀出生後的千年裡，它輝煌過，但現在，它仍歸於質樸了。瓊波浪覺跟一些當地人交談時得知，他們也知道這兒曾誕生過一個偉大人物，但那是很久遠的事了。那個偉大人物已經離他們的生活很遠了，他的出現和他的消失，並沒有使當地人覺出有多麼的不同。更多的時候，人們已經淡忘了他。在他們眼中，雖然有許多人在每年的旅遊旺季來此地朝拜，但對於他們而言，這些人的來和去，並沒有實質的不同。至多，有些大方的人，會購買一些當地特產。但因為朝拜的人數還不足以形成產業鏈，也沒人將心思用於那些旅遊產品的開發。在尼泊爾人的生活中，藍毗尼實在是個不起眼的所在。

瓊波浪覺真的感受到了冷寂。他沒有看到什麼輝煌的建築，只看到一座小廟，是專供摩耶夫人的。廟很小，跟漢地的土地廟相若，香火也很少。廟是按印度教的風格建的。單從建築風格上，就看不到佛教的特點了。他發現，即使是在供養摩耶夫人時，當地人也將她當成了印度教的一個神。

瓊波浪覺於是明白，在這個神奇的大地上，佛教的光芒已越來越微弱了。而新婆羅門教，卻越來越興盛，它汲取了佛教的滋養，因為更接近於底層百姓而贏得了大量的信眾。由婆羅門教發展而成的印度教包容性極強，它不但汲取教義跟它相近的教派的營養，還將跟自己有相反教義的教派理論加以改造，為我所用。它將釋迦佛也吸收為為自己摩頂的神祇，說他也是毗濕奴所化，說是為了摧毀羅剎的信根，才故意傳播錯誤的教義，讓羅剎失去正信，相應也失去力量，終而走向失敗。同樣，印度教把摩耶夫人也納入了印度教神靈體系，成為主管生育之神。摩耶夫人的塑像上塗滿了血紅的顏色，這是當地人的一種特殊禮敬方式。

瓊波浪覺很想在藍毗尼找到一位上師，但他失望了。他僅僅看到了一座寺院的殘跡，顯示著這兒曾有過寺院，也有過僧侶，但那是許多年前的事了。現在，蕭瑟的風吹著滿地的落葉，吹著大地上的浮土。瓊波浪覺感到那風也吹進了心裡。瓊波浪覺明白，無論藍毗尼曾有過怎樣的輝煌，但歲月，

並不因為它迎接過佛陀的降生而使其免遭無常的洗禮。

瓊波浪覺被一種濃濃的滄桑裹挾了。

⑧ 斷命惡咒

離開藍毗尼時，靈鴿又送來了莎爾娃蒂的信——

瓊：

你可好？

庫瑪麗又告訴我一個消息，除了祭火之外，那些人又對你行施了一種惡咒。他們捏了一個泥人，很像你，上面刻了你的名字，然後放在火中，邊煅燒，邊詛咒。他們已這樣煅燒詛咒了七天，那泥人已成陶人了。他們用鐵鍊拴住陶人的腳，又在黑布上寫了「斷命」、「碎心」、「裂體」等咒語，用妓女的經血塗抹那些咒布——真噁心，也真難為了他們。他們又將你的頭髮和指甲——我不知道是不是班馬朗提供的——包在陶人上，用那些咒布纏了，再抹上妓女的經血，誦惡咒。

說真的，雖然父親說你是百毒不侵的瑜伽士，我還是為你擔心。聽庫瑪麗說，這次施法的，是一個他們請來的黑咒法師。據說他的咒法，從來沒有失靈過。

按那咒士的說法，他的咒法應驗的期限一般是三個月，或是十三個月，最遲三年。被詛咒者無不暴死，他從來沒有失過手。

你是否按我上封信說的那樣觀想了火帳？

寫此信前，我剛打掃完房間，把兩張供桌換了位置，也供上了瑪哈嘎拉。我每天都會祈禱，請他保護你。以前，那兒只供梵天、大黑天和毗濕奴，現在，他們變成了從屬的位置。我的正堂裡，供上了釋迦牟尼和你的那些密宗唐卡。對於一個退位的女神，這種變化也許有一定的象徵意義吧？

我還在供桌旁挪出了一角，擺了那張你以前用於抄經的小桌。這樣，我的房間看起來就像是兩個人的工作室——可惜你不在呢。等下個月稍稍消閒些，我再將你丟下的那些舊衣服統統清洗、晾乾，等你回來穿上的時候，一定還聞得出那種名貴的薰香味。

也沒什麼事，無話可說了。但總得寫信，就像每天總得洗臉、刷牙、吃飯。

父親老是外出，去傳他的法，去交他的朋友，去帶他的弟子。母親的面癱還沒好，嘴角歪向一邊，她大概覺得醜，怕丟人，就安頓我做些事，自己到鄉下去了。一個月前，她曾吃過藥，但沒什麼效果，後來她去老家找了一位祖傳神醫，前天回來，我看嘴歪還是老樣子，白頭髮倒多了一層。我懷疑是她在你走後的嘮叨惹怒了護法神，我叫她懺悔，她當然不會聽我的話。我倆的話越來越少，經常只有幾個字，找來找去也找不出什麼話。

你走後，我很難受。萬念俱灰，了無生趣。每次都這樣。我寫不下去了，時不時就泣不成聲。

——如果沒有你，明白了又怎麼樣？誦萬遍《金剛經》積得齊天洪福，但沒有你，那又怎麼樣？

也許真是我太貪心了，想將太陽裝進自家的衣袋裡呢！

我知道，「情」字的強大，讓你成為行腳的瑜伽士，暫時沒被古寺青燈牽走；對我來說，「情」字的強大，至真至純，又意味著什麼呢？

沒有答案的追問，空勞牽掛；

沒有答案的牽掛，空勞追問。

不過，你別牽掛我，我會慢慢好起來的，會一天比一天明白和平靜。不過，要想快樂很難，因為你不在。

你留下的那幾本書，我愛如至寶，一定會認真讀它們……我怎麼會嫌舊呢？舊東西有福，它陪你時間久啊，在我眼裡，更像古董，是無價的。我甚至羨慕它們這麼多年能一直默默留在你身邊。

你放心，因為有愛，再苦的淚我都會當作甘露嚥下去。

就讓我殉瓊波巴吧。我殉定了！

莎爾娃蒂

一股熱流湧上心頭，瓊波浪覺淚流滿面。

他告訴我，那時節，雖然他真的被一種巨大的邪惡力量所包裹——他懷疑是那詛咒的力量，他渾身疼痛，神情恍惚，老像在夢魘之中——但一想到莎爾娃蒂，就覺得有一縷光明穿透了濃霧般的夢魘。

第9章　遠去的落花

❶ 流淚的瞬間

　　我想，在藍毗尼的那個流淚的瞬間，瓊波浪覺定然感受到了無常。定然是的。佛經中屢屢記載的藍毗尼竟然成了最尋常不過的村落，這是對諸行無常的最好注釋了。是的，無論多麼顯赫的所在，它的顯赫也僅僅是過眼的雲煙，如水中起滅的水泡那樣，歸於一種稍縱即逝的偶然。

　　後來的瓊波浪覺將親眼看到無常規律更多的直觀表演。他會看到許多曾經顯赫一時的聖地，如何在千年後成了一抹昏黃的印跡，歲月並不因它們跟佛陀有過聯繫而放過它們。它們用自身的經歷，詮釋了諸行無常和諸法無我，成了佛陀發現的真理最直觀的證據。

　　多年間，我一直在用一種特殊的方式契入瓊波浪覺的心靈。我最感興趣的，是他在印度的心靈歷程。我想知道印度之旅在他心中留下了怎樣的印象。我知道我達到了目的。當契入湛然的光明境中時，我能切切實實地觸摸到那個偉大心臟的激昂跳動。許多時候，我們也有面對面的交流，更不乏那種融為一體的明空樂境。基督教中一些聖徒也不乏這樣的體驗，他們將這種狀態下流出的文字稱為「天啟」。巴哈伊教的創教祖師雖然沒有多高的學歷，卻也在這種狀態下流出了天籟般的文字。我不只一次地被這種文字打動，正如我同樣無數次被自己筆下流出的文字打動一樣。不信上帝的我當然不會把這類文字稱為「天啟」，我更願意用另一種說法——「跟本尊無二無別」來替代它。雖然一些人總在非議「天啟」之說，但我可以理解他們。我們不要期望一根筷子能探測到大海的深度，更何況，這紅塵裡，總有些挑剔的目光，它們或是不懷好意，或是大善使然。對後者，我總是心生敬畏，對前者，我也心存感激。我就是在諸多的挑剔目光中漸漸成長的。我甚至能預測到一些人對本書某些章節的非議。於是，我選擇了一種我稱之為「象徵」的方式。我曾將瓊波浪覺的故事寫入一本叫《西夏咒》的小說中，書中的主人翁雖不能說就是瓊波浪覺，但寫他時，我心頭晃動的，確實是瓊波浪覺的影子。我甚至用「瓊」來命名他。

　　在那本小說中，我同樣用象徵筆法寫了一個求索者的心靈軌跡。但你知道，我之所以用象徵，就是想將那種軌跡模糊化和多義化。我不怕君子的挑

剔，但我怕小人的中傷。我只能用「小說」二字來抵抗那些中傷者的唾星。對所有挑剔者，我可以對他們說，我寫的只是「小說」而已。但任何一個智者都能看出，我的那些虛構，無疑有著最高意義上的真實。

② 無可奈何花落去

瓊波浪覺到印度求法時，佛教已在印度接近尾聲了。瓊波浪覺只能在一些寺院和佛教大學裡接觸到佛教，而且它多是以哲學的形式保留下來的。雖也有許多成就師，但他們大多以隱居的方式散布在各地。佛教像當代的那些已經為時代忽視的「精英」文化一樣，僅僅成了一種圈子內的存在，它作為鮮活的人民宗教，已在印度消失了。

這種狀況，在瓊波浪覺到印度前二百多年就已出現了。那時，漢地的一位叫玄奘的大師就發現，歷史上顯赫過的許多所在已經變成了廢墟。他只有在那爛陀寺，才能依稀看到佛教曾有過的盛況。二百多年後，瓊波浪覺同樣在印度產生了「無可奈何花落去」的感歎。

我在前邊說過，那時，比佛教還要古老的婆羅門教已經吸納了許多新鮮血液，後來，人們將新婆羅門教稱為印度教，以此來顯示跟那個古老教派的區別。印度教已經像大火一樣在印度大地上燎原開來，一批印度教大師已完成了對印度教的改造。這個中興的宗教顯示出無與倫比的生命活力。它汲取了當時流行於印度的幾乎所有文化的滋養，其中既有跟自己相若的宗教教理，也有跟自己相悖的文化。前邊說過，佛教雖有跟印度教教理相悖的地方，但印度教仍然承認釋迦牟尼，將他當成是毗濕奴的化身之一。印度教稱，毗濕奴之所以化現為釋迦牟尼，就是想讓他去傳播謬誤，那些罪大惡極的羅剎們按此謬誤去修，當然免不了失敗的命運。他們肯定了釋迦牟尼，卻否定了他傳播的真理。

這是十分高明的一招。

還有一些學者對佛教在印度的滅絕，提出了一些截然相反地觀點。有的說，佛教的日漸繁瑣化、哲學化、學院化，使它成為少數精英研究的學問，從而失去了大眾的支持；有的說，佛教在印度過於順世，使它漸漸失去了自己明顯的特點，終而為印度教所同化。

瓊波浪覺看出，印度教的勢力很是兇猛，佛教已經沒多少地盤了。一些曾是佛教的廟宇改信了印度教。

我甚至相信，那時的瓊波浪覺定然產生了一種使命感。跟九百多年後的我想搶救即將被全球化浪潮湮沒的涼州賢孝和香巴噶舉一樣，瓊波浪覺定然也想搶救那在印度教的嘯捲之下瀕臨絕境的佛教文化。此後數十年間，他多次赴印度和尼泊爾，從一百五十位上師處學到了如大海般深廣的教法。他當然不是為了自己的解脫，要是只為自己解脫，只修一種密法便足矣。因為瓊波浪覺的努力，許多瀕臨失傳的密法才由印度、尼泊爾傳向了藏地。

一位叫措如・次朗的學者在《藏傳佛教噶舉派史略》中寫道：

大成就者瓊波浪覺布圓滿受取了聖地印度的一百五十位學問廣博、德行高妙、有成就者的智慧精華。所以，作為雪域出現的一代宗師，公許其法門無邊，無與倫比。

後來，筆者深入香巴噶舉之後，真的發現了它的「法門無邊，無與倫比」。

香巴噶舉的教法和智慧很像大海，只有深入其中的潛水夫，才能發現它鮮為人知的奧妙。筆者的《光明大手印：實修心髓》和《光明大手印：實修頓入》出版之後，有人讚其博大和精深，卻不知，那只是我了解的香巴噶舉智慧大海的一瓢水。當我深入香巴噶舉時，像阿里巴巴進入寶庫一樣，除了驚歎，很難作出恰如其分的形容。

香巴噶舉更為神奇的地方，是你的修證層次越高，你越能發現它無與倫比的博大和精深，只是淺嘗輒止似的修煉，是根本不可能窺其堂奧的。

3 衰微的基因

瓊波浪覺發現，印度教文化已經滲透了當時印度百姓的日常生活，《阿含經》中曾批判過的一些場景又出現了。祭祀禮儀仍然遍布四處，多有牲者，血腥味無處不在。人們崇拜梵天、濕婆和毗濕奴，相對於佛教追求的終極空性，印度人更希望有個永恆的神我。

從宗教學的角度來看，印度教無疑也是個偉大的宗教，它的包容、自省和與時俱進，使它擁有了無與倫比的生命力。從吠陀教到婆羅門教，再進化為印度教，它的生命一次次煥發出光明。它是非常成熟的宗教，跟佛教一樣，為人類貢獻了許多能清涼靈魂的智慧。

　　客觀地看，瓊波浪覺在尼泊爾的遊學生涯中，對印度教是持排斥態度的。這可以理解。以正統佛教信仰者的目光來看，印度教中的許多宗教禮儀跟佛教相悖之處甚多。在釋迦牟尼佛住世時期，佛教就跟婆羅門教有過激烈的交鋒，雙方互有勝負，但在印度大地上的較量，婆羅門教終於佔了上風，甚至可以說取得了壓倒性的優勢。

　　據一些學者稱，印度教最終的佔上風是在西元八世紀。當時，印度誕生了一位偉大的思想家，叫商羯羅。據考證，他出生於南印度西海濱從柯欽的小城阿屋依。他創立了吠檀多哲學派不二論的教義，其教義源自古代《奧義書》和一些婆羅門經典。商羯羅以註解《薄伽梵歌》的形式來宣揚自己的教義，從中提煉出了他的不二論精華，跟佛教中觀派有了實質性的溝通，從而打破了佛教與印度教之間的壁壘。有人甚至將商羯羅斥為隱形的佛教徒。但無論商羯羅實質上是否是佛教徒，其外相卻被認為是印度教的思想家。他的努力，使許多信眾接受了印度教，一些有名的佛教寺院也改宗信仰了印度教。若將印度的信眾土壤比喻為一個蛋糕，當印度教切去很大的一塊後，屬於佛教和其他宗教的部分就越來越少了。那時，佛教寺院的僧侶補充也越來越困難了。

　　一位叫厄力奧特的著名佛教歷史學家這樣寫道：「佛教教眾和普通印度教徒的區別越來越不明顯，只有在佛教寺院內才能接觸到鮮明的教義；這些寺院補充不良……但甚至寺院所教的教義類似印度教更大於類似於釋迦牟尼的教導。正由於這種缺乏抗議的精神，這種對每個時代各種思想的柔順適應性，才使印度的佛教喪失了個性和獨立的存在。」

　　瓊波浪覺後來創立的香巴噶舉也面臨了這種狀況。雖然它有著無比殊勝的教法，但因為宗教哲學沒能廣傳於世，他創教幾百年後，教派便湮沒無聞了。為了真正讓香巴噶舉獨特的宗教哲學為世人知曉，我才寫了《光明大手印：實修心髓》和《光明大手印：實修頓入》等作品。佛教在印度的衰亡告訴我們，單純的柔順應世，缺乏抗議精神，最終會導致自己被時代的喧囂湮沒。

　　有學者稱，雖然佛教史家將佛教在印度的最終消亡歸於伊斯蘭大軍的入侵，其實，在那些屠刀揮來之前，佛教在印度已經喪失了生命力。他們的例證是印度教同樣經歷了伊斯蘭大軍的血腥鎮壓，但它從血泊中站起後，馬上就恢復了旺盛的生命力。

　　遺憾的是，瓊波浪覺在印度大多著眼於具體教法，對宗教哲學的涉獵較

少，這也成為香巴噶舉後來衰微的一個重要因素。印度教數千年的有效經驗並沒有給瓊波浪覺帶來有益的啟迪。

以是因緣，在筆者發起的「香巴文化論壇」中，我才強調大手印文化的與時俱進與經世致用。

④ 有趣的辯論

據《瓊波祕傳》記載，在尼泊爾，精通梵文的瓊波浪覺跟一位印度教徒有過一次辯論。

我將其稍加虛構，寫進了我的小說《西夏咒》中：

據說，在一處山窪裡，他遇到了一個賣燒餅的老婆婆。她舉個燒餅，說：只要你答出我的問，就可以得到一個燒餅。我還可以給你一雙鞋子。

她問了：「你們不是說諸法無我嗎，那你解脫個啥？」

瓊答了，用唯識宗的說法。

老婆婆卻冷笑了。

她又問：「你們說諸行無常，那你追求的涅槃是不是無常？若是無常，你的追求有啥意義？若是有常，還『諸行無常』嗎？」

據說，瓊沒有答出。

……數日間，他蒼老了十年。

《瓊波祕傳》還有種說法：跟瓊波浪覺辯論的不是老婆婆，而是班馬朗。據說當時，一些印度教教徒就是這樣跟佛教徒辯論的。又據說，班馬朗當時想做的，仍是要摧毀瓊波浪覺的信根。誰都知道，信根一毀，信仰的宮殿就倒塌了。

釋迦牟尼佛在世時不予理睬的那些問題，成了外道對佛教進行詰難的主要命題，比如：世界有邊還是無邊？涅槃後是有還是無？等等。尤其是涅槃後的有無問題，因為涉及到信仰的終極命題，不予理睬的結果總是招來一片噓聲。據說，班馬朗至少在一段時間裡動搖了。在瓊波浪覺朝聖的日子裡，他跟一位印度教大師認真學習了《薄伽梵歌》，他對《薄伽梵歌》讚不絕口。

⑤ 狗血與經血

靈鴿又帶來了信——

瓊：

昨天陪庫瑪麗聊了很久。她就是那個我從殉夫的火堆上救下的女子，以前你見過她。她很漂亮，也很憂鬱。她跟她不愛的丈夫生活了三年，期間又愛上了更香多傑。她丈夫害病死了，按規矩，她要殉夫的。人們把她架上火堆，我以女神的名義救下了她。

也許，正是由於更香多傑也愛她，我才能知道他們的那些勾當。

那些人仍在對寫著你名字的陶人誦惡咒。他們每天誦四次咒，一次一個多時辰，誦一次，就在上面抹一遍妓女的經血。那經血，是他們到印度神廟買的，那兒有許多賣淫的神婢。庫瑪麗說，一次叫她去買經血，她從屠夫那裡弄了一些狗血。她想用這種方式保護你。但後來，也許他們發現了什麼，就親自派可靠的人去神婢那裡弄經血了。

庫瑪麗已從幾年前的恐懼中漸漸掙脫出來了，漸漸走向了自立（不僅僅是經濟上的，這也可見愚昧和貧困確實會扭曲人性），她可能會走向更為廣闊的天地。我很欣慰，又少了一個讓我不經意間時時揪心的女子。我的心太累了，因為我經常會被一些看似與我無關的人與事打動，久久不能忘懷。如果僅從地位上來看，我與她差距很大，但她對永恆真愛的渴望，對夢想的努力追求，與我相似，只是我們走的路不同。所以，我一直對她感到熟悉、親切。她就像是另一個我。其實，從這個角度來說，我，她，我母親，還有許許多多的不同姓名的女子，都是一樣的。

很想你。昨晚半夢半醒的，我不由自主地靠向她，誤以為是你。奇怪，我從來沒有過這種舉動，可見愛情的力量有多強大。

你改變我太多了。你對我實現了這一生最有力的挽救。以前，為了能當上女神，父親和我的家族費盡了心機。後來，當女神時的許多經歷其實也污染過我——畢竟，那麼多的金銀珠寶也是有力量的。我甚至用一些世俗的鎖鏈來捆綁我的生命。比如，我喜歡無休止地沐浴潔身，我一整天地在院中採花碾成香泥，再配以朱砂和米粉，給所有來陪我玩的女子的印堂點上吉祥痣；再比如，我總是選擇最美的耳環，一日裡換許多次；我的鼻邊嵌的寶石，也定然價值連城……以前，這些虛無渺茫的東西才是我的命，離開這

些，我真的活不了，或者像行屍走肉一樣了（寫到這裡，父親找我了，他又來了客人）……

6 千萬別愛上我

這次，瓊波浪覺叫靈鴿帶去了他的回信。

當瓊波浪覺向我複述這封信時，我被震撼了。從信中，我看到了我喜歡的那個聖者——

親愛的莎爾娃蒂：

看了你的信，我很感動，又很難受。

我在觀想著防護輪。近來倒是真的很疲憊，周身也很疼，時不時就會陷入夢魘，老是在恍惚中看到一些張牙舞爪的魔向我撲來。許多時候，也覺得自己的生命成了一根細線，老像是被兩股力量扯著，老是感覺要斷。

我不知道是不是別人詛咒的原因？

我管不了別人的詛咒。別人詛咒是別人的事，我只管做我的事。要是他們咒死了我，我也會馬上轉世，再來尋找奶格瑪。在我眼中，生死只是一個幻覺，肉體不過是我演那幻戲時的著裝而已。

我不在乎那些詛咒。我心中最在乎的，仍是你。

記得跟你在一起的時候，我多次惹你不開心。那時，我甚至真的希望你離開我，擁有你自己的生活。等待真的很苦，我實在不忍心再叫你受相思之苦了。我想氣走你。我一次次地氣你，我想你離開我之後，忍上一段時間，或許就好過了——這些天，我也被這種相思之苦煎熬著，它真不是人能受的。

可是，我沒想到，當我差不多氣跑你時，卻覺得一切失去了意義。當我行走在呼嘯著的河邊時，真有種想跳入的衝動。我忽然明白，要是你選擇離開我，我將墮入更大的痛苦之中，我會失去生趣。這時，我才明白，叫你離開我的想法，是多麼傻呀。

可是，你也許不知道，跟你接觸的這些天，我已經無法再控制自己的心了。它時不時就會掙脫我的羈絆，滾向一個我從來不曾預料的可怕的未知。這既源於我每天對你的那種視如本尊的專注觀修，也源於你的真心在我心頭引起的感動。以前，我一發現心中有了對紅塵的牽掛時，就馬上慧劍斬情

絲。但沒想到，這次，命運竟開了這麼大的玩笑。它竟然會裹挾了我，將我裹向一個從來不曾到過的地方。我感到一種巨大的恐懼。那次，在你朝一位師兄微笑時，我竟想當然地吃醋了——對於一個發願要利益眾生的我，這種執著和自私是多麼滑稽呀？我真的憎惡自己了。也明白，我在修證上尚需經過最難的一關：情關。但我明明知道，正是「情」的強大，才使我成了求索的瑜伽士。當然，我說的這「情」，是一種巨大的利眾性。它成就了我的事業，在它的牽掛下，才有了我的尋找，而終於沒叫青燈古佛裹了去。

你可能不知道，以前，我對女子是有成見的。我一見到女子，總會想到「女難」。班馬朗老是談那些雙修的內容，我很吃驚他的博學，但我真的是不屑一顧的。在世事上，我總是信奉多一事不如少一事。跟你的交往，也見證了這話的正確。我想不到，愛上你，竟給我帶來了如此大的相思之苦。數夜之間，我老了許多。

命運真是變了一個絕妙的戲法。我一下子手足無措了。

要知道，剛開始，我並不愛你。我雖然很喜歡你，但你還遠遠沒到叫我神魂顛倒的地步。在控制心上，我真的很優秀。某次，我跟班馬朗辯論時惹惱了他，在他痛罵我之後，我倒頭便睡並發出了酣暢的鼾聲。我從來不在乎世界的。在雪域，有位女子曾脫光衣服勾引我，也沒有打破我心的寧靜。

所以，一開始，我就提醒你：千萬別愛上我。你說不會的，我信了。我想，作為一個當過女神的人，定然有過人的駕馭情的能力。也幸好有你這句話，不然，我也許會逃之夭夭的。後來，我總是安慰自己說，她不會愛上我的。可怕的是，當我確證你愛上我時，我竟然發現自己也離不開你了。我太喜歡你了。你的一切，總叫我喜歡，叫我迷醉。我將你當成了命運對我的最美的賜予而驚喜不已。我忘情地撲向了你。我怕出世間智慧會消解我的愛，開始了每天兩個時辰的對你的觀修訓練。我想用我修成的定力來守候那份愛。

在許多個瞬間，我甚至將你當成了奶格瑪。

但是，我漸漸發現，我沒有辦法排遣你的那種刻骨銘心的相思。我知道你啥時在想我。我總能感到從你那兒裏來的迷霧般的相思。每到這時，我的胸口也跟你一樣，有了一塊猙獰的怪石。它總是突兀地扎疼我。

我想，你老是這樣的話，如何熬過這漫長的一生？要是我不能長久地跟你在一起，你會很痛苦的。我能理解你的痛苦。記得，在離開你家的那夜，我哭醒時，就被那相思咬出了滿心的傷疤。甚至在那個夢裡，我也不相信，

我那麼深愛的你竟然沒跟我一同去尋覓。我在夢中四處尋找，可就是找不到你。那個夜裡，我竟然哭醒了。醒來後，我發現同屋的人吃驚地望著我。我相信，你的痛苦定然跟那時的我一樣。那種可怕的噎，定然比胸中塞了巨石還難受萬分呢。

　　我真的不忍心叫你這樣活著。

　　我曾有意無意地提醒過你，叫你慧劍斬情絲，可你總是把它當成我要逃跑的信號。不，我雖然捨不得你，可是你要知道，我怎麼忍心叫你受這麼大的痛苦呢？

　　智慧告訴我，你是個好女子，是真的值得用性命相交的。你身上，有許多叫我驚喜的東西。在生活的未知裡，確實有一種神奇。我們的生命裡，真的有一種說不清的東西。

　　擁有你之後，我很驚訝生活帶給我的巨大幸福。但我沒想到，它會給你帶來那麼大的痛苦。也沒想到，離開你之後，等候你的信件，會成為我這段日子裡最大的生命樂趣。可以說，這些天裡，我所有的生命時空，除了尋覓之外，就是在等待那隻靈鴿。我太想你了。當然，在讀你的信時，那份巨大的痛苦也每每叫我喘不過氣來。你感受到的所有痛苦，我同時也都在承受著。

　　在許多個瞬間裡，我總是下定決心，說不要再折磨她了。我總是提醒自己：一狠心離開她，等她承受幾個月後，也許會像以前那樣習慣的——你不是同樣習慣了女神生涯嗎？真的，我老是這樣想。要不是我自己心中也已離不開你，我也許早就逃跑了。我真的不忍心叫你這麼痛苦。我不想叫你為我忍受這份地獄般的煎熬。

　　我老是在幻想中跟你說別離。在每次想到我跟你的絕交後，我真的感到輕鬆：她終於解脫了。我本來打算，要是你真的離開了我，我的朝聖之路，一定會解除我的痛苦。

　　可是，我沒想到，當我真的打定主意想離開你時，我竟然被濃重的灰色籠罩了。整個世界一片灰色。獨行在山間時，我竟然時時想跳下那懸崖。

　　我不知道，這是他們詛咒的力量，還是愛情的力量？

　　我甚至懷疑，那些人遣來的，是不是情魔？因為只有在用懷法時，才用得著那些妓女的經血。

　　要是這樣的話，他們已達到了目的。我離不開你了。你已經可怕地融入了我的生命。那種失魂落魄的感覺，真的很要命！

後來，本打算離開你的我，在又一次見到那靈鴿時，竟禁不住流下了幸福的淚。

我想，也許有一天，你也會發現我的相思之苦，而不忍心再叫我痛苦，也會選擇離開我。我想等我真的離開你之後，你也會忽然發現，我竟然也可怕地融入了你的生命。

那麼，我們再也別遠離對方的生命，好嗎？

我答應你，在你身邊時，我會好好待你。你不在身邊時，我盡量做我命運中該做的事——可是，在分別之後，我多麼希望聽到你的聲音呀！沒有它的撫慰，我是熬不過那麼多長夜的。因為，只有在看到你的信之後，我才會堅信，你還在愛我！

要知道，在每一次靈鴿來臨前的漫長等待中，都會叫我產生「她有了新朋友」的可怕念想。我的眼前，馬上就會出現那些足以叫我發瘋的畫面。

這時，你也許才能理解離別對我帶來的巨大刺激。

最可怕的是，我得的那種病，只有在我不愛你的時候才會痊癒。

可是，要是我不愛你了，活著的我還算活著嗎？

你也許發現了這封信的混亂，但這混亂，正代表了我今夜混亂的心情。在我的一生裡，這份混亂，真的很稀罕。

看完了這封信，你也許會想，寫這封信的，難道還是那個儼然是智者的瓊波巴嗎？

你說，這是不是也是那些詛咒導致的結果？

瓊波巴寫於凌晨

第10章　歸去來兮

　　《瓊波祕傳》稱：更香多傑們的火祭詛咒的另一種結果便是流言。這流言，困擾了瓊波浪覺的一生，後來，甚至波及他的傳承弟子們。於是，他的傳承弟子中，糾紛一直不斷。因為流言是誅殺瑜伽行者慧命的另一種武器，正是在流言的侵蝕下，許多人的信根沒了。而沒了信根，也等於沒了靈魂，這是比殺死肉體更為殘酷的事。

❶ 遭遇強盜

　　從瓊波浪覺的信中，我讀出了他那時內心的掙扎。他不是天生的聖者，也有著凡人的情欲和牽掛，但跟尋常人不一樣的是，他有自省，更有自律和嚮往，這讓他終於走出了狹小，走向了偉大。

　　離開莎爾娃蒂之後，瓊波浪覺又遇到幾位佛教大師，學到了多種密法，他們是希巴咱薩連納、喀什米爾貢巴哇、彌年多傑等。

　　但瓊波浪覺仍不滿足，他遊歷四方，繼續尋找奶格瑪。但是，奶格瑪已成為一個傳說，誰都聽說過她，但都沒有見過她。

　　後來，他的步履移向了印度。

　　也許是真的中了詛咒，瓊波浪覺老是生病，有時病得很厲害，時不時就處於死亡的邊緣。雖然他一直觀修著防護輪，但老是覺得有些魔能輕易地衝破火帳，舉著利器撲向自己。

　　那本不曾公之於世的書中，還記載了一件事：遭遇強盜。這很正常。在九百多年前的蠻荒之地，遭遇強盜是很正常的事。

　　人們普遍認為，瓊波浪覺遭遇強盜同樣是咒士們的詛咒所致。按書中的解釋，世間的許多表面看來很偶然的事，其實有著人們不一定能洞悉的因緣。咒士們的詛咒之力，定然能改變那些強盜的心念，讓他們在瓊波浪覺正要經過的時刻，生起劫掠之心。

　　書中還說，瓊波浪覺生命中的許多違緣，其實都是魔在干擾。那魔，借了那咒壇之力，一直伴隨著瓊波浪覺。只要有機會，它們便會出現。

　　一天，幾個大漢擋住了瓊波浪覺和班馬朗。

　　需要說明的是，那個時候，因為路途遙遠，西行求法的人，總是要結伴同行。班馬朗便又一次出現在那書中。在那本書中，班馬朗跟瓊波浪覺的

關係，相似於提婆達多同釋迦牟尼的關係。班馬朗總是在上演著跟瓊波浪覺作對的角色。這很正常，許多時候，沒有邪惡，便顯不出善良的珍貴；沒有黑暗，便顯不出光明的難得。正是有了班馬朗等人的反襯，瓊波浪覺的光明才顯得愈加珍貴。

但有時候，許多東西很是難說。佛教中雖然將提婆達多當成了十惡不赦的惡人，但他卻有著很多信徒。據玄奘法師記載，就在他西行至印度求法時，印度尚有許多提婆達多的信徒。那時，距釋迦佛住世時，已過了千年。同樣，至今在不少地方，仍有班馬朗的信奉者。他們仍在逞口舌之能，將佛教教義視為謀利之資，言談時口若懸河，心中卻惡念紛飛。

書中記載，當兩人遭遇強盜之時，班馬朗跪地哀求。這細節，也是可能的，因為善變是小人的特點。當小人遭遇命難時，下跪當然是可能的。我們可以從許多小說中發現這類情節，而且，他們還可能說出「家有九十老母」之類的話。

據記載，那個時候強盜極多，因為西行求法者必須帶金子。那時，沒有金子，是求不到法的。瓊波浪覺的多次返藏，就是因為帶的金子用完了，他得回藏地再籌求法之資。當然，這也不是那些印度尼泊爾的大德們貪財，而是為了顯示教法的珍貴。得之太易，棄之不惜，所以，當代的許多人總是將一些珍貴的密法胡亂扔棄。

我在清風的吹拂下看到了瓊波浪覺，那時，他的臉上已有了絡腮鬍鬚。根據祕傳的記載，瓊波浪覺當時只有三十多歲，雖然年歲不大，但因為常年跋涉，在風刀霜劍的侵蝕下，他顯得比實際年齡要老相一些。

強盜們帶著藏刀，他們並沒有像人們想像的那樣舉著長槍大棍，因為強盜也是老百姓。他們總是相機而動的，看到有機會了，他們就抽了刀子，威喝一聲。跟漢地強盜不一樣的是，他們不喊留下買路錢，而是喊：留下金子！

班馬朗嚇白了臉。

瓊波浪覺說，我們窮出家人哪有金子呀。

強盜不信說，你背上的包裹裡裝的啥？

瓊波浪覺說，是梵文經卷。

是古董嗎？

我們哪有古董？是我們手抄的。

取下來看看！

瓊波浪覺取出了經卷，強盜翻了翻。一個說，真他媽的晦氣，候了幾天，竟候來一堆破玩意兒。他抽出一本，幾把撕了。碎紙片蝴蝶般飛舞。

瓊波浪覺就是在這時「怒相而指」的。這些經卷，他看得比生命還貴重。

祕傳中記載，瓊波浪覺「怒相而指，強盜吐血而亡」。以此來說明，那時的瓊波浪覺，已經圓滿了生起次第，有了增息懷誅的能力。同時，書中還寫到，瓊波浪覺將強盜們的神識超度到了佛國。

我們不知道那吐血而死的，是一個強盜，還是所有強盜？

我們僅僅知道，瓊波浪覺曝露了自己修證的功力，引起了班馬朗的忌妒。他定然想，大家一同去印度，憑啥你一人有了這般能為？

② 順風揚塵的流言

瓊波浪覺到印度不久，順緣就俱足了。好些人都湧向瓊波浪覺，願意做他的弟子。

瓊波浪覺本來就聲名遠播。無論在本波，還是後來離開本波，或是再後來赴尼泊爾求法，他總是成為當地的話題，總是有人褒，有人貶，但無論褒者還是貶者，都承認他是個有本事的人。

那時的赴印度尼泊爾，對修行人來說，等於鍍金了。只要去過西天，身價就會千百倍地上漲。藏地黃金雖然珍貴稀少，但人們還是願意將所有的金子都用於佛教。某年，一位大德蒙冤入獄，他對帶了金子前來贖他的人說：省下這些金子吧，你去請一位孟加拉的佛教大師。據說，為了請那位大師，藏地籌集了跟那位大師的身體同等重量的黃金。後來，那些黃金雖然仍用於西藏佛教，但那供養，卻成了敬重佛法的象徵。

蜂擁而至的弟子們帶來了大量的供養，他們得到了他們想要的法。這些法跟後來的「奶格瑪五大金剛法」一樣，同樣成為佛教共有的財富。至今，它們仍然是藏文化中能滋養靈魂的瑰寶。

如同太陽一出，星星自會隱黯一樣，瓊波浪覺的出現，使班馬朗失去了他的光彩。此番去尼泊爾，班馬朗也有許多收穫。但其收穫，主要在佛教理論上。在瓊波浪覺廣求密法的時候，班馬朗卻在跟幾位班智達學習《瑜伽師地論》，這是瑜伽行派的重要經典。此外，他還學習了因明學的一些經典。一路上，他也收了許多弟子。但因為人們對密法的偏愛，班馬朗的弟子很

少，得到的供養也不多。雖然瓊波浪覺極力推薦班馬朗，人們還是眾星捧月般圍在了瓊波浪覺的周圍。

不久，一個流言就在當地傳揚開來，說瓊波浪覺在尼泊爾以雙修為名，拐騙過一個少女，弄大了她的肚子，始亂終棄。這流言傳播得很快，像順風揚塵一樣，很快就傳遍了當地的佛教界。一些對瓊波浪覺早就忌妒的人就擠眉弄眼了。他們本來也算上師，都帶有數位或數十位弟子，瓊波浪覺一來，那些弟子都去皈依他了。就算不提那些供養，面子上也下不來。這謠言，等於幫了他們的忙。

剛聽到這流言時，瓊波浪覺只是淡淡一笑。他總是不在乎這種跟解脫無關的事。但在某次灌頂之後，瓊波浪覺發現幾位弟子也嘰嘰咕咕了。

瓊波浪覺便問，一弟子在躲躲閃閃之後，說出了那些流言。

瓊波浪覺感到好笑。他說，哪有這樣的事？

那弟子囁嚅道，人家說得有鼻子有眼。

瓊波浪覺笑道，編流言的，當然能編得有鼻子有眼，不然誰信？

人家還說出了那女孩的名字呢。弟子大著膽子說。

什麼？

莎爾娃蒂。

瓊波浪覺不笑了。他馬上明白了那謠言的來處。因為在整個印度，除了班馬朗，沒人知道莎爾娃蒂。

他的心頭產生了一股濃濃的悲哀。他一直還將班馬朗當成心腹朋友呢。不料想，他竟然如此下作。

但這號事，瓊波浪覺又不好諸一去解釋，只好隨它了。好在正信弟子並不將這事當成多麼了不起的污點，因為瑜伽士的修證到了一定程度，受用明妃以助修行，是許可的。

但流言還是給瓊波浪覺帶來了極大的損傷。這時，他才明白，並不是每一個人都隨喜他的成功。

一些被流言摧毀了信根的弟子離開了瓊波浪覺。

瓊波浪覺笑道，隨他們去吧，相信小人詆毀而不信上師功德的人，是不配當我的弟子的。

在那本祕傳中，流言被認為是那些咒士詛咒的結果之一。自從有人專為瓊波浪覺設了咒壇開始，流言便成了他無法擺脫的影子。他老是被人詆毀。不過，也正是有了那些詆毀，瓊波浪覺才一直成為別人的話題。

③ 宗教的陰影

任何宗教都有光，但有光的同時也有陰影。

班馬朗和提婆達多就是宗教的陰影。雖然佛經中將提婆達多視為叛徒，但他的勢力很大，據說有六個僧團，史稱「六群惡比丘」。在佛陀住世的時候，他們就給佛陀製造了很大的違緣。班馬朗亦然。在我寫作本書的時候，還遭到班馬朗傳承弟子們的詛咒呢。

在瓊波浪覺的前半生裡，班馬朗便是跟光明相伴的那個陰影。

因為班馬朗精研教理，精通當時流行於印度的許多經續，所以他的傳承弟子以學問名世者很多。同時，也因為他們學問好，很會寫文章，所以流傳下來了許多著作。至今，一些學者的著作中還常常引用班馬朗及其弟子的言論。以是緣故，班馬朗走進了歷史。

關於班馬朗是否成就一直是爭論不休的話題。有人說他成就了，因為他的弟子中不乏成就者。你很難說一個沒有成就的上師會教出成就的弟子。在密乘中，上師是成就之源。但在印度有個傳說，說有個名氣很大的班智達，他沒有證悟實相，卻教出了許多成就弟子，其中有不少阿羅漢。後來，他問一個成了阿羅漢的弟子：「你是怎樣成就的？」那人說，我就是按你教的法子修煉的呀。上師問：「我教了你啥法子？我忘了。」弟子於是將先前上師傳他的法再傳給上師。上師如法修證，也證得了阿羅漢果。否定班馬朗的人就拿此例來證明有成就弟子的班馬朗不一定成就。這種說法，也許是小乘開許的。但在密乘中，沒有成就的上師，是不可能教出成就弟子的。密乘強調上師和傳承的加持力，沒有如法的電流，燈泡是不可能發光的。

其實，關於班馬朗是否成就並不重要，重要的是他是否宣傳了真理。雖然在班馬朗住世時，他老是跟瓊波浪覺過不去，但我不能因此而否定他的所有著作。說實話，在接觸到香巴噶舉之前，我也迷過班馬朗的著作。他至少是個有學問的人。他論證嚴密，說理清晰，知識淵博。從他的文章中，我真的看不出他有啥大的失誤。但據說，在他住世的時候，真的跟瓊波浪覺有過大的交鋒。許多時候，甚至還鬧到了水火不容的地步。

班馬朗製造的流言雖沒有從根本上傷害瓊波浪覺，卻使瓊波浪覺產生了一個新的想法，與其跟眼前的班馬朗等人爭奪弟子和供養，還不如去做生命中更重要的事。

於是，後來他遣散弟子，再度朝聖，繼續尋找奶格瑪。

④ 山窪裡的誅壇煙火

據《瓊波祕傳》記載,本波祖寺旁山窪裡的誅壇煙火延續了好幾年,也有人說是十幾年,還有人說是幾十年。據說,瓊波浪覺後來的弟子中多口舌糾紛,老是鬧不團結,就是本波的護法神製造的違緣。

又據說,那次流言也跟本波的護法神有關。它們雖然很想接近瓊波浪覺,勾其魂,攝其魄,寢其皮,食其肉,但瓊波浪覺與生俱來的那種大力會產生極強的能量,每每將它們拒於百米之外。於是,它們以班馬朗作為一種載體,向瓊波浪覺發起了反攻。這當然是一種說法而已。不過,人們都相信這種說法,將這種現象稱為魔障之一。

儘管如此,瓊波浪覺的身邊還是聚集了數不清的求法的人。每天,都有前來求法者。因為還打算繼續尋找,瓊波浪覺並沒有修建道場,也不借用別人的道場來傳授佛法,只居住在當地弟子家中。那弟子是當地有名的大戶,家很大,尤其那佛堂很是莊嚴,這是他花了好多金子專為上師建的。佛堂裡有著當時印度能找到的幾乎所有本尊神的唐卡或是塑像。瓊波浪覺就在佛堂裡為前來求法者灌頂。他們中有些是來求法的,有些卻是來學習梵文的。當時的藏人學習梵文的熱情跟現在的人學習英文一樣。因為學習語言需要花費大量的精力,瓊波浪覺收徒甚嚴,後來,他只留下兩個孩子學習梵文。這兩個孩子,後來成了他的侍者。

流言仍在盛行。那時的印度佛教界,跟當代的中國一樣,對性事很是敏感。漸漸地,流言在傳遞的過程中添油加醋,竟說瓊波浪覺搞大了一批尼泊爾女孩的肚子。這使得一些所謂的正信弟子望而卻步了,因為按當地的傳統,破戒之人不祥,連夢中夢到破戒之人,都是不吉的。瓊波浪覺這時才明白班馬朗的用心之惡。

一些有正義感的弟子也開始反擊班馬朗,弟子們之間首先有了糾紛。雖然班馬朗的弟子沒有瓊波浪覺的多,但因為班馬朗在尼泊爾以學佛教理論為主,他在因明上也下過工夫,口才極好。一批喜歡佛學的學者都願意跟他來往。而且,相對於瓊波浪覺的嚴謹,班馬朗顯得很隨和,顯得更有親和力,所以,他的身邊很快有了一批人。這些人後來成為噶當派的中堅力量。他們有著相當的話語權,後來給瓊波浪覺製造了許多違緣。

但瓊波浪覺的弟子還是越來越多。前來求法者絡繹不絕。那盛況,已超過了他當本波的法主之時。雖然每日裡喧囂無比,瓊波浪覺卻總能於喧鬧中

反省。他始終牽掛著那個授記。

⑤ 夢中的女子

這天晚上，瓊波浪覺又清晰地夢到了那個女子。他夢見自己到了一個陌生的所在，那所在十分樸素，卻又輝煌無比。那樸素是外現，那輝煌是覺受。那女子矗立於雲端，身上放射出彩虹似的光，百光下瀉，下雨般注入他的身體，他感到一種十分奇妙的清涼。那女子沒說一句話，但瓊波浪覺卻覺得她說了許多話。他永遠忘不了那雙期待的眸子。

醒來後，瓊波浪覺感到一種沁入心脾的寂寞。他走出房外。清冷的夜空裡掛著一輪清冷的月。山窪黑黝黝的，散發著一種說不出的神祕意蘊。雖然他對旅途的奔波仍是心有餘悸，但他明白，要是不時時提醒自己，要不了多久，他就再也不想動身外出了。他天性喜靜，喜歡清修，不愛熱鬧。但他明白，許多時候，一個人必須得跟自己較勁。要是時時隨順自己的喜好，那麼，人的喜愛舒適生活的動物性特性，就會閹割了他的進取心。許多人的夢想，就是被自己的惰性消解的。

瓊波浪覺發覺自己已有了一絲不想勞碌奔波的念頭。這很可怕。這當然是由於路途的遙遠，也因為對異國的許多不適應。他最受不了的，是身在外地的那種被拋入陌生之海的感覺。在尼泊爾，每一舉目，看到的，總是扎眼的陌生。即使是他定居一處時，也因為沒有一個相對封閉的空間而感到疲憊至極。

有時，瓊波浪覺也很想回到自己的家鄉。家鄉那種熟悉的氣息總在撫慰他勞頓的心。家鄉的山，家鄉的河流，家鄉的煨柏所獨有的氣息，還有家鄉的酥油糌粑，都像在往他的體內注入著一種大力。

要按他自己的意願，他是真的不想再出遠門了。但理性卻在告訴他，他還是得出去。他明白，不出去的他僅僅是個上師而已。當然，要是僅僅只為了個人的解脫，他學的那些已經夠了。要是將解脫比喻為對象的話，他求解脫，算得上是探囊取物了。但他總是有些不甘心，總覺得那個遙遠的陌生之處還有一種力量在勾攝他，總有一種聲音在呼喚他，總有一份抹不去的刻骨銘心的牽掛在時時喚醒他，使他不能酣然地沉眠於夢鄉中。

他想，還是去尋找吧。

作出這個決定的時候，他彷彿看到有個女子朝他微笑了一下。

早上，他按習慣進行了清修。一出門，他發現了靈鴿。

⑥ 四十九天黑經

親愛的瓊波巴，忙碌了好長時間——父親安排了很多事給我——又給你寫信了。

今天庫瑪麗又來了。她說那些人整整念了七七四十九天黑經，這才是那黑咒術的第一步。他們取開了那陶人，在上面滴了黑臉屠夫的血，滴上黑臉孕婦的血、黑山羊的血和黑狗的血。聽說黑色是死神的顏色，行使誅法都要用黑色。此外，他們還在到處找誅物，比如十字路口的土、鐵匠鋪裡有碎鐵屑的炭灰、一段上吊者用過的繩子、一把自刎者用過的刀、吃毒藥而死的人用過的碗、射死過人的箭頭，或是難產而死的女人骨頭、頭髮和皮膚——這便是人們所說的血腥鬼，以及寡婦的內褲或是用過的月經紙、沒見過陽光的暗泉水、活的黑蜘蛛、活的黑蠍子等等。他們把這些誅物，跟那陶人一起，塞入一個黑犛牛角中，用暴死的屠夫的頭髮塞住封口，又開始念黑經。

我之所以詳細地告訴你以上的內容，是因為我希望你也有相應的禳解之法。聽說，要禳解的話，最好是知道對方下咒的內容。

你一定要小心，別忘了觀想那防護輪。

我也開始尋找一些高人。我想，這世上，有詛咒者，就定然會有禳解者。世上的規律是一物降一物。你說是嗎？

仍是想你。

現在已是深夜。剛才我看了你留下的那些書，忽然有了很強的陌生感，不僅是對你，對我自己也陌生了。說不清什麼原因，可能是環境變了。

其實，已沒有什麼事可寫，我以前的信，已把所思所想統統告訴你了。但覺得還是要信守承諾，給你寫信。你總是勸我不要寫了，多休息，但我不想錯過你。雖然我非常累，但沒有關係，我還可以堅持。如果我今天以累為由不寫，明天我還可以以困為由不寫，再以後以各種各樣的貌似堂皇的理由為藉口，放棄了自己的承諾。同樣，我也可以以各種理由和藉口，漸漸地放棄了瓊波巴，最後讓你成為一個遙遠的符號。

不過，我不願意放棄瓊波巴。我要把我能做到的事，做到極致，盡我最大的努力。否則，我既無法兌現承諾，也對不起跋涉的你。我不能只憑輕鬆愉悅地隨性對待這段感情，等我睡足、睡香了，再跟別人輕鬆地調情，舒舒

服服地談戀愛，面對瓊波巴的承諾——其實也是對自己心靈的承諾——如此輕率的遊戲態度，怕是連自己也對不起了。我必須這樣做，才能證明我不是空虛無聊地消遣，只圖個好奇刺激，輕鬆得到又輕鬆放棄。我不會這樣做。我必須用虔誠、無私的心來珍惜這份愛。

堅定，就是堅信我們能走一輩子。虔誠，就是相信我們的愛是最真誠、美好的愛。真的愛必然帶給人向上的昇華，而非墮落。

我慢慢理解了儀式的重要性。一定要周而復始地堅持、強化、凝固。否則，我很容易麻木、遺忘。一旦麻木、遺忘，惡念、貪念就會乘虛而入，一點點侵佔思想的時空，漸漸擴大地盤，讓我還原為原來的那個「女神」。

窗外，萬籟俱寂，天地間，只有兩顆心長相廝守，不受任何打擾。寫完了信，我就可以躲進一個暖暖的寬廣的懷抱中了。像一片羽毛，輕輕飄入大地的懷抱中，那麼空靈、安穩、踏實。天地之大，總容得下這片羽毛擁有這麼一個輕靈、甜美的夢的。也只有做夢人的心裡，才有這麼一團揮之不去的依戀。

在這麼靜的深夜裡，我仍會想起夢中你熟睡的臉龐，它有著睡蓮般的寧靜與安詳。要是我們此刻都睡深了，誰會走進誰的夢裡呢？今夜我只守著那個夢，像一位母親守著嬰兒。

實在想瓊波巴了，我就把腦子裡的記憶，一遍又一遍地重放，重放……在那個陰濕陰濕的雨天，我的鞋早被冰水浸透了，墊了好幾層布，踩上去綿軟綿軟的，但很快又陰濕濕、涼絲絲的了，從腳底往上滲。我記得當時我還坐在後排，聽著父親乏味的講經聲。我簡直後悔自己為什麼要來了。父親雖然博學，卻沒有激情，我一直不喜歡他的講經……我看了看全場，那位穿著絳紅色袈裟的瑜伽士正靜坐在另一個角落，身影凝固，紋絲不動，像一尊雕像。誰能知道，後來我便鬼使神差地愛上了這位瑜伽士……生活真是不可思議。

寫到這裡，眼皮沉沉奄下來了，實在抬不起了。差不多已是凌晨時分，我這才饒過自己，準備休息了。這信實在沒什麼意思，你可以不看的，我只是堅持這個儀式。你要記住：莎爾娃蒂縱有千條不好、萬種毛病，卻是世上最愛你的那個女子。

記著，你要常常觀想那護身火帳。

　　　　　　　　　　　　　　　　　　　　　　　　　　你的莎爾娃蒂

⑦ 瓊波巴的心

我的女神：

近來仍是疲憊，老做噩夢。夢中總有牛大的黑蠍子咬我，吸我的血。那黑蜘蛛也睜了碗大的眼望著我。老夢見自己在泥濘中行走，醒來非常疲憊。

按老祖宗流傳下來的說法，我是真的被人詛咒了。

除了身體疲憊外，還老是遇到違緣，時不時就會丟一些東西。一天，一本經書竟然不翼而飛。記得我明明裝在馱架中的牛毛袋裡，可偏偏就找不到了。那書很古老了，是用人皮做的。一位高僧在圓寂之前，留下遺言，要捐出自己的人皮，製成一本經書。據說，在高僧活著時，就開始了在他身上刺青經文，內容是一種古老的咒語，專門用以解除惡咒。我倒是真想從中找到一些破解惡咒的方法。我在夜裡誦過那經。意外的是，我竟感到了那人皮上有扎人的毛髮。按經書的說法，這是不吉祥的，意味著有邪魔在惦記我。

我沒想到，那本經書竟然不翼而飛了。唉，丟了就丟了吧，那丟了的東西，就不是我的。

轉眼間，又過去了這麼長的時間，人生真的太短了，三恍惚，兩恍惚，我們就老了，就會變成兩堆毫無特點的骨頭。

但是，我卻願意花黃金買不來的生命去愛你，去專注而無功利地愛你，去無怨無悔地愛你。這也是因為我老是將死亡作為參照。我想，人的生命價值正是其行為，那就用我黃金生命段的時光去愛一個值得我愛的女子吧。但願你我的人生，會因此得到昇華。

我說過，你的行為和信真的感動了我。雖然我很愛你，但要是沒有那份感動，我的智慧也可能會消解這份愛。因為愛需要大量的時間和生命能量，而我又不願叫外物打擾我的專注和寧靜。但自從讀了你的信，就被感動了。

你的信中有許多能叫我落淚的心聲，我幾乎每天都要從頭看一遍，我就用這種儀式進行著對你愛的修煉。那份感動，會成為我們愛的理由之一。因為它的出現，我們就能走得更為久遠。能感動一生者，必能相偕一生。

瓊波巴於夜半

第11章　菩提路上

雪漠：上師啊，你給莎爾娃蒂的那些信讓我非常吃驚。我一直以為，她對你的愛已成你的心靈負擔，是你處心積慮想擺脫的東西。但我沒想到，你竟然有過信中表述的那種心靈感受。可見，當初的你，確實也經歷了平常人經歷的情感糾葛。

可見，你不是天生的聖者，雖然命運讓你去尋覓，你也在努力實現這個尋覓，但你仍然無法完全斬斷情的困擾。

我甚至能在那些纏綿的文字中，品味到你心靈中嘯捲的那份慘烈的愛。

1　奶格瑪是誰？

是的。我也曾是凡夫。我也經歷了凡夫成聖必須要經歷的所有歷練。

那天中午，我給莎爾娃蒂回了信後，我將所有供養換成了黃金，再次開始尋覓。途中艱險不言而喻。更可怕的是，我老是患病，忽而冷，忽而熱，那疲乏成了我擺脫不了的影子。白天辛苦倒也沒啥，夜裡的失眠真叫我受不了。一閉眼，許多可怕的畫面就向我撲來。那黑蠍子老是在吸氣，它張著血盆大口，像虹吸一樣，將我身上五顏六色的光吸入它的體內。按老祖宗的說法，它是在吸我的精氣。後來，那黑蜘蛛也逼近了我，將一個吸管狀的東西插入我的體內。雖然僅僅是夢境或是幻覺，但我的疲憊卻是實實在在的。

但我仍是在走，仍是在走的途中觀修我該觀修的東西。我想，大不了就死在途中。怕啥？

我覺得那些詛咒起作用了。我常常走不了多久，就得半臥了休息一陣。我開始懷疑以前曾授記我能活一百五十歲的大成就師了。我想，照這樣子，活不了幾年的。但我想，能活多久，我就走多久。要是我死去，我還會再來，繼續走我沒走完的路。

我不知道走了多久。因為有時，當你處於一種境界時，你是不會去關注時間的。當你心的寧靜達到相當程度時，時間就消逝了。所以，我總是不知道時間，我老是弄不清過去了幾年，提醒我時間消失的，是指甲和鬍鬚。它們瘋狂地長呀長呀，長到某個長度時，我就知道時間又過去很久了。

我寧靜地行走在朝聖的途中，沿途是靜默不言的山石，眼前是哈達般通往未知的小路。陪伴我的，只有腳步聲，和心中吟誦不已的咒子。我當然不

去在乎過去了多久。時間和空間，都是一種幻覺。我雖然活了一百五十歲，不謂不長；但放到歷史的長河裡，它連個水泡都不是。真正重要的，不是我們的壽命，而是我們的行為。我們各自的行為，構成了各自的人生價值。

那時節，我也像一片被拋入大海的落葉，不知道如何在廣袤的異國他鄉找到自己的尋覓。我見人就問詢奶格瑪，可是我問了數百人，只聽到了一聲反問：奶格瑪是誰？

只有一人知道奶格瑪。他將我帶到奶格瑪身邊，我發現，那人所說的奶格瑪，卻是個男孩子。他的母親為了養大他，給他取了女孩的名字。

某個時刻，我真的絕望了。

② 大神悉法

一天，我進了一座城。城裡一群人正舉著一個神像在遊行。人們狂呼著，依稀能聽得清內容，是在讚美一個叫悉法的大神。這是他們的傳統節日。

我看到那神像跟我以往見到的不一樣，最惹眼的是那偉碩的生殖器，一副氣勢洶洶的模樣。善男信女們一手持著那聖物，一手握著另一個金光燦燦的圖騰，觀其模樣，也呈生殖器形狀。祭司們肩上扛的，竟然也是生殖器。

我感到有趣，問一老者，那人回答說是在祭祀大神悉法。我問悉法是誰，老人說，悉法是一個大神，既是生殖之神，又是毀滅之神。他主管著宇宙的生命，每過若干大劫，便要毀滅世界一次。他的破壞力強大得無與倫比，一旦施展那破壞之力，日月星辰和人神六道便無一倖免，據說連梵天、因陀羅也難逃此劫。某次，在一個女人的蠱惑下，悉法發威了，大肆破壞。梵天創造一隻猛虎去進攻悉法，反而叫悉法壓死後剝了皮；梵天又造出了一個侏儒，大神韋須奴施咒加持了一個降魔棒，交給侏儒去迎戰悉法，結果侏儒被殺，降魔棒被悉法繳獲後，製成自己的各種形象。

我看到，那悉法像倒也沒有多麼凶惡，他端坐神座上，似在沉思。他有三隻眼睛，四條手臂，手中持著四樣武器：三叉杵、弓箭、雷槌和斧頭。他脖子上的項圈是骷髏所製。那像上最惹眼的是他的生殖器，其狀昂然，凶猛異常，據說是他最厲害的武器。只要一發威，尿孔裡就會噴出大火，能燒盡城郭，焚去生命，要是沒人遏制的話，連那欲界、色界和無色界也難以倖免呢。

老人說，梵天制伏悉法的時候，首先閹割了他的雄勢，才破掉了他的法力。但悉法的靈根總是如大地之草，野火燒不盡，春風吹又生。而且，他色心極重，總愛和祭司的女人做愛，或誘惑她們行淫。為了收服悉法，大自在天規定，人間必須以男性生殖器象徵悉法，用女性生殖器象徵悉法的妻子多伽，供奉在全國的廟宇之中，予以祭拜。據說，梵天將悉法的陽物分為三十九份，其中，九份贈予天上的廟宇，一份贈予地府祭拜，二十一份贈給世間的廟宇進行祭祀和朝拜。剩下的八份，便贈給其他諸界了。

我見到的，正是人們祭拜悉法的儀仗。舞女們戴著金戒指和金鼻環，打扮得花枝招展，她們都赤裸著胳膊和大腿，上有銀器飾物。據說她們屬於廟宇所有，其接客收入，全部供養廟宇。舞女們邊走邊舞，舞姿優雅，衣裙上的飾鈴發出悅耳的聲音。

那祭祀儀仗進了廟宇。幾頭角上鑲著金邊的聖牛也進了廟宇。一位婆羅門高聲吟唱：我是梵天，我是宇宙。舞女們隨了那祭祀樂曲舞蹈著，她們顧盼生輝，美麗無比，輕扭腰臀，搖盪出萬種風情。整個場面很是熱鬧，有著極強的感染力。

那位肩扛銀製陽物的祭司，取下聖物，伸向那些頂禮膜拜的信徒們。信徒們澆以恆河聖水，並不停地親吻聖物。女人們也瘋狂地湧向聖物，獻以各種花蔓，並擁抱親吻。據說虔誠者能得到悉法賜予的性的神力。

我感到整個儀式有種巨大的力量，那種感染力真是無法抵禦。雖然理性在提醒我，但我還是覺得自己像一滴水融入大海那樣融入了那儀式。

祭司又開始吟唱了，他的聲音悠長而虔誠。他說，讓我們用虔誠的心，洗去靈魂的污垢。他摸摸肚臍，摸摸陽物，說：「真火在這兒！太陽在這兒！太陰也在這兒。」祭司的助手取過聖牛剛剛排下的糞便，一把把往祭司身上塗抹。在當地的習俗中，聖牛的糞便也是聖物。

祭司說，偉大的悉法是創造之神，他創造了整個世界，創造了我們人類，創造了日月星辰。沒有他就沒有萬物，沒有他就沒有這地水火風。啊，悉法大神，我們讚美你。但你又是破壞之神，萬物因你而示現了無常，大山因你而崩潰，大海因你而乾涸，星辰因你而隕落，魚蝦因你而絕種。你又是偉大的性欲之神，你在十五歲時，就淫遍了國內的牛乳女郎，令她們欲死欲仙。你那無與倫比的神力，成為生命力的象徵。

老人又給我介紹道，悉法有好多個妻子。他的第二個妻子叫煞蒂，其名的含義很有趣，意思是「從女性生殖器裡得到的大樂」。煞蒂有許多崇拜

者，他們崇拜女性生殖器，其修煉方式，就是面對那形象逼真的女陰，做深沉的冥想。後來，我在一處隱祕的所在，見到了崇拜煞蒂的人們。他們正在做一種供養儀軌。祭壇上供著一個赤身裸體的美女。其修煉，被稱為降神會。最初人們僅僅是冥想玄思，漸漸地，一種神祕的力量便籠罩了他們，信徒便互相擁抱，整個場面顯出淫亂的跡象。

我雖然明白他們的崇拜並不究竟，但我還是理解他們。我想，那個形似男根的崇拜物，在那些崇拜者眼中，跟我自己眼中的佛像一樣神聖。我同樣尊重他們的信仰。

❸ 空行母化現的老者

在沒進印度時，我還以為能在印度看到森林般的寺院和成群的僧侶，可是一踏進印度，我就發現，這兒跟尼泊爾一樣，同樣是婆羅門教的天下。婆羅門有好多派別，他們已將印度的宗教蛋糕瓜分去了大多半，剩下的，也多叫耆那教等一些傳統教派瓜分了。我甚至沒有見過很輝煌的佛教寺院。我僅僅聽說那爛陀寺很是壯觀，但也只是聽說而已。

一天，我發現一位占卜的老者，他相貌高古，顯出非同尋常的道貌來。我向他打聽奶格瑪。那人反問：奶格瑪是誰？

我說，奶格瑪是一位大成就者。

當那人明白奶格瑪是一位佛教成就者時，就說，你要是找佛教中的大德，你就不能像沒頭蒼蠅那樣亂碰。我教你個法子，你直接到那些歷史上的佛教聖地去找。那兒總有些佛教信仰者在修煉，或者前往朝拜。不管咋樣，你碰到或是打聽到訊息的機率要比你瞎碰高。

我恍然大悟。

那人又說，你瞧，離這兒最近的，是菩提伽耶。那是佛陀的成道之地，你要是願意，你先去那兒。

於是，菩提伽耶成了我在印度朝拜的第一個聖地。

後來我想，那個老者，肯定是空行母化現的。

❹ 菩提伽耶的氣息

你是否知道菩提伽耶？要是你看過佛經的話，你一定知道菩提伽耶。因

為翻譯的差異，你可能會看到另一個名字，比如佛陀加雅什麼的。這裡是佛的成道之地。

我看到的菩提伽耶，跟千年前佛陀看到的菩提伽耶很相似。千年間，它迎接了大量的朝拜者，它的大地也定然發生了不易覺察的變化，大地上的樹木死了又生生了又死，大地上的生物死了一茬又一茬，人類也同樣生生死死了無數代。但它的外現，並不因歲月的流逝而有很大的改觀。比如，佛陀看到的是平原，我看到的也是平原；佛陀看到了樹林，我也看到了樹林；佛陀看到了河流，我也看到了河流。當然，我並不認為，我們看到的是同一個平原、河流、樹林，因為那些物質跟所有的物質一樣，總是遵循著無常的規律瞬息萬變著。

我感受到了菩提伽耶獨特的氣息。我很難給你形容那種氣息，你也許在讀經的某個瞬間，聞到過一種若有若無的幽香。你很難形容那幽香，但那香還是感染了你，你的心變得非常柔軟，你非常容易被感動，你的心中會湧動一種善美的旋律，你於是覺得自己非常清淨，非常安詳。你漸漸沒有了貪婪，沒有了仇恨，沒有了愚癡，你似乎覺得自己昇華了人格。對了，就是它。那種氣息或是氛圍，正是我此刻感受到的。你於是說我得到了佛陀的加持。是的，你可以這樣認為。多年後的某次覺悟之後，我才知道，那加持我的，其實是上師奶格瑪和我的信心。那時，我已證得了究竟之果。我明白，萬法不離心性，心性不離萬法，而萬法和心性，其實也不離根本上師的智慧大海。是上師和信心，啟動了我心中本有的生命能量。當然，這也是一種方便的說法。

菩提伽耶微笑著接納了我。我於是看到了微笑的大地、微笑的村莊、微笑的河流。還有許多微笑的物質，我就用「萬物」二字替代了吧。我於是感到了一種遼闊和壯美。那遼闊，是一種包容萬象的遼闊；那壯美，是一種大象無形的大美。我相信，當年的佛陀，也定然是被這種大美感動而駐足於此的。那時，樹林裡有許多苦行者，他們或是吞牛糞，或是臥荊棘，或是大眼瞪天，或是金雞獨立，總之是無奇不有。佛陀定然被他們吸引了。他想，咿呀，好地方，這兒有河流，有樹林，有村莊，有這麼多苦行的夥伴。他想，我就在這兒修道吧。於是，他就停了下來。你別笑，你要是個好學的人，你會在巴利文的《阿含經》中看到這些的內容。

我真的被感動了。我心潮澎湃，那時，我雖然學過大手印，但還沒有證悟空性，所以我心潮澎湃了。那時，外物還能牽引我的心。你別奇怪，我不

是生下來就覺悟的。我也是經過了苦行和修煉,正是這苦行和修煉,使我成了你的上師。

和煦的熏風撲面而來,吹入我的靈魂深處,我感到一種異樣的清涼。那清涼發自心底,不假外求,漸漸化解了我的執著。我於是看到了千年前的那個苦行的王子。我看到的是苦行多年後,已沒了王子之相的他。他的肋部溝壑般嶙峋,他的臉只比骷髏多了點質感。他很想摸自己的肚臍,觸到的只是脊骨。那時,他日食一粒胡麻和一粒麥子。跟他一起的,還有五個人,其形其神,皆似骷髏。那時,我一點也看不出佛陀的三十二相什麼的。這當然不要緊,叫人敬仰千古的,不是相貌,而是人格。

亙古的風雲造出了一份古典的意蘊,我就像品一幅古典唐卡那樣品味著那場景。我感受到一種被大善沐浴的快樂和寧靜。人們在讀你的這本書時一定也會這樣。當然,前提是他們要有一份虔誠和敬畏。我看著那個叫悉達多的王子,你看著我,人們看著你的書,你的書看著遙遠的未來。就這樣,我們都走進了一個古老的故事裡。這故事,講的是我們如何去尋求覺悟。

我淚流滿面,沐浴在大善大美的洗禮中。我已經不是以前的那個藏地的小沙彌。菩提伽耶像母親一樣摟住了我,傳遞給我能融化心中塊壘的溫暖。

我看到喬達摩已苦修了六年,覺悟仍似遙遙無期。他當然不知道,覺悟已開始朝他微笑了。因為他忽然發現,他的所有苦修,似乎並沒為他帶來覺悟。

一天早上,他看到川流不息的尼連禪河上,過來一個竹排,上面坐著一位琴師,正在教調弟子:那琴弦,太緊會斷,太鬆則彈不出音。喬達摩明白自己問題在哪兒了。他走向尼連禪河,洗去了身上的泥巴,也洗去了他對苦行的執著。他在尼連禪河中自由地游泳。他想,我就選擇中道吧。這中道,就是所有極端的中間。

一個小女孩從遠處走來。她叫蘇嘉塔,因為供養佛陀的功德,她贏得了千古不朽。現在,人們以她的名字命名了村莊,命名了木橋,命名了一座山丘,藏人還為她造了一座廟,叫蘇嘉塔寺。寺兩側雕塑了兩個女孩,一個是蘇嘉塔,一個是她的女僕,據說叫普那。

關於蘇嘉塔的到來,說法很多。我聽到的傳說是她得到了神的指示,叫她今日來供養菩薩。她從一千頭奶牛身上擠了奶,餵給五百頭牛,再擠奶餵給百頭牛,再擠奶餵給五十頭,漸次餵至一頭。此奶已非凡奶,而成醍醐了。

她將那醍醐供養了正在尼連禪河裡游泳的菩薩。對於這種說法,我有些懷疑,因為此刻的喬達摩身體極弱,似乎不會有游泳的氣力。正確的說法應

是，菩薩正在尼連禪河裡清洗身上的污垢。

據說，菩薩將那醍醐供養那些跟他一起苦行的人，那些人憤怒地搖搖頭。他們都在想，瞧這紈絝子弟，墮落到這種地步。他們憤怒地搖著腦袋，離開了喬達摩。他們想走得越遠越好，於是走向了鹿野苑。

我看到洗淨了身上污垢的喬達摩平靜地喝下了醍醐。因為苦行而饑渴不已的細胞們瘋狂地囂叫著，它們發出驚天動地的聲音。我聽得清那聲音。它們代表著無量無數尋求解脫的眾生。它們歡呼，它們歌唱，它們知道它們將發生質的飛躍。七天之後，它們會因為主人的覺悟而得到寧靜之樂。

我看到了菩提樹下的喬達摩。他凝如淵嶽，目似朗星。他沒有像一些畫中的佛陀那樣閉目沉思。沒有，他睜著眼。他發著感動古今的大願：不得正覺，不起此座。

這是個古老的故事了。但我仍品味得熱血沸騰。我看到諸多的魔軍正席捲而來，他們很是可怖。他們肯定不是來自外部，而是來自心靈。他們是心靈污垢的另一種顯現。他們是貪婪，是仇恨，是愚昧，他們是一直困擾喬達摩的煩惱之魔。他們叫：別趕走我呀，我的主人。他們時軟時硬，時剛時柔，時而利誘時而威逼，箭雨是他們的仇恨，鮮花是他們的欲誘，他們舞動著各種武器，像狂歡的烏鴉般鼓噪不休。你可以將他們稱之為熱惱，他們是證道前必須清除的心靈污垢。

我們當然知道結局：喬達摩擊退了魔軍。

我們看到一輪明月般的光明從他的心中發出，它波暈般擴散，傳向法界。後來，我們都可以從佛像上看到那光明。那光明，還有一種說法，叫空性。

我長長地吁了口氣。我想，世若無佛陀，萬古如長夜。

❺ 尋覓修道者

我開始尋覓修道者。但千年後的菩提伽耶，亦非千年前的菩提伽耶，苦行的盛況已不復存在。只有一些人在拜金剛座。那是一塊紅砂岩厚石板，被巨大的菩提樹影籠罩著。此樹形若巨傘，清涼無比。看到它，誰都會想起佛陀的恩德。我當然知道，當初喬達摩在樹下修道時，並無此石。它是阿育王為紀念佛陀而放，經久而成聖物。同時成為聖物的，還有那菩提樹。此樹跟佛教一樣，也是歷經滄桑，屢次遭劫，多次被人砍燒，但多次枯枝生綠，長

成濃蔭。

那塊叫金剛座的巨石上擺滿了鮮花和供物，一些人在朝拜，其中有僧侶，有俗人。我不能確定他們一定是佛教徒，因為印度教也將釋迦牟尼劃入它的信仰範圍。不遠處，有幾個事火外道在做祭祀。我從他們的吟唱中聽到了梵天的字眼。他們定然在祭祀梵天。他們認為，火是梵天的口，他們燒的物品，都進了梵天的肚子。

我選中一個看起來仙風道骨的老人，他正在侍奉那些事火者。我問：老人家，你是不是聽說過一個叫奶格瑪的女子？我有意強調「女子」。那老者問：我知道三個奶格瑪，一個是現在菩提迦耶官員的妻子，一個是位賣茶的老婦人，一個是修道者。你找哪個奶格瑪？我大喜，說我找修道者。老者問，是不是那諾巴的明妃？我倒是不曾聽過明妃一說，卻知道奶格瑪跟那諾巴淵源極深，說是他的妹妹……連忙說，正是她。

老人說，我沒有見過奶格瑪，但關於她的故事，倒是聽過不少。聽說她就是在拜金剛座時，見到金剛持的，有人說她變身的事，也發生在這兒。瞧，她正在那兒……他指指一個地方，說，她就是在那兒拜的，突然間身子變成了紅色，發出金光，長出第三隻眼睛……都那樣說。

我連忙說，正是她。請問，她現在在哪兒？

老者搖搖頭說，我不知道。你別找了，沒人知道她在哪兒。有緣的，你用不著找，她就會出現在你面前。沒緣的，你找也白找。你難道沒聽說過，她已證得了虹身？她的身子都成了彩虹，看似有形，觸之無物，欲顯則現，欲遁則隱。你是找不到她的。

我一聽，心頓時灰了，卻又想，我跟她是有緣的呀。

老人說，聽說，她心中的不壞明點化成了一個化境國土，很莊嚴，但我們只是聽說而已，沒聽說過誰到達過那個國土。

老人補充道，不過，她倒不是人們編造的神仙故事人物，是真實存在過的。

⑥ 遙遠的距離

我離開了菩提迦耶，踏上了尋覓之路。雖然沒有打聽到奶格瑪的所在，但還是得到了一些訊息，我的心情很複雜。要知道，那時的我，並沒有究竟證悟。雖然我有了一些世間成就，但距究竟成就尚有遙遠的距離。那時的

我，仍不能控制心的騷動。

我決定去鹿野苑，就是釋迦牟尼初轉法輪的所在。你也許在一些寺廟的屋頂上看到過一個造型，兩隻鹿相向而對，中有法輪。據說，這就是為了紀念佛陀在鹿野苑初轉法輪。我想，既然沒辦法打聽到奶格瑪的准信，沿著聖地諸一尋找，倒也不失為一個辦法。畢竟，聖地裡佛教徒和成就者的比例，要比一般的城市大出許多。

佛經上談到的菩提迦耶到鹿野苑的距離，似乎不是很遠，因為佛陀成道之後，就是去鹿野苑度化憍陳如等五比丘的。在我們的感覺裡，佛陀此行彷彿散步，但其實，兩地的距離比較遠，需要跋涉好幾天。

跋涉的路上，我的心中湧動著大愛。要是沒有大愛，我不可能用腳丈量那片陌生的大地，僅僅是為了尋找一個女子。你的一生，其實也是在尋找一個女子，你當然也可以理解為一種信仰的載體。你也可以把她當成奶格瑪或是金剛亥母，她跟我心中的奶格瑪一樣聖潔。為了尋找她，你也曾經歷過靈魂的煉獄。於是，你讀懂了六世達賴倉央嘉措的詩歌。某日的某個黃昏裡，一種濃得化不開的感覺席捲而來，於是，你寫下了那首叫《偕行》的詩：

很想與你偕行江湖
一手執劍
一手摟定白衣的你
倚馬嘯西風
挽長弓
射下你聲聲笑語
江湖路長
長得像琴弦
這個曲子我彈了千年
你是最美的音符

要知道，千年前的我，也有那樣的心境。沒有大愛的人，是不可能成道的。

你當然讀懂了我，你用一種十分文學化的語言寫下了那份濃得化不開的感覺。你不會褻瀆我心中的那份神聖。因為，寫它的時候，你絕沒有一絲一毫的俗念——

⑦ 獨行客的孤獨

天竺的塵埃很大，但還是天竺，因為那塵埃裡有大美。那兒的女孩，已壞了胃口。她們的小臉很局促，一見求索的你，就駭得閉上了眼睛。

白毛風起的時候，你定然找不到她。她只在春天裡微笑。你卻要騎了棗紅馬，去尋覓被風吹散的羊群。那剛生的羔子，已被野狼叼走。長歎一聲後，你抹把淚，也知道，那淚，僅僅是憑弔一個遠去的生命。

空曠的天地寂寥無聲，無人咀嚼獨行客的孤獨。於是，你總在牽掛那命定的女子。面對亙古的大荒和生命的須臾，你已不在乎結局。

還是大漠好，沒那麼多規矩。因為那規矩總在殺你。你只願騎了棗紅馬，撒野在風裡。風裡有你的歌。那些城裡人耳膜太嫩，總嫌那曠野的天籟，扎疼了自己。

總想找個溫暖的港灣，叫那不譏笑的海風，熨去你心頭的疲憊。可沒人喜歡你一身的風塵，還有那燃燒的靈魂。不想灼傷別人的你，只好灼傷你自己。

總想找個僻靜的所在，悄悄抹抹滄桑的眼角。雖說那淚，正在折射世界，好些人喝采著。可你只是個獨行客呀！莫非，真不能舔舐你遍體的傷口？

想你，在這個寂寞的清晨。濃濃的大霧裹挾了我，我不知會被裹往何處。心頭的寒鴉已漸漸遠去，近的是孤寂，還有你的鮮活。揮揮手，卻抹不去心頭的你。

巨大的毀滅席捲而來，遙遙而至，它衝垮了所有的程序。遠處的梵鐘仍在響著，總像你鬼鬼的笑。有心跋涉在風中，又怕那遠行，會迷失了路。

不敢在恍惚裡望你，總怕那燃燒的靈魂，會燙傷單薄的你。可你也是隻鳥兒呀，能否在每個寂寞的清晨裡，奏一支清涼的曲子？

心頭的你，真是風中翻飛的白羽了，總在騷那池起皺的大波。我老想逃去，逃到那不可名狀的光明裡。命運卻嗔道：你呀你，何不在空樂的劫火裡，消解你自己？

老想那山窪裡孤寂的小寺，在西天的喧囂裡，它縮成模糊的暗暈了。你的不期而至，明明是命運的大風呀。瞧那心頭的桂子，正姍姍吐蕊呢！

不想出去，只想悶死在小屋裡。不想面對虛假的笑，只想在你的懷裡，化為清涼的氣。

不想觸摸，遠行的那個黃昏。風中的汽笛是心頭的刺。我成了翻飛的蒲公英。大風迷了天邊的樹，我再也找不到回家的路。

你棲息在何處的夢裡？是否還那樣狐媚？只好望那空曠的蒼穹，卻望不到我想望的影子。

真想拒絕所有的宴請。因為所有的宴請裡，都沒有你。席間的人們在喧譁，訴說著言不由衷的情意。我卻是道孤獨的大餐，在無盡的寂寞裡，等待你伸來的筷子。

沒有嚮往，嚮往是沸騰的沼澤。那裡有劫火。有心融入那火中，又怕迷失我自己。

心成了流淌的大波，更像洶湧的火山。當初的大愛化成了文字。此刻的眩暈裡，再也不敢碰那個名字。你知道，在這場不期而至的大風裡，我僅僅是個無助的孩子。

早看不到根了。先前的根，是維繫我生命的繩子，你狠心砍斷了它。我只好翻飛在你的風裡。忘了該棲息在何處，沒有牽掛的眼眸裡，故鄉正姍姍遠去。

你是命運裡最大的刀子，你正在屠殺幼小的我。可我只是個無辜的孩子呀。瞧，那隱現的滄桑紋裡，盛滿我春花般的燦爛呢。

我遠行了無數次。茫然的眼眸總在翻飛，我找不到失約的你。你棲息在人流的最深處。命運說，瞧她，正遙遙而至呢。

一聲雁鳴掠過窗邊，還有三兩聲哨音，但我期待你的笑。雖說我知道，你的每一聲嬌笑，都喚我遠行呢。

你是何處飄來的羽毛，竟姍姍來遲如斯？在那座絳紅色的寺院，我虛度了最好的自己。怕只怕，遲到的我，再也不敢望永恆的你。

白髮在風中翻飛著，又何止三千丈，但沒有怨愁，只有暖暖的柔意。你正從銷魂的醉鄉裡走來。我熟睡在你的眸子裡，春意闌珊呢。

不要許諾。我最怕語言的蕪雜，裡面總滲出言不由衷的世故。雖然你的笑清朗無比，但我願你用柔軟的眸子，醉死我自己。

為了等你，我拒絕了所有的邀約。我的茅屋在戈壁上，被風吹得斑駁陸離。滄桑洗透了我的小屋，但洗不去守候和期許。瞧，那座命運的小橋上，你又在嬌笑了。不用掩飾，那甜暈，正四方流溢呢。醉不了世界的你，首先醉了你自己。

你老想逃出那巨大的磁場，那相撞兇猛得正緊。你怕粉碎了你的小屋。漫天的大霧嘯捲而來，沒人明白它強勁如許。

為了揀回你的寧靜，你叮囑自己：就把她變成琥珀吧！別叫她的顧盼，

扎疼你自己。於是，你矛盾著。心說：尋她吧，我想呢；智慧說：正是那距離和遺憾，才定格了美麗。當然，能定格的，還有藝術。於是，你想用唐吉訶德的智慧，定格她的美麗。你想，當你撲向風車時，想來會聽到一聲嬌笑。你沉悶的世界，便一片光明了。

你的心中本該有別的，只是她侵佔了你的領地。冷極的剎那你想睡去，又怕那寒意，會凍僵你的血液。於是，你大叫，那兒，有聆聽的人嗎？

◆8 沸騰的靈魂

於是，人們看到了一個尋覓的沸騰的靈魂。有人也許會說你將你心中的覺受嫁接給了我。是的，可是他們是否知道，我與你，其實是一幅織錦的兩個側面，是一個月亮的不同投影，是一個本體的不同變種，是一條根系上結出的不同果實，是同一種水注入不同的水杯。我們都經歷了相似的尋覓、相似的開悟、相似的證道。要知道，那悟道前的尋覓，正是修道的資糧呀。「踏破鐵鞋無覓處」的「覓」，正是「得來全不費工夫」的「工夫」。

那充溢著大愛的尋覓，正如參禪時的話頭。沒有尋覓，沒有求索，沒有長夜哭嚎的歷練，便沒有覺悟。你一定要明白，覺悟是湧動的大愛，絕非無波無紋的死寂。佛陀用五十年生命傳遞的，便是那份大愛。

你也許聽過那個故事。一婆子打發丫環去試探她供養多年的禪僧，丫頭從身後抱了他，問：啥感覺？僧答：「枯木倚寒崖，三冬無暖氣。」婆子說，老娘二十年供養了一個俗漢，就亂捧打出了禪僧。這禪僧的覺受，便是枯禪。

你也許會問：那麼，什麼是真正的覺悟？我告訴你，真正的覺悟是周遍一切的慈悲和充盈於每個毛孔的大愛。那大愛消解了自我，那慈悲破除了貪執，你與眾生一體，你與佛陀無二時，你就證得了真正的覺悟。

我風塵僕僕的身上印滿了尋覓，也印滿了未來的覺悟。我未來的覺悟，就源於此刻的尋覓。沒有尋覓和求索，就沒有一切。我的一生總是在求索，求索是我的宿命，否則，人們不會理解我為什麼要拜一百五十位上師。那是一百五十個燃燒的火把，能給我們帶來智慧的光明。

他們的光明匯成洶湧的大河，流淌了千年，會一直流入你不眠的夢裡。

你明明感到了從我這兒傳遞下來的大愛。

請繼續跟著我的腳步，去見證我的證悟之路。

第*12*章　愛的理由

① 食血的夜叉

親愛的瓊波巴：

我一直擔心你的身體。

庫瑪麗也很擔心。因為那些施咒者都很高興，他們說從徵兆上看出，那惡咒開始生效了。

他們又開始了進一步的詛咒——

每個深夜，咒士們都在召請那些邪靈和惡鬼，用污血供養他們。他們是一群食血的夜叉。他們最喜歡發臭的肉類。雖然好些人知道了這事，但沒人敢勸他們，一是勸起不了作用，二是人們怕自己接近那咒壇，會招來不祥。據說，一個不小心接近那所在的孕婦真的血崩而死，她的身子被那些咒士們買下了。聽說，她的血肉是最好的祭品。咒士們用尖刀挑了那女子的肉，一塊塊拋入火壇。那火燒人肉的嗞嗞聲徹夜不絕，老遠，人們就能聞到一股刺鼻的臭味。

那火壇，是咒士們從墓地找來的三塊大石頭做的，排成了三角形——這是誅法特有的排列方式。石頭上就放著裝了象徵著你的陶人的黑牛角，還有些屠夫骨頭，加上一些屍林和惡鬼出沒之地的泥土。

每夜裡，咒士們都召請那些邪靈和憤怒的護法神，向他們供上黑羊血、黑牛血、黑雞血，請他們幫咒士誅殺那個叫瓊波浪覺的人。

咒士們的黑咒聲徹夜響著，叫人毛骨悚然。我於是祈禱梵天和大黑天，能保佑我的郎君。

不過，雖然對你安全的擔心讓我的心中充滿了憂慮，但只要拿起你的信，就覺得太陽在生命裡升起了。

每天晚上，我都要重讀一遍你的信。這已成了我的功課。

早上，我盡量不讀你的信，我想在人前盡量保持退位女神的矜持。有時候，我總想一個人靜一靜，理清一下思路和頭緒，畢竟我要時時面對這個世界，不能失態。認識你以前我也經常獨自一人靜思。我在享受孤獨。孤獨能使人昇華。

真愛不是罪。我們不能放棄。放棄只說明我們定力不夠。我曾認識一個

女子，她追求一個瑜伽士，瑜伽士先是拒絕，後來被追求者的愛打動而放棄了信仰，而這女子卻對瑜伽士的信仰產生了質疑。

我想，無論是誰，都應當對未知世界心存謙恭與敬畏。這還可以消解你在進入陌生後的某些不快。你能寬容莎爾娃蒂的無知，也就能原諒別人的無知。因為我發現任何宗教上的衝突與矛盾，都源於無知或溝通上出了問題。

你說：「以前，我是真的想躲到人跡罕至的所在，靜靜地品那種大美。自遇到你之後，我卻想真正了解你所在的那個時空的一切。對一個瑜伽士來說，這當然是好事。雖然那世界可能會污染或是摧毀我以前的好多東西，我還是想看看它。」我認為：好的宗教，一定是不會被污染與摧毀的。如果你的宗教智慧那麼輕易就被污染，或許說明你並沒有得到真正的智慧，你還需要重新探索。

我還想說，要是你願意，你將來可以在印度或尼泊爾定居。

莎爾娃蒂願意用接下來的生命，用我所有的人生累積，來飼養你這頭大獅子，但這還遠遠不夠。

飼養大獅子需要高品質的食物，需要更多的資源；而餵養小耗子、餵養小麻雀幾粒米就夠了。環境對人的影響力很大。以前我們也提到過在印度定居，你擔心會傷害雪域等待你的人們。如果僅僅是這個原因，不需要自我束縛。大獅子遲早要走到他的世界裡去的。我們在跟時間、跟生命、跟虛無賽跑。沒有必要讓每個人都滿意。要不受任何形式的約束，心靈才會博大。在印度半島上，畢竟還有你的那些上師們，還有莎爾娃蒂這樣願意把生命贈予你的女人。在這裡，你這棵檀香樹永遠不會被當成柴火燒掉。

想想看吧，那次殺生節，花費了數以萬計的金幣，這種事情太多了。你說，這麼多資金，可以讓多少苦孩子接受教育？可以讓多少寶貴的生命不被疾病吞噬？可以讓多少個純潔的小姐不出賣肉體而擁有她們想得到的愛情與生活？多少虛假欺騙的聲音佔有了這些資源，傳播著更大的謊言？

在認識你之前，我也常陷於迷惘和混沌之中。作為女性，我覺得已無路可走。我放棄了頭腦與思考，滿足於統治者需要的女神角色。我已做到了極致，也累積了富可敵國的財富。如果我再放棄良心與自省，完全聽命於世俗，我也許還可以過上世人羨慕的生活。但問題是，我的心、我的思想一旦冒出水面，就會碰到天花板。我如果堅持硬碰硬，那就是頭破血流，犧牲的只是我自己。

所以，我只有兩種選擇：要麼我放棄向上成長的欲望，要麼成為依附於

某個男人的主婦。但放棄自己，我的心與靈魂會折磨我，很痛苦。不放棄，我又無路可走。所以，我遇見瓊波巴，才會如此意外，狂喜如夢。

莎爾娃蒂願意為瓊波巴付出生命，願意含笑赴死。

因為，一切都在過去，都在消逝。只要有瓊波巴這顆心在聆聽，這雙足在跋涉，這支筆在記錄，那些苦難的人們就多了一種離苦得樂的可能。

最後，還有一點小小的請求：若莎爾娃蒂突遇不測，請在合適的時間、合適的方式，公布這封信。我的願望是不想讓我摯愛的家人蒙羞、曲解我的本意。

希望孩子們讀了這些信能更懂得愛，相信世上有真愛。所有的孩子都是天使，要讓他們明白：有這樣一個女子，想用愛去影響他人，進而影響世界。這是多麼大的目標啊！但她居然傻呼呼、不自量力地去做了。

愛你的莎爾娃蒂

② 不要輕言放棄

親愛的女神，我確實感到了黑咒那邪惡的力量——它讓我的旅途變得十分艱難。我一直在生病，忽冷忽熱，忽迷忽醒，周身疼痛，十分萎靡，但我沒有停下追求的腳步。白天我在跋涉或參學，晚上則在觀修。但我時時能感受到環伺在我身側的邪靈，時不時地，便有熱惱向我襲來。有時，我也會生起可怕的退轉心。此外，我的身邊，時不時會出現一些不吉祥的事，老是丟東西，身邊老是會出現一些搗蛋鬼。

有時，我也會向他們吼上一聲：我很怕你們，但你們奈何不了我！

我時時覺得自己會死去。

每天晚上，睡下時，我不知道次日會不會醒來。

只有在你的信到來時，我才會感到溫暖和安寧。一想到你，我就被一種巨大的情感籠罩，命運真的給了我一個能疼我愛我的親人。這輩子，我沒有白活。

對你信中的許多說法，我很贊同。你也許不知道，至今，本波的那些人還在家鄉設祭壇，想誅殺我。我仍然遭到那些人的封殺和排擠。一位老人目睹了我的境遇後，對我說：瓊波巴，走出去吧，外面的天地很大，別叫那些小人把你悶死。

是的，生命太短了，我有更重要的事要做。

　　所以，雖然我很想生活在你的身邊，但我只能隨緣。好多東西，不是你我能左右的。太強求了，反倒煩惱了心。要是命運能給我定居印度的機會，我會很高興地接受。但我的修行，其實就是從拒絕誘惑開始的。這是我最基本的處世前提。你說是嗎？

　　要知道，即使在開悟之後，也需要遠離惡友，也需要閉關。在跟你接觸的這些天，我真的有了貪心。可見愛一旦遭遇「物欲」，也會成為驅使人墮落的誘因。以前，我當法主時，許多施主真的想為我做些事，但我不知道該向他們要求什麼。我衣食無憂，健康快樂，又有大量的時間用於修煉。我不知道我還需要什麼。我明明知道，無論多麼偉大的人，也不會有永恆。我又何必為了那種無常而執著地打破心靈的寧靜呢？

　　但在跟你相愛之後，我真的有了「求」。可見，只要心有所求，就會有被「物欲」污染的可能。不過，我跟別人不一樣的是，我馬上就能自省，明白那是物欲而遠離它。那明白我行為之「非」者，就是我的覺悟之心。那是照耀我的光明。世上所有的證悟，就是為了證得那份時時自省的光明。

　　現在，我仍然有好多毛病。心靈的污垢，仍會在我靜的極致裡浮出。對我來說，它們是命運給我的恩賜。因為，只有在那些污垢浮上心時，我才能發現並淨化它。在我的生命裡，有許多毛病，它們大多只會出現一次。在明白後的行為裡，我很少犯兩次相同的錯誤。在我的眼中，真正的英雄並不是征服世界的人，他只能是降伏自心的人。

　　不過，你不要將我對你的珍惜，當成墮落和放棄信仰的理由。要是你放棄了我，我會尊重你的選擇。你要知道，我的智慧和慈悲都不允許我去纏一個女子，除非她愛我。因為只有在她真正愛我時，她才屬於我。

　　要是你放棄了我，我就在尋覓之後，回到青藏高原。我會澄明在自己的世界裡。等我再從恍惚裡覺醒時，已物非人亦非了，我鬢髮皆白，你也兩鬢蒼然。

　　所以，不要輕言放棄。放棄是殺死愛情和信仰的最大兇手。真的，你放棄之後，我只要在心裡放上別的東西就能將痛苦擠出心外。目前，我將你對我的愛，當成了生命中不期而至的巨大福報。我很感謝生活給我的賜予，它能叫我在旅途之中，還能感受到一種能席捲一切的生命詩意。它定然會成為我智慧上取之不盡的活水源頭。我毫不懷疑地認為，你是命運送給我的最好的禮物。

　　我想，真正的空行母，就是我深愛並且使我向上的那個女子。我只有在

真正地愛她、並將愛昇華爲信仰時，才能達到真正意義上的完美。

你的身上，有一暈非常純淨的光，它給你增添了無與倫比的大美。你還有顆金子般的心。你的身上，承載著女性應該有、但在這個世界已經淪喪的那種質樸、真實、乾淨、寬容、善良，和鮮活的女兒心。你的行爲本身，就貢獻了一種全新的價值觀。要是人人都能這樣去愛，人間就成淨土了。

世上所有的愛情或信仰，其實都毀於某個壞的緣起。它可能是非常小的一件事，或是一句話。要像守護自己的眼珠那樣，小心地守護愛情和信仰。直到它長成一棵巨大的神樹，到了那時，就連鋼刀也砍不斷了。

永遠記住，你想成爲什麼樣的人，只要你有足夠的信心，你就一定能成爲什麼樣的人。人生是一種選擇，你的選擇構成了你的行爲，你的行爲決定了你的價值。

我馬上要去鹿野苑。那真是個神奇的地方。

瓊波巴

第 *13* 章　　鹿野苑的光明

① 趕往鹿野苑

　　關於瓊波浪覺見到司卡史德的時間，說法頗多，有人說是他第一次赴印度時所見，有人說是後來見的。對他們相遇的地點，也有不同說法，其中也有鹿野苑相會之說。我很喜歡這一說法。至於他們究竟相會於何時何地並不重要，重要的是我認為他們相會於何時何地。換句話說，這世界究竟怎樣並不重要，重要的是我心中的世界究竟咋樣。在有些人眼中，世界是苦的；在另一群人眼中，世界圓滿無缺，無處不顯現圓滿。所以，佛陀用一個偈子說出了一個真理：「若人欲了知，三世一切佛。應觀法界性，一切唯心造。」

　　那我們就選擇鹿野苑吧。

　　我們於是看到了一個正風塵僕僕地趕往鹿野苑的人。在本書中，有兩個風塵僕僕地趕往鹿野苑的人。兩人相差一千多年，一個是佛陀，一個是瓊波浪覺。前者是想度化離開他的那五個修道者，後者則是為了尋覓一個女子。前者是為了弘法，後者為了求法，二者外相上雖然有異，其心卻都是一個目的：為了給世界以清涼。

　　有人也許不知道，當佛陀在菩提伽耶成道後，明瞭真理，便想趣入涅槃，眾善神慌了，說不可不可，世尊，眾生需要此光明，你當善為廣傳。佛陀於是開始思維。

　　佛陀的思維我們雖然難以測度，但幸好他將其想法留在了人間，在巴利文《大藏經》中，有許多這樣的文字。佛陀知道曲高和寡，知音難覓，那時的印度，很難有人洞悉和理解他悟到的真理。他想，我先將真理告訴誰呢？他首先想到曾教導他禪定的兩個老師。他們智慧超絕，定然能體悟真理。但人們告訴他，那倆人已經去世了。

　　於是，他又想到了後來成為首批比丘的那五個人。他想，這五人雖然背棄了我，但那是愛我所致。他們天資聰穎，精進不懈，又曾照顧我修道，我還是先度他們吧。

　　前往鹿野苑的路雖然遙遠，但佛陀並不勞累。你也許不知道，證得空性的人，無論做啥事，都不曾離開過空性。他諸相合一，動靜一如，了無牽掛，連「勞累」二字也不會染著。在前往鹿野苑的途中，瓊波浪覺似乎也感

受到了千年前佛陀的那份從容和淡定。

② 盲人眼中的太陽

瓊波浪覺發現，在千年前的那個時空裡，發生了一件有趣的事，佛陀在前往鹿野苑的途中遇到了一位外道。此人天衣，不著布縷。他一眼就發現了佛陀非同尋常的光明和從容。於是他問，尊者，你諸根調和，光明皎潔，儀表非凡，似有所證。請問，你的恩師是哪一位？

瓊波浪覺知道，在當時的印度，這是修道者相見時常見的問話，他在問詢傳承呢。佛於是回答：「萬法已證知，我已無所惑。不受諸法染，萬物皆捨離。貪欲不能壞，得一切智慧。世間哪有師，我須隨學習？世間無有人，能為我導師，亦無有何人，能與我相比。一切諸天眾，與我無能敵。我已證聖道，真實無欺誑，我乃天人師，舉世無能勝。唯一正覺者，至高無上尊。貪火已止息，涅槃已親證。為轉正法輪，前往波羅奈，迦屍之首都。世人眼如盲，因為彼等故，令擊正法音。」

瓊波浪覺從巴利文《中部經》中看到過以上內容。

從那本經中，他還看到了一個非常滑稽的場面。那裸衣外道臉上露出了輕蔑的笑。他定然想，世上竟有如此狂妄之徒。他當然不知道，他失去的，是一次千載難逢的機會。

前往鹿野苑的途中，瓊波浪覺想到千年前佛陀遇到的那一幕，不禁慨然長歎。他想，盲人眼中，是看不到太陽的。

迦屍是印度教的聖城，位於恆河西岸。那恆河，如大明鏡，朗照雲天。瓊波浪覺乘著小船，恆河之風吹來，如母親之吻。水面在炎陽下泛出無數金光，這是個好的緣起。你知道，那時的人，總愛講個緣起。瓊波浪覺於是興致大增。

鹿野苑上林木茂密，多草原沼澤，時有野鹿，故名。瓊波浪覺到達時，仍能見到群鹿。在印度人眼中，鹿跟牛一樣，是吉祥物之一，是不可濫殺的。那些修道者，就混跡於鹿群之中。他們信仰著不同的宗教，供奉著不同的本尊，有事火婆羅門，有天衣外道，還有行各種苦行者。瓊波浪覺到達的時候，這兒到處是煙，事火外道正在做火供。他們點燃牛糞，撒以五穀，空氣中就瀰漫著五穀特有的清香。

❸ 達美克塔

瓊波浪覺首先看到了達美克塔，這是一座奇特的塔，高十餘丈，分為兩部分，上部為紅磚所砌，下部是石材構建。石材上刻有十分精美的花紋，有人物，有花草，有飛鳥及各種圖案。這是鹿野苑上最震撼人心的建築，據說最初由阿育王所建，後經各代有佛教信仰的國王擴建而成。跟一些佛塔不一樣的是，它是實心塔。塔下部呈八角形，上有佛龕，供有真人大小的佛像。

瓊波浪覺發現，塔上已有很多被損壞的跡象，也許是外道信仰者所為，但因為石材質地很好，那些破壞尚不能損塔之大美。這塔是如此壯美，但它會在二百年後迎接一場很大的浩劫。那時，伊斯蘭大軍的炮火將摧毀那些美麗的浮雕。一團團火龍撲向達美克塔，炸出無數濃煙。令人驚異的是，濃煙之後，塔依然故我，雖然有不少美麗的花紋消失了，但塔本身，卻顯得更加壯美了。八百年後，迦屍的頭兒還打算更徹底地將它從地球上抹去，他叫巴布·賈迦特。為了造一個商場，他就想再利用這塔下部的石材。他當然想不到，他的部下們費盡心機，卻剝不下那石條。因為建塔者用一種十分堅固的金屬將石材跟塔連成了一體。我看到，瓊波浪覺笑了。他定然明白，無常是不變的真理。多結實的塔，終究也會被歲月毀去。正如多結實的大山，即使它不被風雨剝蝕，也會在那空劫來臨前的一瞬，在宇宙的劫火中化為無量的塵埃。

鹿野苑的另一個大建築是法王塔，形如覆缽。相傳這是阿育王所建，他就是前面說過的那位以殺戮統一印度的著名人物。他用武力將佛教推行得更遠。為了弘揚佛法，他將分散於印度各地的佛的八份舍利收集起來，再分成數千份，在各地建塔供養，並立以石柱。鹿野苑也曾有阿育王石柱，柱上有四隻獅子，朝四方怒吼。如今，這些柱子都被毀了。據說是為惡龍所殄，但更可能毀於戰火。

法王塔是為了紀念佛陀初轉法輪所建，其下據說埋有佛陀舍利，六百多年後，果然有人從遺址中發現了裝有舍利的石盒子。

瓊波浪覺看到的法王塔仍然很雄偉。雖然他明白多雄偉的建築也免不了無常，但還是被這雄偉感染了。這便是藝術的魅力。一些不明白藝術也能承載精神的人總在譴責佛教是偶像崇拜。他們也許不知，那所有的偶像，在崇拜者眼裡，其實是一種精神。

因為有了各種建築，鹿野苑失去了應有的一份寧靜。好在建築群相對集

中。建築群外的田野，倒很像瓊波浪覺心目中的鹿野苑。他信步來到田野，這兒仍有沼澤、草原和河流，時見野鹿嬉戲，也總能看到一些修道者。一千多年前，佛陀在這兒轉法輪時，地貌也許就是這樣的。那時，經過長途跋涉的佛陀來到這裡，正在修行的那五個人看到了遙遙而至的佛陀，他們相約不再理他。但隨著佛陀堅實腳步的靠近，那五人看到了佛陀寧靜莊嚴的聖者相，不由自主地生起了信心，便一一起身頂禮。

佛陀告訴他們自己已成正覺。隨後，他講了「苦集滅道」四聖諦。這便是初轉法輪。從一千多年前的那刻起，這世上，便有了「佛法僧」三寶。

巴利文《中部經》裡詳細地記載了佛陀當時的教授過程：當三人托缽行乞時，佛陀教誨留下的兩個；這兩個去行乞時，他再教誨前邊的三位。就這樣，佛陀孜孜不倦地教導著人世上第一批僧侶。終於有一天，那個叫憍陳如的人，成為佛陀成道後第一位阿羅漢。他用一首偈子，說出了自己的所悟：「初聽聞妙法，心中生歡喜；聞法即斷取，聽到滅貪欲。覺者無貪愛，排除諸邪見；在此人世間，正志不一般。如風拂灰塵，比丘離邪念；正觀生智慧，智慧生正見。諸行皆無常，實觀可覺曉；苦中生厭離，是上清淨道。諸行皆為苦，智慧可覺曉，苦中生厭離，最上清淨道。諸法皆無我，智慧可覺曉，苦中生厭離，最上清淨道。尊佛知佛法，憍陳如比丘；精進滅生死，淨行得聖道。」

就是說，正是在鹿野苑，佛陀的弟子中產生了第一位阿羅漢。

④ 賣酒的女子

瓊波浪覺沒想到，他會在鹿野苑碰上一位女子。

他一直認為，那是智慧空行母的化現。

那女子正跟幾位女子在火供。火供是一種供養儀式，先造個火壇，行者邊持咒，邊往火壇裡扔食物。那食物，就會進入被供的本尊和神靈的口中。我說過，在婆羅門的教義中，火是梵天的口。這種說法，深入印度人的心靈，火供因此成了當時許多教派重要的宗教儀軌。

女子目視瓊波浪覺。兩人對視一陣，都覺出了一種奇怪的熟悉。

瓊波浪覺告訴她，他正在尋找一個叫奶格瑪的上師。

女子說，我聽說過奶格瑪，但她已證得虹光身，沒福報者是很難見到的。你為什麼不拜司卡史德為師？

司卡史德是誰？

一位偉大的證悟者。

女子給瓊波浪覺講起了司卡史德的故事。她很有語言天才，瓊波浪覺於是看到了一個被丈夫和兒子趕出來的老年女子。她便是證悟前的司卡史德。

在幾個男子的喝斥聲中，那女子呼號著逃出了家。因為她將家中僅有的一點救命糧供養了化緣的僧侶。

那年，她五十九歲，過度操勞已毀壞了她的健康，模樣已垂垂老矣。在瓊波浪覺的印象中，那女子逃時的腳步濺起滿天的塵埃，她身後的路成了一條灰龍。一個兒子氣急敗壞，撿起土坯，向母親扔來。那土坯落在地上，炸起無數的土星，它雖然沒打中母親，卻打碎了母親的心。後來，每次思念兒子時，母親總會想到這個畫面。它最直觀地告訴司卡史德，什麼是苦和無常。那時，她當然不知道，要是沒有這一趕，人世上不過多了一個壽終正寢的老人，卻少了一個光照千秋的偉大女性。她用一生的行履告訴世人，不要怕年老，不要怕噩運，只要你有信心，肯定會成就不朽的功德。

女子說，就這樣，這個偉大的上師被趕出了家門。她四處漂泊，乞討度日。我們也老是在某些地方看到乞討者，我們的肉眼，當然分不清她是不是司卡史德化現。所以，我總是將那些向我伸手的人都當成了她，進而供養，從不去分辨他們是不是騙子。

正因為有許多像我這樣去想的善良的印度人，司卡史德才沒有餓死。她蒼老的臉日漸豐腴，也終於租到了一間舊屋，屋裡的破箱裡也有了一點餘糧。她便開始釀酒。就這樣，她終於遇到了命運中的上師。

一天，一個女子來買酒，司卡史德沒有要錢。因為那女子告訴她，那酒是給一個叫毗瓦巴的祖師買的。而這個名字，在當時的印度，是天搖地動的。在印度人的眼中，毗瓦巴，幾乎等同於天神。當然，這說法，其實是貶低了那個偉大的上師。因為天神仍是有漏的，毗瓦巴已證得了無漏。

司卡史德便想，我要啥錢，我能供養這樣一個偉大的人物，是我的福分。

就這樣，她歡喜地供了兩年。

兩年後，也就是她六十一歲那年，那個上師對女子說，你把那個賣酒的女人帶來吧。

當夜，上師為她灌頂傳法。

當夜，她便證悟了。

在世人的傳說中，司卡史德是一夜間證得虹身的。但此說不妥。正確的說法是，司卡史德是一夜間開悟的。事實上，開悟後的司卡史德還經過了嚴格的苦行。那苦行，據說經歷了六個月，或是八個月。她在用六種法門長養她證悟的智慧，人們管那法門叫司卡六法。

據說，司卡史德的虹身，就是在苦行後證得的。換一種說法，從凡夫到初地，司卡史德用了一夜時間，而到達十地的修煉，是後來的事。於是，才有了司卡六法。再後來，那六法超越了千年的雲煙，也流入了我的心中，筆者遂成了司卡六法的重要傳承者。

那女子說，司卡史德已成就了無死的虹身。她的身體像彩虹那樣，望之有形，觸之無物，不生不死，無來無去。

瓊波浪覺於是生起了巨大的信心。他說，請你帶我去見這位偉大的上師。

⑤ 十六歲的妙齡女子

據《瓊波祕傳》記載，在見到司卡史德之前，瓊波浪覺參加了一次空行會供。那個時代，印度有許多偉大的女性，她們用自己的生命，實踐著佛陀的教法，我們稱之為空行母。她們有的證悟了空性，成了出世間空行母，有的還沒有證悟空性，但無論證悟與否，她們都可能在某個節日裡舉行會供，就像人間的我們喜歡聚餐一樣。許多時候，那種聚餐，也是一種宗教儀式。

對《瓊波祕傳》中的說法，我有種疑惑，我不知道瓊波浪覺參加的，是哪類空行母的聚餐，是無身空行母，還是人間空行母？因為此刻的瓊波浪覺並沒有究竟成就。他雖然有了一點咒力成就，能在某些時候達成自己的願望，但他的究竟證悟是後來的事。就是說，雖然他見過許多上師，但他最重要的上師有兩個：奶格瑪和司卡史德。一個公認的事實是，瓊波浪覺的根本上師是奶格瑪，就是說，給瓊波浪覺開示心性明白空性的，是奶格瑪。

關於根本上師，說法不一，但能為大眾所接受的說法是，能讓你明心見性、開悟成佛的那位，便是你的根本上師。當然，要是你不能明心見性的話，會有另外的標準。

我於是懷疑，瓊波浪覺第一次見到司卡史德時，僅僅是結緣。他跟司卡史德更大的因緣，是後來的事。

晚年的時候，瓊波浪覺向弟子們說，在那次會供中，表面看來，他雖然

沒得到多大的益處，但已為他後來的證悟累積了無量的資糧。

在那次會供上，瓊波浪覺看到了一個十六歲的妙齡女子。許多人都相信這種說法，但他並沒有看到啥虹光身。他不知道，那虹光身的說法，僅僅是一種象徵。

那女子話語不多，一副清冷的模樣。瓊波浪覺覺得她的目光穿透了自己的心，彷彿一陣清風吹來，在炎熱的印度，他立刻感到了清涼。

那女子笑了。她很像一個單薄的女孩子，似乎還有些靦腆呢。

會供很豐盛，因為瓊波浪覺供養了十兩黃金，買來了當地能買到的所有好吃的。整個過程，他有種做夢的感覺。

會供結束後，參加會供的空行母離開了。

那女子對瓊波浪覺說，對，就是那種做夢的感覺。

然後，她朝瓊波浪覺粲然一笑，說，你真有福氣。

又說，我雖然也可以為你開示心性，但那不是我的事，為你做這事的，是奶格瑪。

一聽「奶格瑪」三字，瓊波浪覺涕淚交流，跪拜而問：她在哪兒？

女子說，這話，該問你自己呀。

幾年之後，瓊波浪覺才明白那女子的話。那時，奶格瑪會告訴他，我一直跟你在一起，可是你業障深重，看不到我。

她還說，所有持誦「奶格瑪千諾」者，我都會和他在一起。雖然他業障深重，見不到我，但他還是要明白：在虔信的光明中，我與他是如影隨形的。

⑥ 印度的檀香林

會供的香味雲煙般遠去了，瓊波浪覺心頭的夢幻感仍在發酵著。

另一位女子埋怨瓊波浪覺，你為啥不求法呀？剛才那個跟你說話的女子，正是司卡史德。

看到瓊波浪覺的懊悔模樣，她又說，不要緊，你可以到檀香林去，那兒有她的壇城。

女子又說，那壇城非實體，無緣者難見。你是具緣者，只要虔誠地祈請，肯定能見到的。在那兒，你可以領受到偉大的瑜伽教法的核心。

瓊波浪覺便趕往檀香林。我不知道這檀香林究竟是指哪個檀香林。在歷

史學家眼中，處所跟時間同樣重要，但在成就者看來，時空一味，並無分別。因為人生是短促的，無論在哪兒證道，或是在何時證道，並不重要。重要的是是否證道。要是早晨證道，晚上死去，也是值得高興的事。對此說，有古語為證：「朝聞道，夕死可矣。」所以，印度人是懶得記時間的，因此佛經中多以「一時」來代指時間。至於這「一時」，是百年前，千年前，或是萬年前，在修道者眼中並不重要。因為在生生世世的輪迴中，他們不知度過了多少個「一時」，此「一時」或彼「一時」，是可以忽略不計的。

印度有許多檀香林，裡面有許多修道者。據說，檀香有著天然的驅魔作用，當修道者達到一定境界時，會招來許多魔，他們總是張牙舞爪地向你進攻，只有在遭遇檀香味時，他們才會轟然而散。這是許多修道者的覺受。但他們並不知道，驅散魔軍的，其實是自己的信心。而那本來不一定能驅魔的檀香味，只是增加了你的信心。因為在了義者眼中，那撲向你的魔軍，其實來自你的心性。

那個時節，來自藏地的許多求道者都是在檀香林中接受教法的。我的另一位上師唐東喇嘛也是在檀香林中領受了毗如巴祖師的不死之藥和道果密法。你千萬別被「檀香林」三字所迷惑，以為那是風景優美的聖地，要知道，在古代印度，檀香林往往也是當地人的棄屍之所。正是為了在那兒直觀地感受無常，修道者才多在檀香林中修行。

在那女子的指點下，瓊波浪覺知道了司卡史德的所在。他背了金子，急急趕往檀香林。

據說，瓊波浪覺給司卡史德帶了五百兩黃金。他總是有很多金子，總是在大量地供養。當然，我們還可以換一種說法，因為他總是在供養，所以他總是很富有。那無量的供養，讓瓊波浪覺擁有了無量的福德。在近千年後的西方，很多有錢人成了慈善家。有人卻說，正是因為他們做慈善，所以他們越來越有錢。能無私地回報社會，是得到無量財富的祕密。

瓊波浪覺的步履顯得很急切。在我的印象中，瓊波浪覺的步履總是很急切，他雖然有一百五十歲的壽命，但他的一生是跑步般度過的。對生命的無常，他有著很直觀的覺受。他老是發現自己的生命正洩洪般東流。一個個瓊波浪覺在瞬息裡死去，又在瞬間裡新生。他得在死神追到他之前幹完自己該幹的事。他已經越來越明白自己的天命了，他這一生的目的，就是要將面臨熄滅的火種帶到雪域，叫它燎原開來。在尼泊爾時，待他趕往一個大成就者的居所時，那人卻已死去，據說他領受過許多密法，但一場急病之後，那些

密法就成為一種符號了。

我當然能理解瓊波浪覺的急切。時下，全球化的浪潮已席捲而入了，許許多多的民族文化都被淹沒了。許多時候，那種淹沒也許是永遠的消失。許多弱小民族消失的不僅僅是語言和文化，連他們自身也融入了那廣袤的一統了。我是分明地發現了這一劇變。涼州武術、涼州賢孝等傳遞了千年的文化，此刻，正被席捲而來的時代浪潮吞沒。而農業文明，更成了西山的落日，馬上便會被亙古的暗夜吞噬了。正是洞悉了這一點，我才用黃金買不來的二十年時間寫出了《大漠祭》、《獵原》和《白虎關》。我想定格那即將消失的存在。

瓊波浪覺那時面臨的，也是這種局面。當時，印度教和其他宗教正以席捲一切之勢漫淹而來，佛教似乎成了風中搖曳的殘燭。

瓊波浪覺分明感受到了這一劇變，所以，他多次趕赴印度、尼泊爾。他的步履總是急匆匆的，濺起的塵埃迷了他遠去的背影。

在《瓊波祕傳》中，似乎很少寫到他的苦修。其實，他的苦修大多是在求索中完成的。當你在荒無人煙之地獨行，頭頂是無雲翳的晴空，陪伴你的唯有自己的腳步，而你的心卻沉浸在獨行的寧靜、喜悅中時，你其實就是在修行。我想，瓊波浪覺的求索，便是他的苦修內容之一。

同樣，我們不能忘了瓊波浪覺離開本波後的頭兩次求法。那兩位在他的生命裡似乎不顯得多麼重要的上師，其實給他種下了非常重要的種子，那便是見地。我們絕不能因為自己在吃了第六個包子後飽了，就否定第一個包子，認為它沒用。人的生命是一個個生活的點。正是那一個個看似不起眼的小點，才構成輝煌的人生軌跡。

我們是不是可以這樣說，瓊波浪覺的求索過程，正是他體悟消化那些上師傳遞給他的智慧的過程？那漫長荒寂的求索旅途，其實完全可以看成是他的修煉之路。正如我的寫作和讀書，其實正是我的修煉方式。當我將自己融入那種明空之後，所有的行為都可以看成是一種保任了。

所以，上等的修，其實是在行住坐臥中完成的。真正的修，是將那份覺悟融入生命的每一個時空。

⑦ 三十枚銀幣

瓊波浪覺到達了司卡史德所在的檀香林。我們不知道他用了多長時間，

瓊波浪覺也不知道自己走了多久，因為他仍被那巨大的夢幻感籠罩著。自他參加那次空行母聚餐後，就這樣如墮夢中。這覺受很奇怪。以前，他雖然也有夢幻感，但多是觀想所得。而這次，根本用不著觀想，一切就如夢如幻了。更令他奇怪的是，他的身子竟然也如氣泡般輕盈。這樣，旅途的艱辛，就相對弱化了許多。

檀香林並不像這名字那樣美。這裡雖有檀香樹，但那屍臭，仍隱隱襲來。屍骨扔得到處都是，舊屍骨已泛出灰白，新屍骨仍發出惡臭。時有狼群遊行林中，但它們並不傷人。它們只是吃新死的人，對尚沒有死的人，它們是不敢動念頭的。在印度人的說法裡，那些狼，也是空行母化現的，她們吃了誰的肉，誰就會往生佛國。後來，這種說法也傳到了藏地。人們便將那天葬時的神鷹也看成是空行母的化現。

除了屍骨外，瓊波浪覺還看到了四散的布片，它們曾是裹屍布。行頭陀行的苦行僧穿的便是它們，行者拾了那碎片，縫了，到河邊一洗，就披在身上。這樣，他們再也不會為了穿衣去動更多的心思，而將所有的人生時光都用於修道了。

瓊波浪覺到達時，檀香林似乎很清淨。他沒有見到啥修道者，也沒有見到拋屍者。四下裡很靜，雖有風聲穿越林闊的微響，但那微響反倒添了幽靜。瓊波浪覺仍被夢幻感浸泡著，他看到林子上方的天空晴朗得無一絲雲翳，偶或還聽到一聲怪鳥叫。他不知道是什麼鳥，也懶得去弄清它的名字。

他四下裡找了找，沒有見到那女子所說的壇城。但記得她說過，欲見司卡史德空行母，必須虔誠禮拜。他放下背囊，靜心片刻，待那股巨大的感覺再度醃透了心時，他開始了虔誠的祈請。

瓊波浪覺的祈請消解了自我。他像遊子祈盼母親一樣，像盲人嚮往光明一樣，像餓死鬼渴盼食物一樣，開始了殷重的祈請。漸漸地，天地消失了，自我消失了，檀香林也消失了，只有一種虔誠的思維波游絲般尋覓著。

近千年後的某個夜裡，我也融入了瓊波浪覺當時的虔誠。於是，一股大美的旋律裹挾了我。我的心中便流出了以下文字：

奇哉空行母，司卡史德尊。行履罕千秋，成就步古今。
不經勤與勇，疾速成虹身。無修亦無證，虔誠事師尊。
師尊具大德，母亦具悲心。曾以養命糧，布施行路僧。
一施兼福慧，無量功德盈。乞食鬧市裡，不失菩提心。

即證虹身後，尤具平常心。屢爲手印母，德慧賜眾生。

祈請空行母，大恩垂吾身；啓我以大慧，賜我以大能；
發我以大力，慈我以大心；觸目成佛國，充耳聞咒音；
貪嗔隨煙去，癡慢不自生；妒如草頭霜，日熾不見蹤；
養我心之浩，潔我口之蘊；空慧隨心起，禪樂不離身；
祈母護佑我，如影以隨形。

祈請空行母，慈航倒駕臨。光罩吾弟子，庇護諸眾生。
奶格五金法，隨風揚法塵；如日四方射，如月萬家明；
如水盈大地，如雷震蒼穹；祈母攝受兒，八風不動心；
母爲三春日，吾爲寸草心；母爲瀚海潮，吾爲浪花生；
母爲大宇宙，吾爲點點星；母唱大風歌，吾爲蒲公英；
心念效母法，身心供母尊；大日可衰老，此心不異生。
一祈光四射，心念系母尊；二祈母含笑，福悲賜吾身；
三祈母臨空，禪樂如雨傾。拔苦出濁地，得樂清涼生。
和風吹香氣，捨卻塵俗聲。洗去諸迷亂，點醒夢中人。

後來，這偈頌廣傳之後，無數人誦之，也得到了清涼。

我相信，近千年前的那個時刻，瓊波浪覺也定然像我這樣祈請了。其祈請內容，雖然跟我的偈頌體不一樣，但那份虔敬卻定然相若。那時，大美消解了醜惡，大善融化了塊壘，大真參透了虛假，大愛牽來了大力，萬物化成了和煦的熏風，吹散了亙古的執著烏雲。

不知道過了多久。

忽然，瓊波浪覺感到了無量的光明，彩光雨一樣下傾。他看到了一個壇城。

關於那壇城的模樣，說法不一，有人說它像天宮一樣美麗，玉樓瓊宇，金碧輝煌，美不勝收；有人說它大的建築用人頭堆砌而成，小的構件也是人骨，它有多層保護輪，一圈頭骨，一圈金剛杵，一圈蓮花，一圈火帳……總之，說法頗多。

關於司卡史德的相貌，說法卻大多相似。筆者曾在《光明大手印：實修心髓》一書中寫到：「空行圍繞，勇士環侍，壇城莊嚴，美不勝收。其中有

女，貌似二八，儼若天人，顧盼之間，儀態萬千。」總之，是美到了極致。

瓊波浪覺祈求傳法。

司卡史德冷笑道，你要的法，我當然有，但那是獅子乳，是不能倒入尿壺的。我問你，你想求我的法，可有啥求法的資本？

瓊波浪覺掏出黃金，捧獻給空行母。

司卡史德一把攫過，隨手撒去，那黃星點點，散落於四方。空行母冷笑道，這種俗物，也能當資本嗎？你眼中的它，定然是貴重之物，你可知它貴在何處？

瓊波浪覺第一次碰到了供養黃金而不收的上師，他一臉赧然，不知如何作答。

空行母又笑道，在我眼中，黃金和糞土是等值的，我不知道它貴重在何處，我將它做成尿壺，它便是尿壺；我將它做成佛像，它便是佛像；我用它做佛冠，它便尊貴無比；我將它製成鞋底，它便只好由我踩在腳下。我不知道，它貴在何處。你有沒有比它更重要的東西來供養我？

瓊波浪覺又取出瑪瑙寶石，剛奉上，便被拋向四方了。

瓊波浪覺既感到沮喪，又很高興。沮喪的是，空行母竟將他的供養棄若敝屣；高興的是，他終於遇到了一個視黃金如糞土的上師。他過去遇到的有些上師，一見到金子，眼中就會放出貪婪之光。他相信，這位空行母，是一位真正的大成就者。

還有沒有更貴重的？

瓊波浪覺沮喪地說，沒了。

空行母冷笑道，你呀，還來印度求啥法？你眼中，只有黃金寶石才珍貴？

瓊波浪覺振奮了，說，我還有從別的上師那兒求來的法。我眼中，它們比黃金珍貴百倍。

空行母冷笑道，你眼中的它們，當然珍貴無比。我眼中的它們，卻跟一隻破船沒啥兩樣。你要知道，三藏十二部經，只為了指導你明心見性。一旦你明心見性，證得究竟，對你來說，它們便成了一堆沒用的文字。你是不是認為，我現在，還需要這些舊家具？

瓊波浪覺臉紅了。他沒想到，他眼中視若珍寶的妙法，在空行母眼中卻是一堆沒用的舊家具。不過，要是真能達到司卡史德這樣的境界，世上的諸多法門，倒也真的沒啥用了。佛說，法如舟楫，法尚應捨，何況非法。忽

然，他想到，比黃金更珍貴的，只有他的性命了，便說：我願將身口意供養給上師。

這下，空行母露出笑臉，說，這才像話。不過，我問你，你可知何為身口意供養？

瓊波浪覺說，此後，我的身口意，全不再屬於我，全是上師的了。

空行母說，我要是此刻將你宰割了賣肉，你後悔嗎？

瓊波浪覺說，不後悔。

空行母笑道，那就好。你現在，已成我的人了，你的一切，將隨我處置。

說完，她帶了瓊波浪覺進城，找到一處大廟，將他賣了三十枚銀幣。

瓊波浪覺想，我供養了她那麼多金子，她都不貪，為啥卻要這三十枚銀幣呢？心雖疑惑，卻不敢再胡思亂想，他既然已將身口意供養了上師，上師要他做什麼，他都得服從。

那時，他甚至想，我既然身口意供養了，那憑藉靈鴿的傳書，算不算一種背叛？

8 魚王神

瓊：

我不知道你目前的狀況怎樣？

今天，我跟庫瑪麗參加了大車節。聽她說，大車節前夜，咒士們就圓滿了第二階段的詛咒。

大車節是祭祀魚王神的。他神通廣大，很有正義感。以前，我是不喜歡拋頭露面的。這次，我卻很虔誠地參加了大車節。我以當地人習慣的方式，祈禱魚王神保佑你，不使你遭受那惡咒的毒害。

關於魚王神，有這樣一個傳說。若干年前，一個母親生了一個孩子。由於出生時辰太凶險，家人便將他扔進河裡。後來，一條大魚救了他，讓他在自己的腹內長大。一天，女神烏瑪向大天求密法，大天說：「我的法是不會輕傳的，你要想得到密法，必須在大海中建一座房子，我就在那房子裡給你傳法。」女神造好房子，請來大天。傳法時，大魚正好路過，魚腹中的孩子就聽到了密法內容，烏瑪反而因勞累睡著了。傳法後，大天問，你懂了沒？孩子便回答懂了。不久，烏瑪睡醒了，又向大天求法。大天說我已經傳給你

了呀。女神説，我只聽了一半，就昏沉入睡了。大天用神通力觀察，看到了大魚腹中的孩子，就收他爲弟子。就這樣，孩子就在魚腹中禪修，十二年後，俱足了無量神通，專管降雨和收成，人們稱他爲魚王神。四百年前，這兒發生了百年不遇的大旱，有十二年時間不見滴雨，土地龜裂，大地乾焦，人畜渴死者不計其數。原來，是魚王神的弟子嫌當地人不敬魚王神，就捉住了專管降雨的九條神蛇。百姓祈求魚王神放了那些神蛇，才解了旱情。從那以後，尼泊爾人每年都要敬魚王神。

受供的魚王神坐在一座木頭小廟裡，一輛古代的木輪大車拉著那小廟前行。廟頂有一桿圓柱，直沖雲天，上面插滿松枝。那車是按星相家測算的路線走的，時走時停，有時一天走不了幾百步。車到哪裡，哪裡就人山人海。那天，我化了裝，扮成一個男子，一直跟著那車，爲你祈禱。我相信祈禱是有力量的，因爲我分明感受到了來自魚王神的神力。此外，我也向魚王神的女兒祈禱，她叫查庫瓦大衛，坐在另一輛車上的小廟中。

那天，我還看到了寶衫。它本來是蛇神的。某年，一個農民治好了蛇神妻子的眼病，蛇神就賜給他一件寶衣。後來，寶衫叫魔鬼偷了。在一次大車節上，一個得道高人抓住了魔鬼，奪回了寶衣。人們便將它獻給了魚王神，平日裝在匣中，用火漆封了，只是在大車節那天，才拿出來展示。

我看到的寶衫雖是個黑色的坎肩，卻泛出一種異樣的寶光。一個祭司舉了它，東甩甩，西掄掄，南抖抖，北擺擺，四方展示之後，便裝入匣中了。在見到寶光的那個瞬間，我觀想的，仍是在爲你消除那惡咒帶來的違緣和命難。

參加完大車節回來，我見到了靈鴿。

讀了靈鴿送來的回信，爲你擔憂的心反而歇下了。大車節的花絮戛然而止，我很快從大車節的氛圍進入了跟你有關的世界。

在與你的交往中，真誠、良心、承諾、誠信、愛……多少多少曾經承載人類心靈最美好體驗的文字，又一個個活回來了，醒過來了。就像王子吻醒了沉睡百年的公主，生活向我展現了她質樸、神奇、博大、魔幻、仁慈的冰山一角，只因爲我開始用心待她了。

有了你的自強和尋覓，這個世界就顯示了她的偉大。儘管它還有很多的污垢，我還是從你身上找回了對這個世界的信心。正如你在殺生節那天發的感慨，這個世界真是浮躁縱欲、道德淪喪。我也厭倦那些以殺害生命來取悦神靈的做法了。其實，置身其中，每個人都難脱干係，每個人又想推卸責

任。就像腐敗的果子，腐敗只是表象，暗地裡，每個人都悄悄縱容自己的心漸漸變質，才造成這個世界的道德淪喪。放棄我們的，正是我們自己；讓這個世界惡濁不堪的，也是我們自己。

我仍會堅持給你寫信，這是自我救贖的需要、心靈呼吸的需要。放棄這份堅持，無異於自殺。把愛情昇華爲信仰，把愛瓊波巴作爲一個信仰，這件看起來像發瘋犯混的行爲，其實是我多年來最明白、最清醒、最理性的選擇。

在我的心理時空裡，我一直與瓊波巴在一起，相依爲命，長相廝守。每個人都有各自的生活與世界。但和瓊波巴在一起，才是屬於我的世界。這份愛，是世上最頂尖的奢侈品，也是莎爾娃蒂賴以存活的必需品。

在有生之年，也許我注定要在等待中度過。我們很像兩棵樹，下地結同根，出土遙相望，若非親歷，誰能體察這「遙」字飽浸的辛酸、苦楚、委屈，但唯獨沒有怨也沒有悔。能和瓊波巴在一起，我真的什麼都不想要了，不想做了。世上的一切，任何東西都不值得我離開瓊波巴去追求。有時間，我情願這樣傻傻地愛著他，陪著他。

有一天，瓊波巴也許會累了，或者他尋覓的途中會遇到更適合他的女子。那對我意味著什麼？

殺生節那天，當我看到你在街頭僅僅是望了一個女子——當然那眼神有點叫我受不了——老天，就這麼簡單的一個細節，就像刀尖刺進心臟，足以置我於死地，卻又不一刀痛快捅死，而是錐在柔嫩的肉心上，一點點用力，一圈圈攪動，一寸寸刺深進去……這個過程遠比死難受。

懵懵懂懂中，我覺得自己一直走得很苦，走著一條不知目的地的路。

好了，我該起床了。我得抹去相思的痕跡，去笑對人生了。真是有點累。

愛你的莎爾娃蒂

⑨ 咒過的黑牛角

瓊，我從父親房裡溜出來給你接著寫信。可能接下來好些天不能寫信了。

庫瑪麗告訴我一些新情況，說是那些咒士們取了咒過的黑牛角，埋在了一個十字路口。本來，他們想將這黑牛角埋在你住過的房裡的。但那家的房

主人堅決反對，他的理由很充分，他怕那咒術的邪惡咒力，會作用到房主人一家。

於是，他們只好將咒物埋在十字路口，說是那些食血的夜叉自然會找到你，將巨大的災難降臨於你。

聽庫瑪麗說，這咒術的真正威力，是在六個月之後。這只是他們一系列詛咒的第一步。他們還將繼續行使惡咒和誅法。總之，你還是別忘了觀想那防護輪。

我也找到了一位高人，她是一位有成就的空行母，叫班蒂。聽說她精通禳解之法，但她最近不在家，去了另一個城市，正在為因埋葬親人不慎觸怒土地神的一家人禳解。聽說這一家，已死了四個年輕人。

等她回來，我就請她來禳解那黑咒。要是她願意，我也會拜她為師，學會那些法門。這樣，我就可以隨時隨地為你修法，幫你達成所有願望了。

我很想稱你為夫君的，但總是有點害羞，因為過於私密小氣了。以後，請允許我這樣稱呼你好嗎？

我說過，我們相依為命。如果你願意，那麼，你可以永遠保持原有的生活規律。這時候，我就是代替你面對世俗、應付生活的「事業金剛」。你不要有什麼顧慮與負擔，儘管使喚莎爾娃蒂這個丫頭。我要從有限的生命與變幻的無常中，盡可能地爭取更多的時間、更多的食糧，飼養你這頭「獅子」。我很願意成為你的另一雙眼睛、另一顆心，我會更深地潛入你想了解的文化，在「確保健康、你不在身邊、只愛瓊波巴」的前提下，我可能會多幫助一些需要幫助的人。

我想，你的參學要盡可能廣一些。那兒畢竟是千年古國，有著最深厚的智慧積澱。那是一塊神奇的土地，會給你一個很好的起點和契機。當你走世界走累了時，你就到我這兒來。我希望我這兒是接你歸來的第一站。

庫瑪麗新設了一個佛堂——這也是我努力的結果，叫我今天去加持一下。她也是一部歷史，一直默默地看著我走。我答應了她。我想，因為我的努力，這世上多了一個跟你有相同信仰的人，這也是愛你的一種方式。

不多說了，我隨便吃些就出去了。在郊外，很遠的。

你不要感到孤獨，莎爾娃蒂一直在你身邊。

你的莎爾娃蒂敬上

⑩ 你真的愛上她了

女神：

收到你的信後，最扎我眼的，是「不在身邊」這四個字。它扎得我的心一陣陣發涼。因為有了它，你的所有承諾，都變得沒有了意義。我不知道，「不在身邊」的我還需要你的什麼呢？跟你的相識，我曾當成是命運對我的召喚。我真的無法抵抗來自你那兒的詩意。我一直在掙扎，我不想放棄自己的夢想，我也不想捨棄你的真愛。正是在這種左右撕扯不已的時候，你那句「不在身邊」一下子激醒了我。我忽然明白：你其實是不希望我留在你身邊的。

我終於明白，命運其實是真的不希望我離開尋覓的。無論你怎樣的設計，在你的那「不在身邊」之光的照射下，都變成了幻影。

讀完你的信後的那一刻，我的心一下子變懶了。我一點兒也不想再走了。我不知道我變懶的腳步，能否跟得上你的多變的設計？我甚至懷疑自己，在生命的黃金時間段，我是否真的需要享受另一種本來不屬於我的幸福生活。我真的該靜一靜了。我雖然有顆孩子的心，但我明白，我畢竟已近中年，稍一恍惚，後半生就空過了。

雖然我珍惜跟你的相遇，但我也明明知道，那醉人的詩意，也需要我付出相思的代價。但我還是驚喜地撲向了它。因為我明白，多年之後，肉體消失之後，我即使想再去愛，也沒有了愛的載體。所以，趁著我能愛和被愛時，還是投入地接受這份愛吧。

雖然你的信中有過許多設計和許諾，但那四個字真的扎疼了我的心。因為我明白你寫它時潛意識中的某種東西。那時，你也許是不經意的。你甚至沒有覺察，但你既然寫了它，說明你心中定然有寫它的理由。我敏感的心裡，認為你定然在向我暗示著什麼，這種暗示是我非常不喜歡的。

你是否真的不知道「你不在身邊」是個不好的緣起？

已過夜半了，我卻一點也不想睡。我在想，我近來做的一切，在我的生命裡究竟有沒有意義？我是不是應該仍然像以前那樣孤獨下去？

瓊波巴

⑪ 不好的緣起

　　我對瓊波浪覺說，我雖然很喜歡你跟莎爾娃蒂的信，但我的兒子陳亦新讀了說，它們已經極大地影響到小說的閱讀了，也影響到小說的結構了，更影響到小說的品質了。陳亦新說，它們除了談情說愛，幾乎沒有看到求索的艱辛和智慧的成長。該寫的內容，你們在信中都是一筆帶過，裡面沒有人們需要的內容。

　　瓊波浪覺笑道，他哪裡知道，我信中的所有內容，都是我的求索。要知道，在我求索的過程中，最重要的，便是我的心靈歷程。這些，都展現在我的信中。要知道，在漫長的尋覓中，我最難忘的，其實不是路途的艱難，而是心靈的掙扎。這一切，都反映在我的信中。只有在那些信中，你才能感受到鮮活的兩顆心在慘烈地掙扎。

　　我說，是的。我每次讀了，心都會抽疼。

　　瓊波浪覺又說，世上所有想去求索的人，最難以割捨的，其實還是「情」。於是，有人甚至認為，莎爾娃蒂的情，正是那些咒士遣來的魔，它便是情魔。

　　我問，你也這樣認為嗎？

　　不好說。雖然它客觀上影響了我的心，但要是沒有那段經歷，我還算瓊波浪覺嗎？人們需要的，其實不是一個天生是聖者的瓊波浪覺，而是需要一個有情有義、有欲有執，卻能自強不息，終而實現超越和解脫的瓊波浪覺。你說對嗎？

　　我說，對的。也正是從你的信中，我才讀出了你的人間氣息……你真的愛上她了。

　　瓊波浪覺先是大笑，而後又長歎一聲。

　　他說，也許，那「不在身邊」四個字，真是一個不好的緣起。

　　他這一說，我的心有點發堵。

　　我於是問：後來，你是不是回到了她的身邊？

　　他說，以後你就知道了。

第*14*章　　靈魂的歷練

雪漠：上師啊，祕傳中說，你在印度神廟侍候過神婢，這成為你一生的重要歷練，能說說那段經歷嗎？

❶ 印度神廟的苦役者

雪漠，我的心子，世上欲建大功，先須有大破。

沒有打碎，哪有超越？

兒啊，我最重要的一次打碎，就是在神廟中完成的。

那時，病魔已跟定了我。雖然我看起來像個正常人，但沒人知道我經歷著巨大的痛苦。除了相思之苦外，我還承受著肉體之苦。除了疲乏和恍惚之外，時不時地，我還覺得五內俱焚。我相信，它真是那些咒士詛咒的結果。有時，我還能看到那些張牙舞爪的惡魔。你別當成幻覺，要知道，對於那時的我，它們是實實在在的。

我被空行母賣身的所在，是一個印度教神廟。當我剛知道這一切時，感到很委屈。我想，哪怕你真的賣了我，也應該將我賣入佛教寺院當苦役，而不應該將我賣入外道神廟。

那時的神廟有兩種奴婢，一種是神婢，這是一些因為債務被迫或是發心自願進入神廟以賣身的女子，一種是專門侍奉這些女子的男子。前者的所有收入都歸神廟所有，用於日常開銷。在那時的印度傳統中，那些賣身的女子並不低賤，因為她們所有的行為都被認為是神的旨意，她們接待許多男人，用賺到的錢供養神廟。

我進入神廟時的心情十分複雜。自出生以來，我就一直是命運的寵兒──無論在本波，還是在後來求法的過程中。在本波，我是法主的兒子，小時候，就被人眾星捧月地侍奉著。後來求法時，每到一處，我很快便成為讓上師青眼相加的人物，因為無論是世間的福報，還是出世間的悟性，我都超過很多人。我很快就能領悟上師所傳教法的精髓所在。所以，在我進入神廟的那一刻，我確確實實地感到了一種委屈。但同時，我也明白，這委屈，其實是我的分別心在作怪。我想，也許，空行母正是為了對治我的分別心，才這樣做的。

神廟的氛圍很莊嚴。毗濕奴、梵天、濕婆等神像顯示出一種超越世間的

巨大神力。在印度教的傳統中，他們被視為永恆的神靈。但我知道，這世上沒有永恆，一切終究會歸於空性。在許多方面，印度教跟當時的密教有著相似的宗教儀軌，比如火供護摩等等，兩者都互相汲取了各自的營養。有時，在對宗教經驗的描述上，印度教的梵我合一跟密教的證悟空性有著十分相似的表述，但究其實質，卻存在著巨大的差異。衡量二者之異的，還是那三個法印：諸法無我、諸行無常、寂靜涅槃。印度教認為的那種永恆的神靈，在我眼中，其實也是無常的。但對那些莊嚴或是可怖的神靈，我還是給予了相當的尊敬。因為在密教中，它們也被當成了護法神。

我被安排的工作是侍候那些神婢。跟我一起工作的，是一個中年男人，叫加普。這個名字是當地農民常用的，怪的是，他的神態卻很是尊貴。據說他也是被他的上師賣入神廟的，其目的，也是為了擊碎他的貢高我慢。我們的任務各有分工，我負責那些神婢的衣食住行，而加普則是專門負責拉皮條。每天，加普就守在神廟門口，尋找那些有意於神婢的男子。

那段日子，給我留下了很深的印象。然而，一些傳記隱去了對那段歲月的記錄，僅僅語焉不詳地寫到司卡史德空行母專門磨練了我的心性，對其過程，很是含糊。只有你看過的以空行文字記錄的祕傳中，才詳細記載了那段歲月。雖然其他上師也給我傳授了無上的密法，但司卡史德卻成了我的根本上師之一，與奶格瑪同樣重要，其原因，就是因為司卡史德對我進行了特殊的心性磨練。

可以說，要是沒有司卡史德對我的心性磨練，我根本不可能有後來的成就。

在印度神廟的那段歲月，跟禪宗六祖慧能的舂米生涯一樣，成為我一生裡最重要的一環。

② 神婢的儀態和聲音

每天早晨，天還沒亮透，我就起床了。我首先做的第一件事是坐禪，我忍受著被詛咒帶來的身體疼痛，披了被子，修我必修的幾種教法。因為時間的關係，我不可能將所有上師傳的那些法門諸一修習，我只能擇其主要來修。那時，我主要觀修的，還是勝樂金剛，據說它來自神聖的盧伊巴。

坐禪之後，我便開始了一天的工作，我的工作是幹雜役，包括打掃神婢的房間、擔水、劈柴、端洗臉水等諸多奴僕幹的活。跟一般奴僕不一樣的

是，我在做這些活時，會按上師教的去用功。我將所有的世俗之行都化為利眾的觀修。比如，我在擔水時，總是觀想行走在菩提大道上，我的身後是無量的六道父母；我在洗臉時，觀想自己正在給眾生消除業障；我在劈柴時，觀想正在斬斷自己的我執；我在給那些神婢端湯送水時，觀想正在供養本尊和諸多空行母。就這樣，我將自己一天的工作都用於觀修。誰也不知道，那個來自藏地的奴僕，就是在看似尋常的日常生活中，進行著祕密的觀修。

無論多麼苦的活，我都能承擔。我卻無法忍受神婢們迎來送往時的那種儀態。據說，那些神婢都受過專門訓練，懂得各種勾魂攝魄的技巧。不過，那種在正經人看來不一定首肯的技術，卻是神婢們引以為傲的資本。它被當地的信仰者稱為「女神的智慧」。當那種智慧以女性味十足的聲音傳到我耳中時，我感受到的，卻是一種折磨。

在神婢的智慧感召下，許多男人都到神廟裡來領略神婢的魅力。巴普和我的工作量很重，總是要忙到很晚才能歇息。有時候的夜深人靜時分，我也會產生退轉之心。我會想，我到印度是來求法的，不是來幹雜役的。我甚至懷疑自己是不是有必要在這兒待下去。因為我已求到了很多被成就師們稱做「殊勝」的教法，只要一門深入，解脫便如探囊取物。雖然在工作的時候，我也盡量按上師的教授觀修，但更多的時候，繁重的工作總在趕跑那種特異的覺受。我常常丟了自己的心。後來，許多人都以為我的成就並不像密勒日巴那樣經過了脫胎換骨般的歷練，而事實上，我的那種歷練是在印度的求法過程中完成的。

無論在本波，還是在其他上師處，我見識到的，總是一份清淨。那些苦修者或是班智達，帶給我的，更多的是一種清涼。但一入神廟，那種清涼便霜花般消失了。以前的很多時候，我以為自己能控制心了。進了神廟，我才發現，心還是不聽話。在聽到那些神婢的聲音時，我的心還是會搖動不已。

要知道，那時節，我還是青年男子呢。

❸ 盧伊巴的弟子

不久，我便發現，那個叫巴普的人，有著超人的控制心的能力。無論他將那些男人引進神婢的房間時，還是他從那些人的手中接過錢幣時，他都是那副模樣，跟他打坐時一樣。他總是不溫不火。許多次，神婢大發脾氣時，他也是一如既往地微笑著。有一次，他竟然給一位神婢洗腳。那時，從他臉

上看到的，仍是他禪座上的那份安詳。

在一次談話中得知，巴普的上師是盧伊巴。盧伊巴出身很高貴，跟釋迦牟尼一樣，盧伊巴也是王子。因為他有著出眾的人格魅力，幾乎所有人都喜歡他。他被父王選定為法定接班人。一天，宮中來了一位修士，父王接待了他，父王供養他許多金銀，那人只接受了幾頓飯和一匹布，別的東西都謝絕了。此事令盧伊巴大為驚訝。在他的身邊，多的是處心積慮地謀求金銀的人，沒想到那個修士竟那樣的飄逸出塵。那是盧伊巴第一次受到心靈的觸動。後來，盧伊巴智慧顯發，窺到了無常，就毅然出家了。

巴普說，那時，全國都知道盧伊巴是個賢良的人，都希望他能在將來接班當國王。這樣，一人有福，拖帶滿路，國人就會因為他的福德，過上相對幸福的生活。國王及其兄弟們更是希望他能繼位。那時的國中，因為弟兄們都很賢良，並沒有出現任何爭權奪利的場景，恰恰相反，大家都對盧伊巴非常尊崇。於是，他們追回了出家的盧伊巴，用黃金打製的鎖鏈將他鎖在宮中。但在某個月黑風高的夜裡，盧伊巴將黃金鎖鏈全部送給了看守。他換了一身窮人服裝，逃進了屍林。

那時的屍林中，有許多成就者。他們外示瘋相而內證極高。盧伊巴於是求到了殊勝的勝樂金剛法，開始了自己的苦修生涯。

巴普老是跟我談盧伊巴。我們兩人住一間屋，後來，我又在後花園裡找到了一間盛雜物的小屋，我略加收拾，用於坐禪。但更多的時候，我很願意聽巴普講那些大成就師的故事。正是從那些奇妙的故事裡，我學到了許多東西。

巴普說起話來語速很慢，慢溜溜地如喝米湯。當他慢溜溜地講那些故事時，我總能感受到一種安詳，叫我物我兩忘，能所俱空。後來，巴普對我說那就是平常心。那時，我還不知道，那種平常心，其實是很殊勝的覺受。

當神廟裡的遊人稀少時，我們就能緩一緩了。這時，巴普的話匣子就打開了。在巴普的敘述中，我看到了盧伊巴。那是個清瘦的行者，高鼻樑，深眼睛，一臉清癯。他是典型的印度苦行僧的打扮，身上只披一塊被人稱為掃糞衣的破布。巴普說，盧伊巴以修勝樂教法為主，他很精進，已達到了生圓二次第要求的許多證量，但他究竟的證悟卻是借助了一種跟教法毫不相干的苦行：食魚腸。盧伊巴的意思，便是「吃魚腸的人」。

④ 盧伊巴的作秀

巴普老是講到盧伊巴遭遇空行母的那個下午。那是個尋常的下午，我們看到盧伊巴走進了我們的視野，因為節食和苦行，盧伊巴顯得很是瘦弱，破布衫像掛在樹枝上一樣，顯出一種空蕩的蕭然。

蕭瑟的秋風吹拂著地上的黃葉，秋的味道很濃了。盧伊巴的衣衫發出沙沙的聲音。他的長髮也飄在風中。但外相的襤褸依然遮不住盧伊巴身上那種從毛孔裡滲出的高貴。據說，因為盧伊巴長得好，當地的女人都願意用最好的食物供養他。為了躲避那種供養，盧伊巴逃離了知道他底細的村鎮，但他不能吸風飲露地活著。於是，他便出來乞食了。我們看到他走向一個同樣十分襤褸的婦人，那是一個乞婆。她的身前身後堆著一大堆可以稱之為垃圾的東西。當時的印度，到處有這樣的婦人。後來的中國，也到處有這樣的婦人。從外相上，我們看不出她跟其他乞婦有什麼不同，但你只要一了解她們，便會明白，她們是最值得人們供養的聖者。因為她們證悟了空性，我們稱其為空行母。

盧伊巴並不知道那個在風中看著他漸漸走近的女人是空行母。他只是想，希望透過對他的供養來改變她的命運。佛經裡充滿了這樣的故事：因為對某個聖者的供養，乞婦死後成了天女。

盧伊巴走向那個女人。

他向女人伸出了缽。女人沒有接他的缽，她只是遞過了自己盛食物的瓦罐。盧伊巴看到了其中的食物。那是泛著酸味的一罎糊狀物，正在泛著氣泡。罐壁上，長著黑毛。我們老是在盛夏炎熱的天氣裡看到這類腐臭的食物。我們也知道，吃了這種食物，會鬧肚子。所以，我們當然能理解盧伊巴為什麼皺起了眉頭。

這時，婦人笑了。我們聽到了她的聲音：你既然喜歡美食，為什麼不待在宮中？

盧伊巴臉紅了。他很想吃那食物，但每每一望它，便一陣陣發嘔。

這時，女人取回了食物，喝了幾口。盧伊巴忽然覺出了什麼。他想：莫非，她是空行母？

她將剩下的食物倒給了小狗。覺醒的盧伊巴只來得及從小狗嘴中搶過一點湯汁。就是那一點湯汁，讓盧伊巴覺出了一種從來不曾有過的法味。有人說，那些看起來很是噁心的食物，其實來自遙遠的佛國，我們稱之為甘露。

又有人說，要是盧伊巴毫不猶豫地吃了它的話，他就用不著後來的苦修，馬上就會證得究竟成就；還有人說，正是因為他嘗了一點湯汁，他才有可能在後來成為八十四個大成就者之首。還有人說，那隻吃了甘露的小狗，後來得到大成就，被人稱為「狗大師」。

我們從盧伊巴臉上看到了他的自責。空行母的臉上也寫滿了對盧伊巴的不滿。她說，你其他脈輪上的業障都已得到清淨，只有心輪上還有一點點的污染。它是由你的分別心造成的。你必須對治你的分別心。她又說，其實，修行的所有目的，就是為了對治分別心。因為所有煩惱的根本，是分別心。沒有分別心，就沒有煩惱。

空行母說，我真不明白，你修行多年，究竟得到了啥？莫非，你修的是這副苦行僧的模樣？若是這樣，你便是在表演。

又說，你是否已經覺察到自己在作秀？你似模似樣地念誦時，你其實在作秀；你像模像樣地打坐時，其實也在作秀；你拒絕國王的誘惑時，你也離不了作秀；你在修那諸多的苦行時，你仍是有作秀之心。有人的時候，你作秀給人看；你獨處的時候，你作秀給自己看。雖然你時時感動你自己，但你並沒有降伏自己的心，因為你還有分別心。有了分別心，便有執著。而修行的真正目的，其實是為了破除自己的執著。當你破除我執時，你便是阿羅漢；當你破除法執時，你便是菩薩。哪怕你不去念誦那些你視如生命的儀軌，只要你在破除你的執著，便是最好的修行。

❺ 醍醐灌頂的戰慄

盧伊巴感受到一種醍醐灌頂般的戰慄。

空行母又說，你記住，無論你如何似模似樣地按那教法修持，無論你的念誦和觀修如何如法，無論別人如何地讚美你的功德，無論你行怎樣的苦行，只要你的心沒有因它們而有所改變，你便是在作秀。真正的修行是改變自己的心。而改變心的表現就是你心中的某種世俗的東西在日漸減少，而不是在增加。你不要去看你在生起或是增加哪些覺受，因為所有的覺受僅僅是覺受，任何有為的覺受都是無常的，它們跟世上萬物一樣，如露亦如電，更如夢幻泡影。你不要去執著那些有為的覺受，你要看你的心中是不是經常地減少一些東西，比如，減少貪婪，減少仇恨，減少愚昧，減少煩惱……你要看你的心是不是一天天歸於無為，歸於清淨，歸於安詳和寧靜。你要看你的

心是不是真的已經自主，真正成為你自己的心，不再受外物左右，不再為外現所困擾，不再成為外部世界的奴隸。當你看那些美食跟那些腐物了無差別的時候，也就是經上常說的那種「黃金與糞土同值，虛空與手掌無別」時，你的修行才有意義。因為，只有到了這時，你的心才真正屬於你自己。

巴普說，後來的盧伊巴常說，他的根本上師，其實是那位空行母。以前的那些上師雖然教了他許多教法，而使他真正得到究竟法益的，是那位空行母。

巴普說，我之所以講這個故事，是因為我讀到了你的心。當你看待那些神婢跟看待你的上師一樣，當你待在這座神廟裡跟待在你上師的住所一樣清淨時，你過去的修行，才有了意義。

我大汗淋漓。

❻ 巴普的皈依

我們於是看到了那個叫盧伊巴的行者。正是因為有了那位我們至今尚不知名姓的空行母，我們才看到了真正的盧伊巴。

那個像王子一樣高貴的行者死了，人聲喧囂的城市裡多了一個瘋子般的人。那人之所以被人們稱為瘋子，是因為他常常揀食被人拋棄的魚腸。人們看到他揀起那軟軟的東西吞食時，無不掩鼻皺眉。他們不知道，即使在吞食骯髒的魚腸時，那個形似瘋子的人也沒有失去他的聖者之心，他的空性光明使他真正做到了垢淨一如。

巴普說，盧伊巴食魚腸也經歷了多個階段：開始，一見魚腸，他便噁心嘔吐，別說吃，只那念想，就足以叫他吐出膽汁來；第二步，他開始吞食魚腸。剛開始食魚腸時，他吃多少吐多少，但他不管不顧，吐了再食；第三步，終年以魚腸為食，這時，他眼中的魚腸就等同於五穀了，他再也用不著靠別的食物來充饑；第四步，他已經沒了五穀與魚腸的界限，垢淨一如，不生分別；第五步，他做到了食而無食，做而無做，了無牽掛。這時，他才真正超越了二元對立，大手印的淨光才成為他生命裡擺脫不了的氛圍。

後來，雖然他是勝樂金剛的成就者，人們還是稱他為盧伊巴——食魚腸者。

一天，盧伊巴遇到了巴普，那時的巴普不叫巴普，叫蘇爾亞，意思是太陽神。那時的蘇爾亞還是國王，日日歌舞昇平，醉生夢死，雖然身邊有成山

的金銀和成群的美女，卻總是不快樂，因為他找不到活著的意義。那時，他總是能想到死亡，一將死亡作為參照，他的所有快樂就成了炎陽下的霜花兒。

那個跟盧伊巴相遇的正午，蘇爾亞正跟他最心愛的妃子在街上遊玩，他看到了那個清瘦的身影。微風吹拂著那人的頭髮，卻吹不走他臉上的聖潔。巴普說，那時，我忽然對他產生了無與倫比的信心，因為我發現，一暈聖潔的光，使得那個清瘦的臉龐有了說不清的魅力。瞧那模樣，即使是虛空粉碎，大地平沉，也打破不了他的安詳與寧靜。

於是，我走了上去。巴普說，我問，尊者啊，你的臉上為啥會有這樣一種聖潔的光芒？那人說，臉上的光源自心中的光。我又問，你心中的光源自何處？那人說，本自俱足，不假外求。

巴普又問，我也俱足嗎？

那人道，是的，你也俱足。只是寶珠蒙垢，烏雲蔽日，光明無由顯發。

巴普說，那時，我忽然產生了極大的信心。我說，尊者呀，你能接受我的供養嗎？

那人道，能呀，可你想供養我啥呢？

我說：山珍海味。

那人說，我眼中的魚腸，跟山珍無異，跟海味無別，我不需要你的東西。

我說：那我供養你金銀珠寶好嗎？

那人道，我眼中無處不是珠寶，觸目便是黃金，你的那點兒，我是不會稀罕的。

我說，那我供養你王國吧。我的國土廣至千里，強大至極，我可以將它一分為二，你可接受？

那人道，我也曾視王位如敝屣。你眼中的王位，在我眼中是囚人的牢籠，我又怎會稀罕？

我說，尊者呀，那你需要什麼呢？

那人道，你有不死的甘露嗎？若有，就請賜予我。

我說，沒有。這世上有生必有死，哪有不死的甘露。

那人道，明白了這一點，就是不死的甘露呀。那你為啥守著這牢籠不放呢？

巴普說，那一瞬，一股強大的電流從我頂門注入。我說，上師呀，我還

有一樣東西能供養你。

啥？

我的身口意。

巴普說，我就是這樣出家的。我拋了王位，脫下貴比黃金的王袍，換上乞士的衣服。我還扔下蘇爾亞這個等同於太陽神的名字，換了巴普這樣一個農夫常用的名字，跟著盧伊巴出了城門。第二天，他給我灌頂，傳給了我勝樂金剛的觀修法，然後將我賣給了這家神廟。我最初常幹的營生，是給那些神婢們洗腳。沒有人知道，這個為她們洗腳的巴普，曾是一個國王。

同樣，也沒人知道，你這個侍奉神婢的奴僕，曾是一個教派的法主。

我說，我明白了，感謝司卡史德。

⑦ 最想記錄的心思

靈鴿又帶來了信——

我思念的瓊：

看了你的信，心緒複雜，一言難盡。

你誤解我了。

我說的「不在身邊」，指的是你去尋覓的時候。我發現，你真的很在乎我。這讓我很高興。

半夜裡，我被噩夢驚嚇醒了，再難睡去。想寫信，燈裡沒油了。周圍黑漆漆一團，像隨時有莫名的怪物要猛撲過來咬斷我的喉管。我很怕。就這樣靜靜躺著，漸漸又迷糊，醒來已是早晨。恍惚中，我確實相信自己在二十多歲之後，就是為瓊波巴而活的。有一種想解除羈絆的強烈欲望。這些天幫父親做事時就想，也許這是我最後一次陪父親了，我就想認認真真陪他一次。我想，瓊波巴無論什麼時回來，我都會隨他而去，浪跡天涯。

午後，庫瑪麗又帶來了他們的訊息，說他們埋了那個黑牛角咒物之後，又開始了新一輪的詛咒。他們去了原始森林，找到一棵毒樹，取了毒汁，和了墓地的土，製成了一個俑像，用旃檀木汁在俑像上寫了你的名字。這也是你的生命象徵物。他們將它放在火壇上，焚燒黑色動物的油脂。那油一入火壇，便騰起滾滾煙霧，罩住俑像。咒士們邊持咒，邊拿著魔劍，刺俑像的頭。就這樣，他們邊燒，邊誦咒，邊刺劍，聽說要修七七四十九天，就會讓

你發瘋。

　　他們可真是用心了。這回，庫瑪麗打聽清楚了，你的所有資料真是班馬朗提供的，包括你的指甲和頭髮。他甚至將你的家傳譜系也告訴了咒士，據說這樣會更有效果。庫瑪麗說，正是有了班馬朗的煽動，那些人才格外賣力。當然，更香多傑的嗔恨心也是最重要的詛咒助緣。我不知道，他哪有那麼多的邪惡。

　　我發現，他真的變了。以前，他想極力促成我們的事。現在，他的目的變成了復仇。他的變化，是不是跟我說的一句話有關？記得有一天，我說，我要是死了，我的所有財富都捐給瓊波浪覺，叫他去弘法。記得，更香多傑冷笑了兩聲。當然，要是我父親不在了，要是我不在了，按當地的習俗，一切都會是他的。你想，我會讓那些財富成為他造惡的助緣嗎？

　　我已想好了辦法。

　　只是，等不到你，我死也不甘心的。

　　我發現，我正在迅速地老去。

　　剛才想你想得出神了，端洗腳水時一失手臉盆打翻在地，水潑了一身一地。起先一霎那，有所嗔惱，但轉而想起，瓊波巴說要把自己的內心打碎，與世界萬物融為一體。忽然想到，宗教是解釋世界的工具，或者是與世界溝通的語言。你有什麼樣的心，就有什麼樣的解釋。你認為世界是地獄，那就是地獄；你眼裡的世界是天堂，那就是天堂。就像我遇見瓊波巴，就覺得眼中的世界變了，哪怕這個世界多麼不好，但她給了我一個瓊波巴，我怎能還說它不夠仁愛呢？

　　最後，我有個建議，當你圓滿了神廟的修行之後，你應該去朝拜王舍城。

　　　　　　　　　　　　　　　　　　　　　　　　　　　　　莎爾娃蒂

⑧　我真的中了那魔咒

　　我的女神，我發現我真的中了那魔咒，發瘋了。

　　上回那信，一叫靈鴿帶走，我就後悔了。我知道它可能傷害你。但我還是叫它帶走那封信。我想保留我的靈魂軌跡。將來有緣時，可以叫世界看到一個真實的瓊波巴。他不是天生的聖者，他也有私欲和習氣。他真的敏感得要命，但也正是這敏感，成就了他。要不是那敏感，他會跟千萬個雪域漢子

無
死
的
金
剛
心
——
雪
域
玄
奘
瓊
波
浪
覺
證
物
之
路

一樣，在生活的重壓下，早失去了那份嚮往。

相較於瑜伽士，我其實更像一個行吟詩人。我喜歡的詩人是，能叫百姓頌揚，而不懼君王流放，憫人悲天，大氣赫赫，我畢生所效，不過如此。

我只希望在遭遇了被命運的流放之後，能在我心愛的女人懷中痛哭，或是放歌。寫到這裡，我才忽然明白我為什麼選中了你。在你的眼眸中，我真的找到了那種男人的感覺，而不是瑜伽士或是聖者。

你千萬別叫我有聖者的面孔，我不願意。只要跟我一起時，你能開心，快樂，一天比一天大氣和明白，就成了。你只管在跟我的接觸中覺醒於當下，快樂無憂，大愛充盈，你便是世上最大的受益者。這世上，沒有比愛更偉大的教義，沒有比善良更重要的思想，沒有比真誠更值得讚美的品格。有了它們，你就是最成功的人類。你還去求什麼板著面孔的大師呢？

在你的心靈港灣裡，我像遠航後的大船那樣，毫無束縛地享受我作為人類的快樂。我從來沒享受過這樣的快樂和自由，這才使你成為我最心愛的人間女人——而不是出世間的空行母。

將來，在我走了太長的路，經了太多的風雨，承載了太重的使命之後，我只想在我心愛的女人懷裡放下一切，像嬰兒在母親懷中飽乳後那樣香甜地入夢。

我只想叫我的女人快樂，只想在像殺生節那天滿頭大汗地去為她買水，哪怕因此丟了金子也在所不辭；只想在她的一生裡用醉人的詩意裹挾了她，叫她幸福地變成傻瓜；只想用堅實的臂膀摟了她，叫她安全地香甜地熟睡；只想叫她明白，無論她身在什麼地方，都會有一雙眼睛正深情地望著她，為她憂，為她樂，為她歌，為她哭。

你是不需要大師的。大師屬於世界，不屬於你。我只想在面對社會時當完我該當的「大師」後，再靜靜地面對我的女人，當一個叫她憐惜、心疼，牽掛不已的男人。

⑨ 司卡史德的洗腳水

雪漠，你不要那樣望著我，那便是最真實的我。你不要管陳亦新的那些話，他還是個孩子。他喜歡故事，他希望你這本書像暢銷書一樣，能吸引時下已經浮躁的那些眼球，或是寫出一種神奇，或是寫出世人眼中的藝術精品，但你更願意質樸地寫出我的心靈歷程。

我知道，在你眼中，這才是你寫作的意義。

等他再過幾十年後，也許會更喜歡你現在的寫法。

是的。我雖然經歷了無數的神奇，但最神奇的卻是，我從一個有欲望、為情欲所困的人，終於成長為聖者這一事實本身。

在我經歷的所有尋覓中，最讓我難以忍受的，是對莎爾娃蒂的思念。在我一生中，那是最叫我難以戰勝的東西，但我終於戰勝了它。

現在想來，真的有些後怕。你想，要是那時節，我只消生起退轉心，那麼，我便會老死在尼泊爾，成為一堆平庸的骨頭，不會有後來證得的永恆。雖然，佛教認為諸行無常，但這只是對於世間法而言。對於真正證得了涅槃的人來說，他是實現了永恆的。因為，相對於世間的無常、苦、無我、不淨，涅槃有常、樂、我、淨四德。

只有那些有著斷滅邪見的人，才會認為涅槃是斷滅的虛無。涅槃其實超越了有無。只有證得涅槃者，才明白什麼是涅槃。

那些日子，我真的中了詛咒，大病了一個多月，總是死去活來的。陳亦新希望你將這種死去活來盡情地渲染，但死去活來，就是死去活來。無論「死去」，還是「活來」，都不重要。在我眼中，它們其實是無分別的。那時，我其實已經放下了生死。對於那時的我，放下生死，甚至比放下莎爾娃蒂要容易得多。

告訴你，在那段歲月裡，我最放不下的，就是莎爾娃蒂。那情欲，真是世上最可怕的東西。

所以，你還可以在後面的信中，讀到許多相關的內容。你不要隨便地刪了它們。

你會發現，即使在那些空行母為我開示了心性之後，我仍然會時時為情欲所困。你不要吃驚，因為即使在明白了心性之後，那情欲仍是我最難以對治的東西。情欲的可怕除了生理的原因外，還因為它貼著愛情的標籤，而愛情，是人類情感中最接近信仰的東西。它時時會產生一種崇高感，並以這種崇高感沖淡真正的信仰。

不過，那時節，除了情魔之外，我真的遭遇了那些詛咒帶來的外魔。你可以將那些外魔當成你認為的一種負面的暗能量。你雖然看不到摸不著，但它確實有一種功能性的存在。

巴普說，有一種巨大的邪惡力量包圍了我。連我侍候的那些妓女，也說我很不吉祥。有時，我明明端給她們的是清水，但她們卻說是污臭的膿血。

只要是我沾過的東西，在她們眼中，總是噁心之極。

巴普說，今生，那些邪靈會像附骨之蛆一樣跟定我。後來果然，除了我時不時會遭遇命難之外，我還一直處於糾紛之中。在我的有生之年，其他教派以及我的弟子中，總有一些「逆行菩薩」壞我的事。這都源於邪靈對我的惦記。

當然，現在看來，我後來的事業，其實也得益於那些邪靈。它們像牛虻一樣，每當我這頭老牛想懈怠的時候，就時不時刺我一下，讓我生起警覺和精進。

後來，巴普為我做了息法火供，我的身體才漸漸好些了。

這天，司卡史德來找我。她仍是一臉冰霜，從她的臉上，看不出一點兒溫暖。我懷疑她知道了我跟莎爾娃蒂的書信往來。有心懺悔，又怕惹她不高興。按密乘的說法，要盡量讓上師歡喜，不說令上師不高興的話，不做叫上師不高興的事。她既然不問，我也不願掃她的興。

我跪在地上，頂禮了空行母的腳。

司卡史德冷冷地說，去，弄點熱水，給我洗洗腳。

我很高興地燒好了熱水，跪在地上，給司卡史德洗起腳來。洗完之後，我用自己的頭髮擦乾了她腳上的水。然後問，上師呀，你還要我做啥？

司卡史德指指那盆髒水，說，喝了它。

要不是巴普講了盧伊巴的故事，我不會喝那水的。但現在，我已不是過去的我。我毫不猶豫地端起臉盆，喝起水來。但因為水太多，還剩下了些，我連忙取來缽，倒水入缽，說，這些，我等會兒再喝。

司卡史德露出了一絲笑意，說，以此因緣，你能住世一百五十年。同樣，也以此因緣，我傳給你一種無身空行母法，或能解除你眼下的壽難……來，端來那缽。

我端來那缽，缽中的水晃動著。司卡史德拔下釵來，一下下劃那水。水被劃開了一道道波痕，但釵一取出，水面便歸於平靜了。

司卡史德說，瞧，這水是你的心，這釵代表一把劍。世上的所有外現，對你來說，都是刺來的一把劍。它們總能刺入你的心。也就是說，你的心總能覺察到那劍的劃動，要是你覺不出劃動的劍，你便陷入了無記和頑空。但那劍，雖然也一下下劃動，雖也能攪起波痕，但只要它一停息，水面便歸於平靜了。明白嗎？

我沉吟道，你的意思是，應無所住而生其心？

　　司卡史德露出了笑意，說，對。記住，修行的祕訣，如同劍刺入水面。當你面對那些神婢和客人時，你的心雖然要觀照到他們，但你不必執著他們。你的心如那靜水，應而無應，照而無照，覺而無覺，所有的外現和行為，雖也在你的心中留下一線痕跡，但劍一掠過，水面便歸於平靜了，刺而無刺，划而無划，不生執著，不去掛牽。這樣，世上的一切，就傷害不到你了。

⑩　元成的生命本體

　　司卡史德說，要知道，邪靈也是妄心的產物，當你的真心能磁化妄心時，邪靈也會變成護法的。真正的降魔，需要大手印智慧。

　　大手印是本來元成，本自俱足，是天生就有的，不是後天的有為修煉成的。所以，明白了這一點，就明白真正的修行是不假功用、自然任運的。如同空氣遍滿我們生存的空間一樣，真理也是遍滿法界的。真理無處不在，按一位漢地大師的話說，道在屎尿。就是說，即使在最低賤最骯髒的地方，也有真理的存在，因為它是本來俱足的。

　　真理是一種根本規律，非人力造作而成。比如那心物也不離真理，雖有心物之分。那心是體，物為用，體用本是一體的。它們雖有種種顯分，但都歸於空性。

　　空性即覺性，那六道輪迴和寂靜涅槃也是那覺性的妙用而已。情器世界、芸芸眾生、垢淨高下、是非善惡、因果報應，以及諸多的自然現象、心理徵兆，等等，無不是覺性的妙用。它們雖然看起來紛繁複雜，但其體性，卻沒有離開空性，所以，現不異空，空不異現。現為水月鏡花，體為空湛清淨。這二者，非由天造，非由地成，非由人修，而是本自元成。覺性現而生妙用，雖現而體性空寂；體性雖空而要現於外物，由體方能起用。它如同摩尼之寶，尋覓其究竟雖了不可得，但其妙用卻能顯現一切。諸法不離空性，空性能現諸法，本體覺性和所現諸法無一異之分別，二者不離不分，無二無異。由此元成覺性，而生三身。覺性空湛的清淨分為法身，其明分為報身，其種種顯現為化身，三身一體，亦是元成。

　　那覺性體性本淨，了不可得，雖現迷情，也是由本體的事用生起。覺性本無無明，由起分別心，無明遂生，現諸境界。

　　世上紛繁的諸事諸物，皆是那元成覺性的不同顯現，它有染有淨，自明

自現，這也是世上諸多現象的緣起。心光為諸多外現之根，這便如《華嚴經》所說：「若人欲了知，三世一切佛。應觀法界性，一切唯心造。」心有染淨，外現便有了染淨。那悲心，那智慧，那光明，那粗重肉身，那分別心，那無分別智，那染污的諸多意識，那清淨的各種功德，都由那本元心生成。

那迷執和覺悟也源自本元心。但諸多妙用，諸多現象，終究會回歸本體的，如泡沫歸於大海，如雲彩散於天空，如虹霓消於蒼穹，如煙霧化於無跡。那麗日下自現的七光，終究會融歸於三稜的晶體中。所現三有輪涅，亦將融歸於本體本淨之地，於元成界中平等解脫。

離心無法，離心無修，離心無成，離心無敗。佛之三身五智，眾生的三業煩惱，皆源於本元之心，心外別無他法。心外求法者，便是外道。

所以，我們在修行時，必須了知那明空的覺性，它本自俱足，不假外求，它像水晶球那樣燦然，本具地水火風空五種光明，可現諸境。雖然在眾生因位有無明業力，很難超越根識，但那知照的光明是覺性本有的功能。明知而不生分別，不用概念推求，根識覺念本空，攝用歸體，就會自然安住於明體之中了。

那六根六識雖現出諸境，但不離明空覺性。而那覺性之體如虛空本淨，故應放下一切，無修無治；放鬆六識，無修無作；任運自在，安住於覺性之中，即是住於自性大三摩地。

在日常行為上，我們要認識明白那世上的諸多現象，皆在覺性中本來就有，它跟夢境一樣，是自性中本有的。那情世界，那器世界，那三有輪涅，無不是覺性幻化的遊戲而已。它就像萬花筒變現的諸種圖案，像水晶體折射的諸多光明，一切皆來自本體，勤而不多，懶而不少，任運而成，不假造作。

那元成的本體空性，是無有變異的。覺性之體明空本淨，覺性之用顯現一切。色界、欲界、無色界，那生死，那輪迴，那涅槃，皆是那本體的遊戲化現，跟魔術師變化的魔術一樣虛幻不實，覓其本質，了不可得，現空不二，明白此真理者，即是明白金剛持的境界，它絕思絕慮，離言離說，無有得失，無有轉變，無有上下，無有好惡，無有內外，無有任何分別心折射的外現。一切所現，皆超越思議和言說。它遠離斷常有無四邊，就連這元成之說，也是假名安立，而非實有。

明白了以上的道理，你就應該清醒於當下，保任於元成的覺性之中，保

任於本位的大本淨中，保任於離言絕思之中，保任於那元成的究竟之中，終而得到解脫。

司卡史德又說，你就這樣觀修吧，等你覺得這神廟跟佛國無二時，我會來找你的。

說完，她便走了。

⑪ 眞正的本尊

我在神廟裡待了近一年時間。這經歷，知道的僅寥寥幾人。在那個叫巴普的侍者身上，我學到了什麼叫忍辱，什麼是真正的無分別心，什麼是真正的身口意供養，什麼是真正的密行。沒人知道巴普的本來身分是什麼。巴普甚至自己也早忘了他曾是國王，他能在女主人的呔五喝六聲中謙恭地微笑，能非常自然地向那些嫖客介紹神婢們各自的特點。許多時候，他甚至還給一些神婢端尿盆、洗腳，甚至洗那些墊布之類。做這些事時，巴普跟他深夜時分禪修一樣虔誠和投入。他的眼中，已經沒了啥高貴或是低賤，沒了出定或是入定，對一切，他都是那樣專注。他用實際行動告訴我，什麼是真正的修行。

從嚴格意義上說，巴普已成為我的修行本尊。真正的本尊，其實就是人格修煉的參照和標杆，你觀其貌，思其德，察其心，效其行，久而久之，你的人格就不知不覺地昇華了。當你修到跟本尊無二無別時，你就成了本尊。

我就將巴普當成了我的本尊。在日常生活中，巴普是我的榜樣。當我無執無捨地將諸相融入空性時，我便沒有了執著。漸漸地，我發現許多痛苦和煩惱其實真是分別心在作怪。因為有了分別心，才有了貪婪，有了仇恨，有了愚癡，有了熱惱。不過，我雖然在理上明白了這一點，但在事上，我還不能自如地控制自己的心。每當聽到那些神婢們的嬌聲浪語時，我的心還是會失去寧靜。

在我漫長的一生中，在神廟的經歷不過是短短的一年，但那一年，卻是令我收穫最大的一年，因為巴普用實際行動告訴了我如何修行。神婢們的生意多在晚上，我和巴普都睡得很晚。而次日，當神婢們還在夢鄉時，那些朝拜神廟的人就來了，他們有的上早課，有的做供養。所以，我很難像以前那樣有大塊的時間來坐禪，我就只能在幹雜役的同時觀修，這樣，我便養成了很好的在動中修的習慣。我將這一習慣保持了一生。有人老是讚歎我的成就

很大，獨步千古，卻不知我得益於這動中之修，因為無論我如何行住坐臥，其實都沒有離開觀照我認證的空性。我的生命中，從三十多歲遇到司卡史德起，我至少有一百多年的專修時間。而一般人，即使他遇到了明師，證悟了空性，除了睡覺、吃飯、勞作等，真正用於專修的時間，也不過二三十年。

巴普的離去是我到神廟半年之後的事。關於他離去的故事，流傳很廣。其過程大致這樣：某夜，前來神廟就宿的某個大臣起夜時，發現後院紅光沖天，他驚異地前去觀看，卻發現了他以前的國王，還發現有十二個美貌的空行母圍繞著他。他將此事告訴了管神婢的女主人，女主人這才知道她一向使用的那個雜役便是以前的國王。更令她詫異的是，這個國王竟然證得了大手印成就。

次日，巴普便不辭而別了。誰也不知道他去了哪兒。後來，我舉辦過一次規模空前的會供，巴普跟盧伊巴前來應供。我跟他只是相視而笑，那情形，很像靈山會上釋尊跟迦葉的相視而笑。

又是半年之後，司卡史德將我帶出神廟，她只賣了我一年。那時，我已將神廟「勝解作意」為本尊壇城，分別心比以前淡了許多，但跟巴普相比，還是有很大的距離。因為巴普已經不再需要作意。在巴普眼中，本尊壇城和青樓妓院是真正無二無別的。

⑫ 真正的資糧

司卡史德帶我離開神廟之後，給我傳了法。

關於司卡史德傳法的內容，也有多種說法。有人說她一次性灌了生圓二次第，並以身相授，以空樂智慧，助弟子成道。在你的《大手印實修心髓》中，引用的就是這一說。

其實，在這一次的檀香林中，司卡史德只授以喜金剛生圓二次第的灌頂，當手印母是後來的事。因為要是在第一次赴印度時，司卡史德就以身相助，那麼我肯定會悟道，此後的尋覓過程，也許就不會有那麼多的艱辛。但因為我特殊的因緣，我還得歷練下去。

根據流行了近千年的說法，司卡史德給我做了十多年的手印母，而在我尋找奶格瑪上師時，以及在見到奶格瑪之後求法時，似乎並無司卡史德相伴。原因便是司卡史德給我首次傳法時，只授以喜金剛灌頂。她給我當手印母並教授司卡六法，是見到奶格瑪以後的事。

　　司卡史德對我說，我當然也可以為你開示心性，但從緣起上看，那是由另一個上師來完成的。她叫奶格瑪。等你見到那位偉大的上師之後，我會以空樂智慧加持你，助你成道。

　　一聽奶格瑪的名字，我便湧出熱淚，我哭而拜問：她在哪裡？

　　司卡史德說，我雖然知其所在，但你們現在尚無相見的因緣。你先積聚資糧吧。

　　我問：上師呀，你說的資糧，指的是什麼？

　　司卡史德回答：信心！

　　我不解地問：難道我現在的信心還不夠嗎？

　　司卡史德說，你現在的信心，只堪領受一般的密法，欲領受奶格五金法那樣的教法，尚嫌不夠。領受獅子乳的，必須是上等的容器。你雖是俱足大因緣者，但尚需打磨你的心性。現在，你可以前往王舍城，去找一位具德上師，他叫麥哲巴，你向他求十三尊瑪哈嘎拉，成就此法後，你會有無量的財勢，助益你的事業。

　　司卡史德將以前我供養她的黃金退還給了我，說她已經用不著這些東西，我還是拿著它們，去供養看重它們的那些上師。然後，她自嘲地笑道，要是那些人真的還在乎黃金，還堪做你的上師嗎？不過，有時候，這黃金，也能表示你的一份虔誠，所以，你還是帶著它吧。記住，你要一直祈禱我，因為我跟你的緣分極深。再說，你已將身口意供養了我，你的生命就是我的。對你的這次神廟之旅，我比較滿意。雖然它沒能讓你究竟證悟，但對於你自己來說，它是你今生裡用之不竭的財富。以後，等我沒錢花時，我還會賣你的。

　　我灑淚告別司卡史德，前往王舍城。

第15章　品味王舍城

① 王舍城的因緣

　　王舍城距菩提迦耶九十公里，山丘環抱，風物宜人。瓊波浪覺知道，在佛教史上，王舍城的地位極其尊崇。佛陀初出宮城後的修道之所就在王舍城，那時，他跟隨兩位老師學習禪定，一位叫阿羅邏‧迦羅摩，一位叫伏陀羅摩子，兩人均是名重一時的禪定大師。釋迦牟尼初修道時，就在二人處修禪定多年，雖入深定，喜悅輕安，但心中的熱惱猶存，疑惑也無法遣除，就心生去念。巴利文《中部經》第二十六經中形象地記載了佛陀的思路：「比丘們呀，我忽然心生一念如下：『這教法只能達到非想非非想處，卻不能導致厭離、無欲、止息、寂靜、智力、無上慧，以及涅槃。』於是，比丘們呀！我就不再崇信那教法，不願奉信此法，於是我離開那裡，繼續我的旅程。」

　　佛陀在王舍城時，發生了一件影響佛教進程的事件。一天，他在城中乞食時，遇到了當時摩揭陀國的國王頻婆娑羅王，國王看到年輕的悉達多威儀莊嚴，便生起無上的信心，他希望悉達多放棄修行，跟他一起治理國家，他願意將一半國土贈予他。悉達多拒絕了。國王便希望他證道之後，到王舍城來弘化。幾年之後，佛陀便帶著他的一千多弟子來到王舍城，頻婆娑羅王成為教團最大的施主，當時僧團的四時供養，均由他提供。在他的護持下，佛教成為新興宗教中最有力量的一支。

　　一路行來，多是平原，唯有王舍城丘陵環抱，瓊波浪覺的心情為之一變。他發現這王舍城，真是上好的弘法之地。單從風水學的角度來看，王舍城就有著非比尋常的地貌。城外是靈鷲山，佛陀在此演說了《妙法蓮華經》和《楞嚴經》等有名的大乘經典。山上多修道用的山洞，大迦葉、舍利弗、目犍連等聖者，都曾在山洞裡修習過禪定。

　　據說，佛陀住世時，王舍城裡薈萃著當時印度有名的幾乎所有教派，如婆羅門教、耆那教等，他們在王舍城也有相當大的地盤。

　　根據經典記載，佛陀在鹿野苑初轉法輪之後，又收攝了迦葉三兄弟，三人共有弟子千人。後來，佛陀便帶著這千餘名弟子來到王舍城，受到頻婆娑羅王的熱烈歡迎和護持。佛門僧侶便開始了在王舍城的弘化。一天，一個叫

舍利弗的人發現了一個叫阿說示的尊者。尊者威儀出眾，六根調柔，動靜一如。舍利弗心生歡喜，問其師承。尊者告其所依，並誦一偈：「諸法因緣生，諸法因緣滅。我師大沙門，常作如是說。」舍利弗聽聞，得法眼淨，遠離塵垢，心生歡喜，遂同好友目犍連皈依佛陀，成為佛陀的左膀右臂。

以此因緣，麥哲巴也將瓊波浪覺的到來當成了殊勝的因緣，他授記，瓊波浪覺將會成為他的弟子中舍利弗似的人物，一定會將他的教法弘揚開來。瓊波浪覺向麥哲巴供養了兩個黃金曼扎，一個重十三兩，一個重七兩。麥哲巴很是歡喜，問他欲求何法，瓊波浪覺說，對本尊法，我求了很多，但護法類不多。這回我求一個護法，但這護法，不是世間護法，他要能讓我得到世出世間的究竟利益：我活著時，能得其加庇，擁有無量財勢，助我事業；我往生時，他能與我並肩相偕，一同前往佛國。

麥哲巴說，那我就傳你十三尊瑪哈嘎拉吧。

傳法後，麥哲巴與他閉關十三天，瓊波浪覺便得到相應，見到本尊。此後，瑪哈嘎拉便與他形影不離，助其成就了無量的功德事業。後來，筆者從我的上師那兒，也得到了該法的傳承。

❷ 竹林精舍與殺人魔王

出關之後，麥哲巴派弟子陪瓊波浪覺在王舍城遊歷數日。瓊波浪覺發現，這城很奇怪，有兩個城。問其故，有人介紹道，本來只有一城，因城中出產祭祀時墊坐用的香茅，亦名上茅宮城。因四周多丘陵，城居盆地，茅又易燃，故城中常常失火，往往是一家失火，便殃及鄰里。頻婆娑羅王發令：日後誰家要是失火，便要舉家遷往城郊的屍林之中。沒想到，此令發出不久，宮中竟首先失火了。頻婆娑羅王便遷出宮城，在城郊的寒林中另建一城居住。這便是二城的由來。

瓊波浪覺還參觀了佛教史上有名的竹林精舍，在這裡，佛陀演講了許多真理。竹林精舍是由一個叫迦蘭陀的富豪供建的，亦稱迦蘭陀精舍。竹林精舍建於叢林之中，十分幽靜，宜修習禪定。印度有幾個月的雨季，雨季來臨時，居於野外的修道者生活十分不便，一是道中泥濘，乞食不便；二是路上多蟲子，易為踩殺。所以，有了竹林精舍後，僧團就有了結夏時的棲身之所。

在佛教史上，竹林精舍大大有名，不僅僅是因為佛陀在此居住過十多個

雨季，還因為它在當時引起過軒然大波。印度傳統，修道者必須苦行，苦行者必居野外，不可住在房舍之內。行者多住在大樹下，為了不使行者對大樹心生牽掛，有的教派甚至規定不可在同一棵樹下留宿三日。所以，佛陀一接受竹林精舍，就引起一些苦行外道的攻擊，一時唾星如雨，似黑雲壓城。更不可思議的是，竹林精舍招來的，不僅僅是外道的攻擊，更招致了僧團的分裂。佛教歷史上第一次僧團的分裂與竹林精舍有一定關係。事情的起因是提婆達多想爭奪佛教的領導權，遭到佛陀的喝斥。佛陀的喝斥很有藝術性，記錄在《大正藏雜阿含經》中，內容是：「芭蕉生果死，竹蘆實亦然。駏驉坐妊死，士以貪自喪。常行非義行，多知不免愚。善法日損滅，莖枯根亦傷。」佛陀的意思是自滿和貪婪的人，多沒有好下場。

受到佛的喝斥後，提婆達多開始分裂僧團，他和他的追隨者，堅絕不住竹林精舍，而行五苦行：盡形壽著糞衣，盡形壽常乞食，盡形壽奉行日中一食，盡形壽在野外居住，盡形壽不食魚肉血味鹽酥乳等。追隨提婆達多的人很多，據說有六群比丘。在佛教傳說中，提婆達多遭到惡報，生陷地獄，但在實際生活中，他的信徒竟然存在了千年，在玄奘大師西行求法時，他還見到過提婆達多的信仰者，可見其生命力之頑強。

提婆達多勢力的強大源於阿闍世王的得勢。阿闍世王本是頻婆娑羅王的太子。在阿闍世王出世前，頻婆娑羅王就算過一命，說他必死於親生兒子之手。後來，阿闍世太子果然跟提婆達多勾結，將頻婆娑羅王囚禁在石室之中。餓死其父後，阿闍世王便支持提婆達多，僧團出現了第一次大分裂。

瓊波浪覺在朝拜靈鷲山時見到了囚禁頻婆娑羅王的那個石室，石室不大，石牆上嵌有鐵環，用以拴銬頻婆娑羅王。石室外面，是個棒球場大小的廣場，廣場邊上有石牆地基，牆很厚，約四五尺，眼見當年是堅固異常。那個曾強大無比的頻婆娑羅王就被囚禁在小石室中，他的兒子執意要餓死他，幸好他的妻子總在沐浴後在身上塗以乳酥，才使他多苟延殘喘了幾日。

在無盡的滄桑中，我看到了石室中的頻婆娑羅王，他骨瘦如柴，面黃如蠟，幾根鬍鬚上淋漓著淚水。他想不到他深愛的兒子卻成了他命運裡最大的違緣，想不到他廣行供養卻仍是躲不過那個可怕的預言。但他仍然很欣慰，因為他可以透過石室的視窗，看到每日午前從靈鷲山上下來乞食的佛陀。遠遠望去，佛陀那原本偉岸的身軀顯得很小。只有在看到那身影的時候，頻婆娑羅王的心裡才會湧過一抹清涼。在囚禁於石室的最後歲月裡，是佛陀的智慧教言給了頻婆娑羅王靈魂的寧靜。他明白，無論眼前的處境多麼險惡，終

究會成為過去。他甚至不恨自己的兒子。他只希望，兒子會在某一個時刻醒悟過來，像他過去那樣，支持佛陀。

據說，比頻婆娑羅王更痛苦的是他的王后，她夾在老公和兒子中間，生不如死。後來，為了解除她的痛苦，佛陀向她宣說了《觀無量壽經》和《涅槃經》。

「阿闍世」的意思是「未生怨，無敵者」。他一生下來，就似乎跟父親作對，父親信仰佛教的時候，他信仰耆那教。後來，為了政治上的考慮，他又跟提婆達多合作了。在餓死他的父親之後，阿闍世王支持提婆達多，為他提供了大量的供養。一些僧侶為了利養，就背叛佛陀，倒向提婆達多。

也許，那個時候，是佛教創立後面臨的第一次大危機。那時，佛陀安頓弟子，說是非以不辯為解脫，好好修行。

在靈鷲山上的山洞裡，禪定的佛陀凝若山嶽。據說某一天，提婆達多發現了佛陀的禪定所在，他推下了一塊巨石，擦破了佛陀的腳。這一行為，跟他打死蓮花色比丘尼的惡行一樣，成了他墮入無間地獄的一個惡因。

連佛陀那樣偉大的人，竟然也會遭遇如此大的逆緣，可見人心之險惡。但同時，也正是有了提婆達多這樣的惡徒，反倒襯托出了佛陀人格的偉大。後來，阿闍世王終於醒悟了，他懺悔了殺父的罪業，皈依了佛陀。

瓊波浪覺朝拜完畢，走下靈鷲山的時候，靈鴿又追上了他。

③ 來自遠古的詛咒

親愛的瓊波巴，請允許我保留這個深愛你、敬仰你的儀式——當你不在我身邊的時候，我要寫信給你。

那天晚上，庫瑪麗帶我去了那個咒壇。咒壇在山窪裡，很是詭祕。那兒陰風颼颼，怪石嶙峋，很是可怕。我說的可怕，不僅僅是指那所在，更是指那氛圍。

在煙火繚繞中，咒士們把象徵你命根的那個俑像放在火上焚燒。他們往火中扔著動物油脂，火裡發出嗞嗞聲，還騰起一股股濃煙。庫瑪麗說，那油脂，是從黑狗身上取出的，據說能增加詛咒的力量。

用黑狗油脂燒一陣後，咒士們又往火中投黑色植物。他們邊用毒針刺那俑像，邊誦一種邪惡的咒語。

庫瑪麗說，待得詛咒圓滿，咒士們就要在一個無月的夜裡，把俑像送到

瑪姆女魔居住的地方。這象徵著，從此，你的靈魂將屬於那個女魔，人世間的你就會發瘋。

我很著急。

那個叫班蒂的空行母還沒有回來。我找了幾個瑜伽士，他們一聽對方的那種詛咒，都不敢禳解，因為要是他們的功力勝不過對方，那詛咒的咒力，就會全部落到他們的身上。他們很害怕，說對方的這種詛咒，是來自遠古的一種詛咒。

為了解除這惡咒，我去了巴舒巴蒂廟。這廟依水而建，步步高升，很是壯觀。它專供濕婆神。濕婆神的頭上長著三隻眼睛，他手持鋼戟，頸纏毒蛇。他集創造、護持、毀滅於一身，神通廣大，無所不能。我代表你在聖河裡進行了聖浴，代替你消去了宿世的所有業障。我想，無論對方有著怎樣邪惡的咒力，要是你自身沒有業障，他們也奈何不了你。你說是嗎？

在巴舒巴蒂廟，最令我難忘的，是西岸的焚屍台。許多人抬著屍體，也在那兒進行最後一次聖浴，然後再進行火化。我跟那些死人一同沐浴著聖河之水，我浮想聯翩，感慨不已。我不知道，在等到你之前，我是不是也會變成那些沐浴的死人中的一個？

除了為你擔心之外，我還有一點沮喪：我一直追求的智慧與自由，在你面前竟如此不堪一擊。如果我還有那麼一點聰慧、靈秀，早已零碎成自以為是的、愚鈍可笑的細節，我的自由已被你「有情」地剝奪，因為在你面前，我已沒有選擇。這到底是為什麼？我不明白。

我對你的感情，寫書信時，更多的是尊敬，是寫給一個虛幻的妻子，可以靜靜地平淡地愛著；但當我一想到你的形象時，就難以自控地心跳耳熱，那一瞬間，燃燒的力量撲面而來，我無法自救，幾乎窒息。

——從現在起，我再也不需要思想，不需要獨立，什麼事情只要你來決定，哪怕淪為乞丐也不用擔心。因為我是你的女人。

——從明天起，我要做功課：看各種各樣的、以前我不屑看的書，看如何保養皮膚，如何燉湯，如何打扮，等等。還要跟那些舞蹈高手學習如何舉止更優雅。這對我來說，簡直就是脫胎換骨，重新做人——是做女人。但這些，若是被女友們知道，她們定會笑翻在地！——這還是莎爾娃蒂女神嗎？

我也搞不清楚到底發生了什麼事。在遇到瓊波巴之後，我的世界正在推倒重建，重建一個僅屬於瓊波巴和莎爾娃蒂的兩人世界。

現在，睡覺成了我的大事。我要盡量多休養，可不能讓你在歸來後看到

一個黃臉婆，但願那時，莎爾娃蒂還是一個蜜月期的小新娘，羞澀而嬌美。

在過去的一年裡，心中流溢著濃得化不開的相思。天上一日，人間千年。恍恍惚惚中，返回紅塵中的你我，就是那遭天神嫉恨貶下凡間的神仙眷侶，已化爲一對平民夫婦，相視而笑中，都是那暖心窩的世俗溫情。瓊波巴，答應我，答應這麼多眞心愛你、疼你的親人，再不做苦行僧了，再不用佛門立雪、青燈獨修了，再不要那麼長時間地去尋覓了，在家多好啊。你回來吧，會有美妻身邊侍候，會有聰慧的兒女繞膝嬉戲，此生又有何求？！你想修行就修行，不想修了就陪陪家人，當不當大成就師、弘不弘法有什麼要緊？素食布衣最宜明目養心，只要全家和美、四季安樂，這比什麼都好！佛祖見了也會祝福我們，也會說：瓊波巴，回家吧！

莎爾娃蒂說話甜吧？趁你在高興勁上，趕緊認錯，你一定不要生氣，一定要原諒我。那天太想你了，情不自禁，在濕婆神像背後一個不惹眼的地方，刻了幾個字：「莎爾娃蒂愛瓊波巴」，刻上之後，就心虛了。還好，那地方，一般人不去留意。但任何人一看，都知道是我留下的印跡。給你添亂了。好夫君，原諒莎爾娃蒂吧，她是愛你愛傻了。

夫君生氣了嗎？不要生氣好不好？莎爾娃蒂向你賠禮。笑一個吧！不笑？那你說怎麼罰呢？只是莎爾娃蒂早已繳械投降，雖然我們守身如玉，但其實我的心裡，已奉上了所有土地與城池，連身心都是瓊波巴的，以何受罰呢？眞的別生氣啊，有女子愛你也是很平常的，想想不會惹大麻煩。最好讓她們看到，群起而仿效，那可有趣了。瞧你瞧你，還眞板下臉了？莎爾娃蒂先溜走，等你氣消了再來。

最後，我還想告訴你一件事。那些咒士還在修火神法。據說，他們在利用一種邪惡的儀式，派遣能主宰火大的惡魔。你一定要注意，晚上睡覺時，別睡得太死。門窗別關得太緊。屋裡最好常備有一盆水。睡覺之前，一定要熄了屋裡的明火，因爲無論多邪惡的火神，他也得依託人間的明火作爲種子或緣起，才能使出自己的邪惡咒力。

唉，自從跟了你，莎爾娃蒂的心便懸到嗓子眼裡了……

④ 嘯捲的情感

我思念的莎爾娃蒂，你情不自禁，洩露了愛的天機，我高興還來不及呢，哪會埋怨你呢？那些字，就讓它永遠放著吧，充當我們相愛的證據。

　　我早上禪修之後，看了你的信，情不能抑，還是想給你寫信了。沒辦法，此刻，這信硬要往外湧，我擋了幾次，卻壓不住它那洶湧的勢力，就只好隨緣了。沒辦法。瞧，命運總是在某些時候裹挾了我，強迫我做一些在我的生命設計裡不一定計劃的事。

　　自遇到你至今，我一直在生命的詩意裡浸泡著，熏熏似醉。也好，趁著自己有說話的欲望，說一些我該說的話吧。因為自打我踏上尋覓之路後，我很少有時間紀錄自己的行履。要是不趁著跟你有談話欲望時寫些東西，這世上，真沒幾個能了解我的人了。

　　我的記憶中，似乎很少有過苦難，真的——除了父親的死給了我很大的刺激外，除了當本波法主前的那段必要的苦修外，我其實也在享受修行和尋覓的快樂。所以，雖然你也心疼我，但一般人眼中的苦難，在我看來卻是享受。明白嗎？

　　孤獨倒真是有的。沒辦法，當你獨上高峰，四顧無人時，當你發現黑雲掩月時，你當然會感歎宇宙之大和人類之小的。真的，我真的感受到一種滲入骨髓的孤獨。那是一種異常清醒的孤獨，或是一種異常孤獨的清醒。我雖然不想孤獨，但那是沒辦法的事。就像我睜開了眼睛後，就再也不會泯滅那心靈的光明一樣。我的明白使我有了一種看世界的別樣目光。人間的一切都成了夢幻，我自己也老是消失於那夢幻光明之中。那種寂寞和孤獨，給了我獨有的智慧。在我歷練人生的多年裡，我從來不曾被一些時尚的垃圾湮沒了心智。

　　但我沒想到，遇到你之後，我竟然仍是被那種嘯捲的情感裹挾了。雖然我老是用觀想和持咒擠走它，但我的心裡總是激盪著一種暗湧的激情。許多時候，我甚至總是在驚喜地迎合它。因為我明白，當我將那激情擴散至整個人類或是眾生時，我的修行就有了另一種色彩。也許，這是命運對我的另一種恩賜吧。更也許，你是上天派來的。上天派了你來，對我進行著一種別樣的救贖。

　　我一直想不通，我為什麼會愛上你？從世俗的角度看，這真的很難理解。此刻，當我想到你時，仍是激情澎湃，不能自已。我想不明白，那個比木偶還要聖潔的女神究竟是靠什麼打動我的？我只能歸之於緣，或是命運對我的裹挾。此外，我真的說不清楚。因為我遇到過那麼多美麗的女子，卻總能把持住自己。可是，遇到你之後，卻偏偏神魂顛倒了。我想，也許是你臉上的那份真誠、善良和質樸打動了我。你的身上，有一種無法掩飾的生命活

力和透出毛孔的善良。在這個充滿欲望的世界，很少見到有這種光彩的女子。當然，這並不是説你不食人間煙火。在遇到我以前，你也可能很功利地做過一些事，但我相信，至少在跟我相遇的那個生命時空裡，你給了我全部的眞誠和愛。這就夠了。無論以後你我走多遠，並不重要。許多時候，能感動自己並感動世界的，其實僅僅是幾個細節而已。

我還是想告訴你，你也是個世界，是個同樣能滋養我靈魂的世界，你千萬不可以消解了你自己。你不可將那麼大氣的莎爾娃蒂，消解爲一個尼泊爾小女人。要知道，你帶給我的，除了那份醉人的詩意外，還有你所處的那個世界的所有信息。你的出現，以及跟你的接觸，也許會成爲我轉向另一個世界的契機。因爲，尼泊爾人和印度人也是人類，他們同樣也面臨著熱惱和愚癡，也同樣需要清涼，需要寬容，需要博愛，需要一份明白和超然。

我的莎爾娃蒂，你説對嗎？

我眞的很驚喜跟你的相愛。要知道，只有愛上一個女人後，才算眞正跟她所在的那個空間和群體發生關係，才算有了一份牽掛和理解，才可能眞正觸摸到他們的靈魂。沒有你，我也許眞的會僅僅成爲人們眼中的「瓊波」瑜伽士的。對你的愛，肯定能使我超越地域的。

你説是嗎？

我對瓊波浪覺説，你的這封信，似乎不符合你的修爲。此前，你在神廟工作時，已有了一份定力，在這信裡，咋還會有這樣的心思？

瓊波浪覺長歎一聲説，孩子，這一點，正展現了修行之難啊。修行如逆水行舟，不進則退，或時進時退。即使成了登地菩薩，到眞正到達八地不動地之前，也是會時有反覆的。那宿世的習氣，會時時發動。清除那習氣，很像你們剝洋蔥，剝了一層，還會有一層，一層層剝下去，才會實現最後的清除。這世上，沒有一悟即證果的佛。悟僅僅是入門，僅僅是發現方向，悟後的路還很漫長。眞正的聖者便是沿著那條正確的路走下去的人。明白不？你不要嫌我的信長，也不要嫌它沒有你期待的那種張牙舞爪的智慧。

要知道，一個人即使明白了，要眞正實踐那「明白」，也還是需要艱苦磨練的。那些明白了吸菸之害的煙鬼，卻總是很難戒菸。他們不是不想戒，而是身體不聽話。同樣，我雖然在神廟裡經過了那番歷練，但我並沒有參破那個「情」字。這世上，最難破的，便是「情關」，所以古人説，英雄難過美人關。

⑤ 大迦葉的畢波羅洞

　　瓊波浪覺與另一位上師的相遇，是在一個叫白跋羅的山上。山腳下，就是那個著名的溫泉，泉水富含礦物質，能治療風濕性關節炎。據說，佛陀也曾在這溫泉中治療關節炎。歷史上的佛陀也會生病，除了關節炎，背疾也困擾了他一生。據說，這兩種病都由坐禪引起。那背疾，類似於頸椎或是胸椎病，由長期宴坐引起。在《阿含經》中，我們會看到佛陀說，阿難，我背疼。每看到這些內容，我總是會熱淚盈眶。我眼中的佛陀是覺者，無論他是否背疼，他都不會由覺返迷的。我們敬仰的，正是他的那份覺悟。

　　時下有許多迷亂的人，每每見到或是聽說一些大德生病，便會喪失信心。他們並不知道，大德之所以稱為「大」者，是其偉大的人格和覺悟的心。雖然他證得了智慧，但他的肉體仍是四大和合而成，四大仍會不調，色身也會生病。但他證得的那份覺悟，卻不會因為生病而復歸迷亂。同樣，我們也不會因為佛陀曾在溫泉中治療他的關節炎而失去信仰。

　　瓊波浪覺也在溫泉裡沐浴著。溫暖的泉水蕩漾著，化解著旅途的勞累。一想到佛陀也曾在池中沐浴，瓊波浪覺便感到一種巨大的快樂。

　　一路行來，每次談到王舍城，印度人提及的，並不是它曾是佛陀的弘化之地，而是它有這溫泉。佛陀在王舍城的事蹟，早從印度人的記憶中抹去了。瓊波浪覺很是難受。但他明白，任何時候，充斥於時代的，總是混混，歷史也並不因為混混人數眾多，就將他們供奉於廟堂之上。雖然智者的數量不一定多，但歷史上最耀目的，還是這類名字。

　　沐浴之後，瓊波浪覺上了山。他要前往一個叫畢波羅的山洞，去拜訪一位隱修的大德，他叫白比朗覺，是勝樂五尊法和紅白空行母法的傳承持有者。這山洞，據說是大迦葉年輕時的禪修之地。大迦葉是佛陀十大弟子之一，名字叫畢波羅，山洞便以此得名。大迦葉生於富豪家庭，自小便崇尚出離，一心追求解脫，遵父母之命娶妻之後，夫婦二人仍是立志清修，並無俗樂，後相約出家。大迦葉便在此山洞中清修多年。後來，他遇到佛陀，得悟正道，並將俗家時的妻子也帶入僧團，得證阿羅漢果。

　　瓊波浪覺一向對大迦葉十分敬仰，大迦葉號稱苦行第一，終生持頭陀行，住野外塚間，穿掃糞衣，日中一食。因為常年苦行，大迦葉形貌襤褸，常遭年輕的比丘恥笑，每聞此言，佛陀總是讚歎大迦葉。大迦葉是佛陀教法的默默實踐者，他不善交遊，一生離群索居，專事清修，贏得千古敬仰。

白比朗覺雖然也喜歡離群索居，但對瓊波浪覺的到來仍表現出極大的歡喜，他說瓊波浪覺是他的具緣弟子，他一直在等他。瓊波浪覺給他供養了七兩黃金，白比朗覺便給他傳了勝樂五尊法和紅白空行母法。這法門，後來融入香巴噶舉的智慧大海，筆者也成了受益者。

然後，白比朗覺對瓊波浪覺說，你發心很好，廣學聖法，但記住，對於證悟來說，清修是必須的。從了義上來說，菩提心是熱愛眾生，出離心是遠離人群，二者並不矛盾。

最後，白比朗覺給瓊波浪覺誦了一偈：「迦葉托缽還，獨自登上山，身心無恐怖，清淨修禪觀。山深無人跡，野獸常聚集，群鳥齊翱翔，我心常歡喜。人當獨自居，不宜為群聚。群居心煩亂，難得清淨智。應酬在世間，疲累亦無益，既知如此意，不喜與人居。」他說，此偈是大迦葉作的。正因為大迦葉終年清修，累積了實力，他才有能力完成佛教經典的第一次結集。

師徒二人出了畢波羅山洞，繼續上行。山上有許多小寺廟，色彩灰白，造型質樸，裡面的行者大多裸體，他們是耆那教的信仰者。耆那教中，有一派叫天衣派，認為應捨棄世上萬物，做到真正的了無牽掛後，才能得到究竟解脫。這衣服，當然也在捨棄之列。耆那教歷史悠久，其教主尼乾子跟佛生在同一時代，曾得到佛陀的讚歎，但耆那教是佛教在王舍城主要的競爭對手，因崇尚苦行，為世人所重。那時，教派之爭很是殘酷，佛陀的大弟子目犍連尊者就被裸衣外道亂石砸死。耆那教的影響一直延續了數千年，至今仍有極大影響。唐朝玄奘大師赴印度取經時，也曾朝拜此山。那時，他也發現山上有許多耆那教的小廟，這一點，在《大唐西域記》中有相應記載。

瓊波浪覺一向對各種宗教都很尊重。他認為，只要是善法，都是值得尊敬的。他進了小寺廟，雙手合十，對供奉在神龕中的聖像們表達了敬意。

❻ 滄桑七葉窟

再上行，沿石階而下，便到達山壁後面的平台上，平台呈長方形，山下風光，一覽無餘，很是遼闊。

白比朗覺指著左邊的幾個洞窟說，你猜猜看，這是啥地方？

瓊波浪覺說：莫非，這便是七葉窟？

他老早就聽說七葉窟。這是個如雷貫耳的所在，佛教的第一次經典結集，就是在七葉窟裡。但他不敢相信，七葉窟會如此破敗。洞中散發出潮濕

的惡臭，依稀能辨出是蝙蝠的糞便味。

白比朗覺悵然笑道，是的，這便是七葉窟。瞧，世事真是無常，這便是那個名震天下的所在。千年前的那時，這兒擠滿了阿羅漢們，現在，那七葉樹也沒了，洞中只剩下蝙蝠。他的聲音裡，溢滿了濃濃的滄桑。

瓊波浪覺恍若入夢。他讀過《阿含經》，知道正是在七葉窟裡，才結集了後來的《阿含經》。《阿含經》雖被認為是小乘經典，但瓊波浪覺一向很喜歡它的質樸。他知道，一些信奉小乘教法的教派只承認《阿含經》。

白比朗覺說，佛陀圓寂後，一些惡比丘幸災樂禍地說，以前，我們被這個大沙門管得死死的，這下，沒人再管我們了。大迦葉聞聽此言，覺得事態很嚴重，要是他繼續離群索居的話，佛陀的教法，會毀在那些惡比丘手中。於是，他召集五百位大阿羅漢，在這七葉窟裡，進行第一次經典結集。

第一次經典結集時，由阿難誦經，優波離誦律，經諸大阿羅漢確證無疑後，才形成定式。當時的經典並沒有形成文字，只是由各大阿羅漢憑記憶完成，再口傳於諸弟子。

首次結集歷時三個月，其經費便由那個弒父後改邪歸正的阿闍世王提供。

站在七葉窟前，瓊波浪覺心潮澎湃，他彷彿聽到了阿羅漢們的誦經聲。其情形，很像是雨後眾蛙齊鳴，那是清涼的正法之聲，它穿越了歷史的煙雲，響徹了幾千年。

⑦ 明空赤露的覺性

白比朗覺還專門為瓊波浪覺開示了覺性。他說，那佛教經藏，雖浩如煙海，汗牛充棟，但究其根本，離不開空性覺智。

那覺性、空性是自然智，是一切法的根本。

所謂覺悟，就是了悟那明空的覺性，並赤露於當下。所謂輪迴，即是不明那明空覺性，由分別生起無明，迷途難返。

情器世界的一切現象都不離空性，那境相空寂是究竟的法界之理。覺性之體如虛空一樣，那斷常有無四邊，都是戲言，要遠離它。諸相覺性二者無別，本是一味，圓融無礙。即使萬物萬象演戲般熱鬧，那唯一的覺性，也在大平等中無有動搖。外境顯現的一切法皆是本覺之光，你要明白它們本質上仍是無生無滅的，要遠離離異之分別心，捨棄求取之執著心。外不索求，內

不愚癡，覺性赤露，遂無能取之心。要明白，覺性無體，離言絕思，雖現一切，卻無動搖。要明白，那外境即心體，心用即外境，二者本無別，這便是唯一絕對之意。

既然知道了境心一味，都是自然智慧的顯現，那麼，解脫迷悟便如水波，波靜為水，水動為波，波水不一，便了知解脫，其實是自然智慧之遊戲。只要動靜不二，不離空性，不離悟境，境心不二，無取無捨，就自然解脫了。

你一定要在行住坐臥十二時中，洞悉諸法不離覺性，所有顯現都是覺性本體之顯現，覺性如大海，顯現似浪花，由體而生用，體用不相異。凡所顯現，皆是覺性本體的顯現，三有輪涅，無不是覺性折射的影子。除了此覺性，並無餘法可得。

那覺性無有始終，無有起滅，直到輪迴未空，覺性毫不變異，亦無生滅。只要你守定那明空赤露的覺性，遠離能所之執，明所取外境，體性本空，只是覺性顯現，更要明白能取心亦是空的，那所謂的覺性覺醒也了不可得。這樣，你便遠離了邊執，做到能所俱空，分別心隨之消失，清淨猶如虛空。那種覺受是很難用語言來形容的，它超越詮表，遠離言說，無生無滅。雖有覺悟之說，但即使在所謂的悟後，那覺性也不會因悟而增，不會因迷而減；也不會因喜而多，不會因憂而少。悟後與悟前，那覺性並無差別，在聖不增，在凡不減。

總之，大手印的覺性是無生無滅的，它形相無實，性果無修。它本來清淨，無垢無染，不生不滅，不增不減，本自元成，非由人造。雖無自性，卻能任運成就各種妙德，任運成就諸種法界。它圓融無礙，非斷非常，性相如虛空，廣闊湛然，無有邊際。它的體性是明空赤露的，猶如金剛持的博大心胸，是很難用言語詮表的。

臨別時，白比朗覺又說，那爛陀寺離此不遠，你要是有興趣，可以前去。那兒有我的朋友德維多吉，他是個大班智達，你不會失望的。

⑧ 那爛陀寺的輝煌

出了王舍城，北行一日，便到了那爛陀寺。那爛陀寺是當時印度最著名的佛教大學，建築宏偉，十分輝煌。瓊波浪覺到達那爛陀寺的時候，那爛陀寺約有教授師兩千人，僧侶上萬人。寺內流派林立，共存共榮，雖時有辯

論，但多能相安。

據說，那爛陀的本意是「賜予蓮花」的意思，這裡的蓮花代指智慧；另有一說是：那爛陀的音譯意是「施無厭」的意思，曾為一國王的名字，他樂善好施，寺遂以名。

歷代國王對那爛陀寺都十分護持，賜以一百多個村莊的土地，以收田賦。此外，再令周圍二百多戶村民每日供奉寺裡的日用。以此厚供，寺中僧侶不用托缽行乞，遂有時間鑽研經典。寺中學風，聞名遐邇。

當時，印度仍盛行辯論，各教派之間，時有辯論，那爛陀便成為眾矢之的。連看門的僧侶也很是善辯，前來挑釁者，往往沒能入門，便落荒而逃了。

那爛陀寺中班智達很多，但德維多吉名氣很大，因為他既是班智達，又是大成就者，前來求法者很多。

德維多吉住在寺院東區，西區多塔林，其中就有佛陀的大弟子舍利弗的舍利塔。這兒距舍利弗的家鄉優波提舍村很近。目犍連尊者的家鄉拘律迦村也在寺院附近。有學者稱，那爛陀寺就是圍繞舍利弗塔漸漸擴建而成的。

德維多吉的住處很豪華，除了得到求法者的大量供養外，寺裡每天還給他供三升「供大人米」，這是專門供養國王和大德的一種米，米粒大似烏豆，很是香美。寺裡的所有法師都能得到這種米。這是專由國王供養的。

瓊波浪覺給德維多吉供養了黃金十三兩，求到了「閻曼德迦」等閻摩敵法類。

灌頂之後，德維多吉帶領瓊波浪覺參觀了那爛陀寺藏經樓。寺裡有三個藏經樓，分別名為寶彩、寶海和寶洋，共有藏書九百多萬冊。那寶洋高達九層樓，一進入其中，人頓感渺小。瓊波浪覺想，就算我窮一生精力，又能從印度取回多少智慧之火呀？

瓊波浪覺參加了寺院的學習。與其說是學習，還不如說他是在感受一種氛圍。他發現，辯論之風甚至在課堂上也盛行著。寺院雖然迎接了大大小小的挑戰者，而且大多以勝利告終，但在一百多年前，有兩個婆羅門教大師橫掃印度的佛教徒時，那爛陀寺也沒能取勝。寺僧們都忘不了那兩個名字，那是彌曼差派的鳩摩利羅和吠檀多學派的商羯羅。他們在客觀上振興了婆羅門教，因為自那以後，佛教就從民間退回到了寺院。活躍在人間的，是新婆羅門教。

聽了一段時間的課後，瓊波浪覺漸生厭離之感。他發現，寺僧的學習已

偏離了佛教本有的質樸，趨入了深奧的思辨。其深奧程度，窮一生心力也未必能精通。更令他不解的是，那些精通思辨之學的班智達，並沒有離欲。精深的學問並沒有使他們得到清涼的涅槃之樂。有時，為了爭一個相對高一些的位置，他們費盡了心機。

這天，他向德維多吉說出了自己的不解。德維多吉笑道，這是個悖論，作為一個教派，沒有自己的精深理論，畢竟不是件好事；但若是深陷於理論之中，也會遠離宗教本有的精神。

他歎道，佛教之所以到今天的地步，從很大程度上說，陷入了玄學思辨是原因之一。那些老百姓，哪有時間去研究因明學呀。宗教的真正目的是解脫，而不是研究學問。

德維多吉說，現在，只有那爛陀寺這樣的地方，佛教的火炬還在燃燒。但是，它究竟能燃燒多久？

⑨ 頑皮的沙彌

這天，瓊波浪覺走出寺院。他已經完全領會了德維多吉教授的密法。他的目的是學習密法，對那些深奧的理論，他不感興趣。他想，人生苦短，要是陷入複雜的經論而不去實修，是不可能離苦得樂的。

他發現了兩個前來乞食的婆羅門。此時，婆羅門教已實現了自己的中興，已成為活的宗教。老百姓對婆羅門都很尊崇，婆羅門的教義和行為規範已經滲入了百姓的生活。

那兩個年老的婆羅門看來崇尚苦行，他們衣裳襤褸，骨瘦如柴。有幾個百姓都往他們的鉢中放了幾塊食物。忽然，幾個頑皮的沙彌跑了過來，打翻了他們的鉢。食物滾入土中。

瓊波浪覺知道這是他們的老師教育的結果。寺裡有些偏激的法師，總是用污辱的語氣談論婆羅門教。他們老是激勵弟子們勤奮學習，以便將來再跟婆羅門教進行一場殊死的較量。

那兩個年老的婆羅門很生氣，各拽了兩個沙彌，要進那爛陀寺找他們的老師說理。看門人不讓他們進。雙方開始了口角之爭，看門人口齒伶俐，將婆羅門辯得啞口無言。看到對方輸了，一些沙彌端了污水，潑了婆羅門一身。

一位婆羅門憤憤地說，我們辯不過你們，我們請梵天懲罰你們。

他們找來許多木柴，就在寺院周圍做起了火祭。

表面看來，那兩個婆羅門做的僅僅是尋常的火祭。他們築了火壇，燃了柴，邊持咒，邊往火中撒一些糧食。瓊波浪覺也常做這樣的火祭。火祭是護摩的一種，在修道者看來，是很尋常的。於是，沙彌們嘻嘻哈哈，看了一陣，都進寺去了。

瓊波浪覺雖同情那兩個婆羅門，但他畢竟是客人，不好說什麼，便進了寺院。他對德維多吉談了這事。德維多吉說，他們不從自身找原因，怨人家幹什麼？你就是把婆羅門全殺了，老百姓照樣聽不懂你的思辨。

德維多吉憂心忡忡。他說，照這樣下去，他們遲早會闖禍的。

瓊波浪覺忽然想到了莎爾娃蒂的上一封信，信中說那些咒士們正在修火神法，說要派遣能主宰火大的魔來製造麻煩。

他就告訴了德維多吉。

德維多吉入定觀察許久，卻只是長歎一聲。

⑩ 飛來的大火

瓊波浪覺想不到，那場大火會來得這樣快。半夜時分，他忽然聽到一陣喊聲。睜開眼，發現火光已照亮了牆壁。他叫醒德維多吉，兩人連忙出了房門，發現多處地方已燃起大火，火光沖天。僧人們亂成一團，有的潑水，有的亂叫，有的四下裡亂竄。仍有火把從寺外飛來，有個聲音在叫：梵天呀，燒了這些不信神的人吧。

瓊波浪覺不知道，這火，是那兩個婆羅門放的，還是由那些修火神法的咒士的咒力所致。從外相上看當然是前者，但許多時候，外相的背後，還會有一種神祕的力量。雖然他不能確定是後者，但還是有些難受。

火一團團地從寺外飛來，多處大殿房屋起火了。寺院房舍多木製，一座起火，便四面蔓延了。

大火沖天，火光映紅了那座九層高的藏經閣。瓊波浪覺想，千萬別引燃那樓。記得，裡面所藏，多是稀世珍本，有的還是以手抄本的形式保存的，一旦被毀，損失是無法挽回的。在他的提醒下，德維多吉派了一班弟子，前去保護寶洋藏經樓。瓊波浪覺也提了個水桶，但苦於不熟悉地形，無處取水。

寺院裡喊聲一片，一些僧侶已撈了木棒，出了寺院，去尋那兩個放火的

婆羅門。想來那兩人打定了赴死的主意,據說僧人們趕到時,他們仍在往寺裡的建築物上扔火把。僧人們趕到時,他們也不想逃跑。一陣呼嘯之後,兩人便血肉模糊了。

但大火已經很難控制了。在大德們的組織下,僧侶雖潑水不止,但大火還是以不可遏制之勢撲向那些在火光中顫抖的木雕。

火光中,哭聲震天。

大火燒了好幾天,許多大殿化成了灰燼。不少僧侶也喪身於火海之中,整個那爛陀寺一片狼藉。

最叫瓊波浪覺可惜的,是那九層藏經樓,數百萬冊的珍奇書籍變成火光中紛飛的濃煙。

那時節,瓊波浪覺並不知道,二百多年之後,還會有一場更大的火,要將這那爛陀寺燒為平地呢。此後,印度大地上,就很難聽到純正的佛教經聲了。不過,當時跟那爛陀寺一同化為灰燼的,也有千千萬萬的印度教寺院。印度教尊崇的梵天也沒有救下供奉他的寺廟。跟佛教不同的是,因為印度教已經成為印度人生命中不可或缺的部分,待得那大火一熄,它便在黑墟上吐出了新綠,並以頑強的生命蔓延至整個印度大陸。而佛教,則隨著那些高深典籍的被焚,退出了印度人的生活。

就在瓊波浪覺憑弔那些焦土的時候,靈鴿又找到了他。

第16章　司卡史德的考題

① 嬰兒長壽膏

親愛的瓊，中午本不打算寫信的，但實在難受得緊。

早上我還高興，正幻想跟你相聚的時候，卻聽說了一件事：那些咒士們說，按他們的觀察標準，火神法已起了作用，我很擔心你。請你務必回信一封。

行咒之餘，咒士們為了自己的長壽，竟買來嬰兒熬成湯，去煉製一種長壽藥膏。我難受極了，倒鎖了房門，止不住流淚了。

我只是一個女人，聽到這種事真的難受得無法形容。庫瑪麗說，她雖然也把人心想得很壞，但沒有想到竟會壞到這種程度。經過了數千年的歷史長河，人類的秉性似乎真的沒有改變過。真的不知他們這樣的修行有什麼意義？你說過：人心不變，是不可能改變命運的。所謂歷史，只是周而復始地重複悲劇而已。我不由得為人類哭泣了。我對寄託了我無限美好夢想的那些首飾也厭倦了。如果能換回嬰兒的生命，我將非常快樂地捨棄它們。我在贖罪。我也是人，也是女人。

我經常為自己的麻木難過，今天卻又一次被震撼了。喚醒人心是我們唯一值得用生命去做的事，但也是最艱難的事。而且，正如你以前指出我的狼孩性一樣，我知道，一切的改變，首先要從自己開始。實際行動比什麼都重要。

今後，凡屬於我個人的財物，除了供養父母終老外，我要全部用於你救贖人心的行動中。我已經開始了實施。我將託付兩個人，一個是在位的女神，她視我為親姐姐；另一個便是庫瑪麗。萬一我有什麼不測，你就去找她們。我會安排好一切的。

我想，明白了，就要去做，而不是發牢騷或是指責別人。世上不缺發牢騷的人，最缺的是不斷修正自己行為的人。要想改變別人，先從改變自己開始。

這不是說我要成為女菩薩。我無所求。我沒有什麼流芳百世的理想，我只是看到這些現象極端難過，它殘忍地毀掉了我的幸福感、快樂感，增加了我的不安感、罪孽感、毀滅感。我一定要找回我的快樂、幸福、安寧。

而且，我還擔心，我們的愛，會不會讓我沉溺於個人的幸福中，變得愈加麻木？

你要經常幫我保持警醒，否則我會後悔的。

以後我都吃素了。上次祖母去世，我素食，只是一種禮節。而現在，我確實嚥不下肉食了。我想到那些死去的嬰兒，覺得他們就是我的母親，他們就是我的孩子，他們就是我自己。

晚上我會沐浴後誦《金剛經》，願他們安息，願他們轉世幸福。

❷ 終極意義

我思念的莎爾娃蒂，也許是那些咒士的咒術靈驗了，我倒是真的遭遇了一場大火，燒了世間許多珍奇，我自己倒安然無恙。

我正難受呢！

你一說，我越加歉疚了。我想，我真是一個不吉祥的人。我要是不去那爛陀寺的話，也許就不會有這場火災。

你曾說你要追問女人生存的終極意義，比如智慧和自由。是的，你需要智慧，就是你應該明白如何真正地去愛一個值得你愛的人。你也需要自由，那就是最大可能地跟你的妻子生死與共相親相愛。此外，是無所謂終極意義的。因為無論你如何努力，也無法跟死亡和無常較量的。因為你以前當女神時的話裡，充滿了假話和套話，才從口中吐出，就已經變成了垃圾。你為之效力的女神廟，也同樣被無常吞噬著。

你想，連那爛陀寺的藏經樓都在一片烈火中化為灰燼，世上還有什麼不變的呢？

百十年後，包括你房間在內的那麼多打著你父親印記的建築物都會被推倒重建的。那時，你的家族可能沒了，你也沒了，什麼都沒了。你的那些財富，早叫人揮霍一空。在那片廢墟上，也許會有一些人罵娘，會有一些人歌唱，會有另一些人捶胸頓足。許多曾自以為是的人們，都變成了一堆堆骨頭，化成了一個個終究會被歲月掩埋的符號。

那時，瓊波巴傳承的智慧卻肯定會留在世上，繼續滋養下一代的人類。

③ 專要金子的乞丐

大火之後，我又病了好幾個月。我不知道那病的由來，是可惜那藏書樓呢，還是真的被那些咒士的詛咒所致？反正，在好幾個月裡，我一直在發燒，燒得很厲害。我的眼前，老是出現那可怕的火，火中有無數的魔臉。他們真的在吸我的血。聽一位小和尚說，我常常在深夜裡大叫，時不時還赤紅了臉，瘋子般狂呼不已。為了治我的病，寺裡想了好多辦法，單是那《奶格瑪姬祥經》，就為我誦了七天，還做了許多降魔火供。

後來，我的神志才漸漸清醒了，身體也好了些。

一天，我正在寺院外邊曬太陽，司卡史德找到了我。開初，我並不知道那是司卡史德，因為我看到的是個老乞婆，醜陋之極。她的身上背滿了疙裡疙瘩的東西，有破布，有棉絮，更多的是些古里古怪叫不上名字的。因為許久沒洗臉了，污垢已經掩蓋了她的本來面目，但依稀還能看出她是個女人。

我習慣於布施所有的行乞者，就給了她一點碎銀。沒想到，她竟將碎銀扔到地上，氣沖沖道：這點銀子，你也能拿得出手？

幾位僧人大笑。我的臉漲得通紅。我還從來沒有碰到過這樣的乞婆。於是，我又掏出幾塊銀子，給了她。哪知，她又將銀子扔出老遠，粗聲粗氣地說，我不要銀子，我要金子。

哈，專要金子的乞丐。一個小和尚笑道。

我腦中靈光一閃，這才發現那乞婆身上有一種我很熟悉的東西。我認真地打量了一番，但發現除了那黑白分明的眼睛外，實在看不出她跟一般乞丐有哪些不同。這是個很老的女人，至少有六十多歲，清瘦、骯髒，頭髮如風中的秋草般枯黃，而且沾了許多說不清的髒物。她的臉上麻滿垢甲，看不到肉色。身上的那堆破物倒跟她的形貌渾然一體，構成了典型的乞丐特徵。於是，我想，這也許是個瘋婆子。我不是在行菩薩道嗎？有的菩薩在眾生索要眼珠時，都能布施給他們，我難道捨不得一點金子？

我取出一塊金子，給了那乞婆。

我聽到乞婆咕噥了一句：這才像話。

我正要轉身離開，又聽得她說，跟我走。說完，她先走了。

從那句「跟我走」中，我清晰地聽出了司卡史德的味道，心一陣狂跳。但疑惑那天人般美貌的女子，為何成了這般模樣？正疑惑呢，傳來那女子的喝斥：你發啥呆？你還想叫我賣你不成？

這一來，我不再疑惑，只給相熟的小和尚交代一句，叫他給上師帶個話，說我過些時來取經書和其他東西。

那小和尚不解地問：咋？你要跟那老乞婆走？

我笑道，她呀，也是我的上師。

④ 我究竟是美是醜？

追了許久，我終於追上了司卡史德。女子嗔道：你不是了無牽掛嗎？說那麼多廢話幹啥？要是你此刻往生，莫非也這樣不成？這時，你便明白了什麼是物累了吧。世上所有的財物，都是障礙解脫的東西。你連那點東西都放不下，還修啥行？

我解釋道，我放不下的，是那些經典。我要將它們帶回藏地。

女子冷笑道，那經典的目的，還不是為了叫你放下？要是你連它們都放不下，它不成你的累贅了嗎？要它幹啥？

我不敢再辯解。我很怕她。以前，她那麼美貌時，我都怕她，此刻更怕了。瞅個空子，我偷窺了一眼，發現除了聲音外，她一點也沒有司卡史德曾有的那種美麗。我想，真是怪，以前，是不是我看錯她了？

這一想，司卡史德冷笑了。是呀，你以前執幻為實，現在更是認假成真了。以前的美貌掩蓋了鼻中之涕、腸中之便、膚下之膿血，你便認為它美；現在的污垢，掩蓋了我身上之美德，掩蓋了心中之大願，掩蓋了我的智慧和慈悲，你便覺得我醜陋不堪了。你說，我究竟是美是醜？

我連忙道：美，當然美呀。

女子說：真的美嗎？

當然當然。

好的。那我要你娶我。成不？

我一聽，嚇壞了。我說不成不成，我是受過戒的。

司卡史德冷笑道，你不就受了沙彌戒嗎？你連身口意都供養我了，還放不下什麼戒？

我覺得舌頭一下子乾了，不知如何作答。

司卡史德說，你是不是嫌我又老又醜又髒？

我連忙搖頭，不是不是。

那你是答應了？

不！不！

你的身口意不是都供我了嗎？變卦了？

我的頭上冒出汗來。一種奇怪的嗡嗡聲從腦中響起。我想，我咋能娶她？卻又想，我不是將身口意都供養她了嗎？她即使叫我死，我也得死呀。

你仔細看著我。司卡史德說。

我擦擦頭上的汗，抬起頭，望司卡史德。這一望，我越加心寒了。這哪是當初我看到的那個美麗的空行母呀，明明是個骯髒的老乞婆。她的眼中透出兩道刻毒的光，彷彿我的猶豫，對她構成了巨大的污辱似的。

女子道，發了菩薩願的人，哪怕我要你的眼珠你也得布施，何況我只是叫你娶我而已。你這號人，發那些願，有啥意義？

我想，就是，佛陀都捨身飼虎呢。我為自己的猶豫慚愧了，便說，好的。我娶你。

那乞婆卻冷笑道，晚了。你錯過了緣起。

⑤　歡快的火蛇

到了檀香林，司卡史德隱入林中。我發現，檀香林又變了。我發現檀香林老是在變。我想，也許是我的心變了。細想來，近些日子，倒真是經歷了太多的事，尤其是神廟的經歷，對我的心的歷練，無異於脫胎換骨了。但想到方才的猶豫，仍有點自責。我想，空行母罵得對，我的猶豫，其實仍是分別心在作怪。要是她仍有以前那般美麗的外表，我猶豫不？

正自責呢，司卡史德出了樹林。我眼前一亮。我看到的司卡史德，仍像以前那樣亮麗，回眸一笑，林中生輝。我的心有些搖動。我想，她還會不會叫我娶她？

哪知，我心念一動，空行母已知曉了。她冷笑道：同樣是那個人，外表換了，你的心也換了。莫非你的心，全是由我的外表控制？你在神廟的那一年，白待了嗎？

我赧然無語。

司卡史德道，修行其實是在修心，心不變，所有的修都沒有意義。哪怕你咒子念上千萬，觀修幾萬座，心性沒變，你的修只是欺騙自己而已。

又說，要是你剛才毫不猶豫地說娶我，我可以在一夜間叫你證悟。但你壞了緣起，好好懺悔吧。

我懊惱極了。我想，我真是昏了頭，我明明知道她是空行母，啥被那噁心的外表攪亂了心呢？

司卡史德說，跟那個盧伊巴一樣，你有著上上的根器和通天的福報，只是因為你的分別心作怪，你的心輪上尚有污染。雖然在神廟的一年裡，你有了很大的進步，但尚有許多習氣有待於清除。

走吧。她說。

去哪裡？我問。

想去哪兒，就去哪兒。

空行母說完，便逕自走了。我跟在後面。一路無話。到了另一靜處，見幾人正在火祭，他們邊持咒，邊抓了五穀，一把把撒入火中。司卡史德駐足了，望著我似笑非笑，許久才問：我叫你娶我，你不娶。現在，我讓你跳火壇，敢不？

我正懊悔自己當初的猶豫，一見空行母又要考驗我，便說：咋不敢？

那就跳吧。司卡史德仍是似笑非笑。

我走向火壇。那幾個行者不解地望著我。

才近火壇，我就感受到一股撲面而來的熱浪。我仔細觀察火壇，見只是在地上壘些土坯，再架以柴火而已，真要是跳入，倒也無生命危險。不過，燙傷是肯定的。正打量呢，聽得司卡史德又說了，咋？你是不是又生退轉心了？

我回首一笑，哪裡呀。我想，就算燒死，也沒什麼的，權當供養了上師。我一猛心，便跳入火壇了。我感受到一股焦熱的灰撲鼻而來，然後是煙。開初，我還沒有感受到熱，因為那火壇並不大，我身子重，反倒將火焰壓熄了。濃煙四起。一人驚叫，你幹什麼？你咋弄熄了我的火壇？另一人道，莫非你想供養梵天？

濃煙隨了那灰，撲了過來，嗆得我連連咳嗽，淚水迷濛了雙眼。我只覺得鼻腔酸澀，倒沒覺出燙來。不過，那火焰雖熄，火子兒卻繼續發揮著餘熱，很快便燒穿了我的衣褲。幾條火蛇鑽入體內，歡快地遊著，咬得我遍體灼痛。

一個行者過來，氣急敗壞地叫，出來，出來，要死你到別處死去。說著，另兩人上來，不由分說，抬起我，扔出老遠。

我被摔得頭暈眼花，耳鳴不已。背部仍有灼痛，估計衣服仍在燃燒，便索性打了幾個滾。地上到處是塘土，雖然弄得遍身是土，但那火想來是熄

了。才爬起，又聽到司卡史德的聲音：

你為啥選小火壇跳呢？這不是等於選了個水盆去投水嗎？

我站起身，我想我一定很狼狽。鼻腔仍是很酸，眼淚也在流，但心裡卻很高興，因為我畢竟戰勝了自己。我想，那火壇雖小，卻也不是誰想跳就敢跳的。從司卡史德的語氣裡，我還是聽出了一點兒滿意。抬眼望她，卻見她仍是一臉的不屑。

那個行者仍在罵著。聽那話的內容，是他們正修增業火供求長壽呢，叫我這一鬧，說是壞了緣起。按禁忌的說法，他們的將來說不定有壽難呢。

司卡史德又說，成了成了。雖然你選了個小火壇，也算你沒有悖我的意。呵呵，這下，你也比那乞婆好不了多少。

我當然明白自己狼狽在何處：我的頭髮被火燎了，衣服背部有好幾處焦洞，衣褲上沾滿了塘土和黑灰，鼻涕眼淚在臉上流溢不已……一想這窘相，我忍俊不禁了。

⑥ 梵天的大口

我們繼續前行。司卡史德卻仍在絮叨：那火壇雖然跳了，但算不得你有信心。因為那火壇太小，你一壓就熄了。我發現你還是有心機的，你明明知道沒有危險，卻裝出一副大義凜然的模樣，你的心機倒不少。

我知道她在調伏我的心性，也由了她說，心中不生一點嗔恨。

哼，你以為我不知道你心裡的那點小九九？你看起來很老實，其實一點也不。你瞧人家那諾巴，上師叫他從山上往下跳，他明知會摔得粉身碎骨，也還是跳了下去。人家可沒選個矮一點的地方跳，你倒好，瞧，那兒共有三個火祭的，你為啥不選那個大的火壇，偏偏選那個小的。才跳進去，火就熄了。我本想叫你變成焦棍，哪知，你連塊皮也沒有燒壞。

我說，誰說沒燒壞？瞧。我一抒袖子，指著一處燒傷說，這兒都燒爛了。

司卡史德冷笑道，那也算爛呀？要是燒破那麼一點兒皮，就能得到無上密法，那諾巴還用大死十二次？

我說，還有背上的燒傷呢。

司卡史德說，哪怕你燒上一百處，你的跳，跟人家那諾巴的跳還是有天地之差。人家抱了必死之心，明知粉身碎骨，也義無反顧。而你，哼，不過

投機取巧而已。

我說，那我再選個大些的跳。我四下裡望望，見不遠處有幾十個人正圍個大火壇祭梵天，便跑了過去。司卡史德也不阻攔。

因為火是梵天的口，那些祭品裡有好多東西，物多火大，火焰沖天。我想，要是這次一跳，活的希望不大。心中不免忐忑，覺得自己沒有證得無上正覺就死了，等於白來這世上一趟。佛說一失人身，萬劫不復，真要是死了，倒也不是好事。我回頭望望司卡史德，希望她勸阻一下，我也好順坡下驢。因為表示虔誠的方式有千萬種，也不一定非要燒死呀。哪知，司卡史德一見我回望，卻揚聲喊道，跳呀，就跳這個。我哭笑不得，想，她這模樣，哪像個聖者空行母，明明是個刁鑽古怪的丫頭啊。

那就跳吧。別叫她真以為我在投機取巧。

哪知，越到近前，越發現那火大得邪乎。因為有人用檀香木供梵天，那火一燃起，就很是硬朗，火光凌厲之極，呼呼聲響逾天地。雖也有人將羊肉之類投入，但連那嗞嗞聲也聽不到，肉彷彿直接化成了火焰。我想，要是我跳進去，真是沒救的。

我有些害怕，但開弓沒有回頭箭，只好靠近那火。

火真是大。我的臉已非常灼熱了。雖然距那火壇有些距離，但滾滾熱浪，還是受不了。那熱浪潮水般鼓蕩不已。火壇中的火已呈白光狀，眼見是溫度極高，而那些供者仍將綢緞之類投入壇中，供物尚未落入壇中，就被火舌捲了去。

我想，我怕是不敢跳了。又想，這陣候，就算有人來救，那肉皮也會給燎盡了。

再望望司卡史德，我想，哪怕她暗示一下，我也就有個台階了。但司卡史德仍在冷笑。

跳吧。我想。人家那諾巴能做到的，我也能做到。

到了壇邊，我蓄勢欲跳。才彎了腿，便覺一股大力將自己捲起，身子旋風般飛起，待得明白過來，已躺在一處坡下了。

爬起來，見一人指了我罵：你想死的話，到別處去。我這兒，是祭梵天的聖壇，不是化屍爐。

另一人也道，要是你洗得乾乾淨淨地來，也成哩，我就將你當成豬呀羊呀的祭品，投進火裡供梵天。現在，瞧你那乞丐相，我一見都噁心，別說人家梵天。

又一人道，就是。要不是你方才弄熄了人家火壇，我們還不會提防呢。我瞧你鬼鬼祟祟貓顛狗躥地上來，就知道你沒安好心。你要是想供梵天，成哩，回去後，先齋戒幾日，再燒了熱湯沐浴幾十遍，再擇個吉日找我，我成全你。

我叫那冷不防一摔，直摔得一佛出世，二佛升天，再叫人家酸裡甜裡地搶白了一番，也不知如何作答。想見得再跳火壇，人家還會摔第二次，就回到司卡史德身邊，心想，反正我跳也跳了，沒跳成是因緣不俱足，看你咋說？

看來司卡史德要成心氣我，又冷笑道，你要是真跳，咋那麼磨蹭？你是成心等人家來摔你呀。哪有你這號人，瞧人家那諾巴，明知下面的陷阱裡有尖竹子，上師叫他跳，他不是馬上就跳了？雖然竹竿穿身，也不生悔心。你倒好，做事總是留有餘地。

空行母說的當然是實情，在通往火壇的路上，我確實猶豫過，便心生慚愧，不敢辯解，只覺得臉一下子燒了。

司卡史德冷笑不已。

⑦ 你通曉密法的密義嗎？

我們離開寒林，繼續前行。我仍是慚愧不已，老拿自己跟那諾巴比，每次比較，我都暗生慚愧。

司卡史德說，瞧人家那諾巴，在那爛陀寺當大班智達，說破了執著，就破了執著，扔了那驚天動地的名聲，扔了那貴比國王的身分，扔了那成山的供養，扔了那安逸的環境，去拜一個榨芝麻的苦力為師。而你，不過當過本波的法師，就能貢高我慢？

我雖沒貢高我慢之心，但還是不敢強嘴。

司卡史德說，當初，那諾巴名滿天下，三藏十二部都十分精通了，就主持了那爛陀寺，每天給那些學者呀和尚呀上課。一天，他走出寺外，見到一個乞婆，那人問：那諾巴呀，你是否通曉了經典？那諾巴說，通曉了。乞婆便笑了，手舞足蹈，很是歡喜；然後，她又問：那諾巴，你通曉經典後面的密義嗎？那諾巴說，當然通曉。乞婆便哭了，說想不到，名揚天下的那諾巴也會騙人。那諾巴知道她是空行母化現，連忙跪而求問：當今天下，誰能通曉經典後面的密義？那乞婆道，諦諾巴。那諾巴問：諦諾巴是誰？乞婆說：

某地某村某個角落裡的一個榨油匠，專以榨芝麻維生。你願找他去嗎？

就這樣，那諾巴就扔了那顯赫的地位和通天的名聲，去找一個名不見經傳的榨芝麻的人。你猜諦諾巴咋說？他說，我的教法，是獅子乳，是不能倒入你這尿壺的，堅絕不給他傳法。後來，那諾巴經歷了十二次大死，十二次小死，歷經千辛萬苦，諦諾巴才在恆河邊給他傳了大手印，人們便稱之為恆河大手印。

司卡史德問：現在，我問你，你通曉經典的密義嗎？

我不敢作答。

司卡史德又問，你拜了那麼多上師，求了那麼多密法，那麼我問你，你通曉密法的密義嗎？

我想了想說：我不敢說我通曉，但也不敢說自己不通曉。說通曉不對，說不通曉也不對。不過我想，畢竟，我得到了那麼多的傳承，我想，我也算多少知道一些密義吧。

司卡史德問，那麼，請告訴我，什麼是密法的密義？

我覺得這問題不難，但待得要回答，卻無處著力了。

司卡史德又冷笑了。她聳聳鼻頭，說，你以為，得到一些儀軌，就是得到了密法的密義，錯了。那所有儀軌，僅僅是通往那密義的一條小徑。永遠記住，路就是路，路不是目的地。

那麼，目的地是什麼？

司卡史德只是微微一笑。

⑧ 可怖的瘋象

正說話間，忽聽有人喊叫，其聲可怖瘆人。我抬頭，見一瘋象，正猛衝而來。印度象多，時見瘋象。瘋象有兩種，一種是真的神經錯亂的瘋象，這號象，大多被宰殺了；另一種是發情的公象，它們平時倒也馴順，可一到發情期，便野性勃發，四處尋覓母象，要是找不到母象，它們便胡亂追人，有時也會壓人、踩人。每年，總有一些人會死在瘋象的足下。

瘋象發出可怖的吼聲，聲入雲端。人們四散而逃。

一見那瘋象，我也心驚肉跳了。我四面尋覓，想找個安身之地；卻聽得司卡史德笑道，瞧，這下時候到了，你不用跳那火坑了，去！你跟那瘋象玩玩。

我一聽，魂飛魄散。我說，姑奶奶，你別折騰我了，你用個別的辦法調教我吧，現在這號玩法，會要我的命的。

司卡史德正色道，你咋能說是玩法？那諾巴跳崖時，是不是也跟諦諾巴討價還價？

我搓搓頭皮，一臉苦相。我彷彿已看到瘋象口中的白沫了。

司卡史德厲聲說，你去不去？

我想，我不是發願「生死由上師，死亦不退心」嗎？咋能叫一頭瘋象嚇住？便道，我去我去。

我心中升起了一股很神聖的情緒。我想，算了，聽天由命吧。既然我皈依了空行母，人家叫我幹啥，我就幹啥。我的命也是人家的。更何況，我還是身口意供養呢。

忽聽司卡史德嬌笑一聲，那瘋象聽到笑聲，悚然一驚，竟向我奔來，邊跑邊直聲長吼。

我覺得心臟死命地擂著胸膛，唾液全沒了，舌頭彷彿成了乾皮條。我不敢看那瘋象，但眼睛卻由不了自己。我發現那瘋象的眼睛竟逕直盯著自己，其神形，很像豬眼睛，但泛著紅光。象的口沫隨了那叫聲噴湧而出，淋漓了一地。

我想，這次，我死定了。我聽說瘋象傷人時，多是幾種方式，一種是亂踩一氣，將人踩成肉泥；另一種是將人當成母象，壓了上去，其結果也跟踩壓一樣；還有一種是用象鼻捲了人，拋向空中，拋接一陣後，再予以踩壓……總之死得很慘。但又想，人家那諾巴求法時，是將生死置之度外的。雖這樣想，心卻跳得更凶了，腳也似踩在棉花上那樣無力。

瘋象漸漸逼近了，原本四散而逃的人都駐足了。他們都屏息而望，不敢發出聲音，想來他們怕聲音會招惹瘋象。

我認定自己逃不過劫難了。我抬頭望望天，一來分散注意力，二來想最後望望天空。我看到幾朵賊白賊白的雲正變著花樣，很像一朵朵盛開的蓮花。我想，要是真死了，別的也沒啥遺憾的，只是有那麼多上師的密法沒能在藏地廣傳開來。我也想最後望一眼司卡史德，卻發現司卡史德仍那樣似笑非笑地望著我。我想，她莫不是鐵石心腸吧？卻又為這念頭而懺悔了。

瘋象越來越近，那象足踩地聲很響，沉悶而沉重，彷彿踩在我的胸膛上。

我長長地吁口氣，想，隨緣吧。我將那瘋象觀成了母親。我想，在過去

的生生世世裡，這大象都做過自己的母親。現在，即使母親要自己的命，我也毫不猶豫地布施給她。這一觀想，瘋象在我心中就沒有方才那麼可怕了。

　　瘋象越來越近，我已經聽到象的呼吸了。那是風匣拉動時才有的巨大聲響。我懷疑是幻覺，但臉上真的感受到了一股巨大的氣流。我想，就當此刻母親在給我沐浴吧。

　　我發現母親向我伸過了手臂，那是長長的象鼻。我覺得，母親摟住了我，睜開眼，發覺象鼻已捲了我。猛然，有股大力，將我拋向空中。

❾ 我不見了自己

　　這時，我才明白，無論自己如何觀想，瘋象還是瘋象。就在我恍惚的時刻，瘋象用鼻子捲起我，拋向空中。我像一片輕盈的樹葉那樣飄動著。我覺得自己被拋得很高，差不多到半空了。我甚至看到了遠處的人們，他們都驚愕地望著我。更遠處的河中有許多人，不知是在洗浴還是在祭祀。河對面還有堆大火，不知是有人在做火供還是在焚屍。我聽到風聲充塞了大腦。我沒有了任何雜念，心成了一塊澄明的鏡子。我感受到一種從來沒有過的清明和空靈。

　　我開始下落。大地向我撲了來。還有那大象，它朝天張著大口，但不知是不是在叫，反正我聽不到任何聲音。我很想提醒瘋象：我落下時，千萬別用象牙迎我的身子。我想，那象牙穿身的滋味肯定不好受。

　　我很想看看司卡史德。我想，她是不是仍那樣似笑非笑地看我呢？一定是的。記得，自打見了她後，她就總是那樣冷若冰霜。可怪的是，自己也總是對她最有信心。沒辦法，也許這就是所謂的緣分吧。但我卻看不到司卡史德，因為我無法控制自己下落的身子。

　　我覺得自己又被那柔軟的象鼻捲住了。那象鼻很像大蟒，柔韌卻又湧動著一股無與倫比的力量。據說那象鼻能拔起一棵大樹，要是它收緊的話，定然會擠碎我的骨頭。但瘋象並沒有收縮它的鼻子，它只是再次向上一拋，我便再次飛向空中。這回，我看到了司卡史德。司卡史德似乎在看我，但看不到她有什麼表情。但那神情，分明有種看馬戲般的悠閒，沒有一點兒的緊張。我感到很委屈，想，瞧她那樣子，要是我叫象踩碎了，她也不會傷心的。

　　拋了幾次，我反倒不再害怕了。那一上一下的感覺反倒很刺激。一瞬

間，我甚至忘了拋我的是瘋象，因為有種空明會時時撲了來，淹了我所有的妄念。那是天空一樣的空明，是一覽無餘的萬里長空般的空明。在那明空裡，我沒了恐懼，沒了妄想，沒了所有的牽掛，沒了患得患失，沒了分別心。那個時候，雖然我仍能聽到大象的吼叫，但那叫聲卻似乎跟自己沒啥關係了。我的心變成了一面鏡子，能朗照萬物，卻又如如不動了。

忽然，我覺得大象接住了我，將我扔到地上。一種鈍痛在身上蕩漾開來，塵土飛起，嗆入鼻腔。我明白，瘋象懶得再拋我了。接下來，它會不會像別的瘋象那樣踩踏我呢？不知道。這彷彿已成了別人的事，似乎跟我沒有了關係。我發現那巨大的象腿像柱子一樣挪來挪去。我覺得我應該感到可怖，但卻又覺得跟自己沒啥關係。那瘋象，那拋，那摔，甚至那挪來挪去的象腿，還有那似笑非笑的司卡史德的面孔，都跟我沒了關係。因為在那種空明裡，我確確實實發現，我不見了自己。

這是從來沒有過的覺受。以前，無論我如何觀修無我，那也僅僅是理上的作意，我從來沒有用生命真正地感受到什麼叫無我。沒有。今天的這一瞬間，我真的感覺到了什麼是無我，什麼是明空，什麼是心如明鏡朗照萬物，什麼是如如不動。我想，就算是現在死了，也沒有絲毫的執著和遺憾了。

我認真地觀察那恐懼，發現我再也找不到啥恐懼。明知那瘋象仍在身邊，仍會威脅自己的生命，但我卻奇怪地沒了恐懼。我發現恐懼是個奇怪的東西，當你認知它的時候，就發現它也是沒自性的。接下來，我觀察更多的東西，比如我的遺憾，比如我的掛牽，比如我的所有執著。我發現，當我在那種明空之中觀照它們的時候，它們就會像炎陽下的霜花兒那樣消失了。

⑩ 勝義的娶我

當那瘋象並不能真正對我構成威脅的時候——就是說，我心中，已沒了對瘋象的恐懼時，即使瘋象能踩碎我，對我而言，它仍是沒了威脅。

我聽到司卡史德的聲音——

起來吧！

我這才看到了司卡史德。不知何時，她已騎在那大象之上。原來，這象並不是真正意義上的瘋象，而是司卡史德馴服後的坐騎。在印度，大象是常見的交通工具，其普及程度，跟中國的馬相若。大象運物，多用馱架和象轎等。在古代，大象也用於戰爭。那時，一頭大象等於一架戰車，可以承載好

幾位戰士，他們拿著弓箭長矛，跟敵人交戰——被稱為世界之王的亞歷山大最慘的一次大敗，就敗給了由大象「戰車」組成的印度兵團。在所有動物中，大象無疑是最聰明者之一。

司卡史德仍那樣似笑非笑地望著我。但我發現，其中的意蘊似乎變了。我明白她很滿意我，但我卻奇怪地不去在乎她是否滿意了。我發現，在遇象前後，我已分明判若兩人了。

司卡史德打個口哨，大象跪了下來。她說，上來吧。我拍拍身上的土。接住司卡史德伸來的手，踩了象鼻，上了象背。

我覺得司卡史德摟了自己，很用力似的。我聽到司卡史德笑道，你第一階段的考試合格了。現在，我再問你，你想娶我嗎？

我毫不猶豫地說，想。

司卡史德含笑道，知道不？你經歷的這幾場考驗，都是你的業障使然。我告訴你，就在你被大象拋入空中的時候，你心靈的光明煥發了。記住那種覺受，由此悟入，你便能明白什麼是真心。永遠記住，「即心即佛」的「心」，便是那真心。所以，只有明白了什麼是真心的人，才有資格說「即心即佛」。那些妄心掩蓋了真心的人，是不配說「即心即佛」的。

又說，我所說的娶，非凡俗的娶，而是勝義的娶。我會告訴你何為「以貪為道」。你要知道，只有智慧成不了佛，只有方便也成不了佛，只有智慧和方便和合的時候，才能證得究竟成就。

大象緩慢地走著，象背一拱一拱的。許多人都奇怪地望著象背上的我們。他們定然詫異這瘋象為何突然變得如此馴順。司卡史德習慣騎象，我卻老是覺得自己會滑脫下來。象背很寬，不像馬背，可以用腿夾住。平時，以象為坐騎的人，大多有馱架或馱轎，像我們這樣在光光的象背上騎的人並不多。

雖然我老是覺得自己會從象背上滑脫下來，但心中還是溢滿了那種陶醉般的快樂。我熏熏似醉了。雖然我能聽到司卡史德的聲音，但覺受中，卻覺得她像一縷清風，像一抹彩虹，像縈在心頭的一個夢。她彷彿沒有粗重的肉身，她總是那麼輕盈，總是那麼如夢如幻，總是那樣帶給我一抹擺脫不了的詩意。

司卡史德說，你現在已經明心，但還沒有見性。明心是明白什麼是真心，你能分清何為真心，何為妄心，你於是有資格說「即心即佛」，但你在事上的真正見道，可能會在日後某一天才能完成。兒呀，要知道，雖然我戲

說叫你娶我，但那戲說，終歸是戲說。要記住，在生生世世的輪迴中，我不知做過你多少次的母親，你也不知做過我多少次的母親。輪迴是個巨大的遊戲，當你明白那是個遊戲時，你其實就有了解脫的可能。許多時候，修行並不是在消除疑惑，而是要你明白，你本來就沒有疑惑。當你用殊勝的目光去觀照殊勝的意義時，你就會發現那殊勝的意義。當你真正發現那殊勝的意義時，你就得到了解脫。

⑪ 這是不是開悟？

我覺得自己沐浴在香風之中，那香氣正滲入自己的每一個毛孔。我的心頭一片澄明，一片湛然，無雲晴空般的覺受在心中出現了。我忽然覺得，司卡史德原來就是我自己呀。雖然我跟司卡史德有著名相上的差異，但其究竟，其實是無二無別的。

司卡史德笑了。她說，確實如此。你只有生起這種覺受時，你才算真正契入了密乘。將來有一天，當你將這種勝解告訴別人，他們會笑你，他們會說你狂妄，他們會搬出一些酸苦的理由來笑你。那些人不明白自己與上師本尊其實是無二無別的，他們連門外漢都不是。因為門外漢尚能看到門，他們只是一群亂飛在曠野裡的沒頭蒼蠅，輪迴正是為他們準備的。

要知道，解脫的真正力量是生起正見。而真正的正見便是：所有的外現，都是虛幻無常的。你只要明白了那種虛幻，你才能談得到解脫。但從了義上講，你其實並沒有個啥值得你解脫的。

兒呀，你明白我的話嗎？

我淚流滿面，哽咽道，我明白，我的母親。

司卡史德笑道，記住，我既是你的母親，又是你的明妃。我既是你的上師，也是你的僕人。我既是在教你明白心性，又是在領受來自你那兒的智慧。你不要被那些名相所困。這世上，捆綁你的，永遠是你自己的心。當你破除了心中的最後一縷執著時，你就會發現，其實根本不存在值得你解脫的東西。

我心頭湧動著滾雷一樣的東西，它在我體內的每一條脈道裡轟炸著。我甚至聽到了許多糾結的破碎。我邊聽司卡史德的開示，邊回味憶持自己被大象拋入空中時的那種奇異的覺受。以前，我雖然聽聞了不知多少密法，不知學過了多少經典，但那些東西永遠以知識的形式存在於自己的心中。無論我

講述本波的教法，還是講述一些密法，我認為自己充其量只是在鸚鵡學舌。雖然我有著超人的記憶力，能過耳不忘、能過目不忘、能一目十行、能一心三用，但我學的所有東西，都不曾使我產生司卡史德賜予我的這種覺受。我覺得自己真正地明白了經典，明白了經典後面的密義，明白了佛說每一句話時的精義所在。

我問，母親呀，這是不是開悟？

司卡史德笑道，這仍然只是明心的層面，還不是真正的開悟。真正的開悟是你見到了實相，那時，虛空粉碎，大地平沉，你會發現你所有的執著都被炸成了縷縷煙霧。最後，那煙霧也沒了。那時節，海天一色，無掛無礙，無佛無我，無生無死，無來無去，無執無捨。那時，你才算真正地進入見道。也就是說，只有到了那時，你才算開始了真正的修行。你此前的所有努力，僅僅是在尋找一個修道的門徑。也就是說，你求到的那些密法，其真正的目的，就是為了讓你能契入一個能令你究竟覺悟的門徑。

兒呀，你雖然拜了一百多位上師，求了數以百計的妙法，但你的所有目的，僅僅是能讓你和跟你有緣的眾生找到那條通向覺悟的路。這就像渡河一樣，哪怕你擁有了千萬條船，你的目的，只是為了渡過那條河。當你過河之後，你會發現，那所有的船，對你來說，都成了一種累贅。

兒呀，你現在明心了。你已經不是過去的你了。雖然你還沒有得到究竟成就，但你知道了覺悟之路。你不會走錯路了。

但由於宿世習氣的沉澱，你仍然會有許多習氣需要清除，你的悟境也可能時時反覆，就像烏雲時時會遮住太陽一樣。但不要緊，那烏雲終究會散去的，你已看到了那太陽的光明。

只是，你的今後，還有相當長的路要走。

第17章　大手印的光明

① 紛繁的萬象

司卡史德告訴瓊波浪覺，大手印的殊勝，主要在於見地，要直指本來面目即法爾如實性，其性無生無染，赤露於當下。

司卡史德說，眾生的心體本來覺悟，本來清淨，靈明虛廓，離諸妄念，等虛空界，無處不遍，諸佛悟之不為高，眾生迷之不為下，即是如來平等法身。

司卡史德說，孩子，那世上萬事萬物，都是心性的顯現呀。表面看來，它們紛繁複雜，或是井然有序，或是氣象萬千。但在悟者看來，他們並不是真實存在的，因為他們是因緣聚合之物，都沒有永恆不變的自性，所以並無實存，了不可得。當你明白了這個道理時，就會萬象自解於自身，無須對治了。

司卡史德開示道，那紛繁的萬象是如何自解的呢？當世上的外現在你的識心中顯現時，你要當下直契明空自性。因為外現也是自性的顯現，那自性之心自會相認，就像操同種語言的人在國外相逢了，他們會聞聲相認。同樣，你的貪嗔癡慢妒等五毒，也是自性的顯現，當它們在心中現起時，你只要契入空性，五毒就會自解。世上的幻化外境和你的幻化之心相遇時，你只要契入明空，就如同奶油會融於奶油一樣，一切幻相就會依幻而自解。當你的識心即子光明尋找自己時，它直契自身，即覺依覺而自解，就像水一定能溶於水中。當你尋求無二的如實性時，如實性直契自身，其義超越一切言說，如天空定然會合於天空。

司卡史德說，這法爾本覺獨一無二，只能自證於自身。當你明瞭自性，看透了紛繁萬象的假象，當下就會證入究竟之覺。就像戀愛中的男女幽會，那究竟的相會只能由你自身來完成，世上的外物是不能替你「相會」的。

雖然表面看來，外現之境紛繁複雜，氣象萬千，但你只要透過那紛繁的現象直透其空性本質的話，那麼一切都會自解於空性。打個比喻，只要你斷了心結，那麼百種妄念意識之結也會解開。所以，唯一究竟的解脫只能來自你的本覺之心。

② 瑪姆女魔

親愛的瓊波巴，今天，庫瑪麗一到我家，就把我早上誦讀《金剛經》修來的清淨又攪亂了。這是定力不夠。

她又打聽到了那些人詛咒的內容。主神還是那個瑪姆女魔。上次的詛咒是一種前行之法，這次才是正行。他們先畫了壇城，壇城四周有四支箭、四個紋槌、四個幻網，還有一些孔雀羽毛，總之是一些聞所未聞的奇怪把戲。他們的供物也很奇怪，是各種黑色動物的血，和上次那樣，還要焚燒各種黑色動物的油脂。更香多傑告訴庫瑪麗，說是整個場面煙霧繚繞，陰氣森森。

庫瑪麗說，那瑪姆女魔——他們當然叫女神——居住在北方，那是一個紅色的國度，山是紅的，水是紅的，石頭是紅的，天空是紅的。在那紅色世界的正中央，有一個巨大的城堡，是牛皮做的，尖角直豎，刺向天空，這便是女魔的宮殿。那宮殿，充滿了人屍和馬屍，腥氣沖天，殺氣騰騰。瑪姆女魔的手下，有一萬個吃肉夜叉。她們身體漆黑，髮如烈火，口中滴著人血和油脂，腰間繫著新剝的人皮。她們還有嚇人的頭飾、新鮮人頭做的念珠、新鮮心臟做的項鍊。串那念珠和項鍊的，是一條正在瘋狂扭動的眼鏡蛇。

咒士們請來了瑪姆女魔，供上了各類供物，讓她們高興。

而後，咒士們開始祈禱——

瑪姆女神，請吃了瓊波巴的心，請喝了瓊波巴的血，請用你攝魂的鐵鉤勾出他的心臟，請用你的套索絞斷他的脖子……

瞧，這便是他們的勾當。我不知道，他們修的慈悲心，到哪兒去了？無論是本波，還是婆羅門教，都說眾生是父母，但為什麼他們遇到一個不稱心的瓊波巴，就非要致其於死地呢？

真是可怕！

我發現，那些有著宗教背景的人比一般俗人更加可怕。因為那宗教背景帶給他們的，可能是一種貌似高尚的狂熱。他們總能在高尚的旗幟下，幹出非常無恥的勾當。

瞧，我的這種觀點，哪像一個退位的女神？

父親找我談了話。他看出我的心病了，並坦言我追的是水中的月亮。

分不清你和信仰，我最愛誰？為了愛你而走向信仰，抑或，為了走向信仰而愛你，兩者互為因果。不過，我現在也懶得追問究竟，萬事一團混沌，由它去吧，不必弄清楚。只是略有遺憾，不能和你共賞女神廟的歌舞了。只

怕以後難得聚面，更難得湊齊了時空，那如花名伶已曲盡人老，那舞榭歌台空有餘音繞樑，情何以堪？

晚上看了很長時間的書，你留下的那些書很好，我只是粗粗瀏覽，就覺汗顏。難怪你總是說我，只看到了你最表面的東西，你總是恨鐵不成鋼。

貪戀所愛，執迷不悟，我知道我的問題在哪裡，這已成了我想深入你所推崇的光明世界最大的障礙。你作為「凡夫」的一面，言行舉止，每個細節都令人著迷。一旦我固執地把你推上聖座，內心的妄念才漸漸安寧清靈，我才能用心讀懂你推薦的好書。深層閱讀，必須用心與作者相契，才能達成靈魂交流，否則就是浮光掠影。而好書真正的價值，就像一位真人，略見皮毛往往難獲真諦，因為他的外觀與常人無異。就像你這樣。

我現在堅持誦讀，平靜生活，你可放心。

遙想十年之後，你我若能在遠山幽谷修習，素食簡從，息羽聽經，多麼自在，勝似神仙，這個綽約的幻想，已成為支持我這麼興致勃勃地等下去的最主要的理由。作為你佛學上的學生，我敬師如佛，遺憾的是我比較愚癡，常讓你無可奈何，希望勤能補拙，追隨你身後，做一隻不掉隊的笨鳥，就心滿意足了。

你離開我，已有四年了吧？很想你。

只有誦《金剛經》，才有神力消解相思。

看到你留下的這冊舊書時，愛不釋手，幾欲落淚，撫物思人，悲喜交集。

因為舊，驚覺逝水流年；因為舊，更見情深意遠。

相識不過數年，恍惚已結三生盟約。

不寫了吧，再寫又會流淚的。

你的莎爾娃蒂何時才能練就夜行千里的神功呢？

這一想，頓時心酸。可見你還在我心上，重重的，搬不走了。

那就留著吧。

❸ 降魔的關鍵

司卡史德對瓊波浪覺說——

兒呀，你別怕那魔女，也別怕咒士們的詛咒。

因為只要你真的認知到大手印的淨光，那些邪魔是奈何不了你的。那些

瑪姆女魔也罷，其他食肉夜叉也罷，他們還處在二元對立之中。當你的心也處於二元對立時，他們的邪術也許會起作用。因為他們的魔法基礎是仇恨和妄心。當他們的妄心干擾了你的妄心時，你就有可能受到他們的控制。

而大手印的淨光是真心的顯現。

降魔的原理有兩種：不究竟的降魔，是以暴制暴，以惡制惡，以力制力。當你的功力大過魔的功力時，降魔才會成功；另一種，是究竟的降魔，那便是用你的真心調伏魔的妄心。

大手印是後一種。

大手印行者有天然的降魔能力，當你真的恆處於真心時，你便是虛空，魔是找不到你的。別說魔，連閻羅王也找不到你。死神的繩索，能鎖住力能拔山的英雄，能鎖住傾城傾國的美人，但它能鎖住虛空嗎？大手印成就者，便如虛空般無執無捨，如大山般不動不搖，當你證得這淨光時，無論遇到以任何形式示現的魔，他們都無法動搖你的心。相反，你的悲心和智慧卻能磁化對方。這才是真正的降魔。

大手印分為三種：實相大手印、和合大手印和光明大手印。實相大手印屬於顯宗大手印，以修證諸法實相為主，由精研《中論》等經典而悟入；密宗大手印分為和合大手印和光明大手印。和合大手印依止手印而引生空樂，證得本覺，感受大樂光明。光明大手印是大手印頓入法，證悟的具德上師要是遇到上等根器的弟子，要是機緣成熟時，透過觀上師本尊的微妙身相，便能立得證悟。

司卡史德說，大圓滿見地高超，但只適合上等根器的人，要是不在實處著手，是很容易流於狂慧的。大手印則不然，它既是見地，又是法門，它並不是一個簡單的名相，它是能帶領修行者覺悟的法門。上師說，覺悟的途徑唯有實修，光聽聞大手印是無法開悟的。不過，大手印是果地光明，只要淨信，只要如法實修，證悟是必然的，就像生在帝王家的太子，無須勤奮地去耕織，卻自然擁有富足的生活。同樣，修持大手印的人，自然能得到內在成長之悟性的加持。

司卡史德教瓊波浪覺拋棄自己以往學過的所有知識，她說知識和聰明與開悟無關，開悟離不開傳承和實修。即使你學通五明，並研讀過所有的經典，要是沒有正確的傳承和如法的修行，是不會成就的。

司卡史德說，大手印之「大」，含括一切眾生，無論貧富，無論貴賤，無論男女老少，所有眾生都具備覺悟的潛能。「手印」二字，則是一個象

徵，它代表了佛陀的心印，如果你修持大手印，便不用再去修別的法門。因為大手印之中，已包括了一切法門的精要。它像滿月那樣圓滿，像空氣那樣無處不在，像天空一樣涵蓋一切，像大山那樣不可動搖。

大手印可分為三部分，「根」、「道」、「果」。

所謂根大手印，就是說一切眾生，皆有佛性。此佛性，是指蘊藏在每個眾生內的覺悟本性。這覺悟本性本自俱足，原始本然，無染無瑕，本初清淨。但人的貪婪欲望，總能造成精神上的迷惑，就像如烏雲瀰漫了天空，無明總在障蔽人本有的清明覺性。六道輪迴就是無明的產物。明白了根大手印，你就會具有三種信心：一是「明淨之信」，相信你和上師、諸佛菩薩一樣有一粒成佛的種子，此信心堅固而明朗，如大山一樣不可動搖；二是「嚮往之信」，你既然有了跟諸佛一樣的佛性和特質，你就會渴望跟他們一樣，證得究竟智慧；三是「清淨之信」，確信無數的行者已借著大手印修習，證得了無上佛果。

所謂道大手印，就是大手印的實際修習法門，要循序漸進，先修小乘的出離心、大乘的菩提心，再契入密乘。

司卡史德說，實相大手印的理論基礎是《般若經》，包括廣、中、略三種《般若經》，也就是《十萬般若》、《二萬四千般若》、《八千般若》等等。經中所顯明諸法本性真空之理是實相大手印的理論基礎。聖龍樹菩薩說，離開般若性空學說，是找不到真正的解脫的。不管是大乘小乘，不管是唯識中觀，更不論顯宗密宗，要想得到真正的解脫，必須按照《般若經》的核心內容來指導觀修，才能明白心的本來面目，終而得到真正的解脫。

大手印在不同的教派裡有不同的名稱，有的稱「俱生合修」，有的稱「大印」，有的稱「實相」，有的稱「能斷法」，有的叫「大中觀」，有的叫「寶盒」，等等。雖有諸多瓶子形態各異，但瓶中之酒，卻總是不離那般若正見。

司卡史德說，世上的修煉方法非常多，但究其實質，歸納起來不過兩種：

第一種是從見地入手，見上求修。就是先從心性入手，先得到空性正見，然後再修定；

另一種是修上求見，是先從修定入手，精修住心之法，來消除散亂，消除昏沉，安住掉舉搖動之心，達到身心輕安。得定之後，再由止生觀，觀察諸法實相，得到覺悟。

以前，瓊波浪覺修過的大圓滿便是從見地入手，明白心性，但因他止力不夠，那觀也難以保任。於是，司卡史德就汲取了以前的教訓，先教他禪定，修專注力，得定之後，再教他觀察萬法的本質，進而破除我執和法執。

司卡史德先教瓊波浪覺七支坐法和九節佛風。因為瓊波浪覺曾在本波有相當的禪修基礎，他很容易就能進入狀態。司卡史德先教他皈依發心，觀想資糧田、歷代上師、四續部佛、百部護法，等等。等皈依發心、觀想供養之後，那資糧田便漸次融入皈依鏡最中間的根本上師，上師由大變小，變成米粒般大小，自頂輪沿中脈進入頭頂，融入心間的不壞明點。

司卡史德說，兒呀，此時此刻，你便是上師，上師便是你，你跟上師本尊是無二無別的。

你就在這樣的定靜之中，不要動搖。身不動搖，心也別動搖。你要不思過去，不念未來，安住於當下，不要患得患失，不要將世俗的痕跡存留在心中。對任何事物，也不要起分別之想，不要有任何希望，也不要任何懷疑，更不要有任何欲望，你當觀想你心中的上師跟你的自性無二無別，你就是我，我也是你。此外，所有的雜念都不要有。但要記住，你此刻的這種狀態不是昏沉，也不是無記，不是什麼都沒有。記住，要是無念狀態就是大手印的話，那麼那些草木山石早就成佛了。

你不要墮入頑空，那種冷水泡石頭似的頑空是沒有意義的。那種正定不是昏迷，不是冬眠，不是無記無念的頑空。你不要壓息那些念頭。你的專注心應該繫在你中脈中跟你的自性無二無別的上師身上，你觀想上師心中的那個種子字，它朗然如燈絲。你繫念於此，不動不搖，但同時，你要生起另一種智慧。你的另一種智慧要觀察你是否如法，是否昏沉，是否散亂，是不是有了雜念，你的心是不是開始搖動。你的觀察之心要像空中發現獵物的鷹隼一樣，心的每一個變化都不要放過，你要跟蹤它，監督它，觀照它。

兒呀，你要用智慧之眼注意那觀察的度，就是說，你的觀察之眼不要過於強勢，不要傷害你的止寂之心。當你的觀察之眼過於強勢時，你的止寂之心就可能動搖。二者的關係很是微妙，過猶不及，它很像絃樂器上的那根弦，太緊了，有可能斷；過鬆了，卻彈不出音。你要時時提起那智慧觀照的正念。說是那樣，你的止力和觀力要大致相當，專注於你心中的上師身上，那是一種非常清明的入定狀態。當然，有時，那觀的力要小於那止的力，你只要時不時地提起那觀的正念即可。這時，你一定不要忘了你此刻的觀修，其實是一種非常明亮的狀態，就是你心中的上師不要模糊，不要昏暗，要非

常清楚，你同時要觀察你是不是麻木了，是不是生起了分別心。

④ 別怕那魔女

在智者看來，分別心便是魔。瞧那修煉瑪姆女魔的咒士們，無不在用世間的垢淨分別心來行施其詛咒。當然，當咒士的念力能調動法界跟他的詛咒達成共振的暗能量時，詛咒當然可以起作用。我甚至認為，那些咒士有意讓那個叫庫瑪麗的女子知道他們行施的咒術，知道比你不知道更有力量。因為你要是仍處於二元對立之中時，你的分別心之魔會和他們的咒力之魔達成共振，而生起作用。

所以，降魔的關鍵，便是消除分別心。

要是你觀察到你已經生起了分別心，那麼，你就要用兩種辦法來對治。一種是暗示法，你就暗示自己，這是分別心。而分別心是修道最大的障礙，是不可以生起的。你就在那種湛然之境中，觀察那生起的分別心，當你觀察它的時候、思維它的時候，並暗示自己不該生起它的時候，那分別心就像炎陽下的霜花兒那樣消失了。因為無論什麼樣的分別心，它的本質仍然是無常的，仍然是歸於空性的。要知道，世界是虛妄的，分別心更是虛妄的。當你用智慧觀照時，就發現它是了不可得的。

當然，相對於止，觀也是分別心的一種，但開始禪修時，不能沒有這個分別心。因為這便是人們所說的正念，它像看家護院的鏢師一樣，為的是防止盜賊的進入。你要善於動用這個正念，用它來消滅其他的不速之客，出現一個，消滅一個，久久成習，那些紛至沓來的細分別心就漸漸少了。像咆哮的大海終究會平息一樣，你的妄念會越來越少，最後，能觀和所觀就融為一體，達到了止觀雙運。你就會觀中有止，止中有觀，亦觀亦止，亦止亦觀。最後，你就連那正念也不再執著了。

⑤ 游動的蝌蚪

這時候，瑪姆女魔之類的世間神靈，已經奈何不了你了。

當你達到那種空寂的狀態之後，你會發現你沒有了色聲香味觸的分別，沒有了許多世俗的分別心。就在這種狀態下，你變得無我相無人相無眾生相無壽者相。心如牆壁，毫不動搖。你接著觀想，你上師的心中有一片湖水，

它非常明亮，猶如明鏡，水平如鏡，無絲毫波紋。雖然水無波紋，但水中卻有只蝌蚪在游動。那蝌蚪如蚊蠅大小，似光似虹，似有似無，但清晰之至。那水也非常明亮，閃著明鏡般的光芒。你專注地觀察那蝌蚪。蝌蚪的游動很是輕盈，輕盈到看不到一點兒水的波暈。那蝌蚪其實是你先前的那份觀照的智慧，你就在靜水般的止中，用智慧的小蝌蚪觀察你自己，觀察你自己的本質，同時也觀察你跟上師無二無別的那個心，當然也觀察你心中上師的本質。注意，觀察所佔的比例，只是巨大的靜水中很小的蝌蚪，不要叫那蝌蚪大起來，不要掀起大的波浪。

你首先觀察你自己。你觀察自己的那個「我」究竟何在，構成它的究竟是什麼。是固體？是液體？是溫度？還是空氣？你終於會發現，你自己的肉體不過是地水火風的因緣組合，它曾經來於虛空，終將歸於虛空。當你活著的時候，它似乎還有形色，但你一旦死亡，那四大就會分離，你就再也找不到那個「我」。你會發現，那個所謂的「我」，其實是一個巨大的騙局，它僅僅是個在一大堆因緣組合的假象之上安立的假名而已。當你一步步思維分解下去，你就真的找不到一個「我」的存在，你終於發現，你會進入一種落空的狀態。你的禪修其實終究歸於空性，你便破除了許多執著。當你這樣觀修下去時，你會發現無論是「我」還是「法」，都沒有究竟不變的真實性，一切都是幻化的現象而已，並沒有任何獨立存在的實體。

記住，世上的諸多萬象本質上還是你的分別心，它是虛幻不實的，它的本質是無常，並無永恆不變的本體。當你一次次觀察，你就會發現一次次落空，你便慢慢地沒了執著，進入定境。而在定境之中，萬法更會顯現出它本有的空性狀態。無論世間法出世間法，無不如此。它們雖有因果顯現的緣起，雖然因果不虛，但那因與果其實也是無自性的。當你一直追尋下去時，你會發現無一不歸於空性。你就這樣觀察，恆常地觀察，將空性和你的禪修融為一體。久而久之，你甚至無須著意觀察，那種覺受和正見就會時時生起並觀照你的人生。當你面對任何事物時，都能直觀地認知到萬法本空，並在能所俱空的狀態下自如地入定，你就能做到止觀雙運，進而破除我執和法執。

要知道，人的習氣是久久薰染而成的。環境可以改變一個人的習性。當你一直跟善知識在一起，久而久之，你就會染上善的習氣，成為善人；當你老是和惡友在一起，久而久之，你就會染上惡習，變成惡人。一個最常見的例子是，當一個嬰兒被狼叼入狼窩，生活幾年之後，他就會變成狼孩。你即

使把他帶回人間,你也很難祛除他的狼孩習氣。你想窮一生心力,讓那狼孩完全改變狼的習氣,定然會徒勞無功。由此可知習氣是很難祛除的。不過,很難祛除並不意味著不能祛除,一個人既然能由人變成狼,同樣,只要有好的環境,壞的也就有可能變成好的。觀修的目的,就是為了對人進行善的薰染。當你在智慧觀修中久久地浸入,發現世上並無一個值得你執著的東西時,你的許多執著就相應地破除了。有一天,當你真正發現自己的本來面目,見到空性光明,雖然也許只是很短的一個瞬間,但因為你已經嘗到了那種覺受的滋味,你已經認知了它,你就可能將此正念保任下來,經過久久的訓練,將它打成一片。

當你破除了對一切現象的執著時,你就能感受到萬物的本質,那種空性之境就會自然顯現出來。當你在這樣的顯現當中入定時,你就會進入非常殊勝的定境。

你會發現,萬物在緣起的同時不離性空,性空的同時卻示現緣起。萬物並不是只有緣起或是只有性空,而是二者一體,並行不悖。這樣,你就可以遠離斷常二邊。

你就這樣認真觀察,無論那眼耳鼻舌身六根和色聲香味觸法六塵顯現出怎樣的現象,都會明白它們的無自性也即虛假性。這樣,你就不會去執著它們,你就留意觀察它們的本來面目,並契入空性。你會發現,世上萬事萬物無不如此,無論它有著怎樣的緣起現象,其本質卻都是歸於空性的。當你在座上消除了斷見常見和戲論,將正見智慧印入你的生命,哪怕你在出定之後,那種智慧仍然會觀照你的人生,你會發現你眼前的一切都是虛幻無常的。它們跟水中月鏡中花一樣虛幻,跟海市蜃樓一樣了不可得,跟彩虹一樣只是幻化。你就會發現,諸種事物雖有不同顯現,但其本性卻歸於空性,了無實質。那緣起的現象不離性空,那性空的本質不礙緣起。

⑥ 安住於當下

司卡史德說,概而括之,止是修定。止能使我們覺悟自心的究竟本性。紮實的止,是任何修煉的基礎。修止的成功能使你圓滿任何一個法門。有了堅固的定力,你才能進入觀的境界,才能領受大手印心要,才能證入大手印之果。觀是修慧。經過止的修習,我們就能了悟到一切現象不生不滅的本性,此即為觀。要知道,世上萬物,以及每個人所執持的「我」,其本質都

是空性。眾生卻執幻為實認假成真。因為最大的無明即是我執，從無始以來，眾生執著「我」的存在，便產生了執著，五毒習氣，由此而生。如法地觀，行者就會發現「我」並不存在，它不在身外，不在身內，不在細胞，不在幻想，「我」只是諸種因緣的聚合，自性本空，了無一物。法我亦然，諸法因緣而生，諸法因緣而滅。

司卡史德說，以自心直觀自心的境界是超越一切的，能安止於這樣的境界，即為「觀」，亦是安止於大手印的自性。此時，不牽掛過去，不掛念未來，安住於當下的平衡之境，遠離一切妄想，直觀自心本性。它超越二元、能所等所有相對概念，它便是大手印追求的「究竟智」。

司卡史德說，直觀自心時，有時也會妄念紛飛，但你不要執著它，也不要分辨它。任它來者自來，去者自去。不以善喜，不因惡悲，不壓抑，不排除，你只要觀照它的本質即可。這樣，在霎那間，我們就能直接契入原始本然的清淨本性。如果你明白如何安住於自心本性，能掌握住一個個剎那，這就是最高深的法門。

司卡史德說，安住於無念無執的禪定之中，絕不是不省人事的無明，而是要安住於自心本性之中。自性遠離戲論，單純一味，此為法身之境；自性清淨明朗，為報身之境；而這明淨並非有實體，有種種化現，雖是空性，但有諸多緣起，此為化身之境。換句話說，心的離戲一味是法身，心的明朗清淨為報身，而心的無終無止則為化身。

司卡史德說，安止於自性，為諸法門之要旨。一法通曉，完全解脫，若能安止於此，無須再學他法。久而久之，煩惱漸消，智慧漸長，慈悲智慧也將更為廣大。所有無明和貪嗔癡，都會像蛇解結那樣自動地解開。

兒呀，為了進一步成熟你的心性，我帶你去那空行聖地，讓你進一步領受諸多空行母無垢的教誨。

⑦ 瑪姆女魔的心咒

莎爾娃蒂去找空行母班蒂。

班蒂在尼泊爾很有名，從國王到尋常百姓，幾乎無人不知。她修白金剛亥母法成就，長於除障息災，遣除過許多人的障難。班蒂是生活在社會底層的空行母，以自己的實際修證贏得了廣泛的尊重。那時節，尼泊爾有許多修密法的空行母，她們跟女神不一樣。女神由國家認可和供養。女神崇拜類似

於國教，而空行母只是贏得了底層的信仰。王家對女神多扶持，但對於班蒂這類空行母則不一樣。王族既不敢得罪這類空行母，又不願公開支持或是扶持。他們非常害怕空行母們的社會影響力，怕一些政治力量會藉以挑戰王權。那些空行母的身分有點像我家鄉涼州的神婆，雖有廣泛的信仰，但一直沒有顯赫的社會身分。跟涼州神婆不一樣的是，空行母是證得了空性的聖者，神婆則仍是凡夫。

班蒂住在一個遠離市區的山洞裡。山洞常年敞開，裡面有些法器，有些供品，此外別無他物。沒有人敢偷班蒂的東西，再說她的洞中也沒有一般人感興趣的東西。據說，班蒂富可敵國，卻又身無分文。她不愛財，曾有無數人供養她無數的珍寶，但她轉手又送人了。她知道許多寶藏的所在，卻從來沒有想去開掘它們。

莎爾娃蒂剪下了自己的頭髮，拴在班蒂空行母洞口的鐵環上。她用這種方式表示了自己的誠意，也等於完成了預約。空行母將根據預約來幫別人解除障難。

莎爾娃蒂想，班蒂究竟什麼時候回來呢？

回去後，她又給瓊波浪覺寫了一封信：

我的夫君：

聽說你病了，我非常擔心。我又去找那位能禳解詛咒的空行母班蒂，聽說她馬上要回來了。她一來，我就去找她。我相信她會幫我的。當然，我會供養她很豐盛的禮物。

我打聽清楚了，那些人布的壇城叫幻網。他們用一種奇怪的咒力將某個空間織成了奇怪的網。然後，再用一種特殊的方法將那些魔們勾攝入網，或進行供養，或進行蠱惑，然後放出他們，讓他們追上你，去做咒士叫他們做的那種事情。

庫瑪麗說，那些咒士將瑪姆女魔的心咒寫在紙片上，畫上女魔的像，放在幻網中象徵須彌山的基座上。女魔像的四面有四個黑人，他們拖著滅著鮮血的辮子。還有四人，持著麻黃。此外還有很多東西，比如一百零八個替身，比如箭，比如二十四個裝了鮮血的脛骨等等。總之，很是可怖。

每天，那些人將咒過的毒砂向你尋覓的方向拋打，並放出那些邪魔。按他們的說法，那些魔子魔孫就會追上你，施展魔力讓你產生疾病、煩惱、業障等。

我不知道，你的疾病是不是跟這有關？

我一直很擔心你。

這些天，我也老是發呆，喉嚨也很痛。還是趁醒著的時候，多想想你，回憶我們相處的點點滴滴吧。

真的很累了，但我會堅持下去。你說，愛需要一種儀式。堅持就是一種儀式。因為我愛你，我不能失去你。

我說過，只要獨處的時候，我就要給你寫信。我要信守自己的諾言。這是我的選擇。我要是留給你多變和不負責任的壞印象的話，那你一旦遇上另一個可愛又守信的女子，就可能動搖對我的愛。趁那個女子還沒有出現之前，我得努力清除那一絲絲的習氣，我不能給別的女子創造這個機會。我原是與世無爭的人，我僅僅想得到妻子的心。

瓊，你不知道，為了找你，我吃了很多苦，流了很多淚，走了很多曲曲折折的彎路。跟街頭那個小女孩乞丐差不多，草鞋都走爛了。這是因為我愚蠢，沒有練就一雙慧眼，人海茫茫，不能識別誰是我今世的夫君。是我不小心把你丟了。我多焦急啊，一直在找你。終於有一天，我遇到了你。

在你炯炯有神的注視下，我猛然驚醒：我找到他了。我們的相遇，也許是神靈的幫助吧。直到今天我還是如夢如幻，如癡如醉，神思恍惚，不願醒來。明知愛你很苦很難，還不知有多長的路要走，還不知一路上有怎樣的風風雨雨，但我都會欣然接受。你也不要難過，這是我的事。

我心存感恩，感謝上天，讓我們在還能相愛的年齡，認出了對方。否則，我的心一直還是懸著，無枝可棲。想想這世上多少人，渾噩不覺，任由至親至愛的人擦肩而過。所以，我還有什麼可求的呢？還有什麼其他貪念呢？我又怎麼可能放棄呢？

昨晚的夢中看到你了，我多高興啊，雀躍得像隻小鳥，撲稜稜地扇著翅膀飛過去了，停在你的膝上，專注地看著你，時而「篤、篤、篤」啄你的手（那是我在輕輕親你，說「我，愛，你」），最後，看中你那茂密叢林般的一頭亂髮，就在上面築巢棲息了。我會每天清晨在窗台上唱歌給你聽。

我睏了，迷迷糊糊的，也不知說了什麼，別笑我啊。

謝謝你愛我。

你的莎爾娃蒂

又及：

再給你寫一封信吧，靈鴿去一趟，很累的，叫它一次多帶點我的愛。

做完父親安排的事，回到房裡，已很晚了。立在陽台上望了一會兒夜空，圓月似隱似現。想到你。一個女人，最應該做的事，也許是遙望星空，這樣可以讓自己不被生活瑣事醃透。

我想這時候，你已經睡熟了。睡深了，睡香了，心裡特別踏實。想到你安詳入睡的樣子，我就像重返了童年，寧靜，無憂。

我又開始心痛了。我知道，你肩上承擔的，心上承擔的，有太多太多的責任、義務、使命……諸如此類，也不是誰強加給你的。明白了的人，理應要有擔當，但也不要太累了。倦了，就放下來。我更願當一個普通的女人。

我已經不習慣女神的身分了，也不再考慮身後的事，不想生命的意義之類。我死後人記不記得我，怎麼評價我，我不在意。就像給你寫信，那是我活著的需要，像呼吸一樣，而不是為了身後留名。我只是個普通女人，喜歡一個好男人，喜歡就是喜歡，不為什麼。喜歡看你開開心心，哪天要是懶得當瑜伽士了，那就不當。要是你的尋覓讓你不開心，那就別再尋覓了。當和尚，或當牧民，你怎麼舒心，就怎麼來，憑什麼總要你承擔使命？你要是不樂意了，就緩一緩。緩了之後，再說。

愛你像登山，攀登越高，空氣越稀薄，人跡罕至，挑戰極限，前進或上升的難度也就越大。你不見，做一個滿大街跑、平地上走的碌碌庸人哪有什麼難度？

要是你覺得難、覺得累了，也是一樣，你肯定是在上升，應當高興才是。不過也得適時紓緩，放鬆放鬆。別太逼自己。

尋覓和跋涉太艱苦了。如果你不想再走了，就暫時緩一緩吧。除了你自己，沒人逼你承擔使命。你就做個自由、率真、撒野、任性的野孩子吧，光著腳板一路狂奔，一路高歌……噢，我想起了，那時節，我家沒有讓你放歌的空間，憋著你了。

我跟你一樣，是最不願意上神壇的。你得降低期望，我絕不當什麼女神。我只是喜歡你，做一個女人應當做的事，僅此而已。

我的信能寫多長，就能陪你多久。

愛你的莎爾娃蒂

⑧ 不後悔跟你的相識

我的女神，聽了司卡史德上師講大手印，心中放下了許多，身體也好了很多。

雖然我的身體仍時不時出毛病，但我並沒有將這當成是瑪姆女魔的原因。其實，我眼中的瑪姆女魔也是母親，要是她需要我的命，我布施她便是了。

我也老是看到那些張牙舞爪的魔，我甚至相信，他們真的是那些咒士遣來的。我根本用不著他們動手吃我，我就將自己宰殺了，供養他們。我想，我就從布施那些魔來圓滿自己的菩提心吧。怪的是，當初無論我如何觀想防護輪——我能很清晰地觀想出杵帳和烈火，卻無法擋住襲向我的惡魔。而當我索性把肉體和生命布施給他們時，身體反倒好了許多。

看了你的信，我總是陶醉，濃濃的相思噴湧而出。行在旅途，感覺也變了。以前的我，是被上天流放到人間的罪臣。現在的我，是被巨大的幸福裹挾的男人。司卡史德上師開示心性之後，我的心已明廣如天，不帶一絲雲彩。不成想，我所有的修為，總是被你的信沖得稀爛。

昨夜夢到你了。我摟著你，幸福地醉臥。夢光明裡，一個空行母告訴我，莎爾娃蒂是你的女人，你應該坦然地接受她的一切。

你的至真至純感動了我。要是以往，我會逃跑的。我怕害了你，因為愛上我的女人，可能會曾經滄海難為水的。這是巴普說的——我跟他談起過你。他說，你即使在生活中遇上別人，也會在我的反襯下失去色彩，於是會痛苦地尋覓一生，但你再也不會找到我這樣的人了。巴普這樣說，不知有沒有道理？

但我還是不後悔跟你的相識。雖然對你的心疼成了干擾我寧靜的因素，但我同時還感受到席捲而來的巨大的詩意。它會陪伴我一生，融入我的生命。

愛你的瓊波浪覺

⑨ 她真的是情魔嗎？

看了瓊波浪覺的信，我笑道：只看這信，你哪裡像個追求解脫的成就師，簡直就是風流倜儻的情種。難道前面司卡史德的那些開示，對你一點作

用都不起？

老人笑了：孩子，我給你講一個故事。在若干年前的某次輪迴中，我化現為魚。跟一般魚不一樣的是，我可以像人一樣思維。我有著普通魚沒有的智慧。一天，我游到一個所在，忽然聞到一股香味。我一看，是魚餌。我知道那是陷阱，我知道要是我上了鉤，便是漁家碗中的菜。於是，我游開了。但那香味卻像繩子一樣拴了我，我一次次遠離它，又一次次被它拉回來。我的理性告訴我不能吃魚餌，但我的身子卻不聽話。後來，我身不由己地吞了魚餌，結束了那次輪迴。

孩子，這便是老祖宗說的「眼裡看得破，肚裡忍不過」。明白心性並不等於能安住心性。理上的明白，代替不了事上的安住。

雖然我明白了情的虛幻，但許多時候，我的心卻不一定聽我的話。

你一定要記住，在我漫長的尋覓過程中，最難的，不是越過千山萬水，而是掙脫莎爾娃蒂的情。同樣，在我眼中，那些詛咒其實並不可怕，但莎爾娃蒂的那一封封信，卻老是能讓我生起退轉心。我雖然明白尋覓是我活著的理由，但一想到莎爾娃蒂，我便感到一種巨大的吸力要將我拉回到能讓我安居樂業享受天倫之樂的所在。

因為這個原因，有人甚至將莎爾娃蒂視為我的情魔。

我問，在你眼中，她真的是情魔嗎？

瓊波浪覺不語。他只是長長地歎了一口氣。

第*18*章　　空行甘露教授

雪漠：上師啊，請你講講那些神奇的空行之旅好嗎？

❶　你難道忘了你的真心？

司卡史德對我說：有文字的教法固然殊勝，但更殊勝的，是空行母心滴般的心傳，因為真正的覺悟是很難用文字來表述的。那些沒有文字的偉大教授，至今仍在空行母的覺悟心性中，等待著有緣的人來領受。兒呀，我覺得，你的緣分到了。你跟我去拜會那些覺悟的偉大女性吧。但願你能成為那些空行教法傳承鏈上的重要一環。

我們就騎著大象，一同去那著名的空行聖地。關於這空行聖地的究竟所在，說法頗多。在《光明大手印：實修心髓》中，你不是也記載了二十四個空行聖地的所在嗎？

司卡史德說，兒呀，雖然你也能從我這兒得到清淨無垢的教法，不需要走這麼遠的路，但你要知道，有時候，我更願意你面見那些偉大的證悟女性。雖然在了義上說，我跟她們是無二無別的，但從緣起上看，你跟她們的相見，無疑是一種勝緣。以此緣故，你的法脈中的所有傳承弟子，都會得到空行母的直接加持。千年之後，那些空行母也會以世間女子的形象，來護持你的法脈傳承，讓它燎原成充滿法界的智慧之火。

我看到的空行聖地是個荒無人跡的山窪，因為我還沒有究竟證悟，所以我的遊歷空行聖地是以光明夢境的形式完成的。我看到那泛著紅色的山岡，那紅彷彿是鐵銹。我明白，我看到的僅僅是顯境，而司卡史德帶我來朝拜的是祕境。於是，我按司卡史德的要求進入了光明夢境，馬上，我看到了一個非常莊嚴的壇城，它像洇出宣紙的墨色那樣在晴朗的天空中顯現了出來。我先是看到壇城的外層，由無數的頭骨連接而成，表諸法無我諸行無常；然後我看到了第二層，那是由蓮花串成的護輪，表清淨無染；然後是由金剛杵織成的火帳——我認為那諸多的火帳也同時存在於我的心性中。我還看到無窮無盡的莊嚴，我同樣認為，那諸多的莊嚴也存在於我的心性之中。

我感受到壇城的巨大加持了，我的心頓時變得非常清涼，非常柔軟，沒有熱惱。我看到了群鳥一樣在空中飛行的空行母們，她們有金剛部空行母、有蓮花部空行母、有佛部空行母、有寶生部空行母、有事業部空行母。她們

都是出世間空行母。每個出世間空行母的周圍，都有無數的世間空行母環繞著。那些世間空行母雖然沒有究竟證悟，但她們都發了菩提心，立誓要護持正法，成辦如法行者的種種事業。

在壇城門口，我首先遇到的，便是這類世間空行母。她們像夜叉一樣可怖，張著大口，彷彿對我這個想進入聖城的鬚眉濁物有無量的仇恨。既然她們的責任是護持聖城，那她們絕對不允許一些未證空性者來擾亂聖地的清淨。於是，她們張著山洞似的大口，噴出一股股黑風般的氣流，氣流之中，是蠍子、蜘蛛、蜈蚣等諸多毒蟲。時不時地，還夾帶了巨雷。那巨雷聲驚天動地，散發出硫黃一樣刺鼻的氣味。接著是暴雨，那不是尋常的暴雨，而是裹挾著血雨腥風，彷彿隨雨傾瀉而下的，是無數的膿血。膿血中，還有蠕動著的癩蛤蟆、蜥蜴等各類瘆人的毒物。那些毒物也發出刺耳的叫聲，像鈍鋸條一樣，在我的神經裡拉來扯去，叫我尋死覓活。後來，那些巨雷竟然滾動成了球狀閃電，像個巨大的車輪向我滾來。

我不由得尖聲大叫。

這時，耳旁響起了司卡史德的聲音：你難道忘了你的真心？

我於是記起了司卡史德的開示，馬上進入悟境。怪的是，當我一入悟境，諸多凶險瞬息間便化成了清涼。那滾雷成了散花的天女，那諸多的毒物也成了遍地的蓮花。

那些世間空行母越加發怒了。她們張著獠牙，怒視著司卡史德。司卡史德笑道，具誓的空行母呀，別枉費心機了，你們的所有努力，在我眼中，都是小孩子的遊戲。瞧，我連一根毫毛也不曾顫動的。說著，司卡史德以高度的專注凝視她們。她的「身」凝若山嶽無動無搖，她的「語」靜若深淵無波無紋，她的「心」猶如金剛無畏無懼。她周身發出一種真理獨有的聖潔之光，那光明馬上便磁化了那些世間空行母。她們涕淚交加，跪倒在地，說：「偉大的母親呀，請原諒我們的魯莽。你的光芒像太陽，我們只是撲火的燈蛾，請收攝我們吧。我們願獻出我們的命根心咒，生生世世聽你的調遣。」

司卡史德笑道，筷子是探不到大海之底的，我理解你們的行為。善自修持吧。你們可別小看我這兒子，他像大鵬的幼仔一樣，雖然翅膀尚嫩，不能高翔於九天之上，但再大的麻雀也是麻雀，再小的大鵬也是大鵬。只要假以時日，他的智慧之火定然能燎原的。

說著，司卡史德帶我繼續前行。

② 不期而至的客人

前行不遠，我便發現了一條河流。河水清澈，汩汩有聲。我們正要渡河，卻見一點火星，如流星迸射而來，入水之後，河水便燃起了火焰。火焰初時不大，但漸漸洇滲開來，後來，整個河面都燃燒了。那汩汩水聲，也化成了劈哩啪啦的聲響。彷彿那燃燒的，不是液體，而是無量無邊的乾柴。

火光沖天了，半空中的雲也燃燒了。河流早成了一條猙獰扭動的火龍。火星四濺，漸漸地，火星竟變成了紛飛的空行母。她們在光焰中舞蹈著，歌唱著。聽那歌詞，倒也清晰：

> 法界之相皆由心造呀，
> 不期而至的客人；
> 法界之火便是智慧呀，
> 不期而至的客人；
> 那燃燒的熱惱源自你的心呀，
> 不期而至的客人；
> 了知一切皆是夢幻呀，
> 不期而至的客人。

司卡史德笑道，你聽清了嗎？兒子。

我說，聽清了。

司卡史德笑道，那你就知道該如何做了。

我說，是的。我已了知，那諸多的大火其實並無自性，皆由心造，應該無憂無懼。但怪的是，我雖然理上明白那火是幻相，但還是覺得熱浪撲面而來，甚至還燎焦了我的毛髮。我退縮了一步。卻聽得司卡史德叫道，兒呀，那熱的，其實不是火，而是你的分別心呀。你別忘了我的開示。你將那諸相融入自性呀。

我暗叫慚愧，想，我咋又丟了悟境，遂提起正念，蹚入河中。卻發現自己進入的，是真的河流，諸般清涼，撲面而來。水聲汩汩，泛起無數浪花，水中尚有魚兒在自由地游動著。抬起頭，見不知何時，司卡史德已到了河的對面，正朝我盈盈而笑呢。

明白了吧？凡所有相，皆是虛妄。她笑道。

　　再前行，遇到的是一個巨大的深谷。它橫亙天際，深不可測。谷中升騰起巨大的蘑菇雲。初看時，蘑菇雲尚小，約有頭顱大小，但它的膨脹速度很是驚人，瞬息間，就大逾天際了。彷彿那是個蘑菇般的巨大的嘴，正在吞食天空呢。而藍天真的化成了液體，正流入那巨口之中。

　　我看到有一群小鳥飛了來，被那蘑菇雲一掠，撣落到地上，化成了一地的焦黑。我想，那究竟是啥雲呢？我抬頭望司卡史德，她卻笑而不答。

　　我想，我明白了，那是毒氣雲。以前，我就聽說過，前往空行聖地的途中很是艱難，有時，會遭遇到毒氣的。而有些空行聖地，就在毒龍島上。正因為有毒氣，才人跡罕至，利於修行。

　　我見那毒氣蘑菇已膨脹至天大，正向自己移來，按它吞天的速度，自己是禁不起它一掠的。我不知道自己被掠入毒氣之中會有怎樣的覺受，想來比進入煙囪更難受吧。要是那毒氣有很強的腐蝕性的話，自己的形體肯定就沒了。佛說一失人身，萬劫不復，自己已經求到了那麼多的法，犯不著為了得到什麼開示冒這號險吧？

　　我很想對司卡史德說回去吧。扭過頭，卻見司卡史德一臉冷笑。

　　我想，上師這樣不高興，定然是我剛才的想法不對。我想，那我就進入毒氣中吧，為法忘軀，雖死猶生，再說這是上師叫我這樣做的。我已將身口意供養了她，她叫我做啥，我當然不能退縮的。

　　我又試探性地望一眼司卡史德，見她仍在冷笑。

　　我想，我不管她是不是高興，就當將這身子供養了她吧。

　　但才一邁步，我便覺得那氣體真是嗆人，似乎有種硫黃味兒，但比硫黃嗆人百倍。我想，只要有個火星兒，這氣體便會爆炸的。這一想，卻見那氣體中出現了一個小人兒，穿著紅衣，紮著髮髻，很是頑皮。他拿個打火石，正一下下敲擊呢。我想，這麼濃的硫黃味，只要那小兒敲擊出火星，這兒便會炸成一片火海。

　　正擔心呢，見那小兒手中的火石已濺出了幾點火星，我於是聽到一聲驚天的轟響，幾個大火球在眼前炸開了。而且，隨了那幾聲炸響，四面竟都炸響了。完了。我想。我閉了眼，覺得身前身後有巨大的炸浪在激盪不已。那硫黃味也越加嗆人了。

　　我努力睜開眼，見四周煙霧瀰漫，看不到任何人，連司卡史德也不知到哪兒去了。隱約中，還能看到濃煙中有火光在閃，眼見是那爆炸仍在進行著。我想，算了，不管它是不是爆炸，還是前行吧，哪怕是死了，也是為法

而死的。

我高聲喊：上師——上師——

隱隱地，從遠處的濃煙中傳來一個微弱的聲音：我在這兒。但那聲音的來處，正閃著巨大的火光。我雖知道那兒正在爆炸，但還是向那兒挪了去。

前行一陣，我似乎看到司卡史德了。她穿了一件水紅色的衣服，在煙霧中很是扎眼。我安心了，想，只要上師安全就好。哪知，再往前行，竟看到司卡史德懸在懸崖上空，正抓個嫩枝，大呼救命呢。

我覺得血湧上頭部了。我想，可不能叫上師墮入崖下。我也不再管那兒究竟是實地還是懸崖，便撲了過去。我覺得自己踏空了，身子像石頭那樣落了下去。我發現，在我落下的時候，上師也落了下去，那點水紅一直就在我眼前晃著。我想，不要緊。就是死了，也和上師在一起呢。

我覺得自己下墮的速度很快，不久就趕上了上師。我一把抓住她的手，那手非常柔軟非常溫暖。我長長地吁了一口氣。

覺得自己落到了實處，我才看見上師盈盈的笑。漸漸地，上師身邊的煙霧也散了，四下裡一片清明，我發現身邊根本沒有懸崖，天空裡也沒有蘑菇雲般的毒氣。我想，原來，又是那些空行母們的幻化呀。我又認假為真執幻為實了。我想，上師肯定要罵我了。

司卡史德卻只是盈盈笑著。她說，你別自責了。雖然你這次又犯了錯，但你對上師的那份真心卻抵消了你的過失。所以，我很滿意的。

❸ 只要有腳，就會有路

我們繼續前行。奇怪的是，我剛才看到的壇城消失了。我懷疑那是自己的幻覺。因為我進了壇城之門後，再也沒有看到過啥莊嚴，竟越來越顯得人跡罕至了，連世間空行母也很少見了。

我問司卡史德，上師呀，不會走錯路吧？

司卡史德說，不知道。因為我分不清啥錯啥對，有時候，錯的就是對的，對的也是錯的。

我們於是繼續走。這地方，雖顯出陌生的模樣，我卻有種來過的感覺。因為那陌生裡，總是滲出一種熟悉來。

忽然，我發現腳下沒路了。一道巨大的豁口般的懸崖出現在面前。我叫，上師呀，沒路了。司卡史德笑道，咋能沒路呢？只要有腳，就會有路。

能放腳的地方就是路呀。

我指指那深不見底的懸崖，問：你的意思是叫我下去？

司卡史德說，我沒那意思。你要有你自己的意思。你自己瞧，你是該下，還是不該下？

我說，只要是必須要走的路，那我就下吧。

司卡史德不置可否。

我於是下了那懸崖。那懸崖猛看起很是陡峭，但走時卻也有著腳之處。我說，我打定主意了，我還是下吧。

司卡史德笑而不語。

我也不去管她，自管下行。我漸漸下去老遠了。我想，這路，其實也不難走呀。抬頭望上面，卻發現自己竟走了很長一段的距離，已看不到司卡史德的影子了。怪的是，那來時的著腳之處，竟都不見了，那崖頭，竟似刀削般地齊整，像用利刃切過的豆腐一樣。我感到心驚膽戰，但好在向下看去，仍有可以著腳之處，於是我手腳並用，慢慢下行。

再下行一陣，發現那著腳之處越來越淺了，後來，竟連一點兒窪處也沒了。我發現不知何時，自己已到了懸崖中部。無論向上向下，都很像刀切豆腐一樣齊整了。而那懸崖的底部，仍是深不可測。我感到心驚肉跳。我想，完了，這下完了。要是摔下去，非成肉泥不可。

抬起頭，看到的也是刀切般的懸崖。我想，這樣子，是很難上去的。這樣下不得上不得，真要命。我想，上師為啥不見了呢？莫非，這懸崖也是她化現的？但也只是懷疑，因為我發現崖壁上有小鳥在築巢。

風從幽谷裡吹來，吹到汗津津的身上，很是涼爽，也很是陰森。似乎還有方才聞到過的那種膿血臭味。我想，不管咋說，總得走呀。路雖然難走，但再難走的路也是路。我就試探著下行。我發現自己雖然被一種很濃的夢幻感包圍，手下的崖石卻很實在，一點也不像虛幻的化境。我的手指也有種被磨壓的疼。

繼續下行，漸漸沒有著腳著手之處了，身子越來越重。風也越加凌厲，起勁地鼓蕩著，似要將我掀下崖去。我想，自己摔死倒也沒啥，人活百歲，終有一死，但真是可惜了那些求到的密法。要是藏地的眾生能得到那些密法多好。

我感到風的鼓蕩越來越強勁，彷彿有個人在扯我的衣襟，想要將我扯下山崖。這時別說再往下了，只是固定身子不叫風颳落，便讓我花費了全身的

力氣。我掙得一身汗水，鞋子裡也流進了許多汗水，滑滑的，很難受。我努力地往下望，仍是看不到底，雖然沒有一點兒霧，也沒有障礙物，但我還是看不到底，可見這懸崖真的很深。

這時，一個聲音隱隱傳來：跳呀跳呀。

彷彿是司卡史德的聲音。

我向那聲音的來處望望，卻看不到任何人影。

指頭很疼了，指肚上已磨出血水了，周身疼得厲害。但我想，莫不是幻覺吧？

聽得那聲音再次傳來，跳呀跳呀。

我聽出了，那聲音，分明是司卡史德的。

卻又想，我要是看不到你的身影，我是死也不會跳的。我想，要是那聲音是我的幻覺的話，我不白白摔死了？

我於是發現那谷底似乎近了，說不清是我下了一截，還是那谷底上了一截，反正我能看到谷底的東西了。我發現谷底有一窪淺水，水中爬著許多鱷魚。那些鱷魚都張著大口，貪婪地望著我。我看到司卡史德正站在那窪淺水中的一塊石頭上，四面環繞著許多鱷魚。我覺得奇怪，想，方才她不是還在上面嗎，咋又到下面了？雖覺得奇怪，但還是焦急。我想，看那樣子，危險萬分呢。

這時，又聽到司卡史德大叫，跳呀跳呀，再不跳，可來不及了。

我聽出了，這聲音真的是司卡史德發出的。我甚至還看到她焦急的神色呢。我發現幾條鱷魚已經爬上了石頭，嘴已經夠到司卡史德的腳了。

我很想說，等等，我馬上跳。我想，要是真的跳下去，肯定會摔成肉泥的，但無論成不成肉泥，都是鱷魚嘴裡的吃食。我倒是不怕摔死的，只是覺得從這麼高的懸崖上跳，這事實本身就很可怕。

我很想再聽到司卡史德的叫聲。我想，只要你再叫一次，我就跳下去。可是司卡史德再也沒有叫。我甚至看到她嘴角又挑起了冷笑。

我想，要是我再猶豫，肯定會失去上師了。

我想，死也罷，活也罷，跳吧。就鬆開手，跳了下去。

我覺得那距離也很奇怪，要說遠吧，我竟能看到司卡史德臉上的表情，比如她方才嘴角浮上的冷笑。要說近吧，那下墜的時間顯得很長。我覺得自己正墜向一個巨大的黑洞，耳旁風在呼呼著，身子也有失重的感覺。後來，我每次回憶起那次經歷，都感歎不已。在我的印象裡，那不是一次尋常的下

墜，而是一次漫長的生命旅行。

我仍在墜著。我睜開眼，看到的不是上躥的崖壁，而是萬種光芒。那情形，很像頭上挨了一榔頭後迸濺的金星。萬千的火星般的光在我的腦中炸開，一波一波，消失到遠方了。

我想，快到底了吧？

我想，無論摔成啥樣，只要上師叫我跳，總有叫我跳的理由。

就這樣，我一直墜了很長時間。我不能確定我究竟下墜了多長時間，也許一個時辰，也許幾個瞬間。我只記得，自己真的沒有了分別心，那覺受，就跟我在大象背上被拋上拋下時一樣。

④ 進入空行母的壇城

我覺得自己彩雲般落了下去，因為下墜到後來，我就由墜變成了飄，我輕盈地飄呀飄呀。睜開眼，發現自己早到了地面，身邊圍著許多女子。有幾個女子仍是憤怒地望我，但我已經不害怕她們了。我連那麼高的懸崖都不怕，會怕幾個小女子嗎？我於是用下墜時的那種覺受望著她們，在那種覺受裡，我是無憂無懼的。於是，那幾個女子笑了。一個說，瞧他，臉皮多厚。

司卡史德笑道：你們不可小瞧他，別看他眼下只是燈燭之光，只要善加滋養，並加以功德之柴，燈燭之光終究會有太陽之明。他已經得到了許多妙法，原本是用不著到這兒來的，但為了緣起上的周全和殊勝，才來到此地請求開示。

我用無分別心望著一個仍在怒視我的女子，直望得她害羞地低下了頭。司卡史德笑道，好了好了。你已經經受了諸多的考驗，到了真正的空行聖地。

話音沒落，天空中出現了許多彩虹，無量無數的智慧空行母顯現了出來。梵音心咒同時充盈了虛空，我聽出，她們持誦的，是金剛亥母的心咒。

司卡史德笑問：兒呀，你聽到了啥？

我說，是金剛亥母的心咒呀。

司卡史德笑道，非也非也，你千萬不要陷於那名相的泥沼。我告訴你，我聽到了啥：兒呀，我聽到了啞巴在吟唱，他們發出難以言表的聲音；我聽到了聾子在聆聽，他們聽到了無法言說的妙味；我聽到了瞎子在觀形色，他們看到了無法暢言的妙味。兒呀，你可明白我所說的話？

　　我感受到一種說不出的歡喜，說道：我的上師，如是如是。你嘗到了說不出的妙味法樂，你聽到了無音符的大妙之聲，你看到了無形的大象之形。兒子我雖然愚笨，也品出了一點兒法味。

　　啥法味呢？司卡史德笑問。

　　我說：我無眼目之欲，不知道我要看什麼；我無聲色之求，不知道我要聽什麼；我無傾訴之欲，不知道我該說什麼。

　　我說，上師呀，我更無舌嘗之能，那妙味更是了不可得呀。你叫我說啥？

　　我的上師，那朗然的天空是妙色之門，那無波的大海是諸耳之聲，那寶鏡般朗照萬物的心裡雖有諸味而實無所嘗呀。

　　司卡史德笑道，兒呀，你已在理上明白了，雖然你事上的覺悟尚需假以時日，但方向是不會錯了。兒呀，來吧，進入空行母的壇城。

⑤ 清淨的身教授

　　司卡史德問：兒呀，到這空行聖地，你想得到什麼樣的教誨？

　　我說，我想得到身語意三者最清淨的教授，以成就無量的莊嚴功德。

　　司卡史德讚道，好呀，真不愧是我的兒子。她轉向空行母主母，笑而求曰：我證悟了無上智慧的姐妹呀，請給我的兒子種上好的緣起。

　　於是，第一位空行母端來一盆清水。時辰已到傍晚，天空懸掛著一輪滿月，那輪圓月映在清水之中。

　　司卡史德笑道：兒呀，這便是清淨之身呀，雖有種種現分，而無自性。那生起種種妙相的同時，卻又如水月般虛朧，兒呀，這便是最殊勝的身教授。

　　我說，母親呀，這真是無上的清淨教授，雖然簡單，寓意卻十分深遠，我會永遠記住這殊勝的妙法，不再執著這空幻無實的水月之身。

　　空行母唱道——

　　　　不期而至的客人瓊波巴，你不要執著那虛幻之身。
　　　　此身假合，了無自性，像水中的月影一樣虛朧。

　　　　無論是你的肉身還是本尊之身，皆如幻影並無實質。

雖然可能絢麗無比，但跟彩虹一樣如光如影。

世人都執著於假合的肉身，卻不知那只是四大的和合。
因爲認假爲眞執幻爲實，所以生起了種種的貪執。

由於百般恩愛遂生煩惱，煩惱掩蔽了本有的光明。
光明的起處正是那本覺，本覺當觀照幻化之身。

身執是人生最大的無明，它直接導致了諸多紛爭。
那戰爭屠殺罪惡等諸業，多是由身執生出的毒菌。

由眼貪美色生起掠奪之心，奪美人奪宮殿掠人之美。
耳聽美聲同樣消解了智慧，無論嬌聲顫語還是天籟之音。

那諸多的誘惑皆從六門而入，像六個賊寇來劫掠主人。
光明的鏡子因此蒙灰，再也無法照徹晴空。

身執是眾生最大的煩惱，貪戀享受而放逸耗神。
修道者當以苦行爲業，便是想破除身執而超升。

其實那欲破者同樣執幻爲實，此身本來虛幻如水中之影。
源自四大後散歸於四大，地水火風消散便了無蹤影。

這本來是一個淺顯的道理，人們理上明白卻事上妄行。
我們百般貪愛這境中影像，因煩惱顯出了六道幻影。

勝義的身教授不僅於此，連那本尊身也如虹如影。
你一定要明白這個道理，這才算明瞭究竟的幻身。

你要將山河大地都視爲幻化，它們也都是本尊的化現。
凡所化現無不是鏡花水月，於無執中洞悉那假中之眞。

你的家園和房屋無不如此，你的城市和鄉村皆如幻影。
你的種姓和民族皆歸於法身，那心與外物無不是幻化的夢影。

那本尊身同樣不可執實，一旦執實便魔障頓生。
無數的執實者修成了屬鬼，沉淪於萬劫不復難以超升。

那了義的法身皆是幻化，那所有的幻化皆不離真心。
那真心便是你的本尊呀，我這不期而至的客人。

當知世上諸物皆是本尊化現，這本尊又不離於你的真心。
那真亦幻幻亦真一味無別，那如夢如幻還要當下覺醒。

你明白此理還遠遠不夠，像幻化的刀鋒傷不了敵人。
你必須還要在事上對治，於行住坐臥中堅固遂生。

當你安住那幻化的法身，當你洞悉那虛幻的鏡影，
當你不執著那諸多假象，你便得到了圓滿的佛身。

⑥ 最究竟的圓滿語

　　第二位空行母捧過來一面鑲嵌著咒字的大鑼。司卡史德接過，掄槌一敲，大鑼發出大聲，聲波陣陣，蕩向遠方，漸漸歸於無聲。

　　司卡史德說，兒呀，記住，世上所有的聲音，都如這鑼聲，雖偶有巨響，並無實質，它發出的同時，就歸於空性了，不可執著。最圓滿最清淨的語是遠離世上所有的無益之語論，恆常地持誦本尊的心咒。那無益的談論苦耗生命，徒惹是非，毫無益處。所以，用那清淨的心咒充滿你語的時空，這便是最圓滿的語教授。

　　我說，母親呀，我明白了。這世上，最無益的是語言，它從出口之時，便歸於無際。但最值得珍惜的也是語言，因為上師和諸佛之心髓就是以語言為載體的。沒有語言，便不會有傳承的法寶。我會遠離無益的巧舌之能，而用語言來傳遞真理的光明。只有將語言化為智慧的寶石時，才是最究竟的圓滿語。

空行母唱道——

那大鑼發出巨響聲震天地，表面看來確實石破天驚。
但你靜觀那聲響之處，卻找不到一點兒不壞的本體。

那驚世的高名如同這鑼聲，看似有形卻如空谷回聲。
它們輕煙般漸漸遠去，終於消散於遙遠的碧空。

那辱罵雖叫人難以接受，其實質等同於幻化的鑼聲。
罵聲方起便消於無跡，智者不會將它牽掛於心。

所有毀譽如同空中的鳥鳴，如大風吹過呼嘯時的餘音。
你何必在乎它打擾清淨，澄然不動視若鏡中幻影。

閒談同樣無益你應遠離，你高談闊論何益於修行？
搗弄是非亦無絲毫效用，徒增煩惱更是空耗生命。

清淨的語教授遠離俗意，只將本尊心咒掛在心頭。
你身如空竹心無纖塵，用咒聲填滿生命的時空。

你眼中的諸聲無非是空性，空性也便是本尊的清音。
無論情器世界的哪種聲音，你都視爲心咒仔細來品。

你看那天空又掠過了雁鳴，聲聲哀喚又聲聲淒清。
我聽來卻是那亙古的梵歌，一暈暈來自那本尊的壇城。

那風聲鶴唳雖另有含義，我眼中它們也無別於本尊。
世上諸聲都當如是觀修，這樣才是清淨的修聲。

你耳聞那聲音眼觀那形色，你鼻嗅那咒意舌品那聲暈，
你身觸那聲波心想那咒意，你督攝六根才接近那本眞。

要觀世上萬物無非是咒聲，情器世界皆化爲聲音。
宇宙間空空蕩蕩無一絲實質，無一莫不是咒聲的品行。

你也將自己融入那空意，那空空中卻承載諸佛的功能。
諸聲雖然無常卻能載物，正是它延續著智慧的傳承。

將所有聲音都視如佛的密意，將所有聲音都觀爲聖諦的變形。
它們現無自性湛然空寂，你清明中體會聲音的妙能。

⑦ 最圓滿的心教授

　　第三位空行母捧過來一枚水晶。在月光下，水晶折射出萬千光芒。司卡
史德說，兒呀，就便是最圓滿的心教授。那覺悟的心跟水晶一樣毫無雜質，
玲瓏至極，但卻總是能生起妙用。那覺悟的心不是死寂的大海，而是如水晶
般朗然璀璨。兒呀，你是否明白了其中的寓意？

　　我說，是的母親。覺悟的心雖然空寂，但卻是光明歷歷。它遠離死寂，
遠離頑空，在寂靜中放射出無量的光明。

　　空行母唱道——

覺悟的心並不是乾涸的河谷，雖有那空窪卻無水聲。
覺悟的心並不是漆黑的空屋，雖有那空殼並無主人。

覺悟的心是那朗然的水晶，雖無雜質卻折射出無量光明。
它燦若晶體映照世上萬物，本體卻無變無易如如不動。

你也許見過那無波的水面，浪止波息便可映照虛空。
要是將風吹水動視爲妄心顯現，鏡水便是妄心息後的眞心。

眞心如水晶朗照諸相，眞心如水晶無波無紋，
眞心如水晶毫無雜質，眞心如水晶無分別之心。

水晶的諸面隱喻心之諸相，雖有種種現分本體卻清明。

那諸多現分應對紅塵諸相，諸光折射出無量的幻境。

諸多幻相源自燦然的水晶，光明四射本體並無搖動。
真心的本質亦當如是，無紋無波卻朗然光明。

有人將無光的虛空視爲證境，其實是頑空無記愚癡的別名。
冷水泡石頭永無意義呀，冷寂如枯木難以超升。

還有那雲翳般的沉沒，也總在障蔽成就光明。
猶如明鏡罩上了塵灰，很難映射出法界諸境。

真正的光明照天照地，如如不動卻朗如水晶。
玲瓏剔透卻空無一物，這便是清淨心的教授。

你將這水晶心生起妙用，那塵世諸相也化爲水晶。
它們如影如虹了無實質，晶瑩透亮卻猶如幻影。

即使偶有雲翳掠過天空，那雲彩染不了天空清明。
即使那大海也偶現波浪，波息時那水面仍如明鏡。

究竟的心中毫無掛礙，如明淨的天空不著纖塵。
那萬里長空無一絲雲翳，那萬頃大海無一線波紋。

不期而至的瓊波巴呀，這便是空行意的教授。
你銘記在心勿生懈怠，歡喜淨信並受守奉行。

⑧ 金剛乘三門甘露

第四位空行母捧出一粒鑽石。司卡史德說，兒呀，這粒鑽石象徵了佛的功德，它不生不滅，不斷不常。只要你能清淨身語意，你就會擁有諸佛的無上功德。那清水之中的明月，象徵佛的化身，現而無自性；那咒字象徵佛的報身，那水晶象徵佛的法身；這鑽石，則象徵佛的自性身。

　　兒呀，你雖然沒有得到文字相的經續，但你得到的，卻是金剛乘身口意三門甘露。你從此擁有了真正的空行母的清淨傳承。兒呀，記住這些教誨，你便得到了無上的如意寶。

　　明白那化身的教授你便明白了空性，明白那報身的教授你便擁有了三昧耶誓約，明白那法身的教授你便洞悉了心性的本質，它會在你的大手印無修瑜伽中發生效用。兒呀，那三種教授，其實是進入真理之門的三把鑰匙。

　　那身之教授在於建立你的見地，你日後的所有觀修都不要忘記那水中之月。沒有它的指導，你會執幻為實認假成真。你要用那見地觀照所有的禪修體驗，你會明白，真正的了悟不是來自心外，而是來自內心。你要用那正見觀照你所有的人生，要是沒有這種見地，你很難進入真正的禪定之門。

　　那報身的修法，靠的是根本上師不曾中斷的清淨傳承。沒有上師，就沒有成就。兒呀，你雖然有許多上師，如灌頂上師、傳法上師、授戒上師、傳承上師、經論上師……但在所有上師中，最重要的是你的根本上師，也即為你開示心性的那位上師。嚴格說來，人的一生中，只有一位根本上師。因為你真正的明心見性只有一次。誰能讓你明心見性，誰便是你的根本上師。無論我有沒有上師的名相，無論我在外相上是乞丐還是嫖客，無論我採用哪種方式，只要我能讓你明心見性，我便是你的根本上師。你可以有無數的灌頂上師和經論上師，也可以有無數的竅訣上師和傳法上師，但為你開示心性令你明心見性的上師只有一位。他，便是你的根本上師。

　　在密教的傳統中，開示心性也稱為大光明灌頂，是所有灌頂中最殊勝的灌頂，也稱之為句義力灌頂或語辭灌頂，或者叫大手印灌頂。在上師為你開示心性的那時，在你心光煥發的那時，你就跟上師構成了三昧耶誓約。這是你日後源源不斷地得到法界諸佛菩薩光明加持的保證。有了它，你的智慧之燭才能燎原成智慧大火；沒有它，你對心性的理解便僅僅停留在「理」的層面。因為，所有法界之力的加持，只能以你對根本上師的信心為通道。沒有相應，便沒有加持。要是你得不到法界之力的滋養，你單純的理悟便容易流於狂慧。所以，你一定要破除所有的名相，準確地認知誰是你的根本上師，明白你究竟跟誰構成了三昧耶誓約。你千萬不要受知識和概念的左右而錯認了定盤星。

　　要知道，那為你開示心性的根本上師代表的是報身佛。

　　你要準確地去實踐根本上師的教誨，要像守護眼眸一樣去守候你的三昧耶誓約。你一定要俱足清淨的心地、強烈的信心和無緣的慈悲。慈悲和信心

應該貫穿於你的一切行為之中。當你如法地實踐從根本上師那兒得到的心性教授，憶持和守護從根本上師那兒傳遞下來的光明時，慈悲和智慧才可能生起。

記住，傳承的清淨和對根本上師的信心是真言乘的成就密鑰。離開它們，根本不可能有成就。

讓那清淨而恆定的信心貫穿你生命的每一個時空，它是一切成就的泉源和保障，要是沒有它，你根本無法進入解脫之門。

那水晶般朗然的，是你的另一個寶藏，那是你的根本自性。那是開啟心靈的鑰匙，我稱之為本覺，那是般若智慧的精微之相。

要是你不知開顯本覺的了悟，你就無法穿透外現的幻相，你就無法了解教法的真正含義，你真實的如意寶——自性的寶庫就無法開啟。

要知道，正確的修行之道是首先要有智慧正見的指導，就是說，你首先要點亮心頭的那盞燈，只有在智慧之燭的照耀下，你才能覺悟，你才能了知萬法的本來面目——也就是實相。

我們的修行常常被稱為修道。道，就是前人走過的路，就是規律，就是覺悟時必須遵循的一種行為準則。當你沿著「道」前行時，你的覺性才會慢慢顯發出來，你才會認清你所有行為的密義，你內在的智慧本覺才會被挖掘出來，你才會了解到許多內在的體驗是本有智慧的光明，它們本來如此，不假外求。當你認知到本覺之光時，我們就稱之為開悟，它會使你的智慧本覺顯現於你的生命中，變得十分清晰，像黑夜中的燈塔那樣了了分明。你會發現，那燈塔，其實同樣是你的自性光明。它們不是你修來的，而是你發現的。它們是你的自性中本來俱足的光明。

所以，在你的證悟過程中，那三種教授有著決定性的作用。你必須在正見的指導下，選擇適宜你的修行法門，培養你心靈的慈悲，認知你本有的智慧，以達到真實的了悟。

當你真正覺醒之後，你的智慧之燭就有了三種莊嚴，我們稱之為三身。三身，其實是證悟的三種表現方式：

那化身，是智慧之燭外現的光明，它以種種外現的物質形式表現出來，它可能是一些預言性的指導，或是一些承載智慧的人和事，以指導需要幫助的行者進入深層的體驗。兒呀，那諸多的空行母，鼓動如簧的巧舌，在為你開示心性。她們點亮了你的本覺之燭，驅散了亙古的黑暗，以使你的自性光明自生自顯。兒呀，解脫的祕密是本有的祕密，它同樣本自俱足，但只有心

靈覺醒的人才能了悟它把握它。當你的本覺煥發出光明時，它自然會驅走無明。要知道，本覺是超越分別心的，在本覺的光明中，沒有二元對立。它本來清明，閃爍智氣，它是直覺的智慧，不假思維分別，而洞悉萬象。

那報身便是智慧燈燭本身，成就之源來自報身，報身給予的教導往往伴隨著成就而傳遞。它莊嚴深廣，象徵著三昧耶如意寶的鑰匙。我將那些真言和教誨等以聲音的形式傳遞的真理稱之為報身的妙用。它沒有任何的造作，沒有任何的虛飾和狡詐，它本身便是自我解脫的報身。心性非由造作，不假因緣，無須解脫，無須改變。心性的本性是自我解脫。所以，解脫的自然光輝與表徵，只會發生在了悟本來心性的人身上。

兒呀，一定要像守護眼眸那樣，守護你與根本上師的三昧耶誓約，守護你完整無垢的覺性。要像培育種子那樣，在教法的光明中讓它不斷成長，久而久之，它的光明就會真正地顯發出來，進而滋生出殊勝的功德。要知道，那覺性本身，就是最高層次的三昧耶戒。覺性的特質是本來解脫，本來自在。這就是說，我們並不是叫那覺性導向解脫的，而是那覺性本來是解脫的。要入真如之境，只能透過真如本身。所以，了悟真如的法身覺性就是一切誓約中最高的誓約。它不是手段，不是達到某個目的地的途徑，它本身就是目的，本身就是解脫。

那法身是光明的智慧本體的另一種表述，它源自微妙的本性。它跟心靈有關，展現出無上的覺悟和深妙的覺性。它是真實本性的密鑰。兒呀，不要造作地對治心靈的對境，不要造作地對治你心中的憶念，心性的本質便是法身，一切事物的本質便是法身。這便是無分別的法身之見，這也是心性的本來面目。當你在覺性之境中進入無修禪觀時，你便不會再去杜撰那些概念化的活動，你更無須對治那些心的對境。

兒呀，雖然心性的特質是解脫，但你還是別忘了精進。你欲證得完美的佛身，一定要去努力地觀修本尊形貌。因為本尊身是最完美的身軀，它象徵了本尊的諸多功德，象徵了本尊的獨特成就。它達到了物質所能顯現的最高圓滿，你要恆常地去觀修，直到你與本尊無二無別。

兒呀，你要想證得究竟的語成就，一定要精進地祈請上師或持誦本尊的真言；因為那祈請和真言承載了最圓滿的加持力，它代表了語的最高形式，它能直達報身的究竟本質。

兒呀，你要想得到究竟的覺悟，一定要勤修大手印。那心性無有變異，最極聖妙。它便是本覺的法身，它無形無相，離於概念，離於勤勇。它能生

萬法，能自然成辦身口意事業。為了達到心的究竟清明，你一定不要離開大手印悟境。

兒呀，你一定要記住，那三種密鑰，綜合地結合了物質、聲音及心靈三種修法，三者都很重要，不可偏廢。

兒呀，你雖然來到了空行淨土，領受了以上的教法，但你要知道，從了義上講，空行淨土其實遍布法界。同樣，那空行母也不是來自心外，而是自己覺心的另一面。她們是遍時空界、遍一切處的證悟的諸多顯現之一。明白了這些，你便能真正地契入無修之境，進入心性完全清淨的法身境界，就會從一切虛幻短暫的不淨中得到究竟解脫。

兒呀，要記住心性本淨，不可改變，恆常清淨。當你的諸種由分別心引生的污垢祛除之後，你就會見到不易的本淨心性，就會子母光明會——母光明和子光明就會彼此相識，融為一體。當你真正超越了主體和客體，你就不再有主客體之別，因為你那主客體的分別，就會融入真正的自性俱生俱顯之境。

兒呀，因為你當初拒絕過我，我們這次的相聚就到此為止了。你可以回到那爛陀寺取回你的經書之類，去藏地吧。我們更進一步的相聚是下一次的事。

你不要難受，我們的緣分極深，而且不是一般的緣分。這次，你已經得到了很多。你還會來的，我等著你。記住，無論你何時向我祈禱，我都會馬上回到你的身邊。你也告訴你所有的弟子和所有對我有信心的眾生，只要他們向我祈禱，我就會像母親聽到生病兒子的呼喚一樣，馬上來到他們的身邊。當然，因為業障所蔽，他們不一定能看到我的色身，但佛說過，若以色見我，以音聲求我，是人行邪道，不能見如來。只要他們信心俱足，就能得到我的加持。

至於拙火、夢觀、幻身、光明、往生、中有等諸多瑜伽的教授，等奶格瑪為你灌頂之後，我會為你善加解說的。

去吧，你這棵樹已經開始茁壯了。

我很高興。

❾ 傻子的油脂

尊敬的夫君：

剛才我買了一些火供用品。我想供供梵天和那些護法神，讓他們幫幫你，讓你少些違緣，能早日找到奶格瑪。

庫瑪麗又帶來了那邊的信息。那些咒士們又開始做一種更邪惡的咒術。他們想讓你變成白癡——一想這個詞，我的心就哆嗦了。

那個在街上行乞的傻子死了——就是你見過的老揀食骯髒食物的那個，咒士們弄來了他的屍體，用他的腦漿寫了你的名字，放在火壇上燒。火壇的供物，便是那傻子的油脂。他們一邊持咒，一邊叫騰起的煙熏那張寫了你名字的紙。

你想，這是多麼噁心的事。庫瑪麗一說，我就嘔吐了。

還是談談我們的事吧。你也許真的勞累了。瞧你，前些天寫的那封信，寫了什麼內容。我一直不敢再看那封信。只是好笑，原來，吃醋的瓊波巴，也會犯糊塗的。

我是你氣不跑也氣不死的女人，無愧於你，無憾於心。你來了，我當你不會走。你走了，我當你沒有來。

不過，我堅信，我們能走一生的。

因為，在這世上，我最愛你。

燈又快沒油了。等你回來時，莎爾娃蒂會好好賠罪，捂得你熱呼呼的……想我嗎？

你的莎爾娃蒂

⑩ 希望他們的詛咒靈驗

我思念的莎爾娃蒂：

我倒是真的希望那些人的詛咒靈驗，讓我變得愚癡一些。老祖宗說，傻人有傻福。所以，在世人眼中不傻的我，只能過這種奔波的生活。

每次，一寫完給你的信後，我就能坦然入睡。我頭一挨枕，就呼聲如雷，酣暢之極。可見我是個無心的人，但我已做了該做之事。每次，我做了該做之事後，總是會坦然入睡。別的，其實是命運的權力範圍。我不想奪命運的權。更明白，任何執著，都僅僅是在折磨自己的心。

我當然明白你的心，你真的很矛盾：離開我，你的生命失卻了一段精彩。不離開，你又忍受不了那種思念之苦。也許，在某個瞬間，你真的很想放棄。那個瞬間，我也心疼你，卻想：也好，隨緣吧。

我明白，許多時候，一個人的所有設計，都會因為心的變化而成為泡影。要是我們有期待，就必然有失落，進而失去心靈的寧靜。對這個世界，許多時候，我真的是無所求的。我只能隨緣。能回到你那兒，我很高興。要是你放棄了，我也很高興。

冷靜地想一想，一生裡，我真的沒產生過如此強烈的情感。也許是壓抑過久，也許是你真的值得我愛，更也許是我將你當成了我生命中一直尋覓的那份真愛。沒有它，就沒有我的修行。我的靈魂，一直被詩意和宗教撕扯著。當那份強烈的詩意佔了上風時，我就想當尋覓的詩人和行者。當宗教信仰佔上風時，我就去閉關修煉。我曾想，世上不缺修行人，也不缺瑜伽士，但缺好詩人——你也許想不到，我甚至想當詩人呢。

遇見你後，我真的很驚喜。那份熟悉、善良、溫柔和真誠，很令我陶醉。還有你那女神經歷薰染出的靈秀和聖潔，每每令我驚喜不已。我被一種東西裹挾而去。雖然我的智慧時時提醒我，但我還是願意浸淫其中，不願自拔。我明白，它可能成為我一生裡最重要的激情。在那些日子，宗教意義上的尋覓，總是被你的愛吹淡。

但昨夜，我真的想放棄了。我覺得我太殘忍。你實在太累了。一想到放棄，我感到失落的同時，也感到一種輕鬆。我失落於可能要失去我深愛的你，卻又輕鬆於你可以不再有相思之苦。我真的心疼你。為了叫你過得好一些，我能尊重你對我的放棄。

但我明明知道你心中的塊壘所在：你怕你舊的溫馨世界被打碎之後，再也無法建起新的美好世界；你更怕別的女神的命運在你身上重演。

也許你是對的。但你並不知道我的智慧。我是太明白生命的無常，才會無原則地珍惜它。僅僅如此。

謝謝你給了我那份詩意和精彩。我發現，你也真的投入了全部的真誠。我們真的該珍惜它的。生命裡沒有這份情感時，人就成動物了。不久之後，你所有的一切終將離你而去，你只有一次的生命終將消失，還有什麼比年輕健康時的相愛更值得珍惜呢？我想，只要我們稍稍冷靜一些，或是待得時間消磨了那份惱人的相思後，我們或許會走出很遠的路。我們的生命，也許會因了這一相攜，綻放出異常絢麗的火花。

多年之前，在我「明白」或「覺悟」前的許多個夜裡，我時時在深夜流浪在本波廟後面的山窪裡，瘋子般吼叫。我解除不了孤獨。我時時想自殺，時時想拿把刀插向自己心口。但我終於活了過來，當然是修煉救了我。在那

個時候，任何人拯救不了我。能拯救我的，只有心的明白，或那份我所尋覓的真愛。

幸好，苦修之後，我終於明白了一些。我很想將我的那份明白傳遞給跟我同樣痛苦的人。

我的智慧還告訴我：世間法的所有追求，最終是無意義的。多年之後，隨著宇宙的壞滅，一切都會隨之化為灰燼的。我想尋求更有意義的能夠永恆的東西。尋覓便成了我所選擇的永恆。它時時將我從寧靜的雪域高原挺出，挺向神聖的印度。

我想，燃燒了這麼久，在全心全意地愛了你之後，我該定定心，幹我命裡該幹的事了。

我決定受戒。

愛你的瓊波巴

⑪ 精神的真實

瓊波浪覺回到藏地，籌到了許多金子，再次來到印度，又求了許多密法。

前後算來，他已拜了一百四十多位上師，也幾乎求到了當時流行於印度的所有密法。同時，還隨緣供養了尋覓途中遇到的上師，並求了一些以前沒求到的密法。但他們都不知道奶格瑪的訊息，有人說曾在空行母聚會時見過奶格瑪，但不知道她現在在哪兒。有人甚至說，你不可能找到奶格瑪，她僅僅是個傳說。還有人說，奶格瑪早圓寂了，但瓊波浪覺想，就算她真的圓寂了，法身也是不滅的。他聽說，瑪爾巴就見到過已經圓寂的那諾巴。瑪爾巴照樣從那諾巴那兒求到了「那諾六法」和其他法門。何況，聽說奶格瑪已證得了無死虹身。

尋覓之路是那麼的漫長，同行的弟子不適應印度的氣候，紛紛病倒了。瓊波浪覺安排他們休養，自己則背了黃金，四處尋訪奶格瑪。

性急的讀者也許會怨我的節奏過於緩慢，本書早已過半，瓊波浪覺卻仍在尋找。當然，節奏慢是我小說的特點之一。問題在於，許多時候，尋找的過程其實也是目的。正如每個人生命的目的地是死亡，但最精彩的，還是那走向死亡的過程。瓊波浪覺正是在尋找的過程中昇華了他自己。

我曾想將瓊波浪覺在尼泊爾和印度的求法之旅諸一記錄下來，但我發現那樣容易流於瑣屑。更因為求法的過程大同小異，多為艱辛的尋覓而已。當

一種筆法用多了之後，就會出現閱讀疲勞。再說，有眼力的讀者，也會發現本書的寫作跟一般的傳記小說不同。它更多傾向於心靈的真實，而不是追求描頭畫腳的那種所謂真實。

同樣，對於瓊波浪覺的求法經歷，我也不想用一般的紀實筆法，而更願意用一種象徵筆法。這種寫法，我曾在小說《西夏咒》和《西夏的蒼狼》中大量運用。我說過，《西夏咒》中「瓊」的原型，其實就是我心中的瓊波浪覺。我寫他時，同樣是強調精神的真實，而非現象的真實。

之所以使用大量的象徵，原因是我真正秉承了瓊波浪覺那個時代的許多智慧。使用象徵是佛教的特色之一。無論是唐卡還是儀軌，無不使用象徵。《西夏咒》就用了大量的象徵來寫一個空行母和一位成就者的證悟過程，不過因為它畢竟是個小說，許多朋友不一定會重視它。

可以說，瓊波浪覺的任何一次求法，都不是坦途，都充滿了艱辛和危險。而再現那種艱辛又幾乎是不可能的，因為我不能像老婆婆嘮叨兒媳那樣諸一描述那些過程。即使我真的描述了那些過程，效果也未必比我使用的象徵更好。

瓊波浪覺的尋覓經歷，跟瑪爾巴尋找古古如巴的過程一樣，雖有魔幻色彩，卻是更高意義上的真實。它像《西遊記》那樣，有了超越文字和故事層面的意義，涵蓋了幾乎所有的智慧求索的諸多可能。

因為文字所限，我不能將瓊波浪覺的求法經歷一一羅列出來，因為那樣容易變成流水賬。但我也不能無視瓊波浪覺遭遇的諸多艱辛，因為那些艱辛是客觀存在。而且，人類在追求永恆的過程中，必然要面臨許多艱辛和困境。瓊波浪覺的智慧求索也不例外。

所以，雖然你也許不一定認可我的寫法，但它肯定給你帶來了一種別樣的閱讀感受和審美體驗。這便是我寫這本書時，選擇象徵筆法的優勝之處。明眼人一眼便可以看出它精神意義上的真實。精神的真實才是真正的真實。因為任何現象的真實，都會隨著現象的變化而失去真實性，只有精神的真實才是本質的真實。所以，你總是能從我的《光明大手印》系列作品中，讀出那種能令你豁然有悟的智慧。要是你能真正悟入，你甚至能感受到一顆顆仍在怦然跳動的光明心傳遞過來的清涼。

而對於真正有信仰的人來說，他讀到的，就不僅僅是文字了。雖然有人會認為我從空行文字得到的有關訊息僅僅是象徵，但事實上，我並不認為那些文字只存在於我的想像中。我當然認為，空行文字，其實也是一種客觀存

在，它同樣類似於暗物質和暗能量，是一種超越了人類的眼睛、但定然是宇宙間的某種存在。歷史上有許多成就者，就從空行文字中得到了有益於人類的諸多智慧。我們熟知的《密勒日巴道歌集》，就是一位後藏的成就者，從空行文字中轉譯過來的。只是到了後來，一些粗心的出版家忽略了那位偉大的成就者而已。

⑫ 附體之說與無二無別

對於空行文字的轉譯之說，一些學者用了另一種說法——「附體」。這一說法，也承認了有一種比人類更偉大的存在。它有時會附著於人類身上，傳播一種真理。

我的小說《西夏咒》出版後，北京大學中文系教授、著名評論家陳曉明先生寫過一篇文章，叫《文本如何自由：從文化到宗教——從雪漠的<西夏咒>談起》（《人文雜誌》2011年04期），文中有附體之說，他這樣寫道：

《西夏咒》幾乎可以說是一個全新的東西。……內裡有一種不斷湧動的宗教情懷在暗地用力，表現在文本敘述上，就是如同神靈附體，使得小說敘述可以如此無所顧忌地切近存在的極限。……雪漠也是在玩著界限與僭越的遊戲，他要僭越那個界限，他是有些膽大妄為，他要在沒有標準的狀態下找到自己的標準——他像是被什麼神靈附體，否則，哪有這樣的膽量，哪有這樣的手筆，哪有這樣的器度？

……

雪漠可以說是當代中國作家中極少數有宗教追求的作家，他有二十多年的修行經歷，研究過世界上的多個宗教，尤為致力於研究大手印。雪漠寫的《大手印實修心髓》是一本頗有影響的書，儘管他表示不會成為教徒，但他確實有相當深厚的宗教情懷。

……

雪漠的《西夏咒》是不可多得的極富有挑戰性的作品。當代文學再要創造陌生化的經驗，已經極其困難，而宗教情懷有可能使作家開闢出個人獨特的道路。雪漠以他對宗教的虔誠，以他靠近生命極限處的體驗，去僭越、越界、抵達極限。借用宗教情緒，雪漠的寫作如同神靈附體，而只有附體的寫作，可以讓他擺脫現有的羈絆，飛翔、穿越、逃離，為當代小說呈現了一個

獨異的文本。

　　北京大學現當代文學碩士、人民文學出版社某報主編陳彥瑾女士曾參與過北京大學的一次討論，她這樣寫道：

　　2011年5月6日，在北京大學二教316教室裡，陳曉明教授又上了一堂別開生面的課──師生共同研讀《西夏咒》。本科生胡行舟說，《西夏咒》實在是一部神作。博士生叢治辰稱，這部作品他簡直沒有資格去談它，因為它已經超出了小說的範圍，有一種他所不能理解的東西。小說的文本更像是一個通靈師在講話，用任何小說標準的手術刀去切割它都像是一種褻瀆。這本書糅合了經書、賦、史傳、傳說、神話、小說，打通了歷史、政治和宗教。在他看來，雪漠作為一個作者已不單單是一個小說家，更是一個信仰者，而其信仰者的部分在小說中汪洋恣肆地蔓延，使得他沒有辦法去體悟，導致他對這個小說的認識有很大的盲區。陳曉明教授也指出，《西夏咒》是一部奇特的極端之書，有著非常鮮明的風格和態度，它提供了一種新的敘事經驗，對當代理論和批評提出挑戰和刺激。作為研究者，他試圖在當代文學史的語境中找到其敘述上的存在理由，這就是「附體的寫作」。他說，如果說很多作者都可以從文本中建構其自我形象的話，《西夏咒》則很難根據文本建構出清晰的作者形象，透過文本幾乎無法想像和觸摸作者。文本中作者發出的聲音好像不是他的聲音，而是另外一個聲音，文本也像不是由作者寫作出來，而是其他力量附著在作者身上，促使他寫出來。所以，他感覺作者和文本都被附體了。

　　陳曉明認為，附體的寫作其實是一個宗教問題。從當代文學史的語境看，中國文學從歷史到文化，已經走到極限，那麼，宗教作為一種寫作資源，很可能為廿一世紀的作家們提供一條出路。作家憑藉強大的宗教情懷，以神靈附體的方式書寫的時候，可以超越歷史、文化的美學規範，使文本呈現出一種自由。在他看來，《西夏咒》為當代文學從歷史、文化向宗教突進提供了一種可能性，其書寫經驗從整個當代文學史來看都是極為稀有的，因此非常值得重視和研究。

　　由此，陳曉明指出，宗教和文學、音樂等藝術形式一樣，可能是人類為了讓自己能夠生存的一種方式。雪漠借助宗教敘事來展開文學敘事，在夢一樣的境界中進入、書寫惡的世界，如同西部荒原上冬日的陽光照在泥土上的

那種蒼白，真實而又無力，虛幻而又真實，呈現出一種超現實的經驗，他稱之為「中國的魔幻現實主義」。這種魔幻不同於拉丁美洲馬爾克斯式的魔幻，而是直接從宗教中獲得資源。借用雷利斯對巴塔耶的一段描述——「在他變成不可思議的人之後，他沉迷於他從無法接受的現實當中所能發現的一切……他拓展了自己的視野……並且意識到，人只有在這種沒有標準的狀態下找到自己的標準，才會真正成人。只有當他達到這樣的境界，在狄奧尼索斯的迷狂中讓上下合一，消除整體與虛無之間的距離，他才成為一個不可思議的人」，陳曉明指出，中國文學走到今天已經累積了太多的文學經驗，要超越這種經驗，作者自身必然要先成為「不可思議的人」，而寫出《西夏咒》這樣不可思議的作品，這樣極端的作品，雪漠自然也變成了達到「讓上下合一，消除整體與虛無之間的距離」境界的「不可思議的人」。雪漠如此這般的寫作，也是在「沒有標準的狀態下找到自己的標準」，這「才會真正成人」。

我發現，對於佛教界慣用的「無二無別」之說，陳曉明教授的文章中有著另外一種殊途同歸的說法：「只有當他達到這樣的境界，在狄奧尼索斯的迷狂中讓上下合一，消除整體與虛無之間的距離，他才成為一個不可思議的人。」

無疑，陳曉明先生是有眼力的，他揭示了我寫作時的某種真實：我的作品，其實是傳遞了千年的智慧之火發出的光明。在本書後面的文字裡，無論它的外現是華麗還是質樸，我同樣傳遞了一種能令我們豁然明白的智慧。

需要補充的是，寫作此書時，我同樣被一股神祕的大力裹挾著，沒有了二元對立，沒有了造作，心明空如天，了無一字，筆下卻湧出了無窮景象。我曾請一位成就大德印證過。他說，這時，你跟諸佛或本尊是無二無別的。當我消除了所有執著，融入一種巨大存在時，一種神奇的力量就裹挾了我，文字就會像爆發的火山那樣噴湧不已，彷彿不是我寫此書，而是我僅僅是個出口。文字總是歡快地嘯叫著從我的指尖跳躍而出。那種物我兩忘，是超越了二元對立的，本尊即我，我即本尊。所以，我願意將本書內容當成一種本來就有的存在，它像嬰兒存在於母體一樣，本來就存在於這個世界上——當然也不離我的心性——而我，僅僅是它的出口。我只是進入澄明之境，叫那文字從我無執無著的心中流淌出來。當然，有時，我也會驚喜地品味它們，像釀酒師品嘗他無意間釀出的佳釀。

第**19**章　　求索的靈魂

① 也有勝義的娶呀

為了照顧一些性急的讀者，我將瓊波浪覺在尋覓途中遇到的事一一略去，也略去他三赴印度時再次向諸多上師求法的過程，而將大量的筆墨用於瓊波浪覺的證悟過程和生命經歷。

經過了數不清的跋涉之路，一天，瓊波浪覺聽到一群人在談論奶格瑪的變身故事。一聽那名字，瓊波浪覺「汗毛直豎，涕淚交流」。熟悉密教故事的讀者都知道，具緣弟子遇到具德上師時，常常會出現這樣的情形。筆者也多次有過這樣的體驗。

瓊波浪覺發現，談論奶格瑪的，是一群女人。我們是否可以這樣認為，那是空行母在點撥瓊波浪覺？至少，瓊波浪覺就真的那樣認為了。他扔下背囊，向那幾個女子恭敬合掌。女子們掩口而笑了。

一個問：你也知道奶格瑪？

瓊波浪覺道：何止是知道，我尋她尋了好幾年。

另一個又問：你尋的是哪個奶格瑪？

瓊波浪覺道：就是你們方才說的那位變身的女子。

前一個笑道：喲，你的耳朵可夠長的。我們的悄悄話，你也聽了個清。看你這模樣，莫非是風流浪子不成？你找奶格瑪，是想娶她當老婆？

瓊波浪覺急了：這可不敢亂說。我心中的奶格瑪，跟佛無二無別的。

女子們笑彎了腰。一個說：瞧你那樣子。人家觀音菩薩，為了度化強盜，不也嫁了強盜嗎，為什麼奶格瑪就不能嫁你？莫非你比強盜還壞？

瓊波浪覺額頭滲出了汗，他手足無措了，說：這可不敢亂說。真的，這可不敢亂說。造了口業，要墮地獄的。

女子們花枝亂顫地笑了一陣。一個說，不逗你了。我們也不知道奶格瑪究竟在哪兒，但我們聽說她在娑薩朗屍林的上空。可說是這麼說，我們老去那兒，卻也沒見過什麼奶格瑪。不過，有人說她化成了空行祕境，但也僅僅是聽說而已。誰也沒見過那個祕境。你要是真的有信心，不妨去那兒找找，有沒有緣分，就看你的造化了。

女子們嘻嘻哈哈地遠去了。只聽一個說，瞧那傻樣，一說娶，就嚇成那

樣了。嘻嘻，他不知道，那娶，也有勝義的娶呀。

瓊波浪覺聽了，仍是一片糊塗。

❷ 大紅司命主的壇城

親愛的瓊波巴：

告訴你一件事。

那些咒士中有個打卦的巫士，據說能算出你的一切。他說，他們的咒術之所以一次次失靈，是因為有個紅衣女子在保護你。我不知道她是你說的那個司卡史德，還是你尋找的那個奶格瑪？那是你的保護神。於是，他們決定先勾攝那女子，將她囚於密壇之內，再對你進行詛咒。他們正在修建一個叫大紅司命主的壇城。這壇城，可以將被誅者的保護神勾攝過來。

在庫瑪麗的帶領下，我偷偷地看過那個壇城。壇城設在一個山窪裡。那兒有一棵樹，很像拐杖。他們先畫了一個黑色的三角形，我說過，這是他們誅業壇城的圖案。

那真是一個恐怖的所在。我感覺到有股陰風在暗湧，那是能滲入骨髓的陰冷和寒涼。我覺得我的靈魂也給他們勾入壇中了，我的身子一陣陣瑟縮。那個時候，我發過願，我想要是他們的咒力真的起了作用的話，我倒是願意叫他們勾入壇中。這樣，我們便能永遠在一起了。對於我來說，生呀死呀，是懶得考慮的。我只想永遠跟你在一起。我想，要是能跟你在一起，你們所說的極樂世界，也不過如此吧。

聽庫瑪麗說，他們打死了一隻黑色的貓頭鷹，剝下了它的皮，上面寫了你的名字和他們的願望。他們想讓你殘廢。瞧，他們的願望一天天在變，以前，希望你死；後來，希望你變成白癡；再後來，又想叫你殘廢。我想，他們是不是在跟你的保護神討價還價？他們一次次降低詛咒的期望，目的只有一個，叫你別再去尋覓。他們彷彿很害怕你成功。我找不到其中的理由。以前，魔王波旬最怕佛陀成道，原因是修道者一多，他的魔子魔孫就少了。現在，咒士們是不是也像波旬那樣？

我發現，有許多人確實想置你於死地，一是你們教派的對手，他們將雪域當成了一塊蛋糕，他們只想由他們來切，不希望多一個強有力的對手。無論是本波還是班馬朗，似乎都這樣。更香多傑似乎另有心事。以前，他倒是真的希望你娶我。但後來，我發現他變了。在那些咒士的教調下，他有了貪

心。也許，他不希望我將財富用於你弘法——也許他認為，要是我死了，他便是當然的財富繼承人……不過，我已經想好了辦法。

他們在貓頭鷹皮上寫名字和願望時，用的是禿鷹血。咒士們揮舞著普巴金剛橛，誦一種邪惡的咒語。然後，他們將咒物和短劍裝入袋中，掛在墓地的樹上。哪知，他們還沒轉身離開呢，一陣非常強勁的風颳下了袋子。普巴金剛橛從袋中探出頭來，插進了一個咒士的肩膀。真是有趣。這下，那些咒士都很沒面子。呵呵，咒人不成，反被橛傷。

庫瑪麗邊說邊開心地笑。我也很是開心。

寫這信時，夜已黑。真想你啊。

剛開始落筆時，情不自禁，心還沒有會意過來，手已寫下了「夫君」兩字，趕緊刪去。我愣了一會兒，又加上了，但後來想想，又刪去了。就像剛才，熱淚就要衝出眼眶，我還是用力忍住了，忍一忍，嚥回去，心裡一陣發酸。

你是要走遠路的人。我省略了這兩個字也好。

那天，剛看到你信中「決定受戒」幾個字時，我呆住了。我沒預料到你會有這樣的決定，就恍恍惚惚回到房裡。我終於癱軟無力，現了原形，成了你講過的那條喝了雄黃酒的蛇仙。你和許仙不同，你是找到了歸宿。所以，我心底一陣陣湧上來的淚，終究也成不了漫天汪洋。我的仇敵不是法海，只能淹了我自己。

……到底還是哭了，原來滿心歡喜，以為找到結伴同行的人了，看到任何東西都會聯想到你，連做夢都是笑著的。不想夢這麼快就醒了。這條路還得自己一個人走。你以前說很心疼我那麼孤獨，我以前並不覺得自己孤獨，因為心裡總是裝著你。現在我才覺出孤獨了，那就好好為自己哭一次吧。

你想用這種殘忍的冷漠，注釋「諸行無常」嗎？你叫我誦《金剛經》，是想幫我破除執著癡迷嗎？

如果這樣，我絕不做好學生。如果修行必須以了斷與你的情緣作為交換，那我絕不皈依。我不求來世，不求佛國，誦經祈福只盼今生與你相守。現在你都走了，我就無所求了。心都走了，我也就不會心痛。不用顧念，你盡可以了無牽掛地走。

只是我很愚鈍，讓你白疼一場。你決定受戒，也許我應該高興才是。

不寫了。你多保重。

莎爾娃蒂

❸ 狼嚎聲中的空行母

雪漠：上師啊，我最想知道的，其實還是你的求索過程，希望你能重點講講那些神奇的經歷。因為那些教義，在三藏十二部裡都有，而你的求索和尋覓，卻只屬於你自己。

好的。在我的一生中，我最感到欣慰的，也是這一點。

記得那一天，那些女子漸漸遠去了。我如在夢中，很是歡喜。我終於得到了奶格瑪的訊息。我聽說過娑薩朗屍林，那是印度很有名的一個屍林，許多傳說都發生在那兒。八十四個大成就師中，有個嗜睡的懶漢，據說懶到了極致，家人不堪其懶，就將他扔到了娑薩朗屍林，後來他遇到了上師，上師叫他在自家頭頂觀一個明點，並將三千大千世界觀入其中，久久念斷，證悟了空性。

關於娑薩朗屍林的傳說很多。

我很輕易地就打聽到了娑薩朗屍林的所在，荷金前往。因欣喜若狂，倒也不顯得累。一路行去，見一河灣，裡面有許多樹，但樹葉乾枯了，枝丫刺向天空，刺出許多滄桑來。河灣裡有個女人，正放聲痛哭，哭聲淒厲，為河灣平添了許多悲涼。我四下裡看看，再也沒看出別的扎眼之物。有心問那女子是否見過奶格瑪，但見她淚眼婆娑，嗚咽不已，知道問也白問，便獨自嗟歎。

哪知，那女子哭了一陣，竟住了哭聲。我乘機問：你知道奶格瑪嗎？

那女子道：奶格瑪，奶格瑪，我兒子也老問奶格瑪，問來問去，也沒躲過死神。

我興致大增，問：你兒子也知道奶格瑪？

女人道：來這兒的，哪個不知道奶格瑪？可你想奶格瑪，人家奶格瑪可不想你。都說這兒有啥淨土，可我咋就見不著啥淨土呢？

女人絮絮叨叨地說了一陣話，我聽出，她兒子患了重病，聽說求奶格瑪可以治病，就來求，求來求去，卻求出了滿心的酸楚，就痛哭了一場。

女人說，都說這兒有奶格瑪的祕境，可真見到的，也沒幾個。聽說有緣的才能見到，可緣是啥？又聽說有信心的才能見著，可信心又是啥？

女人哭喪著臉走了。風吹來，將女人跪過的印跡吹沒了。四下裡靜了，待女人的身影消失在屍林盡頭時，我就懷疑這是個夢。

我想，只要工夫深，鐵杵磨成針。我就將這河灣當成娑薩朗屍林，先頂

禮十萬次再說。於是，我就將那河灣觀為屍林，邊頂禮邊祈請奶格瑪。待得我圓滿了十萬個大禮拜時，大地震動，天邊顯出一團彩霞，彩光之中，忽然發出聲音——

奶格瑪祕境在東方，莊嚴無比淨妙境。
她為人間救怙主，汝當虔信東方行。

我想，原來，這兒不是娑薩朗屍林呀，不過，雖然不是屍林，但我總算得到了屍林的方位。於是，我高興地朝東前行，行了幾日，一路盡是大山，漸漸沒了人煙。沿途多是荒涼的景色，且有了骷髏，很是可怖。但我想，只要有骷髏，想來便是屍林了。又見狼也多了起來，星星點點地在山窪裡鬧。我心說，狼呀狼，我可不是來找你們的，我是找上師奶格瑪的，要是你們知道她的訊息，那就告訴我，要是你們不知道，也別來找我的麻煩。等我啥時成就了正覺，你們要是仍對我有興趣的話，我就將身子布施給你們。好嗎？

一狼發出長嚎，彷彿說，好的好的。

但這狼雖然在說「好的好的」，卻有好些狼圍了上來。它們的嘴咧得很大，流著涎液，有的還上下磕牙，那聲音很是瘆人。我想，莫非它們真要吃人呀。我又說，我可不怕死，人家佛陀還捨身飼虎呢。不過，我現在還沒找到奶格瑪上師，沒有得到她的法脈，現在死了，實在有些不甘心。你們還是離我遠一些好。

狼聽了，既沒前撲，也沒遠離，只是遠遠地跟定了我。

風從狼那頭捲來，我聞到了一股很濃的腥臭味，定然是狼嘴裡的味道。我想，不是那聲音指點我到東方來嗎，咋遭遇狼了？卻又想，這些狼，該不是那些成就師和空行母的化現吧？聽說，好些空行母就化為狼身，超度那些死人。她們吃了那些屍體，死者就到了空行佛國。於是，我對那些狼說：要是你們真是空行母的話，就再朝我磕磕牙。那些狼卻無動於衷。我有些好笑，想，我真是神經過敏了。

那些狼只是遠遠跟著，倒也沒有前撲，仍是時不時磕磕牙。聽慣了那聲音，我倒也沒有先前那樣害怕了。

天邊的那縷紅光漸漸沒了，夜降臨了。我覺得很有些涼，我知道那是心理作用。遠遠地，還能看到那些綠燈似的狼眼，但我也顧不上害怕了。我想，哪怕死在求法途中，也是值得的。

　　突然，一匹狼發出了長嚎，群狼齊嚎，聲震天地。我吃了一驚，心想，要是它們撲了來，可不太妙，見近處有棵樹，就趕緊爬了上去。不一會，就見那諸多的綠燈圍在了樹下。我倒抽一口冷氣，想，要是我遲幾步的話，不定它們會吃了我。卻奇怪：那些狼跟了我一路，為啥不上撲？又想，也許，它們怕我手上有傢伙。

　　夜很黑，啥也看不清，除了那一堆堆綠燈般的狼眼外，別的都隱入夜色了。夜氣很涼，雖然此時的時令不是最涼的時候，但我仍覺得有點涼，我懷疑這是恐懼使然，就有些怨自己，修行這麼長時間，卻連個恐懼都降伏不了。這一想，竟真的發現自己的恐懼了。我想，要是剛才在路上，那些狼一起撲了來的話，此刻我在哪兒呢？我追問下去，發現那個「我」其實總是在騙我。

　　本來沒有我，那些狼吃啥呢？雖然理上明白無我，但那後怕卻仍是一波波捲來。我想，要是當時我這樣怕的話，怕是走不了這麼遠的路。

　　我又向上攀了攀，找個三叉處坐了。我取下馱架。這是我從藏地帶來的，也有人叫它人鞍子，背東西要是不用馱架，很容易磨壞脊背。我將那馱架掛在一處斷丫上，閉了眼，回味近些時的事，真像做夢。此刻，想到許多東西都像做夢，我夢中學梵文，夢中見莎爾娃蒂和司卡史德，夢中拜了那麼多的成就上師，夢中經歷了許多場景……一切都像做夢。在我的印象裡，莎爾娃蒂和司卡史德很像是同一個人，尤其是司卡史德示現少女身的時候。我甚至懷疑莎爾娃蒂也許就是司卡史德的化身。

　　我發現無論遇到怎樣的上師，我心中牽掛的仍是奶格瑪，也許這就是宿緣吧。對那個一直沒有見面的上師的嚮往，成了我生命裡擺脫不了的牽掛。

　　一想到奶格瑪，我又感到一種濃濃的感覺裹挾了自己。我禁不住祈禱：

> 奶格瑪，我的母親，
> 請顧念我。

> 您是十方空行的主佛，
> 您是人天共依的怙主，
> 您是森森嚴冬的太陽，
> 您是漫漫長夜的燈炬。

奶格瑪千諾！

我不停地誦著「奶格瑪千諾」。漸漸地，狼群消融了，只覺得一股清明包圍了自己。我淚流滿面，心想，即使是真的葬身狼腹，我也會將那兒當成淨土。

睜開眼，見那堆綠燈仍聚在樹下，似乎在等我掉下去。我想到了捨身飼虎的佛陀，覺得非常慚愧。我想，佛陀為了救餓虎，將自己送入虎口，而自己，真是沒有慈悲心。許多時候，我總是在遇到一些事情之後，才想到自己跟佛陀的距離。但我雖然心生慚愧，要是真叫我捨身飼狼，卻仍是不甘心。

我想，我還有比餵狼更重要的事要做。這一想，心便坦然了。

但很快，我又為自己的這種坦然羞愧不已。

忽聽遠處傳來「救命」聲，在很靜的夜裡，這呼救聲顯得格外扎耳。一聽有人聲，樹下的綠眼們一窩蜂撲了過去。我想，那喊叫的人，怕是沒命了。我很想去救，但又想那麼多狼，即使自己搭了命，也不一定能救了人家。

不遠處傳來撕咬聲，一個女人厲厲地叫著。一點亮光滲入黑夜，漸漸移來。許久，才看出是個火把。那個叫喊的女人舉個火把，跌撞而來。群狼們邊嚎叫，邊窮追不捨。

我叫，到這邊來！

那女人聽到人聲，連喊救命。

我說，快跑！到這兒上樹！

但狼的速度比女人快，不等女人到樹下，已將她圍了。那距離，距我棲身的樹只有兩三米，我惋惜不已。

群狼圍了火把狂嚎，女人失聲嚎哭。她舞著火把，將近前的狼逼退了幾步。

我叫，你試著往樹這邊挪。

女人叫，我挪不動了，腿沒一點氣力了，你幫幫我。

我試著下樹，才下移幾步，見幾匹狼已候在樹下，朝我長嚎。我連忙又爬了上去。

女人已經很危險了，因為火把就要燃盡了。火一滅，女人肯定會叫那些狼撕成碎片，但我要下去，怕也救不了她。

女人衝我叫，你救救我！

我喊,你掄著火把,往樹這邊靠。

女人說,我要是有那力氣,早就上樹了,能等到現在?

我說,這情景,即使我下去,也不過白白送死。

女人哭道,你真要見死不救?

我急得直搓手,我試著去折樹枝。我想要是能找根稱手的棍子,就下樹去救,可是摸了許久,卻發現身邊的樹杈至少有碗口粗,即使用斧頭,一時半會兒怕也劈不斷。

女人哭道,你再不救,我就死定了。

說話間,女人手中的火把熄了。她發出可怕的尖叫,狼竟給嚇退了幾步。

但很快,狼不等火把上的火星完全熄滅,就撲了上去。女人慘叫著,似乎在掙扎。但狼的撕咬聲傳了過來,漸漸壓息了女人的慘叫。

撕咬聲的間隙,傳來那女人的聲音:你就是這樣修菩提心的嗎?

我汗流滿面,卻仍是不敢下樹。巨大的慚愧雖然生起了,但叫我下樹去救人,卻仍是沒膽量。

遠遠地,傳來一個聲音,似乎是一個女人在唱:

> 空談慈悲無大益,不如眼前救生死,
> 便是求得無上法,不去實踐有何用?
>
> 你欲求得無上師,心中仍有我之蘊。
> 雖言眾生是父母,為何不救眼前人?
>
> 我即空行奶格瑪,手中即有渡人舟。
> 可惜獅王無比乳,不想倒入尿壺中。
>
> 若想得見空行母,發心懺悔尋且尋。
> 待得心光顯發日,再候吾兒大勝因。

聲音漸漸遠去,我目瞪口呆。我想,聽那女子口氣,肯定是我的上師奶格瑪,有心下樹去追,卻擔心狼群。哪知,正猶豫間,狼的撕咬聲也息了,四下裡一片寂靜,既不聞狼嚎,也沒有人叫,連風聲也沒了。

隱隱地，傳來幾聲冷笑。一個女子說，這樣的心，還想見到奶格瑪？

我聞聲大哭。我飛快地下了樹，向那聲音起處撲去，一路上絆倒多次。但只見四面漆黑一片，一切都歸於寂靜了。

我懊悔萬分，想，我跋涉幾千里，歷時多年，尋找奶格瑪，不料想，在關鍵時刻，卻沒有生起應有的慈悲心，與上師失之交臂了。

我呆坐在樹上，如遭雷殛，腦中一片空白。許久我才回過神來，想，雖然我每次觀修時都發慈悲心，但那些勝解作意，似乎並沒有改變我的本質。比起那割肉餵鷹捨身飼虎的佛陀，我真是差得太遠了。

我邊自責，邊痛哭，邊懺悔。天漸漸亮了。我無奈地提了馱架，下了樹，見地上的沙上，並沒有狼爪印，方知昨夜諸多場景，皆是空行母化現，心中愈加懊悔，想，我真是沒用，就算那時我餵了狼，又有啥？餵了狼的菩薩仍是菩薩，貪生的凡夫也是凡夫。

④ 自設的悖論

親愛的瓊波巴，他們仍在詛咒。

你尋覓不息，他們便詛咒不止。這情形，跟光明與黑暗一樣，是不可分離的兩個兄弟。

我一直在向梵天祈禱，希望我能承擔他們的咒力。說真的，我有些怕了。他們請來了一個個咒士。跟你一起來的那位班馬朗認識許多咒士。我不知他為什麼那樣恨你，你們不是在一塊土地上長大的嗎？你以前待他那麼好……真想不通。

自從進了那壇城之後，我就老是打哆嗦，彷彿魂魄真的被他們勾攝了。

也許，我真的替你抵擋了咒力，昨天下午起我全身發冷。洗頭時，水沾濕了後背，就像貼了冰片似的，後來就渾身痠痛乏力，頭重腳輕，發燒。忽而熱，忽而冷，交織著。早上家裡又來了求法的人，需要我不停地說話。我沒有沉默和不微笑的自由。

我的父親要求我要不停地說話，絮絮叨叨的，我都說厭了。其實我最想說的，就是這些信的內容。剛遇見你時的驚喜，也讓我忘乎所以說了很久。而現在，漸漸地，我也懶得說了。這也許不是一個好苗頭。數千里的間距，如果再不保持必須的、坦誠的對話，我們之間的美好記憶就會越扯越遠，越扯越細，最後就像輕沙撒入大漠，杳無蹤跡了。連我們兩個人，都消逝在人

海中了。

　　我經常陷入自設的悖論中去。癡迷情感，我痛苦不堪，生不如死；但放下你（你口頭上也認為我應當脫身），我們的情感無法維繫，很快就會煙消雲散。這一切，關鍵看我如何對待你。因為，你是絕不會為一個女子放棄一切的，我很清楚這一點。那麼，為了成全你的驕傲，我總是努力淡忘你那些莫名其妙的嘲諷對我的刺痛。比如，在你的語氣中，我好像特別耐不得寂寞。可一個耐不住寂寞的女人，會這樣不顧一切地追隨你、等候你嗎？為了守護你的寂寞，她還傻傻地，那麼自不量力地想要阻擋塵世喧囂的入侵。

　　我們都有著極為錯綜、矛盾的多面性。這種矛盾來自我們兩人內心的堅強和自立：互不倚靠，互不依賴，絕不妥協。我們都生存在各自的世界裡。也許，這種相似的個性今後還會磕疼我們這段柔軟的情感。痛不痛？有多痛？只有自己體味。你是聖者，無所掛礙；而我是凡人，在自討苦吃，可我希望這種煎熬過去，會迎來新的突破和成長。

　　因為你的時間似乎更寶貴，你的生命似乎更珍奇，因為我自以為還是你的愛人，所以，每次都是我來修修補補的，努力讓這段情感更完整、更堅韌，不被時間侵蝕，直到長成參天大樹。我以為我們都很需要這棵大樹。

　　不知道我這種冷冰冰的計較和執著，是不是讓你感到疏遠了？

堅硬的莎爾娃蒂

⑤ 可怕的沼澤地

　　望著靈鴿漸飛漸遠、滲入天空之後，我吃了點馱架裡的食物，坐在那樹下，開始懺悔。我專修了十萬遍《百字明》咒，才覺得自己有臉再向奶格瑪祈禱了。於是，我澄心靜慮，開始祈禱：

　　　　奶格瑪，我的母親，
　　　　請顧念我。

　　　　您是我活著的理由，
　　　　您是我生命的意義，
　　　　您是長夜裡的明燈，
　　　　您是苦海中的舟楫。

奶格瑪千諾！

不知念誦了多久，忽然，不知從哪個所在，隱隱又傳來一個聲音：

知過改過吾法子，既往不咎莫懊悔。
欲求汝之根本師，起身速向南面尋。

我想，昨天叫我往東面尋，今天咋又成南面了？雖有疑惑，但不敢再壞緣起。於是，我重新背了駄架，往南走。行走一陣，發覺前面竟是沼澤地帶，我想，這地方真是奇怪，剛才還是高山，此刻竟成沼澤了。

那沼澤奇臭無比，發出叫人嘔吐的惡臭，彷彿這兒是發酵了千年的糞坑。我掩鼻而行，頭暈眼花。

行了幾日，又發現沒路了，眼前出現了一望無際的淤泥。那淤泥吐著水泡，每冒出一串水泡，就撲來一股惡臭。我忍了一陣，竟有渾身癱軟的跡象了。

我想，莫不是這氣味有毒？聽說印度有一個叫毒龍洲的地方，那兒充滿毒氣，到那兒的人是很難生還的。有心不再往前走，卻想到那夜的事，想，無論如何，死也走吧。這次，我是鐵心了，不能壞了緣起。

於是，我繼續前行。又走了幾日，發現實在沒有容足之地了。

但見那淤泥裡發出無數的氣泡，每一個氣泡的破滅，都會捲來一股叫人窒息的臭味。但怪的是，前邊的淤泥中，竟有一串印跡，很像腳印。我想，誰會到裡面去呢？又想，人家能去，為什麼我不能去？說不定，奶格瑪就在裡面呢。這一想，我興致大增，沿了那腳印前行，雖覺得時時有下陷的危險，卻終於沒有下陷。

行了一陣，發現腳下開始明顯下陷。稍慢一點，泥就會蓋了腳面。鞋子上全是稀泥了。我想，只要不陷進去就好，但總是害怕，要是真陷入泥中，怕是連個呼救的對象也沒有。

那串印跡仍向前方延伸，不知終端在哪兒。漸漸可以看出，是人的腳印，後來又發現了一隻被撕破的鞋。我很高興，想，只要人家能走，我就能走。所以，雖然腳時時下陷，我還是信心百倍地前行。

又走了一日，我發現四周已盡是沼澤，要是沒有那腳印，我怕是連方向

也弄不清楚。從四面裡，都可以望到天的盡頭。天像一個巨大的鍋一樣，扣在大地上。依稀記得曾經有山，但此時卻啥也看不到了，除了沼澤，還是沼澤。除了那串腳印，看不到一點兒人煙，連鳥鳴也沒有，真是奇怪。我像是行走在夢幻之中，雖時時有腳步發出撲通聲，但我總像在夢遊。

　　漸漸地，我覺得越來越難走了，腳步下陷的頻率越來越高。要不是前邊的腳印仍伸向遠方，我是絕對不敢再往前走的。我越走越心驚膽戰，要不是堅信奶格瑪就在前面，我是絕不會再往前走的。

　　忽然，前邊傳來一陣呼救聲。我一驚，但很快又高興了——這是進入沼澤來第一次聽到人聲。我加快了腳步，不料想，才行了幾步，就覺得腳下一滑，待我反應過來，泥已經湧到了膝蓋。我走過沼澤，有些經驗，馬上順勢坐倒，仰天躺了。我看到一團很大的雲在上方的天空裡，猙獰的模樣很像是瑪哈嘎拉大護法，遂祈禱：瑪哈嘎拉呀，你一定要保佑我別葬身沼澤之中。念叨一陣，我開始慢慢抽腳，雖然很吃力，但努力了一陣，終於從泥中拔出腳來。

　　我擦擦頭上的汗，發現這泥的吸力很大。雖然只陷進了小腿，也夠我受了。要是下陷到屁股以下，怕是很難脫身。我聽說，好多陷入沼澤裡的人，除了全身陷進去的窒息而死外，陷入半身的多是沒人救援餓死的。我要是陷進去的話，怕是不會有人來救的。

　　這時，我發現那個呼救的人就在前邊，依稀看出是個老人，顯得很瘦。那麼瘦的人都陷入泥中了，何況我還是個壯漢呢。那人又發出呼救聲，他說的是巴利語。我學過巴利語，因為佛教傳播的三大語系裡，就有巴利文語系，另外兩個是漢文語系和藏文語系。

　　老人用巴利文喊救命。

　　我問，你到這沼澤裡來幹啥？

　　老人說，兒子病了，需要這沼澤裡出產的一種藥草。喏，就是它。他晃晃手，我看到他手中有一束花似的野草，卻叫不上名字，就問：那是什麼草？那人道，叫菩薩花。我說，我還沒聽說過有菩薩花。那人說，各地方的叫法不一樣，我也不知道你們那兒叫啥……兒子治病，用的就是菩薩花的花心。

　　他得的啥病？我問。

　　老人道，你別問了。你三問四問，我就全陷進去了。

　　果然，我發現他已陷到屁股那兒了，即使不再下陷，他也是很難自救

的，就忙說，你別急，我馬上過去。

老人說小心些。

我往前走了幾步，雖然我盡量選擇草根多的地方下腳，腳還是時時下陷。又前行幾步，我明明瞅中一個草叢落腳的，哪知，一下腳，小腿竟沒入泥中了。一著急，陷得更深了，連膝蓋也沒入泥中了。

老人道，叫你小心！叫你小心！你要是死了，就不是一個人，而是死六個人。

我怕站久了陷得更深，就身子後仰躺在泥上，聽那老人說得奇怪，便問：咋成六個人了？

老人道，你一死，沒人救，我也得死。我一死，兒子得不到藥醫治，當然也得死。兒子一死，兒媳得殉葬，也得死。我們一死，老伴沒法活了，肯定會上吊或是投河。她一死，孫子不也餓死了？你算算，不就是六個人嗎？

我覺得好笑，想，哪有這樣算帳的？卻見那老漢已下陷到腰部了，連忙叫，你別說話了，你平躺了身子，就不下陷了。

老人道，我當然知道，可是，你不見我身子後面有一窩小鵪鶉嗎？我一躺，不是壓碎了它們嗎？

我雖沒看到啥鵪鶉窩，但抬頭一看，見不遠處真有兩個大鵪鶉在叫，想，也倒是。

我平躺了身子，試著拔腿，但我用足了力，卻只將腿拔出了幾寸。累出一身汗後，才見到了膝蓋。我想，真要命。照這陣勢，要是不懂躺下的竅訣，此刻，我怕是早陷得沒影兒了。

卻又想，要是真陷得沒了影兒，此刻的「我」，到哪兒去了？

老人又叫了，你快點呀，現在又不是你參禪的時候，你管啥我不我的？

我暗暗吃驚，想，他咋知道我心裡想的？

我發現，老人又下陷了許多，泥已沒入腰部以上了，急忙道，你平躺呀。老人說，我不是說過有鵪鶉窩嗎？再說，我現在都陷到腰以上了，你叫我咋躺？唯一的辦法，是你快點過來，你平躺了，我拽了你的手，或許還可以救我。救了我，也就等於救了另外四個人。

我想，也好。我邊平衡了身子，邊往外抽腿，好一陣後，我出了一身大汗，才抽出了腿。

我發現老人已陷到胸部了，急忙向老人旁邊挪去，哪知，每一下腳，都會下陷。我每次覺出有下陷跡象，便順勢一躺，抽出腿來。這一來，雖然我

急出滿頭大汗，卻仍是離老人有幾米遠。

老人吃力地說，算了算了，你也沒什麼真心。我瞧你，自家的保身欲望高於救人的念想。哪有這樣修菩薩道的。

我覺得很慚愧，卻想，就算我奮不顧身地撲了去，也未必能救得了你。你都陷到脖子了，就算是拽了我的手，不定還會把我拽進去呢。

老人叫，你呀，你為什麼不滾著過來？我要是你，平躺了，滾著身子過來，哪用得著這樣作秀？算了算了，你走吧，你叫我死算了，就算我一家五口死了，也跟你沒關係。

我想，真的。平躺著滾過去，也許真是個辦法。卻又想，就算真平躺著過去了，也救不了老人了。因為泥已陷到他脖子了，我便是扯了他的胳膊，也起不了多大的作用。

老人又下陷了一截，泥似乎快要湧到他的嘴邊了，聽得他說，告訴你，這菩薩花的花心，也叫菩提心，能治好多病呢。我想，你也許需要它。說著，他將那束花扔了過來。

我覺得鼻子一酸，馬上平躺了身子，滾了過去，老人卻不見了，只見泥面上有幾個水泡在噗噗地叫。

我聽得一個聲音冷笑道，見死不救的人，還想見奶格瑪呢，哼！

我這時發現，那沼澤上，其實並沒有別人的腳印，除了我來時的腳印清晰地伸向遠方。四下裡一片寂靜，說不清真的是沼澤吞噬了老人，還是本來就沒有老人，只是我自己的一個幻覺。

我想，肯定是奶格瑪上師在考驗我。我想，我真不成器，又錯過了。想到這兒，我不由得放聲痛哭。

怪的是，老人扔過來的菩薩花卻躺在身前的淤泥上，正朝我微笑呢。我邊哭，邊揪下那花心，塞入口中。我嘗到了一種異乎尋常的苦。

我想，怪，這菩提心，咋竟是如此的苦？

⑥ 遠古的惡咒術

在瓊波浪覺進入泥沼的時候，莎爾娃蒂偷偷跟庫瑪麗去看一個新的誅法壇城。

一條小道從幽暗的山中通向誅壇上方的山坡。山坡上有一棵樹，莎爾娃蒂和庫瑪麗上了樹。她們能清晰地看到誅壇，對方卻發現不了她們。

那些咒士又開始了新的更可怕的詛咒。

近來，莎爾娃蒂發現，更香多傑的骨相都變了。因為仇恨，他的臉上有了猙獰相。要是一個人常生仇恨的話，就會形成一種生命慣性，久而久之，仇恨就會醃透他的心，變成其本質。更香多傑便是這樣。莎爾娃蒂很懷念以前的那個單純的他。

咒壇設在一處墓地裡，很僻靜，是三山和三水交匯之地。在墓地閉關，是尼泊爾修行人的傳統。因為這兒可以形象地看到無常。莎爾娃蒂卻不明白，那些認為自己已看破無常的人，為啥總看不破自己的仇恨呢？難道他們不知道，這仇恨的情緒其實也是無常的？

他們已經開始了那個叫大紅司命主的詛咒。這是一種從遠古傳下來的惡咒術，靈驗非常。以前，尼泊爾的一些有名咒士就是靠它吃飯的。

在當女神的時候，莎爾娃蒂處理過一次糾紛，也跟這惡咒有關。事主咒死過一個家族的二百多口人，他們都死於一場神祕的瘟疫。只是這瘟疫很奇怪，只在這家族內部流行，並不曾波及其他人，彷彿瘟疫也會認人似的。這便是那惡咒的神祕所在。

在尼泊爾的密修者中，流傳著許多跟這惡咒有關的可怕故事。

咒士們披頭散髮，一臉猙獰，口中吐著憤怒的咒語。此法跟其他修法不同，它要求咒士真的要顯現憤怒之相，心中真的要充滿仇恨。咒語如冰雹般密集，瀉向壇城中被誅者的替身和命石。據說，咒士心中的仇恨，要是借助誅業壇城，跟法界中摧毀性的力量達成共振時，被誅者就會死於非命。

誅壇的火幽暗而詭祕，發出藍幽幽的光。咒士們邊持咒，邊往壇中撒黑色的供物。黑菜籽在火中畢剝作響，黑色動物的油脂發出一股股腥臭。黑煙繚繞，罩住誅壇。煙中彷彿有無數的魔在舞蹈。

庫瑪麗說，聽說，中了這邪咒者，快者三個月，慢者三年，必會死於非命。

莎爾娃蒂毛骨悚然。

她用當女神時學到的某種法，承接著那邪惡的咒力。她覺得，無數的黑氣進了她的身體。她的整個身子都發麻了。

但她不知道，自己的這種對咒力的承接，是不是真能減輕惡咒對瓊波浪覺的傷害？

不過，對於莎爾娃蒂來說，咒力並不可怕。最叫她難以忍受的，還是相思——

老是替你擔心，生命不息，擔憂不止。

也許，這便是我的宿命了。

晚上，靠在椅上懶懶的，什麼都不做，想你。一天裡，只有這時候才不被打擾。

很厭倦目前過於忙碌的工作，但沒有辦法，家裡老是熱鬧。父親要是不收那麼多弟子，或是我沒當過女神，也許就是另外一種生活了。生活就是這樣，有得到，就會有失去。

母親這兩天回老家去了，她和父親一直吵個不停。那種針鋒相對、冤家陌路的氣氛，讓我厭倦，幾近絕望。如果沒有對你的思念，這個沒有愛、只有苛責的家，只是一道禁錮的鎖鏈，讓人窒息。好在有你留下的《金剛經》，我一直放在身邊，有空就翻一翻。想開了也沒什麼，正像母親說的那樣，也許我是身在福中不知福。更也許，我想跟你在一起，其實是一種很大的貪婪。

只是與你隔得太遠，隔得太久了，經常想流淚。我很清楚，目前的狀態幾乎不可能有什麼改變。你不能放棄尋覓，我也無法捨下父母——當然，這是我的理由而已，其實，只要你一招手，我定然會跟你走天涯的。但這確實要看上天的安排了。

也沒什麼事，只是很想你，寫了這些廢話。

我真的說不出什麼了，只是隨時隨地都想著你。沒學好《金剛經》，我還放不下你。不敢想像，沒有你的日子，我會熬得過每一天嗎？

想想也真奇怪，你一出現在我的人生中，就把我的世界攪得天翻地覆了，一片狼藉，斷壁殘垣，無可奈何。沒想到，我幾年女神生涯裡淡泊寧靜了的心，又墮落到相思的地獄中去了。

我很想你，沒有辦法形容。偶爾看書，連看到「尋覓」兩字都想流淚。所以，我盡力幫助自己，小心翼翼地繞開「情」字，繞開「愛」字，像一艘船繞開礁石，我怕自己沉沒。如果只有我一個人，什麼樣的情形我都可以面對，但我們都不完全屬於自己——父親要求我盡量維持女神的矜持。也許，完完全全屬於我自己的，一天也就那麼一兩個時辰，可以任由自己跟你說話。這種說話，更像在自言自語。你聽不聽都不重要，我在跟自己說話。

很多事不敢想，不忍想，就不去想了。

我像一片葉子，順流而去。原以為自己比較有力量，可以照自己的想法

走過人生，但在遇到你之後，我發覺自己如此無力和無奈。

你會以為我消極，但是你不知道，我需要多大的力量，才勉強能抑制住那種巨大的似要噴湧的相思。我的精力都用來對付自己的妄想了。

這是一種什麼樣的愛？足以讓我自行毀滅。

也許，這種打著愛的旗幟的，不過是自己的貪婪和私欲。

你說得對，一輩子很快就過去了。

⑦ 套中的群鹿

那段日子，我也會時不時想到莎爾娃蒂，但她更像霧中的影子，已開始顯得模糊了。

嘗過了很苦的菩薩花花心之後，我又懺悔了很久。

因為再也沒有了路，我只好原路返回。好在來時的印跡仍在，走了幾日，終於又回到做大禮拜時的所在。我想，看來，我以前自以為有菩提心，其實只是作意而已，我並沒有真實無偽的菩提心。幾日來經歷的一切都如夢如幻，那個老人，我已堅信是上師的幻化了，所以我只是懊悔自己沒能經受住考驗，至於老人是不是真的陷入泥中了，我倒是不再上心了。我想，他肯定不是真的。

但那自責還是潮水般襲來了。我想到一個菩薩，當他的女僕向他索要眼珠時，他毫不猶豫地挖出給了她。跟那菩薩相比，自己還差多遠啊。我想，那老人說得對，其實，自己是最該服那「菩提心」藥的人。

我邊做大禮拜，邊祈禱：

奶格瑪，我的母親，
請顧念我。

您救危卵於當世，
您挽狂瀾於將倒，
您救群迷於當下，
您弘大業於青史。

奶格瑪千諾！

　　待我圓滿了十萬個大禮拜時，隱隱聽到一個女子的聲音：

　　　　知錯改錯吾心子，懺悔已消百種業。
　　　　若欲尋找奶格瑪，澄心虔誠向西行。

　　我想，上回向東行，又向南行，雖然沒有見到奶格瑪，雖然沒有經受住空行母的考驗，但畢竟見到了空行母的化身。那女子，那老人，肯定是空行母化現的。這回我向西行，無論遇到哪種境況，我都會毫不猶豫地施身。

　　於是，我背了馱架，開始西行。數日後，進入了大山。我想，真是怪，上次進沼澤時，但見四面盡是沼澤，一望無際，並不見到有大山。這裡的大山，究竟來自何處？心中雖然疑惑，腳步卻不停，遇到行人，我就問詢奶格瑪，可惜沒人知道奶格瑪是誰。

　　剛進山的時候，山並不高大，行了數日，我發現山竟日漸高了，竟有一種在尼泊爾的感覺了。尼泊爾是有名的山國，全世界最著名的高山，多在尼泊爾境內。沒想到，以多平原著稱的印度竟也有如此高的大山。行了幾日，我一直想發現某個受難的人，我想，無論他處於什麼樣的境地，我都會奮不顧身地救他，哪怕是犧牲自己的性命，也在所不惜。我的體內鼓蕩著一股大力，但我希望出現的落難之人卻連個影子也沒有。

　　我想，真是邪了。想遇個需要幫助的人，竟然碰不到一個。

　　越往西行，山越加高了。有時，翻越一座大山，需要好幾天。我老覺得自己行進在夢中，因為在我的理性裡，這兒是沒有山的。那麼，自己怎會怪怪地行走在大山叢中呢？雖感到疑惑，卻也不敢返回，因為那會壞了緣起。

　　漸漸地，山越加高了，人卻越來越少了，漸漸連鳥兒也不見了。一路行來，竟覺得十分寒冷。我感到奇怪，我想，記得印度是很熱的，哪會有這麼冷的所在？但我又想，世上有好多東西是說不清的，不管它，上師叫往西走，我就往西走。

　　又走了數日，遇到了幾個人，我希望他們出現磨難，好向我求救，哪知，他們不但不向我求救，反倒幫助了我，給我提供了食物和水。我既高興，又沮喪，人家並不向我求救，再說人家啥都不缺，也實在沒個啥需要救助的。

　　再行幾日，已完全不見人煙了。我馱架裡的水和食物也越來越少了，既

沒出現像上兩次那樣考驗我的事，也沒法打聽到奶格瑪的所在。我不知道自己還應該走多久，雖然心急，但相較於以前那種漫無目的的尋覓，知道方向已經算看到希望了，所以我打算一直走下去。

這天夜裡，我住在了一戶人家裡。這家是獵戶，牆上掛滿了獸皮。我一向對殺生的獵人很反感，但因為附近實在不見人煙，就想，不要緊，住一夜就走吧。

夜裡，聽到外面傳來陣陣鑼聲。我覺得奇怪，正疑惑呢，那獵人推門進來了，對我說，走，幫幫忙吧。我將一群鹿趕到網裡了，我一個人殺不了，你幫幫我。

我跟他出了門，到前面的山窪裡，發現一道隱形的大網張在一個豁口處。許多鹿頭都探入那網眼之中。我知道，藏地的獵人也老用這種辦法趕山，用諸種辦法，將動物趕入早已布好的網中。動物是不知道後退的，當它們發覺有東西套住脖子時，它們只會奮力向前，結果是越往前掙，套得越牢。這獵人先捉了幾隻幼鹿，放在設套處，幼鹿的求救聲引來了許多救援的大鹿，他選好角度，一敲鑼，受驚的鹿們便往前衝，齊齊地套入網中了。

群鹿發出陣陣哀鳴，見有人來，越發往前掙，激得網一下下蕩，而鹿的脖子也被套得更緊了。

獵人遞給我一把尖刀，說，來，尊貴的客人，幫幫我，將這些鹿宰了，我一人忙不過來。

我說，你難道沒發現，我是出家人嗎？我可是受過沙彌戒的。

那人道，這兒又沒有別人，誰管你戒不戒的？

我道，不成。受戒不是為別人受的，我不會犯戒的。殺生是大戒。

那人道，不要緊。你幫了我，我也會幫你的。你下午問我奶格瑪的住處，我沒告訴你。其實我是知道的，要是你幫我殺了這些鹿，我會帶你去見奶格瑪。

我卻想，這話也許是他騙我的。一個殺生的獵人，咋會知道奶格瑪？再說了，即使他真的知道奶格瑪，叫我殺生，我也不願意。我尋找奶格瑪是為了求法，若我是個破戒的屠夫，求了法又有啥用？於是我說，我不能幫你殺生。即使你真知道奶格瑪，我也不能殺生。

那人道，你可是發了菩薩願的。你不是發願要幫別人嗎？

我道，我發願利益眾生，而不是殺害眾生。

那人問：真不幫？

我說：不幫！

那人便冷笑幾聲，上前，宰了一隻鹿。他很利索，幾下就剝了皮，將內臟扔了一地。然後，他又問：你不幫我殺也成，幫我收拾一下內臟總成吧？

我說，不。

那人又問：你已經沒食物了，那麼，我供養你一些鹿肉，你總不會拒絕吧？

我說：我雖然吃肉，但吃的是三淨肉，不見殺，不聞殺，不為自己殺。你的鹿肉我不能要。

那人冷笑了，說也好。我獵鹿就是想為弄些食物的，既然你不想要，我就索性放了它們。說著，他將那些鹿頭一一取出套，解開網。

我說，好。我可以幫你做這事。

那人冷笑道，不需要。他手法很快，鹿們都四散而逃了。

最後只剩下那隻已殺了的鹿了。那人將內臟皮子啥的拾成一堆，罵一句，你等啥？一拍手，那被宰了的鹿也翻身而逃了。

我目瞪口呆。

那人轉過了山角。隱隱地，傳來一陣歌聲：

> 我是無畏的空行母，早已超越了二元對立。
> 我的境界裡沒有生死，死就是生，生就是死。
>
> 我的網是無欲的幻身，我的刀是無貪的大樂。
> 我的殺戮是自性光明，那些鹿只是假我的五蘊。
>
> 我殺而無殺，無殺而殺，你執幻為實認假成真，
> 執著虛妄的所謂戒條，卻寧願放棄根本上師。
> 這樣愚癡的人，怎配見到尊貴的奶格瑪？

我一聽，如遭雷殛。我呼喊道，上師呀，原諒我的愚癡。但回答我的，只有風聲。我痛哭數聲，昏死過去。

醒來時，天已大明，我發現那山窪裡並沒有人家，知道又是空行母的幻化，便頓足長歎，說我怎麼如此愚癡，一路上，我希望有人向我求助，可人家真的向我求助時，我卻拒絕了人家。心中雖懊悔，卻又想，要是以後再有

人叫我犯戒殺生，我會不會答應？自問幾次，卻仍是不能肯定。

講到這裡，瓊波浪覺問我：雪漠，要是你處在我的境地，會不會殺生？

我說，不會。

他再問，要是那殺生讓你擁有無量的智慧，你會殺不？

我答：不會！

他又問：要是那殺生能叫你證得虹身成就，你會不會殺生？

我說，不會！哪怕是那殺生能叫我長生不老壽同日月，我也不會殺生。你知否，有人為了長壽，竟然用嬰兒熬湯喝。這樣的長壽有什麼意義？這跟那些想吃唐僧肉而長生不老的妖精有啥兩樣？

瓊波浪覺長歎道，那你就能理解那時的我了。

⑧ 可怕的咒語

親愛的瓊波巴，我跟庫瑪麗又去了那個大紅司命壇城。雖然，按尼泊爾密教的傳統，誅壇是不可以觀賞的，因爲有時候，邪靈和咒力會波及開來，給觀賞者帶來傷害。但我顧不了許多，我想親眼看看他們是如何詛咒你的。

那所在，真是陰風颼颼，惡氣沖天。和上次一樣，我一到那種地方，就頭痛欲裂。也許是我不能聞腥臭的緣故吧。

大紅司命壇城中，火光幽暗，濃煙四溢，咒士的身姿像搖曳的鬼影。他們有的吹法器，有的舞蹈，有的拿著幾張圓圓剝下的黑狗皮。他們邊搖抖皮子，邊持誦一種可怕的咒語。據說，他們之所以抖狗皮，是在干擾你的護法神，讓他們忘了保護你。要是沒有那些護法神的保護，你的生命中會出現許多可怕的幻覺，從而影響你的真正宿命。聽庫瑪麗說，他們這樣咒過許多人。那些人都曾是大師根器，後來卻成了庸人。他們被日常生活的幻相迷了，忘了自己最應該做什麼。

抖狗皮的聲音好瘮人，一聽那聲響，我的心就會發慌。那覺受，很像心臟和血管中有一團團蛆在亂滾。

要是你被他們迷了的話，那我這輩子，可就真的白等了。雖然我需要的，只是一個郎君，但我還是希望你成爲一代大師。

不過，我發現，你開始變了。這是你的沉默告訴我的。

還以爲你會表揚我學《金剛經》大有覺悟呢，再也不會被庫瑪麗們迷糊了心的清淨空明。但你的沉默告訴我，可能你不是這樣想的。

聽到你提及司卡史德之類，就像千萬條小毒蛇鑽進了我的心。但這次，我是在極度的痛定思痛、痛不欲生中想通了的。如果執著於兒女私情，如果我把瓊波巴看成是我私有的愛人，定會帶給我生不如死的煎熬，如果這樣，我們還怎麼可能走一輩子？我早就氣跑了，痛死了，自殺了。所以我選擇了放棄自己而順從你。

由此，我也更加理解了《金剛經》的破相說和「空」的概念。

正因爲深深地認同了「空」的觀點，所以我還要寫這封信，因爲即便相知如你我，我們仍然需要保持足夠的、眞誠的、坦率的溝通，否則，就逃脫不了這種情雖至眞至深、卻因誤解而錯過的輪迴與魔咒。因爲我們共同的情敵，是時間、空間，是性別、文化的差異，等等。不知你是否也這樣認爲？

這個世界上，能得到坦誠相待、互爲人鏡的諍友都已十分稀缺，更何況愛人呢？我非常珍惜你的出現。我從來沒有這樣珍惜過一個人。

我還認爲，行動勝過諾言。

愛你。

堅硬的莎爾娃蒂

⑨ 乾渴的沙漠

雪漠，我的孩子，認真看著我。

你不必替她難受。也正是有了那種相思，莎爾娃蒂才成了莎爾娃蒂。沒有相思，也沒有她。她的所有行為，構成了她的價值。

雖然我又一次因不願殺生錯過了緣起，但這一次跟前幾次不一樣，我沒太多的懊悔。即使在顯現上，我也不願殺生。你說你也會這樣。但要知道，按密法的規矩，我應該聽上師的話。在許多密乘傳記中，上師要你殺生，你就得殺生。要知道，對於超越了二元對立的成就者來說，其實並無殺生者，也無可殺者，更無殺的行為本身。

從山中出來，我患上了一種奇怪的病，總是乾渴，無論喝多少水也解不了那種焦渴。眼前老是出現紅色的火焰，火焰裡有各種怪模怪樣的惡鬼，他們張牙舞爪，在我腦中蛆一樣亂滾。要知道，那不是我敏感產生的幻覺，它們是有真實能量的。在極度的煩躁中，我也會產生退轉心，也會發現生命的無意義，也會覺得已看破紅塵而不想再有所作為。一天，我甚至產生了自殺的念頭。在佛陀住世時，許多阿羅漢也有過這種情緒。好些僧人甚至真的請

人殺了他們。後來，佛陀才制訂了不能自殺的戒律。

你也許能理解我。

好在我的智慧還能讓我保持警覺。於是，我開始大力消業，誦了十萬遍《百字明》咒後，我終於從那些幻相中掙扎出來了。它們仍在追逐我，也老是跟我糾纏不清，但我還是繼續踏上了求索之路。

我按原路返回，行了多日，才回到那做大禮拜的所在，開始邊做大禮拜，邊祈請：

奶格瑪，我的母親，
請顧念我。

您樹大幢於千年，
您亮高風於萬世，
您的慈悲流向永恆，
您的輝煌充滿天地。

奶格瑪千諾！

待得圓滿了十萬個大禮拜時，我又隱隱聽到了一個女子的歌聲：

知錯改錯瓊波巴，諸種業障已懺淨。
若欲尋找奶格瑪，澄心虔誠向北行。

我一聽，歡喜若狂，想，前幾次雖沒有找到奶格瑪，卻遭遇了一些空行母化現的神異，這比以前的茫然尋覓不知強過了多少倍。此番一定留意，不可再錯過面見上師的因緣。於是，我置辦了一些食物和水，背了駄架，朝北而行。行了多日，發現北面竟然是一個巨大的戈壁。跟那沼澤一樣，這戈壁也是一望無際，布滿了黑鴉鴉的石頭。也許是日光熾曬的緣故吧，這些石頭顯得黑溜溜的。以前，我從來沒見過黑色的戈壁，初進入時，竟然有些欣喜。我東瞅瞅，西望望，如墮夢中。但日頭爺升上半空時，卻似進入了蒸籠般難受。這時，我才發現自己犯了一個錯誤：水帶少了。因為上兩次，途中總有人家，找水不難，沒想到這一次竟然是個戈壁，四顧無人，炎陽直照，

行在途中，如同火板上的青蛙了。帶的那點兒水，喝了幾次，一半就沒了。我再也不敢隨意喝水了。

繼續前行數日，發覺戈壁上漸漸有了植物，雖是很不起眼的芨芨草，我還是很高興。休息的時候，我用芨芨草編了個遮陽帽戴了，雖擋不了多少陽光，但在心理上也多了一點安慰。我想，這所在邪了，忽而這地形，忽而那地貌，忽而冷，忽而熱，彷彿魔幻世界似的。我心頭的夢幻感更濃了，總覺得自己在夢遊。

原以為見到芨芨草等植物後，就能見到人煙。見到人煙時，就能打聽到奶格瑪，不想，再往前走，戈壁竟變成沙漠了，一波一波的沙浪跌宕而去，宕向未知。我想，瞧這陣勢，不知又會走多遠，要是進了沙漠，這點兒水肯定保不了命。我想，怪就是怪，從來沒聽說這個地方有沙漠，書上也沒提到過這兒有沙漠，可自己竟真的遇到了沙漠，莫非自己進入的只是夢境？掐掐腿，卻感覺到了疼。

我搖搖水囊，發覺水不多了，便想，不能進沙漠了。這點兒水，進時容易，出時卻難，要是補充不了水的話，我會渴死在路上的。但若是不進去也許就錯過因緣了，我已走了東南西三面，這北面之後，上師會不會再給我一個機會？

忽然，我想，說不定這沙漠是上師或空行母化現的，又來試我的信心。這一想，我便笑了。這當然有可能，我可是從來沒聽過這兒有沙漠的呀，空行母能化現河灣，或是山脈，當然也能化現沙漠。於是，我強打精神，想，無論如何，我還是往前走吧。

哪知，行了半天，卻見沙漠越來越實在，一點也不像是幻化了。焦陽照頂時，地上就捲起了熱浪，我口焦舌燥，腰軟腿酸，雖帶了食物，但因為不敢多用水，也沒法吞嚥，索性也不去吃，但不吃卻又餓得慌，無奈間，便只在頭暈眼花快要虛脫時，嚼點饃，喝半口水。我想，要是這沙漠不是空行母幻化的話，可就要我的命了，就算不再往裡走，單是走回路，就可能渴死在路上。

行了兩天後，仍是見不到沙漠的邊，我便有些灰心了，因為水至多剩下三兩口了，照這樣曬，人很快就會變成乾屍。我想，許多時候，發願容易，行履卻難，理論上說，「死亦不退心」容易，但一旦真的面臨死亡，誰也保不了不生退轉心。

正在這時，我看到某個沙窪裡，竟然有一團蠕動的東西。

⑩ 遭遇麻風女

那似乎是一個女子。說似乎，是因為她依稀像個女子。她的身上背了許多布團似的東西。以前，我老是在藏地碰到這類流浪的女子，她們背著自己的家，到處流浪。我想，這個女子，想來是空行母的化現。

但仔細打量一番後，我卻疑惑了，因為她離我想像中的空行母實在太遠了。我懷疑她得了龍病。龍病還有一個名字叫「麻風」。藏地有許多患了麻風的人，為了怕傳染，人們就把他們弄到荒郊野外，由他們自生自滅。當然，麻風病人中，也有治好了的。據說，治療麻風最有效的辦法是修煉，因為麻風是龍病，而龍的天敵是大鵬金翅鳥。據說，大鵬金翅鳥吃龍時，只要翅膀一扇，就能將大海之水扇開，直至露出海底，那條該死的龍也就沒法藏身了，金翅鳥一叼，脖子一揚，便吞了那龍。據說，金翅鳥每年要吃數以萬計的龍，後來龍去求佛陀，佛陀便將大鵬金翅鳥收為護法。金翅鳥說，我天生是吃龍的，我要是不吃龍，會餓死的。佛陀說好說好說，我叫我的弟子每天給你供一次食。於是，在供養對象中，便多了大鵬金翅鳥。其法曰：大鵬金翅鳥，曠野鬼神眾。羅剎鬼子母，甘露悉充滿。再持咒七遍：唵穆帝莎訶。

因為大鵬金翅鳥是龍的天敵，所以，對付龍病時，最有效的修煉就是金翅鳥法。密勒日巴的弟子惹瓊巴就患過麻風，後來他到印度求了大鵬金翅鳥法修煉，才治好麻風。此外，據說還有一法，就是用修煉有成就的大德的尿液洗那患處，也能治好麻風。

我到了近處，一觀察，就發現，女子患的確實是麻風。因為她的鼻子都爛了，臉上只剩下一個大洞，此外，還有許多傷處，正流著病液。

雖然覺得噁心，我還是強忍了問：你為啥到這個地方來？

女子說，你不瞧我這模樣嗎？我想住人多的地方，可人家叫我住不？因為爛了鼻子，她的聲音十分難聽。她又說，我也不想住這沒人的地方，可人家硬要把我送到這兒。

你咋生活？

每半月，家人來送一次吃食和水。但這次，不知為啥，他們遲了三天了，我早沒水了，你有水沒？

我想，我也只剩下一點兒水了。但雖然自己渴得難受，還是將水囊口伸向那女子前面的鐵碗。

女子說，別倒了，省得灑了，我就用水囊喝吧。

　　我覺得噁心，但因為有了前幾次的經驗，我想，怕又是空行母在試探我吧？便將水囊遞了去。女子接了囊，幾口就喝光了。我發現她的唾液沾在囊口上，覺得有些噁心。

　　女子道，別心疼這水。我估計，今明兩天，他們就該給我送吃食來了，到時候，我連本帶利，還你一囊水。

　　我說不要緊，喝吧喝吧。

　　那女子將囊還給我，說你給了我水，就是我的恩人，我請你到我的家裡坐坐好嗎？

　　我答應了。女子背了一大堆垃圾般的東西，顫巍巍朝北走了。我跟了女子，走了約二里路，見一個沙窪裡有個巨大的土堆，土堆上有個洞穴。女子說，喏，這就是我的家。

　　我進了洞，發現裡面竟然很大，只是堆滿了垃圾般的東西，如布片啥的。女子說，瞧我的家當，算多吧……你可別小看它們，世上只有無用的人，沒有無用的東西，別小看那些布條們，冬天來的時候，它們可以取暖，可以烤火，還有好多用處呢。我還可以給我的小狗墊窩……哎，我的小狗呢？她叫了好幾聲，從遠處跑來一隻小狗。我見那小狗竟也是膿皮癩瘡，彷彿也患了麻風。我想，也難怪，老是跟麻風病人在一起，保不定也會得病。聽說，人要是沾了那病水水，也會得麻風的。

　　那小狗一見我，竟十分親熱地蹭了來，我怕沾了它身上的病液，就東躲西躲，但小狗哪管這些，仍是蹭了來。我只好輕輕地踢開了它。

　　這下，女子不高興了。她說，世上有好些虛偽的人，嘴裡雖說眾生是父母，可一點也沒有悲心，總是用輕賤的態度對待眾生，這樣的人，就是修上千劫萬劫，又能修成個啥？

　　我臉紅了。我想，聽她的口氣，似乎是有些來頭的。

　　那女子說，我又不是說你。我是說我以前的親人。你別看我現在難看，以前也是千嬌百媚萬種風情呢。我的年歲並不大，才二十三歲。五年前，因為我父親是個富商，我又生得漂亮，是父親的掌上明珠，向我求婚的人擠破門檻，可沒想到，我竟然得了這號病。這一病，世界就露出真面目了。別說那些求婚的人都不見了，連我的父親也開始躲我，唯恐我把病傳給他。後來，竟把我送到這裡，想叫我自生自滅，幸好母親不忍心我餓死，每半月派人來送一次吃食和水，我才活到現在。

　　她抱過那條狗。人狗相擁了，彼此伸出舌頭舔了一陣。女子說，你可別

小看這狗，我沒病時，它對我好；我有了病，別人都待我不好了，可小狗仍對我好。它可比人好多了。我發現，世上最好的動物便是狗，無論你窮還是富，無論你健康還是生病，你只要待它好，它就會待你好。你十年前給了它一塊骨頭，十年後它仍然會記得。可那些受過我恩惠的人，今天早不見影兒了。

我聽得鼻子發酸。我想，這女子的遭遇真是悲慘，便慚愧方才見到她時的那種噁心感，但又不好說啥，無論咋勸，都似乎不妥，便只是認真地聽。

女子說，現在我倒是感謝這病了。要不是這病，我還不會修行呢。正是這病，叫我看到了世界的無常，我才開始讀一些佛書……喏，就是這幾本，你瞧。她從枕頭下取出幾本書來，遞給我。我一看，原來是些十分普及的通俗讀物，就說，這些僅僅是知識而已。你要想真正修行，就去找個上師，求個密法，好好修煉。你這地方，雖然有些偏僻，倒是個修行的好地方。

那女子道，我哪有什麼福氣去拜師呀，瞧我這樣子，人家一見，遠遠就躲了。

我說，要是你真的想修行，我倒是可以教你的。

女子一聽，高興地笑了。因為爛了鼻子，本該如花的笑顏，倒顯得十分可怖。我生起了很大的悲心，就給那女子講了出離心，講了慈悲心，講了修行的一些基本常識，又給她灌了綠度母頂。因為手頭沒有綠度母的唐卡，我就給她仔細地講了綠度母的形象。女子人雖醜陋，心倒不曾被麻風病蒙昧，不消半天，便學會了綠度母的持咒和觀修。

為了答謝我的教誨之恩，女子取過盛食物的罐子，給我供養她捨不得吃的食物。我一看，那稀罕物似乎是年糕之類，但因為天熱，上面長滿了綠苔。我知道這東西已吃不得了，但看到那女子一臉的虔誠，還是接了。女子仰著臉，醜陋的臉上充滿了期待，希望上師能接受她的供養，吃了這美食。我雖然很感動她的虔誠，卻無法將那發黴之物放入口中。我想，就算不提這綠苔，那上面不知沾了多少麻風病人的唾液，我吃了，想來也會得麻風病的。

那女子期待了許久，終於失望了。她從我手中接過那塊年糕似的東西，扔給了小狗。小狗歡快地吃了，幸福得直哼哼。

不為難你了。女子說，我知道，好些人都不敢碰我吃過的食物，可是，我想不通，你剛才不是說要破除分別心嗎？我不知道，你這算不算分別心？

我臉上一陣發燒，就是，方才自己還給她講了許多如何破除分別心的竅訣，可為什麼一遇到事，自己還是不能自主心靈呢？不過，我想，即使是那

些真正成就的大德，怕也不會吃沾有麻風病液的食物吧？

女子說，俗話說君子不立危牆之下，我當然不會怪你的。也好，畢竟我得了這種病，你還是小心些好。

⑪ 麻風女的荒唐請求

下午，女子的母親派人送來了食物和水。食物很多，但因為天熱，想來放不了幾日，就又會生綠苔了。水倒是能放久些。女子叫來人仔細地清洗了囊口，給我裝了一囊水。

來人走後，女子請我飽食了一頓，因為是剛送的食物，我沒有再推辭。吃過飯後，女子再請我講了一陣修煉的事。我就認真地講了許多修煉竅訣，並說，只要她按我教的方法修煉，解脫會囊中取物般容易。

夜裡，那女子知道我可能嫌她用過的東西，就沒給我鋪被褥，我也順坡下驢，隨便找個地方躺了下來。因為長途跋涉，很快便睡著了。

夢中，我見到了莎爾娃蒂，她說她是司卡史德的化現。她正朝我笑呢，忽覺得有人推我，我一下子醒了。我聽到一陣很粗的喘息聲，待我明白自己身在何處時，一下子激靈過來。天哪！是那麻風女子。我覺得一隻手正在我身上摸索著。記得，白天我看過她的手，那手背也叫麻風弄爛了。我急了，坐起身，怕自己觸摸到手的爛處，沾了病液，便往後躲。

你幹啥？我叫。

月光從洞外射入，照著麻風女那張可怖的臉，爛了的鼻孔似乎比白天更大了，整個臉成了骷髏。一股腐屍般的臭味撲面而來，不知它們是來自那爛處，還是來自女子的口內。

女子喘著粗息，說，上師呀，救救我。我不求別的，只求你給我個娃兒。我一個人待在這兒太孤單了，我想要個娃兒。

我一聽，差點嘔出來，卻強忍了噁心，說，你別前來！你別前來！

女子的話音隨那腐屍臭又噴了出來：真的，我不求別的。我只求有個娃兒。你瞧我一個人，整個世界都拋棄了我，包括我的父母，我沒有一個親人。我只想要個兒子，我想，要是我養下一個兒子，子不嫌母醜，我就有親人了。我的老年也就有靠了。你想，我一個女子，待在這荒郊野外，要是沒個兒子，我如何度過漫長的老年？求求你，發發慈悲。

我緊張得喘不過氣來了，忙說，這不成，這不成，我是出家人，是受過

戒的。

女子道，你雖然受過戒，可你也發了願行菩薩道的。菩薩是隨順眾生的，沒聽說哪個菩薩不滿眾生的願。你就幫我這一回。說著，那女子竟鑽入我的懷裡，一雙手胡亂在我身上摸著。我也顧不上那女子身子爛不爛了，幾下便將她推了出去。

那女子哭了起來，邊哭邊說，菩薩呀，求求你了。我不是只要一個兒子嗎？我又沒要你的命。人家龍樹菩薩，別人要他的命，他不是照樣布施了？人家寂天菩薩，人家要他的眼珠，他不是照樣布施了？你，我不就是要你給我懷個孩子嗎？你怕啥？你又不缺啥的。說著，她的手又摸了來。

我急得遍身是汗，邊推那伸來的手，邊說不行不行。

女子又道，上師呀，我的菩薩，你在兩個時辰前還教我發菩提心呢。我現在看看你有沒有菩提心。對你來說，我的要求，並不過分，只一會兒的事。要是成功了，你就早一點回去。要是這次不成功，你就多住幾個月，等給我懷了娃兒，你再離開這裡。

我一頭汗水，哭笑不得。我覺得那腐屍臭味越來越濃，一股難忍的噁心在我胸中嘯捲。我說，你別逼我，再逼，我可發怒了。

女子的哭聲息了，又開始軟語祈求：菩薩呀，我的菩薩，你要知道，作為患了麻風病的女子，也許我的要求有些過分，但你跟別人不一樣呀。我的父母是俗人，他們沒有發菩提心，他們那樣嫌棄我，我雖然難受，還可以理解，畢竟他們是怕我的病。要是我沒有病，他們還會愛我的。可你是大菩薩，大菩薩是沒有分別心的，跟布施生命和眼珠的那些菩薩相比，我的要求實在算不了啥，可為啥這一點你都不能滿足我呢？

我說，我雖然發了菩提心，可我也受了戒。我愛護戒，跟愛我的眼珠一樣。

女子說，要是你答應了，你會證得虹身的。你答應不？

我說，不！

女子又說，要是你答應了我，你會馬上見到你尋覓的上師的。你答應不？

我想，要是我患了麻風，就算是真的得到無上的教法，也是很難利眾的，於是我說，不！

那女子又說，要是你答應了我，你將來會肉身飛往淨土，你答應不？

我覺得女子口中的臭氣越來越濃，我怕自己受不了那噁心，便說，不！

女子不再乞求，靜了一陣，竟冷笑了。她說，我問你，要是我沒有患麻風，要是我像天女一樣美麗，要是我有著傾國傾城的容貌，要是我以美人的形象跟你修雙運，你是不是還這樣堅決？

我目瞪口呆，不知如何作答。

那女子燃起一根松枝，叫來小狗，抱了，親親小狗，冷冷地說，小狗呀，人家看不上我這個麻風女呀。好個沒有分別心的菩薩！倒是這小狗佔盡了便宜，你可能不知道，那個發黴的年糕，其實是來自佛國的甘露。你要是吃了它，至少會證得大遷移身而成就無死。瞧呀，這小狗的模樣。

我吃驚地發現，那小狗的身子竟成了彩虹模樣，望之有形，觸之無物。我雖感到遺憾，倒也不很後悔，因為我對生呀死呀，倒真是看淡了。

那女子在臉上摸了一把，竟摸下一張面具，露出美麗至極的臉來，又將那破衣脫了，著肉的，竟是輕紗般的衣裙。轉眼間，那個醜陋的麻風女竟成了國色天香的美女。

她望望目瞪口呆的我，走了出去，融入月色。

⑫ 空行母的歌聲

月光下，傳來一陣清晰的歌聲。

沒人知道，那歌聲，是空行母的歌聲，還是來自千年後雪漠的自性——

　　　來自藏地的瓊波巴呀，你雖然有著超人的信心，
　　　可在你二元對立的心中，信心永遠只是在作意。

　　　要知道，瓊波巴，在究竟真理之中，
　　　麻風病跟虹身無二無別，世上萬物是渾然一味無有分別。

　　　由於你過去的串習力限制了思維，心便被囚禁在分別的鐐銬裡，
　　　所有的煩惱由此而生，進而障蔽了解脫的可能。

　　　你的心中雖然也不乏大悲，但它被密封在我執的瓶子裡，
　　　你只有用那空性的槌子，才能打碎我執的頭顱。

你雖然理上明白了心性，但那是畫餅很難充饑，
你只有證得究竟的無生之性，才能斬斷輪迴的糾結。

你雖然求得了諸多的妙法，但別人的金錢富不了自己，
你只有常用那妙法的淨水，才能洗淨串習的塵埃。

你一直在遭遇幻相的欺騙，因二元對立而難以解脫。
你不去對治心頭的執著習氣，卻片面追求我執覺受的喜悅。

二元分別滋生了貪婪仇恨和愚癡，三毒的習氣根深難除，
想求融入一切眾生的究竟本性，你必須時時對治業習。

你雖然不向怠惰之魔屈服，一直精進地尋找上師。
你信心俱足虔誠亦確定，所以必成高貴的法器。

只是你的眼睛過於銳利，你總能明察秋毫洞悉精微，
你應當訓練視而不見的能耐，才能不為假象欺騙而認假為真。

你的耳朵更是聰敏無比，諸聲總激起你心的漣漪，
你何時才能聽而不聞，拒諸聲打開你心性之門。

你的口更是能言善辯，講經說法口若旋風。
何時你才能說而無說，那大默其實才是大聲。

你求師百位固然可喜，但何嘗又不是你執著之一種，
因為你分別心一直在作祟，便不知一等於百百等於一。

你別忘一法具百法之妙德，你別忘一眼具百眼之妙能，
你別忘一耳具百耳之功效，你別忘一師便是萬佛之化身。

只是你的因緣在於多聞，諸空行才隨喜你的善行。
但要是多聞卻不對治習氣，你就成了藏經閣的別名。

雖然你一而再再而百地求法，但你要一門深入地悟入空性。
那百師千法的唯一目的，就是要找到那究竟的本體。

那究竟的本體亦叫空性，諸種雲彩變幻背後的本空。
要是你忙於尋覓雲彩的幻相，你就會本末倒置浪費生命。

你還是回到你尋覓的起處，別再四處奔波如無線的風箏。
其實奶格瑪並沒離開過你，你何必心外覓佛惶惶不可終日？

雖然娑薩朗名相上在印度，雖然奶格瑪名相上在屍林，
雖然名相上還有個佛國，但它們同時俱足於你的心性。

當你淨除了煩惱消淨了習氣，娑薩朗淨土便煥發出光明，
光明中就會有光明的奶格瑪，奶格瑪就會微笑著垂青。

要是你四處奔波心性不定，你依然會執幻為實認假成真。
雖然你知道那麻風女可能是空行，你的習氣還是會左右你的習性。

心淨的時候佛土亦淨，那淨土源自你清淨的心。
要是你不明白這個真理，你便跟那愚夫無異。

偉大的奶格瑪更是你自己，所有的佛陀也源於你自心。
心外求法者定然是愚夫，心外覓師者更是蠢人。

雖然外相上有師也有你，究竟上看時其實是一體；
雖然外相上有印度和藏地，究竟上看時其實是無異。

因為那諸相都歸於空性，因為那明空都是一體。
一體的諸相你何必分別？有分別才會有輪迴和六道。

當六道的幻相執著了你，你才會不由得生生死死。

當你明白了都是在演戲，那解脫便在你明白的同時。

並不是明白之外另有個解脫，並不是心性之外別有個本體，
當你洞悉了萬法萬相的本質，這事實就能解脫你自己。

但因爲你串習而成的習氣，總將那草繩當成了毒蛇，
你咿咿呀呀地亂叫一氣，其實嚇你的還是你自己。

當你明白那毒蟲其實是草繩，你甚至無須修習就不再恐懼。
當你明白那輪迴如夢，你同樣無須修習便能解脫。

問題在於心不一定聽話，理上明白還須在事上對治。
當事上理上皆達成自如，才算得上有自在的心氣。

心氣自在者便是上師，他同時也是本尊諸佛，
他洞悉萬法卻如如不動，如同光明朗然的鏡子。

那心鏡雖然能照出萬物，那鏡體卻不會小叫大呼。
它不會見美色喜悅，也不會遇惡境恐懼。

那朗照的明鏡便是你的心體，雖有諸相卻湛然空寂。
那諸相是你心體的反映，雖有種種顯現同樣虛幻無實。

即使你是個無知無識之人，也不會執著那鏡中的影子。
當你明白了這一真理，明白的同時便能無執。

咿呀我的心子瓊波巴，你雖然參拜了那麼多的上師，
那諸多行爲的究竟實質，還是在拜你自己的心體。

因爲別人的偉大大不了你自己，因爲別人的明白救不了你的愚癡，
因爲別人的腿走不了你的路，因爲別人的食道飽不了你的腹。

你的所有上師，僅僅是在爲你指路，
那究竟的目標只有一個，無論你問詢了多少人，
都改變不了目標的本質。

所以我勸你不要再奔波，你只管等候奶格瑪的光顧。
我説是等候而不説尋覓，因爲眞正的上師不是尋覓可得。

當你眞正具備了信心，當你眞正擁有了悲慈，
當你眞正消滅了熱惱，當你眞正清除了習氣，
你的上師就會來找你。

無論你是不是來到印度，無論你是不是還在雪域，
無論你是不是長途奔波，無論你是不是帶足了金子。

那上師來自你的清淨之心，那上師同樣是你心性的顯示。
我們雖然形態各異性別不一，其實質還是來自同一個本體。

那究竟的眞理永遠是究竟，那空性覺性和明體眞如，
名相雖異本質卻唯一，上師和教派只是不同的顯示。

你於是知道了所有的彎路，它們便是分別心的女兒。
因爲捨了本體去追逐末枝，迷者便難逃輪迴的絆羈。

哪怕他持咒數以億計，哪怕他供養成山成池，
要是不明白修的本體，成就便永遠遙遙無期。

我常見那些愚癡的行者，一臉赤紅的虔誠，
或一身苦修的塵土，但因爲總是捨本逐末，
臨死時尚沒有明白本體。

就算他眞的往生到西天，就算他眞的到佛國淨土，
就算他累積了擎天的福報，解脫還得靠修煉那本體。

本體的修煉爲破除執著，這執著也包括解脫本身。
眞正的解脫是沒有往生，有往生便會有最後的執著。

執著於解脫也是執著，執著便是修行的大敵；
所有的金屑雖然閃光，入眼便會扎我們的眼眸。

修煉的祕訣在於放下，放下執著放下希冀，
放下煩惱放下解脫，眞正的放下便是解脫。

去吧，瓊波巴，雖然你拒絕了麻風女最後的請求，
但因爲你對她尚有慈悲，我才爲你説出以上這些，
相信它會成熟你的心性。

你仍回到那尋覓的起處，用妙法淨除你業氣的障蔽。
等到你眞正地清淨了心，你就會看到眞正的上師……

聽著那歌聲，我如醍醐灌頂，清涼無比。我淚流滿面，五體投地，做著大禮拜，直至天明。

雪漠，我的兒呀，在你經歷的那些湛然光明中，你也聽到了這歌聲吧。金剛亥母用天籟般的嗓音爲你唱了這首歌謠，你淚流滿面，顫抖不已。要知道，她也是奶格瑪。奶格瑪的體性是金剛亥母，金剛亥母的體性是光明大手印。在歌聲中，你大樂充盈，空寂無比，光明朗然，如如不動。是的，那便是光明大手印。

後來，我才明白，那個麻風女，是金剛亥母的化現。她是億萬空行母的主佛。

我懺悔了多日，卻沒再聽到以前的那種指導我尋覓的歌聲，我只好離開尋覓地，去找司卡史德。她見了我，仍是那樣似笑非笑，若即若離。

她問，你騎著駱駝去找駱駝，收穫如何？

我講了途中遭遇的許多神奇。她聽了，只是冷笑不已。

第*20*章　　迦毗羅衛的血光

《瓊波祕傳》稱：魔桶咒法的另一威力，是讓行者生起退轉心。無數的邪魔發出巨大的思維波，想叫瓊波浪覺放棄尋覓。一旦他放棄了尋覓，就等於關閉了嚮往光明的心。光明一逝，黑暗遂生。那時，瓊波浪覺還不知道，這世上，竟然真的有魔桶。他更想不到，自己竟然會真的被困在那魔桶裡。

❶ 黑狗血潑在壇城中

莎爾娃蒂又跟庫瑪麗偷偷去看那誅壇。那些咒士們已經完成了「前行」，也即預備法事。「前行」之後，「正行」開始了。

咒士們將黑狗血潑在壇城中，地上紅紅的一片，此外還鋪了紅粉，畫了怪模怪樣的壇城。咒士們將自己的本尊像和紅司命主的唐卡掛在壇城中，供了許多豐盛的供品，供品大多是紅色，如紅羊、紅馬、紅狗、紅犛牛等——要是沒有天然紅的，也可以染色。本來這些東西也可以用麵食做，但為了表達虔誠，他們還是供了真的動物。

咒士們用金粉將紅司命主的命咒寫在紙上。命咒周圍還寫上了祈願語，寫了很多他們希望達成的願望。

一個披頭散髮的咒士在陰陽怪氣地吟唱——

無比偉大的紅司命主呀，請你施展無上的法力，懲罰那藐視女神的野蠻人瓊波巴吧。你用那攝魂鉤勾來他的魂魄，你用那金剛刀斬了他的命脈。你吸盡他的五大精華，你榨乾他的智慧覺悟。讓他的肉體像風中的炒麵那樣消散，讓他的靈知像大地的塵埃那樣污垢，讓他陷於貪嗔癡而不能自拔……

莎爾娃蒂很是恐怖。她發現，血腥的天空中，真的有了許多紅色的魔。他們張牙舞爪，向瓊波浪覺的命石噴著紅色的毒霧。那命石，在紅色毒霧中瑟瑟顫抖。

一種異常的沉重和憂鬱裏向了她。

回家後，莎爾娃蒂就用以前當女神時學會的方法，為瓊波浪覺做息災法事。同時，她一如既往地將那些咒力承接了下來。她發現，那邪惡的咒力真的是一種暗能量。每當她承接一次，就會生一場大病。

不過，即使在生病的時候，她仍然感到幸福。她想，這世上，還有比為自己的愛人生病更幸福的事嗎？那相思和疼痛，總能把她的尖硬外殼一層層

打開，直到袒露出最柔軟的內心。

在過去的多年裡，為了適應現實，莎爾娃蒂已把自己異化為一個偶像女神，她自覺或不自覺地放棄了很多人性的東西。只有在遇到瓊波浪覺後，她才明白，那些她扔掉或差點扔掉的，其實是珍寶。她想撿起的，卻可能是垃圾。她發現，這個世界的許多觀念，其實是顛倒的。好在她終於有幸聽到了瓊波浪覺的聲音，而且她認為，他是正確的。

只是有時候，那相思太強烈了，會令她無法自主，難以對抗它的魔力。為了排解相思，莎爾娃蒂也會代父親講經。那解脫的內容和她的愛情糾結在一起，常常自相矛盾，血肉牽連，不分彼此。她需要進行剖解與割裂，出世與入世常常串味，分辨不清。有時候，她也想遠離目前的這種生活狀態，出離清修，但父母需要的卻是世俗的她。無奈，她只能接受，等瓊波浪覺歸來。但問題是，她不知道他什麼時候歸來。更可怕的是，她忽然發現自己老了許多。她知道，在尋覓的專注中，是沒有時間的，而等待者卻無限地放大了那等待的時間。

她只能堅持寫信。這是她唯一進行自我救贖的方式。在她眼中，沒有比寫信更重要、更值得做的事了。

就這樣，她一邊祈禱似的寫著信，一邊一如既往地等著瓊波浪覺。

❷ 瓊波浪覺說

孩子，那段日子，我老是生病，老是出現幻覺，老是像被抽乾了精力似的乏。

我覺得我真的要死了。

我時時陷入一團巨大的紅雲之中，老是眩暈迷糊。這跡象，在莎爾娃蒂告訴我大紅司命主誅壇之前，就有了。我相信，那真是一種邪惡的負面力量。當有人能啟動某種儀式時，邪惡就會聽他們的話。

當那紅雲漫過來時，它更像一種讓我時時恍惚的夢魘，我的清明就沒了。我甚至老是會產生退轉心──多麼可怕！

當我墮入那紅雲中時，一些念頭，時不時就會冒出來……我就想，算了，夠了，人不過幾十年的物件，何必這麼勞碌？有時，還會想，回去娶她算了……瞧，就這樣。當這些念頭生起時，我就懶得再動，只好閉關幾日，專門祈請奶格瑪。

要是沒有奶格瑪的召喚和加持，我可能會真的放棄尋覓。

真是艱難。

可見，一個人的成就，不是一件容易的事。

心倒是靜，也想她，但有時的想，也恍若隔世了。

人生真的如夢呀。

每每在夜靜時分，就會想到莎爾娃蒂，心中總是溫暖。想到世上還有一個那樣待我的人，就覺得自己沒有白活。那心裡的孤獨，就真的消失了。畢竟，心中有了一個影子，有了一個美好的影子。跟她的相識，真是我生命的一大收穫。

孩子，在那單調孤寂的旅途中，要是沒有一雙盯著自己脊樑的眼睛，那是多麼乏味啊！

同樣，你的這本書中要是沒有莎爾娃蒂，又會是多麼蒼白呀！

❸ 吞天的大魔

時時生病的瓊波浪覺仍在尋找奶格瑪。

他已朝拜了很多聖地，卻沒有再碰到他在沙漠中的那類奇遇。他在印度的求法之旅，漸漸變得平實了。

奶格瑪在他心中，彷彿真的成了一個傳說。

這時節，司卡史德給他傳了六種成就的方法，叫「司卡六法」。但瓊波浪覺常常念誦的，仍是「奶格瑪千諾」。沒辦法，宿世的巨大業力，讓他忘不了自己命運中的那個授記。尋找奶格瑪，已成了他活著的理由。

瓊波浪覺說，雖然那些邪靈製造了很多違緣，但同時，它們更是一種助緣。正是在那些違緣的錘煉下，他才一天天遠離了屑小。

那時節，時不時地，他就會在天空中發現邪靈彎曲的倒影。他們舉著諸般武器，如金剛彎刀、三叉戟、套索、勾魂鉤等，等待著下手索命的時機。那時機，就是瓊波浪覺生退轉心的時候。

瓊波浪覺告訴我，只要他不生退轉心，就會跟一個巨大的存在之間有光道相通，就會得到巨大的加持之力。那些邪魔外道的陰謀，就不可能得逞。

我問，什麼陰謀？

他說，那些邪魔的陰謀，其實只有三個字：退轉心。

他們在等待著他的放棄。一旦瓊波浪覺放棄了尋找，就會成為魔的眷

屬。許多人的墮落，就是從放棄追求開始的。

那放棄，等於關閉了嚮往光明的心。光明一逝，黑暗遂生。

同時，邪靈還製造了大量的凶險。他們想用違緣磨禿瓊波浪覺銳利的求索之心。

這天，瓊波浪覺做了一個十分凶險的夢。夢中，泥漿翻騰，濁浪排空，於泥漿之中，騰起一個巨大的鱷魚，一下就叼去了他半邊身子。醒來後，他發現下半邊身子真的出現了麻木跡象。

此後的很長時間裡，他神情恍惚，渾身無力，時不時地，就發現有個吞天的大魔撲向自己。不久，他患上了印度常常流行的惡熱。便是在九百多年後的今天，每年仍有數以百計的印度人死於這種惡熱。

在某次光明境中，瓊波浪覺向我講述了他那時的遭遇——

④ 黑夜中的燈炬

我的孩子，要知道，逝去的千年裡，很少有像你這樣理解我的人。我若是太陽，你便是太陽的光明。無數的人，正是透過那光明，才明白了太陽的珍貴。

孩子，在很長的一段時間裡，我一直處於恍惚狀態。我魂不守舍，遍身乏力。那時節，我也知道是咒力的緣故。孩子，雖然咒力的本質也歸於空性，但在緣起和外相上，它仍然是存在的。對於沒有真正證悟空性的人，咒力是客觀的存在。

那時節，我雖然在理上明白了萬物如幻，但我的心中，並沒有真正破執。

於是，我老是看到本波的那些大魔，還有那類紅司命主們，他們怒睜著可怖的眼睛，張著大口，向我噴毒氣。他們其實已變成了一種氛圍。在那種氛圍裡，我老是產生這樣的念頭：奶格瑪，也許只是個傳說。我已在尋覓中耗去了太多的生命，我該回去了。

多可怕的念想！

每當這念想生起的時候，我就想早點離開印度，回到藏地。隨我到印度來的那幾個弟子，有的死了，有的回去了。我老是孤獨一人。

你也許會問，司卡史德不是陪著你嗎？

是的。司卡史德在陪著我。但這種陪，不是你想像的那種陪。她不是招

之即來、揮之即去的女人。她其實更像不期而至的風。我很喜歡你在《西夏咒》中的那首詩：

> 霜風掠白了你的青絲
> 卻掠不老你的尋覓
> 點點梅花
> 夜夜射向天際
> 天涯路上無你的郎君
> 郎君是滄桑的雨雪
> 總是悄然而來
> 又悄然而去……

司卡史德也是滄桑的雨雪。我無法呼喚她的來，也無法控制她的去。她總是不期而至。而且，那些日子，她顯得越來越刁鑽古怪。我知道她在調我的心性。她有時更像一個鐵匠，將我的心放在砧板上，舉了錘子，一下下敲擊。我心靈的雜質，就是在那一次次敲擊中，變成了四濺的火星。她一次次將我的心打成了薄鐵，再一次次折起，放入爐火中冶煉，然後再進行捶打……常常是這樣的，我越是陷入孤獨需要她時，她可能許久不露面。我甚至聞不到她的氣息。那種孤獨，真不是常人能忍受的。

那時節，一個聲音老是在呼喚：回去吧！回去吧！奶格瑪只是個傳說。

我已經尋覓了很久，也在尋覓中經歷了一次次的神奇，但那時，我也開始懷疑自己的所有經歷，也許只是一個個夢。在許多個恍惚裡，我甚至懷疑是不是真的遇到了那麼多的空行母。

此外，我求到的許多密法也開始困擾我。我時而覺得這個法好，時而覺得那個法好，我於是今天修這個法，明天修那個法。我哪個法也不想捨棄。因為每一種法都花費了我很多的時間和黃金……當然，我一向對黃金沒啥感覺。我眼中，它只是求法的工具。其實，你現在就可以體會我那時對黃金的心情。現在，你提起我供養的那些黃金時，是沒什麼感覺的，對不？你可以說那些數字，比如五百兩或是一千兩等等，但僅僅是個數字。你在乎的，還是我求到的那些法。它們穿越了千年的時空，一直流入你智慧的大海……是的，智慧的大海。我理解你曾說過的那些話，你說香巴噶舉的法脈，僅僅是流入你智慧大海的一個支流。我理解你說的這話。因為那時，我的智慧大

海，同樣也是那一條條支流匯成的。大海不擇細流，故能稱其大。只有淺薄者才認為自己的杯子裡，盛的是整個大海。

但你其實也明白，在流入你智慧大海的水流中，來自奶格瑪的無垢智慧，無疑是最重要的一支。於是，你總是割捨不下香巴噶舉。我也一樣。那時的我，要是沒有最後的尋覓，我的智慧中，也會有最難以完善的缺憾。

也正是有了這種宿慧的警示，我才沒有捨棄對那終極的尋找。

在無數個瞬間裡，那些本波護法神和其他邪靈，都發出了一量量令我生退轉心的思維波，想擾亂我的心。

那時的念頭裡，除了懷疑奶格瑪只是個傳說之外，出現最多的便是叫我「知足」。一個聲音老是說，你已經得到了一百四十多個大成就者的心髓，夠了夠了。你已經是雪域中求法最多的大師了，像瑪爾巴，也僅僅是得到了那諾巴的心傳；像那諾巴，也僅僅是得到了諦諾巴的心傳。他們照樣成了大師。你得到了那麼多大師的心髓，還有啥不滿足的呢？

那時，還有個聲音在叫：「你還是回去吧，去傳法，去度眾。雪域不知有多少人等著你呢。你不必再尋覓了。你一耽擱，不知有多少人失去了人身之寶。」

這真是一個無比大的理由。我差點放棄了尋覓。

你現在可以想想，要是我那時放棄，會是多麼遺憾的事。我即使真的成了大師，那也是另一種意義上的大師，我不會是奶格瑪的傳人。而瓊波浪覺要是不跟奶格瑪發生關係，將是多麼遺憾的事。就像香巴噶舉要是沒有你，或是你沒有香巴噶舉，這世上，定然會少了精彩。

要知道，許多時候，那種有著利眾外相的懈怠，才是最可怕的。我差點真的放棄了。但每到我想放棄的時候，卻忽然產生了失重感。我想，要是不尋找奶格瑪，那我的活著，還有啥意義？

正是這一點的不甘心，像黑夜中的燈炬，伴我度過了那漫長的尋覓之路。

◆ 5 魔石

親愛的瓊波巴，我越來越害怕了。

我仍在為你承接那咒力──它讓我產生了病入膏肓的感覺，我的喉頭時時發噎，疼痛開始襲來。我怕我擋不住那鋪天蓋地的邪惡咒力。我老是看

到，那些邪惡的咒砂，仍在捲向尋覓的你。

咒士們在山中又找了一塊魔石，將你的魂魄勾攝在魔石上。據說，這便是你的命石，代表你的靈魂。他們已拘了你的三種命石，代表紅菩提、白菩提和無死明點，它們分別來自你的父親、母親和你宿世的精魂。

他們已經完成了規定的念誦，將那祈願紙、心咒和各類珠寶用紅布包了，跟你的三塊命石一起，塞入一個紅山羊和黑綿羊的心臟內。

他們想讓你進入一種可怕的魔境。那魔境，會迷了你清明的心智。

我甚至希望你告訴我，我對你的這種迷戀，對於你來說，是不是也是一種魔境？

看了你的信。很擔心你，也心疼，但我除了一如既往地替你承接那些咒力外，別無辦法。

每個人都在尋求一種終極意義，豈能盡如人意，但求無愧我心。你費盡心力地用生命換來的智慧證悟，在很多人看來也許並不需要，甚至還會爲你招來違緣。那些混混就是這樣甘於混混的命運，你的喚醒只要幾個心靈聽到也就夠了。我知道，你已經盡了全力。

你不知道你有多麼了不起，你帶給我的一切多麼好！我這麼孤傲的一個人，卻對你百依百順，甘爲婢僕。我也許孤陋寡聞，也不清楚別的女人需要什麼，但我眼裡，那麼多財大氣粗、手握重權的男人，都比不上你帶給我的智慧、清涼和明白。爲此，我無數次地感恩命運、感謝生活，更感謝你。

別受世俗價值的影響，堅持你自己，堅持你的證悟，堅持你的方向，堅持你的路。我非常有信心，你是對的。

你已經達到很高的境界了，每一步的向上跨越，都是異常的艱難，比原來的更難。這不要緊。這肯定是極難的事，大成功哪有那麼容易？所以你別難受，慢慢來。

瓊波巴就是瓊波巴，眞實、率性而自由地活著，不爲什麼而活著。

愛你。

很累了，要住筆了。

我的喉部劇痛不已，不知道能不能撐到你歸來？

⑥ 瓊波浪覺說

莎爾娃蒂，我的親人：

　　心疼你。

　　一定要去看看醫生，再做些息災火供。

　　不要再為我承接那咒力。對於沒有證悟空性的人，那咒力，是真的存在的。它會損害你的健康。

　　也很想你。心中仍有濃得化不開的感情。你是個好女子，因為有了你，我的人生才多了一份色彩。

　　雖然我證悟了一點智慧，但你仍是我心中最大的詩意，它成為我仍留在紅塵的理由。一想到你，我就覺得生命真的很精彩。

　　在過去的多年裡，我僅僅是被命運流放的一位苦行僧。自遇到你之後，我才算為自己活了一些日子。等走完這段路後，也就到了見你的時候了。我很高興。希望你能誦讀我留下的那些經，這也算是給我的另一種禮物吧。當你能從那些經中讀出一份清涼時，你也就真的跟我相遇了。

　　我多麼希望你能快樂和明白呀。要是因為跟我的相遇，你比以前活得更好一些，那我也就沒白疼你。

瓊波浪覺

　　我告訴瓊波浪覺，陳亦新看到這兒，批了一句話：「他還是個俗僧。」

　　瓊波浪覺呵呵笑了。他說，你兒子以為成就者不食人間煙火。他哪裡知道，便是在我證得大成就之後，我仍然有著無窮的柔情。成就之後的我，比沒有成就時，更多了無限的柔情蜜意。沒成就時，我牽掛的，多是母親。成就之後，我有了無數的母親。成就是啥？成就是證得空性後的放下，是充盈著大悲憫的喜悅，是有著無數牽掛卻又無點滴煩惱的超然，是像愛情人一樣愛所有眾生的詩意。

　　明白不？

❼ 無身空行母的體性

　　孩子，你別用那種目光看我。

　　你心疼莎爾娃蒂沒錯，但你要知道，我這輩子，不是來找她的。

　　我是來找奶格瑪的。

　　雖然我的命運裡會有多種選擇，但我在每一個當下裡最該做的，只能是心中最重要的那件事。

只有在找到了最重要的之後，我才可能顧及別的。

在我的生命中，莎爾娃蒂更像一位女神。在無數次尋覓的途中，在我非常孤獨的時候，也會想到她。在過去的記憶中，有關她的一切，都化成了一暈暈充溢在心頭的溫暖。

但是，莎爾娃蒂只能代表世間法的美好，她代替不了出世間的智慧。要知道，我最需要的，正是後者。

為了成熟我的心性，那些無身空行母也會為我開示一些修煉無上瑜伽的竅訣。它們涵蓋了金剛乘瑜伽的所有修證竅訣，被稱為空行母的心髓。

在證悟之前，我跟無身空行母的交流，都借助了司卡史德。她能看到尋常人看不到的許多境界，她能洞悉許多人難以了解的很多祕密。

瞧，司卡史德又在舞蹈了，她邊舞邊唱，歌聲十分美妙：

> 法界的智慧本有而圓成，它不假外力自然俱足。
> 它光明朗然玲瓏剔透，猶如皎潔的白色水晶。
> 它雖無形而猶如仙草，散發出多種美麗的芬芳。
> 無始以來它不曾迷失，貯藏在空行母無盡的識藏中。
> 而今機緣成熟開啟了寶庫，便流入你的心性寶瓶。

司卡史德說，兒呀，你的福慧古今罕見。這是空行心髓一樣的口訣，由無身空行母口耳相傳，外界是很難知曉的。它來自烏仗衍那國的剛多羅，那是一個空行會聚的聖地。

那個時候，空行母們都住在空行洲。表面看去，她們很尋常，有的還很卑賤，但在內心深處，她們一直守著心頭的那份覺悟。一天，我拜訪這個地方，也幸運地贏得了空行母的歡喜，得到了空行母的殊勝教授——

> 當你成熟了自己的心性，你便擁有了解脫的法寶。
> 那解脫來自那成熟的心性，一定要斬斷你自心的糾結。
>
> 那自心的糾結源於分別心，分別心來自你心的迷惑。
> 因為迷惑所以執幻為實，因為執幻為實所以陷入牢籠。
>
> 執著的所有東西了無自性，它們如水中之月鏡中之影。

那空花水月本是心頭的幻相，其實沒有值得你迷戀的實體。

當你明白了以上的真理，你的心性才算成熟。
心性的成熟即名為解脫，它來自自心而不假外求。

要是你認為解脫源自佛陀，那你還是在輪迴之中。
輪迴其實是幻相的作用，明白了幻相你便遠離了執著。

兒啊，你是否嗅到那別樣的芬芳？它同樣來自心性而本自俱足。
雖然空行母的歌聲承載了它，這歌聲同樣發自你的心底。

司卡史德說，兒呀，你可別小看這些教法，金剛乘的所有修持都含括其中了，你一定要善加體會，無論你思維還是默誦，都有著無與倫比的加持力。兒呀，你要記住，無身空行母的體性便是大手印。沒有大手印見地的指導，你是很難證悟的。

兒呀，你的心靈本來清淨，心性本自成熟，有著不曾染污的究竟明性，就像明淨的天空一樣纖塵不染。但因為妄想烏雲的遮蔽，你看不到那本有的心性。經過正確的修持，你就會除去障礙自心本來功德的困惑，了悟你的自心明性。兒呀，那障蔽你清淨自性的大網，都是由分別心造成的，那二元對立的思維和習慣，成了捆綁你自然覺性的繩結，那是你必須要斬斷的。

空行母們齊聲應和。一個說，是的，你只要不被那妄心欺騙就成，我們不知道你還有什麼可努力的。一個說，就是，你所有的煩惱都是妄心給你打的心結，你才看不到真心的原貌。一個說，諦諾巴大師不是說了嗎，芝麻裡面有芝麻油，佛性同樣存在於心性中。一個說，當你拋開一些可笑的糾纏後，真心的原貌就會自然地顯現出來。

⑧ 迦毗羅衛

孩子，雖然空行母們一次次為我開示心性，但我還是發現，道理上的明白和行為上的自由，仍有著很遠的距離。無論我在理論上有著怎樣的覺悟，在遭遇不同的外境之後，那迷亂還是會干擾自己的真心。

我在迦毗羅衛舉辦會供，就是為了快速累積資糧。我要供養所有上師，

一來感謝他們對我的教誨；二來想借助供養聖者之力，盡快清除我心靈上的障礙。我還想宴請能夠請到的那些大成就者。我甚至奢望奶格瑪也能跟那些成就者一起，來參加我的會供。

會供的地點，我選擇在迦毗羅衛。這是釋迦族的首都，它位於喜馬拉雅山麓的一個平原上。

佛陀在迦毗羅衛生活了二十九年。我們在這兒會供，從緣起上來說很好。我的那些上師們也想來朝拜迦毗羅衛。在我們的心目中，這所在，跟王舍城、舍衛城一樣，是嚮往已久的聖地。

但到了迦毗羅衛，我才發現，迦毗羅衛已變成了一個遺址，看不到任何曾經輝煌的跡象。其實，在歷史上有著驚天大名的釋迦王國，只是一個部落城邦。那個所謂的國家，也僅僅是一些小部落城邦的聯盟，它很像今天的共和國。在佛陀的父親淨飯王之前，它就以民主選舉的形式選舉國王。從淨飯王起，迦毗羅衛才出現了世襲制。那些散落於周圍的部落，為了能在強權的擠壓下生存下去，就聯合在一起，以聯盟的形式，聯合成了一個較大的國家。佛陀的生父淨飯王，就是那聯盟的首領。

釋迦族以農耕為主，它的族名叫「喬達摩」，也稱「瞿曇」。我們老是在佛經上看到外道這樣稱呼佛陀，動不動就「瞿曇」、「瞿曇」的。它本是一位古代英雄的名字，意思是「最好的公牛」。正是這位名叫「好公牛」的英雄，建立了釋迦族的城邦。為了紀念他，釋迦族便以「喬達摩」作為自己的族名。

在釋迦族的文化中，農耕的氣息很濃。它的那些歷代的首領，皆以食物為名，如淨飯王、白飯王、甘露飯王、斛飯王等，都透出了濃濃的農耕氣息。兩千多年前，釋迦族最盛大的節日是耕種節。那一天，全國歡慶，熱鬧非凡。那天，國王要參與耕種，以示對農業的尊崇和重視。

歷史總是會出現奇蹟，就是在這樣一個農耕部落中，竟然誕生了一位光照千古的偉大人物。

許多時候，一個尋常的小池塘，卻可能長出光彩四溢的蓮花。所以，當我們無法選擇自己的出身時，就選擇自己的行為吧。

當時的釋迦族四周強敵環伺，在強權的夾縫中，那些城邦小國岌岌可危。那情形，很像搖搖欲墜的巨石下的雞卵。整個釋迦族人，都在期待著一個偉大人物的誕生，他們想借助偉人之能，來改變生存的危境。於是，他們有了一種對「轉輪聖王」的期待。佛經中充滿了對轉輪聖王的描繪。此王有

七寶：輪寶、象寶、馬寶、珠寶、女寶、主藏臣寶、主兵臣寶，皆紅塵不見之大寶，有大威德，有大法力，有大功能，能助聖王，一統天下。《佛說長阿含經》中說，那些國王見聖王至，「以金缽盛銀粟，銀缽盛金粟，來詣王所，拜首白言：『善哉！大王，今此東方土地豐樂，多諸珍寶，人民熾盛，志性仁和，慈孝忠順，唯願聖王於此治政！我等當給使左右，承受所需」。只有傳說中的轉輪聖王出現之後，釋迦族才能實現真正的振興。

在無盡的期盼中，偉人終於來了。在王妃三十歲那年的某天夜裡，她夢到一隻白象入胎。在當時的古印度，這是一個十分吉祥的夢，預示著她會生下一個大貴人。

不久，王子出生了。父王請人給他起了一個吉祥的名字：悉達多，意思是「一切願望皆能達成」。

淨飯王還請了一位有名的仙人為太子看相。那個叫阿喜陀的仙人在喜馬拉雅山上修行一生，功行高深。他見了太子，先是大笑，而後大哭。人問原因，仙人說：「我的笑，是因為這孩子是個大貴人。他若是入世為王，則能成轉輪聖王，統治世界；他若是出家修道，則能成就無上正等正覺。我的哭，是因為我年事已高，來日無多，不能親領太子證道後的教誨了。」

在這個叫迦毗羅衛的所在，悉達多度過了早期人生的二十九年。他衣食無憂，尊崇無比。為了防止他產生厭世心理，淨飯王提供了最好的物質條件，讓兒子享受五欲妙樂。但太子總是快快不樂。因為他的智慧，總能讓他發現那流動的樂中隱現的苦。

在光明淨境中，我看到了那時的悉達多太子。那時節，雖然四面的妙樂包圍著他，但太子的眼睛仍透出厭倦的目光。那時，他已學遍了盛行於當地的幾乎所有學問，卻無法解除他心中的厭倦和空虛。無論文的經典還是武的技藝，太子很快就出類拔萃了。那時的世上，已很少有能夠當他老師的人。

於是，在某個天地為之一滯的時刻，太子帶著那位叫「車匿」的車夫，出了東門，他發現了一個老人。老人一臉皺紋，骨瘦如柴，鬍鬚上淋漓著清涕，身子抖動如風中的黃葉。太子問，車匿，這人為啥成這模樣？車匿說，太子呀，因為他老了。太子問，我也會老嗎？車匿說，當然，只要是人，都會老的。於是，太子若有所思地回到城裡，對「老」的發現帶來的烏雲，開始罩住他生命的天空。

在我的心靈淨光中，太子又出了南門。他聽到一位病人在呻吟，其聲慘然，痛苦至極。病者的臉上布滿了黑斑，腐爛的身上散發著臭氣。太子問：

車匿呀,這人為何慘叫?車匿說,太子呀,因為他病了。那不期而至的疾病,損害了他的健康。太子又問,我也會病嗎?車匿說,是的。這世上,只要是人,都會病的。病是人的影子,只要有身體,就會四大不調,進而生病。病是人的一生裡非來不可的東西。於是,太子仰天長歎,沉吟不語。

在光明淨境中,太子又出現在西門。西門外有個死人,身上的溫度已逝,堅硬如橫陳的枯木。他的親人們邊嚎哭,邊將他抬上木柴。木柴點燃的時候,黑煙和火光罩住了屍體。太子大驚,又問車匿。車匿說:太子,那人已經死了。太子問:我也會死嗎?車匿說,死是每一個生命中非來不可的東西,有生必有死。無論強者,無論弱者,無論王者,無論平民,都逃不脫死神的追逐。

於是,這位深宮之中長大的太子,終於發現了生老病死。這四道捆綁了眾生無量劫的繩索,終於進入了他的視野。

司卡史德說,那四門的情形,其實是出世間護法神的化現。他們用一種直觀的方式,喚醒太子的出離心。她說,許多時候,五欲妙樂也會讓智者沉迷。那老者,那病者,那死者,都是一聲聲警鐘。那鐘聲一聲聲猛響著,驚醒了沉溺於五欲妙樂的太子。

於是,後來的「四聖諦」中的第一諦開始在太子的生命中閃爍了,那便是一個「苦」字。

緊接著,悉達多的生命中,出現了另一種別樣的光明。他走出了北門,看到一個沙門。那沙門,相好莊嚴,面如滿月,舉止安詳,寵辱不驚。太子問車匿,這是啥人?車匿說,這是修道者。太子問,他們為啥修道?車匿說,為了超越生老病死的苦海。

司卡史德說,從那時起,太子就生起了出離心。

我對車匿產生了極大的興趣。在我的眼中,這個叫車匿的車夫,幾乎可以跟盧伊巴遇到的那位空行母媲美了。他雖然沒有為佛陀開示心性,卻讓他產生了出離心。而出離心的產生,直接促成了佛陀後來的出家。

於是,某個夜裡,悉達多用哀憐的目光望了望熟睡的嬌妻,望了望剛剛出生的愛子,跟著車匿,出了迦毗羅衛城,到了一個修道的屍林,開始了長達六年的苦行。

以上的描述,常見於佛經。

但我看來,以上說法,不乏象徵。我想,學遍世間學問的太子不會不知道生死規律。那時的古印度經典中,充滿著這類知識。太子的智慧,似乎也

不一定非要由車夫來開啟。更也許，那個歷史時刻，佛陀僅僅是在演戲。他用一種直觀的方式，告訴了人們要看破生老病死。

從悉達多給兒子起的名字中，我似乎發現了一點端倪。佛陀給出家前的孩子起名為「羅睺羅」，意思是「障礙」和「月食」。這個詞，其實並不吉祥。在後來流行於藏地的一些曆法中，認為月食和日食的出現，是因為羅睺星障蔽了日月的光明。我在修時輪金剛的生起次第時，也要觀想羅睺輪。它總在一個特定的時間裡，為日月流向人間的光明製造障礙。佛陀為啥給兒子起這樣的名字呢？也許，這名字，代表了悉達多太子出家前的一種心理。那時節，他最放不下的，是剛剛出生的兒子。他定然也猶豫過，徘徊過。「羅睺羅」三個字，代表了他最真實的複雜心情。就像我們老是被子女牽掛一樣，佛陀在離開迦毗羅衛前，定然也經歷過一段痛苦的抉擇。在他真正戰勝自己之前，兒子的出生，成了他出離修道的一個最大障礙。

但他終於斬斷了親情之愛，遠離障礙，走向城外。

那時，世上的所有障礙，都無法絆住嚮往真理的悉達多了。

他逃離了迦毗羅衛，走進了充溢著腐屍氣味的屍林。

⑨ 撲向親人的殺氣

從此，紅塵中的眾生，多了一種被救度的可能。

不過，一向被人們認為是萬能的佛陀，其實也不能改變七種東西，那便是生、老、病、死、罪、福、因緣。

佛陀用智慧救度了無數沉溺於苦海的眾生，卻救不了養育過他的迦毗羅衛。多年之後，毗琉璃王的大軍將會毀滅這座誕生過偉人的城市。

佛陀以其獨有的方式，三次阻擋了撲向親人的殺氣。但因果定律，仍然注定了釋迦族的滅亡。

按世上流傳較廣的說法，釋迦族的滅亡，是因為他們的前世是打漁者。為了生存，他們殺死了數以百萬計的生命。在無盡的生命長河中，他們雖然變換了無數次面目，但那惡的行為造成的反作用力，卻如影隨形地跟定了他們。那惡的種子，在佛陀成道不久後成熟了，便結出了惡的果實。

當毗琉璃王的大軍在馬蹄激起的攪天塵埃中逼近迦毗羅衛時，我在淨光中看到了在一棵枯木下宴坐的佛陀。毗琉璃王問：世尊啊，這林中樹木極多，林蔭很大，你為何偏偏坐在枯樹下呢？佛陀說：那些樹蔭，哪裡比得上

親族之蔭啊。於是，毗琉璃王心中不忍，下令退兵。但兵馬雖退，毗琉璃王的殺心卻難以平息，不久之後，他再次發兵。如是三次，皆見途中的佛陀，佛陀皆以親族之蔭作答。

當毗琉璃王第四次發兵時，佛陀明白，釋迦族過去的惡業成熟了，他告訴弟子，你們不用管了，釋迦族宿世的惡緣，今天已成熟了，那諸多的命債，到了該償還的時候了。於是，萬千馬蹄激起了遮天蔽日的塵埃，罩住了迦毗羅衛的天空。透過那塵埃，我發現，釋迦族有一個少年英雄，他拍馬揚弓，神勇無比。他發出了一支支抵抗之箭，箭箭射中敵人，還差點射死毗琉璃王呢。釋迦族的老人於是訓斥少年：你咋能隨意殺生，壞我釋迦名聲，辱我釋迦門戶。佛陀不是教我們善待眾生嗎？我們連小蟲都不願傷害，你咋能飛箭傷人？你難道不知道，殺害眾生是要墮入地獄受苦的？於是，釋迦族人趕出了那個神箭手，坦然受報。

在我的心靈淨光中，又出現了目犍連尊者。尊者不忍釋迦族人被害，對佛說：世尊，我想拯救釋迦族，或是將他們安置於虛空中，或是安置在大海中，或安置於兩座鐵圍山之間，或搬到別的國家，叫毗琉璃王找不到他們。佛陀說，你雖有神通力，但你改變不了七件事，那就是生、老、病、死、罪、福和因緣。你的神通，無法消除他們宿世的惡業。

但目犍連尊者仍不忍心，他偷偷施展神通，飛騰而起，舉著一個能吞吐天地的大缽，將面臨血光之災的釋迦族精英攝入缽中，帶回精舍。但他吃驚地發現，那缽中之人，早已化為血水。這故事，成了「神通不敵業力」的最好註解。

在迦毗羅衛，我發現了一處古蹟，叫「釋種誅死處」。那所在，有一塊石碑，上有一段文字：「毗盧擇迦王既克諸釋，擄其族類，得九千九百九十萬人，並從殺戮，積屍如莽，流血成池，天警人心，收骸瘞葬……」這文字，為釋迦族的滅亡提供了歷史證詞。

但佛經中，同時記載了一個史實，那便是佛陀滅度後，由八個國家分了他的舍利，其中就有釋迦族。說明在佛陀滅度之後，釋迦族仍然存在。

這，成為一個歷史之謎。

另一個故事，卻講了釋迦族並沒有完全滅絕，說是毗琉璃王入城以後，嫌殺人麻煩，就下令將人埋在土中，想叫大象踩踏。這時，釋迦族王摩訶那摩對毗琉璃王說：「你我現在雖為仇家，按規矩算來，我還是你的外祖父呢。我不忍百姓被殺，但求一事。請你將我沉入水底，任百姓逃難，在我浮

上水面之前，來不及逃的，任憑你殺戮，如何？」毗琉璃王覺得有趣，就答應了。摩訶那摩沉入水中時，毗琉璃王准許釋迦人逃難。但逃出了許多人後，仍不見摩訶那摩浮出水面，遣人下去打探，見摩訶那摩將頭髮拴在了水底樹根上，以保證逃出更多的人。

我眼中，這也是大菩薩的示現。

⑩ 騎著山羊的紅司命主

親愛的瓊波巴，請拉住我的手。

很久沒有寫信了。最近，我總是倦怠，似叫人抽乾了精力。一來是太想你了，二來是我肯定中了那些人的咒術。那疼痛，更成了我的夢魘。

我老是身不由己地進入一種幻境，總能看到那些咒士們和紅司命主壇城。我不知道是不是我的神識已被他們勾攝了？我看到了血酒跟麵粉做的那個巨大的三角形供物——就是你叫朵瑪的那種。我還看到了黑狗血等其他供物，最扎眼的是動物器官串成的花環。我還看到了你常用的那種金剛鈴、金剛杵和人頭鼓。

那些咒士們都在禪定中觀修、念誦。

因為你是男的，咒士們便將自己觀成了男紅司命主——要是你是女的，他們就必須將自己觀成紅面女魔。想來咒士們也怕異性相吸呢。我看到那些紅司命主都騎著雄性山羊。

開始，我以為這是我的幻覺。後來，庫瑪麗告訴我，我看到的，是真實場景。

出現這種情景有兩種可能，或是我證得了天眼通，或是我的魂魄被勾攝進壇城了。

我想我是後一種，因為要是我證得了天眼，我便能看到我最想看的你，而不是這些壇城的凶險。

不過，我倒是沒有一點害怕。要是我真的能代替你死，也是我最願意做的事。

原諒我，我還是很想你，越加不可救藥了。身體也明顯不如以前。我甚至懷疑自己得了絕症，喉部總是劇痛，有異物感。按一位婆羅門的話說，這是由我的語業造成的。

當然，如果相思病也是絕症的話，我早已病入膏肓了。

　　我發現，如果我試著放下你，不在乎你，那麼，我就沒有辦法做事情了。我就像抽空了激情的奔泉，頓時成一池死水了，呆滯，惡濁，了無生趣。我迷戀你的氣息，像我離不開空氣。沒有你，我會窒息的。

　　我現在越來越明白了，你當初也許並沒有真正打算和我走多久。在你的心中，我不過是一次難忘的邂逅而已。你是凡事隨緣的人，是我自己決定，要跟你一輩子的。所以，每時每刻，我都在費心費力地留你。我知道，我們之間距離太遠，我若不用心留你，讓你偶爾回顧，你可能早已絕塵而去了。除了這些努力，我還有什麼其他優勢呢？！你連生死都看破了，哪還會被一個小女子牽引。

　　如果上天不讓我走下去，那我不明白他為什麼要對我如此殘忍，既讓我認識你，又讓你離開我！不知道我會不會成為你的拖累，甩下我，也許你可以走得更快？！

　　就這樣一個人悶悶地坐著。胡思亂想。

　　我不願跟你多談一些在你眼中也許屬於機心的事。但我知道，你的未來，要想在弘法事業上有大成，是需要一些助緣的。佛陀要是沒有施主和弟子，不可能有後來的那種輝煌。我很清楚我該怎麼做。我了解你，知道哪些資源和朋友對你是助緣，哪些鮮花與掌聲則可能是拖累或陷阱。宗教之爭中的狡猾、混雜、圈套，遠遠超過我們的想像。我們要以不變應萬變，靜心做好自己的事。我在尋找真正有遠見、有使命、素養良好的人才，若能找到，是大家的幸運；若找不到，我也沒有虛度光陰。我現在所做的一切，就是努力讓你的聲音更大一些，以便引起我們要尋找的那些人的關注。我的思路是，主要向文化高端人士傳播，讓他們聽到你的聲音。他們的肯定與推廣將會幾何式地四向擴散，即所謂「登高而呼」。這樣做，既保證了你所需的自由、獨立和清淨，也實現了事半功倍的效率。否則，就會像你過去在家鄉的境遇一樣，雖然你的選擇是為了利益他們，但他們卻寧願相信謬誤。他們更喜歡騙子的假話，甚至還會成為騙子的幫兇來圍剿你，在你沒完成救贖之前，自己就先累死了。

　　我已經利用父親的資源，為你造了許多勢。現在，在我和父親的圈子裡，幾乎沒人不知道瓊波浪覺。

　　我從來沒有神化你。我深知你今生的嚮往與追求，所以，我不顧一切地呵護你的純淨、安詳、清涼，這是很多人在絕望、灰心、厭世的時候，最希望看到的自救的明燈。我努力呵護它不被世俗的狂風吹滅——不知道我是否

高估自己了，我認為這是我最重要的責任。否則，我就辜負了上天安排我們在一起。

我們只準備好自己，其他的事，讓命運來選擇吧。

莎爾娃蒂

⑪ 心靈的三昧耶

我花費了一千兩黃金，從各地預訂了諸多珍奇供品，叫人在二十五日那天送到迦毗羅衛。我在那巨大的遺址上搭建了巨大的帳篷，鋪了大紅地毯。

會供場面十分壯觀，我的所有上師、印度的八十多位大成就者、勝樂二十四境及色究竟天的所有勇士空行都參加了會供。

在那次會供中，諸成就師表演了神通，有的表演上身出火下身出水的遊戲神通，有的表演空中趺跏坐，有的化現為猛獸，有的化現為山嶽……種種神異，不一而足。

諸大聖授記說，瓊波巴，你將成就殊勝功德，證得究竟悉地。其身與密集金剛無二，其語與瑪哈瑪雅金剛無二，其意與喜金剛無二，其功德與勝樂金剛無二，其事業與大威德金剛無二。

司卡史德很是歡喜，也授記道：兒呀，你的福德資糧超邁古今，你會有十萬弟子。他們將出生在馬哈迪瓦誕生之地、勝樂金剛誕生之地，以及卡薩凡納觀音誕生之地，他們都將得到我的加持和護佑。自此後，你的傳承內的所有弟子，只要他們對傳承上師生起淨信，常誦「奶格瑪千諾」，都將往生空行淨土。千年之後，你傳承的智慧之火會傳向世界，給眾生帶來無上的清涼。

她唱道：

別忘了你自性的三昧耶，它不是那三皈五戒及諸多律義。
雖然那戒律是成就的保障，猶如牆壁阻擋邪風的侵入。

因為那心靈之火雖然騰起，還是未能燎原遍地。
此時若有邪風侵入，燭苗便會復歸於熄滅。

所以要有戒律之牆，才能守護智慧之燭。

待那燭苗化成大火，燎原之後便不怕風雨。

但我說的三昧耶不是指戒律，它其實仍來自心性本體。
當空行母擦亮你心頭的明鏡，你一定要恆常觀察不使其丟失。

你可將這種說法當成保任，但此說也不是究竟的了義。
真正的心性明鏡本來俱足，它照徹天地從來不曾丟失。

只是你有了妄念的塵灰，你才無法看到那朗然的光明。
當你拂拭後見到了實相，你就該時時覺照那明體。

那明鏡朗照萬物卻如如不動，你的心亦當湛然如斯。
智慧的瓊波巴呀，要恆常察看你自心的明鏡。

　　司卡史德說，兒呀，你心靈的三昧耶本自俱足，無有變異，也存在於無染的心性裡，僅僅因你心靈的迷惑沒能認知。你那迷惑的心總是認妄為真，將種種虛幻的體驗當成了實有。你惑亂的心中，對那些妄見深信不疑，因此就需要種種作意的清淨來擦亮那主客體本有的誓約。這樣，你就會消除二元對立的妄執，你的心才會變成明鏡。兒呀，當你的心能朗照萬物卻又如如不動時，你就會了解諸法的實相，那時你就會明白你本具的自然心性，它是自然俱足而又離於勤勇的。

　　當你見到了萬法的究竟實相時，你就步入了初地。你生命中的究竟歡樂就會自此開始。你會恆常地享受空性的光明，不斷增益在禪定上的專注及提升。當然，因為細微無明的障礙，你的能觀之心和所觀之境尚有分離，你只有超越二邊，實相光明才會完全而自然地顯現出來。

　　兒呀，對治心的方法有多種。首先你要明白何為真心。真心和妄心本為一體，妄心息了時，真心就會顯現了，正如烏雲一散，晴空頓現一樣。你要善為觀察自心並引善除惡。妄念起時，你用真心觀照，久而久之，你就會熟悉自心。當你明白如何觀心時，再去增進正念及覺性。這時，你要構築戒律的高牆，防止賊風吹熄你覺悟的光燭。等你的覺悟燎原成智慧的大火後，你就會享受永恆的清淨之樂。

　　司卡史德說，在心性問題上，不是發現問題將它殺死，而是本來就沒有

問題，只要安住妄念體性上，妄念就會自行解脫。

兒呀，空行母的教法已注入你的心靈，明空智慧你也有所體悟，雖然尚不能完全變成你自己的，但只要假以時日，你定然會證得究竟。

兒呀，雖然你的解脫不成問題，但你的使命還是求到奶格瑪的教法。那奶格五金法，是含括了所有密法的寶中之寶，你一定要求到，並帶回雪域。千年之後，它會利益無量眾生。修它得到成就的人，會像天上的繁星一樣多。你不要滿足於現在得到的密法，你要一邊清修，一邊繼續尋找奶格瑪。你邊朝聖，邊尋找吧，那些聖地，會給你帶來你意想不到的加持。

第 *21* 章　　空樂的光明

① 智慧空行母

　　自那次盛大的會供之後，瓊波浪覺一邊閉關修行，一邊繼續祈請空行護法，希望他們能幫助自己，找到奶格瑪。

　　第一階段的閉關結束後，司卡史德帶瓊波浪覺朝拜了舍衛城。舍衛城在佛教史上的地位極為重要，佛陀曾在此結夏二十四次。就是說，在佛陀的弘法歲月裡，有二十四個雨季是在舍衛城度過的。除了王舍城的舍利弗、大迦葉、目犍連等人外，佛陀的許多弟子都是舍衛城的人。為了教化舍衛城的眾生，佛陀在此花了很多心力，並取得了很大的成功。許多有名的經典，都是佛在舍衛城宣說的。

　　司卡史德常常遊行四方，隨緣度化有緣眾生，從來不在某地修建道場。這一點，非常符合原始佛教的特點。佛陀與弟子也一樣，除了在雨季為了不踐踏路上的眾生而在某處安夏外，其餘時間，總是遊行四方，隨緣度化。一天，一位叫須達多的長者發現佛陀正在丘塚間禪修，便走上前去，拜而問曰：世尊呀，你的身心安穩吧？佛陀答曰：婆羅門涅槃，是則常安樂。愛欲所不染，解脫永無餘。斷一切希望，調伏心熾然。心得寂止息，止息安穩眠。而後，佛陀為其說法，令得清淨之樂。須達多請佛前往舍衛城，使城中眾生也能領受佛陀教法。佛陀默而受之。這便是佛經上著名的祇樹給孤獨園的緣起。

　　司卡史德說，須達多家豪大富，老是供養孤貧者，人們就稱他為「給孤獨長者」。他回到舍衛城後，就開始尋找上好地方。他尋了許久，發現舍衛城王子祇陀的花園極佳，就前往問詢，想買了建精舍。哪知，王子也心愛此園，心雖不忍，不便明言，便出高價說：但使用金幣鋪滿此園，即可出售。王子想讓須達多知難而退，不料想長者聞言大喜，回家變賣珍奇，換成黃金，群象負金至園中。未想黃金用盡，尚有少許地面沒鋪到，長者想回家再換黃金，王子心生感動，就將空地與園中樹木盡數供給佛陀。這座精舍，就是佛經中常常出現的祇樹給孤獨園。

　　由於須達多長者跟祇陀王子的發心和功德，舍衛城人民長久地得到了佛陀法雨的滋潤。舍衛城成為當時印度的佛教重鎮之一。

　　司卡史德說，當時的舍衛城，是憍薩羅國的首都，因處於三條重要商道的匯合之處而繁華無比。各種宗教都想在此城中佔有一席之地，耆那教稱它為明月之城，因為他們的兩位聖者尊生主和月光主就出生在此城中。婆羅門也在此城中苦心經營，把它當成了研究《吠陀》思想的重要所在。

　　佛陀進入舍衛城不久，便取得了巨大成功，國王和臣民均被樸實無華的佛教真理打動了，紛紛皈依佛陀。這一來，就打破了當時舍衛城的宗教格局。在佛陀出現之前，城中的婆羅門多能安享供養，現在，國王和富豪們卻轉而去供養佛陀了。婆羅門既不能動用官府的力量進行爭奪和鎮壓，又不能在跟佛陀的辯論中取勝，就費盡心機，想以陰謀中傷佛教。一天，佛陀正在弘法時，忽然來了一個叫戰遮女的女子，她將木盆塞入衣襟裡，高聲說，瞧呀，那個正在講法的大沙門，雖然道貌岸然，卻是個偽君子。瞧，我的肚子就是他做大的。佛陀神態安詳，也不爭論。女子越跳越凶，竟將衣襟下的木盆抖落下來，引起了哄堂大笑。

　　司卡史德說，那個時代，許多教派都想將佛陀驅出舍衛城，他們使出了各種招數。一次，外道派一個叫孫陀利的妓女去佛陀那兒聽法，過了一段日子，他們殺了妓女並將屍體埋在祇園精舍，然後賊喊捉賊，鬧出天大的風波。一時間，舍衛城群情激憤，唾星飛向佛陀。但不久之後，真凶因分贓不均起了內訌，真相才浮出水面。

　　司卡史德說，真理的弘揚，從來不是一帆風順的。正是在跟一些邪說的鬥爭中，佛教才贏得了千古敬仰。那時，佛陀面臨的，不僅僅是來自外部的中傷，更有內部提婆達多等六群比丘的背叛。她指著三個大湖說，瞧，那便是提婆達多跟他的弟子瞿伽梨，還有那個戰遮女生陷地獄之處。但愚癡總是伴隨著眾生，便是在提婆達多生陷地獄之後，他還有許多追隨者，至今還有許多信奉提婆達多教法的苦行者，他們也自稱是佛教徒，但他們只拜過去三佛，不拜釋迦牟尼。

　　司卡史德說，以後，你的弟子中和傳承中也會出現紛爭。你不必懊惱，謬誤永遠會伴隨著真理存在，就像烏雲總會在藍天上游曳一樣。

　　司卡史德接著唱道：

　　　　你千萬別忘了你的明智，那明智便是本覺的光明。
　　　　那本覺便是你見到的空性，那空性也有人稱為真如。

眞如的本質便是你的眞心，雖名之爲眞心卻如如不動。
當你妄心息滅眞心顯現，你便融入那本覺的天空。

那本覺的光明有形有相，那本覺的光明無相無形，
那本覺的光明難以言表，那本覺的光明無處不生。

萬物來自那本覺之光，萬物也終於那本覺光明，
萬物不離那本覺之性，萬物不捨那本覺之明。

那本覺無時不有無處不有，那本覺恆常存在卻少有人知。
因爲愚癡的烏雲遮蔽了天空，因爲互古的暗夜罩住了明鏡。

當你點燃那智慧之燭，那互古暗夜便無影無蹤。
當你驅散那煩惱之雲，那萬里長空才一碧萬頃。

當你看到那一覽無餘的天光，那本覺便成了你的明燈，
你時時觀照著它的形貌，它時時照耀著你的路程。

那時你便能自然解脫，那時便契入光明大印。
大印的本質便是解脫，那大印同樣是源於心性。

並不是心性之外另有個大印，並不是心性之外另有個光明，
並不是心性之外別有個解脫，那諸多萬象皆是心性的子孫。

那心性的本體就是光明，光明的本質就是解脫。
光明顯現之日，便是解脫發生之時。

那解脫的過程不假外求，並不是有雙手替你解結。
那情形很像是蛇的遊戲，身結成團也能自行解脫。

當你心性光明照破了暗夜，當那大手印淨光摧毀了分別，
當你的智慧之眼窺破了虛妄，那解脫就當下發生了。

你雖生念頭但別去隨它，你雖見幻相但別去執著。
你雖行諸事而了無牽掛，你做而無做不掛一縷。

就像那彩筆在空中描形，你自管專注而督攝六根。
雖然你覺醒清明於當下，但心中空中卻無影無蹤。

智慧的孩子呀，大手印之光在心頭朗照，
本覺之味在心中沸騰，它們充盈了每一個毛孔，
你卻無執無捨陶然薰薰。

那便是解脫無上的法味，它源於你心頭本有的光明。
你如啞嘗味不能暢言，那便是明智和大手印。

司卡史德開示道，兒呀，你可知，什麼是明智？告訴你，所謂明智，就是心的光明性。心的本質是空的，無獨立存在的本體；心所經驗的諸種現象的本質也是空，它們依各種因緣而立。但是，我們說的這個空不是死寂而盲目的空，也不是虛無的空。它如水晶般清明，如琉璃般燦然，如山花般芬芳，如天空般明淨。它有著無窮無盡的光明性，其中蘊含了殊勝的智慧，洋溢了無邊的明智。在這種明智的觀照下，我們會明白心本身並沒有偏執惑亂，也不曾有一切證悟前所經驗的煩惱。兒呀，我說的心便是那真心，它不生不滅，無垢無淨，不增不減。它是本覺的燈炬。

兒呀，千萬記住，見地比技巧重要很多。諸教派各有其理論根據，其立宗立命必須有所依的經典。你千萬不要削足適履，用別派的見地來指導你的修行。我們不能說他們的對與不對，但記住，我們的行動指南是大手印見地。你的所有方便之門，皆應以大手印見地為指歸。在解脫方面，見地具有決定性因素，行者必須具備成熟的見地，再以此配合禪修中所獲的悟境。我曾為你指示心境如是之理的大手印教法，你一定要善加修持。你的大手印見會以更深刻的方式融入你的生命。當你用大手印理論和實修相結合時，那原本被你視為障礙的事物，就會自然解脫、自我解消了。

兒呀，切記，諸法皆是你心性的營養，不可成為你靈魂的枷鎖。日後，你的傳承弟子中，有一些人總是用別派的鞋子，來套你的教法之腳。所有的

紛爭便由此而起，更可怕的是，在另一種理論的指導下，你的一些弟子會喪失信心。不過不要緊，當你真正地成熟了他們的心性時，並用大手印之光為依歸，他們才算真正地契入了密乘。那時，他們的悟境才會像雪山一樣不可搖動。

兒呀，繩子的糾結需要人來解，蛇身的糾結卻能自然平滑敏捷地解開。目前，眾生大多受縛於二元分別心，所有的糾結就是由二元見造作而成。當他們能契入大手印，便能了悟二元對立和他們心的本質沒有差別。那時，他們就會發現，自己的心和蛇有著同樣的能力，所有的糾結，都會自行解脫。你只要任運於當下的清明，沐浴大手印的光明，你的心便不再有迷惑。

成熟的心性無須勤勇，它猶如蛇自己解開纏繞，不花力氣就會自然解脫。

因為超越了二元，世界到處是吉祥。

❷ 不滅的法身

在司卡史德的帶領下，瓊波浪覺朝拜了佛經中常常提及的那個著名精舍。荒蕪已經籠罩了那個所在，很難看出它曾經的輝煌了。深深的失落和悵惘湧上瓊波浪覺的心頭。

據說，當初的祇園精舍十分壯麗，共有七層。漢地高僧法顯在《佛國記》中記載道：「祇洹精舍本有七層，諸國王、人民競興供養，懸繒幡蓋，散華燒香，燃燈續明，日日不絕。」正是在如此豪華的精舍裡，佛陀宣說了許多有名的經典。但精舍的遭遇也驗證了佛陀宣說的真理：諸行無常。那個輝煌一時的精舍終於在某一天被大火燒成了廢墟。起因是一隻頑皮的小老鼠，它銜了燃著的燈芯玩耍時，引燃殿上的布幡，釀成一場大火。

司卡史德帶瓊波浪覺朝拜時，精舍已不見舊時風光，只有阿育王石柱尚在，右柱呈牛頭形，左柱呈輪形。須達多長者供養的所有東西，都被歲月之河沖洗得了無蹤跡了，留在人間的，只有那些常念常新的真理，仍在滋潤著熱惱中的心靈。

司卡史德對瓊波浪覺說，人們將佛陀的教言稱做「不滅的法身」，是有道理的。世上所有的建築，都會隨著歲月颶風的沖刷，變成昏黃的記憶，只有真理永存。將來，你會依託財勢，建起許多道場，它們跟這精舍一樣，也能輝煌於一時，但最後留下來的，還是教法的智慧。

瓊波浪覺說，我也知道所有的有為法終將無常，但沒有建築物的依託，教法也是很難久遠的。藏地有許多大成就者，常居山洞，終生苦修，他們也許證得了究竟，但因為出離心過甚，與世隔絕，便成自了漢。所以，有時候，宗教的形式是必要的。有時候，沒有形式，也就沒有內容。

司卡史德說，是的，有時候，形式也就是內容。

早期的祇園精舍很大，裡面還有許多精舍，如拘賞波俱提精舍，因為佛陀常居於此，遂成聖地。據說佛陀曾在道上經行，遂建平台，以志紀念。旁有石室，中間供了一尊古老的雕像，是那場大火後僅存的珍貴佛像。大火過後，人們驚喜地發現雕像竟然完好無損，便建了兩層樓閣供養。幾百年過去了，樓閣也蕩然無存，唯有雕像還被人們供奉著。

司卡史德說，釋迦牟尼的教法當時能很快地贏得人心，主要是因為它的人間性。舍衛城留下了許多這樣的傳說。當時的波斯匿王，因為貪吃而患了肥胖病，常常痛苦不堪。佛陀教他節食，並說偈言：「人當自繫念，每食知節量，是則諸受薄，安消而保壽。」波斯匿王教侍者常誦此偈，以警示自己，後來治癒了肥胖病。

司卡史德說，佛陀的所有教言，目的就是叫人離苦得樂，息滅煩惱。佛教本意上是人生佛教，是人間佛教。後來，佛教的衰亡，也是由於窮究玄理遠離了百姓生活的緣故。

③ 殺人魔頭的證悟

出了精舍，瓊波浪覺看到一個丘狀的塔，由紅磚砌成，下方有洞，通往塔中。司卡史德說，瞧，這便是鴦掘摩羅塔。瓊波浪覺說，是不是那個殺人魔頭？司卡史德說，正是。

鴦掘摩羅是佛經中有名的殺人魔頭，這洞便是他當年的藏身之地。他的一生，演繹了那個「放下屠刀，立地成佛」的故事。

司卡史德說，鴦掘摩羅的意思是「善良」。他的父親是祇薩羅國的大臣。十二歲時，他就拜一婆羅門為師，清修梵行。一天，師父外出，師母一人在家，見弟子清秀俊朗，便心生淫念，前去勾引。弟子視師如父，當然拒絕了，師母惱羞成怒，等婆羅門回家後，便說弟子想強暴她。師父怒火中燒，心生毒計，對弟子說：你不是一直想成道嗎？我告訴你一個密法，你去殺人，每殺一人，便截取其大拇指串成鏈，殺夠千人，將千指鏈掛在脖子

上，便可成道。弟子深信不疑，日日外出行凶，夜裡則躲入洞中，好容易殺了九百九十九人，母親看不過眼，勸他戒殺行善，他反倒舞刀殺向母親。母親外逃，兒子窮追，途中遇到佛陀，佛陀示以正法，鴦掘摩羅幡然醒悟，追隨佛陀出家，不久證道，成阿羅漢。

《大正藏》中記載了佛陀勸說鴦掘摩羅的偈語：「鴦掘摩羅！我說常住者，於一切眾生，為息於刀杖。汝恐怖眾生，惡業不休息。我住於息法，一切不放逸，汝不見四諦，故不見放逸。」鴦掘摩羅由觀四諦，終於證道。

鴦掘摩羅的故事很有象徵意義，除了「放下屠刀，立地成佛」的啟迪之外，還會引起我們另一些思考。生活中不知有多少婆羅門那樣的導師，他們或有意或無意地傳播著謬論，不知讓多少善良的弟子誤入歧途呀。

司卡史德歎道：這世上，不知有多少盲人領著瞎馬，墮入深池而不知自省。她指著那個塔說，鴦掘摩羅行凶於此，修道於此，得道於此，入滅於此。同一個人，同一個地方，因為心變了，其命運就發生了天翻地覆的變化。可見，一切源於心性。所有教法的修煉重在心性，切記！切記！

司卡史德說，只是心性修煉不能離開身體上的修行，她唱道：

雖然你心頭的明鏡照天照地，但心的明白尚需身的輔助。
要是你只是明白了心，身體也會成為你的障蔽。

你不見許多人雖然明白，但事到臨頭便慌恐無主。
因為身雖是修道的大寶，但大患同樣也是這身體。
單純的修心很難究竟，你一定還要修氣脈明點。

你當恆常地觀修那三脈六輪，靠咒力打開那諸多的脈結。
那糾結的脈結其實是煩惱，心解脈開才會光明歷歷。

要是你的脈結沒有活力，要是它們如紛亂的麻縷，
它們就會障礙心的光明，你的心悟也不會徹底。

所以真行者修心亦修身，心氣自在才算究竟覺悟。
智慧的瓊波巴呀，你雖然有大手印的見地，
但還是要賦予脈結以活力。

要是你憑藉空樂之妙法，千萬別忘了守護你的菩提。
那菩提有世俗和勝義兩種，你都不要輕易地失去。

當你的心證得了覺悟，當你真的清淨了障蔽，
你就會進入祕密的天空，就會有空行母助你成道。

你要多誦奶格瑪千諾，她是你智慧加持的源頭。
她的功德無與倫比，她的體性也是覺悟。

司卡史德說，兒呀，將來，你要繼續尋找奶格瑪，求到奶格五金法，裡面有許多方便善巧的法門，以訓練行者的氣脈。許多時候，心的覺悟尚需身的氣脈相助。當你的脈結裡充滿了糾結時，身體就會障礙心的明空。兒呀，借助那些方便法門吧，它可以使你善加使用內在的微細身，並清淨負面的氣脈。這一切，都會增益你的明空。

你語門的珍寶就是氣分精髓，它也被稱為智慧明點。當脈結中的明點被激勵時，本覺的大樂就會生起。兒呀，記住，無論付出多少代價，你一定要善加守護你的菩提心。

你要像國王那樣，從坦然放鬆的心中自然出現脈道的功德。你要像戰士一樣，借助運動、姿勢來調整氣脈。

司卡史德又說，當大樂消融各種心結的時候，有的是依靠人，有的則是借助祕密妙法來達成。

將來，我會助你成道的。

④ 莎爾娃蒂說

瓊，我的愛，你可得陪我走出來！
近來，夢裡老出現多頭插雞毛和牛角的鬼，我很疲倦。
病痛之魔也老是肆虐不已，讓我無法完整地睡一夜覺了。
如果白雲能受我支配，我就要它化成你的模樣，飄在空中最顯眼的地方，我一眼就可以看得見。
夫君，此刻，你去了哪兒？你如風一樣悄悄哄我睡著了，你就藏起來

了？你回來吧，給我熟悉的眼眸、熱切的笑容，還有那重重的腳步聲。

秋涼了。我是真正成了長在房子裡的相思樹，也日漸憔悴了。來看看我麼，妻子！難道你忍心讓我在秋風裡為你老去？

家裡是如此熱鬧，我卻煩惱得要命，那些熱情的面孔讓我感到陌生和厭倦。老是有人獻殷勤，我很討厭，甚至不想去父親房裡了，怕見到那堆讓人難受的眼睛。

仍是心悶，悶得讓人發慌，那清涼的影兒何時才能歸來？

很多話不知怎樣說出口了，只是在這樣一個陰沉的夜晚，真的好想你！

多想與你喝一杯泡入菊花古劍的濁酒，醉臥在風雨裡聽一段妙曲，我想與你牽手相依，逍遙塵世，歡顏笑語中，相看老去。可是太陽，我敢拋開一切秋風走近你麼？任憑它們怎樣的旋轉，我不在乎，卻在乎你風中翻飛的眼眸。它終究在誰的夢中呢？

天，陰冷陰冷的，也不見半個月兒，心中更加了層愁雲慘霧。待可愛的太陽升起，卻還有相當的一段距離，這個無月無日的夜晚，莫不是要下一場綿綿秋雨？

彷彿做著一個永遠也做不醒的夢，我把心扯在夢裡，於是永遠是夢的俘虜。

太陽走進了雲彩裡，天地變得冷清起來，風經不住孤獨，終於哭了。

風不是楊柳女子，不會因牽動萬物的神經而風情萬種。

……吾愛，午後的天氣仍是悶，當我從午睡中醒來，抬眼望見的，便是壓在視窗的鉛色的凝重的烏雲，心情更加憔悴不堪了。這渾渾噩噩的日子，我該怎樣走下去？該怎樣收拾這殘敗的情緒？一切都是這樣的煩躁，和著下水道裡的臭氣，像是流浪在噩夢裡。

打開房門，我走出了這個窒息的所在，沿著那條不太乾淨的馬路慢慢走下去。我想走進巷子深處，一路上釋放憂傷的思緒，但不知為何，心很疼，很傷心，這是一種絕望得無法挽回的心情，我不知如何對身邊的風坦白……

幸福女神何時才光顧我？我分分秒秒等待她的垂青。我發現自己正迅速地老去。臉上的水紅早不見了。

雨開始從憂鬱的天空裡流浪，淚水也翻江倒海地在臉上流浪。我的雙手很無力，握不住一絲兒風雨。在這個落寞的季節，太陽不會想起一個憂傷的女子。

……剛喝了藥，歪在閣子裡的小床上閉目養神，恍然感覺到一種全新的

清醒撲面而來。我是明白了這風的多情。於是，我拉開窗紗，把半身控出去，沐浴這大自然賦予的靈性。風徐徐而來，絲絲入扣，扣住我的心弦，於是我把疾病、思念彈成了一曲惆悵，拖著我悠遠的眸子，流放到遠方⋯⋯

小院裡各色花拉著藤蔓隨風晃蕩，父親頂著花白的頭髮在院子裡停停走走，然後又時不時轉身來望著我笑，口中叫：「莎爾娃蒂！莎爾娃蒂！」我衝父親笑了笑，很是哀傷。父親老矣，身影已像牽牛花爬藤一樣蹣跚了，可為了他的所謂使命，仍然風裡雨裡地四處奔波。

昨天是父親的返老還童日，家裡熱鬧地進行了慶祝。來了很多人，有官員，有弟子。尼泊爾人認為，七十七歲是人的壽命的極限，當人活到七十七歲七個月七日七時，第一生命便結束了。此後開始的，是另一個新生命。家人不但要把老人當老人侍候，還要當嬰兒一樣愛護。這一天，我應該高興的，可是卻流了淚。你當然不知道，尼泊爾女人的壽命，平均不到四十歲。父親雖然高壽，卻不能保證女兒能等到她遠行的郎君。你當然有著長壽之相，可是我，卻發現諸多的病痛開始襲向我了。

我又想到了我的等待，它仍像我流放的憂傷一樣不知去向。我能給年老的父母哪些安慰呢？我覺得有些自私或是可悲。我為什麼要像那靜處無人欣賞的蓮花一樣，在韶華裡殘敗得無聲無息？

咒士們邊持咒、邊抖狗皮的聲音又在我耳旁響起了。那種邪惡的聲音無處不在，無時不在。我已叫它們醃透了。

我派人找過那位擅長禳解的空行母班蒂，她還沒有從外地回來。

我歪在病床上給你寫信——我不知道，這還算不算信，它也許只是我的一種自言自語吧。就像那些無助的老太太向梵天祈禱一樣，已經不在乎梵天是不是真的能聽到了。

我不知道我的靈鴿在哪兒迷了路，也許，它跟你一樣，已忘了在遙遠的天邊，還有個望眼欲穿、苦苦期望的女子。

⑤ 正信和智慧的力量

瓊波浪覺說他也老是聽到那種抖狗皮的聲音。他老是生病，時不時就病倒了。恍惚中，一團紅氣會撲向他，裡面有個女魔，張著大口，吸他的精氣。

那旅途，就顯得異常艱難。

　　不過，舍衛城之行還是在瓊波浪覺心上留下了很深的印跡，這裡記載了佛陀當初的輝煌和艱辛。除了波斯匿王和須達多長者的豐功偉績之外，還留下了正法在傳播過程中經歷的風風雨雨。為了爭奪地盤，外道想盡了招數。一天，他們終於等到了一個機會，趁著波斯匿王面見佛陀之機，他們慫恿毗琉璃太子發動政變，波斯匿王在外出搬救兵的途中死去了。

　　司卡史德介紹說，毗琉璃太子本是釋迦國的外甥。佛陀的父親淨飯王死後，釋迦皇族希望釋迦牟尼選王位繼承人，佛說出家人不管世事，一切由你們決定吧。諸大臣便選了摩訶那摩做國王。摩訶那摩有個公主，美貌至極。公主有個首陀羅賤民出身的女僕，跟公主有同樣的美貌，兩人只要著一樣的服飾，不知情者是很難辨出兩人身分的。摩訶那摩常常叫二人著同樣的服飾，叫客人辨別誰是公主，然後大笑一場。一天，拘薩彌羅國國王來向釋迦族求親，希望能娶公主為妻，摩訶那摩捨不得女兒，就以女奴冒充公主出嫁。拘薩彌羅國國王並不知情，以為自己娶到了公主，喜愛非常，後來生下一子，便是毗琉璃太子。一天，毗琉璃太子到釋迦國玩，正趕上佛陀的講經堂落成典禮，毗琉璃太子便進去玩耍，大臣見了，怒斥道：「滾出去，你一個賤民的兒子，竟敢到這兒！」許多貴族也大罵太子。太子遂知其身世，怒而發願，若是將來為王，一定要滅了釋迦族。

　　毗琉璃太子登上王位之後，為了一雪身世之恥，便興兵進犯釋迦族。佛陀三次擋在途中，但因為業力難轉，釋迦族終於淹沒於血光之中。

　　司卡史德說，在佛陀行化的時期，波斯匿王和頻婆娑羅王均因政變結局悲慘，後來，一些短視的學者將此當成誹謗佛教的典型事例，認為護持佛教者，反遭厄運，佛教功德之說虛妄不實。

　　跟世間的君子每每會被小人算計一樣，正信的宗教有時也會陷於低谷，有正見的大修行人更是時時被一些小人中傷排擠。這很正常。經濟學中有一個規律，就是劣幣驅逐良幣。當含金量只有百分之十的劣幣進入市場時，人們都會將良幣收藏在家中，而將到手的劣幣用於流通，久而久之，市場就會被劣幣佔領。當許多正人君子都潔身自好，隱世清修時，那留出的空檔就會被小人佔領，久而久之，小人大行其道，君子反倒步履維艱了。

　　更由於君子有做人的底線，明白有所為有所不為，而小人則無所不為。小人常常不擇手段地陷害君子。所以，許多時候，君子往往會被小人排擠，甚至暫時被弄得身敗名裂。但時間是公正的，到頭來，真者自真，假者自假。大美無言，大醜自現。雪一化，埋在雪中的屍身子就會大白於天下。

　　以是故，在釋迦牟尼佛行化時期，一些外道為了獨佔宗教市場，費盡心機，或誣陷，或暗殺，或造謠……使出了所能想到的所有卑劣手段，而正信的佛教卻潔身自好，嚴於律己，真理光芒最終還是傳向了世界。

　　許多時候，因為卑鄙者的卑鄙和邪惡者的邪惡，小人可能得逞於一時，但隨著肉體的消亡，隨著歲月的大浪淘沙，正信和智慧終將產生出無與倫比的力量。這一點，正應了詩人北島的著名詩句：「卑鄙是卑鄙者的通行證，高貴是高貴者的墓誌銘。」

　　許多時候，宗教的作用是改變我們自己，它似乎很難承擔改變世界的義務。但每個人改變自己，又何嘗不是在改變世界呢？

　　至今，波斯匿王和頻婆娑羅王仍依託佛經活在這個世界上，並因其善行贏得了千古敬仰，而那些靠暴力和陰謀得逞於一時的，早成為不齒於人類的狗屎堆了。

第**22**章　遙遠的梵歌

① 積極有爲的達磨法則

為了讓我能從印度教中汲取到營養，司卡史德帶我去了一個寺院，那寺院，常年有人唱一首當時流傳於印度的古老歌謠。那歌，對我後來的一生影響巨大，我希望它也能影響你。

寺院裡，那位老人是這樣唱的——

> 如果你不參與各種事業，也難以成就無爲之功德。
> 要是你單單憑藉捨棄，你就很難將成功獲取。
>
> 無論誰如果完全休止，就不能維持剎那的無爲。
> 人所以有爲而不能自主，仍是因自性的三德驅使。
>
> 你行爲的業報雖被克制，而心卻盤旋於根境之中，
> 你便成本質愚昧的人，只能給以僞善之稱。

聽了那歌詞，我很是驚奇。因為我以前所了解的宗教教義中，大多提倡無為，而那歌卻鼓勵人們去有為做事。司卡史德介紹道：那老者唱的，是《薄伽梵歌》，源於印度的一部著名史詩《摩訶婆羅多》。後來，許多學者註解此書，此書就成了婆羅門教的重要經典。他唱的，就是《薄伽梵歌》中提到的四瑜伽中的業瑜伽。婆羅門教認為，在社會中，每個社會個體都應承擔相應的社會職責，並遵循相應的生活規範。這便是「達磨」。有人將它翻譯為「業」或是「法」，它的含義很多，可以理解為終極法則與正義、國家和民族的天命、個人的使命和命運等等。婆羅門要求每個人都要完成自己必須完成的使命，完全按照那法則的要求去做事，要超越功利，不計後果，不計得失。只有你真正地實踐了自己的人生，完成了自己應該完成的使命，你的人生才有意義，死後才能得到真正的解脫。

老者唱道：

如果你明白自己法的使命，就不該猶豫不決顧慮重重，
因為這戰事合乎法的規則，剎帝利別無更好的行動。

那些剎帝利真是幸運，戰爭便是那通天的大門。
要是你不參與這場大戰，放棄這場合乎法則的戰爭，
罪惡就會由此滋生，你便因喪失責任失去美名。

司卡史德說，聽，那歌中竟勸人參與戰爭，因為那戰爭是符合達磨法則的。那教義認為，達磨的法則高於一切，一定要積極有為。相對於傳統的教義而言，這種說法是劃時代的。因為，印度傳統宗教認為障礙人解脫的是業力，業力便是行為的反作用力，有行為便有業力，善業有善報，惡業有惡報，善報升天堂，惡報進地獄。但哪怕是最好的善報升天，照樣在六道輪迴之中沒有解脫。所以，印度的一些傳統教派，要求人們在消除前世業報的同時，一定要做到無為，不要再造新業，要不斷地棄絕自我與外界的生活，才能得到終極的解脫。所以，印度出現了許多離群索居的苦行僧，他們棄智絕欲，灰身滅智，以期得到解脫。但《薄伽梵歌》卻旗幟鮮明地反對消極無為，提倡積極有為，要求每個人都要在法的指導下，盡可能最大限度地實現自己的人生價值。所以，後來的印度教中，出現了許多大師，他們一反傳統的避世，而提倡積極地入世，最終成為影響人類文明進程的偉大人物。

老人仍在唱：

若是有人用理性節制諸根，依靠業根去實踐行為瑜伽，
但他沒有絲毫的執著和掛牽，阿周那，那他便是聖者。

要知道有為勝過無為，所以你一定要奮發有為，
你的使命便是做你該做的事情，但不要在乎你做的結果。
你既不要將那功利之心當成動力，也不要執著無為而消極。

如果你淨信行為瑜伽而又破除了執著，那就應該實踐你的職責。
你要將成敗視如一物，等視成敗才是你所謂的瑜伽。

因此不要有任何的執著，經常不丟棄你的行為之力，

　　專注於行爲而無執著之人，才能達到至高的境界。

　　司卡史德說，那段歌詞是黑天勸阿周那的，意思是叫他跳出善惡的分別心，沒有功利、不計後果地去實踐自己的宿命。換句話說，就是要以出世之心去做入世之事。

　　那老者繼續唱著：

　　要是你奮發有爲而又心無掛礙，既無我所亦無我慢，
　　諸種欲望就會離你而去，你就能得到平靜安恬。

　　這就是梵天的世界，達到了此界則無黑暗。
　　如能安住於這種境界，壽終就能清淨涅槃。

　　我很是吃驚這種說法。我想，婆羅門教真是偉大的宗教，怪不得數千年興盛不衰。後來，我認真研究了它的教理，發現它確有過人之處。佛教哲學出世爲宗，雖有其優勝之處，但何嘗又不是其發展的局限呢？印度教中，入世出世並重，並不偏廢，將宗教與人的生活結合起來，影響了印度人的生活。《薄伽梵歌》的出現，中興了婆羅門教，揭開了革命性的一頁。

　　司卡史德告訴我，在《薄伽梵歌》中，將瑜伽分爲四種：業瑜伽、智瑜伽、信瑜伽和王瑜伽。各種瑜伽各有所重，業瑜伽奮發有爲，智瑜伽致知求道，信瑜伽虔敬不疑，王瑜伽專誠精進。四種瑜伽中，業瑜伽有開拓性的意義。在印度傳統教義中，凡有「業」，必有業報。所以，爲了解脫，一是要消除前世業報，二是要不再造新的業，在生活中不斷棄絕自我和外物，以無爲之心，實現與梵的最終合一。但在《薄伽梵歌》中，卻一改傳統宗教教義中的「無爲」，強調行動，奮發有爲，所以業瑜伽也稱爲行爲瑜伽或有爲瑜伽。

　　不過，從實相上來看，最究竟的還是佛教。

　　我後來沒有遁世清修，有了十多萬弟子，也許就源於這種智慧對我的啟迪。

② 證悟本源的智慧

朝拜寺院的人越來越多，大家都來聽梵歌，看得出，人們都很敬重唱《薄伽梵歌》的人。諸多聲音都消失了，只有清淨的梵音在繚繞——

> 那些智者具有偉大的智慧，完全拋棄了業的結果，
> 他們斬斷了生命的束縛，完全做到了無災無難。
>
> 相對於那些罪惡的人們，你的罪惡真是滔天。
> 因此只有靠智慧之船，才能超越那罪惡的大海。
>
> 阿周那，就像那熾燃的烈焰，才能焚毀積聚的柴草，
> 必須靠那智慧之火，才能將諸業焚燒一空。
>
> 因為這個世界裡所有的淨化中，沒有什麼能跟智慧相若，
> 憑藉知識而達到圓滿的人，才能淨化並完善自我。
>
> 有誰靠信仰之力左右了諸根，證得了智慧並專一虔誠，
> 誰就在智慧降臨之時，當下體驗到無上的平靜……
>
> 若憑藉瑜伽捨其所為，用智慧斬斷疑惑的根本，
> 自我終於主宰了自我，諸業就不會將他捆縛。
>
> 疑慮生於無明而寓於心內，用智慧之劍才能斬斷無知。
> 婆羅多，當你殺滅了無明，你就來修習瑜伽專心致志……

司卡史德介紹道，他在唱智慧瑜伽呢。這智慧，不是我們所說的那種知識，而是能證悟本源的智慧。《奧義書》認為，人類苦難和墮落的根源是無明。正是有了那種無明也即無知，才導致了其行為的錯誤。只有透過智慧瑜伽的修煉，行者才能超越輪迴，達到梵我合一。

我問，那麼，他們所說的梵究竟是什麼？

司卡史德說，梵的本意是咒力和祈禱，意思是透過祈禱能獲得一種神祕

力量，能達往世界的本源、主宰和萬事萬物的實相。梵超越所有形式，無形無象，既是此岸，又是彼岸，是凡聖之世界的原動力。梵是隱藏於宇宙萬物後面的絕對精神，亦是諸神之本源，情器世界即是梵的化現。

我問，究竟的梵，是不是就是佛教所說的空性？他們的梵我合一，是不是佛教所說的證悟空性？

司卡史德搖搖頭說，表面看來，二者似乎有相似之處，但他們認為梵是神我，而佛教只承認諸行無常和諸法無我。

那老人的唱音激昂起來——

　　自我只能由自我拯救，自我萬不能沮喪洩氣，
　　自我既是自我之友，自我同樣是自我之敵。

　　要是那自我能駕馭自我，那自我便是自我之友，
　　要是那自我不能駕馭，自我便成仇如同怨敵。

　　一旦克制了自我的情感，心境就會安適平靜，
　　其無上之大我便能等視：榮辱涼熱與禍福……

司卡史德說，聽，上面唱的內容裡，有兩個自我，其中一個是小我，另一個是大我，也便是梵我。只有能駕馭小我融入梵我者，才能談得到解脫。他們所說的解脫便是達到梵我合一、跟梵天同體、跟萬有合一的神我境界。你聽他下面的內容——

　　我這神聖的生命和行為，誰要是真正地理解認同。
　　誰就在拋卻了軀殼之後，超脫輪迴而與我合一。

　　遠離情愛、嗔恨和恐懼的人們，祈禱我的庇護並專注於我，
　　憑藉智慧苦行而得到了淨化，然後便能進入我的智慧境界。

　　我包容了諸神超越了萬有，也涵蓋了祭祀等禮儀。
　　我那心心相應的瑜伽士啊，即使在命終之時也跟我同體。

　　司卡史德說，上面所說的智慧瑜伽跟佛教的禪定修煉有點相似，由調息、執持開始，以靜慮和等持結束，最後達到三摩地的境界。其過程大多依靠沉思和冥想。那些婆羅門的行為瑜伽和智慧瑜伽並不是嚴格地區分開的，而是相互滲透，時時交融。

③ 婆羅門的四個人生階段

　　我問，在佛教修煉中，也有行為瑜伽和智慧瑜伽，比如下士道的離惡趨善，無疑也是行為瑜伽的一種；而智慧瑜伽更是佛教修煉的擅長。那麼，為什麼佛教在尼泊爾和印度的生命力比不上婆羅門教呢？

　　司卡史德說，原因很多，一言難盡。不過，我想，婆羅門教的某種文化傳統，是原因之一。在婆羅門的一生中，一般有四個階段：

　　婆羅門的第一個人生階段是梵行期，也就是學習宗教經典和宗教理論階段。這一階段以學習各種宗教禮儀和吠陀經文為主。

　　婆羅門的第二個人生階段是家住期，要結婚、生子、承擔世俗責任。婆羅門認為，雖然個人的解脫至為重要，但要是一個人不留下子孫，不能定期地祭祀祖先，是不道德的。雖然在家住期裡，他們不可避免地會有世俗行為，但婆羅門法規規定了許多必須遵守的祭祀禮儀。按照印度傳統的說法，每個人的家中有五個容易產生罪惡的地方，因為容易殺生而被稱為五個屠場，它們是火爐、磨石、掃帚、水桶和杵臼。為了消除使用五個屠場帶來的罪惡，婆羅門每天要進行日常的五種祭祀。給梵天的祭祀便是學習經典和教化眾生；給祖先的獻祭便是食物和水；獻給諸神的祭品便是燒熟的食物；獻給善神和邪靈的祭物就是各種巴利供品；獻給人類的供品便是對客人的善意。這樣，便將日常生活跟宗教禮儀合二為一了。所以，婆羅門教的宗教禮儀滲透到了人們的日常生活，這也是它的生命力十分頑強的原因之一。

　　婆羅門的第三個人生階段是林棲期，也即隱居階段。當一個婆羅門發現自己頭髮花白，滿面皺紋，並抱上了孫子的時候，他便會結束家居期，進入隱居期。這時，他必須放棄對世俗生活的所有貪戀，不再享受優裕的生活。他會把妻子託付給兒子撫養，或是索性帶著妻子進入森林。他放棄了所有世俗的用具，伴隨他的只有祭祀用物和宗教用品。他不能接受供養，必須穿獸皮和破衣。他的日常生活除了繼續進行以前的五大獻祭外，還要誦讀經典，培養慈悲心，進行各種禪定訓練，等等。

婆羅門的第四個人生階段是遁世期，即行乞聖僧階段。當一個婆羅門在隱居階段裡完成了諸多的修煉，真正地遠離了世俗，就不再進行那些具相的祭祀禮儀了。此時，他可以熄滅眼前那有形的聖火了，因為真正的聖火已經根植於他的心中了。他也不再誦讀經文，因為經文同樣早已融入了他的生命，他已擺脫了世俗最後的束縛接近了解脫。這時的一切，都要憑藉沉思和冥想。他可能會孤獨地雲遊天下，他不再貪戀哪一片林地，所有的樹木都是他棲身的茅屋，他已放下了萬緣，已不再有對生的貪戀，也不會再有對死的恐懼。他像等待命運的約定一樣，坦然地等待那個非來不可的東西。憑藉智慧的修煉，他可能認知了事物永恆的本質，也可能洞悉了自己的本來面目。對紅塵的依戀已化為對梵的依戀，並漸漸跟梵合二為一。

④ 終極的虔信

從婆羅門的四個人生階段中，我發現了它生命力頑強的原因所在。他們利用梵行期培養了大量的宗教人才，而居家期又解決了接班人的問題。那種依家族沿襲的傳統無疑有著更為久遠的生命力。此外，婆羅門教將宗教禮儀融入了日常生活。這樣，婆羅門教就一直是活的宗教。它一直贏得了大量的信眾，即使在上層知識份子對佛教敬仰有加時，普通老百姓仍然將婆羅門教的諸多禮儀作為自己日常生活的重要內容。因為雖然宗教中的精英追求解脫，而一般的信眾卻希望得到一種超自然力量的庇佑。於是，從西元四世紀開始，印度便出現了一股強大的虔信熱潮，它的理論基石，便是虔信瑜伽。

聽，那老者唱的便是——

> 一定要常修瑜伽對我專注不一，以至高無上的信仰生起淨信，
> 只有這樣的行為，在我眼中，才能稱得上最高的瑜伽行者。

> 有人視我以終極的意義，憑藉瑜伽把我冥想，
> 向我奉獻諸多羯磨，將我虔誠地淨信供奉。

> 把心專注在我的身上，我就會成為拯救者，
> 我會將那些淨信之人，超拔出生死輪迴之海。

督攝六根地淨信我吧，把你的智慧奉獻給我，
你將恆常地融入我中，對此絲毫也不要懷疑……

⑤ 在等持的靜境中

那個老者的唱聲仍隱隱傳來——

要是你不能淨信於我，你就反覆地修煉虔信瑜伽，
透過一次次瑜伽修習，你就可能得到我的庇護。

要是你無法進行訓練，那就專門做利我之行，
當你做了很多事後，你就會獲得圓滿的成功。

要是你仍然無法做事，你就該憑藉我神奇之力，
你要嚴格地控制自我，捨棄諸種作業的苦果……

即使是吠舍和首陀羅，以及卑賤者還有婦女，
只要他們向我祈禱，也能得到無上的利益。

何況那些高貴的婆羅門，以及諸王與虔誠的仙人。
你既已來到這痛苦的世界，就要對我無比的虔誠。

專注地祈禱吧！給我獻祭！淨信我吧！向我頂禮！
你要視我為最高歸宿，你便能做到與我合一。

司卡史德說，虔信瑜伽是婆羅門教中最具有宗教特性的內容，因信而稱
義，沒有信便沒有一切。後來的虔信派便以此作為主要修持內容。它要經歷三
個階段：一是對外部神靈的崇拜，比如崇拜梵天、崇拜毗濕奴、崇拜大黑天、
崇拜所有神廟和聖地等等；後來，這種外部崇拜逐漸內化了，即在內心深處向
神祈禱，默念神的名字，吟唱讚神的聖歌等；第三個階段便是形神合一，祈禱
諸神加被，修煉瑜伽，證悟內在的阿特曼，達到梵我合一的完美境界。

司卡史德說，虔信是所有宗教的靈魂。因為虔信，便會達成完美的人

格，那也是宗教行為的終極目標。聽，你認真聽那老人下面唱的內容——

> 他慈悲地對待所有的生物，他的生命便是仁慈和悲憫，
> 他絕不高傲，他不會只愛自己，
> 無論良善還是邪惡，他不會欺辱自己的同類，
> 也不會因他們而產生熱惱。
> 他拋棄了憤怒，遠離了憂苦和恐懼，我熱愛這樣的人！
> 無論對仇敵還是朋友，他都一視同仁。
> 他用平等之心忍受榮辱，用相同的寧靜，去面對冷熱苦樂。
> 他遠離欲念，靜觀毀譽。
> 在等持的靜境中，超越世間八風……

⑥ 神性的光芒

老者的聲音充滿了滄桑，很像那些唱《格薩爾王傳》的藝人。我很愛聽他們的彈唱。據說，那些藝人大多遭遇過神異，都自稱得過神授。我雖然也屢遇神異，但我明白，神異跟智慧無關，更與人格道德毫不相干。有好多妖魔也神通廣大，但他們的那些神通多成了害人的手段。

司卡史德告訴我，婆羅門教的教義有三大綱領：吠陀天啟、祭祀萬能和婆羅門至上。三者全是為了培養人的信根。信為功德母，沒有信，便沒有宗教。我被老者身上發出的那種神性的光芒感動了。

> 由於你不愛挑剔的高貴特性，我才願意為你解說最高機密，
> 要是你了知這種智慧和學問，你便能超脫出罪惡的深淵。
>
> 它是密中之密智慧之王，它很神聖而且無與倫比，
> 但它也明白通俗符合法則，容易受持而且永不變異。
>
> 不信這種法則的人，就不可能跟我合一，
> 而會進入那輪迴，重蹈死亡的覆轍。

司卡史德說，這便是他們所說的王者瑜伽。它是四瑜伽中最高的瑜伽，

特別注重對內在的精神活動、深層意識的轉化和控制。那四瑜伽中，行為瑜伽規定人的正當行為，要求積極進取，不可懈怠消極；虔信瑜伽側重信仰的力量，這是大部分信徒力量的來源，他們便是透過信仰才得到靈魂的安慰；那智慧瑜伽以智慧修煉為主，大多以禪定為修煉方式；而這王者瑜伽最為高深，直趨精神內涵，注重內在活動，以轉化深層意識為主，其地位跟密教大手印相似。

> 遠離欲望的瑜伽行者，一定要駕馭心性與自我，
> 獨處於幽靜之處，心靈恆常與我合一。
>
> 鋪設座席於清淨之處，不要過高不要過低，
> 墊以柔軟的谷舌草，再蓋上布片與獸皮。
>
> 端坐在席上安止你的六根，調伏你的心猿和意馬，
> 把你的心神凝聚在一點上，為清淨自心而勤修瑜伽。

司卡史德說，因為人心的浮躁不安，紛飛的妄念束縛了靈魂的自主和昇華。浮躁的妄念總是在障礙靈魂潛能的開發和靈魂的昇華，所以必須透過苦行、禁欲、忍辱、禪定等手段，達到自主心靈的目的。

> 頭頸和軀幹一定要端正，安如山嶽不要搖動，
> 安住意識於你的鼻尖，不要向四方顧盼。
>
> 你的心神平靜不要惶恐，將那梵行之誓堅守勿棄。
> 持修制心瑜伽時常念我，端坐以我為人生終極。
>
> 修持瑜伽的瑜伽士啊，你要制控心識安靜思想，
> 持之以恆與我相應，才能到達安詳平靜的彼岸……

司卡史德說，婆羅門教的四種瑜伽雖然形式各異，各有側重，但它們你中有我，我中有你，互相融合，互為補充，其終極目的，都是為了達到梵我合一，得到最終的解脫。

第23章　魔　桶

① 夢中的歸途

　　會供雖然很成功，但諸多的凶險，似乎並沒消失。雖然在外相上，它們是由本波護法神製造的違緣，但其實，它們也是命運的鞭子，在驅趕我去實踐自己的宿命呢。

　　那時節，我老是看到一個紅色的大魔，他張著大口，朝我吸氣。他每一吸氣，我就覺得自己的生命能量流進了他的口中。那些日子，我總是感到很疲憊。

　　我問詢司卡史德，她只是微微一笑，說：「別理它。你還是去朝聖吧。希望在下一個聖地裡，你會遇到奶格瑪。」她說她要去參加另一個會供，要我先去波吒厘子城。

　　在波吒厘子城，我遇到了一位在街頭表演幻術的女子。

　　她帶著一個木桶，說可以讓所有進入木桶的人進入佛國。

　　沒人知道那木桶的祕密。

② 高原的朔風

　　那個黃昏，我告別了司卡史德，走向波吒厘子城。

　　雖然有著濃濃的渴求心，我的心中仍充滿了酒醑後的那種陶然，你可以稱之為禪悅。即使在旅行途中，我也能將諸相融入自性。由於尋覓到了生命的終極意義，我的心中充溢著一股濃濃的情。那是集慈悲智慧於一體的感情，你也可以稱之為無緣大慈、同體大悲。

　　我的心中，一直有一座我嚮往的雪山，那份潔白和莊嚴，一直是生命激情的由來。高原風吹動著高原的塵，高原的塵喧囂著高原的風。誰也想不到，伴隨那風塵的，竟然是一種十分壯美的人文景觀。

　　那時，我的額頭也許有了皺紋。我也模糊了自己的年歲。在我眼中，這並不重要。雖然老是有人授記我會活一百五十歲，但我並不因此而有絲毫的欣喜。我明白，無論多長的壽命，相對於亙古的大劫，僅僅是電光般的一閃，如同萬頃大海中一串偶然泛上的水泡。重要的，是如何在生命之年，為

這個世界貢獻出有益的東西。

相較於上一回去尼泊爾，我額頭的滄桑紋定然多了些，那是高原凌厲的朔風和印度灼熱的日光刻下的印痕。你可以想像一個滿面滄桑的僧侶——之所以打扮為僧侶，因為那些強盜一般不打劫僧侶，更因為我一直將自己當成了僧人。我還要入世做許多事，我怕自己不能如法地守持那二百多條比丘戒，那時我還並沒有受俱足戒。跟一些混世的僧人不一樣，我絕不允許自己在受戒之後，再去幹破戒的事。

我邁過了一條條山道，山道蜿蜒如水蛇般扭動。我的駝架裡背著經卷和黃金。這時候，跟我同行的弟子中，有兩個因患熱病，生命已如水泡般破滅了。他們兩人曾在去印度的途中，為了一個佛教術語爭論不休，差點動手打起來。他們不知道，日後，他們會在印度的一個小村莊裡，被席捲而來的熱浪擊倒。死前，那些術語一點也幫不了他們的忙。他們手忙腳亂，涕淚交流。一個說，我還沒娶老婆呢。一個說，我死了，老娘咋辦？但他們所有的理由都改變不了死亡的結局。他們是在我外出尋找奶格瑪的時候病倒的。他們被扔進了屍林，成了累累白骨的一部分。屍林中白骨盈地，誰也不知道哪個是來自雪域的弟子。生命以最直觀的形式向我展示了什麼是無常。

❸ 賊住比丘

我走進波吒厘子城，走向那個同樣在命運中等我的女子。

兩千多年前，波吒厘子城只是個小小的村莊。恆河渡口離這兒不遠。一天，佛陀帶著弟子來到這兒，他指著那時節還是一個尋常村莊波吒厘村說，這兒，將來會成為一個大城市。

巴利文的《大般涅槃經》記載了佛陀當時的預言：「阿難啊！當阿利安人仍常往還且商賈雲集，此波吒厘子城將成為一大都市和商業中心。但此波吒厘子城將有幾種危險，一者為火，一者為水，一者為鄰友相爭。」

百年之後，這兒真的成了一座有名的大城。它是印度歷史上著名的孔雀王朝的首都，輝煌的文化，優越的地理位置，便利的水陸交通，使它擁有了無可替代的地位。

波吒厘的意思是一種會開花的樹。很久以前，這兒有一個波吒厘樹林。一天，有位青年拜一位婆羅門為師，求學時久，但長進不大。他心中鬱悶，跟一些朋友來林中散心。為了遣除他的煩悶，好友折下一枝花，叫他跟花拜

堂成親。在朋友們嘻嘻哈哈的調笑聲中，成親儀式結束了。大家興盡而散，唯當事者意猶未盡，仍在樹下品味。天漸漸暗了。忽然，光明大放，樹下出現一個老人和一個美貌女子。老人說他是花精的父親，要青年實現方才的承諾，跟自己的女兒成親。青年又驚又喜，和花精舉行了正式婚禮。不幾日，樹林裡來了一隊人馬，他們帶了各種物件，大興土木，一座美麗的城市從此誕生了。

這便是波吒厘子城的由來。

這是一個玫瑰色的傳說。我感到一種巨大的詩意撲面而來。

但事實上，波吒厘子城是由孔雀王朝建立的。那時，它與各國建立了良好的商貿往來。興盛時期的波吒厘子城，有六十四座城門，有五百七十座箭樓，只每天的稅收，就有超過四十萬的錢幣。

波吒厘子城在佛教史上也佔據著重要地位。你一定知道孔雀王朝時期的阿育王。早年，他為了爭奪王位，殘忍地殺死了自己的哥哥。登上王位後，他統率大軍，東征西戰，在血雨腥風中統一了印度諸國。後來，阿育王放下屠刀，幡然醒悟，成為佛教歷史上最大的護法國王。對內，他用佛教治理國家；對外，他將佛教推向了整個印度，並派了大量的僧侶作為使者，將佛教的火種傳向世界。傳說中，阿育王施展神通力，於一夜間，在世界各地建起了八萬四千座佛舍利塔。此外，他下令以石刻的方式，將大量的佛教信息保留了下來，成為千年裡不朽的記憶。

阿育王住世的時候，佛陀已入滅三百多年了。那時節，各種思潮都在印度舞台上演，有的是明顯的外道，有的則貼上了佛教的標籤。便是在佛教內部，也是眾說紛紜，或因戒律不一而生分歧，或由見地不一而起紛爭，佛教分裂成了好多派別，有大眾部、上座部，有上座部中的分別說部等。後來，阿育王派遣使者前往各地弘法時，由於見地、戒律、習俗等原因，一時間，雜說盛行，諍論哄起，內部也是爭論不休。許多外道和無信仰者為了騙取利養，也假扮佛教徒，混入佛門。這類人，被人們稱為「賊住比丘」。

賊住比丘最多的地方，便是一個叫阿輸迦園的所在。阿輸迦的意思是「無擾」。這是阿育王啟建的，他花了很大氣力護持此園。園內僧人待遇極好。為了貪取利養，賊住們蜂擁而來。他們儼然是大德高僧，卻只享利養，不守戒律，不修禪定，不學經法，每日裡紛爭不斷，惡言惡行層出不窮。按佛制，僧團中每月必須舉辦一次「布薩」集會，對照戒律，檢查自己的過失。但由於那些惡性比丘的騷擾，阿輸迦園在七年中，竟連一次「布薩」都

不能如法舉行。

一天，阿育王派了使者，前往阿輸迦園，去調解僧眾間的紛爭。使者苦口婆心，但那些比丘卻一如既往地大興諍訟，甚至當場惡言相向。使者大怒，拔刀殺了一人。這下惹了大禍。阿育王親自前往阿輸迦園，賠禮道歉，並問詢眾僧：「如何給使者定罪？」僧人們認為使者由阿育王派遣而來，殺人者當然要定罪，派遣他的人，也要定罪。阿育王說，我只是派他調解，又沒派他殺人。眾僧道，你的使者動不動就殺人，定是你平時沒有好好教育，你不負責，誰負責？

阿育王不禁長歎：「連你們對佛法都各持己見，莫衷一是，如何度眾？難道這世上，沒有一個能解我心頭之惑的人嗎？」

沒想到，這一問，眾僧的意見竟驚人的統一，他們告訴阿育王：目犍連子帝須是公認的大德，他是優波離尊者的第四代弟子。

於是，目犍連子帝須出山了，他召集了一千名長老，在阿育王提供的精舍裡，開始了佛教史上有名的第三次結集。結集的內容，既有教法，又有律藏，其內容，盡藏於一本叫《論事》的書中。

那一千多名長老，還組成了口試團，對所有僧眾進行測驗，要他們說出對佛法的見解，然後根據其見地，清除了一批賊住比丘。

此後，阿育王下令，以後，所有僧團要和合無諍，誰要是製造事端，將會被趕出教團。

但世界上無論有多少阿育王，也抵擋不住那些真正的賊住比丘。他們可以說出無窮的佛教教理，但他們的心中，卻仍是五欲熾盛，貪婪無比。

他們遠比那些有著外道見地的賊住們更為可怕。

④ 我進了魔桶

那個美麗的女子就在波吒厘子城的一處很熱鬧的所在賣藝。

那所在，是幾百年前最美麗的建築，叫議事廳。那建築，由精美的大石壘成，雕文刻鏤，鬼斧神工。它曾有八十根彷彿能通天的高大石柱，但我到達時，只看了其中的一根，別的都叫歲月腐蝕了。西元六世紀時，一場洪水過後，這座城市便一片汪洋，一蹶不振了。這也應了佛祖關於水的那個預言。後來，伊斯蘭大軍攻進了波吒厘子城，摧毀了該城復興的許多可能。再後來，不同的主人登上了這個舞台，製造了更多無比熱鬧、卻又稍縱即逝的

幻影。

我到達議事廳遺址旁時，看到的，是滿街的牛、亂竄的狗、四處屙糞的豬，還有牛車、馬車等，各類噪音像沸水般翻滾。

歷史上的輝煌不再，顯赫不再，孔雀王朝像遠去的風塵消失於歷史的塵埃中了，留下的，只是阿育王的神話。

波吒厘子城用它的經歷闡釋著佛教的真理。

我不禁想起了巴利文《法句經》：「覺觀萬法如泡沫，覺觀萬法如夢幻，這樣觀察世間者，死魔無法見到他。」

一茬茬的人死去了，一茬茬的人又來了。變的是無數的場景，不變的是真理的光明。

在大幻化遊戲中，我看到了那個女子。女子拿個桶，我不知道是啥做的，在外相上看，它沒有一點兒出奇。

女子高叫著：只要五兩金子，想去哪兒，我就用聖桶送他去哪兒！

她一遍遍重複著這句話，話音裡有一種磁性，像是經過桶的共振，也像從桶裡傳出的回聲。

那聲音，像磁石吸針般吸引了我。

那時節，我將所有的女子都當成是奶格瑪的化現。當我在街頭看到那女子時，同樣將她當成了奶格瑪。

女子的身邊圍著很多人，他們都望著那個木桶。一個男子悄悄告訴我，那木桶不是聖桶，其實是個魔桶。他說他只見進去的人，卻沒見出來的人。他說，瞧那桶，盆口粗細，似乎盛不了多少東西，但他親眼看見五個男人進了那桶，卻沒見他們出來。

我卻想，她是不是空行母呢？

見我過來，那女子嫣然一笑，說：我的聖桶能通往任何地方。我只要五兩金子，就能將你送到任何你想去的地方。去不去？

我問：你也能將我送到聖地？

當然呀。不然算啥聖桶。女子說，想去哪兒，就去哪兒！

我問：那聖地裡，是不是有奶格瑪？

當然有呀。女子說，沒有奶格瑪，還算啥聖地。

我有些疑惑。但我想起，以前空行母無數次試探我時，我每一生疑，就會生起障礙。我馬上懺悔我的懷疑。

我想，她是不是司卡史德化現的呢？

　　女子冷笑道，你不是一直在尋找奶格瑪嗎，咋真的叫你去見她時，你卻患得患失？她厲聲喝問，你去不去？去不去？去就拿來五兩金子。不去的話，靠一邊去。別擋著別人的路！

　　她這一說，我就生起信心了。因為尋常女子，是不可能知道我的尋覓的。雖然我知道，有時候，聖者知道的，魔也會知道。佛陀真正的知音，其實不是他的弟子，而是魔王波旬。佛成道時，天地皆暗，日月無光，並無一人知道佛陀已證得無上正覺，但他的所有智慧和證量，都瞞不過魔王波旬。我甚至認為，魔王波旬才是佛陀真正的知音。

　　我掏出一塊金子，足有十兩。我想，要是真的能到聖地，別說十兩，一百兩也值。我將金子遞給那女子，說，不用找了。

　　女子笑了，說，是呀是呀，聖地是無價的。那兒充滿妙樂，快樂無比。你去了，就知道了。那兒是靈魂的最後歸宿。世上有無數的人想去那兒，可是沒有福報和機緣。要知道，這聖桶，是聖地的入口處，五百年才出現一次。有時候，聖地的人也會從這桶口出來。出來的人，定然會成為王者，這便是「五百年才有王者興」的祕密。你別小看這黑漆漆的桶，你的身子只要一經過它，你五百年的業障便消除了。其原理，等同於霜花兒一見太陽，便會叫那炎陽蒸發。

　　好了好了。女子晃晃那桶。你先準備一下，該帶的帶，不該帶的，送人好了。你的那些破爛玩意兒，在聖地裡用不著，反倒顯得累贅。

　　趁著女子往包裡裝金子的當兒，那男子偷偷捅捅我，悄聲說，你千萬別進去。這不是聖桶，是魔桶。你想，要真是聖桶，她是不會要錢的。這世上，哪有聖人貪財的？

　　我悄聲說，不是她貪，是我在供養。人家在乎的，不是錢，是我的態度。

　　男子說，這桶，只見進去的，沒見出來的。定然有古怪。

　　我說，這正是它的神奇之處呀。你想，它要是不通往一個大的所在，哪能盛那麼多人？

　　那人悄聲說，要是它通往地獄呢？

　　我說，我又沒發去地獄的願。這世上，正的發心，不會有負的結果。

　　那男子還要嘮叨，女子冷笑了，對我說，你見哪個赤腳的，不忌妒穿鞋的？他想去，可你問問，他有五塊銅板不？窮得屁眼裡拉二胡，夾不住屁，你想去，也沒那個資糧。

男子赤紅了臉，囁咕道：我只是說我該說的話。他要去，去便是了。

我安慰地拍拍那男子，說，你的心我領了。但我知道，我該去的。我知道天上有無數的雲，但我不知道哪塊雲有雨。我能做的是，只要見雲飄過來，我就呈上雨具。

我朝那男子笑笑，便鑽進了桶。

⑤ 美麗的女子

當我的身子鑽進桶時，便感覺那不是桶了，而是一個隧道，一個黑漆漆的隧道。我像進入了真空，聽不到任何聲音。在那個隧道裡，沒有時間，沒有空間，我當然也不知道經過了多久。待我覺得出時間時，已到了一個所在。那是一個很像夢的地方。我看到的太陽跟外面不一樣，它是由一暈一暈的光環套成的一個圖案，有赤橙黃綠青藍紫七種顏色，很是美麗。還有無數的花，很像外面的，只是顯得更大更美。其中最扎眼的，是罌粟花。我知道罌粟花本來不大，沒有氣味，但這兒的罌粟花卻大如缽盂，噴著一股股叫我陶醉的香氣。我甚至將這種陶醉當成了瑜伽中所說的空樂，這種聯想叫我信心百倍。我認為自己真的到了聖地。以前，我也看過許多外道的書籍，他們也有這種陶醉的說法，其描述，也跟空樂很相似。

我很高興。心想，我真的到聖地了。

我相信，那女子，定然是空行母的化現。

我發現，即使我不修煉，只是聞那種香氣，也會叫我忘了世上的煩惱，進而產生安詳和大樂。我想，聖地就是聖地。

在那種香氣中，我甚至忘了自己來這兒的目的。

但心中的那縷牽掛已滲入靈魂了，我開始像以前那樣呼喚奶格瑪。

奶格瑪千諾——

奶格瑪千諾——

我確信自己能見到奶格瑪，因為我確實感受到了以前從來不曾有過的那種安樂。

在我的呼喚聲中，一個美麗的女子出現了。

我發現，她既像莎爾娃蒂，又像我期待中的奶格瑪。我不知道，是不是在我期待的心中，奶格瑪便是莎爾娃蒂的模樣？她顧盼生輝，美麗無比。只是她沒有傳說中的第三隻眼睛。也正是這一點，更讓我有親近感。雖然我一

直在觀想三隻眼的奶格瑪，但要是真有一個三隻眼的女人出現在我面前，我定然會覺得不習慣的。我發現，那女子的眼中溢情流彩，融化了我心中的所有塊壘。

我問，你是奶格瑪嗎？

她盈盈笑問：我不是奶格瑪嗎？

我又問，你咋像莎爾娃蒂？

她說，愚者的眼中，她們是有分別的。但在智者眼中，她們是一體的。

那一刻，我堅信，她就是奶格瑪。

奶格瑪伸過手來，我一握，那柔若無骨的感覺融化了我的心。

◆ 6 那你娶我吧

奶格瑪帶我去了一個更加美麗的所在。那兒鮮花更美，一叢叢的花噴著迷人的香氣，像一個個美麗女子在朝我笑。我的體內和心裡，湧動著陶醉和大樂，那是我嚮往了許久而不得的樂。只是我分不清是禪樂還是欲樂，似乎是多種樂糅合到了一起。

奶格瑪問我：你拿什麼供養我？

我馬上掏出了金子。

奶格瑪笑了，說我不需要這個。這兒的人，用不著這些廢物。

你有沒有更好的？

我於是說，那我將我的身口意供養你吧。

奶格瑪說：你知道身口意供養的真正含義嗎？

我說我知道，就是我的生命和靈魂都從此都屬於你了。

奶格瑪說，那好，我們結婚吧。

我馬上想到了以前司卡史德說的那種勝義的娶。我想，我不能再猶豫了。只有傻子，才會在同一個地方跌倒兩次。我於是乾脆地說，好的。我的生命都是你的，你願意做啥，我都願意的。

我馬上看到無數的美麗女子雲集而來，她們帶著各種世間罕見的珍奇。我在許多聖者的傳記中看到過類似的情形。我很高興，我想，想來奶格瑪所說的娶，便是雙修的另一種說法。我早就知道這是證悟的捷徑，司卡史德就是這樣一夜間證悟的。說真的，那時，我其實渴望得到空行母的青睞。

那些女子忙碌之後，一間洞房出現了。

我無法跟你說那洞房之美，那是人間不會有的、只能感受、無法描繪或表述的美。我僅僅是看了它一眼，就被它融化了。我甚至覺得自己進入的，是一種殊勝至極的境界。當然，關於它的真相，你以後就會明白了。

就是在那種陶醉狀態中，我娶了奶格瑪。

⑦ 漏樂之事

我沒有說雙修，而說「娶」，原因很簡單，我跟奶格瑪享受到的，真的是五欲妙樂，而不是清淨的禪樂。當然，那時的我，是沒有辦法分辨的。要知道，對於一個沒走過迷宮的人來說，你叫他說出走出迷宮之法，顯然有些勉為其難。那時，我只有一腔的虔誠和信仰。我想，既然我將身口意供養了她，那她叫我做啥，我便做啥。

開始，我還能想到那個等待中的莎爾娃蒂，但我的心中沒有歉疚。因為，在我的眼中，奶格瑪是我的上師，而不是妻子。正是這種宗教情感，消解了我對莎爾娃蒂的歉疚。而且，在另一種潛伏於心中的情感中，奶格瑪已跟莎爾娃蒂合二為一了。那個等待我的莎爾娃蒂漸漸淡了，成了漸走漸遠的影子。在魔桶的多年裡，我沒有得到過莎爾娃蒂的任何訊息。

有時，我甚至認為，那個莎爾娃蒂，其實也是奶格瑪的化現。

就這樣，遺忘的大雪覆蓋了莎爾娃蒂的許多痕跡。只有在一些偶爾的不經意的瞬間，我才會想起過去的歲月裡，曾有過那樣一段醉人的柔情。

我跟奶格瑪在洞房纏綿著。我同樣分不清時間。那時候，時間似乎消失了。奶格瑪的身上同樣散發出一種迷人的香氣。我跟她在無盡地纏綿之後，感受到的，只有陶醉的大樂，而不是厭倦和疲憊。你知道，對於一個男人來說，那真是人間最美的享受。

按老祖宗的說法，女人是有各種類型的。有些女子，是不可碰的，任何男人一碰，其生命之精，便會被吸走或是流失。而世上有一種玉女型的女子，任何男人跟她接觸，都會得到無上的益處。奶格瑪便是這種女子。於是，在很長一段時間裡——雖然我不知道過了多久，那時是沒有時間的——我將跟她的結合，當成了傳說中的雙修。

不久，我們的第一個孩子出生了。那是一個可愛至極的小女孩。她聰明萬分，善解人意。她有著羊油一樣滋潤的肌膚，有著金色的頭髮，有著百靈鳥叫一樣歡快的笑聲。

女孩的出生，給了我更大的快樂。你不知道孩子朝我笑時我有多陶醉，她第一次叫爸爸時我有多驚喜，擁她入懷時我有多滿足。那真是天人才有的樂趣。

那時節，得到女兒後的喜悅讓我忘了過去的許多經歷。它像一柄刷子，掃平了記憶中的許多痕跡。

女兒三歲時，兒子出生了。我享受著兒女繞膝的天倫之樂。我覺得，這時節，我的人生才算真正圓滿無憾了。奶格瑪給了我男人的感覺，兒女們給了我父親的感覺。此前的一切經歷，給我的，只是一個行者才有的生命體驗。沒想到，以前我視為畏途的紅塵生活，竟讓我如此銷魂……是的，銷魂。這個詞兒，真是最恰當的形容了。

但我仍然沒有忘記我的信仰。我甚至認為自己一直生活在信仰裡。因為我仍在誦經，仍在跟奶格瑪雙修——那時，我其實分不清雙修和俗樂的界限。

我在那種自以為是的雙修中樂此不疲，充滿著崇高和情欲混合成一體的感情。那時，我忘了一個標準，信仰的本質其實是破執和利眾。我不知道，那時我其實已陷入了另一種執著。

我老是用過去似是而非的宗教概念解釋我的生活。我老是陶醉於現有的一切裡。我其實是在自己安慰自己，用自己能接受的方式說服著自己。我甚至被自己感動了。我不知道那感動其實是在作秀，是自己對自己的一種作秀。我沉醉在自己秀給自己看的那種信仰裡。

正是在我已經變異的話語體系中，我將那兩個孩子當成了投胎的菩薩。要知道，在密乘的說法裡，當那些投胎的菩薩需要時，你是可以放出自己的精液的。當然，即使不是為了生下菩薩，我也願意為了奶格瑪獻出我的一切。幾乎在每次「雙修」中，我都願意供養出我的「甘露」。

正是在這種語境中，我雖然知道自己在行漏樂之事，但還是有種為信仰獻身的崇高感。

⑧ 驕傲的兒子

在兒女很小的時候，我就開始教他們一些宗教儀軌。教他們念誦，教他們觀想，教他們畫各類壇城，教他們打坐。我認真地教他們修習大禮拜、百字明、生起次第和圓滿次第。那時，我只想培養自己的兒女。我甚至不想回

藏地了。

可怕的是，莎爾娃蒂，也成了一個遙遠的夢。雖然在一些不經意的瞬間，我也會想到她，但我會找出理由，說服自己不再去想她。我想，她定然早嫁人了。因為我再也沒有收到過她的信。我甚至想像出許多她跟別人親熱的畫面，來掐斷自己的歉疚，讓自己的心安寧一些。

在女兒十八歲、兒子十五歲時，我已將得到的所有密法都傳給了他們。我將所有父續部的密法傳給了兒子，將所有空行類法脈傳給了女兒。

奶格瑪仍很美麗。她操勞著家務，除了每天做她該做的功課之外，將大部分時間用來教調兒女。她做著很多家務，做著那些雖消耗著生命、但卻不得不去面對的瑣碎事務。我常常被她的無私奉獻所感動。我堅信，我的妻子是真正的奶格瑪。

在父母的教育下，兒女進步得非常快。兒子很快就俱足了世間的八種成就，他有了天眼通，能見人所不能見，能看到三千大千世界的所有景象。他有了天耳通，能聽到任何空間的眾生的心聲。他有了神足通，能到達任何想去的地方。他的飛劍讓他能取千里之外的仇人首級。他的眼藥成就，讓他能看到地下的寶藏。我們於是富貴無比。我們的房子像宮殿一樣美麗。那時節，王室老有人來欣賞我們的住房。我們的家，充滿了從來不曾有過的尊崇和安樂。

幾乎每一個到我家的客人，都希望兒子向他們表演神通。兒子老是像踩爛泥一樣，將石頭踩成一片狼藉。他時不時就在空中打坐，屁股下自然生出很大一朵寶蓮。女兒則成就了忿怒空行母法，她的眼睛一掃，就能摘下樹上的所有果子。天空飛過鳥兒，女兒只要輕喝一聲，鳥兒便會石子般落地。

他們真是菩薩轉世。他們的成就，是那時的我望塵莫及的。要知道，我那時俱足的，只是增息懷誅成就，我需要借助儀式和壇城的力量才能達成願望。而我的女兒，幾乎做到了生殺自如。

只是兒子有個毛病。他認為自己已得到了最究竟的成就，像驕傲的公雞那樣顧盼自雄。他老是施展那些神通，贏得了無數的喝采。他最大的毛病就是，由於跟我過於親近，他更願意將我當成父親，而不是上師。這讓他不能得到傳承內更大的加持，不能進一步突破自己的障礙，得到真正的大成就。

我老是對他說，兒呀，雖然你得到了許多無上妙法，但你一定要明白，所有教法中最殊勝的是上師法。你還是要多祈請上師，雖然我是你的父親，但更是你的上師。上師的體性是三世諸佛和二十四個空行聖地的金剛亥母。

你一定要明白這一點，所以，除了你在修持密法時必須誦的那些咒子外，你的心中，一定別忘了祈請上師，一定要至誠念誦「喇嘛千諾」。同時，你還要明白，即使在你持其他咒子時，你的心中也要明白，那些咒子的體性其實跟「喇嘛千諾」無二無別。沒有游離於上師之外的本尊，沒有游離於上師之外的護法，沒有游離於上師之外的空行母。要知道，那無量的空行母，其實都是上師的化現。上師是本尊空行護法的總持。當你念誦「喇嘛千諾」時，你其實是在念誦三世諸佛和所有空行母的心咒。所有對上師有信心的人，在臨終時只要念誦「喇嘛千諾」，金剛亥母便會迎接他去往淨土。你一定要明白，這淨土跟密嚴剎土無二無別，跟所有佛國無二無別，跟二十四個空行聖地無二無別。當你往生淨土時，就等於往生了三世諸佛的佛國和空行聖地。對於證得了究竟的人來說，它們是無二無別的。但對於那些沒有消除二元對立、帶業往生的行者，他們尚有分別心，那麼，他們便能看到空行淨土中有諸多光道通往密嚴剎土、諸佛國和各空行聖地。所有往生淨土者，都會得到金剛亥母的特殊加持，疾速成就，隨願前往任何佛土。當然，你要明白，這僅僅是一種權說。因為當你證得了究竟之後，就會明白，那淨土便是諸佛國土，它們是真正無二無別的。

但無論我如何教調他，都改變不了他的驕傲。

無數的人擁向兒子，成為他的弟子。他很像在本波時的童年的我。他開始授徒。他已經不太愛聽我的話，不再進行深一層的修持了。事實上我知道，他的成就，僅僅是生起次第成就，還屬於有為法的範圍。我告訴他，兒呀，要知道，一切有為法，如夢幻泡影，如露亦如電，你不可執著的。兒子哪裡聽得進我的話。要知道，證得神通的人，他最大的障礙便是那神通本身。

兒子老是表演他的那些神通。他甚至時不時跟人鬥法。那時節，跟他齊名的，是一個婆羅門的女兒。從外相上看，兩人的神通不相上下。

但我那時便知道，那女子，其實是個食肉的羅剎。

她早想收拾我兒子了。

第*24*章　親愛的瓊

❶　父親老矣！

在瓊波浪覺享受聖地的幸福生活時，莎爾娃蒂卻在經受著相思的煎熬。

她的心中，老是出現那些咒士們抖狗皮的聲音。那種奇怪的聲音時不時就響起，包裹了她。莫名其妙的煩惱也老是襲上心頭，她變得越來越憂鬱膽小了，遠不似以前那樣灑脫。

從她留下的文字裡，我總能讀出一種落寞和傷心——

午覺醒來，神情恍恍惚惚，房子裡靜極了，喧鬧的世界似乎遺忘了這個角落。我躺在床上，身心還很疲倦。一隻大大的蒼蠅不知何時闖了進來，在房間裡嗡嗡叫，爲這寂寞的空間更平添了幾分寂寞。我突然急躁起來，焦急不定。側耳傾聽院中，也是一派死靜。我一骨碌爬起來，想下床可又不願挪動身子，只任那發狂的情緒在心中流淌……

突然我想到瓊，那個熟悉的影子就一直在眼前晃動。多少個日月了，一想起他，心中才不發慌。某個瞬間，我十分肯定地認爲他必定在某個所在等我了，肯定。他已等了很久。這種想法催促我快快穿衣，快快動身，快快去見他。剛穿了一隻鞋，又覺出了自己的荒唐。我想，他也許早忘了我。於是，心成了一座孤寂的墳，不再焦急，不再彷徨，仰面直一跤，重重地倒在床上……

恍然間，秋風又涼起來了。那涼意，爲父親的身影添了蕭然。我站在門口，送父親上路，深秋的黃昏更使我淚流滿襟。我看見父親那淒然的轉身中，映襯著多少風雨滄桑。父親蹣跚的身影被秋風吹得冷冷清清。

父親老矣！如霜的白髮，刺得我滿眼傷痛。我只能面對泣訴的秋風轉過身，擦去滿眶的無奈的淚水。

❷　青煙繚繞的香爐

天空潤潤的，像要下雨。我喜歡下雨的日子，冷冷清清，淅淅瀝瀝，彷彿是訴不完的悲涼、剪不斷的幽情。多少違心的往事，多少心底的煩惱，都

被雨絲梳散了。

捲起褲管，撐起素色的雨傘，陪著母親，漫步在雨霧裡，去女神廟，尋找那埋掩了千年的夢……細碎的雨絲打濕了我的雙眼，睫毛朦朦朧朧，朦朧裡又映出你的笑顏。唉，不想他了。

小時候，每逢下雨的日子，母親總要炒上噴香的豆兒，我們偎依在一起，聽父親講那永遠也講不完的大成就者的故事……多少醉心的思念，伴隨著我成長的腳步，風風雨雨中，這份記憶竟毫不褪色。

雖然一切的希冀都仍是泡影，我不忍心傷害母親，總是強顏歡語。

女神廟很是熱鬧，我的心更加煩躁。眼前的一切，都是灰色的影子。這時，我想起那一個個在大街上流浪的瘋子們。在他們的腦海裡，天地間所有的東西是不是也這樣若有若無、虛虛幻幻呢？我想，我快要瘋了。

在青煙繚繞的香爐邊，母親的白髮牽著傍晚的陽光格外醒目，那是飽經風霜的見證。女神廟內，人影綽約。母親拉著我的衣袖，像拉個孩子，不容我離開她半步。在大殿門旁，趁母親仰望古槐的當兒，我惡作劇似的溜開，在靜處偷偷回望，見她一副驚慌的樣子，不住地往人群裡張望，好像不慎丟失了一個剛會走路的孩子。寒風中的母親，顯得那麼瘦弱、孤單。在那一刻，我明白自己已成了母親的依靠。看到我，母親重重地舒了口氣，潤濕而委屈的雙眼裡閃出一絲欣慰。母親又拉緊了我的衣袖，我的淚像決堤的海水洶湧而來……母親也老了。現在，她離不開女兒了，一會兒不見，也是牽腸掛肚的思念。如今，母親最害怕寂寞、孤單，只要我能伴在她身邊，她就有了無形的力量。歸來時，母親仍然孩子般地拉著我的衣袖，我也緊緊依偎著她，一種古老而永恆的感覺輕輕地叩擊著我的心扉，很遙遠，卻又那麼熟悉……

3 難解的網

……年老的父母，掐斷了我尋覓的心。

這是一份怎樣的心情，我不知該怎樣說出。苦惱煩亂擰成一張難解的網，網裡罩著命運的獰笑。我舉目遠眺窗外的天空，那裡是滾滾翻騰的烏雲，它正滿腹心事地灑下無窮盡的雨，我能把哀怨、憂傷寄予它嗎？

雨纏纏綿綿、淋漓盡致地灑下來，一陣緊似一陣，彷彿是烏雲向遠離的愛人哭訴的悲聲。這使我黯然淚下了。想起曾經令我心碎的那個人，那段

情……可是到頭來，所有的承諾、所有的等待都是鏡花水月……突然間，覺著心中那堅固的東西轟然倒塌了。我的每一根神經都在迅速衰老，每一滴血液都在迅速乾涸……

沒有料想到，人生竟是這般難以逆料。一路上有誰？是風？是雨？

桌上的那瓶鮮花也敗了，每片花瓣都浸透了苦澀，像一隻隻絕望的蝴蝶，憂傷地停在枯草上，等待最後的風雪……我的心好痛。我想，雖然我深愛鮮花，卻不應斷送它們的紅顏，而應把它插在靈魂深處，和我一起浮沉，共渡潮來潮往，直到我顏容失色、血脈無息的那一日……

回頭看看昨天的故事，才發覺真情是一段姻緣的結。千輪萬迴裡，彷徨的腳步踩碎了多少個季節，你我在追尋著什麼？我慣看了韶華的寂寞，竹籬邊，對酒當歌，多少感慨，多少悟，冬季已慘然褪色！留住你的腳步吧，無奈雙眼容不下；裝下你的身影吧，為何心情不融化？刻下你的笑容吧，不慎已被風吹化；擁抱你的愛意吧，淚花無語，飄白髮！

走過了許多個日子，尋尋覓覓，卻再也找不回昨日的那片雲……

昨日的那片雲啊，是誰把你吹散在風裡，驀然回首，只剩下千絲萬縷的傷感。總是在萬家燈火的時辰，夢見你褪色的足跡，踏著一路歡笑一路心雨……昔日的雲兒啊，我與你邂逅在白色馬鞭草浪漫的季節，為此，綠了楊柳，枯了白沙。

④ 無法形容的心情

房間裡寂靜、沉悶、空虛。我打開窗戶，等待你的歸來。

五月的陽光淡淡地灑在窗外的黃麻葉上。清風陣陣撲來，深情地吻著這些陽光下的葉子，它們在陽光裡快樂地手舞足蹈了。看著它們，我覺得自己像是早已殘敗枯死的秋花，只等偶爾的一陣振動，便要慘然落地，被人踏在泥裡，永遠銷聲匿跡了。

母親蹲在陽光下，藉著這暖洋洋的日子，清理一些花椒之類的作料。她抖抖聞聞，仔細看是否被老鼠打擾過。看著她的身影，我突然感覺到生命的空虛、無聊，一種焦慮、狂亂的感覺直向我湧來……

我立在屋內，把頭完全伸出窗外，清靈靈的世界又回來了。我盯住一片散落在黃麻葉上的陽光，它閃爍不定。我彷彿置身於孩童時的一個亘古的夢中，那裡是一片殘牆斷壁的曠野，黃色的土中生長著一簇簇寂寞的花。記

得，在一段矮矮的土牆下，身心疲憊的我蹲了下來，從泥土裡挖出各種各樣的小泥碗，打量著，打量著……

⑤ 化不開的情愁

月色朦朧，我心淒涼。對你的思念，仍在月下撞擊我的心。我不敢正視鏡中那蒼白的憔悴不堪的面容。有時的夜中，也會出現你尋覓的眼眸。我卻沒勇氣正視，我怕我流淚。那雙眼睛像清泉，蕩漾著永不乾涸的清涼，也像是在訴說那些地老天荒的誓言。我怕被那眼中的情思纏繞，就盡量不去望它。我把眼神停留在夜的盡頭，心卻是奇異地疼痛。

窗外直立的高樹沒有靈氣，那被視窗切割的一片天空倒是很吸引人。天空潤潤的，像要下雪了，我一凝眸，心就驟然潮濕起來……

我為什麼一定要去追趕你滄桑的夢呢？這沉重的思索令人好疲憊。難道僅僅為了一個不經意的回眸？或是為了一次無謂的邂逅？我心如蠶繭，裹在厚厚的殼裡，早已領略不到清涼。

總是心痛，總是在心痛之後萬念俱灰。

太陽，你為什麼總躲在你的世界裡？太陽，也許我錯了，我真的追不上你滄桑的眸子漂泊的心。

你的天空也在哭泣嗎？在這個經過變遷的冬季，一切話總是多餘。每每在癡呆裡晶出的，總是你憔悴的面容和孤獨的心。黑夜裡獨自彷徨的你呀，可知，你是我命中無休止的歌。我的情為你停留，心為你等待，你為什麼不回來牽我的手呢？

你會想我嗎？沒有你，日子一片空白。佇立月下，想你孤獨跋涉的身影，心便禁不住地痛，牽扯出一縷縷濃得化不開的情愁。

雪絲兒無聲無息地飄著，落在地上融化成水。雪花等了一冬了，難道也沒等到所愛，便只能絕望地哭泣嗎？

⑥ 在寒風中呼喚

冬季的夜晚靜得讓人打盹兒，推開半掩的小門，一股寒流撲面而來。我浸泡在黑夜裡，深情地思念你。

如果你仍是我昨日清爽的風，那綻放在心頭的玫瑰花就不會凋謝了。而

今，情也許是純情，卻左也傷痛，右也傷痛。生命中的眞愛就一天天憔悴吧。瓊，你是否覺察到，你的人生路上將要失去什麼了？

連月來常常失眠，靈魂被一種無形的愛恨日夜糾纏著。心是那樣的疲憊，往事直向心砸來。我如同佛陀苦行般地艱難回味著，思索著。夜半的月光白孤孤地照著整個院子，我的小屋破落蕭條地裹在寒氣裡，像一座墳墓。生命是無常的。一切繁華遠去了，剩下的只是荒涼、苦澀。我是墳墓將來的主人。

往日的溫情折磨人。我以爲死了倒還乾淨，掙得個癡情種子的名分，強勝於浸泡在失落悽慘的心境裡。

夫君，許久都不曾這樣呼喚你了，今夜卻異常想這樣呼喚你，一直呼喚到天明，一直呼喚到永遠。

我是一顆孤獨的寒星，常常在淒涼的月色裡呼喚你。愛人！愛人！你在何方？你的夢裡可否有我的笑靨。我想你是很累的，你早已靜靜地走入夢河了吧？

我的瓊，我很想變成一隻螢火蟲，輕輕飛進你的視窗，去吻你熟睡的泛著神光的臉龐。我想停在你的耳邊，對你唱一夜的情歌，消去你所有的疲倦。

愛人，想你的時候，熱淚就會打轉。想你的時候，空行母就在我眼前飛翔。

老是叩問命運，爲什麼釀成了一段無法聚首的苦戀？那前世的約定，爲何化作了今生這場無法期待的風……

愛人，我的瓊，我在寒風中呼喚你！

第25章　糾紛的起處

① 奶格瑪的分歧

孩子，莎爾娃蒂在冬夜的寒風中呼喚我的時候，我正沉浸在跟奶格瑪的幸福生活中。

……不久，我們便陷入了一場糾紛。那糾紛不是來自外道，而是來自佛教內部。

距我家不遠，住著一個同樣有修有證的密咒士。她跟我的奶格瑪來自同一個也叫奶格的部落，人們也稱她為奶格瑪。需要強調的是，奶格瑪並不是人名，幾乎所有奶格族的女子，都可以叫奶格瑪，意思你已經知道了，就是「奶格家族的女子」。就像所有瓊波家族的男子，都可以叫瓊波巴一樣。你來自涼州，當然也可以叫「涼州巴」，意思是「涼州男子」。要是你在樟木頭待久了，人們也會稱你為「樟木頭巴」的。

但你要知道，雖然「雪」與「漠」是兩個尋常的字眼，它們的組合也很尋常，但到了一定時候，這兩個字就能代表一個「人」。要是別的作家用「雪漠」做筆名，你定然要跟他打官司。「奶格瑪」也同樣，也有相似的性質。雖然奶格家族的女子都可以稱為「奶格瑪」，但那瑜伽行中的奶格瑪其實是一個特指，它僅僅指那個成就了無上正等正覺的奶格瑪。

明白了吧？

按你們現在的標準看，另一個自稱「奶格瑪」的人，其實是在侵權，或是在欺世盜名。我的奶格瑪當然受不了。開始，她僅僅是表示了不滿。她叫兒子告訴那個奶格家族的女子，叫她不要用這個名字。哪知，幾乎是同時，那女子也叫她的女兒來我家，叫我們別再用「奶格瑪」，換成另一個名字。

最初的糾紛，其實就是這樣一件很不起眼的小事。但要知道，這號小事，在重視外相的世人眼中，就是大事，幾乎涉及到了根本。

兒子於是憤怒至極。

他媽勸道：不要緊。既然人家也是奶格家族的人，我們叫她別用這名字，似乎也沒啥道理。名字僅僅是名字。既然一切都是幻化，那名字有啥實際的意義？

算了算了。她想叫啥，隨他們叫去吧。我也這樣勸兒子。

　　但後來發生的事，卻叫我有些受不了。那個奶格瑪竟然公開對外宣稱，她才是奶格瑪瑜伽的正宗。而我們，她說是假冒的。

　　那奶格瑪儼然成了奶格瑪瑜伽的一代宗師。無數的人擁向了那邊。

　　後來，我派一個弟子冒充求法者前去打聽，發現對方的見地跟我們不一樣。我不能說它對還是不對，至少，她講的，不是奶格瑪瑜伽。因為奶格瑪瑜伽的根本是大手印見地，以破相破執為主，而她講的，卻是叫人著相。

　　那時節，我的明妃——我更願意叫她「我的女人」，女人是個很好的詞——她也不喜歡叫我勇夫，而願意叫「我的男人」。當她叫「我的男人」時，我感到一種巨大的快感和滿足。我發現，有時候，名相也很重要。雖然從心底裡我仍是將她當成了明妃，但我卻更願意叫她「我的女人」。我不知道，這是不是我宿世的習氣使然。

　　我的女人給我講過奶格瑪瑜伽。我發現，其實她講的道理，我在以前的求法中，早已得到了。後來，我的經歷證明了一個真理：任何人的世界，高不過他自己的心。

　　兩個奶格瑪在修證上的分歧較多。比如在對待分別心的問題上，她們就有著如下的分歧。那個奶格瑪強調警覺，而我的女人——我仍然喜歡這個詞——強調放鬆，這一緊一鬆間，就出現了爭訟。

　　我派去「盜法」的弟子，這樣告訴另一個奶格瑪對他的教誨——

　　你要將所有的分別心雜念當成賊。它一進來，你就一棒打死它。你不用去觀察，也不用去分析，當它一出現在你的心中，你馬上就一棒打殺了它。我說的打殺，是指提起正念。用那正念之棒去殺那煩惱之賊。只要發現它一出現，你就提起正念，將那專注力維繫在你的所緣境上，也就是說，你一有雜念，便專注於你心中的上師，那麼，雜念就自然而然地沒了。我們不去管它是怎樣的分別心，別去管它該不該生起，你只要主動地專注於你的念想，分別心就沒了。

　　我的女人卻這樣說——

　　不對，你不能這樣修。你要是一味強調警覺，你就會緊張，而緊張是禪定的大敵。你需要的不是警覺，而是放鬆，你的拳不要握那麼緊好嗎？瞧你，額頭都出汗了。你太緊張了。你一定要放鬆，我叫你用正念來趕跑雜念，是為了叫你更好地禪修，可不是為了叫你緊張的。你一定要放鬆。你緊張的原因是你強調了警覺，就是說你觀的力量過甚，影響了止的效果。這就叫喧賓奪主。你的「觀」本是為了更好地「止」，但此刻你的「觀」反倒破

壞和影響了「止」。永遠記住，止觀之中，「止」是主導，「觀」為輔助。你的心力要主要用於你心中跟你的自性無二無別的上師。要是你沒有分別心和雜念，那觀就變成了一絲警覺。當你的心過於緊張時，觀的力量過強了，你就丟棄了你最核心的觀修內容。因此，你一定要放鬆。你一定見過彈琴，那琴弦不可太緊，太緊則易斷，你的緊張就是那琴弦太緊了。你一定要放鬆，但你的放鬆也要有度。你千萬不要放鬆到懈怠和懶散的地步，因為琴弦太鬆時，琴師是彈不出調的。觀得太緊，會損傷到止；觀得太鬆，那分別心和昏沉就會乘虛而入。你一定要做到鬆中有緊，緊中有鬆，鬆緊適度。要是過於鬆懈，你的正念正知正思維就沒有力量，就無法生起觀照心和監督心，你就很容易流於散亂，流於昏沉，流於懈怠，流於懶散了。那情形，就像你握了一隻麻雀，你握得過緊，會捏死麻雀；握得過鬆，麻雀就會脫手飛走。你就在那種鬆緊適度的狀態下，安住於心中的種子字上深入禪定。

❷ 公開的辯論

正是緊與鬆的問題，成了兩家糾紛的導火索。它直接引起了後來的大糾紛。

一天，在當地貴族的倡議下，兩個奶格瑪進行了公開的辯論。辯論焦點，就是緊與鬆的問題。

強調警覺的奶格瑪認為，所有的念頭都是賊，一定要殺了它。她說念頭是輪迴之根，是煩惱的由來，是墮落的起處，是無明的表現。念頭無所謂正負，無所謂對錯。念頭是行為，有行為便有行為的反作用力即業力，有業力便有輪迴。解脫的本質是消除念頭和所有行為對心靈的束縛。所以，斷除念頭是修行的第一要務。它是起點，也是終點。它是手段，也是目的。

但我的奶格瑪卻說，修行的目的只有一種，斷除分別心。對念頭的拒絕，其實也是分別心的一種。

那天，她的演講非常精彩。她幾乎將辯論變成了一次傳道。現場氣氛很是熱烈。至今，我還記著她的演講內容。記得，她是這樣說的——

正因為我們的心被各種各樣的分別心捆縛著，才得不到解脫。因為解脫的字面意思就是從那束縛中解放出來，所以，一定要放鬆。你只要做到真正的放鬆，再放鬆，你就會得到禪定。在這種狀態下，你再觀察那分別心的本質，你就會發現分別心跟世上任何一種事物一樣，是沒有自性的，它其實不

是實有的。當你明白了這一點時，那分別心就會消於無際。你就這樣一次次觀察，一次次地消解生起的分別心。你甚至不用著意去對治，它只要生起，你就觀察其自性，你就會在發現它了不可得後進入禪定。這便是般若波羅密的修法。那情形，很像漁家船上的魚鷹。我們把你的真心比喻為船，再將那魚鷹比喻為分別心。船一入海之後，魚鷹雖然也會時時飛起，但它們飛呀飛呀，無論飛多高，無論飛多遠，終究還是會落到船上的。就這樣，我們只管將自己和專注繫念於跟上師無分別的心中，任它那魚鷹一樣的分別心識去飛，只要我們明白那分別的本質，不去執著，那麼所有的分別心便會消融於心中。因為無論怎樣的分別心，究其實質，也是水中月、鏡中花，覓其實質，是了不可得的。

那次辯論還有一個重要的分歧，就是目的和結果上的不同——

對方的奶格瑪說：

你只要這樣修持，久而久之，你就會進入一種全新的境界，它朗然空寂，一片光明。你不再有任何障礙，你的智慧會像虛空一樣無邊無際。這光明跟你心中的上師無二無別，但你同時也明白，你心中的上師雖然也充滿光明，但究其本質也歸於空性。你不再執著於自我，也不再執著於密法，更不會為世上萬物所迷惑，你就會感受到一種無雲晴空般的光明和空寂。

她認為這便是修行的終極目的。

而我的奶格瑪說：

你雖然也能達到那種靜定，但你不要執著於此，因為雖然你可能明白了心性，雖然你也能安住於這種境界，但你一定要記住，這僅僅是第一步，距離究竟之境界還很遙遠。你還有漫長的路要走。

她認為，前者所說的那種境界，只是開始，不是結果。

最後，兩人誰都沒有說服對方。

雖然現場氣氛上我們佔了上風，但支持對方人的也不少。

所以，很難說誰勝誰負。

不過，我那時卻生起了一點疑惑，我發現她們爭論的，其實不是問題。但由於我很愛我的女人，也知道她們的爭論，其實是一種較量的話題。那話題是什麼，並不重要，重要的是，她們在藉這個話題而亮相。

❸ 宗教狂熱分子

再後來，兩人在有與空的問題上也爭議很大。

此外，還有漸修的次第、智慧的漸頓、生圓二次第的輕重，以及父續和母續的區別，幾乎在各個方面，兩人都有了爭議。那爭議的內容，也同樣出現在我以前的修道歷程中。有些問題，我以前覺得已得到了解決，但在那種特定的語境下，我竟然也覺得已成為一個很大的問題。在某些恍惚間，我甚至將它們當成了生死存亡的大事。

兩個家庭，本來是互不相干的所在，現在，竟然成了兩個敵對的陣營。兩個陣營裡，各有無數的信眾。每日裡，各家都在宣說自家的教義。

一天，我發現，對方的信眾竟然越來越多。一打聽，說是對方請來了一位精通經論的大師，他的名字叫班馬朗。

你別笑。真是這樣。我聽到這消息時，竟然也不敢相信。但在某個黃昏，我散步時，竟真的發現那個奶格瑪跟班馬朗一起散步。

你可好？一見我，他主動打起了招呼。

我很好。雖然他出現在對方的陣營裡，我有些不快。但因為他鄉遇故知，我還是感到很親切。

你呢？我問。近些年做了些啥？

我很好。他說。我學遍了流行於印度的幾乎所有經典。我跟幾乎所有的大師都辯論過。他們都輸了──不，只有一個，我沒有贏他。因為他記憶力超群，他一字不差地重複了我的辯論內容。只有這一局，我們是平局，別的辯論，我都贏了。

是嗎？我對他說的內容不感興趣。我於是說，解脫跟知識無關。我看重的，是修行的內容，而不是那些佛教知識。

班馬朗說，難道那些知識不是在指導人修行嗎？

他說，你求到的那些儀軌，用觀想在薰染心靈。我學的智慧，是用知識在薰染心靈。這兩種薰染的目的，其實都是一個。

這一說，我倒是對他刮目相看了。

我說，問題不在於知識和實修哪個重要，而在於如何去做，如果你學的那些知識不能應用於你的行為，你的學習有啥意義？

班馬朗打個哈欠，說，我的學習，便是我的行為呀。還有比學習更好的行為嗎？

我們談話時，那個奶格瑪在一旁冷冷地看著我。我發現她也是個美麗的女子，只是因為過於執著，讓她的面部顯得有些堅硬。她的臉上，有著奶格家族獨有的特徵，高鼻，深目，輪廓清晰，十分美麗。

不一會，一個小女孩前來找她。那女孩刻毒地望著我。我知道這定然是她的母親教調的結果。那些年，我老是遇到這類眼神。他們是典型的宗教狂熱分子。他們認為只有自家碗裡的雜碎是真理，別的缽中盛的，定然是謬誤。他們拒絕所有跟自己見地不一樣的知識。他們打著護法或是衛道的旗號行事。他們義正辭嚴，崇高無比。他們一腔熱血，毫不妥協。他們一手拿著他們視為真理的經文，一手舉著消除異己的屠刀。他們眼中最好的胭脂，是異見者的鮮血。

那時，我並不知道，正是這個小女孩，毀了我那時的幸福。

④ 詛咒和屠殺

糾紛首先在各自的信徒間爆發了。

一天，對方的一群信眾來到我家門口，他們呼起口號：「假奶格瑪滾出去！假奶格瑪滾出去！」其聲如雷，喧囂無比。我們的弟子們也一湧而出，呼起相同的口號。那相同內容的聲響此起彼伏，震動天地。

自那以後，我發現房前屋後的鮮花都漸漸萎死了。它們像沒有愛情滋潤的怨婦那樣乾瘦，像沒有火焰的蠟燭那樣呆板，天地間不再有鳥鳴，不再有花香，只有那驚天動地的噪音。

那天，我的兒子第一次使用了惡咒。對方的一個弟子口吐白沫，栽倒在地。那外相，就跟你們後來說的心臟病一樣。

我馬上制止了兒子。我不想叫他把密法用於詛咒和屠殺。

兒子反駁說，我的誅殺是另一種意義上的慈悲。我在殺他的同時，已將他度往空行佛國。

不行！我對兒子說。無論結果如何，我也不同意外相上的屠殺。

兒子很不高興。我知道，我說服不了他。那時候，他快十八歲了。你知道，這正是一個自以為是的年齡。我只希望，無論有什麼樣的糾紛，都不要介入殺心。我知道，殺心一起，永無止息。冤冤相報，何時得了？

我不知道我家的奶格瑪那時有啥想法。她沒有制止兒子。但也許她知道，她制止也沒有用。面對一個十八歲的自以為是的兒子，母親的影響力是

很有限的。

後來，我們知道，對方的那些信徒，其實是那小女孩煽動的。

也許，她以為，只要將自家的奶格瑪辯論成真的，將來她就可以坐享其成，以奶格瑪繼承者的身分登上寶座。

⑤ 女子發出的黑咒

兒子的壽難降臨於某個黃昏。那天，他路過一個果園。那女子正在摘果子。跟她一起摘果子的，還有那一大幫弟子。他們一邊摘果子，一邊詛咒我們。其詛咒的方式是在一句惡咒後邊加上我們的名字。有意思的是，他們並不知道我妻子的真實姓名。於是，他們只好在惡咒後面，加上一句「假奶格瑪」。

我兒子於是笑了，他說：你們不是在自己咒自己嗎？

那些人停止了詛咒，一起訓斥我兒子。

兒子惱了，一跺腳，一樹的果子落地了。

那女子顯然也不是吃素的。她嘿了一聲，那些果子又上了樹。

兒子便放出了惡咒。

我兒子放出的惡咒是一束束憤怒的意念。它依託語言和觀想，承載著諸多的你們後來稱為暗能量的那種物質。

任何修煉有成者，都知道，意念是有能量的。人的思維同樣有能量，它會構成一個思維場，波及它能夠波及的區域。

你說惡咒是一種巨大的能量波？你當然可以這樣認為。你說它調動的是一種有摧毀作用的暗能量？也沒錯。這世界，本來就是一個象徵，可以由你隨意解釋。你可以用任何你願意的語言去解釋。只要你解釋得通，並且得到世界的認可，你就是大哲學家或是大科學家。至於真相，那是另外的事。這世上的真理便是無常。你的所有解釋，其實都離不開那真理。

那一次，是兒子先放出惡咒，咒力直達那女子的心輪。那所在，安住著不壞明點。它是靈魂的寓所，也是轉世的物質基礎。只要惡咒擊中那所在，便會摧毀其本有的程序。

於是，女子吐血了。

對方的那些弟子又驚又怕，面如土色。一個大膽的漢子吼道：咄！瓊波巴的兒子，你老子咋教你修菩提心？你咋能這樣對待一個女子？

兒子不好意思，馬上收回了咒力。

但他卻忘了保護自己。要知道，許多瑜伽行者都要觀修一個防護輪。那防護輪，由觀想完成，是由心輪發出的許多金剛杵相疊而成，密不透風，烈火熾燃，除了佛的智慧之外，任何邪魔都進不來。兒子觀修的防護輪非常堅固，如同無上的鎧甲，但在那個被人譴責的瞬間，他忘了觀修防護輪來保護自己。

於是，他中了那女子發出的黑咒。

兒子大叫一聲，口吐鮮血，倒在地上。

⑥ 瘋狂的女孩

那時節，我正跟奶格瑪畫壇城。我們準備閉關修增法火供，以增加自己的影響力。那時我們已經感到了危機。由於對方增加了有著「大師」之稱的班馬朗，從而贏得了無數的信眾。要知道，對陌生的畏懼，也是人類的本質之一。班馬朗口中吐出的那些叫人們如墜雲霧的辭彙，讓那些淺薄的眾生目瞪口呆、如癡如醉。

此外，他講了許多順應人們根性的內容。他借助大量的知識，闡釋著跟我們不一樣的教義。他反對無身空行母講的大手印智慧。他否定人頓悟的可能性。他認為，人是不可能頓悟的，人必須從凡夫經過嚴格的修學，由次第而入，一步一步苦修，才能達成覺悟。他堅決反對大手印。他建立了一套嚴格的修學制度。正是這套制度，填充了許多行者的生命空間，也滿足了那些渴望盡可能多地學習佛教知識的人的願望，對方於是贏得了越來越多的信眾。

說句心裡的話，班馬朗的那套做法，我也是首肯的。眾人根器不一，病根不一，藥方當然也不一。但他否定無身空行母傳的大手印，也是不對的。

我家的奶格瑪講的道理，跟我從無身空行母那兒學到的如出一轍。我不知道究竟哪個是源頭。雖然我沒完全究竟離欲，但我已看到了真理之光，我已經知道了方向。所以，對於班馬朗一棍子打死的做法，我也是不隨喜的。

更叫人不能接受的是，班馬朗的那些弟子個個擅長著述，皆是著作高手。他們寫了大量的文章，印成了傳單，到處散發。他們甚至憑藉風箏之類的方便，將那傳單撒到我們的上空。每天清晨，我們的院落裡就有雪片似的傳單。那些文章旁徵博引，論證嚴密，有著很強的煽動力。不久，我們的

二十多位弟子便對自家的教法沒了信心。有更多的弟子，既捨不得我們的密法，又願意接受對方的哲學。你知道，一種教法必須要有一種宗教世界觀作為支撐。大手印有大手印的見地，而班馬朗的哲學只適合於修習班馬朗教法者。由於班馬朗哲學的干擾，我們的許多弟子已經丟失了修習時的覺受。那些覺受如重寶般珍貴，一旦丟失，是很可惜的。要是他們對自家的教法產生疑惑，就等於壞了信根。從宗教角度來看，那災難，真是毀滅性的。

我們想做增法火供，就是想借火供之力，調動神祕的護法力量，來遏制對方瘋狂的勢力。

那時節，我們也知道，對方也在念誦一種儀軌。他們也在以自己的方式，向一種比人類更偉大的力量進行祈禱。

我們還知道，那個瘋狂的女孩，還在煽動更多的力量，想用暴力手段將我們消滅，或是將我們趕走。他們人數眾多，十分狂熱。他們打著真理的旗號，召集了很多熱血青年，準備了棍棒、刀具和皮鞭。要是拼人數，我們是比不過他們的。

我們只能憑藉法界之力。我們準備了非常豐盛的供品。你一定要知道，任何法界的神靈或是菩薩甚至佛陀，他們定然喜歡那些豐盛的供物。他們有的在乎實物，有的在乎你的態度。無論如何，你的供養要十分豐盛，才能代表你相應的虔誠。你別想供一個銅板，卻想得到金山。那不叫供養，那是貪婪。

但就在我們剛畫好增業壇城時，兒子摀著胸口，踉踉蹌蹌，進了屋。

兒子口角流血，面色青紫，很是危險。我做了息災法事，雖然減緩了許多症狀，但我解除不了那惡咒。

夫人入定觀察，發現這世上只有一個人能解除那種黑咒。那是一個空行母，名字也叫「班蒂」，我不知道跟莎爾娃蒂說過的那位，是不是同一人？她的外相是一個裁縫。她是一個密修成就的大師，最擅長息災。她可以延續具緣者已斷的慧命和壽命。

夫人告訴我，那位空行母正在吠舍離。那是佛陀第一次接受女眾出家的地方。以是因緣，那兒集聚了無數的空行母。

於是，我叫夫人照顧兒子，自己跟女兒一起，前往吠舍離。

第**26**章　　吠舍離的妓女

① 追趕僧團的女子

　　我趕往吠舍離的時候，步履匆匆。雖然走了多久記不清，但在我的印象中，路途是十分遙遠的。

　　我看到了另一撥同樣步履匆匆的人。她們是一群女人，打扮得十分華麗，卻顯得狼狽不堪。她們來自釋迦族的王宮，有著高貴的血統，並親耳聆聽過佛陀的教法。她們已經明白，世間的一切猶如幻化，並洩洪般遁向未知的虛空。她們看破了那種虛幻，不想再混日子了。就像你在《西夏的蒼狼》中寫過的那個叫紫曉的女子一樣，她們不想再混下去了。雖然享受著五欲妙樂，她們卻感覺不到一點兒快樂，找不到一點兒意義。她們想過另外一種生活。她們明知道那種生活在世俗人眼中苦不堪言，卻仍然義無反顧地走出了華麗的宮門。

　　我從人群中發現了一個年老的女子，她是佛陀的姨媽，叫摩訶闍波提，意思是「大愛道」。佛陀的生母死後，正是這女子養育了佛陀，她是佛陀真正意義上的母親。她有著溫柔的舉止和善良的天性，她是真正能母儀天下的人。在她的丈夫淨飯王離世後，她失去了在紅塵中混下去的興趣。她想出家，想遠離五欲妙樂，去追隨自己心愛的兒子和崇敬的導師。

　　一天，佛陀來到他的家鄉布道，摩訶闍波提和宮中許多女子一起，聆聽了佛陀的獅子吼聲。清涼的法音震去了蒙在她心頭的烏雲，她產生了極強的出離心，便想出家。她向佛陀提出了出家的要求，但佛陀拒絕了她。她提出了三次，佛陀拒絕了三次。佛陀說：「你們用不著出家。你們只要有一顆清淨之心，在家修行，照樣能離苦得樂。」

　　我知道，摩訶闍波提夫人請求出家的那時，女眾出家的條件還不具備。佛陀跟其弟子一樣，大多時間在行腳，出則荒郊，住則墳地。要是女子這樣，會招來無數歹徒的。此外，那時的印度，女子地位低下，是男子的附庸。《摩奴法典》中如是規定了女人的行為：「女性幼時在父親的監督之下，青春期處在丈夫的監督之下，老年時處在兒子的保護之下，女性絕不可任意行動。」要是佛陀收留女子出家，紛飛的唾星會淹沒僧團的。

　　於是，佛陀不准她們出家。

摩訶闍波提召集了幾百名願意出家的女子，想一起去佛陀的住處，向佛陀祈求。但等她們趕到時，佛陀已經離開了。

我看到的，正是去追趕佛陀的釋迦女子。她們嬌弱的步履濺起無盡的塵埃，模糊了間隔一千多年的歷史時空。我聽到了她們的吁吁嬌喘，看到了她們粉汗如雨。我很是感動。我的女兒當然無動於衷，她正沉浸在仇恨之中呢。她恨那個傷害了她弟弟的女子。仇恨的目光總是很短淺，它當然穿不透千年的煙雨。

我還看到了一個美麗的女子，叫耶輸陀羅。這名字雖然陌生，但我要是換一種說法，你定然會想起她的故事。她便是佛陀出家前的妻子。每當我想到她在某個清冷的早晨，一覺醒來，發現自己心愛的丈夫不知何往時，我的心總是抽疼不已。我總能體會到這女子抽腸碎心般的疼痛。那時節，她只有二十多歲。雖然車匿帶來了丈夫已出家的消息，她卻總是不死心地等待著。她每天都在保護自己的容顏，用牛奶洗面，用香草淨身。她期待著另一個早晨醒來，在枕旁能看到丈夫那張俊美的臉。

她就是在那種期盼中度過了多年。

一天，她聽說佛陀成道了，要回到家鄉。她很高興，心中溢滿了甜蜜。那時，她還不明白成道的含義。她覺得丈夫找到了他想找的東西之後，該回家了。就像外出打漁的漁父總是會滿載著收穫回家一樣，丈夫既然找到了他需要的東西，就該回家享受天倫之樂了。於是，她甜蜜的心中溢滿了陶醉和期待。

那時，她的手頭還有一個寶貝，便是她的兒子。兒子很可愛，有著天使般的品質，潔白的眼眸裡貯藏著母親無盡的幸福。她相信，佛陀定然會喜歡他的兒子。定然是的。她想，佛陀可以不在乎她，但不能不在乎兒子——那是多麼可愛的兒子呀。

她甚至相信，在兒子的一聲呼喚之後，他便會長歎一聲，息了那遠行之夢。

她終於看到了夢到過無數次的那張臉，那張臉上寫滿了慈悲。她很喜歡這慈悲的氣息，但她找不到她所期待的東西。她希望看到哪怕一丁點兒的心照不宣的暗示，可是沒有。這張臉上的微笑像晴空般純淨透亮。同時，她還聽到了一種從來沒有聽到過的從容安詳的聲音，其內容她似懂非懂，只覺得清涼無比。

她輕輕地吁了一口氣，將目光轉向兒子。兒子很聽話，真的撲向了父

親。她期待父親張開雙臂，擁抱兒子。她希望他像無數的父親那樣，將兒子舉過頭頂，發出一種含糊的幸福的呻吟。她當然想不到，兒子在撲向父親的時候，居然有著另外一種心思。

在距父親幾米遠的地方，兒子竟然跪了下去——像無數前來朝拜佛陀的人一樣。最令她意外的是，兒子竟然也發出了請求——

我要出家！

我看到，那一刻，她如遭雷殛。

這一刻，我也如遭雷殛，我忽然想到了莎爾娃蒂。我想，莎爾娃蒂經歷的相思之苦，定然也不遜於耶輪陀羅。我的心一陣陣抽疼。

我不知耶輪陀羅如何度過兒子離開她的那些日子。直到她也打定主意出家時，我才鬆了一口氣。

我發現她在追趕的人群中很扎眼。她真是美麗無比。路旁有無數的外道望著她們。等他們得知她們追趕佛陀的目的時，外道們發出一聲聲喝采。那當然是倒采。那時的僧侶，大多跟外道同處一個密林或是屍林。你想，即使到了你的時代，若幾百個女子像瘋了一樣追你雪漠時，人們會如何看你？更何況，兩千年前的那時。那倒采聲，真的是驚天動地呢。

那些女子揮汗如雨地追著。無論她們如何用力，卻總是距佛陀和他的僧團有一天的路程。她們的身上濺滿了泥濘。她們的頭髮已散開，在風中彗星般飄舞。她們餓了吃一點零食，渴了接一點雨水。她們追了千里萬里。她們追了千年萬年。終於在一個時刻裡，追進了歷史。她們只希望歷史給她們一個陌生的名字——比丘尼。

我看到佛陀慈悲的臉上溢滿了冷漠。那冷漠是岩漿上面的地殼。他同樣聽到了沿途外道喝倒采的聲音。他多次聽到過這樣的聲音，其中最大的倒采聲是他將優波離收為弟子的時候。優波離出身賤民，是「不可接觸者」。按當時的規矩，賤民踩了貴族的影子，都要處以極刑。當時的人認為，「不可接觸者」是世上最不吉祥的生物，跟他們接觸，會一生倒楣，甚至墮入地獄。所以，當佛陀將優波離收為弟子時，整個世界一片譁然，一些弟子甚至因此而遠離僧團。

這一次，要是佛陀將女人收為弟子，那真是一齣更好看的戲呢。

大愛道夫人再次祈請，佛陀仍漠然拒絕。佛陀這樣說：「你們可以剃除頭髮，披著無條縫的袈裟，在家清修，一樣能得到清淨的身心。」

大愛道老夫人絕望至極，失聲痛哭。幾百位釋迦女子也失望地抹淚。

這時候，一個僧人走了過來。直到千年後的今天，他仍然受到無數尼眾的敬仰禮拜。

他便是阿難。

我去試試。他說。

他走向佛陀。

他一次次地用他獨有的智慧和語言跟佛陀交換意見。佛陀先是拒絕，最後首肯了。他制訂了一系列非常嚴格的行為準則之後，允許那些女子出家。

以是因緣，我女兒最敬重的人，也是阿難。

雖然她修的是我傳的密法，她常常供的，卻是阿難。

② 芒果樹的保護神

我還看到了一個妓女。由於她的存在，吠舍離顯出了別樣的溫柔。那女子儼若天人，蓋世無雙。沒有一個男人能擋得住她的體香，沒有一個男人能經得起她的軟語。她亮起歌喉時，所有的百靈鳥都會啞了。她的門前有無數的車馬，各種身著華服的男子進進出出。

沒人不知道她的名字，她叫庵沒羅波利，意思是「芒果樹的保護神」。她住在芒果林中，那兒離吠舍離約一個時辰的路程——按你們現在的演算法，大約有八公里。其住所富麗堂皇，豪華無比。那時節，所有的女人都痛恨這女子，因為她們老是聽到丈夫的夢話，內容都跟這女子有關。據說，連那時的國王，都想醉死在芒果林中呢。王后一提這女子，便噴出無量的醋意。

誰也想不到，這個在世人眼中骯髒的妓女，卻有著世上最乾淨的心。一天，她外出時，佛陀行腳到她的芒果林。那時節，佛陀已年過八旬，垂垂老矣。女子聽說佛陀來了，她馬上從外地趕往芒果林，想聆聽佛陀的教誨。佛陀像父親一樣微笑著，向她講述終極的真理。妓女感到十分清涼，生起了極大的信心。於是，她希望佛陀給她一個機會，讓她能在次日中午，供養佛陀和他的僧團。對此要求，佛陀默然受請。

這消息傳出之後，同樣是一片譁然。無上尊貴的佛陀，怎能接受一個妓女的供養？許多人很是憤怒。他們想了很多辦法，最後他們提出，希望由貴族們給妓女十萬金錢，來換取這一次供養佛陀的機會。

但庵沒羅波利拒絕了。

正是從這拒絕之中，我看到了她無與倫比的高貴。

庵沒羅波利將華麗的住處拾掇得無比清潔，並置辦了許多美食。她盡了最大的氣力，將自己對佛陀的敬仰化為美食和行動，在歷史上留下了一個美麗的瞬間。

佛陀接受了她的美食。她接受了佛陀的真理。她終於明白，她的美麗其實是炎陽下的露珠。於是，她嚮往更永恆的真理。她將自己最心愛的豪華房捨供養給佛陀，作為僧尼們修道用的精舍。不久，她便剃去烏雲般的美髮，成了一名如法的比丘尼。

按當時流行的說法，這比丘尼，便是我找尋的那位空行母班蒂的前世。

她雖在佛陀住世時就證得阿羅漢果，但她發了大願：要在無量的大劫裡，以女子相度化眾生。

我跟女兒跑遍了吠舍離的每一個巷道，去尋找班蒂。據說自佛陀度化她之後，她生生世世雖以女身度眾，但不再賣淫，而以縫紉度日。你曾在涼州街頭看到過許多的縫紉女，對，就是那種縫紉女。她們露宿街頭，烈日當空的時候，她們摀著口罩。但在千年前的印度，人們並沒有戴口罩的習慣，於是，風吹日曬之下，班蒂的膚色顯得十分黑。

我們走遍了一條條巷道，觀察著一個個縫紉女。她們都是尋常的縫紉女。女兒也觀察著，雖然她俱足了多種神通，但本質上還是個孩子。不經歷人世的滄桑，孩子永遠只是個孩子。

我終於在一個縫紉女身上發現了神奇。那所謂的神奇其實是很容易忽略的。我發現所有的女子線上斷之後，都要用手去接。只有那個瘦弱的女子，只用眼睛一掃，斷線便連成了一體。

我上前去頂禮。那女子冷冷一笑，說，施主，你何必行此大禮？

我說，班蒂空行母呀，我終於找到你了。

女子道，你找我做什麼？

我於是講了兒子的事。她冷笑道，這世上，有一種規律，叫自作自受。沒人能逃脫這一規律。你兒子做了的，還得你兒子去受。

我知道她說得很對，沒有為兒子辯解。要知道，在面對這類空行母時，任何辯解都沒有意義。我只是懺悔，既代我兒子懺悔，也懺悔自己教子不嚴。此外，我只是希望她發菩提心，解除我兒子的壽難。

她的臉色才漸漸和緩了。

她入定片刻，觀察了一陣因緣。她說，你兒子的壽難，非尋常壽難，也

非尋常解藥可治。她說，我得去那靈山腳下，找一個巨大的石頭。那石頭中，有一個千年沒見過太陽的金蟾，它的肚子下，捂著三粒冰雹。我必須殺了那金蟾，將那冰雹裝入金蟾腹中，帶回來給你的兒子吃了，他的壽難才會解除。只是，你兒子的時日只剩下百天了，在百天之中，我既要趕到那兒，還要破開石頭，更要趕回來，我不知時間夠不夠用？

望著我一臉的沮喪，她安慰道，你也不用擔心。盡力吧。你可能不知道，你的兒子，也曾三次當過我的兒子，我跟他有緣。他的事，我非管不可。百天之內，我會找到你家的。

說完，她便離開了我們。

③ 毒蘑菇的助緣

我叫女兒回家，跟她媽一起，守護弟弟。

我則在吠舍離繼續尋找奇人。我想，多一位奇人的保護，兒子便多一份安全。你也許能理解做父親的心。

我真的在吠舍離發現了一些奇人。我看到一個沒頭的人，他的眼睛是兩個乳頭，他的腹內傳出誦經聲。我甚至能聽出那是《大般若經》。我還看到一位奇人，他的心口處有一個木塞，拔下那木塞，就能看到他心輪上的佛國。他點燈時，根本不用火柴，只消拔了木塞，一束光明就會激射而出，點亮燈燭。而另一個奇人的胸前掛了一面鏡子，任何人都可以從鏡中看到自己的未來。你要是覺得不滿意那未來，就可以走入鏡子，修改那情節……還有很多，我不一一說了。你別問我是不是真的，我眼中，已沒有真的了。一切皆真，又一切皆幻。

我向他們乞求保護我的兒子，他們都說因緣不在他們那兒。

但那個胸帶寶鏡者卻答應讓我回到我的過去。他沒有要我的金子。他說在千年前的某一天，我跟他同在一個僧團，以是因緣，他不要我的任何東西。

我進了那鏡子。

我發現自己行進在千年前的吠舍離中。跟我同行的，還有許多僧人。我看到兩樹間有一張吊床，床上臥著佛陀。看上去，佛陀已經很虛弱了。那時節，他老是說：阿難，我背疼。每當看到這時，你總是會流淚。這是《阿含經》中常見的內容。你雖然也喜歡神通廣大的佛陀，但你更喜歡這位雖為背

疾困擾但仍在行腳教化的老人。

我看到阿難在流淚。那時他還沒離欲。他老是擔心佛陀會離開自己。他像沒成年的孩子那樣，最怕佛陀不告而別，辭世而去。望著佛陀，阿難流淚不止。他說，佛陀呀，你患病的那時，我最怕你離開我們。不過我想，佛陀絕不會不留下最後的教言就離開我們的。正是這一點，才伴我度過了那段可怕的日子。

那時節，我也有著同樣的心緒。每次想到佛陀終究會離開我們，就覺得日月無光了。我不能想像沒有佛陀的日子。我想其他僧人也定然這樣，他們的眼中滿是期待。他們當然希望佛陀能永久住世。但他們同時明白，這世上，只有永恆的真理，沒有永恆的生命。

佛陀慈愛地望著阿難，也望著我們。他當然知道我們的心思。那時節，佛陀說了很長的一段話，它既保存在巴利文《大般涅槃經》中，也保存在我相對永恆的記憶裡。

垂老的佛陀越發顯得慈愛無比。他的聲音越加祥和，彷彿黃昏時日光的輕拂。那是吠舍離最難忘的一段時光，佛陀在此留下了最後一次開示。

佛陀的聲音和緩而溫柔。他說，阿難呀，你們雖然希望我留下最後的遺教，好指導你們脫離苦海，直達涅槃之城。我理解你們的心。要知道，我的真理已或隱或顯地全部講給你們了，我沒有一點點的隱瞞。在對真理的弘宣上，我沒有一點兒吝嗇之心。

阿難，世上有人會認為自己能夠成為僧伽永遠的依怙，我可從來沒這樣的心。要知道，如來的色身也是無常的。現在我年已老，體已衰，壽命漸盡。我的身體像一輛破車那樣快要散架了，即使我勉強地護理，也使用不了多久了。阿難呀，如來的身體尚且如此，你哪能找到永遠的依怙呢？

阿難，要以自己的真心為明燈，要以自己的真心為依靠，不要依靠外物。要以真理為依靠，不要依靠其他無常之物。只有以真理、真心和佛法為依託時，你才會有真正的皈依。此外，世上找不到真正的能永恆依託之物。要安住真心，精進行持，你才有可能到達安樂之彼岸。

但佛陀的開示，仍然解除不了阿難的惶恐。那時節，阿難還沒有離欲，一想到佛陀會永遠地離開他，他便會痛苦地流淚。他不敢想像沒有佛陀的日子。是的，沒有太陽的天空還算天空嗎？阿難的淚不停地流，不停地流。佛陀於是想，連常在身邊侍奉的阿難都這樣，那些入佛門時日無多、修證尚未窺到門徑的比丘，會是怎樣地不知所措呢？於是，佛陀叫阿難召集吠舍離附

近的所有比丘，進行最後一次開示。

於是，吠舍離以佛陀的最後一次轉法輪而為歷史銘記。

佛陀說，諸比丘，我在三個月後將要入滅，我所說的法，你們要善思、善修、善行、善傳，以便法輪久住，利益無量眾生。要知道，世間諸法，皆是因緣和合之法，沒有永恆的本體，它們是定然會壞滅的，不可執著。現在，我的壽命將盡，終將會離你們而去，你們要依靠自己的真心，精進修持，守持戒行，思維真理，就能超越輪迴之苦，證得寂靜之樂。

我看到佛陀慈悲的臉上充滿了期待。

為了紀念佛的最後一次集中說法，多年之後，孔雀王朝的阿育王在這兒豎了一個石柱，高約丈餘，頂端有蓮花，蓮花上蹲著一隻獅子，面向西北方，威風凜凜地發出吼聲。這石柱已矗立了兩千多年。由於其工藝極美，超群絕倫，引起後人無窮的猜測。那些學者甚至認為，當時的印度，不可能有如此高水準的雕刻。

吠舍離的風捲著落葉。高遠的天空上，有一輪白日在風中瑟索。

不久，一個鐵匠得到了一些很美麗的蘑菇。他捨不得吃，要供養佛陀。佛陀不忍拒絕鐵匠的好意，就隨緣應供，但他叮囑別再叫其他僧人吃。此後，佛陀就便血了。我發現鐵匠懊悔萬分，佛陀安慰他說：這世上，有兩種人功德最大，一種是佛成道時供養他的人，一種是佛涅槃時供養他的人。

藉著這次毒蘑菇的助緣，佛陀示現了涅槃。

④ 耶舍尊者

在那面能夠穿越時空的鏡子中，我看到了一位老人，他便是耶舍尊者。他是上座部的長老，德高望重，成就非凡。他淨守著心中的覺悟，走了過來。

跟著那老人的腳步，我看到了吠舍離的地貌。我發現，它是一個平原上的村莊，天高雲淡，一馬平川。你也許聽過一部史詩，叫《羅摩衍那》，書中有個善良的國王吠舍羅，便是吠舍離人。

吠舍離雖是古印度的六大古國之一，但我看到的它，早已沒了往日的繁華。它更像一個草原，昔日的輝煌早化為遺跡了。這兒古遺址很多，但沒人在乎了。驢子們在草地上吃草，為了防止它們逃遠，主人將韁繩拴在它們的腿上。這樣，它們就只能低頭吃草，很難奔馳了。

耶舍尊者也看到了那些驢子。他想到了世上無數被欲望的韁繩拴著的驢子。那韁繩，多像輪迴啊。

老人走過一個巨大的水池，長方形，水很清，倒映出天空的白雲。微風拂過，水起漣漪，透出無窮的清涼。這裡曾來過許多國王，他們在當國王之前必須行加冕禮。他們先在池中沐浴淨身，並塗抹香油，經加冕之後，他們才有了為世俗認可的合法權利。

老人看到了一座佛塔。那只是一座小磚塔，很像一個覆缽，約有兩丈多高。老人向佛塔合掌頂禮。我知道那便是佛的舍利塔。一百多年前，八個國家分取了佛的舍利，離車族也得到了一份。他們就在此處建塔，供養佛舍利。老人並不知道，多年之後，這塔也會毀於戰火。他更想不到，千年之後，佛教也會在這塊神奇的土地上瀕臨絕跡。

老人又向另一個小塔頂禮。這便是阿難舍利塔。佛陀入滅後的多年裡，阿難也是行腳四方，傳播真理。一日，行到某處，聽到一沙門正在誦經文，經文義理混亂，錯誤百出。阿難糾正，卻叫那沙門搶白了一番，嫌他老糊塗了。阿難便想：眾生愚昧難化，正法不能清淨。以前諸多的同修大多入滅，只剩下我老朽一人，與其討人嫌，不如入滅吧。於是，他離開行化的摩揭陀國，想度過恆河，到吠舍離去。不料，兩國國王聞訊，在恆河兩岸各布兵馬，都想請阿難到自己國家去圓寂。阿難怕引起戰火，遂使神通，飛在恆河上空，用三昧真火，自焚其身，更將舍利分為兩份，一份落於摩揭陀國，一份落在吠舍離。吠舍離國於是建塔供養。

老人又走過一個水池，那便是佛經中講過的獼猴池。佛陀曾在此宴坐禪定，諸猴很是高興，大家一起努力，用爪子掘地成池，供養佛陀。一隻猴子更取了佛陀的缽，到樹上取了蜂蜜供養佛陀。佛陀應供之後，猴子很是開心，上躥下跳，不料失足，落地而死。但因供養的功德，其神識馬上升天，成為天人。

最後，老人的步履停在一座巨大的僧院前。

他看到了一件他不想看到的事，一位僧人竟向信眾要錢。僧人在缽中盛了水，告訴人們，只要把錢放入水中，便是淨施，就會得到巨大的福報。

老人憤怒了。

因為在佛陀的戒律中，是絕對不允許僧人收受金錢的。

老人步履匆匆，走向四方。他批評了那些明顯犯戒、收受金錢的僧人，卻受到了很多人的嘲弄。他還發現了十件不可饒恕的事。佛教史上，稱之為

「十事」。

在耶舍尊者的倡議下，七百多位僧眾來到吠舍離，進行了佛教史上的第二次結集。上座部的長老們將所謂「淨施」等十件事判為非法，但那些一般僧眾卻不服氣。從此以後，佛教分成了兩大系統，一個是「西方上座部」，另一個是「東方大眾部」。

這是佛教歷史上第一次大的分裂。從此之後，佛教進入了部派時期。樸素的原始佛教，漸漸淡出了人們的視野。

⑤ 不死之藥

我在吠舍離尋覓了很多天，雖然見到了一些奇人，卻沒有找到真正能解除我兒子壽難的人。

我只好回了家。兒子仍是萎靡，一副失魂落魄的模樣。女兒很憤怒，時不時就咆哮不已。她很想去復仇，但我和妻子勸阻了她。我想，時下，首先應該做的，不是復仇，而是救兒子的命。

我陷入了巨大的焦慮之中。這是我近些年從來沒有發生過的事。兒子的病，佔據了我生命的時空。

在遇到此事之前，我還以為自己修行有成了。自司卡史德為我開示心性後，我一直覺得自己能控制自己的心。我甚至將那種安詳當成了成就之後煩惱的息滅，沒想到，一遇到事，我仍是把持不住自己的心。這一事實本身，很是讓我難受。

我一直在做息法火供，希望能息滅兒子的命難，但我發現收效甚微。兒子有種被抽乾了精髓後的萎靡。他木木地坐著，眼珠許久也不見動一下。以前那個調皮驕傲的兒子不見了，只剩下一個活死人──這個詞讓我的心一抖──似的軀殼。

除了做一些息法火供外，我們一家都在焦渴中等待班蒂空行母的到來。

那時節，憂愁和焦慮籠罩著我們一家，我這才真正體會到那「紅塵如火獄」的說法。我晝裡夜裡都想著兒子的病。我想，我不能沒有兒子，我不能眼睜睜看著愛子萎靡而死。我拚命修我以前求到的息災法，但因為失卻了心的清淨，所有的修法都沒有感應。妻和女兒也做著息災火供，家裡老是烏煙瘴氣，更增添了心的熱惱和煩悶。

但很快，我的幻想就被打破了。

班蒂空行母倒是真的找來了藥。她度過九十九條河流，翻過八十八座大山，終於找到了能解除壽難的不死之藥。它藏在一塊從亙古的大荒裡留下的石頭裡。那是像金剛座一樣堅硬神聖的石頭，有著花崗岩的堅硬，有著鑽石的尊貴，也有著水晶的玲瓏。那石頭沒有縫隙，渾若天成。石頭中間有個窪處，窪處有一隻金蟾。那金蟾常年禪定，已定了億萬年之久。金蟾的腹下，是三粒冰雹狀的不死之藥。

聽說，能打開那石頭者，必須是證悟了空性的聖者。在聖者眼中，無論是花崗岩還是別的，無不如夢如幻，毫無實質。當世間的執著消解於聖者的智慧、且因緣俱足時，那石頭才會被打開。

就這樣，空行母得到了那三粒不死之藥。

空行母將藥裝入金蟾腹中，持著寶瓶氣，日行千里而來。她找到了我的村莊。但那天因緣不順，我們正好去了一家神廟許願。以前，我是從來不做這種事的。我眼中，所有求神許願者，其實是一種執著和愚癡。但自打兒子病了後，我也變了。我發現，有所愛，必有所痛。佛陀提倡僧侶出家，自有其用意。自打我有了老婆——哪怕她有著「奶格瑪」的標籤——我便有了世間的許多煩惱。

你當然能理解我的心情。

由於這個原因，空行母沒有見到我們。

我不知道，要是她找到了我，救了兒子，我的生命會有怎樣的變化？

是的，你可以這樣追問：我的兒子要是不死，我的女兒要是沒有後來的災難，我的家庭要是沒有後來的變故，我是不是還是你所熟知的那個瓊波浪覺？

孩子，我不知道。你問你，要是你高中畢業後，到北京上大學，你還會不會成為現在的雪漠？

你也不知道。是嗎？

一切都會變化。世上的一切，都在變化。有時候，一件小事左右的，可能是整個人生。

許多時候，世界歷史的改變，甚至也源於一件件小事。

你不是老講那個故事嗎？某次大戰前夕，馬夫去給國王的坐騎釘掌，由於馬夫性急，一枚釘子沒釘好。戰事正熾時，馬掌脫落，國王因馬失前蹄，摔下馬來。士兵們以為國王陣亡了，就四散潰敗。兵敗如山倒，該國因此滅亡，世界史也從此改變了。

是的。許多事，就是這樣。千里之堤，也潰於蟻穴呢。

我想，要是沒有那變故，我定然會沉浸在溫柔鄉中不能覺醒，我定然會以為自己已找到了究竟真理——要知道，找到究竟真理的含義是改變自己的心和行為，而非僅僅是道理上的明白。雖然那諸多的空行母為我講述過許多真理，但要是它們不能在我的生命中放出光明，照亮我的人生，那麼，一切的所謂真理，就僅僅是一種知識。一個人無論掌握多少知識，要是那知識不能成為他的智慧，他就僅僅是個書櫥或圖書館。無論多大的圖書館，在一場大火之後，都會成為一片廢墟。那大火，可能是貪婪，可能是愚昧，也可能是仇恨。所以，老先人說：「火燒功德林。」

由於遺忘的存在，那所有能夠放入你心中的知識，也會在某一天離開你。只有當知識化為智慧，成為你無法離開的呼吸時，它才會融入你的生命體本身。

所以，對於我的一生來說，空行母的那次錯過，很難說是一個悲劇。

❻ 獅面空行母

雪漠，你順著我心靈的淨光，跟我進入那個時空。

是的。你看到的那個相貌十分醜陋的女子，便是班蒂空行母。她也被當地人稱為獅面空行母。後來，在流行於藏地的唐卡中，你會看到那形象。她是許多成就者的大護法，在日後某一天，她也會像小女子對待主人那樣聽命於你。你別被她的外相迷惑……是的，她顯得很凶，但那凶其實是一種無畏的情懷。是的，她顯得醜，但那美醜的概念其實是人們的分別心。在我眼中，她確實像天仙一樣美麗。在無數被她拯救了性命的人眼中，她是光彩四射，美麗無比的。

她屬於世間空行母。當然，這並不是說她不能證悟空性，而是說她發願以世間空行母的形式利益眾生。

她正走向我們家。

瞧，那個隱藏在美麗林闊中的木屋，正是我那時的家。

別問我它是不是真實存在，對於那時的我，它當然是真實的存在。但對於我們此刻的敘述，它僅僅是一種記憶。

要知道，世上所有的存在，都會化為記憶。

至今，對那個木屋，我還是心存感激。雖然在我的生命中，它代表一種

過去，而且，這過去在世上許多人的眼中，是一種負面的經歷，但它何嘗不是促使我明白的另一種助緣？沒有這段經歷，我便不是瓊波浪覺。同樣，沒有你被別人詆毀的那些經歷，你也不會成為雪漠。

有一天，你的妻子會對你說，你是世上最「惡」的男人。她會說，她二十多歲時，你叫她等待；她五十歲的時候，你仍然叫她等待。你會說，這是你的選擇。你選擇的，並不是一個不需要叫你等待的人。她選擇了雪漠，也就選擇了雪漠的全部。是的。真是這樣。同樣，你的弟子選擇你的時候，也等於選擇了你的全部，他們選擇了你的榮耀和輝煌，也同時選擇了別人對你的詆毀。這光明和黑暗的兩面，構成了你的全部人生。

同樣，我也一樣。當你面對瓊波浪覺時，其實是面對著我的全部人生。你選擇我做你的上師時，也選擇了我的全部。這全部，就包括了我在木屋裡的那段人生。雖然那是我很遺憾的一段時光，但你要知道，許多時候，我其實別無選擇。

我們接著看那淨光。

你瞧，那獅面空行母遇到了仇人家的女子。

空行母問，你知道瓊波巴一家去哪兒了嗎？

那女子撒謊道，他們一家去屍林了。他們的兒子三天前去世了。他們去送屍。

空行母一聽，失望地大叫，我來晚了。她懊惱地扔了金蟾。

那金蟾劃著弧線，才到空中，就被環伺的非人吞了去。

在當時的印度，老是發生這樣的事。那時節，世上流行密教，也流行很多傳說。你當然也可以將我的經歷當成一種傳說。有時候，傳說便是真實。當許多真實存在過的生活場景消失之後，傳說便佔據了時空。傳說其實比真實的生活更真實，也更有力量。要是一種生活沒能成為傳說，對於世界來說，它便沒有存在過。世上流行和能夠傳下去的，只能是傳說。它以口頭、文字或是影像等多種形式，以「傳說」的形式，承載著一種逝去的存在。

你同樣別問那金蟾的真實與否。這世上，傳說便是真實。我當然沒見過那金蟾。但獅面空行母說她見過，便是見過了。

世上許多人也沒見過獅面空行母，但你雪漠見過，同樣也便是見過了。

難道不是嗎？

記得某一天，一位記者說你在《大漠祭》中的那些方言不一定準確。你說：不管準確不準確，以後就以我的為準了。……呵呵，確實是這樣。涼州

的諸多存在消失之後，能留下的，只有你的文字。世人是找不到逝去的存在的，他們能找到的，只是你的文字。他們當然會以你的文字為準。

那金蟾和不死藥的故事，也是這樣。

若是有人要問，它們是真的還是假的？那問者定然是個愚人。因為智者都知道，這世上的一切，都是一個巨大的幻化遊戲。那生者，那死者，那流動的一切，無不示現著一種飛快地消逝的虛假。一切，終將成為記憶。大部分被遺忘了，留下的，就成了傳說。

⑦ 信仰殿堂的倒塌

後來呢？

後來，是一連串的血腥。班蒂空行母追殺那女子，那女子的家族進行了復仇。冤冤相報，血腥滿天。我最心愛的女兒，也死於一場相互的詛咒中。

關於那詛咒，你已經留下了許多文字。你當然熟悉那些詛咒的儀軌。記得你說過，雖然不同的教派有著不同的詛咒，但其實質，多是借助某種神祕的儀軌，激發行者心靈的仇恨，調動宇宙中跟它頻率相若而能達成共振的暗能量。這當然是你的解釋。我知道，你的解釋是一種順世的方便。你會想，既然科學家承認宇宙中有百分之九十六的暗物質和暗能量，你就不妨這樣來解釋。但要記住，世上所有的解釋──包括科學和宗教──僅僅是一種解釋。解釋永遠代替不了真相。解釋的作用是幫助人們了解真相。解釋不是真相。每個人的心中可以有不同的解釋，但真相是無相的。那真相，也叫實相。

記住，能說清楚的，永遠不是真相。

真相是永遠說不清的，但你可以用智慧接近它，甚至融入它。

對於那一場場血腥的詛咒，我有著噩夢般的記憶。

先是兒子死了。

兒子死得很慘。他面如黑炭，骨瘦如柴，弓著身子，抽搐多日，才斷了氣。

妻哭得也差點斷了氣。

雖然妻有著天人般的容貌，很像我心中的奶格瑪──在兒子被詛咒之前，我一直將她當成了奶格瑪。你要知道，我心中的妻，其實是我按自己的心靈需要塑造的。

　　在你的生活中，不也老是遇到這種事嗎？那些善於幻想的女孩總是將騙子和小人塑造成心中的藝術家和修行人。騙子們四體不勤，五穀不分，更不靠工作養活自己。他們的生存，完全依託女孩們的辛勤工作。那些可愛也可憐的女孩，以為自己在為藝術和信仰做著貢獻，但她們根本不知道，她們用青春、生命和愛情——更有將對方對自己的控制和佔有當成愛情而陶醉自慰者——供養的，其實是一個懶漢和騙子。要是再遇上一個沒有理性的暴徒，或是那女子發現了欺騙卻不能自我救度，再或是由於發現真相、憂鬱入心，進而惡病纏身、喪失健康，這一生也就白耗了。你眼睜睜看著那些充滿嚮往的女子，正撲向打著「信仰」和「愛情」旗號的騙子懷抱，你心痛如刀絞，卻徒喚奈何。你知道，在被「信仰」和「愛情」美酒沖昏大腦之後，她們是連爹媽都不要的。你縱然吼破嗓門，也無濟於事。待得真相大白，生米已成熟飯，兒女繞膝，滄桑入心，只能自認命苦，自嚥苦酒。或有不甘心者，便選擇了離婚，將命運苦果拋給可憐的孩子。

　　這世上，總是充滿著這類遺憾。這遺憾，也成為佛陀發現的真理「有漏皆苦」的最佳注腳。

　　是的。那時的我也一樣。在那時的我眼中，奶格瑪光彩四射，智慧無雙。我甚至將她的一句句尋常話也當成了智慧妙語。我和她進行著自以為是的雙修，還修出了一對可愛的兒女。……呵呵，你別笑。

　　在兒子病了之後，我才發現，這奶格瑪，並不是我找的奶格瑪，因為她並沒有離欲。她為兒子被詛咒而痛苦無比。她為盼望兒子康復而望穿雙眼——她也做了許多祈福禳災的火供。因為我也這樣做了，倒沒覺得她有什麼不妥。我僅僅是覺得，她似乎有些控制不了自己的心。

　　但在兒子死了的那天，我卻對她產生了懷疑。兒子剛一落氣，她便撲上前去，發瘋般地撕扯兒子，想扯回他逝去的生命。你知道，這是不對的。這時節，她應該做的，是安靜。兒子需要安靜而有尊嚴地離去。這時，任何作用於他肉體的行為，對他來說，都近乎屠殺。他雖斷氣，但神識還未離體，每一次被觸動，都如刀割，痛苦無比。而那痛苦，定然會讓他生起嗔心。而那嗔心，是會感召他墮入地獄的。而我的妻子除了撕扯，還大聲哭叫，淚水流溢在兒子身上。這一切，都是讓兒子墮入惡趣的惡緣。

　　若她真是奶格瑪，不會不知道這一點。

　　我還想，她若真是奶格瑪，絕不會這樣失態。她的失態，是因為心沒能自主。要是不能自主心的話，她還會是奶格瑪嗎？

那一刻，我的心中翻江倒海。對我來說，這一發現給我的打擊，比死了兒子還重。

我花費了多年生命找到的奶格瑪居然不是奶格瑪。

於是，我萬念俱灰。你想，還有比信仰殿堂的倒塌更可怕的事嗎？

就在那種幻滅之中，我將僵硬了的兒子送進屍林。當那些狼吞食了兒子的屍體之後，我忽然有些恍惚了：我是不是真的擁有過兒子？

⑧ 可怕的魔桶咒法

再後來呢？

再後來，我像你常常提到的那個托爾斯泰一樣，逃離了自己的家。

需要強調的是，我的逃離，首先源於我的發現。在發現那虛幻的同時，逃離便產生了。

我夢遊般離開了那個村莊，萬相虛朦，我也虛朦。虛朦的我，離開了虛朦的世界。但怪的是，我同時又覺得，自己並沒有離開什麼。在那個瞬間，我忽然發現，自性的本質，其實是無來無去的。

要知道，真正的逃離有兩個階段：一是發現虛幻，二是開始尋找。

我又開始了新的尋找。

對於那個奶格瑪來說，這也許有點殘忍。但我告訴她，待我找到真正的奶格瑪之後，我會首先來度她。

我不知道，她是不是也會變成另一個莎爾娃蒂？我同樣不知道，要是我真的跟莎爾娃蒂結了婚，會不會掉入另一種意義上的魔桶？

當我開始尋找的時候，司卡史德找到了我。

她告訴我：上師找到弟子的前提，是弟子已經開始了尋找。在我放棄了尋找的那些日子裡，她也是不想找我的。信仰只存在於尋找信仰者的心中。所以，老祖宗說：「佛不度無緣之人。」

她告訴了我真相。我才知道，我陷入的，是一種可怕的魔桶咒法。在上師的智慧之光的映照下，我發現，跟我生活了二十二年的奶格瑪，其實是一個尋常女子。我跟她的雙修，也是一種打著信仰標籤的欲望。後來，我沒有像奶格瑪那樣成就虹身，就是因為這段時間漏失了太多的明點。

在那咒法的魔力中，我營造了自己貌似信仰的生活。

在那可怕的魔桶中，我度過了二十二年的時光。跟那個「一枕黃粱」不

一樣的是，那人夢中的幾十年，僅僅是一頓飯的時間。這就是說，那人雖然有了幾十年的夢幻經歷，卻沒有浪費生命。而我在魔桶中度過的，卻是實實在在的二十二年。

在我一百五十歲的壽命裡，當然也包括了這二十二年。幸好有司卡史德上師，我才終於逃出這個魔桶。要是逃不出魔桶，我的一生就耗盡了。據說，以前進入魔桶的人，都沒有再出來。他們在貌似信仰的魔桶中，耗盡了自己的一生。

至今，仍有無數的人，生活在魔桶之中。

雪漠，我的孩子，別這樣望我。

你不能按你作家的意願來要求一個古人。

要知道，那時，我是不知道莎爾娃蒂的心事的。我的心已叫魔桶生活填滿了，再也容不下過去。這當然很可怕。但許多時候，我們是不能左右自己的。我們總是被命運的某種慣性裹挾，像滾下山坡的石頭那樣身不由己。

許多時候，我甚至也將那奶格瑪當成了莎爾娃蒂。

你當然可以用埋怨的眼神看我，但你應該知道，你無法改變過去。同樣，你也改變不了未來。你能把握的，只能是一個個當下。

你當然讀出了莎爾娃蒂的痛——我的心也在痛呢。雖然那痛早已成為過去，但每一念及，我的心仍有一種抽絲般的疼痛。但要知道，正是那份痛，構成了我生命中的巨大詩意。

同樣，那些能讀懂你文字的朋友，也定然會產生相似的感覺。那份痛，還可以換成另一個詞：感動。

⑨ 最殊勝的咒子

司卡史德對我說，那魔桶，雖因外力的詛咒而顯現，但其實質，仍源於自己的無明。那些自作聰明者，總用一種貌似信仰的理由來欺騙自己。那空耗生命的魔桶，便由此而生了。

在魔桶中，你用自己的貌似信仰的聰明，重新創造了那個女子。她的一切，其實是你的期待。這世上，許多人找到的尋覓，其實已被自己的期待異化了。

記住，切勿將生活中的女子，當成你的嚮往對象。信仰的本質是嚮往。能讓你嚮往的對象，必須是不可褻玩的存在。

信仰必須是昇華的愛。沒有昇華，便沒有愛。

兒呀，千萬不要把你尋覓的奶格瑪，當成是尋常女子；更不要將尋常女子，塑造成奶格瑪。奶格瑪就是奶格瑪，她其實是一種不可褻瀆的存在。

日後，你的修煉達到一定境界時，你會需要明妃。那時節，我可以當你的明妃，但奶格瑪不可。因為，要是你跟奶格瑪過於親近，會損傷你對她的敬仰。益西措嘉的勇夫阿扎拉沙雷，雖然根器很好，就因為跟上師過於親近而生了輕慢之心，最終沒能證得大成就；密勒日巴如月的弟子惹瓊巴，根器很好，就是因為跟上師過於親近，一再違背上師教言，雖苦修一生，仍需轉世再修。

兒呀，對奶格瑪，你不要太過於親近，只需敬仰，只需祈請，心中不要離開「奶格瑪千諾」。上師是太陽，你離得太近，會烤壞你；你離得太遠，又得不到智慧的光照。你跟她的距離，要恰到好處，能親近，但不可褻玩。

兒呀，在所有修行人中，最易得度者，有兩種人：一種是上智之人，一種是下愚但虔誠之人。上智之人只要精進修智慧瑜伽，就能證得實相得到解脫，許多大手印成就者就是這一類；下愚之人雖然智慧不夠，不容易明心見性，但他們的所謂「愚」，其實是一種執著。當這種執著變成虔誠時，就容易契入虔信瑜伽，有善緣者也能見到實相，稍弱者也能因信得度。

所以，對奶格瑪生信心者，也會是這兩類人。上智之人容易明白了義，持念「奶格瑪千諾」，容易跟上師相應，並得到上師果位證量的加持，明白實相，見到空性，契入大手印，最終證得究竟。那所謂的下愚之人其實並不愚，許多時候，這種人其實也是上智之人，但因其不願用世人所謂的謀略和心機，便被譏為「愚人」，卻不知他們是真正的大智若愚。他們不願投機，不願取巧，不願算計，不願走捷徑，而一味老實用功。他們能督攝六根，淨念相繼，因為淨信，祈請上師，因信生定，由定生慧，或見空性，或得往生。兒呀，你雖是上智之人，卻一定要效下愚之行，紮實用功，多念誦「奶格瑪千諾」，才能跟上師相應。要知道，無上師便無成就。

兒呀，許多時候，信比什麼都重要。沒有信，就沒有宗教。所以，我將那些有慧無信者稱為狂慧。表面看來，那些狂慧者缺的是定力，其實他們缺的是信力。因為真正有信者，是很容易得定的。所以，多祈請上師，多念「奶格瑪千諾」，勝過修千萬座禪定。因為千百年來，因信得度者多如牛毛，而修禪的外道卻照樣執幻為實認假成真。他們哪怕證得了四禪八定，照樣改變不了他們的外道本質。所以我說，念「奶格瑪千諾」一句，勝過修千

萬座禪定。

兒呀，你也許會問，我為什麼不叫你念「司卡史德千諾」？告訴你，雖然表面看來我跟奶格瑪有顯現上的不同，其實我們是一體的。所有名相上的差異，在證得究竟者眼中，都是一味的。所以，當你念「奶格瑪千諾」時，也等於在念「司卡史德千諾」，自然也會得到我司卡史德的加持。同樣，在後世的你的傳承者中，當我們在安排法位的接班人時，有時是以奶格瑪的形象出現，有時會以司卡史德的形象出現。我們名相雖二，其性為一。明白嗎？

另外，告訴你個修證祕訣：當你修智慧瑜伽不得要領時，或者說難以相應時，你就修虔信瑜伽。換句話說，當你修本尊很難相應時，你不如多祈請上師。因為雖然從了義上看上師本尊本為一體，但有時候，因為行者的分別心作怪，總在不經意間將他們二元化。若將上師跟本尊看成兩個不同的個體，是很難相應的。要是遇這種狀況，你就多祈請上師。所以，「奶格瑪千諾」應該像空氣一樣融入你生命的時空。

不過，雖然你時時行虔信瑜伽，但你一定要明白，當你認知真心並證得空性時，你跟上師和本尊就無二無別了。在許多教法中，將這種行為稱為「勝解作意」，但這個詞，僅僅是非常勉強的一種表述，真正的行為不是「作意」，而是「堅信無疑」，甚至是「本來如此」。

兒呀，你跑遍整個印度，你找到的所有教授，也不會比我說的這些更為殊勝。

不明白此理者，就沒有契入真正的密乘。

所以，你一定要告訴你所有的弟子，只要念誦「奶格瑪千諾」或向我祈請，一定會得到我如影隨形的加持。跟觀音菩薩的循聲救苦一樣，這也是我發的金剛大願，直至輪迴未空，我的願力是不會消失的。

於是，在你的《光明大手印：實修心髓》中，你記下了司卡史德空行母的這一大願：「在香巴噶舉的教法中，司卡史德是和奶格瑪空行母有同等地位的具德上師。她與香巴噶舉有個大因緣，得其加持而成就者不可計數。她傳下了空行心滴「司卡六法」，上根者閉關八月即可成就。此外，她曾發願，幫助虔誠弟子成就，每遇虔誠祈禱，無不全力成辦。」我說過：「具緣弟子，凡殷重乞請，或七天，或百日，必能親見智慧空行母。」

是的，上師。在實際修證中，祈請奶格瑪和司卡史德其實一樣，我從來不曾將自己和她們分開過。所以，我覺得總能跟她們相應。許多時候，一種大善就是這樣薰染而成的。

第27章　莎爾娃蒂的相思

1 獨自在寂寞裡

親愛的瓊，雖然我沒法將信帶給你，但我還是忍了疼痛，堅持給你寫信——就當是一個孤老婆子的朝聖之旅吧。

我覺得我老了，至少，我的心老了。我覺得自己走不動了。

半夜裡，我又被夢中的詛咒聲和抖狗皮聲吵醒了。近來的靈夢中，那些咒士老是入夢。在夢裡，他們總在抖那張狗皮，聲音很是難聽。

這段日子，老是這樣。心境慘澹。

下雨了，就凝了神，聽那夜雨打瓦的聲音。

又是一夜風雨，催我淚下，沾濕了耳邊的枕巾。那熟悉的雨聲，越敲越緊，我有些恐懼。記得不？就是在這樣的雨中，你曾忘情地為我唱過一首憂傷而美麗的藏歌。

偶然間想起昨天的故事，我又禁不住淚流滿面，無力的雙手撚起思念的長線。吾愛，你在他鄉還好嗎？

也是在這樣的雨季，在這樣的雨中，我曾瞇著笑眼，咀嚼著甜甜的玫瑰花瓣，度過那段最快樂最幸福的時光……無法說出的感覺，飄在夜半的雨裡。

暮色蒼茫，飛雪飄零，踏著一路蕭瑟的寒風，我獨自在寂寞裡輾轉徘徊。

心愛的人，你為什麼還不回來？難道要我化成雪夜的一株寒梅？我的夢裡不會出現你的柔情，我的眼裡可還有一絲溫柔為你等待？心愛的人，想起你，就會讓我想起一些歌，想起你我相處的歲月，在片片回憶裡，我勉強地活著……

我是飄零在夜中的一朵雪花，一路尋找熟悉的影子，一路思念，一路展望……

你是我心底深刻的烙印，你是我眼中唯一的身影，你是我夢裡重複的故事，你是我耳邊輾轉的叮嚀……你走了，你總是讓我等，這樣渺茫的守候到何時才是盡頭？吾愛，我這一輩子是不是就像金絲鳥那樣被關在精美別緻的籠子裡，一生等候，永遠孤獨？！

② 流放的引子

琴聲悠揚地蕩漾在除夕的夜，雅靜，憂傷，彷彿在爲我心頭凝結的思念作一曲流放的引子。

心如斷線的風箏，飄飄蕩蕩，隨風起落，牽扯著心弦上的風景，很是沉重，很是傷痛。暮色裡，遙望蒼穹，月如鉤，星如碎銀，似乎都爲思念所累，一派憂傷、孤寂，和著我相思的淚痕，一切都在長長的等待裡坐化。

吾愛，你也想我嗎？你能不能心有靈犀跟我説句溫馨的話？

暮色中，我偎依著那間親切的小屋，心中卻一片空白，那漆黑的窗户猶如你憔悴的眼……莫名的悵惘，令我心中一片苦楚，淚水決堤似的洶湧而來。離開了你，我幾乎做了寂寞的俘虜，一口清淡的茶都無心思嚥下，只有緊緊靠住這溫馨的小屋，才會感到一點點安慰。這間小小屋啊，你曾凝聚著我多少夢幻、多少深情！在你的微笑中，我度過了二十多年的相思，在你的臂彎裡，我歡笑，我哭泣。是你，爲我遮擋了世俗的風風雨雨，是你，爲我舒展了青春的長髮。

我的小屋啊，你與我息息相通，不管人心如何變遷。寂寞時，只有你默默陪伴我，給我依靠，給我溫暖；孤單時，我只對你訴説心聲。小屋啊，你的懷抱溢滿斬不斷的柔情、無法拒絕的溫馨。縱然在雪花飄飛的冬季，你也燦爛如昔。我忘不了你的眉、你的眼、你的滄桑和改變。小屋，你永遠微笑在我的生命裡！

③ 彷徨的心靈

這等悲涼，這等纏綿，窗外飄的是清明雨。

疼痛已成了我擺不脱的夢魘。

忍著肉體被撕裂般的疼，我從屋裡慢慢踱出來，心中冷清。每當飄起這斷魂的清明雨，我便是雨中斷魂的人。步入雨簾，凝眸四顧，我在雨霧裡找尋你的精靈。

今世你會不會再來？我至眞至純的妻子。你踏著歷史的風塵走入另一個世外桃源，我也曾經歷一千次的生死輪迴，你總該明白我今生等待的心情吧？

至愛，請你靜悄悄來罷，乘著這三月清明的雨，來到南窗下看一看我，

你已讓我的紅顏在春光裡凋零了。儘管我知道你堅硬如巖,但我仍愛你滄桑的額頭憔悴的心!

　　空氣是這樣沉悶,我煩躁不安地在院子裡徘徊,淚水緩緩流下來。何時我才能結束這樣的生活?小屋空了,我還是去看看它罷,我最深的愛就藏在那裡。打開房門,熟悉的氣息迎面撲來,令我驚喜,令我傷心。這裡不再有我心愛的花草,這裡不再有小巧的書桌、簡單的床鋪……這裡的你到哪裡去了呢?再沒有溫馨的人為我沖一杯淡香的清茶了,再沒有人與我共讀那淡如清茶的歲月了!佇立斗室,無數個美麗的紅塵日夜一齊湧來,浸滿我彷徨的心靈……

　　　　潮退了
　　　　海邊的貝殼
　　　　已被人揀拾
　　　　從此
　　　　那段風化的往事
　　　　你是否還會提起……

第*28*章　奶格瑪的壇城

① 空行母的心髓

　　本書草成之後，我請一位精通藏漢文字的大德審讀。看到書中的內容，他大驚失色，問：「你寫的許多內容，皆是空行母的智慧心髓呀！你是如何得到它的？」於是，我給他講述了發生在我生命裡的許多故事。我講了跟金剛亥母和奶格瑪的相遇，講了慧光中出現的那本神奇的書，講了清晰地充盈於我生命時空裡的空行母的歌聲，還講了許多我稱之為宗教體驗卻可能被世人斥為「精神病」的諸多經歷。

　　生命之路如飛逝的箭竄向我的身後。從那時起，十六年過去了，我已非那時的我。那時種入我心田的火種，早已燎原成智慧的大火。無論遇到怎樣的邪風，都不能吹熄它了。相反，風助火勢，火愈加蔓延成了充盈於宇宙的劫火。

　　在淨境之中，我常跟奶格瑪、司卡史德和金剛亥母相遇。她們燦若雲霞，有著不同的形貌，但在體性上，並沒離開我的自性。她們是大善的源頭，是我生命激情的由來，也是我生命中的太陽。正是在她們母親般的注視下，我才不怕被人詆毀寫完了本書。哪怕這世上充滿了假，但只要有一個人讀懂了書中的真心，我就沒有白寫。

　　對本書內容，信者自信，疑者自疑。萬象紛繁，隨緣自解於當下。連輪迴都是巨大的夢幻，我們何必為爭一點文字的真實與否影響你內心的清明？

　　瓊波浪覺跟奶格瑪相遇於九百多年之前。

　　後來，筆者也成了奶格瑪傳承鏈上的重要一環。

　　在一次次了義的淨境中，我也經歷著跟瓊波浪覺一樣的相遇。

　　於是，我已無法分清，後文的「我」，究竟是雪漠，還是瓊波浪覺？因為，本書中「他」的奇遇，其實也出現在「我」的生命祕境裡。在智者眼中，那兩個名字，其實源於一體。

　　當一條河匯入大海之後，它也便成了那大海本身。

　　要知道，本書中的「他」與「我」，其實是一幅織錦的兩個側面。

② 奇怪的變化

我回到了那個河灣。我決定不再四處尋覓。我相信，見不到奶格瑪的原因是我的業力障蔽。我想，還是淨除業障吧。於是，我一邊誦「奶格瑪千諾」，一邊做大禮拜。

我沒日沒夜地祈禱和頂禮，說不清過了多少天。我漸漸沒了執著。我想，無論能不能見到奶格瑪，我都不再執著了。我想就這樣一直祈請下去。我發現，那祈請帶給我的，是跟念誦儀軌不一樣的覺受。我的心變得像天空一樣，一碧萬頃，不惹纖塵。我感到一種從來沒有過的清明。

就是在那種靜的極致裡，我祈禱：奶格瑪呀，請顯現你的祕境！

忽然，我發覺，一種奇怪的變化出現了。這變化先是從身體開始的。我感到自己變成了水晶體。我發現千萬道光芒從天際射入自己，而自己也射出了無與倫比的光明。雖然我感受到了光明，但又發現，那光明不是物理光，而是源自心靈。

那祕境，就是在這時出現的。

③ 什麼是資糧？

那祕境，出現在頭頂的天空中，有七株香蕉樹那麼高，燦若雲霞，若夢若幻。我懷疑那是夢境，掐掐大腿，卻覺出了疼。

那祕境初如夢幻，漸漸清晰了。我看到了一個女子，儼若天人，美麗無比。那女子，既像是莎爾娃蒂，卻又依稀是司卡史德。

我高聲問：你是奶格瑪嗎？

她笑吟吟道：我不是奶格瑪嗎？

我又問：在我以前的生命裡，也出現過自稱奶格瑪的女子。你跟她們，有哪些不同？

女子答：那些女子，僅僅是你心頭的幻相。她們的本質，是你的妄心。她們的所有智慧，都高不過你自己。她們的那些見地和知識，其實早存在於你自己的心裡。她們的發顯和表露，僅僅在重複你自己。你知道的，她們也知道。你不知道的，她們也不知道。她們只是你欲望的另一處表達。跟她們的接觸，無論你有著怎樣的名相，比如雙修或是信仰，你都無法破執，無法解除煩惱，無法清除習氣。她們的出現，只是你的煩惱換了面孔。你不可能

得到真正的清涼。高不過你自己的她們，無法幫你達成真正的超越。而我，帶給你的，是你從不曾發顯過的寶藏。你得到的，是你從不曾體驗過的清涼。你品嘗到的，是打碎了執著後的那種寬坦、安詳和光明。

明白嗎？

我豁然有悟。

有時候，你也可能會遇到一些魔鬼冒充奶格瑪，出現在你觀修的時空裡。你可以問你真正的疑惑，看能不能得到究竟的解答。你也可以引了護輪上的智慧之火，焚燒那惡魔變就的幻相。真佛，是不怕智慧之火的。那假的，卻像霜花兒遇到炎陽一樣，很快就消融了。

明白了嗎？

④ 有趣的對話

瓊波浪覺告訴我：他跟奶格瑪之間，有一段十分有意思的對話：

第一次對話：

奶格瑪問：你去了哪兒？

瓊波浪覺：聖地。

奶格瑪：去聖地幹啥？

瓊波浪覺：求法。

奶格瑪說：求法當然很重要，但更重要的是真正的修行。

第二次對話：

奶格瑪：你求了法幹啥？

瓊波浪覺：觀修。

奶格瑪：觀修當然很好，但更重要的是真正的修行。

第三次對話：

奶格瑪：你觀修為了啥？

瓊波浪覺：為了成就。

奶格瑪：追求成就當然好，但更重要的，是真正的修行。

第四次對話：

> 瓊波浪覺：什麼是真正的修行？
>
> 奶格瑪：真正的修行，是放下對今生的所有執著。

有些讀者笑了，因為相似的提問，也出現在另一次重要的相遇裡。

⑤ 無量的淨境

在那無量的淨境中，奶格瑪手持骷髏缽和三叉杖，似笑非笑地望著我。若夢若幻中，我看到，那雲霞般的幻光之中，她忽而是司卡史德，忽而是莎爾娃蒂，忽而呈立姿，忽而顯坐相。雖然她有著諸種顯現，但我的智慧告訴我，她便是奶格瑪。

眾裡尋他千百度，驀然回首，那人卻在燈火闌珊處。

我喜極而泣，頂禮多次，合掌祈求，請傳妙法。

那女子似笑非笑地說：你認錯人了吧。我可不是奶格瑪。我是夜叉女，是食肉空行母，慣於吸人血、吃人肉。你趕緊逃走吧，不然，我的眷屬一來，你的小命就難保了。

我叩曰，為得妙法，不惜身命。

女子微微笑道，傳法可以。可是法不能輕傳，你有金子嗎？沒有金子，你是啥也得不到的。我忙說，有，有。我取出金子，拋向空中。女子接了，微微一笑，手一揮，那些金子都飛向了密林深處。

這一下，也分明是司卡史德的翻版。

我一見，大喜。我想，她要真是食肉空行，會對金子生貪心的。但同時又想，她為啥不珍惜我的供養呢？

女子嬌笑幾聲，游目四顧，目光所向，山石土木，皆變為金子，發出金光。我想：「這是不是幻術？」女子笑道：「真金也是幻化，幻化也是真金。輪迴與涅槃，諸法如夢幻。你若能了知此理，則世間一切都是黃金，又何必可惜你供的這點黃金。」

我於是確信，她便是奶格瑪。

我問：上師呀，我祈請了你這麼多年，你為啥現在才出現？

奶格瑪笑道，我一直跟你在一起呀，是你業障深重，看不到我。你經過多年的求索和苦修，消淨了業障，才見到了我。

她說，從你念第一句「奶格瑪千諾」起，我就跟你在一起。同樣，日後

的千百劫裡，任何人至誠念它，我都會隨緣出現。不過，他那時看到的，也許是一縷清風，也許是一朵彩雲，也許是不經意的一個善念，也許是遠在雲端的一聲鳥鳴。但你必須認知，那便是奶格瑪。

她說，真正的奶格瑪，對具緣者來說，一直是如影隨形的。

她告訴我，只有清淨了諸漏，累積了資糧，才會見到奶格瑪的真容。

我問，什麼是資糧？

奶格瑪道：資糧者，信心也。信心有三，一是對上師的信心，淨信上師如佛；二是對教法的信心，淨信依此勝法，可得佛果；三是對自己的信心，淨信自己本來是佛，但因業障所覆，難見本來面目。她又說，行百里者，只備數日資糧；行千里者，得備幾十天的資糧；行萬里者，得備幾年的資糧。奶格瑪五大金剛法，非尋常密法可比。資糧不夠的人，連名字也難聞呢。

我又問，上師，你為啥也會顯現司卡史德的形貌？

奶格瑪笑道，兒呀，我便是司卡史德，司卡史德也是我。你經歷的人和事，皆是我的化現。要知道，奶格瑪是一種境界。她既是目的地，更是那尋覓本身。你從產生了尋覓之心的那一刻起，就跟我相遇了。

我恍然大悟，屢屢叩首，請傳妙法。

奶格瑪說，你已成熟了心性，不再需要外來之法了。但為了緣起上的考慮，我還是教你一種有相之法。但要知道，真正的奶格瑪瑜伽，是無相的。它的最高體性是無為之法。它便是真理本身。要知道，真正的真理，是無形無相的，是超越語言的。它便是光明大手印。它是遠離了所有概念、遠離了所有分別、遠離了所有名相的一種境界。

說著，她四下裡一望，便有無量無數的空行母雲集而來。

奶格瑪吩咐道：我得到了具緣弟子，你們盡快修築壇城。

⑥ 奶格五金法

趁著空行母修築壇城的間隙，奶格瑪說，奶格瑪五大金剛法，簡稱「奶格五金法」，它雖是有相瑜伽，但跟你求到的那些瑜伽不一樣。它是一種神奇的無上瑜伽。

她說，你雖然學了一百多位上師的教法，法門無數，十分殊勝。但奶格五金法更為圓滿。此法非比尋常密法，是諸佛的心髓。它的起點極高，功德也不可盡數。它像一棵大樹，包括了所有密法。它的根是奶格六法；光明大

手印是樹的主幹，三分支法是華嚴樹枝，白紅空行母法是華嚴樹花，身心無死無滅修法是華嚴樹籽。

奶格瑪說，諸多教法，都有其見和行。奶格五金法的見地，是光明大手印。其教法，是大手印見地指導下的修行。任何離開大手印見地的修行，都難以真正契入奶格五金法。

這是奶格五金法的殊勝之處，故稱大手印為主幹。主幹者，貫穿始終者也。

那麼，何為見？見者，正見也。大手印以《般若經》為理論主旨，以空性為究竟，破除諸名相。法中雖有諸多有相瑜伽，但現而無自性。雖有種種顯現，但無不合於大手印之空性見。不明白此理者，是很難契入奶格五金法的。

奶格瑪說，我不重你的行履，我重你的見地。無高超見地者，定然無高超之行履。

月亮漸漸升上了天空，屍林顯得十分靜謐。那祕境越加光豔四射了。空行母們已築好了壇城，前來覆命。奶格瑪笑道，緣起甚好，我的傳承和智慧，定然會像滿月一樣，給世界帶來無限的光明。

我感到一陣戰慄。那壇城莊嚴無比，色彩繽紛。奶格瑪立在一座莊嚴的金山之上，金山上流下清涼的泉水，發出汩汩的聲音。

我問：上師呀，這金山，是真實的呢，還是你神通所現？

奶格瑪朗聲笑道：兒子呀，當輪迴的大海傾覆，當所有貪婪執著都化為雲煙的時候，你的生命裡無處不是黃金。那時，虛空與手掌無別，牛糞和黃金相若，垢淨一如，消除二元，萬象莫非真如，真如不離萬象。那所有輪迴和諸般現象，不過是夢幻遊戲呀。當你證得此驗相時，你便已超越那輪迴的大海了。兒子呀，若想有此成就，別無他法，你只消對上師有最大的虔誠。當你真正無偽地視師如佛時，那覺悟的花，就會朝你微笑了。兒子呀，現在，你閉上眼睛，去抓你的夢吧！

我遵奶格瑪的開示，漸漸進入了淨境。那淨境，比現實更為清晰。我已進入壇城。身邊是色彩繽紛的諸多法物，我看到八吉祥，看到了諸多供物和法器。我同時也看到了屍林。這時的娑薩朗屍林，已成了遙遠的模糊的幻影。

⑦ 生命的壇城

我的孩子呀，請進入你生命的壇城。

你將你的身心，化為三千大千世界的珠寶，來供養我們偉大的佛陀，沒

有他的苦修和覺悟，便沒有我們生命的清涼。兒子呀，世若無佛陀，萬古如長夜，我以身口意，盡供大醫王。因為有了佛陀，苦海成了淨土，荒漠有了甘泉。我們頂禮，我們讚歎，把我們的生命化為一縷光明，我們用那光明去莊嚴佛土吧。

瞧呀，光明裡顯出了上師，顯出了本尊，顯出了空行護法，他們本是一體，我們何必區別？我們皈依他們，皈依那三寶，皈依那勝法典籍，皈依那二十四境的空行勇士們。此後，你傳承中的所有弟子，都已成空行佛國的眷屬，只要俱足信心，不墮根本戒，我們都會往生二十四個空行佛剎。

瞧呀，我的三輪發出了光明，頂輪白光，喉輪紅光，心輪藍光，它們游動著，進入你的三輪。那三輪，代表你的身口意。三光相融，你便跟我無二無別了。你的三門業障已經清淨，你的密乘根器已經圓滿。一輪明月開始在你心間的蓮花上顯現出來，那是你的世俗菩提心。那蓮花光呈七色，清涼無比；那月亮清明皎潔，不惹纖塵。一個五股金剛杵直立於月輪之上，發五彩光，光射三界，那是你的勝義菩提心。兒呀，從此你的菩提心便如金剛般堅固，不可動搖，無法摧壞。兒子呀，那是你永不退失的金剛心。

我的心子，你跟我進入生命的壇城。這壇城，以五大金剛名之。你跟我從東門進入吧。我們的步履在閃光，光中有點點蓮花。我們往北，往西，再往南，我們依次拜過我們的父母。瞧，他們在三門加持，那道道智慧光明，正進入我們的三輪。瞧呀，你的步履在閃光，那光明來自遙遠的亙古，那是清涼的智慧光明。我們沐浴著光明，端坐在東門的五色蓮花上。你的心裡溢滿了快樂。因為你知道，從此，你就成了五大金剛的眷屬。

你別問什麼是眷屬，眷屬就是眷屬，也是一個不了義的詞。

了義的說法是：從此，你便與本尊無二無別了。你已成為無上瑜伽部的行者。當你嚴守戒律的時候，護法會荷承你的事業。瞧呀，那是百部瑪哈嘎拉，那是五部空行，他們都愛憐地望著你，像母親望著從遠方歸來的遊子。

我端給你一汪清涼，名字卻叫獄水。別怕，你只要嚴守戒律，這水便是甘露，在它的幫助下，成就是你囊中的寶物。但它也是你命運的管子，你要麼超升佛國，要麼墮入地獄，其分界線，便是戒律。

兒子呀，我已成為你的上師。聽，上師，一個多麼尊崇的詞。我是三世諸佛精神的載體，我的身，承載利眾精神；我的口，傳播智慧教言；我的意，無非是利益眾生。我是三世諸佛的總集。沒有上師，成就只是個遙遠的字眼。

瞧，我已請來諸佛，融入你成熟的清淨之體。兒子呀，他們雨一樣密，已滲入你無漏的清淨心。他們也風一樣驟，已吹去你心頭的熱惱。他們是上師，是本尊，是空行，是護法。他們來自佛國，他們承帶著諸佛的功德和慈悲。瞧呀，你的三脈五輪，你的所有毛孔，都成了他們的壇城淨土。兒子呀，你已不僅僅是兒子。

睜開你的智慧之眼，我的兒子。你於是看到了一座金塔，它用米做成，高入天際。上面有壇城，是本尊五大金剛的居所。你看了那煥發的光明。你的眼業清淨了，看到了無量無邊的本尊。

⑧ 五大金剛的賜予

兒子，你繼續虔誠了心，淨化了意，接受母親的賜予。

你看到本尊向你飛來，他們是五尊。此前，你求的法脈裡，曾看到過他們。那時，他們在單一行動。他們有著各自的法脈和傳承。但這次，他們一起來了，他們舉著甘露寶瓶。你當然知道，那瓶中有五種甘露。當甘露進入你的頂輪時，你的粗分業障便消融了。兒子呀，這預示著，你會得到粗觀生起次第的成就。

我看到了你心中的歡喜。我也歡喜了。你的心中化出了白光，供養壇中諸佛。瞧，他們的心中生出甘露，發出空樂無別的清泉聲，流入我手中的托巴，再流入你的喉輪。兒子呀，它淨化了你的語粗分業障。你於是看到了一位手印母，她很像司卡史德，那是你出世間的妻子。你們相融了，生起大樂，那大樂融入大空，那大空顯著大樂。那大樂中，消解了你的意粗分業障。以此因緣，你會證得幻身。

別丟了那空，別丟了那樂，那是五大金剛的賜予。它們無二無別，相融於一。你的三門業障從此消解，光明頓現，清涼無比。

孩子，你是我的心子。我的教言，你當視如諸佛命根。

瞧呀，那壇城中央，出現了二十四個聖地的所有空行母，她們舞蹈著，來到你前面的虛空中。天降花雨，彩虹鋪路，空行母手持各種樂器，授記道：你的弟子，及對奶格瑪有信心的眾生，常持誦「奶格瑪千諾」，那麼，當他們臨終時，我們必來迎接，沿著那虹光之路，抵達那空行佛國。

第29章　莎爾娃蒂的疼痛

❶ 蕭瑟的雨後

　　就在奶格瑪為瓊波浪覺灌頂的時候，莎爾娃蒂卻在跟生命中最可怕的疼痛較量著。它跟相思糾結在一起，像惡魔一樣，撲向了弱小的莎爾娃蒂——

　　瓊，昨夜又下雨了。

　　清晨醒來，夜色還沒散去，窗外仍一片灰黑，但我知道天快亮了，因為止痛藥的藥力已經退去了一段時間。那疼痛像漲水一樣，在不知不覺間一層一層地漫了上來，一層一層地驅走我的睡意。我已經習慣每天以這樣的方式醒來，每天這個時候，我就會知道，新的一天又開始了。

　　窗外時不時吹來清涼柔和的秋風，窗簾也被吹得迷迷欲醉，像小姐隨風擺動的裙腳一樣，伴著風的節拍幸福地一飄一蕩的，真是舒服極了。要是沒有病痛，這會是多麼愜意美好的清晨！不過即使有病痛，這樣的清晨還是美好至極的。若是在以前，這是我睡意正濃的時候，迷糊間被這涼風拂掃幾下，我肯定會裹緊一些身上的被子，再翻個身，讓肌膚和柔軟的薄被摩挲出一片溫柔，然後心滿意足地進入另一個夢鄉。

　　但這已經成為過去了，現在我要趕緊起床，開始緊湊又忙碌的一天。疾病讓我真正意識到生命正像電光火石般地飛快消失，意識到光陰稍縱即逝。光陰就像我握在手裡的水流，無論我怎麼緊握拳頭，我都抓不住它，也留不住它。我不想等到有一天睜開眼時，忽然發現自己已成了陰間的一縷清風而空餘憾恨。

　　我想做的事情有很多，首要的就是讓自己恢復健康，這樣我才能陪你走一輩子。我想，等我身體好的時候，到了春暖花開的季節，你也該回來了，我們可以一起去雪域高原，這是多麼誘人的夢想。在我的期盼中，還有很多很多地方等著我們呢。

　　所以，為了戰勝病魔，讓自己健康起來，我幾乎放棄了其他的所有追求和目標，我也不再像過去那樣，要求自己要變得多麼出色和完善了。我將全部生命和精力，都傾注到延長生命當中。每天我都很忙碌，但所有的事情不過就是熬藥、喝藥、練功、做飯、吃飯、睡覺和看看書而已。

日子每天都在單調和瑣碎中周而復始地過去，心仍有不甘的時候，想到要陪你一輩子，我就甘了。還有什麼放不下呢？我的心願不就是把整個世界都從心裡清掃出去，只留給你一個人麼？

你說利眾先從身邊的人開始，先讓自己身邊的人開心快樂。你確實是這樣做的，我看到你身邊的每一個人，都因為你的慈悲和智慧而得到了清涼、快樂和滿足。待在你身邊的時候，我也總覺得自己沒有一點熱惱，只有安詳；沒有焦渴，只有清涼；沒有欲望，卻有湧動的喜樂。我相信，這世上，無論心裡心外，都沒有比這更殊勝的淨土。

雨後的秋美得有點蕭瑟，既清明又憂鬱，既柔弱又堅強——怎麼像在說我自己呢？呵呵，看來世界果然是心的折射，不同的心，看到的世界必然是不一樣的。不知道此刻你看到的又是怎樣的秋呢？

耳邊縈繞著若有若無的藥師佛心咒。這咒聲，已經漸漸隨風潛入夜，常常潛到我的夢中去了。深夜半睡半醒間，尤其是在藥力作用下身體最沉最重的時候，所有生命的氣息都寂寥息滅了，唯有兩股生命力，我能感覺到它們像地下的暗流一樣仍汩汩地蠢動。一個來自那疼痛的邪魔，它並沒有被消滅，它只是被暫時催眠了；而另一個便是伴隨著藥師佛心咒，彷彿是從很遙遠的地方傳來的愛的呼喚。

這是你給我傳的心咒，在我心中，你和藥師佛是無二的。這世間，沒有比你的愛更好的藥了。心咒和那縹緲著虹光的蓮花燈，在我空寂的世界裡，已經成了你餘留下來的氣息，陪伴我度過一個又一個漫漫長夜。

記得以前，你常常叫我開心些，儘管開心對我來說不是容易的事情，但只要每次你對我說，我都覺得很甜蜜，因為我知道這世上還有一個真正在乎我開不開心的人。

謝謝你為我做的一切！包括我所知道的以及我不知道的，每每想及，心裡都會抽疼……

健康和快樂也許就是對你最好的報答，還有，永遠愛你！

❷ 逼近的死亡氣息

今天仍是很想你，很想給你寫信——我怕萬一我走之前來不及給你寫信，告訴你我的心裡話，我會後悔死的——心中忽然洶湧起千言萬語，它們毫無邏輯，毫無秩序地往外噴湧，我這才知道原來自己有那麼多的話想對你

説。隨之想起這麼多年的等待，還未動筆就忍不住大哭了一場——因爲，我知道，我一生也離不開你了。沒錯，你曾説過同樣的一句話，這是最讓我心醉的話了。

其實，我也不知道要跟你説什麼，該説的，我都説了。現在我想説，有你陪伴和愛的那段日子，是我一生中最幸福快樂的時光。以前我覺得最幸福快樂的時光是童年，但我現在已經不這麼認爲了，童年並沒有那種滿足和甜蜜。光是想到你的言笑和我們在一起的任何一個細節，都足以讓我陶醉很久了。

謝謝你！讓我嘗到了人世間最美好眞摯的愛。我現在明白，如果活一輩子都沒有眞正愛過，那眞是很可悲，那眞的是白活了。沒有愛過的人，不知道愛的美。爲了這美，怎麼活，怎麼死，都是值得的。

與你相遇，讓我認識到生命中的浪漫。促成這浪漫的，是緣分。它讓我們，竟然跨越了這麼長、這麼寬的時空相遇，並且相愛了。「緣分」眞是一個不可思議和充滿無限可能的生命鏈條，它對我來説，甚至抵消了「一切都在迅速消失」的消極和惆悵，因爲「緣」有它自己的生長軌跡，並不跟隨「一切」消失消失。正因此，我才對命運有了期盼和嚮往，我才不再害怕死亡把我們分開。我相信「緣」一定會讓我們永遠在一起的。不過儘管不害怕，想到死亡的逼近——我越來越能感受到死神的虎視眈眈和逼近的氣息了，也許，這也是讓我盡快放下執著和珍惜每一個當下的提醒吧——還是會讓我心寒了，因爲無論以何種形式與你分開，我都捨不得。

你曾告訴我，有牽掛就走不掉。請你告訴我，如何讓我放下對你的牽掛，開心快樂地離開？我能做得到嗎？

我現在才知道，愛上一個人，是會讓自己隨時產生鈍石鑽心的痛的。當我想起你的某句話，某個眼神，或是我自己臆想你的某種想法而常常產生這種痛感時，我就知道自己在眞正愛著你。

這種痛感太熟悉了，但過去它只出現在我的幻想中，那時的對象都是虛幻的。空虛的時候，我想讓那痛的情感出現很容易，息滅它也很容易——就像吹減一根蠟燭那麼輕而易舉——這些情感從來不曾佔據我的內心，它們只是情緒的過客而已。現在卻完全不一樣，內心已被它完全佔據了，這種佔據是霸佔性的，它想佔據多少空間，佔據多長時間，怎麼折騰，都完全在我的控制之外。

愛上你後，除了痛，我還品嘗到一種前所未有的甜蜜，它讓我有了存在

感。我才明白，爲什麼説一個人得到真正的愛後，這輩子就死而無憾了。只有深愛過的人才能讀懂到這句話背後巨大的滿足和幸福。我已將這愛當成賴以呼吸的空氣，我不知道這種依賴和成癮的後果是什麼。當然，我再不願去考慮什麼後果，我不要它扼殺這份愛的真摯和甜蜜。但是，我卻依然怕自己失控，一直以來習慣了理性和壓抑自己的我，總是擔心自己會失控在對你的愛中，總怕它會給我帶來痛苦——一種我無法自制和終結的痛苦。你説在我的背後總是帶著一雙窺視的眼睛。是的，我也看見它了，但它其實是一個強撐堅強的孩子，它僞裝出的淡然和世故都不過是爲了掩飾它的脆弱和膽小。我知道，正是這道自我保護意識的壁壘，阻隔了兩顆本來可以自由相擁的心。

忽然很想大哭一場，説不清爲什麼，也許是想釋放一些情感，一些長久的壓抑，也許沒有目的，只因爲胸堵得慌，淚和清鼻水自己就滲了出來，它們也矛盾在壓抑和釋放之間。我深深吸了幾口氣，試圖把它們牽出來的酸意吸回心頭去。

我不知道這算不算是一封情書——雖然我仍感到壓抑，不知道怎樣才能完全釋放內心的情感，因爲理性像一根看不見的細繩時不時就勒一下我的心。我相信你比我更能體會這種壓抑的難受，尤其是它無處釋放、無法釋放又面臨極限的時候，它快讓我窒息了。

愛你！讓我説吧，讓我盡情地投入這愛吧，讓我完全地失控吧——這是我心底的呼喊。可我仍需要戰勝那囚禁我天性的理性，你説得對，那是一種習氣，那是我的女神生涯給我留下的習氣——當我意識到這一點時，那湧動著無窮生命氣息的大樂焰火似乎已雀躍在我眼前。

讓我繼續説愛你吧。我發現每次鼓起勇氣説「愛你」時，總能牽出蕩漾在心頭的甜蜜。雖然那鈍石鑽心的痛因爲我的矛盾和壓抑，常常被我壓制下去，但爲了迎接自己對你的敞開和對你失控的愛——我打定主意讓自己跳進那大樂的欲火了——從現在開始，我願意它隨時隨地降臨。

真的很期盼那大樂的欲火把我燒成灰燼。

這些好不容易吐出來的話，既然流出來了，我還是記錄下來吧，作爲我愛你的憑證。

愛你，生生世世！

❸ 沒有盡頭的疼痛

我的瓊，每晚，我都要靜靜地躺在床上，耐心地等待藥力發揮作用。有時候，我會想，如果今晚藥力不起作用怎麼辦？

這問題的背後是心的無底深淵，裡頭藏著病魔得逞的狂笑。

我並不願意往那漆黑的深淵裡頭張望，那只會削減我戰勝自己的信心。你常叫我多想想健康，多想想我們的諾言。奈何健康和諾言離我的距離是那麼遠，不但遠，我還感覺它們正朝我的反方向奔跑著，它們鈴鐺般悅耳的笑聲，只有你在身邊的時候才顯得觸手可及；疼痛和死亡卻老在眼前晃，像兩座黑鴉鴉的大山擋在我的面前，把健康、諾言和一切快樂阻擋到我看不到的地方。

當疼痛像海嘯一樣鋪天蓋地地嘯捲而來時，我經常會陷入到悲觀中不能自拔，因為這時候我既無處可躲，也無處可逃，如同死神網中的獵物。我嘗試觀修，但專注不到片刻，那沖暈腦袋的痛便把我絞得心神不寧，心感覺被疼痛擠壓得快喘不過氣，半個身子也燒得滾燙。想起你說一切很快就會過去，和你在一起的時候，無論我怎麼珍惜和嘗試捕捉每一個當下，快樂的時光總是過得飛快，但在這除了疼痛之外一切都顯得百無聊賴的時刻，時間卻像停滯了下來，哪怕是一會兒，也變得非常的漫長……

這個時候，我多麼希望有你在身邊，即使不能消解疼痛，起碼我不會覺得孤寂；但我又不想告訴你我的難受，我希望自己帶給你的，永遠都是快樂和吉祥。

我總是夾在矛盾當中，就跟吃藥一樣，我一邊要吃治病的藥，一邊卻要吃對身體的傷害程度猶同慢性毒藥的止痛草藥——它已經讓我上癮了，但我別無選擇。命運就是這樣，在可以選擇的時候，我和很多人一樣，不懂得選擇，到明白時，通常已沒有選擇的餘地了。看著身邊還在揮霍身體耗費生命的人們，我真替他們感到著急和心痛。我想，我終於能理解你的孤獨了，當這個世界只有一人清醒的時候，就算你喊破喉嚨，別人也是聽不見的。

當沒有盡頭的疼痛日漸成為我生命的常態時，我總是想到死亡，我帶不走一切，包括你曾送我的、我視為比生命還珍貴的一切，無論我怎麼珍愛它們，我都不過是保管它們的其中一個過客而已。所以，對於一切外物，我都從心裡把它們放下了。唯獨放不下捨不得的是你，但你算外物嗎？然而我又能留下什麼呢？生命還有多長時間能讓我給世間留下一些痕跡，即使僅僅是

愛你的痕跡呢？對我來說，現在最有意義的事情，就是讓自己在你的生命裡盤根。

疾病的磨難，讓我看見死神和我是如此的靠近，但它何嘗不是如此貼近每一個人呢？就像你說的，死神是我們每個人的影子，自始至終都跟我們如影隨形，但唯有光明出現的時候，我們才能看見它的存在。每當死神和那些誅壇中的魔出現在我面前，我看見它們咧著嘴朝我笑時，我就馬上想起自己還有什麼事情沒做而要趕緊去做。我發現，自己還不得不感激它，尤其該感激讓我時刻「清醒」於當下的疼痛，死神常常都是被持續不斷的疼痛牽出來的。

麻藥起作用了，我慢慢感到身體有點沉了，剛剛還很狂躁的疼痛不知什麼時候開始已像退潮一樣漸漸退下去。這種感覺真好，像海浪過後，海面上升起了一面朗月，心這時候才開始感到平靜。我安詳地讓黑夜像水流一樣漫進身體，我的身體於是變得越來越重，像一直往海底下沉……

④ 前路茫茫

瓊，現在，我的喉嚨脆弱得就像嬰兒一樣。

稍硬一點的食物如米顆子、菜葉子都會磨損它，帶來巨大的疼痛。每一次嚥津，都要提前做好抵禦疼痛的準備，因為吞津這小小的動作，對於我的喉嚨來說，都有如翻江倒海。口水的輕輕流過都會引發鑽心的痛，所以我不能說太多的話，說得太快和大聲說話都不可以。我需要時刻注意著盡量讓津液緩緩地流過咽喉。但即使完全不嚥東西，疼痛也不會消失，它會在我半邊腦袋裡的某個地方，深不可探處，一暈一暈地傳出來。偶爾在毫無預備的時候，那本來還算平緩的疼痛還會像突擊似的刺痛幾下──我無法形容那種「惡痛」的感覺，既像傷口突然被鉗子鉗了一塊肉的那種突然暴發的刺痛，又遠遠不止這麼簡單──我全身的神經都會被這惡痛抽動。這時候，再好的情緒都被痛攪沒了。

對於疼痛，平時我能做的只有輕輕地揉壓耳朵，像愛撫一個做了錯事的小孩一樣撫慰那痛處，不知道是心理作用還是真的有效，起碼每次揉壓後，我都感覺疼痛會稍緩一些。所以我總時不時就揉耳朵，這成了我和身體對話溝通的一種方式。

現在，我已經不能隨意打哈欠了，即使是我睏到極點，我感覺一個哈欠

要泛上來的時候，就得馬上調動全身的力量去抵禦它，最好能把它壓回去。要是壓不回去，那好不容易保存起來的一點精力就會消耗在哈欠後整個頭顱像被撕裂般的粉碎性、爆炸性的疼痛中。除了打哈欠，咳嗽以及打噴嚏的結果也是一樣的，不過比較起來，最難受的還是打噴嚏，因為哈欠和咳嗽還能控制，有時候甚至能壓下去，而噴嚏卻不行──所以我常常擔心自己傷風，我不敢想像連續幾個噴嚏會是什麼後果。

另外，我對食物也產生了抗拒，有時候甚至連水都不想喝了。每到吃飯的時候，我都覺得有壓力。除了因為疼痛消解了我的食欲──雖然過去我很貪吃──吃的過程本身對我來說就是一個折磨，從入口到咀嚼到吞嚥，每一個細小的動作我都得小心翼翼，但儘管再小心，都無法避免每一次吞嚥引起的疼痛。而且如果稍不小心，一旦有一點食物卡在咽喉，就會好多天都下不去出不來，可能引發新的傷口和延綿不斷的惡痛。

晚上睡覺，從幾個月前就開始，我每天都得吃兩服麻醉草藥，剛開始好像還有點作用，但現在好像也越來越沒效果了。而且，我不能側睡，因為傷口在喉嚨的右邊，右側睡正好會擠壓傷口；也不能左側睡，這樣我的左邊鼻孔堵塞，從右邊鼻腔進出的空氣會像刀子一樣刮我喉嚨上的痛處。我只能平躺，但有時平躺久了喉嚨又會發癢，拚命想咳嗽……所以晚上睡覺我是很不安寧的，幾乎每天晚上都睡得很淺。

過去常聽人說「能吃能睡就是最大的幸福」，我從來沒把它放在心上，現在才真正品味到這句話裡的大智慧，但我不知道，說出這句話的人是否也有著跟我一樣的感慨和無奈？

當一個人連基本的生存都很艱難時，信念和意志真的是會很容易被摧垮的。我也常常會想，這樣活著有什麼意思呢？若不是信仰和愛的力量，我想自己早對這種非人的折磨投降一百次了。

我深知，你定然希望我好好地活下去，庫瑪麗和其他的人也希望我很好地活下去。我沒有權力結束這承載著無數人期待的生命。活著有沒有意思不要緊，因為活著本身就是最大的意義。

只是，前路茫茫，真怕自己熬不過去。

5 黑暗中的孤燈

……黑暗中，我被那熟悉的痛叫醒了，它粗暴地把我從夢中拉回了現

實——疼痛已經進入到我潛意識的深處了，哪怕在夢中，我也常常會憶起它平日猙獰的樣子。很多時候，我是被痛的幻影驚醒的。

忘了從什麼時候開始，我開始對這種粗暴的方式習以為常了，因為每夜它總要喚醒我很多次，慢慢地，我就學會了在黑的濃稠中分辨時間。

我最喜歡醒來後還在深夜，痛感仍在藥力的作用下被麻痺著，昏沉著。我就像帶了一整天鐐銬的犯人，只有這個短暫的片刻，才能享受一下解開鐐銬自由地舒展身心、讓全身每個毛孔都愉悅自在地呼吸的美好。不過，這時候，藥效使我的全身變得像石頭一樣沉重，即便是輕輕的側翻也要用很大勁。身體幾乎不聽我的使喚，它和我好像完全分開了似的。但這樣也好，這種既不痛又不容易動彈的感覺讓我有充滿安全感的快意。

不知不覺中，靈魂像脫離身體飄了起來，不動聲色地融到了濃稠得像凝固了的黑夜中。和靈魂相比，我才知道，原來人的肉身真的是很粗重的。

藉著黑夜的軀體，靈魂想去哪就去哪。回到過去，去到未來，或者，去到你的身邊。

悄悄告訴你，我常常乘著黑夜跑到你身邊。我在你身旁，凝看熟睡中的你，用身體包裹你，把你緊緊地摟在懷裡。你像睡在母親懷裡的嬰兒，微弱的鼾聲均勻而細長，看上去又幸福又滿足。但其實最幸福的，是這時正凝視著你的我。如果你這時候睜開眼睛，就會看見我陶醉的笑。

我輕輕地招來清風，讓它溫柔地拂掃你的臉龐，你是不是覺得更愜意了？我又招來細雨，把我的心裡話化為淅淅瀝瀝的雨聲滴進你的夢裡。當你醒來的時候，我已經離去，輕輕地，不留下一絲痕跡。你是否也曾懷疑我來過？夢中無痕，我總是無法留下足跡。

也許，多年後，有一天你會忽然想起，我們常常相約在夢中，相擁在黑夜裡。

其實等待我的，並不只是死神，還有你呢！

長路雖漫漫，但在無邊的漆黑中，有你為我留一盞孤燈，心就暖了。

第*30*章　奶格瑪的甘露

 救心的良藥

　　孩子，要知道，莎爾娃蒂的疼痛其實也是我的疼痛。在我後來的多年裡，一想到莎爾娃蒂，我的心總是會疼痛。你別以為成就者沒有疼痛。不，成就者不是木石，他也會疼痛，只是那疼痛不會再給他帶來煩惱而已。因為他已經安住在那個不疼痛的裡面了。

　　就這樣。

　　我們接著講奶格瑪的淨土。

　　在那個光明淨境之中，我得到了奶格五金法俱足灌頂。它們是：寶瓶灌頂、祕密灌頂、智慧灌頂和大手印灌頂。此外，尚有奶格六法灌頂、三支法灌頂、紅白空行母灌頂、不生不滅灌頂……

　　當我走出淨境時，我仍能看到眼前的金山和金山上的奶格瑪。我身心愉悅，快樂至極。我問：上師呀，方才那淨境，是不是夢的一種？

　　奶格瑪笑道，兒子呀，這世界，還有不是夢的嗎？

　　說著，她遞過一顆缽甘露。我接了，一飲而盡。這甘露來自佛國，它的體性是空樂無別。奶格瑪說，在淨境之中，你圓滿領受了灌頂，但為了打消你的疑慮，我可以再為你灌頂三次。

　　於是，奶格瑪邊給我灌頂，邊傳法，並對精要之處詳加解釋。

　　她說，兒子呀，此法來自神聖的金剛持，不曾廣傳，你善自受持。你當廣傳我的教法，可饒益無量眾生。我會顧念你的所有傳承弟子，加持他們得到究竟成就。凡對我有信心的眾生，只要向我祈請，我定當全力成辦。凡有臨終的眾生，若對我俱足信心，持誦「奶格瑪千諾」，我會帶領諸多空行母，將他接往娑薩朗淨土。此土雖是化境，但跟密嚴剎土相通，凡往生此土者，必能得究竟成就。兒子呀，以上內容，也是我的大願，你當廣傳。令不信者生信，令已信者堅固。我已證得究竟佛果，智不入輪迴，悲不入涅槃，直至輪迴未空，我都會顧念有緣的眾生。

　　兒呀，奶格五金法雖然殊勝，但更殊勝的，是法脈承載的利眾精神，它像雪山一樣高潔，像沙漠一樣浩瀚，你當善記。沒有菩提心者，修法是得不到究竟益處的。兒呀，你永遠記住，所有法的真正目的，是得到清涼，是離

苦得樂，是得到究竟的解脫。千萬不可本末倒置，將大好的密法，變成另一道捆心的繩索。

兒呀，你如瓶注一樣得到了我的所有法脈。此後，你的事業將如日中天。你傳承中的成就弟子會像天空的繁星一樣多。我的所有法脈，如同你夢光明中在深海中取出的寶匣，一經打開，便放射出無量的光明。但道高一尺，魔高一丈，因為魔的作祟，會有無數人詆毀你。有時，魔製造的濃霧甚至能掩蔽了太陽。正如黑暗總是伴隨著光明一樣，違緣總是會伴隨著你的法脈，但它們影響不了法脈的清淨。就像提婆達多的惡行反倒映襯出佛陀的偉大人格一樣，生命中所有的違緣反倒成就了你無量的功德。

隨著世間人心的日漸險惡，我的智慧法脈，會成為一劑救心的良藥。

兒呀，我的教法一定要發揚光大。不要故步自封，要與時俱進。在未來的污濁惡世裡，物欲的誘惑越來越大，具緣弟子也越來越稀罕，千萬不要設立很多障礙，將他們拒絕在解脫之門外。你告訴世人，只要對我生起信心、能日日持誦「奶格瑪千諾」，便會得到我無量的加持。我的法身遍布法界，超越了時間和空間。凡至誠祈請我的眾生，都定然會得到我無量的加持，進而契入光明大手印。

你告訴所有具緣者，念誦「奶格瑪千諾」無須灌頂。要知道，諸佛菩薩絕不會為眾生的離苦得樂設置任何障礙的。

任何對奶格瑪有信心者，都是我的弟子。

② 大手印見

兒呀，要知道，宇宙間沒有永恆的本體，諸法皆無自性。

那麼，什麼是諸法無自性呢？這裡所說的自性，意思是獨立不變的本體，它永恆存在，永不變異，永不毀壞，永遠長存。世上的萬事萬物，表面看來，它們是實有的，但你找不到一個獨立不變的本體。無論什麼事物，都是因緣的聚合，此有故彼有，此生故彼生，此滅故彼滅。它們依因緣而存在，忽生忽滅，忽存忽亡，忽好忽壞，幻化如水泡，所以其本質是空的。而且，這種空，不是我們認識上的空，也不是後來才出現的空，而是它本來的空。這空，是本質的空，也就是說空才是宇宙的本體呀。

兒呀，既然空是宇宙的本體，那諸多顯現的有為法當然也是空無自性的，在現象上它們雖然有生滅，但它們仍然離不開空的本體。一切事，一切

物，一切人，一切境，包括生死，包括輪迴涅槃等法，無不如此。它們是空中的電，它們是水中的泡，它們是太陽下的露珠，它們是秋後的螞蚱。它們雖然演戲一樣幻起幻滅，而那空的本體並無動搖。萬法都是那自然本體的智慧遊戲，表面看來，它有諸般妙用，它有多種莊嚴，但那諸多顯現卻不可能永恆。它們現不異空，空不異現。那諸多顯現，皆是空寂本體泛起的浪花。那所有的行為，那所有外境所現的諸法，皆是剎那無常，其性本空，如同幻化。

那本體覺性在顯現上雖然能示現輪迴涅槃，但從了義上看，無論是輪迴，還是涅槃，都不離那本體空性，就是說了不可得。

兒呀，覺性即是空性。那諸多顯現，其實是覺性的妙用功能，它顯現了輪迴和涅槃，顯現了諸多幻化遊戲，顯現了覺性之莊嚴，但它們本質上是無生無滅不離本體的。所以，覺性應該超越善惡，超越因果，超越迷悟，超越苦樂。因為覺性無須修治，它不垢不淨，不增不減，本自解脫，住平等界。

所以，真正的覺性本體空寂，不著諸相，全無所得。它不一定念經，不一定持咒，不一定修本尊，不一定觀壇城。對於明白了心性覺性本空的人來說，生圓二次第皆屬有相之法，三藏十二部也是閒家具。

兒呀，我說覺性即是空性，它靈明妙覺，自然圓成，明空不一，無成本淨。那本體心性本來清淨，本無一物。明白此理，安住於此，如如不動，即名為修。觀萬法如觀流水，眼見諸相，心不動搖，不執著於勤行，不執著於有無二邊，不生執著，不作分別思慮，諸相如恆河之水，滔滔不絕，我心則如明鏡，不惹纖塵，不留牽掛。當我們的心與外境相遇之時，你便要明白，那諸多顯現，其實皆是心的妙用呀。當你明白了這一點，了知萬法皆是覺性妙用，心便不隨境轉，心境皆歸隱沒。

兒呀，你如何將那種理念貫穿於行住坐臥之中呢？告訴你，安住空性，明白實相，將那欲界色界無色界，都融入湛然如虛空的覺性之中。那眼觀的諸色，那耳聽的諸聲，那鼻嗅的諸香，那舌嘗的諸味，那身觸的諸受，那意惹的諸念，那山川大地，那宮殿美景，那江河湖海，那盛開的百花，那歡跳的動物，那紛繁的世界……所有外境，所有內心，所有執著，所有牽掛，所有起滅之相，無不包容於那空性的自然智慧之中。那心外的各種境界，那心內的起滅心識，都包羅於自然智慧之中。要知道，那自然智慧，不是從心外求來的，它是眾生心性中本來就有的。它不靠修煉而得，它是本來俱足。它等同於佛的法身。

　　兒呀，你在一切時中，都不要執著於有為的功用勤行。因為清淨的覺性不假外求，非靠修善培福所得，它是無為法。正確的做法，應該是將你的身口意都融入覺性，要明白覺性無為，空性無執，自性無礙。你要想有為，便會有所執；有所求，便有所苦；有所貪，便有所失。所有有為造惡者，為善者，皆是輪迴之根，故要超越善惡二元，放下一切，心中不著一絲一縷，任心自在，任運無為。兒呀，要知道，凡所有為，便歸於緣起。所有緣起法，皆會歸於生滅，皆是如幻無實，故應無為。無為而無不為。

　　兒呀，究竟什麼是無為呢？無為就是明白抉擇一切法皆無自性，你不要安住於有，也不要安住於無，不要安住於常，也不要安住於斷，要不論是非，無取無捨，無分無別。世上的愚夫，正是因為有為的種種偏見，才生起執著，執幻為實，認假成真，取相著相，才漂流在生死輪迴的大海之中。你要明白，只有無為之法則，才能超越因果。

　　明白了嗎？我的心子。

　　奶格瑪說，兒呀，你靜了心，凝了神，放下萬緣，來聽我們的歌聲吧。

❸ 悟後的暖陽

空行母於是齊唱——

　　　情器間也有至高的物質，被稱為聖物或是甘露，
　　　外道也許是別有名相，它們其實是助道的物質。

　　　真正的最高物質是開悟的覺受，像寒冬的暖日能帶給你安詳，
　　　你坦然放鬆如嚴冬裡曬著太陽，但同時又沒失去那覺悟。

　　　要永遠沐浴在覺悟的暖陽下，不要追問不要希冀，
　　　你要享受那份覺悟後的放鬆，卻又不是無記和愚癡。

　　　放鬆裡要體會警覺的日光，用光明應對眼前的諸物，
　　　雖然光明朗然照遍世界，但不要丟棄那溫暖的沐浴。

　　　那沐浴暖的是身體與心靈，身心俱受用覺悟的光明。

道道光明滲入每一個毛孔，從裡到外都坦然通透。

別再去尋覓心外的聖物，世上有許多真正的騙子，
他們故弄玄虛費盡心機，為的是藉聖物滿足私欲。

真正的聖物當然是覺悟，你不要執著也不要丟棄，
就像行進在晴空下的野外，雖不執著卻享受著麗日。

那麗日的源頭依然是心性，心外並沒有殊勝的物質。
因為有了覺悟的光明，諸相便有了輝煌的色彩。

麗日下行動你坦然放鬆，心卻朗朗明明猶如明鏡，
鏡中能照徹大千世界，那鏡體卻又如如不動。

當諸境來臨時鏡面紛繁，諸境離去時鏡也澄寂。
雖然那明鏡迎新送舊，那光明鏡面卻了無痕跡。

再猶如那利劍刺穿了水面，瞬息間水面便有了裂縫。
當你抽了那利劍出水，水中卻看不出一點痕跡。

證悟的行者在世間的行為，便如那利劍斬向水面。
雖然有諸多的行住坐臥，那心體並無絲毫的動移。

當我們面對那紛紜的外相，一定要體會相似的明鏡。
外境自可以白雲蒼狗，那心體卻不可隨它而去。

當你明白了這一真理，你便擁有了至高物質。
雖然你看起來庸庸碌碌，其實你心懷靈山之珠。

那寶珠光明朗然照破天地，炎陽下便沒有六道影子。
痛苦熱惱更是夏日的霜影，沒有執著便沒有癡迷。

光燦燦靈歷歷露地白牛，空蕩蕩明晃晃火中蓮炬，
光潔潔明浩浩心頭朗月，藍碧碧淨灑灑晴空萬里。

到此時人世間不再求他物，天界也沒有更妙的消息。
醉醺醺樂陶陶長養聖胎，掃除了萬象也沒了自己。

到這時你無須再求佛國，淨土呀聖地呀皆在心裡。
法身無處不在無時不有，到此時觸目皆是淨土。

奶格瑪開示道，兒呀，你一定要記住，世上有許多殊勝的助道物質，它們被人們當成了聖物，它們可能是珍貴的草藥和聖人的用物，但它們是三昧耶之物，只對守持誓約者有用。真正的聖物是深入法義，了悟本然。當你沐浴在本然之中，就等於得到了最高物質的滋養。要知道，了悟的明空不是虛無，而是充滿了明晰的活性。

當你認知到本元心後，它就會磁化你的人生。你從此會無憂亦無懼。你的心已經變得像水一樣，即使它受到利劍刺擊，它也會不懷希冀，不生恐懼。那被劍刺穿的水面，雖也蕩起了漣漪，但很快就會平息，不會留下任何痕跡。

兒呀，要體認你所經歷的一切，其本質均是無生，你不應有希望或恐懼，不再去期待或焦慮。哪怕你在一夜間成了國王，你也不應狂喜。哪怕你在瞬息裡變成乞丐，你也不應憂慮。因為無論發生什麼事，你的心性本質都是無生亦無滅。

對你的親人，你無須攀援；對你的仇敵，你不必憎惡。你隨緣而為，幫助他們，但卻不要帶任何的執著與期望。當有一天，你的親人死去時，你也不必哀傷地哭泣，也不要離開那光明證境。你可以隨緣做些功德，為亡者的心靈帶來利益。但記住，他們的本質，也是無生無滅的。

那真正的大手印成就者，猶如巍然的雪山，雖不動不搖，但在信日的照耀下，能流下滋潤萬物的雪水。他能隨緣示現諸種境界，又能須臾不離本然。無論成為國王，還是淪為乞丐，他都能處變不驚，坦然欣賞所受的境況。他的行為任運自然，而不是造作模仿。他會在本然狀態下，覺察自己在日常生活中的所作所為，他自信但又善巧，以避免不必要的誤解。

當一個人圓滿了悟時，已不再憂懼輪迴，也不再嚮往涅槃。他的真心

中，萬法一味，萬物一元，沒有需要接受或被拒絕的東西。其心如鏡，能朗
照萬物，卻不假好惡。這時，他再也沒有了能修和所修，因為他無時無刻不
處於本元之中。

　　空行母們齊聲唱道——

　　　　　語言的功能已全部消失，就像盲者的視和聾者的聽，
　　　　　就像啞巴的話靜默的聲，沒有語言可以描述什麼是什麼。

　　　　　那至妙的大味無法用味覺描述，那至妙的聲音無法用音符再現，
　　　　　那至高的形象不再有色彩，那至大的境界沒有了身形。

　　　　　縱然是一口吸盡三江之水，也呃不出心中想說的滋味。
　　　　　縱然能吁出萬頃波濤，也無法道出那靜寂的聲音。

　　　　　雖然我們唱了諸多的歌謠，但智者了然迷者依舊迷茫。
　　　　　即便是有了萬千的言語，那心頭的覺悟依然離於言表。

　　　　　只有你嘗到那妙法的滋味，你才會夢中醒來恍然大悟，
　　　　　你才知所有的真理不是語言，真理是概念之外的那個本體。

　　　　　咿呀雪漠或是瓊波巴呀，你智慧的心光已開始顯發，
　　　　　你要超越二元對立的牢籠，超越便是那解脫本身。

　　　　　你智慧之燭雖然沒有燎原，那粒種子尚待長成大樹，
　　　　　但你已窺到了修道的路徑，你已經出世間頓超凡塵。

　　　　　雖然你還有漫長的路途，但光明已顯不會再迷路，
　　　　　也不會心外求法四處奔波，更不會認假為真執幻為實。

　　　　　你發現其實你證無所證，那光明你其實早已俱足。
　　　　　你遠行之路的真正目的，是發現了你自家的珍寶……

④ 發露的體悟

瓊波浪覺說他豁然大悟，喜極而泣。以前的一切所學都頓時鮮活了。他說，以前所求的所有教法精髓，空行母們都涉及了，而且更加樸素明瞭。

他喜極而泣，頂禮多次。

奶格瑪說，好了好了。你是真的明白了。

瓊波浪覺笑了。我也笑了。

他問我，你笑啥，難道你也明白了嗎？

我笑道：明白是啥？弟子愚鈍，不知是否體悟到了那麼高深的真理，但我願意發露自己的體悟，請上師驗證——

> 切斷心糾結，成熟並解脫；
> 勿受心欺騙，此外無執著。

> 守護三昧耶，察吾心明鏡；
> 非謂觀諸法，本來無疑惑。

> 修煉氣和脈，賦之以活力；
> 清淨諸脈道，勤修微細身。

> 坦修大樂時，守護智慧寶；
> 大樂融諸心，體悟諸菩提。

> 靜觀明智心，本覺之光照；
> 空非死寂無，朗然如水晶。

> 自然解脫處，大印爲依歸；
> 猶如蛇解結，自然而解脫。

> 至高之物質，沐浴悟暖陽；
> 空中非虛無，明晰多活性。

　　在修行方面，猶如劍刺水；
　　超越世八風，無憂亦無懼。

　　在相似方面，觀外相之鏡。
　　遊戲本一味，超二元對立。

　　如是如是。瓊波浪覺欣慰地笑了。他說，兒呀，我已經點亮了你，你再
去點亮他們吧！
　　我問，他們是誰？
　　他說：他們是一堆詞語。

第31章　尾聲也是開始

1 漸去漸遠的身影

經過多年如法的實修之後，瓊波浪覺踏上了歸途。

沒人知道他用了幾年時間實修。要知道，在明空之境中，是沒有時間的。洞中方七日，世上已千年。

來路茫茫，去路迢迢。心卻變了。因為多了一份經歷，心也多了一點明白和覺悟。

同樣沒人知道瓊波浪覺在印度尋覓了多少年，祕傳中沒有記載，這並不重要。在瓊波浪覺一百五十歲的人生中，多待幾年少待幾年不是多麼重要的問題，重要的是他如何待。去的時候，他只有一顆期盼和尋覓的心；回的時候，他成了許多密法的載體。他已見到諸多本尊，已證得了幻身和光明，並經過有學雙運，達到了無學雙運，證得了大手印的究竟成就。

當然，在大成就師的一生中，最重要的，還是他的菩提心。

瓊波浪覺的臉上寫滿了風塵。他的額頭已有了淺淺的皺紋，這很正常。誰都會有皺紋的。歲月絕不會因為他的信仰而不塗抹無常的印跡，正如發現因果法則者並不能逃離因果一樣。但我明白，瓊波浪覺還有很長的路要走。當然，就個體來說，他住世一百五十年，但相較於亙古的大荒，他的一生，仍是茫茫大海中一朵瞬間騰起的浪花。

瓊波浪覺看到了綿延遠去的大山，也看到了那煙霧狀的雲彩。風輕柔地吹來，吹進他的心。他的心仍沒離開那些在命運中給了他覺悟的女子。他相信，無論她們棲身於何處，都會默默注視著他。他聽到了來自亙古的悠長而蒼茫的呼喚。那是他今生活著的理由。

匆匆的腳步濺起無盡的塵埃。蒙昧的心智已迎來智慧的光明。雖然疲憊，雖然正在走近久別的家鄉，但他想，我並沒離開她們，並沒離開那些被人們稱為智慧空行母的女子。

奶格瑪，我生生世世的上師！

司卡史德，我生生世世的明妃！

莎爾娃蒂，我生生世世的愛人！

時不時地，瓊波浪覺的心頭就會響起這樣的呼喚。

　　總是在不經意間，他就會看到一雙雙眼睛。它們明眸善睞，風情萬種。你不要以為我用錯了詞，是的，風情萬種。那萬種風情，正是空行母的智慧。她們正以那智慧顧念著眾生。你千萬別將她們當成木訥的偶像。不，她們是鮮活的生命。她們像大海波濤那樣湧動著生命的激情，她們像巍峨的山峰那樣袒露出充盈著大樂的軀體。我總能感受到那洋溢著生命柔情的呼吸。她們已成了我生命中無處不在的光明。奶格瑪，司卡史德，我生生世世的上師，生生世世的母親！莎爾娃蒂，我生生世世的妻！

　　每次想到這三位女子，我總是淚流滿面。淚模糊了我的雙眸，卻擦亮了我的心。我的生命裡，便有了一種揮之不去的氛圍，有了一種淡然卻濃得化不開的情緒，有了一種無所不包無處不在的明空。

　　瓊波浪覺告訴我，他心中經常湧動的，不是上師們傳他的本尊心咒，而是「奶格瑪千諾」。從上百位上師那裡，他雖然領受了上千種教法，學會了無數的心咒，但他生命的時空裡，經常響起的，卻是「奶格瑪千諾」。因為，所有上師都告訴他，念誦本尊心咒萬遍，不如至誠祈請上師一次。他將所有的上師本尊，都融入了奶格瑪的智慧大海。

　　我曾問過瓊波浪覺，你為啥有那麼大的成就？

　　他答道：因為在生命的每一分鐘裡，我都在祈請我的上師。

　　九百多年後的某個夜裡，他將那句生命裡最重要的咒子傳給了我。

　　奶格瑪千諾！

　　瓊波浪覺說，奶格瑪是證得了究竟佛果的，她跟所有佛陀無二無別，她的法身遍布法界。只要至誠祈請，她無不應緣加持。

　　不過，在那個彷彿遙遠到天外的時刻來臨之前，奶格瑪卻僅僅是瓊波浪覺心頭擺脫不了的牽掛。他當然不知道，那牽掛本身，便是奶格瑪的顯現。

　　一句「奶格瑪千諾」，一直伴著瓊波浪覺，走過了漫長的求法歲月，又伴著他回到了雪域。

　　遠去的塵埃裡，我看到瓊波浪覺漸去漸遠的身影。

　　隱隱地，傳來一陣歌聲——

　　　　山，雖在巍然屹立，
　　　　但它高不過閃光的心靈；
　　　　路，雖在蜿蜒遠去，
　　　　但它長不過跋涉的腳步。

我的步履雖然蹣跚，
信念卻堅如磐石，
因爲靈魂裡炫目的光亮，
將化爲夜行人手中的火炬。
那傳遞了千年的智慧之火啊，
將從你我的手中，
燎原成歷史上最美的景緻……

② 淒婉的心曲

瓊波浪覺在回到藏地之前，又去了尼泊爾，去找莎爾娃蒂。

但在那時，尼泊爾人的平均壽命不到四十歲。沒有任何一個女子，能禁得起他漫長的尋覓。更何況，莎爾娃蒂還遭遇了命難。關於那命難，都說是由那誅壇中的邪惡咒力導致的。對於這種說法，許多人深信不疑。

在以前他求學的那座小院裡，瓊波浪覺見到了庫瑪麗。以前，她曾爲莎爾娃蒂提供那些咒士的諸多信息。現在，她也很老了。爲了等瓊波浪覺，她從班蒂那兒求到了「奶格瑪長壽持明密法」，精進修習，不捨晝夜。以是因緣，她才住世百年。

庫瑪麗交給了瓊波浪覺一些文書，說莎爾娃蒂已將她的所有財富換成了金子，存入一家櫃坊。櫃坊是專門替人寄存、保管財物的機構。憑著這些文書，他可以取走那些財富，作爲他將來弘法的資糧。只需要付很少的一點傭金，櫃坊還會幫他將財富運送到雪域。他們的馬幫可以通往許多國家的商埠。

庫瑪麗交給瓊波浪覺的，還有他以前寫給莎爾娃蒂的信。此外，還有莎爾娃蒂的一些文字。

正是從這些文字中，他才知道，莎爾娃蒂承受了怎樣的相思與疼痛。

後來，證悟後的瓊波浪覺，請空行母將那些文字用空行語言保留下來，並囑咐她們，請她們在千年之後，交給一位徹證空性、能洞悉空行文字的人。

正是借助那空行文字，我才看到了彌留的莎爾娃蒂——

在惡魔撕扯的疼痛的間隙中，那讓我柔腸寸斷、心血洶湧的敲門聲又一

次響起了。

　　我雖然知道你不會來，但還是心跳不已。以前，每次聽到你獨特的敲門聲，我總是激動，心像春風吹皺的池水，又像大海在洶湧，它能喚醒我沉睡的千年，喚來一個個瑰麗的日夜黃昏。瓊，是昨日的你又捧著一杯上好的茶來請我品味麼？是昨日的你拿著好書來翻給我欣賞麼？還是你興沖沖地來邀我去沐浴星光？

　　在身體許可的時候，一聽那聲音，我總是一躍而起，興沖沖開門，再灰溜溜回來。

　　我的太陽，爲什麼走不出那些塵封的往事？是你太美，還是歲月太美？一路上月光都老了，但我對你的感覺卻如此年輕，經得起時光的翻閱。

　　你卻終於走了，走入你的夢裡了。心酸依舊，小巷依舊，你這一去，誰再爲我站在路口凝眸？你一走，誰再給我些許的呵護和自由？你一走，我們何時在春光中牽手，把我滄桑的目光，融入你如水的眼眸？

　　今夜的雪花依然飄個不停。但畢竟是三月的天氣，一絲涼涼的氣息中牽扯著一縷落寞而淒涼的相思。好想你！在這樣幽靜的晚上，我不經意地路過那間曾經春意盎然、現已風雨淒淒的小屋，竟一下子怔住了，一種恍若隔世的感覺湧上心頭。若此時小院裡無人，我定會哭泣的。我要讓這間溫馨的小屋永遠不要忘記那段眞實而美麗的紅塵故事。

　　站在曾經相約的窗下，輕輕撫摸著樸素的窗櫺，心底的感覺遙遠而清晰。吾愛，今夜又落在何方？這裡的望夫崖早已望不回跋涉的你，空留下一段美麗和淒涼！

　　吾愛，你可看到滿天的星辰，閃耀著寒光，在我的心頭跳躍著，遠逝著，引來那颯颯驛動的季節。冬季的月光告訴我：遲到了，遲到了，遲到的腳步，追逐著一個美麗的錯……

　　吾愛，月色溶溶，你在困惑裡遊蕩麼？你也聽見月兒的言語麼？你可看到遠在天涯的那顆明月般的心？它時時想撫平你緊鎖的眉，它時時想拉住你遠離的魂。誰說遲到了？誰說錯過了？心與心之間沒有距離。

　　雪下得緊，片片撞擊著我千瘡百孔的心。面對冷清的空間，我不知怎樣少一些傷痛。

　　窗外的雪花依舊飄個不停，纏纏綿綿的，像我心底無窮無盡的相思。我渴望見到那個熟悉的身影，但眼前只是一片鋪天蓋地的雪花，遮斷心與心的相逢。

我斜倚在牆角，接受寒風的拂涼。一隻寒鴉掠過那一方被紅牆切割的藍天，悠然呈現在我的眼眸裡，於是，那物是人非、恍若隔世的情感直向我襲來，我的淚水悄然滑落。

那赭紅色的矮牆下，曾經有我佇立臨風、眺望至愛的角落。風裡雪裡，我曾經一手遮著額頭，一手扶著牆角，用一種平凡的姿態，站成了一線獨特的風景，一直看到你瀟脫可愛地從小巷的盡頭迤邐而來……

一個人走在長長的夢裡，咀嚼感歎，任憑褪色的往事撥弄肩頭的白髮。一樣的天空，一樣的風，憔悴的我茫然四顧，再也找不到回家的路。你的眉眼映在天邊最顯亮的地方，目光中寫著我無法看懂的文字。也許，昨天多情的風和我做了場可愛的遊戲，戲弄了我，戲弄了你，戲弄了那個粉紅的夏季。

心茫然，腳步沉重得無法前行。我不知道怎樣才可以解脫自己。一直期待你的守諾和歸來，但風起雲動，我仍在守候「一枕黃粱」後的寂寞。

心跌落了，如一片黃葉，在漫漫的大海中漂泊。岸上的漁歌在夕陽中響起，彷彿是一場夢。

四周的歌聲，敲打著我空曠的腦海。二十多年的等待，終於凍僵我淒婉的心曲……

當我撿拾完人生中最後幾片楓葉後，心靈終於放飛了那些曾經憔悴而甜美、愉快而沉重的相思。

遠去了，別人對我的嘲諷……

那心底的冰塊，也漸漸消融……

❸ 祕密的相遇

在瓊波浪覺回到雪域近千年後的某一天，我又跟奶格瑪相遇了。我們的相遇，始於尋覓的起處，終於渡口的曙光。

在那光明境中的渡口處，我見到了奶格瑪。那是個尋常的女子。她沒有傳說中那麼美麗，尋常得不像一個傳說。

我不知道，我遇到的奶格瑪，跟瓊波浪覺遇到的那位，是不是同一個人？

但我想，真理是以不同的名相出現的，奶格瑪也一樣。她可能是一縷清風，是一抹晚霞，是一暈夕陽，是一點朝雲，是一個含羞待放的花蕾，是一

陣酣暢淋漓的鼾聲，更可能是一個像司卡史德這樣又刁鑽又智慧的女子。

千年前的相遇，跟千年後的相遇，想來有了歲月的差異。但我已不在乎杯子，我需要的，是杯中的甘露。無論她有著怎樣的外相，我都會窺破假象，看到真理的本質。

我們相遇在一種極靜的境界中，她說她在等一個人。我不知道她在等誰。那時我想，她若真是奶格瑪，其實已不需要等待，因為她已等到了我。

那女子告訴我，真正的奶格瑪，其實是一個尋覓的過程。書中的司卡史德，那莎爾娃蒂，那無數朝拜的聖地，那本波的咒語，還有那吞天的精靈，那無量的魔障，那無盡的相思……那途中的所有風景、所有的人、所有的事，都是奶格瑪。

她說，不明白這一點，那奶格瑪，就真是一個傳說了。

我微笑著發問：那麼，我也是了？

難道不是嗎？她笑了，笑聲有金剛鈴的餘音。

我問，你在等人嗎？

我又說，其實你不用再等，因為你等到了我。

她笑了，目光裡充滿嫵媚。她說，我不是在等待，我僅僅是在陪你。

我告訴她，在這個淨光閃爍的渡口，她沒在等我，我卻在等人。雖然我也在尋找。但我的尋，不知從何時起，已經變成了我的等。

我們都知道，那漫長的路的盡頭，會走來我等待的人。

我們等候在巨大的靜默裡。從血色黃昏，等到夜色闌珊。因為有了這相遇，我們的心中都溢滿了大樂。那大樂，無我無法，無邊無際，無執無捨，無暇無蔽。它像一量量光波，蕩向了天際。

夜雖然十分漫長，但因為有了幾顆質感很強的星星，我便覺得光明無限了。在星光下，那女子靜默著，但我知道她是太陽。因為有了她，我不再期盼別的旭日。

我們浸泡在巨大的含蓄裡，在靜默中，說著想說的話。

在天邊魚肚白的微笑中，我終於發現，有一個人，正朝我們走來。我看不到他（她）的臉。我甚至不知道他（她）的性別。他（她）的身後，是黎明前微暗的天光。恍惚的天光裡，有無數的人的剪影。我在靜默裡發問：你們是不是我的部隊？那些人不答。但對我靜默中的演講，他們發出了掌聲。只是我覺得，那掌聲，是更大的靜默。

那一刻，我忽然疑惑了：不知是我在等他們，還是他們在等我？

在那遙遙而至的等待中，奶格瑪欣慰地笑了。我們四目相對，甜蜜無比──我沒有用錯那「甜蜜」一詞，我真的很甜蜜。除了「甜蜜」之外，我找不到其他的表述詞語。

從相遇至今，我沒有問她任何問題。因為，我本來就沒有問題。

在無盡的甜蜜裡，我心靈的光明顯發了。我清晰地發現，那個叫奶格瑪的女子，其實是我自己。我的所有尋覓，我的所有相遇，我的所有期待，我的所有經歷，那天光中的所有剪影，其實是我自己。

在我智慧的生命中，真正的奶格瑪，就是在這時出現的。於是，我心中的那一點淨光，在黎明中溢向十方。

一個聲音悄悄地說：你終於發現了真相。

是的。我說，現在我終於可以說了：那等待的我，那相約的她，那我們要等的你或是你們，其實都是我自己。在一個幻化的大遊戲中，我跟奶格瑪一起，一直在演著另一種遊戲。

奶格瑪並不曾離開我，我們也無所謂相遇。在我無垢的清淨裡，甚至不需要那尋覓的過程。雖然那過程也是奶格瑪，但真正的尋覓，甚至不需要過程。

只是，要是沒有那尋覓過程，我可能永遠都會去尋覓。

正是在那無盡的尋覓中，我終於發現，我本來就不需要尋覓。

那女子卻笑了。她說，是的是的，不過，你的見地，只屬於你自己。它是你實現超越後的證量，而非凡夫的狂妄。對於沒有踏上尋覓之路、沒有經歷尋覓之苦、沒有經受靈魂歷練、沒有實現終極超越的人，他們還有漫長的路要走。沒有尋覓，沒有經歷，沒有歷練，沒有經年累月的實踐，你就不會是奶格瑪。

她說，只有在你到達目的地之後，那個奶格瑪，才是你最後的自己。

就這樣，我們相視而笑，相擁怡然，無此無彼，融入在對方的生命裡。

笑聲裡，有歌聲隱隱響起──

是千年的風霜侵入你的肌膚？
是百世的相思令你魂銷神泣？
是大漠的風沙吹斷你夢中的駝鈴？
是過眼的煙雲迷了你遠行之路？

偌大個瀚海從此無一絲春色
沾衣的不再是帶淚的笑
嘯捲的沙塵
每每在夢中騰起

你總說尋覓已到了盡頭
丘比特是命中的剋星
那支箭不該姍姍而來
吁歎間
白髮已替了青絲
誰叫你在天界貪玩呢
一流連
便遲到五百年

你總說冰冷的屍林沒個溫暖的懷抱
那個叫紅塵的隧道定然是風雨淒淒
是怕寂寞你盈盈的笑嗎
知否
真愛的生命沒有盡頭
愛是永恆的字幕

你老說下一世再來
圓你期盼了百世的夢
誰要成佛讓他成去
你的正果叫虞姬
在霸王的烏騅馬旁
問天下誰是英雄

英雄的名字又叫寂寞
江湖路長
更長的是英雄的情思
那張射鵰的大弓

茫然千年了
漠風因之而起
沙捲亂石成十面埋伏
荒蕪了
獵獵風中英雄路

霜風掠白了你的青絲
掠不老你的尋覓
點點梅花
夜夜射向天際
天涯路上無你的郎君
郎君是滄桑的雨雪
總是悄然而來
又悄然而去

莫非你因此而病
那輪月兒失色了
窺視的天狗定然在竊竊私語
還是入夢吧

夢中的你是消瘦的月兒
夢中的你是帶淚的海棠
夢中的你是悲吟的古琴
夢中的你是啼血的杜鵑
這紅塵
總不見銜羽的鵲兒
王母的簪子卻舞個不停
輕輕一劃
便有了傳恨的飛星

昨夜裡西風又起
一面血紅的大旗

在殘照裡獵獵作響
黑馬長嘯
牽動邊塞的煙雨
靈魂在西風裡
聲聲呼喚——
歸來吧，歸來喲，
浪跡天涯的遊子……

2005年初稿於涼州
2011年6月定稿於東莞樟木頭「雪漠禪壇」

要建立自己的規則（代後記）

雪漠

　　若有人問：「雪漠，你的小說中，對於你來說，最重要的是哪一部？」我會說：「《無死的金剛心》。」

　　若有人問：「那麼，對讀者來說，最重要的，是哪一部？」我仍然會答：「《無死的金剛心》。」

　　為什麼？

　　因為，我的一般小說，可以感動或改變你；而《無死的金剛心》，卻可以「成就」你。這書是一塊肥沃的土地，你只要用力拽那個露出地面的「智慧指頭」，就能拽出一個有著噴薄生命力的「成就漢子」。也就是說，你要是能像書中的主人翁那樣歷練，你定然也會得到證悟，成長為一代聖者。

　　不過，在一般人眼中，《無死的金剛心》卻可能是個怪物。它根本不像小說，但我又不能不將它當成小說。它不是時下人們習慣或認可的那種小說，但由於寫了一種神祕經歷，我既不能說是「實錄」，又不能說是「體驗」，我只能賦予它「小說」或是「傳記」的名相。

　　需要說明的是，筆者也是從瓊波浪覺走過的那條路上走過來的。主人翁的證悟過程和靈魂之旅，也真實地存在於我的生命中。

　　是的，明眼的智者可以看出，我寫了一種最真實的存在。真實到什麼地步？真實到若有人照著主人翁的路走下去，他也會成為另一種意義上的瓊波浪覺。

　　世上哪有比它更真實的小說？

　　《無死的金剛心》遠遠超過了人們對小說的理解，但它卻是雪漠的小說中，最應該看的小說──其實，它更應該稱之為「大說」。所以，你不要按「小說」的標準來要求它，你應該按「大說」的標準來欣賞。在我寫的「大說」中，有大量的一般小說沒有的智慧、思想和「說法」。它有時雖也有言

情小說的纏綿，但更多的章節，卻像用斧頭劈下的根雕，非常粗糲，但有力量。我有個學生叫羅倩曼，她設計過《西夏咒》和《西夏的蒼狼》的封面，我很喜歡。因為設計封面的便利，她初讀我的文稿時，說是毫無文采。讀完之後，她卻說，雪漠老師寫到這個份兒了，還需要文采嗎？她甚至認為，正是那種斧頭劈出的粗糲，才讓文本顯得非常有力量，雖然不乏粗拙，卻有種其他讀物沒有的力量。

與此同時，另一家出版社的編輯也讀過此稿，他用修忍辱的耐性讀完此稿之後，說小說不能這樣寫，說裡面不該有許多他沒法理解的教義。還有一些對我很好的朋友，甚至勸我懸崖勒馬，緊急煞車，馬上回到《大漠祭》、《獵原》和《白虎關》上去。但我想，要是真的回去了，那我的寫，不就是在重複自己嗎？與其那樣，我還不如扔了筆和電腦，去幹一些更有意義的事呢。

還有些有見識的朋友，也在善意地向我傳遞一種信息：小說不能這樣寫。我當然知道他們是為我好。因為，在我的創作之初，許多編輯就這樣教調我。

是的，小說是不能這樣寫，但雪漠的「大說」偏偏要這樣寫；小說不能大段議論，但雪漠的「大說」偏偏要議論；小說不能寫一些宗教智慧，但雪漠的「大說」偏偏要寫；還有許多「小說」不能的，但在雪漠的「大說」中，偏偏都能。我想寫的，便是這樣的「大說」——是除了「雪漠」之外，別人寫不出的那種。

於是，我就有了自己的標準。

比如，契訶夫說，小說開始時出現的槍，要是在後來的情節中不能打響的話，那它就是多餘的。他的意思是小說一定要有照應。

雪漠卻說，那槍，為什麼一定要打響？那情節，為什麼一定要有照應？我偏偏要寫一堆在後文沒有照應的人物和情節——只要它們是我「說話」時需要的材料或營養。在我的規則中，不是我要照應它們，而是它們要照應我。在我們的人生中，許多事情，其實是沒法設計和照應的。許多時候，我們根本不需要「匠心」，但仍然不影響我們人生的精彩。許多時候，有為的「匠心」反倒顯出了匠氣和狹小。大道是樸素自然的，它沒有說這不行，那不行，而是隨緣而為，順勢而作，渾然天成，毫不造作。像李白的詩歌中，就有著許多一氣呵成的意外「天趣」。它雖然不像杜甫那樣推敲錘煉，但我們喜歡李白的，也許正是那一股自然噴湧無拘無束的「氣」。小說亦然，有

時的精雕或設計，反倒顯出了虛假。像杜斯妥也夫斯基的小說中，就有許多沒有照應的情節和人物，雖然被屠格涅夫斥為「痢疾」，卻一點也沒有影響作者的偉大。不精緻的杜斯妥也夫斯基，甚至比強調「精緻」的契訶夫更偉大。因為我們從杜斯妥也夫斯基的所有文字中感受到的，是他噴湧的天才、思想和大愛。

《無死的金剛心》就是我這種思想的產物。

《無死的金剛心》粗糙得十分有力，簡樸得像塊隕石，粗糲得像猿人用石斧劈出的巖畫，神祕得像充滿了迷霧的幽谷。要不是其中的愛情還算得上纏綿的話，讀者會以為作者是個修了千年枯禪的乾癟羅漢。但只要你耐了性子讀完，肯定會發現雪漠筆下的風景，真的是「無限風光在險峰」的。只要你認真讀完它──要是讀不懂，你為啥不多讀幾遍呢？──你定然會長舒一口氣，說，我沒有白讀它。它確實有著一般小說絕不能給你的東西，這就夠了。

我甚至發現，即使對於其中的一些可能被人稱為「簡樸」的語言，要是我再進行修飾的話，就會褻瀆了這個文本。那表面的簡樸之中，其實有一股大巧若拙之「氣」。我每一修飾，就發現那「氣」受到了損傷。正如我們不希望一個木訥的羅漢去成為「脫口秀」的主持人一樣，有時的拙，其實是大巧；有時的簡陋，其實是樸實；有時的粗糲，其實是返璞歸真；有時的簡單，更可能是偉大。

我於是想，索性，就讓它保持「本來面目」吧。

瞧它，多像鬍子邋遢、頂著一頭亂髮的雪漠。

粗糙之中，卻不乏智慧和力量

呵呵，是不？

所以，您千萬不要希望雪漠拿腔作態地寫一部四平八穩、循規蹈矩的小說。世上到處都有這種東西，要是想看它們，您可以走進任何一家書店，隨便抽一本小說，它們都能迎合您的期待。

但要是想看《無死的金剛心》這類「大說」，對不起，您一定得先看看作者是不是「雪漠」。

這幾年來，對我的創作，說啥話的都有。有說我是大作家的，有罵我不會寫小說的，還有其他說三道四的。其實，若是按時下流行的那些標準去衡

量，我真不知道自己算不算作家。對我的小說，愛的愛死，恨的恨死，雖然不合時宜，卻怪怪地有了很多鐵桿「雪粉」。正如對待我，或說我是佛，或說我是魔，其實我只是一面鏡子，每個人看我時看到的，其實總是他自己。我的小說亦然，喜歡者總能從中找到自己需要的東西。

《無死的金剛心》是我的小說中最不像小說的「大說」，也許它犯了很多小說不能犯的忌——比如充溢於字裡行間的真理和思想。對於傳統的小說規則來說，寫思想是犯忌的，都說思想會腐朽，生活之樹卻可以常青。但我的書中那些思想，卻正是我著力想宣揚的東西。要是不犯那些「忌」，我也就不寫作了。因為，在我眼中，那些「忌」，正是我作品的「魂」。要是沒有那些「魂」，我就找不到寫作的意義了，還不如扔了筆或電腦去曬太陽呢。我寫的東西，一定要對人的心靈有用，甚至有大用。無論什麼規則，要是做不到這一點，我便要打碎它。

再說了，對於某些思想來說，當然很快就腐朽了。但有些思想，卻應該能伴隨人類存在下去，如老子的，如莊子的，如佛陀的，如基督的，要是哪天它們腐朽了，人類也該沒了。

我寫的思想或是智慧，在我眼中，正是這種死不了的東西。以是故，我的文字定然會比我的肉體長命。雷達老師甚至認為，我的《光明大手印》系列（中央編譯出版社出版）的影響，定然會比我的小說大。……嘿，還真叫雷老師說準了，那書一出，真的是好評如潮。我應邀去國家圖書館、中國科學院、中央民族大學、中央財經大學講大手印時，那種熱烈的場面，是我以往的小說帶不來的。有許多讀者，從外地趕往北京，為的是聽我的大手印演講。我的《光明大手印》系列，也真的為我贏得了更多的「雪粉」。它甚至還改變了許多讀者的心。要知道，許多時候，能改變心，就能改變命。

對寫作，我有自己的標準。我不願意浪費自己的生命去遵循別人的標準，哪怕這種標準已得到舉世公認，已成為文學不得不遵循的規則，我還是想建立自己的規則。我眼中的小說，它必須是我說話的一種方式。哪怕這個世界不認可它，但只要它能讓我快樂或是充實，我就願意寫它。

北京大學文學碩士、人民文學出版社某報主編陳彥瑾曾在《中華英才》雜誌撰文說，雪漠在文壇是個「異數」，因為他總是「不合時宜」——不能和時代「合拍」。她說：

1988年路遙的《平凡的世界》出來時，雪漠剛在《飛天》雜誌發表第一

篇小說《長煙落日處》，獲甘肅省優秀作品獎。獲獎後，雪漠就想為西部貧瘠大漠裡的父老鄉親好好地寫一部大書，於是開始了「大漠三部曲」的創作，沒想到，這一念想，耗去了他二十年的生命。《大漠祭》出來時，已經是2000年了，而第三部《白虎關》寫完時，已經是2008年了。上世紀八○年代一度引領文壇和影視歌曲創作的西部風和鄉土風，到了廿一世紀，早已是被都市化和商品化大潮沖刷而去的明日黃花了。而《西夏咒》的創作，雪漠拾起的是上世紀九○年代的先鋒敘事，於是有評論家指出，《西夏咒》是「中國的《百年孤獨》」，是「東方化的先鋒力作」；直到《西夏的蒼狼》，雪漠才第一次正面寫都市，而《無死的金剛心》，雪漠又回到了《西夏咒》式的「夢魘般的混沌」敘事。──要知道，先鋒敘事在上世紀九○年代中旬即已沒落，隨著市場化進程的突飛猛進，如今，文壇盛行的早已是欲望混合著獵奇的商品化寫作。雪漠在這樣的環境下仍堅持先鋒式的純文學創作，尤其是在全民唯經濟論、唯世俗享樂的時代，將目光投向被大多數人遺忘的西部貧瘠土地上的農民，書寫他們「牲口般活著的」存在，探討他們從泥濘中倔強昇華的「靈魂」，甚至探討整個人類對世俗欲望和歷史罪惡的「靈魂超越」──這一追求，無疑是與時代潮流格格不入的。

是的，我承認，我的寫作，確實「不合時宜」，因為我從來不在乎「時宜」──「時宜」便是這世界的好惡和流行規則。這世上，已有了那麼多符合規則的作家，也不缺我一個。我寫的，並不是好些人眼中的小說，我只寫我「應該」寫的那種。它也許「不合時宜」，但卻是從我心靈流淌出的質樸和真誠。這世上的一切，從本質上看，都是一種遊戲。不同的群體建立不同的遊戲規則，再由不同的人去遵循它。小說創作也一樣。那麼，我為啥要去迎合別人的規則呢？

我的「大漠三部曲」，雖然在題材上吻合了曾經盛行的「鄉土風」，但寫法上卻遠離了評論家眼中以故事情節取勝的小說規則。曾經有一位名編輯讀我的《大漠祭》時，讀到十萬字時，說我還沒有進入正題。我說：「小說一開始，就進了正題呀！」原來她想找的，是一個故事；而我想寫的，是一種存在。我的《獵原》和《白虎關》，想定格的，同樣是馬上就會從人類的視野中消失的生活。我的《西夏咒》、《西夏的蒼狼》、《無死的金剛心》也一樣。這三部作品，因為都涉及了靈魂和信仰，我稱之為「靈魂三部曲」。它們讓人們看到了一個新的雪漠。它們不是時下評論家眼裡中規中矩

的小說，它們只是我想說話時，從心中噴出的另一個生命體。

《西夏咒》出版後，引來很多的爭議，有叫好的，也有罵的，《西夏的蒼狼》亦然。可以預見，《無死的金剛心》出版後，定然也會招來一片噓聲，或者一片掌聲。不要緊，對於它們，罵者罵，誇者誇，各隨其緣，我也沒時間去在乎了。生命太短了，我們沒必要太在乎世界對你的看法。我說過，哪怕這世上所有的人都在乎和讚美你，等這一茬人死後，你仍是下一茬人的陌生。重要的是，你是不是真的能留下能讓下一茬人也記住的東西。──當然，我甚至也不在乎「留下」了。因為我最在乎的，是當下的快樂和明白。

我說過，我寫《大漠祭》們，只是想定格一些正在飛快消逝的存在，只是想對那塊遠去的土地說一些我想說的話──但是，寫完《白虎關》之後，我卻忽然想說另一些話了，於是就有了「靈魂三部曲」。一些明眼人從這三部小說的創作中看出了象徵和寓言，也有人看到了時下流行的敘述和「穿越」──但對於我自己來說，腦中其實是沒那些概念的。它們只是從我心中噴出的話而已。寫作時，我的心中並沒有那些小說規則。我只是享受那份噴湧的快樂，僅此而已。

需要強調的是，我的那種寫作狀態，離不開我二十年如一日的大手印修煉。

在第二屆香巴文化論壇上，我在北京大學中文系與一些學者進行了對話，我談到了大手印文化對我寫作的影響：

我的小說不是編出來的，而是與某個更偉大的存在相融為一體的清明中間，讓文字從我的自性中自個兒噴湧出來。噴湧的時候，我心如明空，指頭雖在跳舞，但腦袋裡卻沒有一個詞。我不知道什麼時候會流出哪個情節，只感到有無數生命、無數激情向我湧來、壓來，文字自己就流出來了──彷彿不是我在寫，而是有一個比人類更偉大的存在，透過我的筆在流淌出「另一種生命」。北京大學的陳曉明教授說得非常好，他說我的寫作是一種「附體」。當然，我不一定認為那是「附體」，但我確實感到有一種力量從我的生命裡向外噴。那力量湧動著，激盪著，喧囂著，從我的生命深處湧出，帶

給我一種巨大的快樂。那是從內向外噴湧的一種大樂，整個宇宙、整個世界都在跟我一起狂歡，但同時，我卻是心似明鏡，如如不動，卻又朗照萬物。你想，在這種狀態下寫作的時候，我怎麼能夠考慮主題、結構、人物、情節……沒有這些的，一切都在往外噴。我的「大漠三部曲」和「靈魂三部曲」，就是在這種快樂中流淌出來的。

這一點，也跟我寫「大手印」墨蹟時相若：「靈光乍現之後，我便遠離了所有的書法概念，忘了筆墨，忘了美學，任運憶持，不執不捨。妙用這空靈湛然之心，使喚那隨心所欲之筆，去了機心，勿使造作，歸於素樸，物我兩忘，去書寫心中的大善大愛。……那『大手印』三字，便如注入了神力，湧動出無窮神韻了。一老書法家歎道：好！拙樸之極，但又暗湧著無窮的大力。」「我僅僅是去了造作，去了機心，去了一切虛飾，而流淌出自己無偽的真心大愛而已。」（《從我的「墨家」經歷談真心的「光」》）

簡而言之，我寫字和作文的要訣，便是「去機心，事本覺，任自然，明大道」。

我研修大手印的目的，也為的是消除自己的欲望，讓自己沒有任何心機，沒有任何功用，只是讓文字質樸地流淌出自己的靈魂。當你把欲望、貪婪、仇恨，以及外界對你的束縛打碎之後，讓自己心靈的光明煥發出來，不受世間流行的各種概念、理論的束縛時，你就會進入一種自由境界。

真心光明的寫作，是能夠「以心換心」的，即能用我的真心去啟動讀者的真心。所以，很多人讀我的作品時，總是會感到非常清涼。

究竟地看來，我的所有文字，其實是一條通向讀者心靈的數據線，我想傳遞的，便是那份清涼和智慧。我說過，語出真心，打人便疼。從真心裡流出的文字，丟到讀者的心上，會引起共振的……你不妨試試，只要你有顆真誠的心，你就能在閱讀我的作品時，觸摸到文字後面正在激昂跳動的那顆真心。

需要說明的是，我說的作品，甚至包括了小說。復旦大學的一位博士在丟了證件和錢物後，心情很糟糕，但讀了我的小說，他感到清涼無比，所有不快一掃而光，所以他說「向雪漠致敬！」還有許多讀者也是這樣。我的文字，總能給他們提供心靈的滋養。所以，源於真心的文字，不一定非要有宗教的名相。那文字本身，就能承載智慧和精神。無論它的標籤是「宗教」、「文化」，還是「文學」，都掩蓋不了從文字中迸濺而出的真心之光。

近些年，老是收到讀者電話，他們希望我能將那些同樣出自真心的、有

著不同名相的文字出版，以期為更多的人帶來清涼。

這需求，便成了我的後兩部著作的緣起，因為它們同樣承載了光明大手印的智慧，我便起名為《光明大手印：參透生死》和《光明大手印：文學朝聖》。目前，兩部書均已完稿，即將面世。

正是因為大手印智慧能打碎概念對人的束縛，所以，在創作中，我從來不在乎啥「主義」。我不想讓任何枷鎖，束縛住我真心的光明。

怪的是，我不要主義，反倒像是有了許多「主義」。比如，對我的《白虎關》一書，不同的專家有不同的看法：復旦大學人文學院副院長、著名評論家陳思和認為是它是象徵主義小說；雷達老師稱之為現實主義小說；《文藝報》副總編木弓先生認為是浪漫主義小說。在第三屆「甘肅小說八駿」北京論壇上，中國作協副主席高洪波先生說我是「神性寫作」，李建軍說我是「咒語敘事」，還有人說是「通靈敘事」。一些批評家也針對我創作的巨大變化發表了不同看法，艾克拜爾、胡平等先生也為我出謀劃策，期待我有新的突破。選載於《中國作家》雜誌上的《無死的金剛心》成了那次研討的熱點話題，評論家們或褒或貶，爭論不休。而在中國作協創研部舉辦的《白虎關》、《西夏咒》研討會上，評論家也分為幾派，北京大學中文系教授陳曉明先生，說我是被「嚴重低估」的大作家，有人卻說我「文化犯罪」，其爭論的激烈程度，充滿火藥味，為近年來少見。

在一次火藥味十足的研討之後，甘肅文聯的馬少青先生對我說：「雪漠，創作上要認定自己的路，堅定不移地走下去，光明總是會出現的。不要人云亦云，文學的價值在於創造，在於另闢蹊徑。許多時候，成功的探索者，就是世界第一。」

是的。我雖然不一定要當世界第一，但我一定要當那個「另類」。若是我寫的東西，別人也能寫，我何必再浪費生命？

雖然我會一如既往地堅守我自己，但我還是感激所有對我的批評。前不久，《文學報》連篇累牘地發了批評我的文章。我真誠地向《文學報》社長陳歆耕道了謝，感謝他和讀者對我的關注。後來，他在《新民晚報》上著文稱：「有的作家甚至對批評他的文章表示歡迎和稱道呢！比如甘肅小說家雪漠，《新批評》發過李建軍批評他長篇小說《西夏咒》的文章，新近又發過

批評他一篇短篇小說的文章。近日，筆者去京參加『甘肅小說八駿』研討會，雪漠也是『八駿』之一。『狹路相逢』，我原以為雪漠會做出類似『反唇相譏』、『冷臉相對』甚至更激烈的情緒反應，沒料到他卻笑呵呵地主動跟我提起最近批評他的那篇文章，連說『寫得好，寫得好！』接著又說：『這是有效傳播。批評是現代傳播學中有效手段之一。因為現在說好話的文章沒人看，批評更能吸引讀者眼球，擴大作品影響。』雪漠能如此大度地允許別人對自己創作說三道四，難能可貴。」

看到此文後，我這樣回覆陳社長：「我仍然歡迎所有對我的批評！不僅僅是傳播的需要，還因為許多時候，批評也是一種善心！我們要隨喜所有的善心！我會永遠感激《文學報》和那些批評我的朋友的善心！也願意繼續充當一個標本，供人們解剖批評，這定然會有益於當代文壇。」

我知道，善心的批評和理解的認可同樣值得我珍惜。

其實，這世上最值得珍惜的，便是那份善心。

雖然我理解並感謝那些批評我的人，也明白他們主觀上是為我好，但我還是不想輕易放棄自己的追求。

因為我明白，一切規則、一切話語的本質都是遊戲。遊戲短命，真心永存。世界本來就是一個戲論。所以，我並不在乎世界的價值體系——當我們在乎世上流行的價值體系時，就會被它所「控」。當我們洞悉那些遊戲、並能保持心靈獨立時，就能遠離戲論，得到自由。我有兩句話表達了這種遠離：「靜處觀物動，閒裡看人忙。」我的所有作品，也是為了享受和傳遞那份快樂和明白。

陳彥瑾在發表於《中華英才》的那篇文章中寫道：

正是這份「不合時宜」，使雪漠略顯孤獨的寫作姿態，成為了當今文壇不可忽視的一種存在。「不合時宜」的當然不僅僅指題材和寫法，其背後，是雪漠自踏上文學道路以來從未更改的文學信念。……雪漠的寫作從不考慮世界的臉色，他只想貢獻出他的所有，唱出最美的歌——他說，「世界，我不迎合你」，因為，「在乎世界的人，就會被世界所束縛」。而當他不管別人的臉色寫作，只在乎自己是否給世界帶來了明白和清涼的時候，他反而贏

得了世界。雪漠作品不但在文學評論界日益受到重視，更贏得了他生活的那塊土地的尊重、認可，贏得了一大批鐵桿粉絲。在涼州，《大漠祭》家喻戶曉。當時，他年少的兒子和同學上街的時候，好多次，同學一說他是《大漠祭》的兒子，開車的、賣冰棍的就不收他的錢。雪漠也是中國作家裡擁有網頁最多的作家，這些都是鐵桿粉絲們自發建立的。在這些讀者看來，讀雪漠作品也是一種「救心」之舉，許多人的心靈、靈魂，人生、命運，都因為雪漠作品而昇華、而改變、而獲救，他們想讓更多的人與雪漠作品相遇，於是建網頁、辦讀書會，還自願購買所有雪漠作品，捐贈給全國各大圖書館。所以，有學者歎道：雪漠的影響，不僅僅在西部，也不僅僅在文學，「雪漠」已成為一個文化現象，他影響的是世道人心。正如《百年孤獨》的作者馬爾克斯所說：「一個作家能產生的真正的、重要的影響是他的作品能夠深入人心，改變讀者對世界和生活的某些觀念。」雪漠作品的確超越了一般文學意義上的影響。在價值觀混亂、寫作過度商品化的今天，在大多數作家都為經濟利益驅動而寫作的時候，雪漠堅持的「救心」的寫作，無異於在文壇高唱「靈魂的清涼」之歌。

　　信然。
　　我確實想走一條我想走也定然能走通的路。

　　在本文中，我還想重點感謝兩個人。因為他們跟我的創作和命運密切相關。趁著我還有能自主說話的權利，我想說說想說的話，也想謝謝我想謝的人。免得將來有一天，我成了《西夏的蒼狼》中的那個博物館裡的靈魂，想表達情感，卻沒了載體，那會很遺憾的。於是，藉著這篇文章，我寫了後面的文字。
　　我首先感謝的，是我的恩師雷達。
　　雷達老師是我在魯迅文學院時的導師。他是我文學上的「貴人」，沒有他的發現、推薦和宣傳，我就不會有今天的影響。他直接改變了我的文學命運。我的小說能登上「中國小說學會2000年中國小說排行榜」，就是由於他的推薦，才為眾多的評委發現並認可。
　　《大漠祭》出版後，雷達老師在《光明日報》上發表了他評《大漠祭》

的文章。不久，我獲得了「馮牧文學獎」。後來，陶泰中先生說：初評時，並無我，雷達極力推薦，其他評委一看書，認為不錯，才補入名單，最終全票透過。頒獎會上，評委們對我說：幸虧有雷達的推薦。後來，為了把我推向全國，雷達老師又在《人民日報》、《文藝報》、《小說評論》等報刊上發表了多篇文章。

推我時，雷達老師是不遺餘力的。那時，除了多發文章外，他一有機會，都要推薦我，總要談談《大漠祭》。後來，他在寫其他文章時，也總要提到《大漠祭》。

一位作家對我說：「時下文壇，有許多作家，就缺雷達這樣的人推。他推你雪漠時，不是只寫一篇評論，而是見人就說，逢會就講。時下的評論家，哪有這樣的古道熱腸？」後來，我到京城，一見文友，他們便說：「雷達待你真好！」但那時，我與雷老師只在山丹見過匆匆一面。在我去領「馮牧文學獎」時，雷老師「委屈」地說：「別人還以為我和你有啥關係，你連我家的門都沒上過。」確實，就在前往京城領「馮牧文學獎」時，我也沒去雷老師家。那時我想，中國像我這樣的人不知有多少，誰都打擾他，叫人家咋寫文章？我第一次去雷老師家，是上了魯迅文學院之後的事，那時，我已從一個名不見經傳的小學教師，一夜間「成名」，當了專業作家，完成了《小說評論》原主編李星先生在一篇寫我的文章中說的那個「神話」。

在魯迅文學院，每個學員要選擇一位導師。雷達老師多次勸我選別人，希望我能多認識一個能夠幫我的編輯。他說：「雪漠，你什麼時候需要我，我都會幫你。現在，你要選擇一位好編輯，讓他能在創作上具體指點你。我跟你之間，別在乎有沒有這個名分。」記得那時，我說了一段很狂妄的話：「雷老師，您當然不在乎，可是歷史在乎。您想，將來，作為雪漠的老師，您會是多麼自豪啊。」從這話上，讀者可以看出，那時的我，確實還是很自信的。不過，這也是我的心裡話，因為我會用畢生的努力，讓我的所有老師為我自豪。

雷達老師成了我的導師後，我發現，他是個很認真的人，每次和學員見面，他都要一本正經地設計研究專題，並一針見血地指出學員的創作毛病，全然不顧及對方是否高興，彷彿心中有話，不吐不快，總是一片赤忱。正如王家達所說：「雷達的本質，還是一個書生，他當不了政客。」

雷老師有個特點，他幫了我，卻不告訴我。他在《光明日報》發評論後，我很長時間不知道有此事。《大漠祭》登上「中國小說排行榜」、我獲

「馮牧文學獎」，都是別人告訴我的。我向雷老師致謝時，他反而裝糊塗。他老說：「你最好的謝，就是寫出更好的作品」。每次通電話，他都要問詢後面作品的進展，總令我不敢偷懶。一日，雷達老師對我說：「我之所以推《大漠祭》，並不僅僅是因你是甘肅人，主要是關係到中國文學的走向。這不是我個人的問題。」

《獵原》和《白虎關》出版後，雷達老師對我說：「雪漠，你一定要在敘述上下功夫，你的描寫功力很深，有種十九世紀經典小說的神韻，要是再在敘述上吸收當代的營養，前途不可限量。」

筆者後來的探索，便得益於雷達老師的點撥。

當然，我的探索還剛剛起步，以後，我會寫出更好的作品。

第二個我要重點感謝的人，是我的妻子魯新雲。

至於魯新雲，我一直稱她「魯老闆」。她一直不讓我公開寫她。但許多了解內情的人說，該寫寫你夫人了，別叫歲月掩埋了一段事實。

我說過，有近二十年時間，我是在凌晨三點起床的，後來的陳亦新也這樣。但卻沒人知道，那時的我家，還有個比我們起得更早的人，她便是魯新雲。我外出閉關之前，先經過了幾年的訓練，才養成了後來的習慣。那時節，魯老闆總是在凌晨兩點多起床，備好溫開水，備好吃的，再叫醒我。她把我從小學教師叫成「著名」作家之後，又開始叫兒子了。

後來，許多人喜歡我的墨蹟，收藏者日眾，按心印法師文章中的說法，算得上「一字萬金」了。但別人並不知道，每次我一執筆，魯新雲總是橫挑鼻子豎挑眼，老想點石成金。也正是有了魯老闆的挑剔和「校正」，我的字才一天天進步著。一天，她半開玩笑地說，有狀元徒弟，沒有狀元師父。寫字的成名了，那個教他寫字的人卻沒人知道。

魯新雲是《無死的金剛心》中女主人翁莎爾娃蒂的原型之一。由於我近二十年的閉關修行，從青年時代起，「等待」便成了她修的功課，她將這一功課延續了一生，雖時有委屈，卻無怨無悔。

兒子陳亦新在六年級寫的一篇作文中，曾寫過他媽在我閉關修行和寫《大漠祭》時的等待(見本書附錄)。但她的那種等待，並沒有隨著《大漠祭》的出版而終結。後來的《獵原》、《白虎關》、《西夏咒》、《西夏的

蒼狼》以及《光明大手印》系列，對於我來說，幾乎都是在閉關修行的間隙創作的。我的每次閉關，對於魯新雲來說，都是一輪新的等待。在《無死的金剛心》中，筆者借瓊波浪覺之口，說了這樣一段話：「有一天，你的妻子會對你說，你是世上最『惡』的男人。她會說，她二十多歲時，你叫她等待；她五十歲的時候，你仍然叫她等待。你會說，這是你的選擇。你選擇的，並不是一個不需要叫你等待的人。她選擇了雪漠，也就選擇了雪漠的全部。是的。真是這樣。同樣，你的弟子選擇你的時候，也等於選擇了你的全部，他們選擇了你的榮耀和輝煌，也同時選擇了別人對你的詆毀。這光明和黑暗的兩面，構成了你的全部人生。」

在一首詩中，我寫過我恆常的生命狀態：

揮揮手
還是到山上去吧
山高
高到太陽上去了
太陽裡有個亥母洞
洞是我命中的樂曲

念珠握在手裡
木魚在心頭敲響
黑夜是今生的袈裟
高屋是前世的嚴窟

確實是這樣。記者閻世德寫過一篇《走近苦行僧雪漠》，記錄了我的「苦行僧」生涯。在涼州，我有一間保留了二十年的關房。它遠離鬧市，少為人知。在那兒，我邊修行，邊讀書，邊寫作，在近似與世隔絕的狀態下，從二十五歲起，我度過了二十年最獨孤也最精彩的人生。直到近年移居東莞樟木頭後，我才在嶺南的一個森林旁有了新的關房。

在我閉關的近二十年裡，魯新雲無怨無悔地操持家務，教育兒子。她是一個自己站在火中、卻提醒我「小心杯子燙手」的女子。她的生命中沒有她自己。沒有她的犧牲，便沒有我的出離。為了我的事業，她幾乎貢獻了自己的大半生命——另一小半，她留給了陳亦新。

在《無死的金剛心》的出世過程中，還有許多朋友提供了幫助，和龔、安鳳影、董巍、心印法師、蔡天貽、陳彥瑾、尹曉銘、林文俏、陶慶霞、詹加真、錢宏彬、莊英豪、田川等人，他們或策劃、或編輯，或校對、或助印，或提供建議，皆代表了一種吉祥的順緣。也感謝樟木頭「九九會館」的李陽女士，以及陳亦新、陳思、王菲、古之草、王靜、陳建新和許多讀者朋友對我的支持，由於人數眾多，這裡不便一一列舉。但他們的名字，我會銘記在心的。

感謝所有的老師，感謝所有的讀者，感謝所有關心過我的朋友。我將寫作此書的功德迴向給他們，願他們吉祥、快樂、明白、清涼，擁有一個健康、福足的人生。

此文完稿之後，正值2012年元旦，我寫了一篇「新春寄語」，它代表了我的某種情感，略加刪改，錄在下面，作為本文的結尾吧——

回首2011年，世上多了一個詞：「雪粉」——雪漠的fans。它是我最喜歡的一個詞。它遠離宗教名相，趨近利眾精神，承載無數精彩，滲透無量真誠。

從新的一年起，我們能否相約在「神性寫作」裡？

何為「神性寫作」？曰：遠離獸性，戰勝欲望，超越小我，證得智慧。

願我們一起拿起筆來，用最真誠的文字，書寫嚮往，傳播真情，奉獻真愛，定格真美。

下面，我胡謅打油詩一首，獻給二十多萬「雪粉」：

雪粉非雪粉，光裡有光塵。真心待萬物，不舍利眾行。
知行更合一，悟空不偏空。積善成大德，無時不光明。

寄語諸雪友，八方有佳景。吾當化萬物，聊伴諸君行：

雪漠是雙鞋，穿了你不倦；雪漠拉頭驢，你也可以騎。
雪漠是陣風，清涼你的心；雪漠化團火，讓你不瑟縮；
雪漠成細雨，隨風潛入你；雪漠是塊地，容你開條路。

無死的金剛心
──雪域玄奘瓊波浪覺證悟之路

雪漠也是你，淨中兩相宜。會當融一味，滴水入大池。

咿呀好兄弟，姊妹或父母。人生轉眼過，莫可太拘泥。
長夜須長歌，快樂無憂慮。明月照大夜，一宿奔千里。
千里在足下，白月映大旗。獨唱大風歌，笑對浮雲起。
浩氣化文膽，把筆風虎虎。一笑掃殘雲，相融我與你。
此時光皎潔，無我亦無彼。君心當如月，返照我和驢。

　　　　　　　2012年1月寫於東莞樟木頭「雪漠禪壇」

附錄　我與父親雪漠

陳亦新

　　從我懂事起，就知道，父親在寫一部「大書」。沒想到，他這一寫，竟是二十年。提筆時，他是風華正茂的青年；落筆時，他已年近五旬。在寫這部「大書」期間，發生了很多事，現在想來，倒也有趣。

　　剛從老家搬到小城時，我們一家住在一間單身宿舍裡。房子很小，僅能容納一張單人床和一張沙發，後來又加了一組書架，書架滿滿佔了一面牆。現在想來，那時的生活應該是清貧艱難的。可是，在我的記憶中，我們彷彿是世上最富有最快樂的人。在那時，我腦海裡沒有任何關於「貧」與「艱」的感覺，因為父母從沒給我傳遞過這方面的任何信息，於是，我傲氣十足地成長著。

　　我們一家人常常談笑風生，論英雄，論愛情，論歷史，論成敗……父親對著一個七八歲的孩子談這些時，帶著所有的尊重和真誠。他經常給我講些文學家的故事。還在上幼稚園時，我便知道了許多偉大作家的名字：托爾斯泰、曹雪芹、杜斯妥也夫斯基、巴爾札克、雨果……對這些人，我滿是嚮往。他們像是我另一個時空裡的朋友，偉大而親切。從那個時候起，我便立志要當作家，當個像父親一樣的作家。在我心中，他是和托爾斯泰一樣的作家。

　　很多時候，我們之間更像是朋友。八歲那年，我這樣問父親：

　　「爸爸，八年算多年嗎？」

　　「八年？應該是算的。」

　　「哈！那以後我們之間就不是父子了，是兄弟！」

　　「為什麼？」

　　「你不是常說『多年父子成兄弟』嗎，既然八年算多年，那我們當然是兄弟了！」

　　父親哈哈大笑。後來，他常把這故事講給朋友聽。

　　每天早晨，父親三點起床，起床後，他首先打坐，然後才寫作。每到我睜開眼時，都能看見他精神抖擻的樣子。從幼稚園起，他便要求我每天五

點起床，他說「三更燈火五更雞，正是男兒讀書時」。好多人聽到我五點起床，都笑父親「殘忍」，對我充滿了同情。那時候，我就暗暗笑他們，我每天比你們多起三個小時，一年就是好多天，這相當於我比你們多活好多天。

在十八歲那年，我開始嘗試寫長篇小說，我學著父親也每天三點起床。那是我一生中最值得留戀的時光，我完全沉浸在自己創造的世界裡，或喜，或悲，或愛，或恨……我把靈魂化作一縷雲、一場風、一片雪、一首歌，它們交織在一起，清澈而唯美，演繹出滄海桑田的寂寞。窗外，一地星光。

剛開始睏極了，我對自己說：父親也是這樣過來的，他可以，我也可以。就是這個念頭，幫我支撐了無數個難熬的凌晨。那一年，我還在上學，每天睡眠不足四個小時，可就是在那時，我寫出了很多讓父親稱讚的文字。那一段時間，我覺得我的心靈是和父親相通的，因為我總能在他的眼神裡，找到我所需要的一切。

後來，我愛上了早起，母親說我是愛上了「舉世皆睡我獨醒」的感覺。

父親的《大漠祭》初稿完成時，我們家搬了樓房，欠了很多債務，迫於這些壓力，父親出了關房，開了一間不大不小的書店。剛開始很忙，父親早上修行，上午寫作，下午用來處理事務。他後來告訴我，下午應事的時候，也是他最好的調心良機，他說他行住坐臥，都不離本尊。他不拿念珠，卻能記下一天裡誦的所有咒子。他的身上常帶一串硬紙片，每一片上都寫著唐詩或宋詞，稍有閒暇時，他就拿出紙片記誦。後來他說，他背會的大部分詩詞，就是這樣背的。

等書店的生意穩定後，父親再次入了「關」，他刮了光頭，剃了鬍子，躲進了城郊的一處農房內，又開始閉關。我不知道他的關房在哪，從那時起，我便很少看到他。母親除了照看書店外，每天給父親送一次飯。此前，有四年時間，父親是與世隔絕的，他自己做飯，也不叫母親送飯。那時，父親留給母親的，是無休止的等待。在我小學六年級時，我曾寫過這樣一段話：

我敢說：如果沒有母親，就沒有父親今天的成就；如果沒有母親，大家絕對看不到那叫《大漠祭》的書。為了父親，母親付出的太多了。

在無數個黃昏和夜晚，母親總會趴在視窗，癡癡地望著外面。我知道，母親在想父親。父親在一個離城區很遠的地方修行和寫作。他與世隔絕地待了整整四年。

　　父親走了。母親承擔了家裡的一切，撐起了這個家。她起五更，睡半夜，為家庭奔波著。她不讓父親擔憂，讓父親在那裡安心創作。

　　父親走了。這個房子空蕩蕩的，沒有了往日的笑聲，沒有了往日的溫暖，家一下子變得十分冷清。母親忍受著孤獨寂寞。但是母親的意志十分堅強。她堅信，父親一定會輝煌的。既然付出了，就一定會獲得；既然耕耘了，就一定會豐收；既然努力了，就一定會成功。她全力支持自己的丈夫，再苦再累也不怕。她願為丈夫付出一切。

　　母親的身體本來就很虛弱，但她以驚人的毅力和堅強的意志，克服了一切困難。說實在的，我真佩服她。她是個堅強的女性。

　　每到夜裡，家裡就冷清得可怕，靜得可怕，沒有一點溫暖的氣息，空氣似乎也凝固了。可母親就這樣，度過了一個又一個孤獨的夜晚。在父親寫《大漠祭》的幾年裡，母親老了許多。在這期間，她就像慈母一樣關懷著父親。如果沒有那份等待的煎熬，她至少比現在年輕許多。她做到了尋常女性做不到的一切。

　　父親閉關的四年裡，母親彷彿老了十歲。

　　一個又一個黃昏，一個又一個孤獨的剪影。

　　記得有一次，我發高燒，整整一個星期無法退燒。從醫院到家裡，都是母親一個人在跑。那幾天夜裡，母親無法睡覺，她一遍遍用涼水浸透的毛巾放到我額頭上幫我退燒。她沒有告訴父親，怕打擾他。可是，我無法忘記她被風吹亂的頭髮和一身的落寞。

　　現在，她開始照顧我，像當初照顧父親一樣。她幫我做完所有生活中的瑣碎事，好讓我有更多時間寫作讀書。她常說，用她的生命來節省我和父親的生命，讓我們有更多的時間做我們想做的事。她說這話時，總顯得平淡與堅定。

　　有時候，當寫作的靈感消失殆盡時，我總是很懊惱。每每這時，母親就會說，能凌晨三點起床寫作的孩子，怎麼會沒有出息？聽到這句話，我心中所有的陰霾與懊惱都消失了。

　　每當我寫東西時，家裡就安靜極了。母親躡手躡腳地走路，輕聲輕氣地說話，生怕一不小心弄出的聲響，會驚走我脆弱如水泡的靈感。母親從不主動要求看我寫的文章，我每次眉飛色舞地給她講小說的構思與選材時，她回饋於我的，永遠是滿足的笑容和讚許的眼神。

　　支持完父親支持我，不知不覺間，母親老了，早已過了不惑之年。她頭頂的白髮再也不躲躲閃閃，曾經羞澀的皺紋，現在也大大方方地爬滿了她的額頭。寫到這裡，我特別想哭，我不知道怎麼去報答我的母親，我只有好好寫作。

　　提起父親，我滿是驕傲；提起母親，我滿是感恩。

　　為了寫那部「大書」──我眼中，這大書，甚至也包括了父親自己──父親放棄了許多別人眼裡的好機會。無論是升官還是發財，他都放棄了。同事笑他傻，親戚乾著急，年少的我也不知道為什麼，但我支持父親的選擇，就像後來他支持我的選擇一樣。

　　父親每天待在那個殘破的關房裡坐禪、讀書、寫作，一日、一月、一年……十多年後的一天，我去了父親的關房。那是一間狹小的房子，裡面僅放著一張單人床和一張寫字台，寫字台上堆滿了書。那屋子像山洞，很黑，很濕，沒有嚴格意義上的窗戶，只有尺把大小的一個天窗。父親戲稱自己在「坐井觀天」。房子的牆上掛著一幅字：「耐得寂寞真好漢，不遭人嫉是庸才。」

　　2000年10月，父親的「大書」之一終於出版了，它就是《大漠祭》。這本書一時轟動了，除了書本身很優秀的原因外，大家津津樂道的是作者「十二年磨一劍」的精神。很多人非常吃驚，在這個浮躁功利的時代，竟然有人用十二年時間去一遍又一遍地寫一本書。可是我明白，父親不僅僅在寫一本書，他是在完成自己，一次次打碎，再一次次重建。他用一枝筆重塑靈魂，完成了蛻變。

　　《大漠祭》出版後不久，父親低價把書店盤了出去，還剩下上萬冊書。幾位當官的朋友想幫他處理，父親沒答應，他全部捐給了農村的孩子。他又開始了閉關，他一邊修行，一邊開始《獵原》、《白虎關》、《西夏咒》的寫作。

　　父親用他半生的經歷教會我一件事：選擇。關於「選擇」他曾告訴過我三點：一、每個人的命運都是由自己選擇的；二、每個人在任何時候都可以選擇；三、你選擇成為什麼樣的人，只要努力，就一定會成為什麼樣的人。

　　對於這些，我堅信不疑。於是在高二那年，我選擇寫小說，選擇退學。

關於我退學這件事，當時幾乎所有的人都反對。他們或惋惜，或嘲諷，或不解，或責備。每個人都給我講一大堆的道理，試圖說服我。我微笑著搖頭。見我無動於衷，他們把矛頭轉向父親：你怎麼能由著一個毛頭小子做決定？他將來會怨你的！父親並沒有阻止我。他說，你選擇好沒有？選擇好了，就去做。

其實，別人並不了解當時的情況。那一段日子，我每天三點起床寫小說，然後六點去上學。因為馬上要升入高三，學習壓力很大。可是，我再也沒有辦法把精力放在學習上，我滿心都是小說，每天沉浸在小說的氛圍當中，並為沒有足夠的時間寫小說而懊惱。一年時間在掙扎與茫然中匆匆流過，小說已寫到高潮部分，可每天並不能淋漓盡致地發揮。區區三個小時，一晃而過。我彷徨無措，身心疲憊，若干個夜晚無法入睡，眼睜睜等到凌晨三點的鈴聲響起。

要麼寫小說，要麼上大學。

如果上大學，那麼整個高三我就無法寫作，我的小說將夭折。我很清楚，在特定的時間內，那種特定的感覺只會出現一次，它就像青春，一旦消逝，無法再次擁有。

我實在受不了這份煎熬和折磨，我選擇退學。這個選擇很艱難，它意味著我將失去很多機會。如果成為不了作家，以後連生存都成問題。但我想，不成功便成仁。可我寧願貧困潦倒，也不願追悔一生。我說，我要截斷身後所有的退路，不回頭，不轉身，不倒退。

2006年6月29號的下午，我把退學申請遞了上去。記得那天，陽光燦爛。

我的退學申請，是這樣寫的：

在父親的影響和教育下，我愛上了讀書和寫作，並且明白時間在飛快地流逝，沒有任何人知道自己會不會活到下一秒，我在跟死神賽跑。這並非鑽牛角尖，我需要更多的時間潛心讀書，來思考這些問題，但是在學校我始終靜不下心來。從去年6月開始，我每天早晨三點起床練筆，到六點去上學，而這遠遠不夠，僅僅三個小時滿足不了我的需要。更可怕的是在學校我已不能全身心地投入學習，體力不允許。所以在學校的近十幾個小時裡，我幾乎浪費了大半時間。一個人一生只要做好一件事就行，我奉行這個原則，我要對自己負責。這也是我選擇退學的原因之一。

人生無非幾十年，而精華的時間，能做出成績的時間也不過十幾年，少

一天是一天，我要集中精力做好我應該做的事，再不能苟且地活著，我相信自己的能力。我尊重每一個有夢想的人，包括我自己。

當然我深知上大學的重要性，但現在的我，已經不能放下讀書和寫作。我選擇了另一條小路，也許我會爲自己的選擇付出代價，但我尊重自己，我會盡力實現自己的價值，我對自己充滿信心。這絕不是一個荒唐的決定，我相信，時間會證明一切！

現在看來，只有在那個輕狂的年齡，才能寫出這樣輕狂的文字。

奇怪的是，退學後，我竟然無法寫出一個字。那一段時間，我失魂落魄，如幽靈般游離於人群之外，感覺世界一下子離我好遠。所有的聲音消失了，所有的喧嘩離我而去。我不再每日奔波於學校和家之間，不再琢磨拋物線和座標的關係，不再幻想進入大學後會過怎樣的生活。

我每天坐在電腦前，這就是生活的全部。

在日記中，我這樣寫道：

退學後，一種莫名的空虛猛然襲擊了我。我彷彿被抽去了脊椎，茫然中找不到自己，就連夢都昏沉得如泥石流。我整天游離於半睡半醒之間，頭重腳輕地熬著時間……

那是一段可怕的日子，我終於知道「寂寞猛於虎」，終於明白為什麼父親關房的牆上掛著「耐得寂寞真好漢，不遭人嫉是庸才」。

幾個月後，我恢復正常，開始平心靜氣地寫作，再次沉浸在小說中，並且每天瘋癲地狂呼自己是天才。

其實，我很留戀曾經的校園生活，很嚮往自己不會再擁有的大學生活。我不只一次夢見自己又回到了學校，在操場上和同學打鬧，在課堂上聽老師講課。那種渴望，在夢中都能清晰地感覺到，甚至刻骨銘心。這些我從來沒有對別人講過，包括我的父母，我倔強地走著自己選擇的路，絕不回頭。

後來，很多人問我，放棄上大學你後悔嗎？

我或許遺憾，但不後悔。因為，這是我的選擇。

父親無所好，唯愛書，且嗜書如命。

　　若有朋自遠方來，進入我家必定會大聲驚呼：這麼多書！是的，觸目所及，盡是書。我家有個習慣，為節省空間，總是以書為牆。除此之外，客廳、臥室、走廊、睡床，甚至廁所，都擺滿了書。我家在武威有兩層樓，每間房裡，從地面到屋頂，都是書。現在，到東莞才兩年，又是「滿天滿地」的書，按媽的話說，是「書滿為患」了。

　　父親愛書，真是愛到了骨子裡。我剛學會翻書時，他便告訴我，每看一本新書，先要包好書皮，看前必先洗手，不得撕破，不得折疊，不得亂畫。看完後，要放回原處。要敬畏每一本好書。

　　父親每到一處地方，總先去找書店。所有他能打聽到的書店都不放過，無論是規模龐大的書城，還是陋巷深處的書攤。我幾次跟他到陌生的城市，他總能輕車熟路地找到書店，我很是納悶，許多東西他視而不見，為什麼找起書店來卻如此輕車熟路？

　　我們全家去旅遊，他寧願放棄遊覽著名景點的機會，也要去書店淘寶。剛開始，我頗有微詞，他見我不樂，哈哈一笑：景點，以後還可以看，好書錯過就錯過了。雖然我們每年都要外出旅行，但按媽的說法，我們的旅行，只是從這兒的書店，到那兒的書店。

　　父親很大方，好多寶貝都隨意送了朋友，唯有書，很少外借。我們一家還在住單身宿舍時，他便在書架上貼了張紙條：免開尊口，概不外借。早年，他也老給人借書，後來，那些人大多有借無還，更有不少人，只是借了書去裝門面，其實並不讀書，父親便不給那些附庸風雅者借書了。後來，父親買了很多專門用於送人的書，要是他覺得某本書和你有緣，他會毫不猶豫地送你。他送書不借書，有意思。

　　父親看書很雜，什麼領域的書都看。他看書，有自己的原則，其中有三條最主要：一、首先看今生裡最值得看的書；二、書的內容，要充分吸收、消化，能夠為我所用，切不可變成枷鎖；三、看書時，不要一味去找書中的缺點和不足，要發現它的優點，學習它的長處，讀書不是為了挑毛病，而是為了汲取營養。

　　父親看書，只看一生裡不讀就會感到遺憾的那些書。他從不讀死書，也沒有變成書呆子。關於第三條，後來他也用到了與人交往上，他說眼睛是用

來發現美的，發現優點的，不要刻意去搜尋別人的缺點和毛病，那樣只會給自己和他人帶來不快或痛苦。他說，要像大海那樣，不要管哪條河流裡的泥沙多，你所做的就是拚命吸收營養，讓自己大起來。

在這樣的耳濡目染下，我也愛上了讀書。自小到大，我從不缺書讀。上小學前，世界上幾乎所有的童話名著我都讀過了。當我的夥伴們還沉溺於遊戲機時，我卻遨遊在美妙的童話世界裡，如癡如醉：我曾在北歐的森林裡與狼人戰鬥；或者為狐狸列那的狡猾讚歎；要麼安靜地聽敏豪生吹牛；有時候也想擁有一隻穿靴子的貓……我有很多個身分，每個童話裡我都是主角。

提起童話書，還有一個不得不說的故事。

十幾年前，我們一家人剛進城，住在父親的單身宿舍裡。那時候，穿皮鞋是一件很洋氣的事，母親從未穿過皮鞋，一直都穿手工做的布鞋，父親很想為母親買雙皮鞋。終於有一天，父親拿到了一筆稿費，五十五塊整。於是，我們一家人開開心心地上了街，去給母親買皮鞋。一路上，我們都在討論買什麼顏色什麼款式的皮鞋。走到廣場時，父親停下了腳步，這裡有一家他常去的書店。父親說，看看就走，很快的。

我們一家人進了書店，父親去看社科書，母親去看生活保健書，我則跑到了兒童專櫃。馬上，一套書吸引了我的注意力，那是一套連環畫，叫《世界童話名著》，有八本，幾乎包含了世界上大部分經典童話，最主要的是裡面的畫美侖美奐，我愛不釋手。很快，父親母親也發現了這套書。父親說，這是套好書。他一看價格，正好五十五塊。父親和母親相視而笑。母親說，還是穿布鞋好，穿皮鞋腳疼。

那天，我興高采烈地抱回了那套書，只是心裡隱隱覺得對不起母親，不過這份歉意很快就被這套書帶來的喜悅沖淡了。這套書我看了無數遍，是我最重要的寶貝，現在仍端端正正地擺在我的書架上。若干年後，如果我有了孩子，我會把這套書送給他（她），並且給他（她）講一個童話書與皮鞋的故事。

這是一件小事，並不撕心裂肺，也不驚天動地，可我就是忘不了。

後來，家裡開了書店，那段時間我看了大量的書。書架前，我或坐、或趴、或躺、或臥，看得昏天黑地，好多時候忘了寫作業。父親沒有怪過我，他反而給老師打電話，說不要給我布置家庭作業。好多人覺得不可思議，我笑笑，他就是這樣一個怪人。後來上初中，我實在無法忍受無數次重複的學校作業，我父親又給老師打電話，說不要給我布置學校作業。之後，他便開

始有計劃地安排我看書。我的同齡人，正在無數次地做同一道題目時，我卻如饑似渴地讀那些世界上最美妙的文字，關於這一點，我覺得很幸運。

父親愛書導致的直接後果是：我很少買書。因為我所有需要的書，都能從父親的書架上找到。我想，我還是老老實實看書吧，至於逛書店買書的快感，都留給父親吧！

 4

父親當老師時，每到假期，都要求「看校」——在學校值班。因為回家應酬多，浪費時間。

某次過年，父親曾在學校宿舍門上貼過一副對聯，上聯：「哎，誰家放炮？」下聯：「噢，他們過年！」橫批：「與我無關。」

好多人把這副對聯當作笑談，我卻知道這笑談背後的堅守與艱辛。

家鄉涼州是典型的西部小城，涼州人很有意思，特別知足常樂。涼州城城區很小，開車從城這頭到城那頭，不過十多分鐘。就是這樣一個小城，稍具規模的茶屋便數千家。除這外，一到夏天，公園、植物園滿是人，這裡到處是簡易餐廳，人們坐在樹蔭下，要個大盤雞，要兩個涼菜，然後搬來兩箱啤酒，要麼划拳，要麼打牌，要麼聊天……步行街、廣場邊、大廈樓頂，但凡有人經過的寬敞地方，都擺滿了啤酒攤、燒烤攤。若是家中遇事，不管大小，必要擺場，划拳聲震天響，喝不到認不出爹媽，絕不散場。

某年，央視的一檔節目出了這樣一個問題：亞洲最大的露天賭場在哪裡？答題者都往澳門選，誰知答案竟是甘肅涼州的東關植物園，因為這裡可以容納萬人同時打麻將。涼州人知道後哈哈大笑：這算什麼？不過冰山一角。

涼州人就是這樣，愛知足，擅享樂。在這樣的涼州人中間，父親是個異類，甚至像個怪物。他從不酗酒打牌，也極少應酬。奶奶常說，你爹什麼都好，就是不懂人情世故。奶奶嘴裡的「人情世故」，是多走走親戚，和很多人做好關係，需要的時候也巴結一下領導。早些年，就做關係而論，父親並不成功。他性格耿直，不會察言觀色，總惹領導生氣。他也不善交際，朋友極少。在很多人眼裡，他桀驁不馴，特立獨行。

說到這裡，有個小故事我記憶猶新。

很久之前，父親在鄉下教書，是個窮教師。後來，經過考試，被選拔到

了城裡的學校。那時候，他已蓄起鬍鬚。辦調動手續時，教委人事科的幹部說，你要麼剃掉鬍子，要麼原回鄉下教書。讓所有人目瞪口呆的是，他真的原回鄉下教書去了。有的人搖頭，有的人嘲笑，有的人惋惜。那時候，鄉下教師擠破頭地往城裡鑽，唯他，為鬍子放棄這麼好的機會。很多年之後，他在教育局工作，領導再讓他在鬍子和教委工作之間做個選擇，他仍然選擇留下鬍子。幸好，他遇到了賞識他的教委主任蒲龍，才被留在教委。後來，蒲龍和其繼任者沒有安排他具體工作，他才有了出離閉關的多年。

前些年，我們一直在老家陪爺爺奶奶過年。一到老家，他便爬上熱炕，看起書來。院子裡，親戚們喝酒、划拳、打麻將，雖很熱鬧，卻根本影響不了他，他仍舊看書，一看看到大年初三，我們起身回城。

奶奶看到他這樣，對我講：「這個娃子小時候就這樣，只要有書，吃飯、挑水、燒火時，書本也從不離手。」

從老家回來，父親說，這幾天我讀了幾本書，你呢？同樣的時間你做了什麼？

我赧然。

一年四季，我們家很安靜，很少來客人，從不擺酒場。

小時候，我也不解。別人家總是很熱鬧，我們家永遠那麼冷清。那時候，我認為父親孤僻而自傲。直到後來，他跟我算了一筆賬，我才明白這一切的緣由。

在一個陽光燦爛的下午，父親跟我說，我跟你做道算術題吧：假設人生七十年，睡覺佔去三分之一；上學佔去十六年；吃飯、喝水、上廁所每天算兩個小時，這將近五六年；談戀愛再佔去幾年；生孩子、教育孩子，為孩子上學、工作、結婚操心再佔去幾年；還有孝順父母；看電視、上網；鍛鍊身體……

那個下午，父親像小學生做算術題一樣，幾小時、幾天、幾年，認認真真地加，仔仔細細地算。最後，我們得出的結論是：人生是負數！我們假設一個人按部就班地做好所有事，七十年時間根本不夠！

父親用犀利的目光盯著我說，人的一生時間有限，如果你想成就什麼事，就必須學會珍惜時間，必須學會捨棄，這樣你才有足夠的時間做你想做的事。我的脊背上、手心裡全是汗，這道數學題算得讓我惶恐不安。我終於明白父親為什麼是個「怪人」，為什麼不去吃喝享樂，為什麼我們家一直都很「冷清」。

　　我在記憶裡搜尋了很久，一直沒有找到父親浪費時間的一個畫面。坐車時，他在看書；澡堂裡泡澡時，他在看報；刷牙時，他上起下蹲鍛鍊身體；讀書寫作時，他都在持著寶瓶氣修煉……他似乎從來沒有單一地做什麼事，這個發現讓我惴惴不安，我似乎浪費了太多的時間。

　　後來，某電視台採訪我：你父親是怎麼教育你的？說說你在父親身上得到的收穫是什麼。

　　我說：最好的教育是以身作則，給孩子一個榜樣。我父親就是給我樹立了一個榜樣，他用他所有的行為告訴我，要想成為他那樣的人，該怎麼做！

　　後來，我開始享受家中的「冷清」。每天，玻璃窗中照進來明亮的陽光，鋪在書架上，恬靜而從容。

　　時間不曾走過，一切好像停止了。

　　人常說，奇人必有異貌。父親算不算「奇人」，我不敢肯定，但絕對有「異貌」。無論走到哪裡，都有人說父親隆眉深目，像極了外國人。關於父親的相貌，我很納悶，我們祖輩皆相貌平平，現在有血緣關係的親戚也都長得四平八穩。唯獨他，「豹頭環眼急性人，虎鬚鋼髯黑煞神」。

　　見過父親的人，幾乎都感歎他的相貌，尤其那一臉鬍子和眉間的朱砂痣。有人曾說：看鬍子，雪漠像個魔王，再看眉間的痣，他又像個佛陀。父親聽完，哈哈大笑：雪漠非魔也非佛，不過是個瘋老漢。

　　但是，我們一家信仰佛教，可不是因為父親額頭的朱砂痣。

　　按奶奶的說法，很小的時候，父親就信佛，但他並不是個時時把「阿彌陀佛」掛在嘴邊的人。後來，整理父親的日記時，我才知道他十七歲時就已經拜了松濤寺的吳乃旦師父為師。我小的時候，他常給我講佛教故事，告訴我不要踩螞蟻和蟲子，不要騙人，要多幫助人，將來做個好人。

　　老家有個金剛亥母洞。父親說，這是個天下聞名、卻不為涼州人所知的地方。小時候，我們一家常去那裡。那時，那個神祕的洞穴還未封起來，裡面黑糊糊的。洞裡上下左右有很多大小不一且扭曲不平的通道。每次，我們一家和看洞的老喬爺一待就是很久。父親摸著洞壁上如水晶般璀璨的礦物體說：這是個偉大的存在！伴隨金剛亥母洞的，還有張屠夫和五個女孩的故事。這故事口耳相傳，從西夏一直流傳到今天。黨項民族早已蒙上面紗，隱

進了歷史的迷霧。而亥母洞和這個故事，卻仍然講述著那段特殊的因緣。後來，它走進了父親的小說《西夏咒》。

七歲那年，在父親的教導下，我開始似模似樣地修行，每天做大禮拜、誦《百字明》。凌晨五點，世界萬籟俱寂，我默默持誦著傳承了千年的梵音，安靜地聽著晦澀難懂的經文。我不知道這些行為是否成長了我的智慧，但它確實柔軟了我的心。我開始痛恨自己之前揪了蜜蜂的翅膀，開始阻止拿彈弓打麻雀的夥伴，開始在乞討者的碗裡放上自己的零用錢……後來，我慢慢明白，就是在這段時間，我學會了敬畏和感恩。雖然那時我還沒有背會一段經文，沒有認清不同佛像的特徵，但卻足已影響我的一生。

不久之後，我們一家去五台山朝聖。這是一次真正意義上的朝聖。一個多月的時間裡，我們早晨出發，黃昏歸來，朝拜了五台山的每一座山峰。那段記憶裡，除了廟宇和山路，就是我們在不停地走。有時候，為了去一個隱在青山縐褶中的寺院，一天要走幾十公里。

那段日子，我們朝拜了五台山所有的寺院，跪拜了所有的佛像，轉動了所有的經輪，繞行了所有的佛塔，留下了所有嚮往的腳印，用所有的虔誠感受那裡一草一木的氣息。

父親後來說，那段日子，他在五台山發的大願，後來都實現了。

那些日子是寧靜而幸福的，拋開身後所有俗世的繁雜，在一條條小道中，在一次次尋覓中，品味心靈的簡單和乾淨，每一片天空為你湛藍，每一縷山風為你清澈，每一棵大樹為你蒼勁，每一座寺廟等你赴約。

走啊走，從前世一直走到來生！

我跟著父親朝拜了很多聖地，像拉卜楞寺、塔爾寺、夏瓊寺、香匌寺……幾乎每一個所在，都成為我心中的淨土。

我們家最近的一次朝聖，是去西藏。

這是個讓我魂牽夢縈，卻不敢觸碰的地方。

《牧羊少年奇幻之旅》中水晶店的老闆這樣說：「因為麥加是支撐我活下去的希望，使我能夠忍受平庸的歲月，忍受櫥櫃裡那些不會說話的水晶，忍受那間糟糕透頂的餐廳裡的午飯和晚飯，我害怕實現我的夢想，實現之後，我就沒有活下去的動力了。……所以我寧願只保留一個夢想。」

對於西藏，我也有這種感覺。生怕自己會失望，會破壞我營造已久的夢境。我心中的西藏只屬於我，只是我的聖地，與別人無關，與外界無關，甚至與真實的西藏無關。

但我還是決定去朝聖，這世界不缺夢想家，缺的是用行為去敬畏、實踐真理的人。況且，很多風景需要你親自去撫摸，才能感受到它的靈魂。

於是，雪山、佛殿、聖湖如赴約的故人，裹挾著浩然之氣，走入我的生命。

朝聖歸來，我忽然意識到朝聖的目的地也許不是最重要的，最重要的是要有朝聖的心，然後用朝聖的行為去淨化自己的靈魂。後來，父親說，了義地看來，他的所有行為，其實都是在朝聖。

再後來，看《歷代高僧大德傳》，裡面的許多高僧大德或為弘法、或為取經，都跋山涉水過。我想，這份跋涉，也許是修行的一部分吧。

流年似水，世事變遷。長大後的我，對於佛法也有了自己的理解。當初的懵懂，轉化成清醒的嚮往。我特別喜歡父親的一句話：「真正的信仰是無條件的，它僅僅是對某種精神的敬畏和嚮往。信仰甚至不是謀求福報的手段，信仰本身就是目的。」

我曾用兩年時間整理《光明大手印：實修頓入》等書中的文字。它們是父親平時談話的錄音，曾向我講授佛教傳承了千年的智慧，並解決了我心中關於死亡和生命的所有問題。彷彿是一個回頭的瞬間，眼前豁然開朗，我看到了從來沒有見過的風景。

我接下來要走的路，更加清晰和堅定。我想起了朝聖時的情景，迢迢、崎嶇的山路盡頭，是迎風微笑的廟宇。

我和父親一共經歷過幾次重要的死亡。經歷這些死亡，每一次都讓我覺得筋疲力盡。它們彷彿是黑夜背後的獰笑，是地縫深處的繩索，是灼人心肺的烈火，讓我惶恐不安，讓我經受撕裂般的絕望。

第一次在我生命中留下死亡印記的，是二叔——那個二十七歲便被黃土掩埋的年輕男人。他叫陳開祿。他留給我的，僅僅是幾個片段，我甚至想不起他完整做過的一件事。他的存在，就像是一場被人中途驚醒的夢。

關於二叔，我最早最清晰的記憶，是他得病之後。那時，肝癌晚期的他手術失敗，於是回到家中。他躺在炕上，一臉蠟黃，肚子高高鼓起。我站在剛進門的角落，遠遠地看著他，不敢親近。他向我擺擺手，要我過去。我搖搖頭，因為我被一種莫名的恐懼籠罩著。我看到所有人提及二叔的病時，眼

神中都流露出滅頂之災般的惶恐，到後來誰都不願提起，這彷彿是一個無法癒合的傷口，哪怕用手指輕輕觸碰，也會釋放出讓人戰慄不止的痛。看到我不過去，二叔眼中的光一下黯淡了，我看得出他很失落。想起這個片段，我就很難受，直到今天，我都無法原諒自己的這個舉動，我不明白，一個五歲的孩子，為何這般冷漠。

再看到他，已是陰陽相隔。

在一篇文章中，我這樣寫道：

我很清楚地記得那個早晨，幼稚園乾淨的窗玻璃上出現了媽媽悲傷的臉，她和老師說了幾句話，然後老師轉過身說：陳長風，收拾一下書包，跟你媽媽回家。

剛一進門，一院子的哭聲。我被嚇茫然了，怔在原地，久久回不過神。那些原本在我看來很高大堅強的大人們，竟哭得如此悲傷，我被震驚了。後來，二叔入殮時，我看見了他鐵青的臉。那張臉從此烙進了我的靈魂。

現在想起來，那時對我震撼最大的，並不是二叔死亡本身，而是人們在他死亡之後的表現，準確地說，是父親和奶奶的表現。

父親陪二叔走過了他生命最後的幾個月，他眼睜睜看著一個強壯的男人如何被黃土掩埋。他臉上的悲愴，深深刺痛了我的心，因為我從來沒有見過他這樣。二叔發喪那天，他把自己關在小屋裡，寫了一篇很長的悼文。

二叔的英年早逝，直接改變了父親的人生。此後的若干年裡，他開始思考死亡，並且在他的臥室裡擺上一個死人頭骨，時時提醒他生命的易逝。他曾指著那個頭骨對我說：他（她）曾經或許很有才華，或許富甲一方，或許英俊瀟灑，現在這一切都不重要了，重要的是在死神追上他（她）之前，他（她）有沒有做完自己該做的事。

如果說父親的表現讓我驚慌，那麼奶奶的表現則讓我恐懼。

我曾這樣寫：

二叔入土的前一天夜裡，風很大。道士拿著釘子，開始在院子裡釘棺。這時本來早已癱軟的奶奶，突然像一陣風，颳到了棺材上，她拼命想打開棺材，要見二叔一面。眾人費力地把她抬進了屋，她的指甲摳在棺材上，留下了深深的印。

之後的幾個夜，絕望而漫長。奶奶淒厲的嚎叫一直沒有斷，這嚎哭幻化成生命所有的絕望和無奈，遊蕩在黑暗的荒原上。

那幾天，我沒敢進奶奶的屋子，更不敢看奶奶的臉。我站在熙熙攘攘的院子裡，她沙啞的嘶叫從窗戶裡傳出，混進了嘈雜的嗩吶聲中，變成一把錐子，一下又一下攥著我的心。

院子裡雖滿是人，卻滲出一種從未有過的荒涼。我身體的某個地方總隱隱作痛，彷彿有個雖不流血卻很深的傷口。我不記得那時的天氣怎麼樣，可印象裡是滿天黃土，太陽昏黃暗淡，空中颳著冷冷的風，無論穿多厚的衣服，也總有一種徹骨的寒冷。

次日，我隨父母去攢墳，在一鍬鍬黃土的飛揚中，我知道了這就是每個生命的終點，無論你怎樣努力，都躲避不了。

如果二叔的離開，讓我對死亡有了第一次印象。吳師父的逝世，則是我最近距離地感受死亡。

吳師父原名吳乃旦，是涼州松濤寺的住持。父親依止他二十多年，並從他那裡承接了許多珍貴的香巴噶舉教法。我小時候常去寺裡玩，他也會時不時教我一些東西。

以前的松濤寺，徒有寺的虛名，只有幾間土坯房。聽父親說，大殿與佛像早在「文革」時就被摧毀了。於是，吳師父最大的心願，便是把松濤寺重建起來。

吳師父的師父，人稱「石和尚」，是涼州有名的武術家，功夫高強，很是厲害。他是父親小說《西夏咒》中「久爺爺」的生活原型，也是《西夏的蒼狼》中「石和尚」的生活原型。直到今日，關於他武藝的神奇傳說，仍被涼州街頭的老人們津津樂道。十八歲那年，崇尚武術的我，拜了涼州一位有名的拳師，於是聽到了很多關於石和尚的故事。按理來說，吳師父應該也是位功夫高手，因為他是石和尚唯一的徒弟。可事實與此相反，對於功夫，吳師父一竅不通，倒不是因為石和尚小氣，而是因為吳師父認為學武沒有意義，不究竟，空耗生命。為此，我惋惜了很長一段時間。

為了修寺，吳師父常年只就著開水吃晾乾的饅頭。這些饅頭是每逢初一十五，信眾供給寺裡的。

在吳師父快七十歲的時候，松濤寺終於初具規模。

吳師父示寂前，我們一家去看望他。

　　松濤寺裡依然寧靜，大殿空蕩而寂寥，灌滿了參禪的風。佛像前的地上，仍放著那個被坐破的蒲團。院子裡的百年松樹，遒勁有力，浩然滄桑。它們看透了人世的悲歡離合，早淡然成了面壁的達摩。

　　吳師父把所有的錢用來修寺了，根本沒有注意到自己已經是古稀老人，更沒有注意到自己營養不良的身體。他真正做到了無我。

　　回家的路上，父親告訴我，人的價值就是他行為的總和，吳師父是位了不起的高僧。

　　一周後，在松濤寺裡，吳師父永遠睡著了。他修起來的每一座殿、每一堵牆、每一級台階都靜靜地陪著他，並述說著他的偉大。

　　吳師父荼毗那日，我和父親早早來到現場。天還未完全放亮，下著濛濛小雨。以前我以為荼毗場所應該很陰森，沒想到卻異常寂靜，竟有種身在廟宇的感覺。

　　天亮時分，其他寺院裡的師父們來做法事，法器聲、誦經聲、哭泣聲混成一片，一一融入了我心中的空靈。

　　法事完畢，開始荼毗。

　　荼毗爐上有個小口，可以看見爐內的情景。父親讓我站在那個小口前，看一個生命的歸宿。

　　這讓我明白生命是個玩笑，被神祇肆意戲弄的玩笑。

　　我感到天旋地轉，彷彿在墜落，無休止地墜落……

　　之後的一個月，我失魂落魄，如鬼魅般遊蕩，眼前常常出現燃燒的白骨。那時，陽光被烏雲遮蔽，情感被冷風凋零。世界是個被遺棄的孤堡，黑暗、死寂，茫茫千年。

　　我忽然明白了佛說的「無常」，感到了無常背後天塌地陷的絕望。是啊，萬物終有一滅，乾坤終有一劫。

　　那時節，我找不到活著的理由，覺得世界沒有意義，生命沒有意義，一切沒有意義。那段日子，我不再寫作，不再看書，不再修行，不再有喜怒哀樂。我看見了盡頭，天的盡頭，生命的盡頭，世界的盡頭。

　　這一切，父親都看在眼裡。他為我講了《大手印實修偈頌》，並讓我整理他的書稿。父親的大手印智慧，讓我實現了真正的昇華。

　　幾個月後，我慢慢走出了絕望的泥潭，不再糾纏空無一物的虛無。經過這次歷練，我再看這熟悉的世界，竟分外真切而清明。

　　是啊，吳師父圓寂了，遺體荼毗了。可他修的寺院還在，修寺院的精神

還在，他傳給我父親的教法智慧還在。這精神會傳承，這智慧會傳遞，會影響更多的人。也許，這也會成為我活著的意義和理由。

　　那火，也燒去了我的許多執著，讓我認真地考慮自己的生命。我老想，若干年後，當自己的身體進入火化爐時，我是否能留下那烈火燒不去的東西。

　　在後來的歲月中，當我浪費生命或自欺欺人時，就會想起那個荼毗爐。當我糾纏於執著時，也會想起那個荼毗爐；當我遇到岔路無法抉擇時，更會想起那個荼毗爐。它雖然不發一聲，卻總是在我的生命中喧囂不息。

　　至此，父親才教會了他想教我學會的事──用他的智慧和行為。

　　我將沿著父親的足跡，走出我自己的路。

國家圖書館出版品預行編目資料

無死的金剛心：雪域玄奘瓊波浪覺證悟之路／雪
漠著. -- 一版. -- 臺北市：大地, 2013. 02
　　面：　公分. --（經典書架：21）
　　ISBN 978-986-6451-96-6（平裝）

857.7　　　　　　　　　　　　　　102000182

無死的金剛心

作　　　者	雪漠
發 行 人	吳錫清
主　　編	陳玟玟
出 版 者	大地出版社
社　　址	114台北市內湖區瑞光路358巷38弄36號4樓之2
劃撥帳號	50031946（戶名　大地出版社有限公司）
電　　話	02-26277749
傳　　真	02-26270895
E - mail	vastplai@ms45.hinet.net
網　　址	www.vasplain.com.tw
美術設計	普林特斯資訊股份有限公司
印 刷 者	普林特斯資訊股份有限公司
一版一刷	2013年2月

經典書架 021

定　　價：400元